John Flanagan

Die Chroniken von Araluen

Das Vermächtnis des Waldläufers

DER AUTOR

John Flanagan arbeitete als Werbetexter und Drehbuchautor, bevor er das Bücherschreiben zu seinem Hauptberuf machte. Den ersten Band von »Die Chroniken von Araluen« schrieb er, um seinen 12-jährigen Sohn zum Lesen zu animieren. Die Reihe eroberte in Australien in kürzester Zeit die Bestsellerlisten, ebenso die Spin-off-Reihe »Brotherband«.

Von John Flanagan ist im cbj-Verlag erschienen:

DIE CHRONIKEN VON ARALUEN
»Die Ruinen von Gorlan« (27072)
»Die brennende Brücke« (27073)
»Der eiserne Ritter« (21855)
»Der Angriff der Temujai-Reiter« (22065)
»Die Krieger der Nacht« (22066)
»Die Belagerung« (22222)
»Der Gefangene des Wüstenvolks« (22229)
»Die Befreiung von Hibernia« (22342)
»Der große Heiler« (22343)
»Der Schwertkämpfer von Nihon-Ja« (22375)
»Die Legenden des Königreichs« (22486)
Das Vermächtnis des Waldläufers (22508)
Königreich in Gefahr (31255)
Im Bann des dunklen Ordens (31269)
Die Verschwörung von Gallica (31389)

DIE CHRONIKEN VON ARALUEN – WIE ALLES BEGANN
»Das Turnier von Gorlan« (22625)
»Die Schlacht von Hackham Heath« (22631)

Weitere Bände in Vorbereitung.

BROTHERBAND
»Die Bruderschaft von Skandia« (22381)
»Der Kampf um die Smaragdmine« (22382)
»Die Schlacht um das Wolfsschiff« (22383)
»Die Sklaven von Socorro« (22505)
»Der Klan der Skorpione« (22506)

Mehr über cbj auf Instagram unter @hey_reader

John Flanagan

Die Chroniken von Araluen

Das Vermächtnis des Waldläufers

Aus dem Englischen von
Angelika Eisold Viebig

Bei diesem Buch wurden die durch das verwendete Material und die Produktion entstandenen CO_2-Emissionen ausgeglichen, indem der cbj-Verlag ein Projekt zur Aufforstung in Brasilien unterstützt. Weitere Informationen zu dem Projekt unter: www.ClimatePartner.com/14044-1912-1001

Penguin Random House
Verlagsgruppe FSC® N001967

Sollte diese Publikation Links auf Webseiten Dritter enthalten, so übernehmen wir für deren Inhalte keine Haftung, da wir uns diese nicht zu eigen machen, sondern lediglich auf deren Stand zum Zeitpunkt der Erstveröffentlichung verweisen.

5. Auflage
Erstmals als cbj Taschenbuch August 2015

Zuerst erschienen 2013 unter dem Titel »Ranger's Apprentice – The Royal Ranger« bei Penguin Random House Australia, Sydney, Australia
Übersetzung: Angelika Eisold Viebig
Lektorat: Andreas Rode
Umschlagillustration: © Cliff Nielsen
Verwendung mit freundlicher Genehmigung
von Philomel Books, einem Imprint von
Penguin Young Readers Group
Umschlaggestaltung: init Kommunikationsdesign,
Bad Oeynhausen
CK · Herstellung: cb
Satz: Uhl + Massopust, Aalen
Druck: GGP Media GmbH, Pößneck
ISBN 978-3-570-22508-0
Printed in Germany

www.cbj-verlag.de

Für meine Familie

Araluen
und seine
Nachbarn
Im Jahre 643 Allgemeine Zeitrechnung
Eismeer
Nördliches
Ödland
Grausteinwald
Westlicher Ozean
Skandia
Hallasholm
Östliche
Steppe
Sonderland
Sturmweiße
See
Skorghijl
Teutlandt
Picta
Burg
Araluen
Meerenge
La Rivage
Montsombre
Alpina
Araluen
Gallica
Celtica
Iberion
Aslava
Toscano
Endloser Ozean
N
Ewiges Meer
Meer von
Rostov
Arrida

Eins

Die Ernte in der Grafschaft Scanlon war schlecht. Die Weizenernte war bestenfalls mager zu nennen und in den Obstgärten hatte Mehltau große Schäden verursacht. Drei Viertel der Apfelbäume waren von der Krankheit befallen, ihre Früchte nicht zu gebrauchen.

Junker Dennis von Gut Scanlon war ein gutherziger Mann und zudem praktisch veranlagt. Dass er seinen bedürftigen Pächtern half, war vor allem seiner Gutherzigkeit zu verdanken. Aber er hatte auch erkannt, dass seine Hilfsbereitschaft einen praktischen Nutzen hatte. Wenn seine Bauern und Arbeiter hungrig blieben, war es nicht unwahrscheinlich, dass sie auf der Suche nach Arbeit auswanderten, in eine Region, die besser dran war. Und wenn sich die Lage in Scanlon irgendwann wieder verbesserte, würde es nicht genügend Arbeiter geben, um die Ernte einzubringen. Also musste man versuchen, die Leute zu halten.

Junker Dennis hatte über die Jahre einen beträchtlichen Wohlstand angesammelt und konnte dadurch auch schwierige Zeiten aussitzen. Doch ihm war klar, dass seine Arbeiter diese Möglichkeit nicht hatten. Darum hatte er beschlossen, etwas von seinem Wohlstand in sie zu investieren. Er ließ eine Garküche für die Arbeiter errichten, für die er selbst bezahlte, und öffnete sie für die Bedürftigen, die auf seinem Grund arbeiteten. Auf diese Weise stellte er sicher, dass seine Leute zumindest einmal am Tag eine warme Mahlzeit erhielten. Es war nichts Besonderes – normalerweise eine Suppe oder ein Haferbrei. Aber das Essen war warm und nahrhaft und er war überzeugt, dass die Loyalität seiner Pächter und Arbeiter die Kosten mehr als wettmachen würde.

Die Armenküche befand sich im Park vor dem Haupthaus. Gerüstböcke, auf denen Bretter lagen, dienten als Tische und Bänke. Außerdem gab es einen großen Ausgabetisch. Ein über Holzpfosten befestigtes Segeltuch bot Schutz bei schlechtem Wetter. Allerdings waren die Seiten dieser Konstruktion offen, sodass manchmal der Wind um die Tische blies oder gar Regenschwaden hereintrieb. Doch das Landvolk war aus hartem Holz geschnitzt und diese behelfsmäßige Vorrichtung war immer noch besser, als völlig im Freien zu essen.

Genau genommen war »Küche« nicht ganz die richtige Bezeichnung für diese Einrichtung. Das eigentliche Kochen wurde in der großen Küche im Herrenhaus erledigt. Dann brachte man das fertige Essen zu den hungrigen Pächtern und ihren Familien hinaus. Auch wenn die Armenspeisung an sich umsonst war, war es eine ungeschriebene Regel, dass jeder, der konnte, einen kleinen Beitrag leistete. Die Küche war vor Einbruch der Dämmerung zwei Stunden lang geöffnet, sodass niemand mit hungrigem Magen zu Bett gehen musste.

Es dämmerte schon fast, als ein Fremder sich zum Ausgabetisch schob, ein großer Mann mit schulterlangem, dunkelblondem Haar und der Lederweste eines Fuhrmanns. In seinem Gürtel, an dem sich auch eine Scheide mit einem schweren

Dolch befand, steckte ein Paar dicker Stulpenhandschuhe. Der Mann ließ seinen Blick ständig umherwandern, was ihm einen gehetzten Eindruck verlieh.

Junker Dennis' Mundschenk, der das Kommando über die Suppenküche hatte, musterte ihn misstrauisch. Die Garküche war für Einheimische, nicht für Reisende, und er hatte diesen Mann noch nie vorher gesehen.

»Was willst du?«, fragte er in nicht gerade freundlichem Ton.

Der Fuhrmann richtete seinen unsteten Blick für einen Moment auf den Mann vor sich. Er wollte sich schon aufspielen und drohen, doch der Mundschenk war ein breit gebauter Mann und hinter ihm warteten zwei kräftig aussehende Dienstboten, die offensichtlich auch für Ordnung sorgen konnten. Der Fremde deutete mit dem Kopf auf den Suppenkessel über dem Feuer.

»Was essen«, sagte er grob. »Hatte den ganzen Tag noch nix.«

Der Mundschenk runzelte die Stirn. »Du kannst eine Suppe bekommen, aber du musst bezahlen«, sagte er. »Umsonst gibt es hier nur etwas für die hiesigen Pächter und Arbeiter.«

Der Fuhrmann sah ihn aufgebracht an, griff jedoch in die schäbige Börse an seinem Gürtel und wühlte darin herum. Man hörte dabei das Klimpern von Münzen, die zurück in die Börse fielen. Schließlich legte der Mann drei Pfennige auf den Tisch.

»Reicht das?«, fragte er ungeduldig. »Mehr hab ich nicht.«

Der Mundschenk hob ungläubig die Augenbrauen. Schließlich hatte er das Klimpern der zurückfallenden Münzen gehört. Doch es war ein langer Tag gewesen und er hatte keine Lust auf einen Streit. Sollte der Mann eben etwas zu essen bekommen, dann konnte man ihn so schnell wie möglich wieder loswerden. Er nickte der Küchenmagd hinter dem Suppenkessel zu.

»Gib ihm eine Schüssel.«

Die Magd löffelte eine gute Portion in eine Holzschüssel und reichte diese dem Fremden zusammen mit einem breiten Kanten Brot.

Der Fuhrmann sah sich an den umliegenden Tischen um. Viele tranken Bier aus kleinen Holzkrügen. Das war nicht ungewöhnlich. Bier war nicht teuer und der Junker war der Meinung, dass seine Leute zum Essen auch etwas zu trinken brauchten. Hinter dem Ausgabetisch stand auch ein Bierfass, aus dessen Zapfhahn noch etwas Bier tropfte.

»Was ist mit Bier?«, fragte er.

Der Mundschenk drückte den Rücken durch. Ihm passte das Gehabe des Mannes nicht. Für den dürftigen Betrag, den er für sein Mahl bezahlt hatte, hatte der Unbekannte mehr als genug bekommen.

»Das kostet extra«, sagte er. »Zwei Pfennig mehr.«

Murrend wühlte der Fuhrmann erneut in seiner Börse. Obwohl er vorhin behauptet hatte, er hätte nichts mehr, zog er jetzt ungeniert zwei Münzen heraus und warf sie auf den Tisch. Der Mundschenk nickte einem seiner Leute zu.

»Gib ihm einen Krug«, sagte er.

Der Fuhrmann nahm seine Suppe, das Brot und das Bier und drehte sich ohne ein weiteres Wort um.

»Und vielen Dank auch«, sagte der Mundschenk sarkastisch, doch der Mann achtete nicht auf ihn. Er schob sich zwischen den Tischen hindurch und musterte dabei die Gesichter der bereits Sitzenden. Die Bediensteten schauten ihm nach.

Der Fuhrmann hielt offensichtlich nach jemandem Ausschau. Ob er jemanden treffen wollte oder ob es ihm eher darum ging, einer bestimmten Person nicht zu begegnen, ließ sich nicht ohne Weiteres sagen.

Der Schankbursche, der das Bier gezapft hatte, trat zu seinem Chef und sagte leise: »Der Kerl sieht nach Ärger aus.«

Der Mundschenk nickte. »Er soll essen und sich dann wieder auf den Weg machen. Gebt ihm keinen Nachschlag, selbst wenn er dafür bezahlen will.«

Der Schankbursche nickte und drehte sich um, da ein Bauer mit seiner Familie erschien und hoffnungsvoll auf den Suppenkessel blickte.

»Tretet ruhig näher, Jem. Dann geben wir dir und deiner Familie mal eine ordentliche Portion, damit ihr was auf die Rippen bekommt, was?«

Der Fuhrmann schob sich ganz nach hinten durch und hielt seine Suppenschüssel und das Bier hoch, um nirgendwo anzustoßen. Als er fast an den Sandsteinmauern des großen Herrenhauses angelangt war, setzte er sich allein an den letzten Tisch. So, wie er nun saß, konnte er alle Neuankömmlinge sehen. Während er aß, beobachtete er stets den Eingang, sodass einige Suppenspritzer in seinem Bart und auf seiner Kleidung landeten.

Mit wachsamem Blick nahm er noch einmal einen großen Schluck aus dem Krug. Als er ihn absetzte, war gerade noch der Boden bedeckt. Eine Dienstmagd ging zwischen den Tischen hindurch und sammelte leere Teller ein. Sie blieb stehen, um in den Krug zu blicken. Da er fast leer war, streckte sie die Hand danach aus. Doch der Fuhrmann packte ihr Handgelenk mit solcher Kraft, dass ihr ein kleiner Seufzer entfuhr.

»Lass das«, befahl er. »Hab noch nicht ausgetrunken.«

Sie wand ihr Handgelenk aus seinem Griff und verzog abschätzig den Mund.

»Starker Mann, was?«, höhnte sie. »Dann sieh zu, dass du die letzten Tropfen noch rausschüttelst.«

Ärgerlich marschierte sie davon und drehte sich nur noch einmal kurz zu ihm um. Unwillkürlich runzelte sie die Stirn. Direkt hinter dem Stuhl des Fuhrmanns stand jemand in einem Umhang mit Kapuze, den sie überhaupt nicht kommen gesehen hatte. Es war, als sei er wie aus dem Erdboden aufgetaucht. Sie schüttelte den Kopf. So ein Quatsch! Auf den zweiten Blick bemerkte sie, dass die Gestalt den graugrün gesprenkelten Umhang eines Waldläufers trug. Angeblich konnten Waldläufer alle möglichen unnatürlichen Dinge vollbringen – wie zum Beispiel auch unvermittelt aufzutauchen und zu verschwinden.

Der Waldläufer stand direkt hinter dem Stuhl des Fuhrmanns. Der Mann hatte dessen Anwesenheit anscheinend noch nicht bemerkt.

Die Kapuze verbarg die Gesichtszüge des Waldläufers. Alles, was zu sehen war, war ein stahlgrauer Bart. Jetzt schob er die Kapuze zurück und enthüllte ein grimmiges Gesicht mit dunklen Augen und graumeliertes Haar, das, genau wie der Bart, nur nachlässig geschnitten war.

Mit der anderen Hand zog der Waldläufer unter seinem Umhang ein schweres Sachsmesser hervor, tippte mit dessen flacher Seite leicht auf die Schulter des Fuhrmanns und ließ es dort liegen, sodass der Mann es aus seinen Augenwinkeln sehen konnte.

»Dreh dich nicht um.«

Der Fuhrmann versteifte sich und saß aufrecht auf seiner Bank. Instinktiv wollte er sich zu dem Mann hinter sich umdrehen. Das Messer klopfte diesmal entschiedener auf seine Schulter.

»Ich sagte: ›*Nicht* umdrehen!‹«

Der Befehl kam nun nachdrücklicher und einige Leute in der Nähe bemerkten den Zwischenfall. Das leise Stimmengemurmel verstummte, je mehr Leute aufmerksam wurden. Alle Blicke richteten sich auf den hinteren Tisch, wo der Fuhrmann wie versteinert dasaß.

Ein Gast erkannte die Bedeutung des gesprenkelten Umhangs und des schweren Sachsmessers.

»Es ist ein Waldläufer.«

Der Fuhrmann sackte zusammen, als er die Worte hörte, und verzog das Gesicht.

»Du bist Henry Wheeler«, stellte der Waldläufer fest.

Jetzt verwandelte sich der Gesichtsausdruck des Mannes in jämmerliche Angst. Der Fremde schüttelte heftig den Kopf und Spucke tropfte von seinen Lippen, als er seinen Namen verleugnete.

»Nein! Ich bin Henry Sealer! Ihr habt den falschen Mann! Das schwöre ich.«

Der Mund des Waldläufers verzog sich, doch es war kein Lächeln. »Wheeler … Sealer. Klingt ziemlich ähnlich. Nicht besonders einfallsreich. Und du hättest dir einen anderen Vornamen ausdenken sollen.«

»Ich weiß nicht, wovon Ihr redet!«, stieß der Mann hervor und wollte sich umdrehen. Wieder klopfte das Sachsmesser scharf auf seine Schulter.

»Ich sagte doch: Dreh dich nicht um.«

»Was wollt Ihr von mir?« Die Stimme des Mannes überschlug sich. Diejenigen, die ihn beobachteten, waren überzeugt, dass er wusste, was der grimmige Waldläufer von ihm wollte.

»Vielleicht erzählst du mir das selbst?«

»Ich hab nix getan! Wer immer dieser Wheeler sein soll, ich bin's nicht! Ich sag Euch, Ihr habt den Falschen! Lasst mich in Ruhe, sag ich.«

Er versuchte eine gewisse Überheblichkeit in die letzten Worte zu legen, was ihm jedoch nicht gelang. Sie klangen eher nach der schuldbewussten Bitte um Gnade als nach der Empörung eines Unschuldigen. Der Waldläufer erwiderte einige Sekunden lang gar nichts. Dann sagte er: »Denk an den Gasthof *Zum geflügelten Drachen*.«

Jetzt waren Schuldbewusstsein und Furcht allzu offensichtlich auf dem Gesicht des Fuhrmanns.

»Weißt du noch, Henry? Der Gasthof *Zum geflügelten Drachen* im Lehen Anselm. Vor achtzehn Monaten. Du warst dort.«

»Nein!«

»Was ist mit Jory Ruhl, Henry? Erinnerst du dich dann vielleicht an ihn? Er war der Anführer eurer Bande, nicht wahr?«

»Den Namen hab ich nie gehört.«

»Oh, ich denke doch.«

»Niemals! Ich war nie im *Geflügelten Drachen* und ich hatte damit auch nix zu tun, absolut nix hatte ich mit dem … dem …«

Der Mann hielt inne, als ihm klar wurde, dass er sich beinahe selbst verraten hätte.

»Also, du warst nicht dort, und du hattest auch nichts zu tun mit … womit genau, Henry?«

»Nichts! Ich hab nix getan. Ihr dreht mir das Wort im Mund rum! Ich war nicht dort. Ich weiß nicht, was dort passiert ist!«

»Meinst du damit vielleicht das Feuer, das du und Ruhl in diesem Gasthof gelegt habt? Eine Frau starb in diesem Feuer, weißt du noch? Eine Kurierin des Königs. Ursprünglich konnte sie zwar aus dem Haus entkommen, doch ein Kind war darin gefangen. Niemand Wichtiges, nur ein Bauernmädchen. Die Art von Mensch, die dir völlig egal ist.«

»Nein! Das stimmt alles nicht!«, rief Wheeler.

Der Waldläufer gab nicht nach. »Doch die Kurierin hielt das Mädchen nicht für unwichtig. Sie kehrte in das brennende Gebäude zurück, um das Kind zu retten. Sie schob das Mädchen aus einem Fenster im ersten Stock, dann brach das Dach ein und die Frau starb. Daran erinnerst du dich doch jetzt, oder?«

»Ich kenne kein *Zum geflügelten Drachen* und ich war niemals im Lehen Anselm. Ihr habt den falschen ...«

Unvermittelt, mit einer Geschwindigkeit, die man ihm gar nicht zugetraut hätte, war der Fuhrmann aufgestanden und wirbelte zu dem Waldläufer herum. Dabei zog er seinen Dolch und holte in einer Rückhandbewegung damit nach seinem Gegner aus.

Doch so schnell er auch war, der Waldläufer war schneller. Er hatte einen solchen Überraschungsangriff erwartet – die Verzweiflung in Wheelers Stimme hatte es ihm verraten. Er machte einen raschen Halbschritt zurück und wehrte mit dem Sachsmesser den Dolch des Fuhrmannes ab. Die Klingen schlugen klirrend gegeneinander, dann griff der Waldläufer seinerseits an. Er drehte sich auf dem rechten Absatz, drängte den Dolch mit seinem Sachs noch weiter zurück und ließ der Bewegung einen Schlag seiner linken Handkante gegen Wheelers Kinn folgen.

Der Fuhrmann schrie auf und wich zurück. Mit den Füßen blieb er an den schrägen Beinen der Bank hängen, auf der er gesessen hatte. Er stolperte und stürzte mit einem dumpfen Schlag zu Boden.

Bewegungslos lag er da und das Gras um ihn färbte sich langsam dunkel.

»Was ist hier los?« Der Mundschenk trat mit zwei Männern hinter dem Ausgabetisch hervor. Er sah den Waldläufer fragend an.

Dieser erwiderte seinen Blick, ohne zu blinzeln. Dann zuckte er mit den Schultern und deutete auf die still daliegende Gestalt. Der Mundschenk kniete sich neben den Mann und drehte ihn um.

Die Augen des Fuhrmanns waren weit aufgerissen. Der Schock zeichnete sich immer noch wie eingefroren in seinem Gesicht ab. Sein eigener Dolch hatte sich tief in seine Brust gebohrt.

»Anscheinend ist er in sein eigenes Messer gefallen«, stellte der Mundschenk fest. »Er ist tot.« Er blickte hoch zu dem Waldläufer, in dessen dunklen Augen keinerlei Bedauern zu erkennen war.

»Was für ein Jammer«, erwiderte Will Hallas, zog seinen Umhang enger um sich, drehte sich um und verließ das Zelt.

Zwei

Die ersten Streifen der Dämmerung zeigten sich am Himmel im Osten. Im Parkgelände von Schloss Araluen verkündeten die Vögel mit ihrem Zwitschern den anbrechenden Tag – zuerst war eine, dann eine zweite und schließlich ein ganzer Chor fröhlicher Vogelstimmen zu vernehmen. Gelegentlich konnte man einen Vogel sehen, der zwischen den weiträumig gepflanzten Bäumen auf der Suche nach Nahrung war.

Die große Zugbrücke des Schlosses war hochgezogen. Das war völlig normal. Sie wurde jeden Abend um neun Uhr hochgezogen, auch wenn in Araluen jetzt schon seit einigen Jahren Frieden herrschte. Doch jeder wusste, dass ein Frieden jederzeit ohne Vorwarnung dahin sein konnte. Wie König Duncan vor einigen Jahren so treffend festgestellt hatte: »Niemand ist je daran gestorben, zu vorsichtig zu sein.«

Für nächtliche Besucher gab es statt der großen Zugbrücke lediglich einen kleinen hölzernen Steg, der für Reiter oder größere Gruppen viel zu schmal war. Er bestand aus kaum mehr als ein paar Planken und einem Seil als Handlauf und konnte bei einem Angriff sehr schnell hochgezogen werden. An der Außenseite standen zwei Wachen. Natürlich gab es auf den Schlossmauern weitere Wachposten, die das gepflegte

Parkgelände, das sich über viele hundert Schritt nach allen Seiten des Schlosses erstreckte, im Blick hatten.

Die beiden Posten an der kleinen Brücke hielten wachsam Ausschau. Plötzlich stieß der eine den anderen an.

»Da kommt sie«, sagte er.

Eine schmale Gestalt war aus dem Wald herausgetreten und kam über die Wiese den Hang zum Schloss herauf. Die Person war in einen ledernen Jagdrock gekleidet, der bis zum Oberschenkel reichte. Er war in der Taille gegürtet und wurde über einem dicken Wollhemd und eng anliegenden Beinkleidern getragen. Die Beine steckten in kniehohen Stiefeln aus weichem Naturleder.

Es gab nichts, woraus man hätte schließen können, dass es sich um ein Mädchen handelte. Der Wachposten sprach schlicht und einfach aus Erfahrung. Die Fünfzehnjährige schlich sich oft aus dem Schloss, um im Wald zu jagen – sehr zum Unmut ihrer Eltern. Die Schlosswachen fanden das amüsant. Die junge Frau war bei ihnen beliebt, denn sie war fröhlich und aufgeweckt und stets bereit, die Beute einer erfolgreichen Jagd zu teilen. Und so ließen die Wachen sie kommen und gehen, auch wenn sie das nie erwähnten. Ihre Mutter war schließlich die regierende Kronprinzessin Cassandra, und kein Wachmann würde es riskieren, bei ihr – oder ihrem Prinzgemahl, Sir Horace – in Ungnade zu fallen.

Als Lynnie – oder wie sie offiziell hieß, Prinzessin Madelyn von Araluen – näher kam, erkannte sie die Wachposten. Die beiden gehörten zu jenen, die sie am liebsten mochte, und ihr Gesicht hellte sich mit einem Lächeln auf.

»Morgen, Len. Morgen, Gordon. Wie ich sehe, hattet ihr eine ruhige Nacht.

Der Wachmann Gordon erwiderte ihr Lächeln. »Jedenfalls bis eine mutige Kriegerin aus dem Wald stürmte und das Schloss bedrohte, Euer Hoheit«, antwortete er.

Sie runzelte die Stirn. »Was hatten wir denn wegen diesem *Euer Hoheit* ausgemacht? Es ist ein wenig zu formell für fünf Uhr morgens.«

Der Wachmann nickte und korrigierte sich. »Entschuldigung, Prinzessin.«

Dabei blickte er hoch zu den Zinnen des Schlosses. Eine der dortigen Wachen winkte, um zu zeigen, dass auch sie da oben die Prinzessin erkannt hatten. »Ich nehme an, Eure Eltern wissen nicht, dass Ihr zur Jagd draußen wart?«

Lynnie rümpfte die Nase. »Ich wollte sie nicht damit belästigen«, sagte sie unschuldig. Gordon grinste konspirativ. »Und wie ihr seht, bin ich völlig sicher«, fügte sie hinzu.

Len, der andere Wachmann, wiegte den Kopf. »Der Wald kann gefährlich sein, Prinzessin. Man weiß nie.«

Ihr Grinsen wurde breiter. »Aber doch nicht zu gefährlich für eine mutige Kriegerin, oder? Wie ihr wisst, bin ich auch gewiss nicht hilflos. Ich habe mein Sachsmesser und meine Schleuder.«

Sie berührte die lange doppelte Lederschnur, die lose um ihren Hals hing. Durch die Erwähnung der Schleuder wurde sie an etwas erinnert und so griff sie in die gefüllte Wildtasche über ihrer Schulter.

»Übrigens habe ich einen Hasen und zwei Waldtauben. Könntet ihr sie vielleicht gebrauchen?«

Die Wachen tauschten einen schnellen Blick aus. Sie wussten, dass Fragen gestellt würden, wenn Lynnie plötzlich frisch erlegtes Wild im Schloss abgab. Andererseits wäre etwas frisches Fleisch eine willkommene Abwechslung auf dem Tisch der Wachposten.

Gordon zögerte. »Die Tauben sind kein Problem, Prinzessin. Aber der Hase? Wenn jemand mitbekommt, wie meine Frau das kocht, könnten die Leute denken, ich hätte gewildert.«

Nur der König, seine Familie oder hohe Verwaltungsbeamte und altgediente Krieger hatten das Recht, in der Umgebung des Schlosses Wild wie Hasen zu jagen. Waldläufer durften natürlich überall jagen, wo sie wollten. Normales Volk durfte kleinere Wildtiere wie Kaninchen, Tauben und Wildenten jagen. Doch ein Hase war bereits zu groß. Dafür konnte ein Bauer oder ein Soldat bestraft werden.

Lynnie winkte ab. »Wenn irgendjemand fragt, sagt ihr einfach, dass ich ihn euch gegeben habe.«

»Ich möchte Euch nicht in Schwierigkeiten bringen.« Gordon zögerte, seine Hand immer noch nach dem Hasen ausgestreckt.

Lynnie lachte sorglos. »Wäre nicht das erste Mal und ist wahrscheinlich auch nicht das letzte Mal. Nimm ihn. Und du nimmst die Tauben, Len.«

Die Wachposten gaben schließlich nach, nahmen das Wild und bedankten sich. Lynnie winkte ab.

»Keine große Sache. Ich möchte sie ja nicht einfach wegwerfen und gutes Fleisch verkommen lassen. Und ihr spart mir eine Menge Erklärungen.«

Die Wachen verstauten das Wild in dem kleinen Unterstand, der ihnen Schutz vor schlechtem Wetter bot. Lynnie winkte ihnen noch einmal zu und überquerte dann die Fußbrücke, um anschließend durch das kleine Türchen neben dem Haupttor des Schlosses zu schlüpfen. Die beiden Wachen grinsten sich an. Das geschenkte Wild gehörte zu den angenehmen Seiten des Dienstes als Außenwache.

»Ein nettes Mädchen«, sagte Len.

Gordon, der viele Jahre älter war, stimmte zu. »Ihre Mutter war als Mädchen genauso«, sagte er. Dann fügte er nachdenklich hinzu: »Dabei fällt mir ein, wie Prinzessin Cassandra damals immer *uns* aufgelauert hat, wenn sie sich aus dem Schloss schlich.«

Len sah ihn fragend an. »Wirklich? Das hab ich noch gar nicht gehört.«

»O ja.« Gordon nickte. »Sie hat ihre Fähigkeiten direkt an den Wachen ausprobiert, schlich sich an uns heran und schoss uns dann die Speere aus der Hand. Damit hat sie uns ganz schön auf Trab gehalten, bis ihr Vater es ihr verbot.«

Len versuchte, den Eindruck, den die gegenwärtige Regentin, Prinzessin Cassandra, vermittelte, mit dem Bild zusammenzubringen, das sein Kollege gezeichnet hatte, dem eines wilden, abenteuerlustigen und burschikosen Mädchens, das die Schlosswachen in Aufruhr versetzte.

»Das kann man sich heutzutage gar nicht mehr vorstellen. Sie ist immer so ruhig und würdevoll, nicht wahr?«

Drei

»Wo zum vermaledeiten neunschwänzigen Kuckuck warst du?«, schrie die ruhige und würdevolle Prinzessin Cassandra.

Lynnie erstarrte, als die Worte ihrer Mutter durch die königlichen Gemächer hallten.

Auf Zehenspitzen war sie im Turm die Treppe hinaufgelaufen und hatte sich ganz leise in die königlichen Gemächer hineingeschlichen, erst die Klinke langsam hinuntergedrückt, um anschließend ganz schnell die Tür aufzumachen, damit jegliches Quietschen der Angeln vermieden wurde. Der Wohnraum, in dem sie jetzt stand, lag in Dunkelheit, die Vorhänge waren zugezogen und im Kamin glomm nur noch ein wenig Glut.

Nachdem sie die Tür geschlossen hatte, hatte Lynnie kurz innegehalten und gelauscht, ob noch irgendjemand da war. Zufrieden, dass ihre Eltern anscheinend schliefen, hatte sie ihre Stiefel ausgezogen, war vorsichtig über den dicken Teppich geschlichen und dann leise die nächste Treppe nach oben gelaufen, um zu ihrem eigenen Schlafgemach zu gelangen.

Und dabei hatte ihre Mutter – im Hinterhalt so geübt wie die meisten Mütter – sie mit ihrem wütenden Donnerwetter überrascht.

Lynnie erstarrte mitten im Schritt, einen Fuß noch über dem Teppich erhoben, sah sie sich erschrocken im Zimmer um. Anscheinend war es doch nicht unbenutzt. Jetzt konnte sie die schwachen Umrisse ihrer Mutter ausmachen, die in einem hohen Lehnstuhl saß.

»Mama!«, sagte sie und erholte sich schnell. »Du hast mich aber erschreckt!«

»Ich hab *dich* erschreckt?« Cassandra erhob sich, durchquerte den Raum und blieb ihrer Tochter gegenüber stehen. Sie war im Nachthemd, trug darüber jedoch einen schweren Morgenmantel, um sich vor der Kälte zu schützen. Ein Beobachter hätte die Ähnlichkeit zwischen den beiden Frauen wohl sofort bemerkt. Beide waren klein und zierlich, mit anmutigen Bewegungen. Beide hatten grüne Augen und ansprechende Gesichtszüge. Und beide hatten den gleichen entschlossenen Ausdruck und das energische Kinn. Es war schon öfter passiert, dass man sie fälschlicherweise für Schwestern gehalten hatte. Das war nicht verwunderlich, denn sowohl die Mutter als auch die Tochter hatten volles blondes Haar, auch wenn bei Cassandra inzwischen gelegentlich graue Strähnen zu finden waren – ein Zeugnis der Anspannung, unter der sie während der vergangenen drei Jahre gestanden hatte, in denen sie das Königreich für ihren invaliden Vater regieren musste.

»Ich habe *dich* erschreckt?«, wiederholte sie und ihre Stimme stieg ein paar Töne vor Ungläubigkeit.

»Ich dachte, du schläfst«, sagte Lynnie und versuchte ein unschuldiges Lächeln. Eigentlich war sie sicher gewesen, dass ihre Mutter schlief, als sie vor einigen Stunden die königlichen Gemächer verlassen hatte. Sie hatte nämlich ins königliche Schlafgemach gespäht.

»Ich dachte, *du* schläfst« erwiderte ihre Mutter. »Ich meine mich zu erinnern, dass du um die neunte Stunde nachdrücklich erklärt hast, wie müde du seist.«

Sie gähnte ausgiebig – eine ausgezeichnete Nachahmung ihrer eigenen Darbietung vom Vorabend, wie sich Lynnie unangenehm bewusst war

»Oh, ich bin ja *sooo* müde!«, sagte Cassandra und ahmte sie in einer übertriebenen Mädchenstimme nach. »Ich glaube, ich gehe am besten sofort zu Bett.«

»Ähm … ja«, sagte Lynnie. »Tja, später bin ich dann aufgewacht und hatte plötzlich ganz unglaublichen Hunger. Also ging ich mal eben in die Küche hinunter, um mir etwas zu essen zu holen.«

»Mit deinen Stiefeln in der Hand«, stellte Cassandra fest. Lynnie blickte auf ihre Stiefel hinab, als sähe sie diese zum ersten Mal.

»Ähm … ich wollte keinen Schmutz auf die Teppiche tragen«, sagte sie schnell. Zu schnell. Denn voreilige Antworten bergen gern Fehler in sich.

»Das wäre dann Schmutz aus der Küche«, stellte Cassandra fest.

Lynnie öffnete den Mund zu einer Antwort, doch ihr fiel nichts ein. Also schloss sie ihn wieder.

»Madelyn, bist du von allen guten Geistern verlassen?«, sagte Cassandra und ihre Wut brach aus ihr heraus wie Wasser durch einen aufgerissenen Damm. »Du bist eine Prinzessin, die Thronerbin nach mir. Du kannst nicht einfach mitten in der Nacht losziehen und dich im Wald herumtreiben. Das ist zu gefährlich!«

»Mama, es ist nur ein Wald. Das ist nicht gefährlich. Ich

weiß, was ich tue. Ich habe einen Dachs gesehen«, fügte sie hinzu, als wäre das eine ausreichende Entschuldigung.

»Oh, natürlich, wenn du einen Dachs gesehen hast, dann ist selbstverständlich alles in Ordnung!« Cassandras Sarkasmus glich einem Peitschenschlag. »Warum hast du den Dachs nur nicht gleich erwähnt? Jetzt kann ich beruhigt wieder zu Bett gehen und friedlich schlafen, denn ich weiß, dass du in keinerlei Gefahr warst. Wie auch, wenn du doch einen verdammten Dachs gesehen hast?«

»Mutter …«, begann Lynnie in einem Ton, der andeutete, dass ihre Mutter unvernünftig war. Lynnie nannte Cassandra nur dann »Mutter«, wenn sie genervt war, weil diese sich ihrer Meinung nach übertrieben bemutternd verhielt.

Cassandra war sich dieser Tatsache nur allzu bewusst und ihre Augen blitzten wütend auf.

»Hör mit dem Mutter-Getue auf, Madelyn!«, fuhr sie ihre Tochter an.

Madelyns Schultern strafften sich und sie richtete sich zu ihrer vollen Größe auf. Sie war einen Fingerbreit kleiner als ihre Mutter und hatte das Gefühl, als sei das ein ungerechter Nachteil.

»Dann hör du mit dem Madelyn-Getue auf!«, erwiderte sie kühl. Cassandra sprach sie nur dann mit ihrem vollen Namen an, wenn diese sich ihrer Meinung nach unreif und unvernünftig verhielt.

»Ich nenne dich *Madelyn* wann es mir passt, junge Dame!«

Lynnie verdrehte die Augen. »Oh, sind wir jetzt mal wieder bei der ›jungen Dame‹ angekommen, ja?«, sagte sie müde. Sie machte eine einladende Geste. »Lass nur alles heraus. Lass mich die ganze Litanei meiner Sünden hören. Ich bin ein furchtbares Mädchen, unvernünftig und eine Schande für das Königshaus von Araluen.«

Sie stand ihrer Mutter gegenüber, eine Hand in die Seite gestemmt, in Trotzhaltung und so provozierend, wie nur ein junges Mädchen auf der Schwelle zum Erwachsenwerden sein kann. Eine Fünfzehnjährige, die weiß, dass sie im Unrecht ist, aber sich weigert, das zuzugeben.

Cassandra kribbelte es in den Händen und sie verspürte einen überwältigenden Drang, ihrer Tochter eine Ohrfeige zu verpassen. Sie schob die Hände in die Taschen ihres Morgenmantels, um nicht weiter in Versuchung zu geraten. Dann holte sie tief Luft und sprach mit gesenkter Stimme weiter.

»Es gibt Bären in diesem Wald, Madelyn. Was würdest du tun, wenn dir einer begegnet?«

»Dondy sagt, wenn man einem Bär begegnet, muss man sich zusammenkauern, ruhig bleiben und Augenkontakt meiden.«

Dondy war der königliche Förster und Jagdvorsteher.

»Er pflegt außerdem zu sagen, dass dies ein letzter Ausweg und auch nicht immer erfolgreich ist«, ergänzte ihre Mutter.

»Dann würde ich einfach in eine andere Richtung laufen. Oder auf einen Baum klettern. Einen kleinen, dünnen Baum, damit er mir nicht nachklettern könnte.« Das fügte sie schnell hinzu, bevor Cassandra sie darauf aufmerksam machen konnte, dass Bären auch auf Bäume klettern konnten.

Es war offensichtlich, dass sie nicht vorhatte nachzugeben. Cassandra änderte ihre Taktik. »Es gibt auch Verbrecher. Banditen und Räuber. Sie verstecken sich ebenfalls im Wald.«

»Das sind nicht mehr viele und auf jeden Fall sind sie weiter weg. Darum hat sich Paps schon gekümmert«, antwortete Lynnie. Horace hatte erst kürzlich eine Reihe von bewaffneten

Patrouillen angeführt, um die Räuber aus ihren Verstecken im Wald zu vertreiben.

»Es ist auch nur ein Einziger nötig. Du bist weithin bekannt. Du könntest entführt werden, um Lösegeld zu erpressen.«

»Da müssten die mich erst mal kriegen«, sagte Lynnie stur.

Cassandra drehte sich weg und hob resigniert die Hände. »Wobei wir erst einmal bereit sein müssten, für deine Rückgabe etwas zu bezahlen«, murrte sie. Ihr Ton deutete an, dass dies gar nicht so sicher war.

Die Tür zum Schlafzimmer wurde geöffnet und ein Lichtkegel fiel heraus. Horace trat ein. Sein Haar war zerzaust und sein Nachthemd flüchtig in die Hose gesteckt. Seine Füße waren bloß. In der rechten Hand hielt er sein Schwert, das im Licht der Laterne, die er in seiner Linken hielt, aufblitzte und funkelnde Lichtflecken an die Wände schickte.

»Was ist denn hier los?«, fragte er. Als er nur seine Frau und seine Tochter sah, lehnte er das Schwert gegen die Wand. Er hielt die Laterne höher und musterte seine Tochter.

»Du warst wieder auf der Jagd«, stellte er fest. Sein Ton war eine Mischung aus Ärger und Resignation.

»Paps, ich war nur vielleicht eine Stunde …«, begann Lynnie, die hoffte, ihr Vater sei vielleicht verständnisvoller als Cassandra. Normalerweise konnte sie ihn eher überzeugen.

»Ich warte seit über zwei Stunden«, fuhr Cassandra sie an. »Seit ich festgestellt habe, dass dein Bett leer ist, sitze ich hier.«

Horace schüttelte den Kopf. Jede Hoffnung, dass er verständnisvoller wäre als ihre Mutter, wurde von seinen nächsten Worten zerstört.

»Bist du nicht recht bei Trost, Lynnie? Oder willst du einfach nur deiner Mutter und mir die Stirn bieten? Es muss das eine oder das andere sein, also sag es mir. Was davon trifft zu?«

Das ist nicht gerecht, dachte Lynnie, wie Erwachsene dir zwei gleichermaßen blöde Alternativen zur Wahl stellen und dann darauf bestehen, dass du eine aussuchst. Sie verschränkte die Arme und sah zu Boden.

»Ich warte«, sagte Horace.

Lynnie schob ihr Kinn vor. Sie sah ihre Eltern aus zusammengekniffenen Augen an. Ihre Eltern blickten aus zusammengekniffenen Augen zurück. Schließlich konnte Cassandra das Schweigen nicht mehr ertragen.

»Lynnie, du bist die Thronerbin. Du wirst eines Tages über Araluen herrschen ...«, begann sie.

Lynnie ergriff die Gelegenheit, die sich ihr bot. »Und wie soll ich das tun, wenn ihr mich dauernd beschützt und einsperrt? Wenn ich nicht weiß, wie man Gefahren abwehrt oder schnelle Entscheidungen trifft?«

»Was?«, fragte ihre Mutter stirnrunzelnd nach. Doch Lynnie sprach weiter.

»Wenn ich ein Junge wäre, hätte Paps mir schon längst beigebracht, wie man kämpft und reitet und Männer in die Schlacht führt ...«

»Ich habe dir das Reiten beigebracht«, sagte Horace, aber seine Tochter schüttelte ungeduldig den Kopf.

»Wenn ich Königin werden soll, wie kann ich den Männern befehlen, loszuziehen und für mich zu kämpfen, wenn ich selbst überhaupt nichts darüber weiß?«

»Du wirst Berater haben«, sagte Cassandra. »Menschen, die darüber Bescheid wissen.«

»Das ist nicht das Gleiche! Man wird von mir erwarten,

Entscheidungen zu treffen.« Sie deutete mit dem Zeigefinger auf ihre Mutter. »Du müsstest das eigentlich von allen am besten verstehen! Als du in meinem Alter warst, hast du gegen Wargals gekämpft, du wurdest von Nordländern entführt und hast die Bogenschützen gegen die Temujai befehligt. Du hast an der Seite von Paps gekämpft!«

»Das war ein Zufall. Ich habe mich nicht bewusst zu diesen Dingen entschlossen!«

»Aber du *hast* dich entschlossen, nach Arrida zu reisen und gegen die Tualaghi zu kämpfen. Und du hast dich entschlossen nach Nihon-Ja zu reisen und Paps zu retten. Du hast den Schneetiger getötet...«

»Alyss hat ihn getötet«, warf Cassandra ein, doch Lynnie ignorierte diesen Einwurf.

»Und du hast dich früher auch immer nach draußen geschlichen und mit deiner Schleuder geübt...«

Cassandras Kopf fuhr hoch. »Wer hat dir denn das erzählt?«

»Großvater. Er sagte, er war immer halb krank vor Sorge.«

»Dein Großvater plaudert zu viel«, sagte Cassandra schmallippig. »Jedenfalls, selbst wenn ich diese Dinge getan habe, heißt das nicht, dass du sie auch tun sollst.«

»Aber die Leute respektieren dich! Sie wissen, dass du der Gefahr ins Gesicht gesehen hast! Das ist alles, was ich will: Einen solchen Respekt! Und ich langweile mich! Ich will etwas Aufregung in meinem Leben!«

»Tja, das ist nicht die richtige Art, sie zu bekommen!«, sagte Cassandra.

»Wie dann? Sagst du mir das? Ich will nämlich nicht meine Tage damit verbringen, Sticken, Geografie und Grammatik oder unregelmäßige Verben zu lernen! Ich will lebenswichtige Dinge lernen.«

»Vielleicht können wir uns etwas überlegen ...«, sagte Horace nachdenklich. Er spürte, dass seine Tochter nicht so ganz unrecht hatte.

Lynnie ergriff die Gelegenheit sofort beim Schopf. »Was denn? Was können wir überlegen?«

Er machte eine hilflose Geste. »Ich weiß auch nicht ... irgendetwas ... wir werden sehen.«

Daraufhin explodierte Lynnie voller Wut. »Toll! *Wir werden sehen.* Die übliche Ausrede von Eltern, wenn sie gar nichts machen! Das ist ja wunderbar, Paps! *Wir werden sehen.*«

»Sprich nicht so mit mir«, entgegnete Horace, auch wenn er sich bewusst war, dass dies die übliche Taktik vieler Eltern war, um schwierige Entscheidungen aufzuschieben.

»Und warum nicht? Werden wir sehen, was passiert, wenn ich es doch tue? Was werden wir denn dann sehen?« Lynnie beugte sich vor, forderte ihn heraus, die Hände in die Seiten gestemmt. Ihr ganzer Körper schien vor Empörung und Frustration zu vibrieren.

»Also gut. Das war's«, fuhr Horace sie an. »Du hast eine Woche Zimmerarrest! Und du wirst auf dem Zimmer bleiben, denn ich werde eine Wache vor deine Tür stellen!«

Lynnies Wangen brannten jetzt vor Wut. »Das ist so gemein und armselig! Ich nehme an, *wir werden sehen*, was dabei herauskommt!«, schrie sie.

»Mach zwei Wochen daraus«, sagte Horace, inzwischen genauso wütend wie sie. Sie holte Luft für eine Antwort und er legte den Kopf zur Seite. »Hast du vor, das auf drei Wochen auszudehnen?«

Sie zögerte, denn sie sah den entschlossenen Ausdruck in seinen Augen. Daraufhin drehte sie sich um und stapfte wütend zu ihren eigenen Gemächern.

»Das ist so gemein!«, schrie sie und schlug die Tür hinter sich zu.

Horace und Cassandra tauschten einen langen Blick aus. Horace schüttelte seufzend den Kopf und legte den Arm um die Schultern seiner Frau.

»Tja, das lief ja wirklich hervorragend«, sagte er.

Vier

Walt und Pauline parierten ihre Pferde durch, als die Straße aus dem Wald unterhalb von Schloss Araluen herausführte.

Keiner von beiden hatte vorgeschlagen anzuhalten. Es war einfach eine natürliche Reaktion auf den plötzlichen Anblick des Schlosses mit seinen hoch aufragenden Türmen und dem Dutzend im Wind flatternder Fahnen.

»Beeindruckend, nicht wahr?«, sagte Pauline leise.

Walt blickte mit einem Lächeln zu ihr. »Wie seit jeher«, stimmte er zu. »Dennoch würde ich es nicht für Redmont eintauschen wollen.«

Im Vergleich zu Schloss Araluen war Burg Redmont lediglich solide und funktional, ohne die Anmut und Schönheit, die Araluen bot. Doch Burg Redmont war ihr Zuhause. Pauline hatte dort den größten Teil ihres Lebens verbracht und auch für Walt war Burg Redmont immer Heimat gewesen. Und schließlich hatten sie dort einander ihre lang andauernde Liebe offenbart.

Das Leben auf Redmont war zudem weniger formell, was vor allem Walt entgegenkam. Er hatte wenig übrig für die höfischen Rituale im königlichen Palast, wo man starr an

Protokoll und Rang festhielt. Er empfand solches Benehmen als nutzlose Albernheit und es schlug ihm stets auf die Laune, wenn er irgendeine formelle Veranstaltung besuchen musste. Zum Glück besagte die Nachricht, die er von Gilan erhalten hatte, dass der jetzt anstehende Besuch keine Formalitäten beinhaltete.

Pauline und Walt trieben ihre Pferde nun zu einem langsamen Trab an. Die Hufe verursachten kleine Staubwölkchen in der warmen Luft. Sie reisten allein, mit lediglich einem Packpferd und ohne jegliche Eskorte. Nicht, dass sie eine gebraucht hätten. Auch wenn Walt inzwischen im Ruhestand war und sein Haar nicht mehr graumeliert war, sondern silbern leuchtete, war er immer noch der berühmteste Waldläufer im Königreich und für jeden Räuber ein unschlagbarer Gegner. Der massive Langbogen, den er mit sich führte, war ein Beleg dafür.

»Findest du es eigentlich nicht merkwürdig«, fragte Pauline, »von deinem früheren Lehrjungen herbeizitiert zu werden?«

Walt schob die Lippen vor. »Dies war weniger ein Herbeizitieren«, korrigierte er sie, »als vielmehr eine Bitte.«

Es war jetzt drei Jahre her, dass Crowley verstorben war. Der Oberste Waldläufer war friedlich im Schlaf gestorben. Walt hielt das insgeheim für ein ironisches Ende seines ältesten Freundes: Nach einem Leben voller Schlachten, Intrigen und Gefahren hatte er einfach eines Nachts aufgehört zu atmen. Er wurde mit offenen Augen und einem fragenden Lächeln im Gesicht gefunden. Zumindest das passte zu ihm, dachte Walt. Crowley war bekannt gewesen für seinen verschmitzten Sinn für Humor. Er war offensichtlich gestorben, während er an etwas Amüsantes dachte, und das tröstete Walt.

Nach Crowleys Ableben hatten die meisten Leute vermutet, dass Walt den Posten des Obersten Waldläufers übernehmen würde. Doch er hatte auf diesen Vorschlag mit dem reinsten Entsetzen reagiert.

»Papierarbeit, Berichte, Organisation, ständig hinter einem Schreibtisch sitzen und sich die Beschwerden und Probleme von allen anzuhören. Kannst du dir mich so vorstellen?«, hatte er damals zu Pauline gesagt.

Seine Frau hatte gelächelt und geantwortet: »Nein, das kann ich sicher nicht.«

Also hatte man die Position Gilan angeboten – sehr zu dessen Überraschung. Er war der Meinung, viel zu jung dafür zu sein. Doch die Ernennung war von seinen Freunden mit einmütiger Begeisterung aufgenommen worden. Gilan war, zusammen mit Will Hallas, einer der angesehensten unter den jüngeren Männern im Bund der Waldläufer – und darüber hinaus einer mit umfassender Erfahrung, besonders im Hinblick auf internationale Angelegenheiten. Gilan war weit gereist und hatte mehr erlebt als die meisten Waldläufer. Und er war daran gewöhnt, nahe am Schaltzentrum der Macht zu sein. Sein Vater war der Kommandant der Königlichen Armee und Gilan hatte außerdem eine enge persönliche Beziehung zu Prinzessin Cassandra und Sir Horace, dem berühmtesten Ritter des Königreiches. Was noch mehr für ihn sprach – in den Augen der anderen Waldläufer – war die Tatsache, dass er bei Walt selbst in die Lehre gegangen war.

Will wäre vielleicht ebenfalls für die Aufgabe in Frage gekommen, auch wenn er jünger als Gilan war. Doch wie Walt wurde er zwar allgemein respektiert und sogar verehrt, doch es war bekannt, dass er es genau wie dieser vorzog, unabhängig zu agieren, und dazu neigte, die Regeln zu beugen, wenn er es für nötig hielt. Gilan hingegen war viel disziplinierter und organisierter und passte dadurch besser für die Aufgabe, einer Eliteeinheit aus verschiedenartigsten Einzelkämpfern vorzustehen – wie es die fünfzig Waldläufer von Araluen waren.

»Meinst du, er wird dich bitten, einen neuen Auftrag zu übernehmen?«, fragte Pauline, nachdem sie ein paar Minuten schweigend weitergeritten waren. Von Zeit zu Zeit hatte Walt noch Aufgaben für Gilan übernommen, auch wenn er schon im Ruhestand war.

Walt schüttelte nach kurzer Überlegung den Kopf.

»Das hätte er in seinem Brief sicher bereits mitgeteilt«, antwortete er. »Er würde mich nicht bitten, so weit zu reisen, wenn die Möglichkeit bestünde, dass ich ablehne. Außerdem: Wenn er möchte, dass ich einen Auftrag übernehme, wieso sollte er dich bitten mitzukommen? Ich habe das Gefühl, es ist eher etwas Persönliches.«

»Du meinst nicht vielleicht, dass Jenny endlich eingewilligt hat, ihn zu heiraten?«, fragte Pauline mit einem Lächeln. Dass Jenny sich entschieden hatte, ihr gut gehendes Lokal nicht von Redmont nach Araluen zu verlegen, um Gilan nach Schloss Araluen zu folgen, hatte ihre Freunde sehr überrascht. Jenny liebte Gilan, das wussten alle. Doch sie wollte ihre Unabhängigkeit und ihren Beruf nicht aufgeben.

»Wir können es irgendwann immer noch tun«, hatte Jenny Gilan erklärt. »Aber im Augenblick bist du entweder völlig mit den Angelegenheiten der Waldläufer beschäftigt oder irgendwo mit einem Auftrag unterwegs. Ich möchte nicht nur die Frau des Obersten Waldläufers sein.«

Gilan war von ihren Worten verblüfft gewesen. »Was ist, wenn ich jemand anders kennenlerne?«, hatte er spitzbübisch gefragt.

Jenny hatte daraufhin mit den Schultern gezuckt. »Dann steht es dir frei zu tun, was dir gefällt. Aber du wirst niemanden kennenlernen, der so gut zu dir passt wie ich.«

Sie hatte recht gehabt. Also behielten sie ihre Fernbeziehung bei, und Gilan nahm jede Gelegenheit wahr, um ins Lehen Redmont zu kommen und Zeit mit ihr zu verbringen. Jedes Mal, wenn sie einander sahen, erneuerte er seinen Heiratsantrag, und sie erneuerte ihre Bitte, die Heirat aufzuschieben.

»Glaube ich nicht«, erwiderte Walt jetzt auf Paulines Frage. »Du kennst doch Jenny. Wenn sie beschlossen hätte, ihn zu heiraten, wäre sie vor Aufregung und Begeisterung übergesprudelt.«

»Das ist wahr«, stimmte Pauline zu. Sie seufzte leise. »Denkst du, wir waren ihnen ein schlechtes Beispiel, weil wir so lange gewartet haben?«

»Ich glaube nicht, dass es ein schlechtes Beispiel war«, antwortete Walt. »Außerdem hat dir das Warten gutgetan.«

Pauline drehte sich im Sattel, um ihn anzusehen. Es war ein langer, nachdrücklicher Blick, und Walt wurde klar, dass er für diese Bemerkung noch büßen würde. Vielleicht nicht heute oder morgen. Aber eines Tages – wahrscheinlich, wenn er es am wenigsten erwartete. Aber das war es wert gewesen. Schließlich konnte er selten genug in einem Gespräch mit seiner Frau punkten, denn sie hatte ihm ihre lebenslange Übung im Diplomatischen Dienst voraus.

Inzwischen näherten sie sich der Zugbrücke, die – wie untertags üblich – gesenkt war. Zwei Wachposten standen am äußeren Ende. Sie gingen in Habachtstellung und salutierten. Es war unnötig, dass Walt und Pauline sich auswiesen. Ihre Ankunft wurde erwartet und sie waren im ganzen Königreich wohlbekannt, ganz besonders hier in der Hauptstadt.

»Waldläufer Walt, Lady Pauline«, grüßte der ältere der beiden. »Willkommen auf Schloss Araluen.«

Er trat zur Seite, um sie vorbeireiten zu lassen.

Walt nickte den beiden Männern zu.

Pauline bedachte den älteren Wachmann mit einem strahlenden Lächeln.

»Vielen Dank, Korporal.« Sie beugte sich vor und sah sich den anderen Mann näher an. »Und seid Ihr das, Malcolm Landers? Ich erinnere mich, dass Ihr mir bei meinem letzten Besuch mit meinem Pferd geholfen habt.«

Das Gesicht des Mannes verzog sich zu einem erfreuten Lächeln. »Das ist richtig, Mylady. Es hatte ein Hufeisen verloren.«

Walt schüttelte unmerklich den Kopf. Die Fähigkeit seiner Frau, sich an Namen und Gesichter zu erinnern, selbst die von einfachen Soldaten, überraschte ihn immer wieder. Hängt auch mit dieser diplomatischen Ausbildung zusammen, dachte er. Dann korrigierte er sich. Nein, Pauline war ehrlich interessiert an den Menschen. Sie mochte die Menschen und vergaß niemanden, der ihr einen Gefallen erwiesen hatte. Ihm wurde klar, dass sie mit ihrer einfachen Geste des Wiedererkennens und Erinnerns einen hingebungsvollen Bewunderer gewonnen hatte. Malcolm Landers würde von nun an alles für sie tun.

Aber natürlich hilft es auch, wenn man eine hinreißende Schönheit ist, sagte er in Gedanken zu seinem Pferd.

Womit du ganz sicher nicht mithalten kannst, antwortete Abelard.

»Hör jetzt lieber auf, mit deinem Pferd zu sprechen, mein Schatz«, sagte Pauline, als sie unter dem erhobenen Fallgatter hindurch über die Zugbrücke ritten.

Er fragte sich, wie sie das nur immer wusste.

»Ich weiß es einfach«, sagte sie und ließ ihn mit der Frage zurück, woher sie nun wieder seine Überlegung kannte.

Im Hof kam ihnen ein junger Waldläufer-Lehrling entgegen. Gilan hatte ein System eingeführt, bei dem er für zwei oder drei Monate Lehrlinge von ihren Meistern »ausborgte«, damit sie ihm bei seiner Arbeit als Oberster Waldläufer zur Hand gingen.

»Es ist durchaus sinnvoll, ihnen zu vermitteln, wie der Bund geleitet wird«, hatte er zu Walt gesagt. »Wer weiß? Eines Tages könnte einer dieser Jungen auf dem leitenden Posten sitzen.«

Walt hatte die Augen daraufhin verdreht. »Dann gnade uns Gott«, hatte er gesagt.

»Guten Morgen, Waldläufer Walt. Guten Morgen, Lady Pauline«, grüßte der derzeitige mögliche Anwärter auf den leitenden Posten. »Mein Name ist Kane und ich gehe dem Obersten Waldläufer zur Hand. Er lässt sich zur Begrüßung entschuldigen, da er im Augenblick zu den diesjährigen Absolventen der Heeresschule spricht.« Er blickte die beiden Besucher nervös an. »Er schlug vor, dass ich Euch Eure Zimmer zeige und er Euch rufen lässt, sobald er frei ist. Er wusste nicht genau, wann Ihr ankommen würdet«, fügte er entschuldigend hinzu.

Pauline schenkte ihm ein Lächeln. »Das verstehen wir. Gilan hat schließlich viel zu tun.«

Kane deutete auf einen Stallknecht, der in der Nähe wartete und dabei unruhig von einem Fuß auf den anderen trat. »Darf Murray sich um Eure Pferde kümmern?«, fragte er.

Walt zögerte. Pauline wusste, dass er sich am liebsten selbst um Abelard kümmerte. Doch sie wusste auch, dass der junge Stallknecht noch jahrelang damit angeben konnte, dass er sich um Walts Pferd gekümmert hatte.

»Lass Murray das nur übernehmen, mein Lieber«, sagte sie leise.

Abelard warf den Kopf. *Ganz meiner Meinung. Er wird das besser machen als du, denn er erweist mir besonderen Respekt.*

Walt schnaubte. *Er erweist sich als besonderer Apfelspender, meinst du.*

»Sprich jetzt nicht mit deinem Pferd, Schatz. Die Leute beobachten dich«, sagte Pauline leise.

Walt sah sie verblüfft an. »Woran merkst du das nur?«

Sie lächelte ihn an. »Deine Nase zuckt«, sagte sie.

Immer noch verblüfft überließ Walt dem Stalljungen Abelards Zügel. Während der Stalljunge die beiden Pferde zum Stall führte, folgten Walt und Pauline Kane in ein höher gelegenes Stockwerk des Bergfrieds, wo eine bequeme Zimmerflucht für sie vorbereitet war. Dabei blickte Kane verstohlen auf den berühmten Waldläufer, fasziniert davon, wie dieser eben noch auf seine eigene Nase gestarrt und an ihr gezupft hatte.

Sobald sie die Räume erreicht hatten, schickte Pauline nach Dienstboten, um heißes Wasser für ein Bad zu bringen.

»Während du dein Bad nimmst, werde ich König Duncan

die Ehre erweisen«, sagte Walt. Pauline nickte. Während sie einige Kleider auspackte und in den Schrank hängte, sagte sie: »Ich sehe ihn dann später, wenn er genug Zeit hatte, sich darauf vorzubereiten.«

Duncan war aufgrund einer Beinverletzung, die einfach nicht heilen wollte, schon seit einiger Zeit bettlägerig. Früher so kraftvoll und voller Energie, war er inzwischen nur noch ein Schatten seines einstigen Selbst. Er hatte Gewicht und Muskelmasse verloren und Pauline, mit ihrem Gespür für die Wünsche und Würde anderer, hatte das Gefühl, dass er sich gern zurechtmachen lassen würde, um so gut wie möglich auszusehen, bevor er einen weiblichen Gast empfing.

»Gute Idee«, sagte Walt. »Ich grüße ihn von dir.«

Auch wenn Walt vorbereitet war, war es dennoch beinahe ein Schock, als er in das Schlafzimmer des Königs geführt wurde. Es war einige Monate her, seit er den König das letzte Mal besucht hatte. Es machte ihn betroffen, als er jetzt sah, wie sehr Duncan abgebaut hatte. Seine Wangen waren hohl und wächsern, seine Augen durchscheinend und fiebrig. Und sein ganzer Körper war eingefallen, die Haut schien an ihm herabzuhängen. Das verletzte Bein war unter einem Berg von Decken verborgen.

Sie plauderten ein paar Minuten über alles Mögliche. Auch wenn Duncan sich freute, Walt zu sehen – einen seiner ältesten Freunde und treuesten Unterstützer – merkte Walt, dass der König schwach war und schnell ermüdete. Er wollte seinen Besuch abkürzen und sich verabschieden, doch Duncan winkte ihn näher zu sich ans Bett. Der König fasste Walts

Handgelenk mit einer klauenartigen Hand und beugte sich nach vorn.

»Walt, bitte pass weiter auf Cassandra auf. Es ist nicht leicht für sie, das Königreich zu führen, während ich ans Bett gefesselt bin.«

Walt zwang sich zu einem Lächeln. »Das werde ich, Euer Majestät, aber Ihr werdet schon bald wieder auf den Beinen sein und die Geschäfte selbst übernehmen.«

Noch bevor er den Satz beendet hatte, schüttelte Duncan bereits den Kopf. »Machen wir uns nichts vor, Walt. Ich habe nicht mehr lange. Und wenn ich gegangen bin, wird sie Freunde brauchen.« Er hatte deutliche Atemprobleme und machte eine Pause, die Augen für ein paar Sekunden geschlossen. Dann öffnete er sie wieder. »Zum Glück hat sie Horace. Sie hätte keinen besseren Mann erwählen können.«

Der alte Waldläufer lächelte erfreut bei dem Gedanken an den ehrlichen jungen Ritter, der Cassandra so treu ergeben war. »Wie wahr!«, antwortete er und dachte dabei: Welche Ironie! Horace war ein einfaches Waisenkind gewesen. Bald würde er als Gemahl der Königin der mächtigste und einflussreichste Mann im Königreich sein.

»Sie wird ihn brauchen«, sagte der König. »Es ist nicht leicht für eine Frau, über ein Königreich zu herrschen. Es wird mit Sicherheit Leute geben, die sie ablehnen. Sie werden versuchen, sie herauszufordern. Darum wird Cassandra alle Hilfe benötigen, die sie bekommen kann. Von Horace. Von dir. Und von Will.«

Walt versicherte dem König seine Unterstützung mit einem nachdrücklichen Nicken. »Und sie wird sie von uns bekommen«, versprach er. Dann konnte er nicht anders, als zu lächeln. »Doch unterschätzt Eure Tochter nicht, Euer Majestät. Sie weiß, was sie will, und sie weiß, wie sie es bekommt.«

Ein müdes Lächeln huschte über Duncans Gesicht. »Und nach allem, was ich höre, schlägt ihre eigene Tochter ihr darin nach«, sagte er. Er löste den Griff um Walts Handgelenk und ließ sich zurück in die Kissen fallen, als sei die Anstrengung zu viel für ihn gewesen. Schwach wedelte er mit der Hand, um Walt zu entlassen.

Walt ging leise zur Tür, tief in Gedanken versunken. Als er seine Hand auf die Türklinke legte, drehte er sich noch einmal zu König Duncan um, dem er so viele Jahre zur Seite gestanden hatte. Duncan war bereits eingeschlafen, seine Brust hob und senkte sich unter der Zudecke.

Traurig ging Walt hinaus.

»Keiner von uns wird jünger«, sagte er zu niemand Bestimmten. Dann lächelte er. Abelard hätte darauf eine beißende Bemerkung parat, dachte er.

Fünf

Es war kaum zehn Minuten her, dass Walt zu seinen Räumen zurückgekehrt war, als Kane an der Tür klopfte.

»Der Oberste Waldläufer hat jetzt Zeit«, sagte er. »Er lässt fragen, ob Ihr zu ihm in sein Büro kommen möchtet.«

Walt und Pauline folgten dem jungen Mann, der sie in den einige Stockwerke unterhalb gelegenen Verwaltungsbereich des Bergfrieds führte. Die höher gelegenen Stockwerke waren zur Unterbringung von Gästen vorgesehen.

Gilans Büro im Bergfried war hell und luftig, die Fensterläden waren geöffnet, um frische Luft hereinzulassen. Waldläufer hassten es, eingeschlossen zu sein, wie Pauline wusste. Allerdings konnte ihre Vorliebe für Frischluft manchmal etwas extrem sein. Frische Luft war gut und schön. Frische, kalte Luft war etwas anderes. Doch sie war sich dieser Eigenheit bewusst und trug entsprechend eine warme Stola über ihrem Kleid.

Gilan begrüßte Walt und Pauline erfreut, umarmte sie beide und akzeptierte von Pauline ein Küsschen auf die Wange. Sie musterte ihn liebevoll. Sie konnte nicht anders, als die beiden einstigen Lehrlinge von Walt als Ersatzsöhne zu betrachten. Gilans normalerweise fröhliches Gesicht zeigte seit ihrem letzten Treffen einige Falten mehr.

Die Last der Verantwortung, dachte sie.

Anders als Walt und Will trug Gilan keinen Bart. Das verlieh ihm ein jugendliches Aussehen, das in einem eigenartigen Kontrast zu seiner Position als Oberster Waldläufer des Königreichs stand.

»Gilan«, sagte sie, »du siehst gut aus.« Und abgesehen von seinen Fältchen stimmte das auch.

Er lächelte sie an. »Und du wirst jeden Tag schöner, Pauline«, antwortete er.

»Was ist mit mir?«, fragte Walt mit gespielter Ernsthaftigkeit. »Sehe ich auch jeden Tag besser aus? Beeindruckender vielleicht?«

Gilan musterte ihn kritisch, den Kopf zur Seite gelegt, bevor er sein Urteil verkündete.

»Rauer«, sagte er.

Walt hob die Augenbrauen. »Rauer?«, wiederholte er.

Gilan nickte. »Ich weiß nicht, ob du dir dessen bewusst bist, welche Fortschritte die heutige Technik gemacht hat, Walt«, sagte er. »Aber es gibt eine wunderbare neue Erfindung, die nennt sich *Schere*. Man benutzt sie, um Bart und Kopfhaar zu schneiden.«

»Warum?«

Gilan blickte kopfschüttelnd zu Pauline. »Anscheinend benutzt er immer noch sein Sachsmesser, um sich den Bart zu schneiden, oder?«

Pauline nickte und hakte sich bei ihrem Mann unter. »Außer ich kann es verhindern«, gestand sie. Walt musterte seine Frau und Gilan mit einem bohrenden Blick. Doch keiner von beiden ließ sich dadurch aus der Ruhe bringen, also gab er es wieder auf.

»Du zeigst einen ganz schönen Mangel an Respekt für deinen alten Mentor«, sagte er zu Gilan.

Der zuckte mit den Schultern. »Das liegt an meiner herausgehobenen Position als dein Vorgesetzter.«

»Nicht meiner«, entgegnete Walt. »Ich bin im Ruhestand.«

»Also kann ich auch keine Ehrerbietung von dir erwarten?« Gilan grinste.

»Nein. Ich werde dir natürlich Ehrerbietung erweisen … an dem Tag, an dem du dein Pferd so weit hast, dass es rückwärts um die Schlosstürme fliegt.«

Pauline wusste, dass dieser gutmütige Austausch von Frotzeleien noch eine ganze Weile so weitergehen konnte. Also beschloss sie, das zu unterbrechen.

»Warum wolltest du uns denn sehen, Gil? Hast du vor, mir meinen Mann zu entführen?«, fragte sie.

Gilan hatte gerade eine weitere hübsch verpackte Frotzelei loswerden wollen. Paulines direkte Frage brachte ihn ganz aus dem Konzept.

»Was? Äh … nein. Weit gefehlt. Ich möchte nur mit euch reden. Mit euch beiden.«

Pauline deutete auf einen niedrigen Tisch vor dem Kamin mit vier bequemen Stühlen. »Wollen wir uns dann vielleicht setzen?«, schlug sie vor.

Doch Gilan winkte ab. »Nicht hier. Ich möchte nicht nur mit euch beiden, sondern auch mit Cassandra und Horace reden. Sie erwarten uns in ihren Gemächern.«

Als Vorsitzender der Waldläufer konnte Gilan Walt und Pauline zu sich rufen. Doch das konnte er wohl kaum mit der regierenden Prinzessin und ihrem Gemahl tun, alte Freunde hin oder her. Er öffnete die Tür für Pauline und Walt, dann ging er ihnen voran zur Treppe.

»Schon wieder nach oben. Hast du denn gar kein Mitleid mit meinen armen alten Knochen?«, beschwerte sich Walt.

Gilan ging energisch zu einer der Wendeltreppen. »Nicht im Geringsten«, erwiderte er fröhlich.

Horace und Cassandra warteten im Salon der königlichen Gemächer. Gilan klopfte an und auf Cassandras Antwort hin trat er mit seinen beiden Gästen ein.

Prinzessin Cassandra erhob sich und ging auf sie zu, um Pauline und Walt zu umarmen.

»Wie schön, euch zu sehen!«, rief sie aus, und das meinte sie auch so. Die Verantwortung, das Königreich zu regieren, war eine schwere Last, und Walt und Pauline waren mehr als nur Freunde. Sie waren ihr Leben lang schon ihre Unterstützer und Berater gewesen. Walt im Besonderen war viele Jahre ihr Ratgeber und Beschützer in gefährlichen Situationen gewesen, von Skandia bis zu den Bergen von Nihon-Ja.

Horace wartete, bis seine Frau die beiden begrüßt hatte, dann umarmte auch er die Neuankömmlinge.

Walt betrachtete ihn genauer. »Na, wie ist das Leben auf Schloss Araluen?«, fragte er.

Horaces offenes Gesicht wirkte etwas wehmütig, als er antwortete: »Es ist schon in Ordnung. Aber ich vermisse die alten Tage.«

»Du meinst die alten Tage, in denen du mit deinem Freund in alle Ecken der Welt verschwinden konntest?«, warf seine Frau ein.

»Genau!« Horaces Antwort kam so offensichtlich aus ganzem Herzen, dass sie alle lachten.

Walt blickte Prinzessin Cassandra an. »Ich meine mich zu erinnern, dass du selbst oft genug verschwunden warst.«

Sie winkte ab. »Darüber reden wir jetzt lieber nicht.«

Es klopfte leicht hinter der Tür zu Madelyns Gemächern.

»Komm herein«, rief Cassandra, und die junge Prinzessin trat ein.

»Walt. Lady Pauline. Wie schön, euch zu sehen!«

Madelyn zögerte einen Moment, dann durchquerte sie den Raum, um die beiden zu begrüßen. Als Madelyn Pauline umarmte, blickte Walt zufällig zu ihren Eltern. Dabei nahm er deutlich eine gewisse Spannung im Raum wahr. Cassandra, die nie in der Lage gewesen war, ihre Gefühle vor Walt zu verbergen, hatte unwillkürlich das Gesicht verzogen, und Horace sah definitiv aus, als fühle er sich unwohl. Madelyn löste sich aus der Umarmung mit Pauline und grüßte Gilan mit einem Nicken.

Horace räusperte sich. »Schön, Madelyn«, sagte er. »Du hast alle begrüßt. Dann wieder ab mit dir.« Er nickte zur Tür hin. Lynnie lächelte die Gäste an und zog sich dann zurück.

»Wir reden später«, rief Walt ihr nach. Seine Beziehung zu Lynnie war sehr ungezwungen und in der Vergangenheit hatte er oft als ihr Vertrauter fungiert.

Sie schenkte ihm ein trauriges Lächeln. »Aber natürlich«, sagte sie und schloss die Tür.

Walt sah seine beiden alten Freunde neugierig an. »Gibt es Probleme?«, fragte er vorsichtig.

Cassandra zuckte aufgebracht mit den Schultern. »Ach, sie ist einfach so anstrengend, Walt!«, sagte sie. »Sie ist stur und unvernünftig. Es ist manchmal schlichtweg zum Verzweifeln. Und wenn man versucht, mit ihr darüber zu reden, dann seufzt und stöhnt sie und rollt mit den Augen, dass man ihr am liebsten den Hals umdrehen würde.«

Walt rieb sich nachdenklich den Bart. »Klingt sehr bedenklich«, sagte er. »Seufzen, Stöhnen und Augenrollen sagst du? Ich habe noch nie gehört, dass ein heranwachsendes Mädchen sich so verhalten hätte.«

»Du kannst ruhig darüber Witze machen, Walt«, warf Horace ein, »du musst damit ja nicht klarkommen. Ihretwegen hat sich Cassandra schon solche Sorgen machen müssen. Sie schleicht sich mitten in der Nacht ganz allein in den Wald. Wir haben ihr jetzt zwei Wochen Zimmerarrest gegeben. Vielleicht ist ihr das eine Lehre.«

Walts Gesichtsausdruck verriet, dass er das bezweifelte. Ein eigensinniges Mädchen wie Lynnie würde nach einer solchen Strafe nur noch sturer sein.

Horace registrierte den skeptischen Gesichtsausdruck und hatte das Gefühl, noch etwas hinzufügen zu müssen. »Sie geht zu viele Risiken ein und nimmt einfach an, dass sie schon auf sich selbst aufpassen kann. In diesem Wald kann es natürlich auch gefährlich sein.«

»Aber im Grunde ist sie ein ganz vernünftiges Mädchen, oder?«, stellte Walt fest. »Und ich kann mir durchaus vorstellen, dass sie auf sich aufpassen kann. Sie kann gut mit dem Sachsmesser umgehen. Das habe ich ihr schließlich selbst beigebracht. Und ich habe auch gehört, dass sie ziemlich gut mit ihrer Schleuder ist.«

»Wer hat dir das denn erzählt?«, fragte Cassandra scharf. Walt hob abwehrend die Hände.

»Das wird wohl dein Vater gewesen sein.«

»Vater redet zu viel«, sagte Cassandra missmutig.

Walt lächelte sie nachsichtig an. Über die Jahre hatte er gelernt, dass Eltern dazu neigten, die schärfsten Kritiker ihrer eigenen Kinder zu sein. Großeltern und Onkel – und er betrachtete sich als eine Art Onkel für Lynnie – konnten wohl eher das ganze Bild sehen und waren entsprechend in der Lage, kleinere Fehltritte im Vergleich zu einem sonst guten Benehmen nicht überzubewerten.

Pauline wusste das auch. Doch sie wusste ebenfalls, dass nichts Eltern stärker aufbringen konnte, als wenn ein Außenstehender ihnen erzählte, dass ein aufsässiges Kind nicht annähernd so schlimm war, wie sie das empfanden.

»Vielleicht geht es uns nichts an, Walt…«, begann sie.

»Nein. Schon in Ordnung«, unterbrach Cassandra.

»Was macht sie denn im Wald?«, fragte der Waldläufer.

»Sie spürt Tiere auf. Und sie geht auf die Jagd.«

»Ist sie gut?«

Cassandra zuckte unsicher mit den Schultern. Horace antwortete sofort, ohne groß nachzudenken.

»Anscheinend schon. Sie kommt nie mit leeren Händen zurück und verschenkt das Wild an die Wachposten.

Cassandra sah ihn an. »Woher weißt du das?«, fragte sie.

Horace sah verwirrt drein. Er senkte den Blick. »Ich… ähm… ich hab vielleicht mal so etwas bei den Wachen aufgeschnappt.«

»Und das wolltest du mir nicht erzählen?«

»Ich dachte, dass es vielleicht nicht so gut wäre und dich nur noch mehr aufregen würde.«

»Wenn du…«

Pauline klatschte nachdrücklich in die Hände. Ihre Persönlichkeit und ihr Selbstbewusstsein erlaubten es ihr, die regierende Prinzessin auf so entschiedene Weise zur Ordnung zu rufen. Und der Respekt Cassandras für die langjährige Freundin zeigte sich darin, dass sie diese Mahnung akzeptierte.

»Horace! Cassandra!«

Die beiden Angesprochenen hielten inne und blickten zu ihr, als sie nachsichtig fortfuhr: »Ihr seid nicht die ersten Eltern, die von einer pubertierenden Tochter geplagt werden. Und ihr werdet auch nicht die letzten sein. Es ist schwierig, ich weiß. Aber nehmt es nicht zu wichtig. Behaltet die richtige Perspektive. Vor allem müsst ihr eine gemeinsame Linie einschlagen und dürft euch nicht untereinander zerstreiten.«

Die beiden sahen kleinlaut nach unten.

Walt lächelte bei sich. Cassandra und Horace sahen selbst wie unartige Kinder aus, die ihrerseits von einem strengen Elternteil zurechtgewiesen wurden. Schmunzelnd sagte er: »Außerdem scheint mir, dass sie nicht die erste Prinzessin ist, die sich nachts auf die Suche nach Abenteuern begibt.«

Cassandra biss sich auf die Lippen. »Ach, jetzt fang du nicht auch wieder an.«

»Lynnie ist an sich ein gutes Kind«, fuhr Walt fort. »Sie ist klug, tapfer und einfallsreich. Denn so habt ihr sie erzogen.«

»Tja«, sagte Gilan, leicht ungeduldig, »wenn das nun besprochen ist, könnten wir vielleicht den Grund diskutieren, weshalb ich um ein gemeinsames Gespräch mit euch allen ersucht habe.«

Die anderen wendeten sich ihm gespannt zu.

»Es geht um Will«, erklärte Gilan. »Ich mache mir große Sorgen um ihn.«

Sechs

Es sind jetzt achtzehn Monate seit Alyss' Tod vergangen«, sagte Gilan. »Kann sich irgendjemand von euch erinnern, Will seither auch nur einmal lachen oder wenigstens lächeln gesehen zu haben?«

Traurig schüttelten die anderen die Köpfe und wechselten unangenehm berührte Blicke.

Dann ergriff Pauline das Wort: »Es bricht einem das Herz. Er war immer ein so fröhlicher, glücklicher Mensch. Stets hat er gelacht und Witze gemacht. Dieser Tage ist es, als ob ein Licht in ihm erloschen sei.«

»Natürlich können wir auch nicht erwarten, dass er die Trauer um Alyss' Verlust in wenigen Monaten abschütteln kann«, warf Walt ein. »Sie war schließlich seine Seelenverwandte und sie zu verlieren war ein fürchterlicher Schock für ihn.«

Alyss' Tod war das Ergebnis eines furchtbaren, tragischen, unglücklichen Zufalls. Sie war gerade mit einer kleinen Eskorte vom celtischen Hof zurückgekehrt, wo sie die Verlängerung des Verteidigungsbündnisses zwischen Araluen und Celtica begleitet hatte. Es war eine Routineangelegenheit. Doch auf dem Heimweg war sie zufällig in Anselm, einem der südlichen Lehen, in Schwierigkeiten geraten.

Seit einigen Monaten hatte eine Verbrecherbande, angeführt von einem einstigen Söldner namens Jory Ruhl, es auf Dörfer in Anselm und den benachbarten Lehen abgesehen. Die Bande entführte Kinder und forderte dann Lösegeld von ihren Eltern. Da die Dorfbewohner normalerweise nicht gerade wohlhabend waren, musste das ganze Dorf zusammenlegen, um das Lösegeld zu bezahlen.

Ein örtlicher Wachmann hatte erfahren, dass Ruhl und seine Bande sich an einem Abend im Gasthaus *Zum geflügelten Drachen* treffen wollten. Zufälligerweise war das auch die Unterkunft, die Alyss genommen hatte. Der Wachmann hatte eine Gruppe aus Freiwilligen zusammengestellt und war mit ihnen zum Gasthaus marschiert.

Unglücklicherweise wurde die versuchte Festnahme völlig verpfuscht. Ruhl war vorab gewarnt worden und wollte gerade mit seinen Männern fliehen, als der Wachmann mit seiner Verstärkung anrückte. Ein Kampf brach aus und einer der Bande wurde getötet. Um eine Ablenkung zu schaffen, damit sie leichter fliehen konnten, hatten Ruhl und seine Männer Feuer im Gasthaus gelegt. Das trockene Strohdach hatte im Nu in Flammen gestanden. Rauch erfüllte den kleinen Sattelhof. Die Gäste des Gasthofs strömten hinaus und bald konnte der Wachmann in all dem Rauch und der Menge von ängstlichen, rufenden Menschen die Banditen nicht mehr erkennen. In all dem Durcheinander entkamen Ruhl und seine vier Kumpane in den Wald.

Alyss und ihre drei bewaffneten Wachen befanden sich unter den Gästen, die aus dem brennenden Gebäude entkommen waren. Doch als Alyss draußen im Hof nach oben sah, entdeckte sie ein Gesicht an einem der oberen Fenster.

Es war ein fünfjähriges Mädchen, das verzweifelt versuchte, den Riegel am Fenster zu lösen. Man konnte von unten sehen, wie die Panik des Mädchens in dem von Rauch erfüllten Raum zunahm. Plötzlich stolperte die Kleine vom Fenster fort und war nicht mehr zu sehen.

Ohne zu zögern, stürmte Alyss zurück in das brennende Haus, ignorierte die Warnrufe ihrer Wachen. Sie kämpfte sich die Treppe hoch, die bereits in Flammen stand, und bahnte sich den Weg zur Vorderseite des Gasthofes, die Augen geschlossen und ihr Gesicht nur durch ihren Unterarm vor der Hitze geschützt. Sie bewegte sich instinktiv, tastete sich mit der anderen Hand die Wand entlang.

Sie erfühlte die Türklinke, drückte die Tür auf und taumelte in das Zimmer, in dem sie das Mädchen gesehen hatte. Sofort ließ sie sich auf Hände und Knie fallen, da dort unten weniger Rauch war, und kroch zum Fenster. Es war nur als undeutliches helles Viereck im dunklen Rauch sichtbar.

Auf dem Boden unter dem Fenster konnte sie gerade noch die zusammengekrümmte Gestalt des Mädchens erkennen. Alyss kroch zu der Kleinen, drehte sie um und sah mit Erleichterung, dass ihre Brust sich immer noch unter der Atmung hob, während sie hoffnungslos nach sauberer Luft rang. Alyss stand auf und zog ihren schweren Dolch. Sie stemmte ihn in den Spalt zwischen Fenster und Rahmen und zog mit aller Kraft daran. Mit einem splitternden Knacken flog das Fenster auf und draußen gegen die Mauer. Alyss bückte sich, hob die Kleine auf und schob sie auf das Fensterbrett. Im Hof unter ihr beobachteten ihre Wachen ihr Tun voller Entsetzen. Sie konnten sehen, dass der Gasthof inzwischen fast völlig in Flammen stand. Der Teil, in dem Alyss sich befand, war einer der wenigen, die bislang noch nicht vom Feuer erfasst waren.

»Fangt sie auf!«, schrie Alyss und schob das bewusstlose Mädchen aus dem Fenster, wo es das Strohdach entlangrutschte. Als das Mädchen über den Rand fiel, eilten die drei Wachen nach vorne, um es aufzufangen. Der Aufprall des Körpers ließ einen von ihnen in die Knie gehen und die anderen beiden schwankten. Doch es gelang ihnen, den Sturz des Mädchens abzubremsen. Dann blickten sie wieder empor zu dem Fenster, aus dem Alyss sich gerade hinausschwang.

Eine Flammenmauer schoss aus dem Stroh zwischen Alyss und dem Rand des Daches. Die Balken, die das Dach hielten, hatten ungesehen schon seit einigen Minuten gebrannt und das Feuer brach plötzlich durch. Alyss war nicht mehr zu sehen. Mit einem furchtbaren, donnernden Schlag stürzte das ganze Dach, auf dem sie stand, in sich zusammen und brach in einem Flammenmeer nach innen ein. Im Bruchteil einer Sekunde war nichts mehr davon übrig. Es gab nur noch ein riesiges, rauchendes Loch. Dann sackten weitere Balken weg und die ganze Vorderwand des Gasthofes stürzte ein.

Alyss hatte nicht die geringste Chance.

»Ich weiß«, sagte Gilan und brach damit das lange Schweigen, das Walts Feststellung gefolgt war. »Es ist nicht leicht, über so etwas hinwegzukommen.«

Sie alle hatten an die furchtbaren Tage zurück gedacht, als sie von Alyss' Tod gehört und immer wieder vor ihrem geistigen Auge gesehen hatten, wie es geschah. So, wie es ihnen von Alyss' entsetzten und tief betroffenen Wachen berichtet worden war.

»Es war so typisch für Alyss«, sagte Cassandra leise, »ihr eigenes Leben für andere aufs Spiel zu setzen. Ihre Wachen berichteten, dass sie überhaupt nicht gezögert hat, sondern einfach losgerannt ist, um dieses Mädchen zu retten.«

»Vielleicht wäre es nicht so schwer für Will gewesen, wenn wir sie hätten begraben können«, sagte Pauline. Das Feuer war so heftig gewesen, dass Alyss' Körper nie geborgen werden konnte. »Begräbnisse mögen furchtbar traurige Angelegenheiten sein, doch sie geben zumindest den Hinterbliebenen eine Möglichkeit, Abschied zu nehmen. Wenn es mir schon so geht, wie viel schlimmer muss es wohl für Will sein.«

Gilan wartete ein paar Sekunden, bevor er weitersprach. »Ich kann seinen Schmerz und seine Trauer verstehen«, sagte er. »Das ist etwas, was nur die Zeit heilen kann. Und ich bin sicher, mit der Zeit wird er den Verlust bewältigen. Doch es gibt noch etwas anderes.«

Die anderen sahen ihn gespannt an. Nur Walt ahnte, wovon sein junger Freund redete.

»Jory Ruhl und seine Bande«, sprach Walt es leise aus.

Gilan nickte. »Will ist verbittert darüber, dass sie entkommen konnten. Er hat es sich zur Aufgabe gemacht, sie zu fassen. Er befindet sich auf einem persönlichen Rachefeldzug und diese Besessenheit nährt das Dunkel in seinem Geist und seiner Seele, bis er an nichts anderes mehr denken kann.«

Cassandra entfuhr unwillkürlich ein entsetztes »Nein!«, und sie fasste sich an die Kehle. Der Gedanke, dass Will, ihr langjähriger Gefährte, der wie ein Bruder für sie war, von einer solchen Obsession des Hasses gejagt wurde, ließ Tränen in ihre Augen steigen. Sie erinnerte sich an ihre Tage zusammen auf der Insel Skorghijl. Damals hatte er sie beschützt und für sie gesorgt und sie auch in den schwärzesten Zeiten aufgemuntert. Sie erinnerte sich an Arrida, als er sie alle im letzten Moment gerettet hatte, genau wie Walt es vorhergesagt hatte.

Man konnte nicht an Will denken, ohne seinen zerzausten braunen Haarschopf und sein fröhliches Grinsen vor sich zu sehen. Will war stets voll unglaublicher Energie gewesen. Er war enthusiastisch und wissbegierig und unentwegt auf der Suche nach neuen und interessanten Dingen im Leben. Es war dieser Wesenszug, der einst die Menschen in Nihon-Ja dazu gebracht hatte, ihn Chocho – Schmetterling – zu nennen. Er schien stets fröhlich von einer Idee zur nächsten, von einem Abenteuer zum nächsten zu schwirren.

Cassandra hatte Will seit Alyss' Tod einige Male gesehen, obwohl er versuchte, seinen alten Freunden aus dem Weg zu gehen. Dieser Tage war er eine frühzeitig ergraute, bärtige Gestalt mit grimmigem Gesicht. Der alte Will schien wie verschwunden. Pauline hatte recht. Es war, als sei ein Licht in ihm erloschen.

»Er braucht etwas, das ihn von seinen Rachegedanken abbringt«, sagte Walt. »Kannst du ihn nicht auf einen Auftrag schicken – ihm etwas geben, womit er sich beschäftigen muss?«

»Das habe ich versucht«, sagte Gilan mit einem Stirnrunzeln. Er machte eine Pause, bevor er fortfuhr. »Er hat sich zweimal geweigert.«

Walt war schockiert. »Geweigert? Das kann er doch nicht.«

Gilan machte eine Geste der Hilflosigkeit. »Ich weiß, Walt. Und das weiß auch Will. Wenn es noch einmal geschieht, muss ich ihn aus dem Bund ausschließen.«

»Das würde ihn umbringen«, sagte Horace.

Gilan sah ihn an. »Und das weiß er selbst nur allzu gut. Doch es ist ihm egal. Und das bedeutet, ich kann ihm keine andere Aufgabe mehr zuweisen. Er würde sich weigern und ich müsste die Konsequenzen ziehen. Gleichzeitig kann ich es mir nicht leisten, auf meinen besten Waldläufer zu verzichten, weil er über Jory Ruhl und seiner Bande brütet und nur noch darüber nachdenkt, wie er sie fassen kann. Abgesehen von alldem ist er mein Freund. Ich hasse es, ihn so zu sehen.«

»Ich dachte, er hätte schon einige aus der Bande gefasst?«, fragte Horace nach.

»Drei. Einen erst vor zwei Wochen. Henry Wheeler war sein Name. Will hat ihn gestellt und Wheeler versuchte zu entkommen.«

»Was ist passiert?«, fragte Walt, obwohl er die Antwort fürchtete. Niemand »entkam« einfach jemandem, der so erfahren und tödlich war, wie sein früherer Lehrjunge, und er wollte nicht hören, dass Will Blut an seinen Händen hatte.

Gilan schien seine Gedanken zu spüren. Er schüttelte nachdrücklich den Kopf.

»Wheeler ist tot. Doch das war nicht Wills Schuld. Er versuchte, Will anzugreifen und fiel in sein eigenes Messer.«

Walt stieß einen Seufzer der Erleichterung aus. »Und die anderen beiden?«, fragte er.

»Er schnappte sie beide und brachte sie her, damit sie ihre Verhandlung und Strafe bekommen. Auch wenn er zu mir sagte, er hätte gehofft, sie würden versuchen zu entkommen.

Ich habe das Gefühl, dass er ihnen einige Gelegenheiten dazu lieferte. Doch sie waren nicht so dumm, sie zu ergreifen.«

Es herrschte eine Weile Schweigen, während die vier an ihren alten Freund dachten.

»Was ist mit Ruhl?«, fragte Horace.

»Will hätte ihn bei einer Gelegenheit beinahe erwischt«, antwortete Gilan.

Walt blickte auf. »Das wusste ich gar nicht.«

Gilan nickte. »Es war nicht lange, nachdem er die Verfolgung aufgenommen hatte. Er kam bis auf fünf Pferdelängen an ihn heran. Ruhl befand sich auf einem Floß und überquerte einen Fluss. Will kam einfach zu spät, da das Floß bereits abgelegt hatte. Sie standen sich einige Sekunden gegenüber und sahen sich ins Gesicht. Doch bis Will seinen Bogen schussbereit hatte, hatte Ruhl sich hinter ein paar Wollballen versteckt. Will versuchte, ihm zu folgen, indem er an einem Seil entlangkletterte, das die Fähre gegen den Strom sicherte. Doch als Ruhl das andere Ufer erreicht hatte, durchschnitt er das Seil und Will stürzte in den Fluss. Er wäre beinahe ertrunken.«

»So nahe«, murrte Walt. »Ich kann mir vorstellen, dass er dadurch nur noch verbitterter wurde.«

Gilan nickte.

»Also, Gil«, sagte Pauline in ihrer praktischen Art. »Was schlägst du vor, dass wir tun sollen – außer nur darüber zu reden und die Hände über dem Kopf zusammenzuschlagen?«

Gilan zögerte. Er bewegte sich jetzt auf unsicherem Gelände, doch sein Instinkt sagte ihm, dass der Schlüssel zu Wills Rettung bei den Menschen in diesem Zimmer lag – jenen, die ihm am nächsten standen.

»Es ist so«, sagte er langsam, »wir sind diejenigen, die er am meisten liebt und die ihn umgekehrt lieben. Vielleicht können wir alle zusammen einmal mit ihm reden. Wenn wir alle ihm erzählen, welche Sorgen wir uns um ihn machen, dass wir sehen, welchen Schaden diese Rachegefühle bei ihm verursachen, na ja, vielleicht haben wir gemeinsam Erfolg und können zu ihm durchdringen. Vielleicht wird er ... ich weiß auch nicht ... sich wieder fangen?«

Er schloss den langen Satz mit einer in der Luft hängenden Frage, als hoffe er, dass jemand anders die Antwort fände. Um die Wahrheit zu sagen, war er nicht sicher, was sie erreichen könnten. Doch er spürte, dass diese Gruppe von Menschen der Schlüssel dazu war, Wills Problem zu lösen. Vielleicht würde ihre vereinte Zuneigung zu ihm den dunklen Nebel durchdringen, der in seinem Geist herrschte, den schwarzen Vorhang zurückziehen, der ihn von allem trennte, außer von dem einen Gedanken an Rache für Alyss' Tod.

»Ich glaube nicht, dass hier nur Reden helfen wird ...«, meinte Horace nachdenklich.

Cassandra unterbrach ihn. »Aber wenn wir alle zusammen versuchen, ihn zu überzeugen, könnte es uns doch vielleicht gelingen, oder?«

Horace zuckte ratlos mit den Schulterm. »Ihr wisst doch selbst, wie stur Will ist. Das war er immer schon.« Er blickte zu Walt um Bestätigung und der alte Waldläufer nickte.

»Wahrscheinlicher ist«, fuhr Horace fort, »wenn wir nur mit ihm reden, dass er nickt und so tut, als sei er unserer Meinung. Und dann macht er einfach weiter wie bisher.«

Er hielt inne, das Gesicht nachdenklich verzogen. Er spürte, dass er kurz davor war, eine gute Idee zu haben, doch er konnte sie einfach noch nicht fassen. Sie schwebte irgendwie in der Luft.

»Wir brauchen ein neues Ziel für ihn. Etwas, das seine Besessenheit mit Jory Ruhl und dessen überlebenden Komplizen durchdringen wird. Etwas, das seine Gedanken so sehr in Beschlag nimmt, dass es keinen Raum mehr für Rachegedanken lässt.«

Gilan breitete die Hände in einer hilflosen Geste aus. »Tja, wie ich schon sagte, ich habe versucht, ihn auf zwei Aufträge zu schicken und er ...«

»Es muss etwas Zwingenderes sein, etwas das ihn persönlich mehr fordert als lediglich ein Auftrag«, sagte Pauline, die verstanden hatte, worauf Horace hinauswollte. Wie er hatte sie das Gefühl, dass ein Gedanke in der Luft lag. Es war Walt, der ihn aussprach.

»Er muss einen Lehrling ausbilden«, sagte er.

Sie blickten alle zu ihm. Die Idee, sobald sie einmal ausgesprochen war, schien offensichtlich. Sowohl Horace als auch Pauline nickten. Das war es, wonach sie gesucht hatten, ohne es genau zu erfassen.

Gilan sah einen Moment lang hoffnungsvoll drein, dann schüttelte er frustriert den Kopf.

»Das Problem ist«, sagte er, »dass wir im Augenblick keine passenden Kandidaten haben. Und wir können ihm nicht jemanden anbieten, der unter seinem Niveau ist. Er wird sich einfach weigern, jemanden auszubilden, der ihm nicht annähernd das Wasser reichen kann, und er hätte recht. Ich würde ihm das nicht verübeln können.«

»Ich dachte auch nicht an irgendeinen Lehrling«, sagte Walt. »Es muss jemand sein, zu dem er bereits eine persönliche Verbindung hat. Jemand, der ihm am Herzen liegt, sodass er nicht ablehnen kann. Es muss eine Person sein, die ihn sowohl emotional, als auch körperlich und intellektuell fordert.« Er blickte seine Frau an. »Erinnerst du dich daran, wie ich vor einigen Jahren Will mit Gilan nach Celtica schickte und plötzlich anfing etwas … unvernünftig zu werden?«

»Oh ja, du hast angefangen, gewisse Adlige aus Burgfenstern zu werfen«, sagte sie und musste lächeln. Walt machte eine Geste, die andeutete, dass er nicht weiter ins Detail gehen wollte.

»Wie auch immer. Du hast gespürt, dass ich eine neue Aufgabe in meinem Leben brauchte, um mich von den Dingen abzulenken, die mir Sorgen machten.«

»Wenn ich mich recht erinnere, wurdest du gebeten, Alyss bei einem Auftrag zu begleiten«, sagte sie.

»Und das hat prompt geholfen. Ihre Jugend und ihr Frohsinn haben mich aus meiner schlechten Laune gerissen.«

Lady Pauline sah ihn vielsagend an. »Es hat dich nicht davon abgehalten, jemanden in den Burggraben zu werfen.«

»Vielleicht nicht. Aber er hatte es verdient«, sagte Walt und zeigte eines seiner seltenen Lächeln. Dann wurde er wieder ernst. »Jedenfalls … was ich damit meine ist Folgendes: Wenn wir Will die Verantwortung für jemanden übertragen, wie ich es eben beschrieben habe, könnte es sein, dass er von seinen Rachegedanken abgelenkt wird. Und wenn wir das schaffen, dann ist er auf dem schwierigen Weg, Alyss' Tod zu akzeptieren und mit dem Verlust zu leben, ein gutes Stück weitergekommen.«

»Natürlich kommt man nie ganz über den Verlust eines geliebten Menschen hinweg«, sagte Cassandra nachdenklich.

Walt nickte. »Nein. Aber man kann lernen, damit zu leben und es zu akzeptieren. Und allmählich wird der Verlust erträglicher. Dieser Schmerz wird nie ganz vergehen, aber er wird zumindest erträglich.«

Gilan hatte seinen früheren Mentor aufmerksam beobachtet, während dieser seine Gedanken vortrug.

»Ich nehme an, du hast jemand Bestimmten im Kopf, der Wills Lehrling werden soll?«, fragte er.

Walt sah ihn an. »Ich dachte an Madelyn.«

Sieben

Plötzlich sprachen alle auf einmal.

»Madelyn? Du meinst *meine* Madelyn?«, rief Cassandra aus und stand auf.

»Das meinst du nicht ernst, Walt!«, sagte Horace.

»Aber sie ist ein Mädchen!« Das war Gilan.

Walt wartete, bis alle schwiegen. Dann antwortete er ruhig und gelassen.

»Ja, Cassandra. Ich meine deine Madelyn. Und nein, ich scherze nicht, Horace. Und ja, Gilan, ich bin mir wohl bewusst, dass Madelyn ein Mädchen ist.«

Walt bemerkte, dass seine Frau als Einzige bisher nichts gesagt hatte. Er warf ihr einen Blick zu und war nicht überrascht zu sehen, dass sie nachdenklich nickte. Er lächelte ihr zu. Die anderen waren immer noch von seinem Vorschlag völlig überrascht. Cassandra hatte sich wieder in ihren Stuhl zurückfallen lassen, als ihr klar wurde, dass es sein Ernst war. An sie wandte er sich nun.

»Evanlyn«, sagte er. Genau wie Will benutzte Walt diesen Namen für sie nur, wenn sie unter sich waren. Er erinnerte an alte Zeiten, als Cassandra gemeinsam mit ihnen unter dem Namen Evanlyn einige gefährliche Abenteuer bestanden hatte, und war ein Ausdruck der Zuneigung zwischen ihnen. »Lass uns einfach einmal einem anderen Gedanken nachgehen. Wenn du einen Sohn statt einer Tochter hättest, was würde er jetzt tun?«

»Ich habe aber keinen Sohn …«, begann sie, doch er hob die Hand, um ihren Einwand abzuwehren.

»Tu mir einfach den Gefallen. Sagen wir einfach mal hypothetisch, du hättest einen Sohn. Wie würdest du ihn auf seine Zukunft als Herrscher von Araluen vorbereiten?«

Cassandra biss sich auf die Lippen. Sie konnte sehen, worauf Walt hinauswollte, und weigerte sich, diesen Vorschlag zu unterstützen.

Horace antwortete für sie. »Er wäre in der Heeresschule«, sagte er geradeheraus.

Cassandra wirbelte herum und warf ihm einen bösen Blick zu. »Horace!«, rief sie vorwurfsvoll, doch Horace, praktisch veranlagt und stets ehrlich, zuckte mit den Schultern. Es gab keine andere Antwort.

Walt nickte, den Blick immer noch auf Cassandra gerichtet, die ihn wieder ansah. Sie errötete. Er konnte sehen, dass sie den plötzlichen ärgerlichen Ausbruch ihrem Ehemann gegenüber bereute.

»Das stimmt«, sagte er. »Wahrscheinlich in der Kavallerie. Du hättest ihn in den vergangenen Jahren im Schwertkampf und im Umgang mit der Lanze unterrichtet, nicht wahr, Horace?«

Horace nickte, leicht bedauernd. Während der Zeit von Cassandras Schwangerschaft hatte er sich oft genug vorgestellt, wie er seinem Sohn das Reiten und den Umgang mit Waffen beibrachte. Als Cassandra eine Tochter bekommen hatte, war er im ersten Moment völlig verblüfft gewesen. Er hatte diese Möglichkeit einfach nie in Betracht gezogen. Allerdings hatte er diese Überraschung schnell überwunden und bei der Aussicht, eine Tochter aufziehen zu dürfen, ein unglaubliches Glücksgefühl empfunden. Doch erinnerte er sich jetzt auch an die damaligen Träume.

Walt fuhr fort. »Er wäre inzwischen sicherlich schon Offizier, würde eine Einheit kommandieren und lernen, wie man Männer in die Schlacht führt oder Entscheidungen trifft, die über Leben und Tod bestimmen. Und ich würde vermuten, dass ihr nicht darauf bestehen würdet, dass er sich vom Kampf fernhält. Ihr würdet erkennen, dass er als Anführer die Gefahren mit den Männern, die er kommandiert, teilen müsste. Vielleicht wäre er bereits im Norden postiert, um gegen die Raubzüge der Skotten die Stellung zu halten. Oder er würde an der Südwestküste patrouillieren, um gegen Schmuggler und Neumondler vorzugehen.«

Er machte eine Pause und blickte die beiden an. Horace sah schicksalsergeben drein, als stimme er zu, dass es genau das wäre, was er von seinem Sohn erwartete. Cassandras Lippen waren trotzig zusammengepresst.

»Was er jedenfalls nicht tun würde, wäre in einem großen bequemen Schloss zu sitzen, umgeben von Hunderten bewaffneten Männern, ohne zu wissen, wie es ist, Gefahren gegenüberzustehen, sich mit einem Feind zu messen und ihn zu besiegen.«

Gilan öffnete den Mund, um etwas zu sagen, doch Walt hob abwehrend die Hand. Er wusste, was Gilan sagen wollte, doch mit diesem Einwand würde er sich im Anschluss beschäftigen.

»Also, warum sollte es bei deiner Tochter anders sein?«, fragte er. Cassandras Augen blitzten.

»*Weil* sie eben meine *Tochter* ist!«, fuhr sie ihn an. »Erwartest du vielleicht, dass sie in die Heeresschule geht und womöglich die Kavallerie anführt?«

»Nein«, sagte Walt ruhig. »Aber ich denke, der Bund der Waldläufer wäre eine logische Alternative. Sie würde lernen, Befehle zu erteilen, Entscheidungen zu treffen, Situationen zu beurteilen und die richtigen Antworten zur richtigen Zeit zu finden. Was die körperliche Seite eines Kampfes betrifft, nun, wir Waldläufer haben immer dazu geneigt, einen Schritt zurück zu machen und das Zuschlagen den Haudegen wie Horace zu überlassen. Die wir durchaus zu schätzen wissen«, fügte er mit einem kleinen Lächeln in Horaces Richtung hinzu.

Horace zuckte mit den Schultern. »Ich erinnere mich, dass du mehr als einmal deinen Platz in der Kampfeslinie eingenommen hast, Walt.«

Walt nickte. »Stimmt. Aber es ist nicht absolut notwendig, dass ein Waldläufer das tut. Das war meist nur Eitelkeit meinerseits.«

»Dennoch gibst du zu, dass es gefährlich ist, ein Waldläufer zu sein?«, sagte Cassandra.

Walt drehte sich zu ihr. »Aber natürlich. Wir leben in einer gefährlichen Welt. Wenn Madelyn irgendwann einmal den Thron übernimmt, wird es Leute geben, die sie dort nicht sehen wollen. Sie werden ihre eigenen Pläne und ihre eigenen Kandidaten für den Thron haben. Wenn sie das Gefühl haben, dass sie es mit einem hilflosen Mädchen zu tun haben, werden sie versuchen, das zu ihrem Vorteil zu nutzen. Aber sie könnten etwas weniger scharf darauf sein, das zu versuchen, wenn sie wissen, dass sie eine ausgebildete Waldläuferin ist und zudem den Rückhalt des ganzen Bundes hätte. Wir haben die Angewohnheit, uns umeinander zu kümmern, weißt du?«

Cassandra dachte darüber nach. Araluen lebte im Augenblick in Frieden, doch sie war sich bewusst, dass jederzeit äußere Feinde das Reich bedrohen konnten. Außerdem gab es nicht wenige Adlige im Königreich, die bereit waren, bei den geringsten Anzeichen von Schwäche ihres Herrschers zu rebellieren. Und jeglicher Wechsel auf dem Thron konnte immer einen Machtkampf zwischen machthungrigen Menschen auslösen. Cassandras eigene Reputation und Horaces Fähigkeiten als hoch dekorierter Ritter reichten aus, um solche Elemente im Zaum zu halten. Die Einwohner von Araluen waren sich dessen bewusst, dass ihre zukünftige Königin und deren Mann keine Personen waren, die man in irgendeiner Weise einschüchtern oder beeinflussen konnte. Jegliche Rebellion gegen sie würde sofort erstickt.

Doch Lynnie? Was würde sie auf den Thron mitbringen? Was wäre ihre Reputation? Cassandra sah jetzt, dass Walts Beschreibung von ihr als hilfloses Mädchen nur allzu zutreffend war. Natürlich würde sie Ratgeber und Unterstützer haben. Doch Cassandra wusste, dass die wahre Stärke auf dem Thron von der Herrscherin selbst kam. Von ihrem Selbstvertrauen, genau wie von ihren Fähigkeiten und ihrer Erfahrung, mit schwierigen und angsteinflößenden Situationen fertigzuwerden. Dennoch …

»Aber die Gefahr, Walt? Wie kann ich denn mein kleines Mädchen in Gefahr bringen? Was, wenn sie verletzt wird?«, fragte sie mit kläglicher Stimme.

»Was, wenn sie sich beeilt, zum Stickunterricht zu kommen, auf ihren mädchenhaften langen Rocksaum tritt, die Treppe herunterfällt und sich den Hals bricht?«, fragte Walt. »Du kannst sie nicht dauernd verhätscheln.«

Er machte eine Pause und erinnerte sich an seine Unterhaltung mit Duncan. »Dein Vater sagte, dass es für dich schwer werden wird, wenn du den Thron übernimmst«, sagte er. »Für Lynnie wird das noch schwerer werden. Wer weiß, ob sie jemanden wie Horace findet, der sie unterstützt.«

Walt beugte sich vor und fasste Cassandras Hände.

»Du würdest sie in die Obhut des besten und fähigsten Waldläufers geben, den Araluen je gekannt hat«, sagte er leise. Er spürte die Überraschung bei den anderen und blickte hoch.

»Oh, Will ist besser, als ich je war«, sagte er lächelnd. Früher hätte ihm seine Eitelkeit vielleicht nicht gestattet, das zuzugeben, doch jetzt kamen die Worte leicht über seine Lippen.

»Vielleicht nicht *besser*. Aber sicher genauso gut«, gestand Gilan zögernd ein.

»Und er ist jünger.« Pauline lächelte.

»Danke für diese Erinnerung«, sagte Walt. Dann wandte er sich wieder an Horace und Cassandra. »Denkt darüber nach! Könnte Lynnie in besseren Händen sein? Könnte sie sicherer sein? Will liebt sie. Er ist ihr Patenonkel. Er betrachtet sie als seine Nichte, wenn nicht gar als seine Ziehtochter. Ihr würdet sie in seine Obhut geben – und ihr wisst, er würde eher sterben, als dass er ihr ein Leid geschehen ließe.«

»Und Will stirbt nicht so leicht«, warf Horace ein. Er begann die Logik in Walts Idee zu erkennen. Je länger er darüber nachdachte, desto genauer wusste er, dass Lynnie bei Will gut aufgehoben wäre.

Walt spürte den Wandel bei Horace. Er bohrte weiter.

»Darüber hinaus habt ihr selbst gesagt, dass sie rebellisch und schwierig ist. Vielleicht braucht sie die Disziplin, die ein Leben als Lehrling ihr brächte. Ich sage nicht, dass sie die ganzen fünf Jahre Lehrzeit absolvieren soll. Ein Jahr sollte reichen – nur so viel, dass sie sich ihr bronzenes Eichenblatt verdient. Die Erfahrung wird ihr gut tun.«

Cassandra hatte Luft geholt, um etwas zu entgegnen, doch jetzt hielt sie inne und blickte nachdenklich drein.

»Das stimmt«, sagte sie leise. Sie stellte sich vor, wie Lynnie anfing, mit Will zu streiten, und herausfand, wie ein solches Verhalten sich auswirken konnte. Will würde sich von keinem Lehrling auf der Nase herumtanzen lassen, auch nicht von einem Mädchen, das er gern hatte.

»Cassandra«, sagte Pauline. Die Prinzessin blickte zu der anmutigen Blondine und meinte im ersten Moment fast ihre alte Freundin Alyss wieder vor sich zu sehen. »Ich erinnere mich an eine Unterhaltung, die ich mit deinem Vater hatte, als es um Eraks Lösegeld ging und du nach Arrida wolltest. Ich sagte ihm – und das sage ich jetzt auch dir –, dass eine zukünftige Königin genau diese Dinge tun muss: Sie muss Risiken eingehen. Sie muss hinaus in die Welt ziehen. Du kannst niemals aus einem Elfenbeinturm heraus richtig regieren. Dieser Vorschlag ist in jeder Beziehung und für alle Beteiligten eine sehr gute Idee.«

Cassandra merkte, dass sie unwillkürlich nickte. Sie kam zu einer Entscheidung, blickte zu Horace und sah das Einverständnis in seinen Augen. Wie immer wusste er, was sie dachte.

»In Ordnung«, stimmte sie zu.

»Es gibt nur ein kleines Problem, das ihr alle vergessen

habt«, sagte nun Gilan. »Sie ist ein Mädchen. Wir hatten noch nie ein Mädchen im Bund der Waldläufer.«

»Vielleicht wird es Zeit dafür«, sagte Walt. Pauline sah ihn mit absoluter Zustimmung an. Wie fortschrittlich ihr konservativer und traditionell eingestellter, oftmals so grimmiger Mann doch manchmal sein konnte.

»Aber …«, begann Gilan. Ihm fehlten die Worte, bis ihm ein Einwand einfiel. »Sie ist zierlich. Wie soll sie jemals einen schweren Bogen mit achtzig Pfund Zuggewicht bedienen können? Und das ist unsere wichtigste Waffe.«

»Ich bin auch schmächtig«, sagte Walt. »Genau wie Will.«

»Aber Mädchen haben einen anderen Muskelaufbau als Jungen«, sagte Gilan. Er sah Cassandra und Pauline entschuldigend an. »Ich bin nicht grundsätzlich gegen Mädchen im Bund. Es ist nur eine körperliche Tatsache. Grundsätzlich sind wir Männer eben muskulöser als ihr. Und Lynnie ist ein zierliches Mädchen. Sie könnte niemals die Muskelmasse aufbauen, die man braucht, um mit einem Langbogen zu schießen.«

»Tja, dann müssen wir eben eine Möglichkeit finden, um das auszugleichen«, erwiderte Walt. »Vielleicht müssen wir unsere Einstellung ändern. Zum Ausgleich sind Mädchen leichtfüßiger als Jungen. Sie wäre hervorragend im Anschleichen. Sie ist gewandt und fingerfertig. Und all das sind Qualitäten, die ein Waldläufer braucht.«

Er konnte sehen, dass Gilan mit der Vorstellung, Mädchen in den Bund der Waldläufer aufzunehmen, zu kämpfen hatte. Insgeheim amüsierte sich Walt über Gilans Widerstreben. Eigentlich handelte es sich um eine Idee, die er schon seit einigen Monaten ausbrütete. Nicht einmal direkt in Bezug auf Lynnie, sondern als grundsätzliches Konzept. Er hatte bemerkt, dass ihnen derzeit passende Lehrlingsanwärter fehlten, wie Gilan selbst erwähnt hatte. Und er hatte außerdem erkannt, dass der Bund einen Teil von möglicherweise geeigneten Menschen nicht beachtete. Die Hälfte der Fünfzehnjährigen im Königreich waren Mädchen. Darunter fanden sich sicher einige passende Kandidatinnen. Es gab nur aus einem einzigen Grund keine weiblichen Waldläufer – weil es in all den Jahren zuvor noch nie welche gegeben hatte. Das allein war kein guter Grund. Es konnte sehr wohl an der Zeit sein, verstaubte Konzepte abzulegen und neue Ideen zuzulassen.

Und wer wäre ein besserer Unterstützer einer solchen Idee als Walt selbst? Schließlich hatte er zusammen mit Crowley vor vielen Jahren bereits den Bund neu aufgebaut und umstrukturiert. Vielleicht war es an der Zeit für ein paar weitere Änderungen und Umstrukturierungen.

Und was die Schwierigkeit betraf, ein Mädchen zu finden, das stark genug war, mit einem Langbogen zu schießen: Walt wusste, dass Lynnie eine ideale Lösung für Gilans Hauptsorge präsentieren konnte.

»Könntet ihr vielleicht eure Tochter für eine Stunde von ihrem Stubenarrest befreien?«, fragte er Cassandra und Horace. »Ich möchte, dass sie Gilan etwas zeigt.«

Acht

Walt, Gilan und Lynnie standen im Übungshof der Heeresschule von Araluen. Walt hatte darum gebeten, dass Horace und Cassandra bei dieser Vorführung nicht dabei waren. Er wusste, dass es Spannungen zwischen dem Mädchen und ihren Eltern gab, und wollte nicht, dass sich das auf ihre Konzentration auswirkte.

Lynnie blickte neugierig zu Walt. Sie hatte keine Ahnung, was das alles sollte, doch sie sah zu, wie er zwei alte Turnierhelme auf etwa siebzig Schritt entfernte Pfosten setzte. Dann kam er zu ihr zurück und lächelte sie an.

»Gilan interessiert sich für eine mögliche neue Waffe für den Bund«, erklärte er ihr. »Ich dachte, du wärst vielleicht am besten geeignet, sie vorzuführen.«

»Du meinst die Schleuder?«, fragte sie und blickte auf die Waffe in ihrer rechten Hand. Als Walt ihr die kurzfristige Aussetzung ihres Stubenarrests verkündet hatte, hatte er sie gebeten, ihre Schleuder und einen kleinen Vorrat Munition mitzubringen.

»Genau. Also, Gilan, stimmst du zu, dass dies die optimale Reichweite wäre, um auf einen Mann in Rüstung zu schießen?«

Gilan nickte. Mit dem Langbogen konnte man natürlich auch viel weiter schießen. Doch auf diese Entfernung hätte ein von einem Langbogen abgeschossener Pfeil immer noch die nötige Durchschlagkraft, um den Stahlhelm eines Feindes zu durchdringen. Und wenn der Schütze danebenschoss, war immer noch genug Zeit für einen weiteren Schuss.

Nicht dass Waldläufer oft daneben schossen – wenn das überhaupt jemals vorkam.

»Dann lass uns mal sehen, wie *du* es machst«, sagte Walt zu Gilan.

Gilan hob den Bogen. Mit einer gekonnten Bewegung, die von jahrelanger Übung rührte, holte er einen Pfeil aus dem Köcher und legte ihn an. Scheinbar ohne zu ziehen, zog er die Bogensehne zu sich und schoss.

Man hörte das Klirren, als der Pfeil den linken Helm an der Stelle traf, wo normalerweise die Stirn gewesen wäre, und durch den Stahl drang. Der Helm hüpfte hoch, wurde vom Pfosten geschleudert und rollte in den Staub des Übungshofes.

»Recht langsam«, meinte Walt.

Gilan warf ihm einen genervten Blick zu. »Ich möchte sehen, wie du es besser machst«, forderte er ihn heraus.

Walt gestattete sich ein schwaches Lächeln. »Bedauerlicherweise habe ich meinen Bogen im Zimmer gelassen«, sagte er und Gilan schnaubte. Walt blickte zu Lynnie. »Also werden wir das zweite Ziel dir überlassen, junge Dame.«

Lynnie legte das Ende mit der Schlinge um den Mittelfinger ihrer rechten Hand, dann fasste sie das geflochtene Ende des anderen Riemens zwischen ihrem Daumen und Zeigefinger. Dabei nahm sie mit der anderen Hand eine Bleikugel aus der Tasche an ihrem Gürtel und legte sie in den Ledereinsatz in der Mitte der Schleuder. Walt bemerkte zufrieden, dass sie das schaffte, ohne hinzusehen. Ihre Augen waren nun leicht zusammengekniffen und nur auf den Helm am anderen Ende des Hofes gerichtet.

Sie drehte sich zur Seite, stellte das linke Bein Richtung Ziel und ließ die Schleuder mit der Munition an ihrem ausgestreckten Arm einige Male hin- und herschwingen. Die Kugel lag dabei fest in der kleinen Ledertasche. Lynnie deutete mit dem ausgestreckten linken Arm auf das Ziel, dann schwang sie ihren rechten Arm in einer weiten Kurve und folgte der Bewegung mit dem ganzen Körper. Im richtigen Moment ließ sie das geflochtene Ende los und die Kugel flog aus der Schleuder.

BOING!

Der zweite Helm drehte sich wie verrückt auf dem Pfosten und blieb dann schief hängen.

Gilan nickte beeindruckt. »Nicht schlecht.«

Er durchschritt den Hof, um das Resultat ihres Schusses zu begutachten. Auf Stirnhöhe des Helms war eine heftige Delle.

»Ist nicht durchgedrungen«, stellte Gilan fest und kaute nachdenklich auf seiner Unterlippe.

Walt berührte die tiefe Einbuchtung im Helm. »Nein. Aber hättest du gern deinen Kopf in diesem Helm gehabt?«

»Nein, denn dieser Treffer hätte dem Träger des Helms gewiss nicht gutgetan«, gab Gilan zu. Er rieb mit dem Finger über die Delle im Helm. »Was benutzt du als Munition?«, fragte er. Lynnie holte eine Kugel aus ihrer Gürteltasche und reichte sie ihm. Gilan war im ersten Moment von dem Gewicht überrascht.

»Bleikugeln«, erklärte Lynnie.

Gilan nickte. »Deshalb die hohe Schlagkraft.« Er streckte seine Hand aus und sie reichte ihm die Schleuder, die er begutachtete.

»So einfach«, sagte er. »Und so tödlich.« Er gab sie ihr zurück. »Du setzt eine andere Technik als deine Mutter ein. Ich meine mich zu erinnern, dass sie die Schleuder immer über dem Kopf geschwungen hat.« Er demonstrierte die Bewegung, indem er mit der rechten Hand über seinem Kopf kreiste.

Lynnie zuckte geringschätzig mit den Schultern. »Keine so gute Technik«, sagte sie. »Ich weiß gar nicht, wie sie überhaupt etwas getroffen hat. Die Flugbahn ist so schwer abzuschätzen, wenn du die Schleuder in der Waagrechten drehst.«

»Oh, sie hat oft genug getroffen«, antwortete Walt, »allerdings hatte sie damit auch viel Übung.«

»Meine Methode ist effizienter«, erklärte Lynnie. »Und außerdem, wenn du dastehst und die Schleuder zwei- oder dreimal um deinen Kopf wirbelst, dann gibst du selbst ein zu gutes Ziel ab.«

»Gutes Argument«, gab Walt ihr recht. »Wie viele Schüsse schaffst du in einer Minute?«

Lynnie zuckte mit den Achseln. »Keine Ahnung«, antwortete sie. »Habe ich noch nie gezählt.«

»Dann probieren wir es mal, ja?«, schlug Walt vor. Er bückte sich und hob den Helm auf, den Gilan heruntergeschossen hatte, zog den Pfeil heraus und reichte ihn Gilan. Dann setzte er den Helm wieder auf den Pfosten und wies Lynnie an, zur Schusslinie zurückzukehren.

»Also gut, wechsle zwischen beiden Zielen und wir werden sehen, wie schnell du bist«, sagte er. »Aber vergiss nicht,

Schnelligkeit allein reicht nicht, wenn du nicht genau triffst. Wenn ein großer böser iberischer Pirat mit seinem Entermesser auf dich zukommt, ist es nicht gut, ihn fünf Mal hintereinander sehr schnell zu verfehlen. Besser ist es ihn einmal, wenn auch langsam, zu treffen.«

Sie lächelte ihn an. »Verstanden.« Sie ging in Position, griff in ihren Beutel und legte eine Kugel in die Schleuder. Wieder ließ sie die Schleuder langsam hin und her schwingen.

»Und los!«, rief Walt. Gilans Lippen bewegten sich, während er schweigend die Sekunden zählte.

Die Kugel zischte los und noch bevor das Ziel getroffen war, lud Lynnie nach. Diesmal hielt sie sich nicht mehr mit dem Schwingen auf, sondern hob den Arm und schleuderte praktisch sofort. Als sie den zweiten Schuss auf den Weg brachte, hörten sie das BOING ihres ersten Schusses. Dann lud sie erneut und zielte wieder auf das erste Ziel.

BOING! BOING! BOING! BOING!

»Uuund Schluss!«, rief Walt, als Gilan die Hand hob. Sie hatte es geschafft, sechs Schüsse in einer Minute anzubringen, auch wenn der vierte Schuss daneben gegangen war.

»Fünf von sechs«, kommentierte Gilan. »Nicht schlecht.«

Lynnie drehte sich mit in die Seiten gestemmten Händen zu den beiden Waldläufern um.

»Wollt ihr mir jetzt vielleicht einmal erzählen, worum es geht?«, fragte sie und sah von einem zum anderen. Als Walt den Mund öffnete, wedelte sie nachdrücklich mit den Händen.

»Und erzählt mir nicht irgendein Märchen von wegen, dass Gilan die Schleuder als neue Waffe einführen will. Wenn ihr nur an der Schleuder interessiert wärt, wieso sollte es euch interessieren, wie schnell ich schießen kann?«

Gilan und Walt tauschten einen raschen Blick aus. Der entging Lynnie nicht. Aber noch antworteten sie nicht.

»Es ist ziemlich offensichtlich, dass ihr mich selbst auf die Probe gestellt habt, nicht die Waffe. Die Frage ist, warum?«

»Vielleicht ist das etwas, was deine Eltern mit dir besprechen sollten«, sagte Walt schließlich.

Lynnie stieß einen tiefen Seufzer aus. »Mama und Paps? Sie wollen mich doch nur einsperren. Ihr wisst doch, dass ich noch eine Woche Stubenarrest habe, oder nicht?«

Walt verzog leicht den Mund. »Ich habe etwas in der Art gehört. Und natürlich gibt es überhaupt keinen Grund dafür, warum sie das getan haben, oder?«

Lynnie verdrehte die Augen und seufzte ergeben. »Also gut. Vielleicht habe ich mich rausgeschlichen und bin ein- oder zweimal auf die Jagd gegangen …«

Walt hob eine Augenbraue und Lynnie verbesserte sich.

»Meinetwegen, dann eben fünf- oder sechsmal. Und vielleicht war ich einfach ein wenig frech, als sie mit mir darüber geredet haben.«

Die Augenbraue hob sich erneut.

»Also gut, vielleicht war es ein kleiner Streit«, gab Madelyn zu.

»Sie tun nur, was sie für das Beste für dich halten, Lynnie«, sagte Walt sanft.

Sie senkte den Blick und stieß mit der Fußspitze in den Sand des Übungshofes. »Ich weiß ja«, sagte sie unglücklich. »Aber müssen sie mich die ganze Zeit wie eine kostbare Prinzessin behandeln?«

»Nun, du bist eine Prinzessin – und du bist ihnen kostbar«, sagte Walt. »Uns allen, um genau zu sein.«

Er mochte Lynnie. Über die Jahre hatten sie eine enge Beziehung entwickelt. Gilan war sich dessen bewusst. Deshalb hatte er beschlossen, sich aus dieser Unterhaltung herauszuhalten und alles Walt zu überlassen.

Lynnie lächelte nun doch. »Gegen dich komme ich einfach nie an.«

Walt nahm ihre Hand. »Alles, was ich sage, ist, dass du ihnen wichtig bist. Sie wollen dich sicher nicht übertrieben beschützen, doch es ist schwer für sie, die Zügel locker zu lassen. Das wissen sie selbst. Aber glaub mir, sie tun ihr Bestes und sie haben jetzt auch eine neue Idee.«

»Die du mir nicht verraten willst?«

»Nein. Es liegt nicht an mir, das zu tun. Du solltest das von ihnen selbst hören.«

Lynnie holte tief Luft. »Dann lasst uns zurück in den Bergfried gehen, dann können sie es mir sagen«, schlug sie vor. »Habe ich den Test denn bestanden, welcher es auch immer war?«

Walt blickte zu Gilan. »Ich denke, sie hat bestanden, was meinst du?«

Gilan lächelte die junge Prinzessin an. »O ja. Das denke ich auch.«

Neun

Nervös stand Lynnie schließlich Cassandra und Horace gegenüber. Walt und Gilan hatten sie nur zur Tür der königlichen Gemächer gebracht und waren dann gegangen.

»Das ist eine Sache zwischen dir und deinen Eltern«, sagte Walt. »Wir reden später weiter.«

Jetzt stand Lynnie schweigend da und wartete darauf, dass ihre Eltern etwas sagten.

Normalerweise, dachte sie düster, reden sie ja viel zu viel, vor allem wenn sie die lange Reihe meiner Sünden auflisten. Doch jetzt zögerten sie. Ein fragender Blick wurde zwischen ihnen ausgetauscht, als ob jeder darauf wartete, dass der andere begann. Lynnie konnte die Spannung kaum mehr ertragen und entschloss sich, den Stier bei den Hörnern zu packen. Wenn es schlechte Neuigkeiten gab – und das vermutete sie –, dann wollte sie das Ganze so schnell wie möglich hinter sich bringen.

»Walt meinte, ihr hättet mir etwas zu sagen«, ergriff sie das Wort.

Wieder wurde ein schneller Blick ausgetauscht, dann räusperte sich ihr Vater.

»Ah … ähm … ja, also … deine Mutter und ich wollten tatsächlich mit dir reden. Über deine Zukunft.«

Lynnie rutschte das Herz in die Hose. Wenn das ein richtiges Gespräch über ihre Zukunft werden sollte, dann wusste sie bereits, was sie erwartete. Noch mehr Einschränkungen. Noch mehr Regeln. Weniger Freiheit. Dafür lange Abhandlungen über ihre Pflichten als die potenzielle Thronfolgerin und genaue Instruktionen, was sie tun durfte und was nicht. Nein, ihre Zukunft war ganz sicher nicht das Thema, über das sie mit ihren Eltern reden wollte. Doch es war offensichtlich, dass sie keine Wahl hatte. Sie wartete.

Schließlich ergriff Cassandra das Wort: »Madelyn, wir können nicht zulassen, dass du einfach tust, was du willst, und dabei all diese Risiken eingehst wie bisher.«

Lynnie presste die Lippen zusammen. Ihr wurde klar, dass sie ihre Eltern vielleicht doch zu sehr herausgefordert hatte. Jetzt war es zu spät, um die Art von oberflächlicher Entschuldigung anzubringen, die sie in der Vergangenheit immer gerettet hatte. Das hatte sie anscheinend zu oft getan und nun war die Geduld ihrer Eltern am Ende.

»Du brauchst Ordnung und Disziplin in deinem Leben. Du brauchst ein Ziel.« Das kam von ihrem Vater.

Ihre Schultern sackten nach unten und Verzweiflung stieg in ihr auf. Ordnung, Disziplin und ein Ziel, dachte sie. Kann es denn noch schlimmer kommen?

Sie dachte fieberhaft nach. Gab es denn keine Möglichkeit, den Kopf noch aus dieser Schlinge zu ziehen? Sie musste es einfach versuchen.

»Mama, Paps, ich weiß, dass ich mich schlecht benommen habe, und ich sehe, wie sehr es euch aufgebracht hat. Aber ich …«

Ihre Mutter unterbrach sie mit einer ungeduldigen Geste.

»Dafür ist es jetzt zu spät, Lynnie. Wir haben dir eine Möglichkeit nach der anderen gegeben und du hast immer weiter nur das getan, was dir passte, und dich über unsere Anweisungen hinweggesetzt. Nun, unsere Geduld ist schließlich am Ende. Wir haben einen Entschluss gefasst.«

Und das war's dann, dachte Lynnie. Sie kannte ihre Mutter gut genug, um zu wissen, dass sie einen eisernen Willen hatte. Wenn Cassandra sich einmal zu etwas entschlossen hatte, konnte nichts sie davon abbringen. Lynnie holte tief Luft und wartete auf das Schlimmste.

»Wir haben beschlossen«, fuhr Horace nun fort, »dich zu Will in die Lehre zu schicken.«

Lynnies Herz machte einen Sprung. Sie hielt den Blick weiter gesenkt, damit niemand das plötzliche Strahlen in ihren Augen sah, das sie verraten würde. Nachdem sie ein paar Sekunden gewartet hatte und sicher war, dass sie sich unter Kontrolle hatte, blickte sie ihre Eltern an und fürchtete plötzlich, ihren Vater missverstanden zu haben.

»Will?«, sagte sie zögernd. »Ihr meint Onkel Will?«

Will war ihr Patenonkel und hatte geschworen, sich an Eltern statt um sie zu kümmern, sollte das jemals notwendig sein. Sie liebte Will. Als sie noch ein Kind war, hatte sie ihn oft im Lehen Redmont besucht, hatte in seiner gemütlichen kleinen Hütte übernachtet und war mit ihm auf die Jagd in den Wald gegangen. Oft genug hatte er draußen ein Lager für sie aufgeschlagen. Mit Will zusammen zu sein, machte Spaß. Sein Sinn für Humor war ganz ähnlich wie ihr eigener.

Natürlich war er seit Alyss' Tod ziemlich ernst geworden, fiel ihr ein. Sie hatte ihn seither nur ein- oder zweimal gesehen, und da war er düster und ohne jeglichen Humor gewesen. Aber das war normal. Darüber würde er bald hinwegkommen. Verspätet wurde ihr bewusst, dass ihre Mutter gerade auf ihre Frage antwortete.

»Ja. Will. Dein Patenonkel. Wir werden ihn bitten, dich als Lehrling anzunehmen und dich auszubilden. Wir hoffen sehr, dass er dazu bereit sein wird.«

»Aber … aber ich bin ein Mädchen«, sagte Lynnie unsicher.

Ihre Mutter musterte sie. »Manchmal habe ich mich schon gefragt, ob du dir dessen bewusst bist«, sagte sie trocken.

Lynnie wischte den Sarkasmus beiseite. »Ich meine … es gibt keine weiblichen Waldläufer. Die hat es noch nie gegeben … oder?« Sie runzelte die Stirn und überlegte, ob sie sich täuschte. Dann schüttelte sie den Kopf. Sie war sich sicher, dass es nie vorher eine Waldläuferin gegeben hatte.

»Du wirst die Erste sein«, bestätigte ihr Vater.

»Und ich werde bei Onkel Will in Redmont wohnen?«, fragte sie. Beide nickten.

Jetzt konnte Lynnie ihr breites Lächeln nicht mehr unterdrücken.

Auf Burg Redmont war die Atmosphäre weniger stickig und formell als auf Schloss Araluen. Baron Arald und seine Frau Sandra waren wunderbare Gastgeber und behandelten sie immer sehr liebevoll. Nicht nur das, dachte sie, sie hätte einen höheren Rang als jeder auf Redmont – selbst Baron Arald. Niemand könnte ihr sagen, wie sie sich zu verhalten habe oder was sie tun sollte. Das waren ja wunderbare Nachrichten!

»An deiner Stelle würde ich mich bei Onkel Will zusammennehmen«, sagte Horace warnend. »Du wirst sein Lehrling sein, verstehst du?«

»Ja, ja«, sagte sie aufgeregt und ihre Gedanken überschlugen sich. Sie sah eine Zukunft aus Jagdgesellschaften, Bällen und Picknicks auf Burg Redmont vor sich, wobei sie selbst im Mittelpunkt stand und den Leuten Befehle gab, statt selbst von ihren Eltern Befehle zu erhalten.

Natürlich musste sie aufpassen, dass sie es nicht übertrieb. Wenn berichtet wurde, dass sie sich zu gut amüsierte, würden sie das Ganze vielleicht wieder rückgängig machen.

»Das Leben als Lehrling wird nicht leicht sein«, sagte ihre Mutter und beobachtete sie genau.

Lynnie riss sich sofort zusammen und hatte ihre Gesichtszüge wieder unter Kontrolle, sodass sie ausreichend besorgt aussah. »Ich weiß. Aber ich werde mein Bestes geben.«

Innerlich frohlockte sie. Will liebte sie. Er betete sie an. Sie konnte ihn um ihren kleinen Finger wickeln. Das hatte sie schon immer gekonnt. Warum sollte das jetzt anders sein?

»Also… bist du bereit, diese Lehre anzutreten?«, fragte Cassandra und Lynnie senkte den Blick und nickte demütig.

»Ich werde mein Bestes geben«, wiederholte sie. »Ich möchte, dass ihr stolz auf mich seid.«

Gilan und Walt ritten zu der kleinen Hütte im Wald unterhalb von Burg Redmont. Beim Näherkommen sahen sie eine Rauchfahne aus dem Schornstein steigen. Reißer wieherte in seinem Stall hinter der Hütte zur Begrüßung, sobald er Blitz und Abelard wahrnahm, und sie antworteten ihm.

»Nun, wenigstens ist er zu Hause«, sagte Gilan.

Noch während er das sagte, wurde die Tür geöffnet und Will trat heraus auf die kleine Veranda. Er nickte seinen beiden alten Freunden zu.

»Walt, Gilan«, sagte er.

Walts Zuversicht wurde bei Wills gleichgültigem Ton leicht gedämpft. Früher wäre ihre Ankunft eine Gelegenheit für ein fröhliches Willkommen, Witze und Frotzeleien gewesen. Jetzt lehnte Will einfach nur am Verandapfosten und sah zu, wie sie sich von den Pferden schwangen.

Walt ging auf die kleine Treppe zu, die zur Veranda emporführte, dann hielt er inne.

»Dürfen wir hereinkommen?«, fragte er mit einer kleinen Spitze. Wills Unhöflichkeit verlangte einen gewissen Tadel.

»Aber natürlich.« Will trat zurück und winkte sie ins Haus.

Walt nahm seinen Umhang ab und sah sich mit einem Stirnrunzeln in der vertrauten Hütte um. Schmutziges Geschirr stapelte sich auf der Küchenbank und zwei Stühle standen achtlos quer am schlichten Holztisch. Um das Kaminfeuer lag erloschene Asche und der ganze Kamin bedurfte dringend einer gründlichen Säuberung. Wills Umhang war achtlos über die Rücklehne eines der Lehnsessel am Kamin geworfen. Als Walt durch die offene Tür in Wills Schlafzimmer blickte – das früher sein eigenes gewesen war, konnte er sehen, dass das Bett nicht gemacht war.

Will bemerkte seinen Blick und schloss die Schlafzimmertür.

»Bin heute noch nicht zum Aufräumen und Saubermachen gekommen«, murmelte er.

Walt hob eine Augenbraue. »Und gestern offensichtlich auch nicht.« Zumindest, dachte er, hat er den Anstand, verlegen zu sein.

»Setzt euch«, forderte Will sie auf und drehte sich zum Herd. »Ich mache uns Kaffee.«

Walt und Gilan warfen sich einen Blick zu, während sie sich in die Lehnstühle am Kamin setzten. Gilan schüttelte traurig den Kopf. Offensichtlich dachten sie beide das Gleiche.

Will öffnete erst den Abzug an dem kugelförmigen Herd, dann die Brennkammer und steckte etwas Reisig hinein, um das Feuer wieder anzufachen. Er schüttelte prüfend den Wasserkessel, von dem nur ein schwaches Geräusch kam.

»Ich hole Wasser«, sagte er und ging zur Tür. Die Pumpe befand sich im Hof. Wieder tauschten seine Freunde einen Blick aus. Zur normalen Routine gehörte es, als Erstes am Morgen frisches Wasser zu holen.

»Ihm scheint einfach alles egal zu sein«, stellte Gilan fest, sobald Will draußen war.

Walt nickte und zog die Brauen zusammen. »Dann ist es an uns, ihn endlich wieder aufzurütteln.«

Die Tür ging auf und Will kam mit dem vollen Wasserkessel zurück. Er setzte ihn auf den Herd und machte sich dann daran, Tassen, Kaffee und die Kaffeekanne bereitzustellen.

»Ich weiß, warum ihr hier seid«, sagte er.

Walt zuckte mit den Schultern. »Vielleicht aber auch nicht«, antwortete er.

»Ihr wollt mir sagen, dass ich mich endlich zusammenreißen soll«, vermutete Will. »Also gut, es tut mir leid, dass es hier so unordentlich ist. Es tut mir leid, dass ich selbst so unordentlich bin.« Nun, da er es erwähnte, bemerkte Walt, dass Wills Kleidung zerknittert und fleckig, sein Haar und Bart lang und ungepflegt waren. »Aber das ist mir alles völlig egal. Alles, worauf es mir ankommt, ist, Jory Ruhl am Ende einer Schlinge zu sehen.«

»Das kann ich verstehen«, sagte Gilan. »Aber der Bund braucht dich.«

»Der Bund wird einfach ohne mich zurechtkommen müssen, bis ich mein Ziel erreicht habe«, sagte Will gereizt. »Ich habe Wichtigeres zu tun.«

Zehn

Es herrschte einen Moment Stille in der Hütte, dann stand Walt langsam auf und seine Augen funkelten. Er deutete mit dem Finger auf seinen einstigen Lehrling. Als er sprach, war seine Stimme kaum mehr als ein Flüstern. Dennoch war es sehr eindringlich.

»Wie kannst du es wagen, so etwas zu sagen!«, fuhr er ihn an. »Wie kannst du den Bund völlig im Stich lassen, sobald du eine persönliche Trauer zu bewältigen hast? Ich habe dich nicht jahrelang ausgebildet, mich um dich gekümmert und zugesehen, wie du dich zu einem Mann entwickelt hast, auf den man stolz sein kann, um jetzt zu erleben, wie du dich gehen lässt und zugrunde richtest! Du hast einen Eid geschworen, als du dem Bund beigetreten bist. Ich weiß, dass er dir damals etwas bedeutet hat. Bedeutet er dir denn inzwischen nichts mehr?«

Will machte eine verlegene Geste. »Doch natürlich. Ich … ich habe nur …«

»Will, es tut mir unglaublich leid, dass Alyss nicht mehr unter uns ist. Das tut mir wirklich von Herzen leid. Auch ich habe sie geliebt, das weißt du. Wir alle haben sie geliebt.«

»Nicht so sehr wie ich«, entgegnete Will bitter.

Walt nickte. »Nein. Dein Schmerz sitzt viel tiefer. Und er wird viel schwerer zu ertragen sein. Aber du kannst ihn ertragen. Du musst ihn ertragen. Du musst weiterleben.«

Will sah ihn aufgebracht an. »Erwartest du etwa von mir, dass ich sie einfach vergesse?«

»Nein! Ich erwarte, dass du dich ihrer immer erinnerst. Und dass du diese Erinnerung pflegst und ehrst. Aber ihre Erinnerung zu ehren bedeutet nicht, dass du dich selbst von dieser Obsession nach Rache leiten lässt, bis kein Platz mehr für irgendetwas anderes in deinem Leben ist. Das zerstört dich, Will.«

»Lasst mich einfach nur noch Ruhl finden«, sagte Will mit einem bittenden Unterton. »Lasst mich ihn finden und vor Gericht bringen. Wenn ich das geschafft habe, werde ich gern wieder Waldläufer sein.«

»So funktioniert das nicht«, sagte Gilan aufgebracht. »Du bist ein Waldläufer und du hast – wie wir alle – deine Pflichten zu erfüllen. Du kannst sie nicht einfach ablegen, wann es dir passt, und dann wieder aufnehmen, wenn dir danach ist. Du bist einer der seltenen Menschen, die in dieser Welt wirklich etwas verändern können, Will. Du bist ein Anführer. Du bist ein Held für Tausende von Menschen. Sie sehen zu dir auf und respektieren dich. Du gibst ihnen Hoffnung und etwas, an das sie glauben können. Wie kannst du diese Verantwortung einfach zurückweisen? Wie kannst du ihnen ihren Respekt für dich einfach vor die Füße werfen?«

»Vielleicht sind sie mir egal«, sagte Will leise.

»Dann bist du nicht der Mensch, dem ich beigebracht habe, was Ehre und Pflicht bedeuten«, erwiderte Walt.

Will errötete.

»Du wirst gebraucht, Will«, sagte Gilan leise. Sein Zorn war jetzt verraucht. »Der Bund braucht dich – und deine Freunde brauchen dich auch.«

»Welche Freunde?«, fragte Will.

»Horace und Evanlyn«, sagte Walt. »Deine besten Freunde auf der Welt. Der Mann, an dessen Seite du zahllose Male gekämpft hast. Und die Frau, die als Mädchen mit dir gegen schwere Gefahren gekämpft hat. Die dich nicht aufgegeben hat, als die Nordländer dich gefangen genommen hatten und du nur noch ein Schatten deiner selbst warst. Sie bitten dich um deine Hilfe. Willst du sie ihnen verweigern und dich lieber in einer Ecke verkriechen, um dich selbst zu bemitleiden?«

»Sie brauchen mich?«, fragte Will unsicher. »Was ist denn los?«

»Es geht um Lynnie. Deine Patentochter. Sie macht ständig Schwierigkeiten, ist ungehorsam und streift umher. Sie sind in großer Sorge um sie und finden einfach keinen Weg, sie zur Vernunft zu bringen. Sie glauben, du könntest das vielleicht.«

Will runzelte die Stirn. »Ich? Was kann ich denn da tun? Wenn Horace und Evanlyn schon nicht mit ihr zurechtkommen, wie erwarten sie dann von mir, das zu schaffen?«

»Sie möchten, dass du sie als Lehrling ausbildest«, sagte Gilan.

Will wich verblüfft zurück. »Lynnie? Ein Mädchen?«

»Lynnie. Ein Mädchen!«, wiederholte Walt. Er griff in seine Weste, holte einen Leinenumschlag heraus und hielt ihn Will entgegen. »Sie haben dir geschrieben, um dich um Hilfe zu bitten.«

Will nahm wie betäubt den Umschlag entgegen. Seine Gedanken überschlugen sich. Ein Mädchen als Lehrling? So etwas hat es noch nie gegeben, dachte er. Dann dachte er jedoch: Warum eigentlich nicht? Sein ganzes Leben war er für neue Ideen offen gewesen, für neue Denkmuster. Warum nicht auch für dieses? Evanlyn hätte eine großartige Waldläuferin abgegeben, dachte er. Sie war tapfer und klug, mit einer schnellen Auffassungsgabe. Und ihre Tochter war nicht anders. Er blickte wieder auf den Umschlag und sah das Siegel der Prinzessin in rotem Wachs darauf.

»Ich gebe euch meine Antwort morgen«, sagte er.

Später an diesem Abend öffnete Will den Umschlag mit dem Brief von Horace und Cassandra. Er fand ein eng beschriebenes Papier und noch einen zweiten Umschlag, auf dem stand, dass er erst nach der Lektüre des ersten Briefs geöffnet werden sollte. Während er die Worte las, wurde ihm beim Gedanken an seine Freunde unwillkürlich warm ums Herz.

Will,

Horace und ich brauchen dringend deine Hilfe.

Leider haben wir momentan große Probleme mit Madelyn. Sie lässt sich inzwischen einfach nichts mehr sagen und ist unglaublich halsstarrig. Trotz all unserer Bemühungen sind wir mit unserem Latein am Ende, was sie betrifft.

Madelyn wird, wie du weißt, eines Tages den Thron besteigen und muss endlich die Disziplin und Verantwortung lernen, die dafür erforderlich sind. Doch sie weigert sich, auf Horace oder mich zu hören. Sie tut, was ihr passt, streift nachts allein im Wald umher und setzt sich damit selbst großen Gefahren aus.

Obendrein setzt sie auch das Königreich einer Gefahr aus. Wenn jemand sie entführte, befänden Horace und ich uns in einer ausweglosen Lage. Brächten Landesfeinde sie in ihre Gewalt, müssten wir zwischen dem Wohl unserer Tochter und dem unseres Landes wählen. Wir haben versucht, ihr dies zu erklären, doch sie tut solche Möglichkeiten einfach ab und lacht über das, was sie als Überbesorgnis betrachtet.

Ich habe alles versucht, um sie zu disziplinieren, doch leider vergeblich. Sie bietet mir wie auch Horace die Stirn. Und hier auf Schloss Araluen ist sie umgeben von Menschen, die sie nur allzu leicht nach ihrer Pfeife tanzen lassen kann. Manche dieser Untergebenen handeln in ehrlicher Ehrfurcht vor ihrem Rang. Andere, fürchten wir, könnten die Saat aussäen wollen für eigene zukünftige Einflussnahme.

Warum auch immer, wir müssen mit ansehen, wie unsere Tochter sich in eine disziplinlose, maßlose Rebellin verwandelt. Sie muss lernen, dass ihr privilegiertes Leben auch Verantwortung und Pflichten beinhaltet.

Als wir uns mit diesem Problem auseinandergesetzt haben, sind wir zu dem Schluss gekommen, dass drastische Maßnahmen nötig sind. Lynnie muss aus der privilegierten Atmosphäre des höfischen Lebens herausgenommen werden und die wirkliche Welt kennenlernen. Gleichzeitig muss sie Selbstdisziplin und die Fähigkeiten erlernen, die sie als zukünftige Regentin brauchen wird.

Als wir darüber gesprochen haben, waren Horace und ich uns einig, dass du möglicherweise der Mensch bist, der am besten dazu geeignet ist, ihr zu helfen – und uns. Du liebst Lynnie, genau wie wir. Und was nicht weniger wichtig ist, sie liebt und respektiert dich. Du hast eine besondere Beziehung zu ihr, die sie vielleicht dazu bringen kann, ihr altes Verhalten abzulegen. Die Leute sagen uns, es sei eine Phase der Rebellion gegen die Eltern, die die meisten jungen Menschen durchleben. Vielleicht ist das so. Vielleicht würde Lynnie nach und nach wieder zur Vernunft kommen. Doch wir leben in unsicheren Zeiten. Du weißt, dass mein Vater krank ist und ich an sei-

ner statt das Königreich führen muss. Wenn mir irgendetwas passieren würde, würde Lynnie den Thron übernehmen müssen, und ich befürchte, dass sie dieser Aufgabe nicht gewachsen wäre.

Unterrichte sie, Will! Nimm sie unter deine Fittiche und bring ihr bei, stark, verantwortungsvoll und tapfer zu sein. Sie hat das Potenzial dafür, doch sie braucht Führung. Im Namen unserer langen Freundschaft bitte ich dich, ihr diese zu gewähren.

Evanlyn (Cassandra)

Unter Cassandras Worten hatte auch Horace noch etwas geschrieben.

Will,

ich bitte dich sehr, unseren Wunsch zu erfüllen. Cassandra würde es nie zugeben, doch die Anstrengung, das Königreich zu regieren, lastet schwer auf ihren Schultern. Die zusätzliche Belastung, gleichzeitig mit Lynnies fragwürdigem Verhalten zurechtkommen zu müssen, ist zu viel für sie. Ich mache mir gleichermaßen Sorgen um ihre Gesundheit wie um die Entwicklung unserer Tochter.

Ich würde es selbst übernehmen, wenn ich könnte. Aber ich habe es versucht und leider versagt. Vielleicht waren wir früher, als Lynnie noch klein war, ihr gegenüber zu nachsichtig. Das ist eine Falle, in die man mit einem einzigen Kind allzu leicht tappen kann. Jetzt braucht sie eine starke Hand von außen – von einem Menschen, dem sie vertraut und den sie respektiert. Ich kann mir niemanden denken, der besser für diese Aufgabe geeignet wäre als du.

Wenn du das Dokument liest, das wir in einem gesonderten Umschlag beigefügt haben, wirst du sehen, wie ernst wir diese ganze Angelegenheit nehmen. Benutze das Dokument, wenn es nötig ist. Ich fürchte, es wird der Fall sein.

Über die Jahre hast du mir öfter beigestanden, als ich zählen kann. Ich bitte dich darum, es erneut zu tun.

Horace

Will faltete den Brief und schlug damit gedankenvoll gegen seine Handfläche. Dann öffnete er das zweite Dokument. Es war kurz – nur einige Sätze. Doch seine Augen wurden vor Überraschung groß. Auch dieses Dokument faltete er wieder, lehnte sich auf seinem Stuhl zurück und dachte nach.

Gilan hatte versucht, ihn aus seinem Rachedurst gegenüber Jory Ruhl und seiner Bande herauszuholen. Er hatte Worte wie »Pflicht« und »Verpflichtung« gebraucht. Sie waren abstrakt und verblassten zur Bedeutungslosigkeit inmitten des entsetzlichen Schmerzes über Alyss' Tod.

Doch dies hier war etwas Greifbares und Unmittelbares. Eine Bitte um Hilfe von zwei Menschen, die zu jenen gehörten, die er am meisten auf der Welt liebte. Er seufzte, dann stellte er sich die ausschlaggebende Frage.

»Was würde Alyss wollen?«

Er sagte die Worte laut und wie immer hob seine Hündin Blackie den Kopf und klopfte mit dem Schwanz. Er achtete gar nicht darauf. Er wusste natürlich, was Alyss sagen würde, wenn sie hier wäre.

Sie würde ihn möglicherweise darauf hinweisen, dass er dem Königreich dienen und dazu beitragen würde, dessen Zukunft zu sichern, indem er die Thronerbin ausbildete. Doch noch wichtiger wäre etwas ganz anderes. Er konnte beinahe die Stimme seiner Frau hören, wenn sie es ausspräche: »Es geht um deine Freunde, Will.«

Alte Freunde. Beste Freunde. Freundschaft, die sich in

Dutzenden von lebensgefährlichen Situationen bewährt hatte. Zwei Menschen, die ihm beigestanden hatten und sein Leben öfter gerettet hatten, als er zählen konnte.

Es gab gar keine Frage, wie seine Antwort lauten würde. Dies war eine Bitte, die er einfach nicht zurückweisen konnte.

Elf

Am vereinbarten Tag kam Lynnie zu Wills kleiner Hütte unterhalb von Burg Redmont, um ihre Ausbildung zu beginnen.

Sie kam am richtigen Tag an, aber nicht zur vereinbarten Uhrzeit. Will hatte sie in der neunten Stunde des Vormittags erwartet und es war schon weit nach Mittag, als sie in die kleine Lichtung ritt. Bis dahin hatte Will es aufgegeben, auf sie zu warten. Die ersten zwei Stunden hatte er noch erwartungsvoll auf der Veranda gesessen und den schmalen Pfad zwischen den Bäumen entlanggespäht, wo sie – wie er wusste – auftauchen würde.

Schließlich zog er sich mürrisch wieder ins Haus zurück, um die letzten Berichte zu lesen, die an diesem Morgen von Gilan geschickt worden waren. Es war die normale Routine für alle Waldläufer, die Berichte aus anderen Lehen zu studieren. Doch Will hatte ein besonderes Interesse. Er überflog die von allen Waldläufern im Land eingereichten Berichte, in denen alle Delikte und ungewöhnlichen Ereignisse aufgeführt waren, und suchte nach irgendeinem Hinweis, der ihn auf die Spur Jory Ruhls bringen konnte.

Er vertiefte sich in einen Bericht aus dem Lehen Cordom. Darin ging es um einen verbrecherischen Fährmeister, der Passagiere aufnahm, die den Fluss Gadmun überqueren wollten, sie dann jedoch ausraubte und zwang über Bord zu springen, was bedeutete, dass sie ihr Leben in der schnellen Strömung aufs Spiel setzten. Er legte den Bericht in eine Ledermappe, die bereits einen anderen Bericht enthielt, der ebenfalls Jory Ruhl betreffen konnte.

»Dahinter könnte er stecken«, sagte er zu sich. »Das sähe ihm ähnlich.«

Blackie, die auf dem Boden neben ihm lag, die Schnauze auf den Pfoten, öffnete die Augen und blickte ihn erwartungsvoll an. Er schüttelte den Kopf. »Hab nur mit mir selbst geredet«, erklärte er. »Schlaf weiter.«

Was sie auch bemerkenswert schnell tat.

Einige Minuten später öffnete sie die Augen erneut und drehte den Kopf zur Tür. Kurz danach hörte Will das warnende Wiehern von Reißer aus dem Stall. Es war tief – eine Warnung für Will, nicht das laute Grüßen, das Reißer bei Abelard und Blitz hatte hören lassen, als Walt und Gilan zu Besuch gekommen waren. Reißers Warnung enthielt jedoch keine Gefahrenmeldung. Er kündigte lediglich an, dass sich jemand der Hütte näherte, wer auch immer.

Blackie erhob sich mit einem leisen Knurren, schüttelte sich und ging zur Tür, den Kopf gesenkt, die Nase schnüffelnd auf dem Boden. Will legte den Bericht zur Seite, schob seinen Stuhl zurück und stand ebenfalls auf. Er gestattete Blackie, durch die Tür zu schlüpfen, sobald der Spalt breit genug war. Dann trat er hinaus auf die Veranda und lehnte sich gegen einen der Pfosten.

Da sah er auch schon Lynnie aus dem Wald kommen und

in die kleine Lichtung einreiten. Erstaunt hob er die Augenbrauen, als er sah, dass sie nicht allein war. Ein weiteres Mädchen, etwa im gleichen Alter, ritt ein paar Schritte hinter ihr. Doch während Lynnie schmal gebaut war und sich anmutig bewegte, war die Unbekannte leicht übergewichtig und sah aus, als fühle sie sich im Sattel ganz und gar nicht wohl.

Es gab noch weitere Unterschiede. Lynnie ritt einen sandfarbenen Wallach aus Arrida von edlem Geblüt, der sich würdevoll und elegant bewegte. Das andere Mädchen saß auf einem durchschnittlichen Reitpferd, das zwar etwas größer war, aber mit schwerem Knochenbau und ohne die anmutigen Bewegungen des Arridaners.

Die Kleidung der Mädchen wies ebenfalls große Unterschiede auf. Lynnie trug eine feine Reithose mit kniehohen Reitstiefeln und eine purpurfarbene kurzärmelige Jacke, aus feinem weichen Leder in Handschuhqualität. Sie wurde an der Taille von einem Gürtel zusammengehalten, der aus Silberscheiben bestand, die sich wie Glieder aneinanderreihten. An ihrer Seite, in einer schön gearbeiteten Lederscheide, steckte ein langes Messer. Außerdem trug Lynnie einen kurzen Umhang, der nur bis zur Taille reichte und eine Seite und damit den rechten Arm und die Schulter freiließ. Solche Umhänge waren in den letzten Jahren unter wohlhabenden jungen Kavallerieoffizieren modern geworden.

Lynnies Begleiterin trug ein schlichtes grünes Leinenkleid mit einem praktischen, aber ungeschmückten Wollmantel darüber. Sie sah sich neugierig und ein wenig unsicher um, während Lynnie Selbstbewusstsein und Vertrautheit ausstrahlte.

Bei Gorlogs stinkendem Atem, dachte Will. Sie hat ihre Zofe mitgebracht.

Und nicht nur ihre Zofe. Hinter den beiden Reiterinnen trottete gehorsam ein kleines, stämmiges Packpferd. Lederkoffer hingen an seinem Packsattel. Es sah aus, als trüge es mehr Gewicht als jedes der beiden Reitpferde.

Will holte tief Luft. Sein erster Impuls war, eine Reihe wütender Fragen auf Madelyn loszulassen – von »Was zum Teufel denkst du denn, dass du hier tust?« über »Wer zum Teufel begleitet dich denn hier?« bis hin zu »Wofür hast du denn gepackt? Für eine zwölfmonatige Erlebnisreise durchs ganze Land?«

Stattdessen beherrschte er sich und wartete, bis Madelyn ihn auf der Veranda entdeckte. Sie lächelte ihn einnehmend an.

»Hallo, Onkel Will. Ich habe dich dort gar nicht bemerkt. Ihr Waldläufer versteht euch wirklich darauf, euch ungesehen zu bewegen, was? Ich freue mich schon darauf, in den nächsten Wochen mehr darüber zu lernen.«

Will bemerkte den Zeitrahmen, den sie erwähnte. Sie hat keine Ahnung, wie lange das hier dauern wird, dachte er. Sie denkt anscheinend, sie verbringt ein paar Wochen hier bei mir im Wald und reist dann wieder nach Hause.

Er verbiss sich die wütende Antwort, die ihm auf der Zunge lag.

»Du bist spät dran«, sagte er leise.

Sie sah ihn etwas überrascht an. Dann zuckte sie mit den Schultern. »Ach ja? Keine Ahnung. Man sagte mir, ich soll heute hierher kommen. Ich wusste nicht, dass eine besondere Zeit vorgegeben war.«

»So war es aber. Die neunte Stunde. Das stand in deinen Anweisungen von Gilan.«

Lynnie runzelte die Stirn und zeigte immer noch kein besonderes Bedauern über ihre späte Ankunft. »Anweisungen?«, wiederholte sie. Sie blickte zu ihrer Zofe. »Rose-Jean, hat der Oberste Waldläufer Gilan dir irgendwelche Anweisungen für mich gegeben?«

Das andere Mädchen sah etwas verwirrt und besorgt drein. Wenn Lynnie Wills gereizten Ausdruck nicht bemerkt hatte, ihre Zofe hatte es jedenfalls. Sie war schließlich ein Dienstmädchen und daran gewöhnt, auf jedes Zeichen von Unzufriedenheit ihrer Herrschaften zu achten.

»Nein, Mylady. Er…«

»Die müsste er *dir* gegeben haben, Lynnie«, unterbrach Will grob. »Einen Brief. In einem dicken Leinenumschlag.«

»Oh… den?«, sagte Lynnie und lachte. »Ja. Den habe ich bekommen. Ich dachte, es sei einfach nur so eine Art Grußkarte zum Abschied. Ich habe noch nicht hineingeschaut.«

»Vielleicht wäre es eine gute Idee, das zu tun«, sagte Will. Seine Stimme war gefährlich leise. Lynnie bemerkte das nicht, dafür aber Rose-Jean. Ihr bereits besorgter Gesichtsausdruck wurde noch ängstlicher.

»Ach, das mach ich später!«, erwiderte Lynnie ungezwungen. »Ich bin sicher, du kannst mir auch alles erklären, was ich wissen muss.«

»Tja, das Erste was du wissen solltest, ist, dass du vor über drei Stunden hättest hier sein sollen. Wo warst du denn?«

Lynnie verstand es immer noch nicht. Ihre Zofe sah sich um und wünschte offensichtlich, sie könnte sich irgendwo verstecken, wenn der Sturm erst losbrach, dessen Aufziehen sie zweifellos bemerkte. Sie hatte keine Ahnung, warum der grimmige bärtige Waldläufer so aufgebracht war. Ihre Herrin hatte ihr gesagt, dass sie Ferien in einem der ländlichen Lehen machen würden. Doch nun spürte sie, dass das nicht alles war.

»Wir haben an der Burg angehalten, um Arald und Sandra zu besuchen«, erzählte Lynnie.

»*Baron* Arald und *Lady* Sandra«, korrigierte Will sie, indem er die beiden Titel betonte.

Lynnie zuckte lachend mit den Schultern. »Für dich vielleicht. Für mich sind sie einfach Arald und Sandra.«

Wills Unmut wuchs. Er begann langsam zu verstehen, welche Probleme Evanlyn und Horace mit ihrer Tochter hatten. Aber er beherrschte sich und sprach sehr langsam und nachdrücklich. Er wollte nicht gleich zu Anfang einen Streit mit Madelyn, besonders nicht vor ihrer Zofe. Er wusste, dass das für das Dienstmädchen peinlich und unangenehm wäre.

»Nein. Für dich sind sie nun auch Baron Arald und Lady Sandra. Und du solltest dich lieber gleich daran gewöhnen«, sagte er.

Lynnie legte den Kopf zur Seite, ein verblüfftes Lächeln im Gesicht.

»Onkel Will, ich habe sie immer schon Arald und Sandra genannt. Vielleicht verstehst du das nicht. Aber als Prinzessin stehe ich im Rang über ihnen.«

Will holte tief Luft. Bei einem kurzen Blick zur Zofe sah er deren angespannte Haltung. Er atmete aus und sagte dann in ruhigem Ton. »Lynnie, steig doch bitte vom Pferd, ja, und komm mit mir hierher?« Er deutete auf die Veranda. Lynnie nickte und stieg schwungvoll ab, reichte ihrer Zofe die Zügel.

»Rose-Jean, halte doch bitte mal Sonnentänzer für mich, ja?« Rasch machte sie die paar Schritte bis zur Veranda.

Will fasste Lynnie am Ellbogen und führte sie noch ein paar Schritte weiter weg.

»Ich muss sagen, Onkel Will, du benimmst dich wirklich seltsam. So habe ich dich ja noch nie erlebt«, sagte Lynnie.

Als sie völlig aus der Hörweite der Zofe waren, sagte Will leise: »Lynnie, es gibt einige Tatsachen, mit denen du dich vertraut machen solltest. Du bist hier nicht zu einem fröhlichen Landausflug …«

»Oh, das weiß ich«, unterbrach sie ihn und winkte ab. »Mutter und Vater haben diese verrückte Idee, dass ich lernen soll …«

»Schweig!«, fuhr Will sie an. Wie vorher war seine Stimme leise, doch sein Ton ließ keinen Zweifel an seinem Unmut. Madelyn machte vor Schreck einen halben Schritt zurück. Niemand hatte jemals so mit ihr gesprochen. Na ja, vielleicht ihre Eltern, aber ganz sicher niemand, der im Rang unter ihr stand.

»Onkel Will …«, begann sie hochmütig, doch Will machte eine energische Bewegung mit der rechten Hand, die ihr das Wort abschnitt.

»Vergiss *Onkel* Will. Ob es dir klar ist oder nicht, du bist jetzt eine Anwärterin auf die Mitgliedschaft im Bund der Waldläufer und ich bin dein Lehrmeister. Als Waldläufer sprechen wir uns gegenseitig mit unseren Vornamen an. Also wirst du mich Will nennen – nichts weiter. Ich bin im Augenblick weder dein Onkel noch dein Pate. Ich bin dein Lehrmeister und Mentor. Du bist meine Schülerin und mein Lehrling. Ich werde dich Lynnie oder Madelyn nennen. Wir haben damit keine besondere Beziehung über das Lehrverhältnis hinaus, sondern sind lediglich Mentor und Lehrling. Ist das klar?«

Jetzt verzog Lynnie trotzig die Stirn und sah die graubärtige Gestalt vor sich aufgebracht an.

»Ich denke, du übertreibst hier ein bisschen, On … Will«, verbesserte sie noch rasch die Anrede. »Wir sollten doch nicht vergessen, dass ich die Königliche Prinzessin von Araluen bin.«

»Und wir sollten auch nicht vergessen, dass ich ein Waldläufer des Königs bin«, erwiderte Will gleichmütig. Er sah die Verwirrung in ihrem Blick und fuhr fort: »Ich unterstehe nur dem König oder seinem Repräsentanten. Und das wäre in diesem Fall deine Mutter, niemand sonst. Auch wenn wir im Großen und Ganzen nicht viel Aufheben darum machen, stehe ich rein formell über jedem, außer dem König oder seinem Repräsentanten. Das bedeutet über Baronen und deren Frauen, über Rittern … und auch über Prinzessinnen.«

»Das kann nicht sein!«, protestierte Lynnie. »Davon habe ich ja noch nie etwas gehört.«

»Wie gesagt, wir machen kein Aufheben darum. Aber du kannst mir glauben. Und was noch wichtiger ist, deine Mutter und dein Vater haben mir für die Zeit deiner Ausbildung volle Erziehungsgewalt über dich gegeben. Also bedeutet dein Rang hier gar nichts, weder für mich noch für sonst jemanden.«

Lynnies Selbstbewusstsein geriet ins Wanken. Sie wusste, dass die Waldläufer sehr große und oft nicht genau definierte Macht und Autorität im Königreich besaßen. Daher war sie zwar nicht ganz sicher, ob das, was Will gesagt hatte, wirklich stimmte, aber sie konnte auch nicht mit Sicherheit sagen, dass es nicht stimmte.

»Und jetzt weiter«, fuhr Will in versöhnlicherem Ton fort. »Du wirst während deiner Ausbildung hier bei mir wohnen, nicht auf der Burg. Deine Zofe wird allerdings nicht hierbleiben. Waldläufer haben keine Zofen. Und Lehrlinge von Waldläufern schon gleich gar nicht.«

Er ließ Lynnie mit offenem Mund zurück und trat wieder auf die Veranda, um mit Rose-Jean zu sprechen.

»Rose-Jean«, sagte er. »Madelyn wird während ihrer Ausbildung hier bei mir in der Hütte wohnen. Leider haben wir, wie du sehen kannst, nicht sehr viel Platz. Wärst du bitte so freundlich, zurück zur Burg zu reiten und dem Seneschall des Barons mitzuteilen, dass du dort unterkommen musst, bis wir eine Eskorte zusammengestellt haben, die dich zurück nach Schloss Araluen bringt?«

Rose-Jean blickte zu ihrer Herrin und wusste nicht, wie sie reagieren sollte. Wenn sie dem Waldläufer gehorchte, lief sie Gefahr, sich Madelyns Zorn zuzuziehen. Doch sie wusste auch, dass kein vernünftiger Mensch die Anweisungen eines Waldläufers ignorierte – schon gar nicht die eines solch berühmten wie Will Hallas. Will ahnte ihr Dilemma und ging zu ihr. Er nahm ihr die Zügel von Lynnies Pferd aus der Hand, die sie auch sofort losließ.

»Schon in Ordnung, Rose-Jean«, sagte er beruhigend. »Reite einfach zur Burg. Sei ein braves Mädchen.«

»Rose-Jean …«, begann Lynnie.

»Still!«, fuhr Will sie an, ohne sich zu ihr umzudrehen. Dann gab er der Zofe das Zeichen loszureiten. Rose-Jean beschloss, seiner Anweisung zu folgen, drehte das Pferd und trottete zurück in den Wald Richtung Burg. Das Packpferd sah ihr nach, unsicher, ob es folgen sollte. Nachdem es keine klare Anweisung bekam, senkte es den Kopf und begann im kurzen Gras am Waldrand zu grasen.

Will reichte der sehr verdutzten Prinzessin die Zügel ihres Pferdes.

»Bring dein Pferd in den Stall hinter der Hütte«, wies er sie an. »Ich kümmere mich um dein Packpferd.«

Als Madelyn zu ihm trat, um die Zügel aus seiner Hand zu nehmen, fügte er hinzu: »Aber das wird das letzte Mal sein, dass ich das mache.«

Zwölf

Sobald die Pferde im Stall untergebracht waren, zeigte Will Madelyn das kleine Zimmer, das sie während ihrer Lehrzeit bewohnen würde. In Erinnerung an seinen eigenen ersten Tag hatte er ihr eine Vase mit bunten Wildblumen hingestellt, genau wie Walt es für ihn vor so vielen Jahren getan hatte. Doch es war wohl mehr als ein Blumenstrauß nötig, damit Lynnie sich von dem Schock erholte, den sie bei ihrer Ankunft erlitten hatte.

Sie betrat das Zimmer und schloss die Tür hinter sich. Bisher hatte es nur einen Vorhang gegeben, doch Will war klar gewesen, dass Madelyn etwas mehr Privatsphäre benötigte, und so hatte er den Tischler von Redmont beauftragt, vor ihrer Ankunft eine Tür einzusetzen.

Er blickte auf die geschlossene Tür und fragte sich, ob er sie wohl aus ihrem Zimmer rufen sollte. Doch wahrscheinlich hatte sie genug Überraschungen für einen Tag gehabt und so ließ er ihr ein paar Stunden, um alles zu verdauen.

Er bereitete das Abendessen zu – einen saftigen Hühnereintopf mit Kartoffeln. Als es dunkel wurde, zündete er Laternen im Wohnzimmer an und machte Feuer.

Das warme, gelbliche Licht der Laternen und die flackernden Flammen des Kaminfeuers verbreiteten eine gemütliche Atmosphäre. Als er das Gefühl hatte, dass sie ausreichend Zeit für sich gehabt hatte, klopfte er an ihre Tür.

»Lynnie«, rief er. »Abendessen.«

Auf der anderen Seite der Tür kämpfte der Hunger gegen den Stolz und verletzte Gefühle. Nach einigen Minuten gewann der Hunger und die Tür wurde geöffnet. Madelyn kam mit all der Würde, die sie noch aufbringen konnte, heraus und nahm ihren Platz am Tisch ein, während Will das Essen auftrug.

Hungrig aß sie und bemerkte überrascht, wie wohlschmeckend das Essen war. Sie hatte keine Ahnung gehabt, dass Will so gut kochen konnte. Doch die Stimmung zwischen ihnen war immer noch angespannt und die Unterhaltung beschränkte sich auf das Notwendigste: Eine gelegentliche Bitte, das Salz oder das Brot anzureichen, mehr wurde nicht gesprochen.

Als Madelyn fertig gegessen hatte, stand sie vom Tisch auf. »Ich gehe dann in mein Zimmer«, sagte sie. Einen Moment lang hatte sie überlegt, ob sie um Erlaubnis fragen sollte, doch trotzig hatte sie den Gedanken abgetan.

Will begegnete ihrem Blick und sah, dass sie immer noch sehr aufgebracht war. Lass ihr Zeit, dachte er und nickte zustimmend.

»Gute Idee. Morgen wird ein anstrengender Tag.«

Lynnie lag stundenlang hellwach im Bett, lauschte auf die nächtlichen Geräusche des Waldes um sie herum und kämpfte die Tränen zurück, die sie zu überwältigen drohten. Dies war alles so anders als das, was sie sich vorgestellt hatte. Will – jahrelang ihr liebevoller Onkel Will – war grimmig und distanziert. Seine Missbilligung ihr gegenüber war offensichtlich.

Aber warum, fragte sie sich. Was hatte sie falsch gemacht?

Es war Madelyn selbst gar nicht bewusst, aber ihre Arroganz und ihr anmaßendes Wesen rührten aus einem Minderwertigkeitsgefühl und mangelndem Selbstvertrauen.

Ihre Eltern waren im ganzen Königreich berühmt. Horace, ihr Vater, war der berühmteste Ritter von Araluen, gefürchtet von Feinden und respektiert von Freunden. Er war ein echter Held, geradezu überlebensgroß.

Und mit ihrer Mutter verhielt es sich nicht anders. Abgesehen davon, dass sie natürlich die Kronprinzessin war und derzeit anstelle ihres Vaters das Königreich regierte, hatte auch sie sich die Bewunderung und den Respekt ihrer Untertanen verdient. Ihr Leben war voller Abenteuer und großer Taten.

Und was hatte sie, Lynnie, im Vergleich dazu geleistet? Was konnte sie hoffen zu erreichen? Je mehr sie sich mit ihren berühmten Eltern verglich, desto mehr vermisste sie bei sich selbst etwas.

Erneut spürte sie, wie ihr die Tränen kamen, doch sie kniff die Augen heftig zu und zwang sie zurück.

Ich weine nicht, sagte sie sich wütend immer wieder, bis sie schließlich mit diesem Gedanken in einen ruhelosen Schlaf fiel.

Sie erwachte vom leisen Klappern von Töpfen und Pfannen in der Küche. Einen Augenblick lang hatte sie keine Ahnung, wo sie war, und sah sich verwirrt in dem kleinen Zimmer um. Zum ersten Mal bemerkte sie den bunten Blumenstrauß auf dem Fensterbrett und das ordentlich gefaltete Handtuch am

Fuß ihres Bettes. An einem Haken auf der Rückseite der Tür hing etwas – ein Hausmantel, vermutete sie.

Sie stand auf und öffnete die Tür. Will, der in der kleinen Küchennische herumwerkelte, hörte sie und drehte sich um.

»Gut geschlafen?«, fragte er und sie nickte. Sie blickte sich in der kleinen Hütte um und nahm zum ersten Mal Einzelheiten wahr. Gestern Abend war sie zu schockiert und verwirrt gewesen, um viel zu bemerken, und in ihrer Kindheit war ihr sowieso alles viel größer und völlig fremdartig vorgekommen. Jetzt sah sie, dass es nur ein großes Wohnzimmer mit einer Küchennische und ein weiteres Schlafzimmer gab. Will bemerkte, dass sie sich suchend umsah.

»Das Badehaus ist immer noch hinten«, erklärte er. »Frühstück gibt es in zehn Minuten.«

Sie nickte wieder, unsicher, wie sie darauf antworten sollte. Sein Ton und sein Verhalten waren nicht so grimmig wie am Vorabend, also beschloss sie, sich neutral zu verhalten. Sie holte das Handtuch und den Hausmantel aus ihrem Zimmer, dann ging sie hinaus.

Wills Hündin lag in der frühen Morgensonne auf der Veranda und klopfte zur Begrüßung mit dem Schwanz. Lynnie blieb stehen, um sie zwischen den Ohren zu kraulen.

»Hallo, meine Kleine«, sagte sie. »Wie heißt du denn?«

Blackie antwortete darauf natürlich nicht. Doch sie bog den Hals zurück, um sich von Lynnie auch unter dem Kinn kraulen zu lassen, und schloss dabei genießerisch die Augen. Lynnie tätschelte sie schließlich noch ein letztes Mal und richtete sich auf. Die kleine Lichtung, auf der Wills Hütte stand, war ein sehr schöner Ort, stellte sie fest. Die Sonne zeigte sich gerade über den Baumwipfeln, die Luft war frisch und trug die Gerüche des frühen Morgens mit sich.

Sie ging weiter und betrat das ihrer Meinung nach äußerst provisorische Badehaus und schauderte zusammen, als das kalte Wasser aus dem aufgehängten Eimer sie traf. Dennoch wusch sie sich, so gut es unter diesen Bedingungen ging, und trocknete sich dann rasch ab. Als sie fertig war, warf sie sich den Hausmantel über und kehrte in die Hütte zurück. In ihrem Zimmer zögerte sie und fragte sich, was sie anziehen sollte. Sie hatte ihre Kleidung am Vorabend auf dem Boden liegen gelassen, doch natürlich war Rose-Jean nicht hier, um sie aufzuheben und ihr frische Kleidung für den Tag herauszulegen. Genau genommen, war all ihre Kleidung noch in den Koffern, und die standen wohl immer noch im Stall.

Notgedrungen zog sie die Kleidung vom Vortag noch einmal an und ging anschließend hinaus ins Wohnzimmer.

Will blickte auf und begrüßte sie mit einem Nicken. Er deckte gerade den Tisch.

»Ich wusste nicht, wie du deine Eier magst«, sagte er. »Ich habe Rührei gemacht.«

Sie rümpfte die Nase. »Ich mag gar keine Eier.«

Will holte tief Luft. »Du magst keine Eier«, wiederholte er. Sie schüttelte den Kopf. »Wie ist es mit Speck?« Er blickte zum Herd, wo in einer weiteren Pfanne etwas brutzelte.

Wieder schüttelte sie abwehrend den Kopf. Diese Geste wirkte seiner Meinung nach übertrieben pingelig, aber er beherrschte sich.

»Wir haben einen besonderen luftgetrockneten Schinken, der für uns von einem Fleischer auf Schloss Araluen gemacht wird«, sagte Lynnie. »Der ist so leicht und zart, dass er auf der

Zunge zergeht. Aber Speck?« Sie schauderte nachdrücklich. »Igitt!«

»Tja, wir haben keinen luftgetrockneten Schinken. Vielleicht können wir später in Wensley einkaufen gehen und dort ein paar königliche Delikatessen besorgen?«, schlug Will sarkastisch vor.

Sie schüttelte den Kopf und ging nicht darauf ein. »Ich esse gern Obst«, sagte sie.

Will seufzte erleichtert auf. »Obst ist gut«, sagte er. Er nahm einen großen, glänzenden Apfel aus einer Schale auf der Anrichte und legte ihn auf den Teller vor ihr. Sie blickte ihn unsicher an.

»Sind Äpfel kein Obst?«, fragte Will.

Lynnie machte eine verlegene Geste. »Na ja, normalerweise schälen und schneiden es die Dienstboten für mich«, sagte sie.

Es herrschte einen Moment Schweigen. Sie spürte, dass sie ihn schon wieder verärgert hatte. Unvermittelt nahm er den Apfel von ihrem Teller und legte ihn auf den Holztisch.

Sein Sachsmesser gab einen leise zischenden Laut von sich, als er es aus der Scheide zog. Dann ließ er es mit einem dumpfen Schlag auf den Tisch hinabsausen und schnitt damit den Apfel in zwei Hälften, die sich leicht auf dem Tisch drehten.

»Betrachte ihn als geschnitten«, sagte er zu ihr.

Das Frühstück wurde in angespannter Stille fortgesetzt, doch Will wurde wieder etwas nachgiebiger. Er legte einen Laib frisches Brot auf den Tisch und stellte Butter und ein Glas Himbeermarmelade auf den Tisch. Die Konfitüre war ein Geschenk von Jenny und seine Lieblingsmarmelade. Insgeheim fragte er sich, warum er sie jetzt eigentlich Lynnie gab.

Sie aß mit großem Appetit und merkte dabei erst, wie hungrig sie gewesen war. Will seinerseits aß die Rühreier und den Speck, den er bereits zubereitet hatte. Als Lynnie ihr Brot aufgegessen hatte, griff er hinter sich zum Kaffeetopf, der auf der heißen Herdplatte stand. Beim Kaffee würden sie sich beide wieder entspannen, dachte er. Wer konnte schon bei einer Tasse heißem, süßem Kaffee schlecht gelaunt sein.

»Kaffee?«, fragte er und fing bereits an, etwas davon in ihre Tasse zu gießen.

»Ich trinke keinen Kaffee«, antwortete sie.

Will hob überrascht die Augenbrauen. »Warum denn nicht?«, fragte er. »Jeder trinkt Kaffee.«

»Ich nicht. Ich mag den Geschmack nicht. Ich hätte lieber Milch, wenn du welche hast ... bitte«, fügte sie nach einer Pause hinzu.

Er akzeptierte, dass das letzte Wort ihrerseits ein großes Zugeständnis war. Er holte einen Krug frischer Milch, der gekühlt und mit einem feuchten Tuch abgedeckt im Vorratsraum gestanden hatte, und goss Lynnie eine Tasse davon ein.

»Wie erwarten sie nur von mir, eine Waldläuferin aus dir zu machen?«, seufzte er kopfschüttelnd.

Sie war sich nicht sicher, ob sie darauf antworten sollte. Klugerweise schwieg sie einfach. Aber die Milch schmeckte ihr.

Nach dem Frühstück trank Will seine zweite Tasse Kaffee. Vielleicht hat es ja auch seinen Vorteil, wenn sie keinen Kaffee trinkt, dachte er. So bleibt mehr für mich übrig. Lynnie trank ihre Milch aus und pickte noch die letzten Krumen von ihrem Teller.

»Das war wunderbares Brot«, sagte sie. »Hast du es auch selbst gemacht?« Sie war sich nicht sicher, wie weit seine Künste reichten. Doch er schüttelte den Kopf.

»Es gibt einen Bäcker in Wensley, der es jeden Morgen bringt. Aber eigentlich kannst du ja nun in Zukunft gehen und es holen, um ihm den Weg zu sparen. Das kann eine deiner Wir-haben-keine-Dienstboten-Pflichten sein.«

Sie merkte, dass er sie auf die Probe stellte, und biss absichtlich nicht an. Sie nickte nur und er fuhr fort.

»Außerdem wirst du jeden Morgen vor dem Frühstück dein Bett machen und dein Zimmer aufräumen.«

Er warf einen vielsagenden Blick in ihr Zimmer, wo alles noch kreuz und quer lag.

»Mein Bett machen? Ich mache kein …«

»O doch, das tust du. Oder hast du angenommen, deine Zofe würde das für dich tun?«

Sie schob aufgebracht ihr Kinn vor. »Tja, ich wüsste nicht, warum wir wie Bauern leben sollen«, sagte sie. »Rose-Jean könnte ganz leicht jeden Tag hierherkommen und …«

»Rose-Jean ist fort«, unterbrach er sie.

Einen Augenblick verstand sie nicht ganz. »Fort? Wohin denn?«

»Zurück nach Schloss Araluen. Heute Morgen fuhr zufällig eine Postkutsche ab und ich habe es organisiert, dass sie mitfahren konnte. Schließlich wollen wir doch nicht, dass sie allein quer durchs Land reiten muss, oder?«

»Aber … sie war meine Zofe. Du hattest nicht das Recht, das …« Sie hielt inne, als sie das Funkeln in seinen Augen sah.

»Lynnie, bitte versteh das endlich: Ich habe jedes Recht. Sie war deine Zofe, als du Prinzessin warst. Jetzt bist du Lehrling eines Waldläufers. Und Waldläufer haben keine Dienstboten. Ich denke, das habe ich bereits erwähnt.«

Will hätte fast lächeln müssen, als er sich an eine Unterhaltung mit Walt in seinen ersten Tagen als Lehrling erinnerte. Damals hatte er ihn gefragt, was Lehrjungen von Waldläufern tun. »Sie erledigen die Hausarbeit«, hatte Walt ihm geantwortet.

»Außerdem«, fügte er hinzu, »wirst du jeden Tag nach dem Frühstück den Kamin und den Aschekasten des Herdes ausräumen und das Wohnzimmer ausfegen. Und jeden Freitag bringst du den Teppich raus und klopfst den Staub aus.«

Madelyn sah ihn mit zusammengekniffenen Augen an. Er gab vor, das nicht zu bemerken, schließlich hob er fragend die Augenbrauen.

»Hast du noch etwas zu sagen?«, fragte er.

Sie antwortete sehr bedachtsam. »Darf ich fragen, wer all diese Aufgaben erledigt hat, bevor ich gekommen bin?«

Will nickte, als sei das eine sehr gute Frage. »Ehrlich gesagt, war ich das selbst«, erklärte er. »Und ich verstehe jetzt, warum Walt es genossen hat, einen Lehrling zu haben. Ich hätte mir schon längst einen zulegen sollen.«

Sie sagte nichts, sondern erhob sich, ging in ihr Zimmer und machte ihr Bett mit vielen kleinen, wütenden Bewegungen. Als sie fertig war, sah sie sich in ihrem Zimmer um und bemerkte, dass es nur eine kleine mit einem Vorhang abgetrennte Nische gab, um ihre Kleidung unterzubringen.

»Wo soll ich denn meine Kleidung unterbringen?«, fragte sie.

Will streckte den Kopf herein und deutete auf die Nische hinter dem Vorhang. »Das dürfte reichen«, erklärte er.

Sie schüttelte den Kopf und lachte schrill auf. »In diese kleine Ecke passt ja nicht einmal die Hälfte der Kleidung, die ich mitgebracht habe.«

Will winkte unbeschwert ab.

»Oh, darüber mach dir keine Gedanken«, sagte er. »Diese Kleidung ist bereits mit Rose-Jean zusammen auf dem Weg zurück nach Schloss Araluen.«

Dreizehn

»Bist du sicher, dass du nicht zu streng mit ihr bist?«, fragte Jenny.

Will dachte einen Moment nach.

»Ich denke, ich muss streng sein, Jen«, antwortete er dann. »Sie ist so verwöhnt, eigensinnig und arrogant, und das muss ich aus ihr herausbekommen, wenn das Ganze irgendwie funktionieren soll.«

Beide saßen unter einem Segeltuch im Außenbereich von Jennys Speiselokal. Sie sah ihn mit zur Seite gelegtem Kopf an, dann nickte sie.

»Vielleicht. Aber übertreib es nicht, ja? Bestimmt ist sie im Grund ein gutes Kind.«

»Tja, ich versuche mich daran zu erinnern, wie Walt mich behandelt hat«, sagte Will, »Und danach richte ich mich.«

»Damals hast du erzählt, dass er ziemlich streng war«, antwortete sie mit einem Lächeln. »Und dabei warst du noch nicht einmal eine Prinzessin.«

»Und das ist sie jetzt auch nicht. Genau das darf ich auch nicht vergessen. Sie ist mein Lehrling und sie hat nicht mehr Rechte oder Privilegien als jeder andere Lehrling. Sie bekommt keine Sonderbehandlung.«

»Pass nur auf, dass du bei deinem Bemühen, ihr keine Sonderbehandlung zukommen zu lassen, nicht in die andere Richtung übertreibst«, warnte Jenny ihn. »Wo ist sie denn jetzt eigentlich?«

»Sie ist bei Mistress Butterby, die für ihre Uniformen Maß nimmt«, erklärte Will und deutete mit dem Daumen die Straße hinab. »Zumindest wird Mistress Butterby ihr zeigen, wie sie die Kleidung abändern muss, damit sie passt. Lynnie muss es dann selbst erledigen. Das Ganze könnte also eine Weile dauern«, fügte er trocken hinzu.

Jenny sah ihn an. Das war das erste Mal seit Monaten, dass sie bei ihrem alten Freund einen Funken von Humor bemerkt hatte. Aber sie war klug genug, das nicht zu erwähnen. Sie würde es Gilan erzählen, wenn er das nächste Mal das Lehen Redmont besuchte. Sie wusste, wie sehr Will um Alyss trauerte. Ihm Lynnie als Lehrling zuzuteilen, war ein genialer Einfall gewesen. Sie blickte nun zur Straße und deutete darauf.

»Sieht so aus, als käme sie gerade.«

Lynnie trottete den flachen Hügel herauf auf sie zu, in ihren Armen Stöße von Kleidung. Schief über ihrer Schulter lag ein sehr vertrautes Kleidungsstück – der gesprenkelte graugrüne Umhang – Standard für alle Waldläufer und deren Lehrlinge.

»Sie sieht ein wenig überwältigt aus«, fügte Jenny lächelnd hinzu, während Lynnie es schaffte, ein Paar Stiefel und eine Lederweste in den Staub fallen zu lassen. Als sie sich bückte, um sie aufzuheben, ließ sie noch mehr fallen. Sie hatte drei Garnituren Wollhemden und Beinkleider erhalten, dazu die Lederweste und zwei Paar Stiefel. Zusammen mit dem Umhang war das nicht leicht zu tragen.

»Es war ein überwältigender Tag«, sagte Will. Doch er

machte keine Anstalten aufzustehen und ihr zu helfen. Als Lynnie näher kam und Stiefel, Hemden und Hosen gefährlich schwankten, hatte Jenny Mitleid, stand schnell auf und griff zu.

»Lass mich helfen«, bot sie an. Lynnie sah dankbar auf und ließ die Hälfte los. Sie folgte Jenny unter das Segeltuch und ließ die restliche Hälfte auf einen Tisch fallen.

»Sie hat mir die kleinsten Größen gegeben, die sie hatte, aber die sind dennoch alle viel zu groß«, sagte sie leicht atemlos.

Jenny lächelte. »Das überrascht mich nicht. Schließlich bist du das erste Mädchen bei den Waldläufern.«

»Hat sie dir gezeigt, wie du sie kürzen kannst?«, fragte Will.

Lynnie nickte. »Ich werde Stunden brauchen, um alles umzunähen.«

»Na ja, für den Anfang reicht ja eine Garnitur. Das sollte nicht allzu lange dauern. Das kannst du heute Abend nach dem Abendessen noch erledigen«, sagte Will. Er war nicht sicher, ob sie Mitleid hatte erregen wollen. Jedenfalls war er nicht bereit, welches zu zeigen.

Jenny und Will hatten frisch gepressten Saft getrunken. Jenny gab dem Kellner ein Zeichen, ein drittes Glas für Lynnie zu bringen, die es sehr gern annahm und sich gleich einen tiefen Schluck genehmigte.

»Aaaah. Das ist nett. Vielen Dank«, sagte Lynnie.

»Das muss für dich alles so anders und verwirrend sein«, sagte Jenny mitfühlend. »Ich hoffe, Will ist nicht zu streng mit dir, Lynnie. Ich bin übrigens Jenny.«

Sie streckte ihr lächelnd die Hand entgegen. Lynnie betrachtete sie einen Moment lang unsicher. Sie hatte sich mehr oder weniger mit der eigenartigen Beziehung arrangiert, die nun zwischen ihr und Will existierte. Schließlich war er, wie er ihr erklärt hatte, ein Vertreter des Königreiches und stand formell im Rang über ihr. Aber mit Jenny war es anders. Jenny war eine gewöhnliche Bürgerin. Sie war eine Köchin und eigentlich nicht höher im Rang als ein Dienstbote auf Schloss Araluen. Lynnie war nicht sicher, ob Jenny und sie sich wirklich gegenseitig mit Vornamen anreden sollten.

Aber Jenny war freundlich gewesen und hatte sie willkommen geheißen. Lynnie wollte sie nicht verärgern. Sie versuchte taktvoll zu sein. Wie bei den meisten Fünfzehnjährigen ging das gründlich daneben.

»Ähm ... ich bin mir nicht sicher, ob du mich wirklich mit Lynnie ansprechen solltest«, sagte sie entschuldigend. »Im Grunde müsstest du mich eigentlich ›Prinzessin‹ oder ›Euer Hoheit‹ nennen.«

Jennys Lächeln schwand und sie zog ihre Hand zurück. Will verzog verärgert das Gesicht bei Lynnies Worten. Jenny stand auf und sagte kühl: »Ich werde es mir merken.« Sie nickte Will kurz zu. »Wir sehen uns später, Will. Auf mich wartet Arbeit.«

Sie ging zurück ins Lokal, den Rücken durchgedrückt. Lynnie blickte hilflos zu Will und breitete verständnislos die Arme aus.

»Was? Was habe ich denn jetzt wieder falsch gemacht? Ich verstehe, dass es zwischen dir und mir so sein soll. Aber muss ich wirklich zulassen, dass jeder mit mir spricht, als wäre ich ein Niemand? Schließlich ist sie nur eine Köchin.«

»Jenny ist eine der ältesten Freundinnen deines Vaters und auch eine meiner ältesten Freundinnen. Wir sind alle zusammen aufgewachsen. Sie kennt auch deine Mutter seit Jahren. Wenn deine Mutter meint, dass Jenny sie beim Vornamen nennen kann, sehe ich nicht, wieso es mit dir anders sein sollte.«

»Aber damals war alles ganz anders. Schließlich reiste meine Mutter unerkannt, als sie euch alle kennenlernte. Es hätte keinen Sinn gehabt, dass sie ihren Titel benutzt. Aber für mich gilt das nicht. Ich bin ...«

»Du bist vor allem ein verwöhntes, arrogantes Gör, das eine Lektion verdient hat. Ich hatte gehofft, es würde nicht so weit kommen, doch anscheinend ist es nötig. Folge mir!«

Er stand abrupt auf und eilte aus dem Lokal. Lynnie bemühte sich, ihm zu folgen, die Stiefel und die Kleidung erneut auf einem Haufen in den Armen.

»Und verliere nichts!«, fuhr er sie an.

Sie folgte ihm, während er mit schnellen Schritten die Hauptstraße entlang und den Pfad durch den Wald zur Hütte nahm. Dort angekommen stieß Will die Tür auf, marschierte zu seinem Schreibtisch an der Wand und kramte in den dortigen Papieren, bis er gefunden hatte, wonach er suchte.

Lynnie stolperte ihm hinterher und verlor natürlich prompt auf der Veranda und im Wohnzimmer noch einzelne Kleidungsstücke. Unsicher blieb sie stehen, als er sich, einen Umschlag in der Hand, ihr zuwandte. Er zog ein einzelnes Schriftstück heraus, das er ihr entgegenstreckte.

»Lies das«, sagte er.

Sie las die ersten Worte und starrte entsetzt darauf. Schnell blickte sie nach unten und sah die Unterschrift ihrer Eltern über ihren verschiedenen Siegeln. Es gab keinen Zweifel. Dieses Dokument war echt. Sie las noch einmal von Anfang an gründlich und das Blut wich aus ihrem Gesicht.

Hiermit erklären wir, die Unterzeichneten, dass wir jede Verbindung zu unserer Tochter Madelyn lösen und ihr all ihre Titel und Privilegien als Prinzessin des Königreichs von Araluen entziehen.

Sie ist als Prinzessin und unsere Tochter enterbt und verfügt entsprechend weder über irgendwelche Privilegien noch über ein Anrecht auf den ihr bisher üblicherweise gezollten Respekt als Mitglied der Königlichen Familie von Araluen.

Bis zum Widerruf dieser Erklärung soll sie schlicht und einfach als Miss Madelyn Altman angesprochen werden, oder – das Einverständnis von Waldläufer Will Hallas vorausgesetzt, der ihr Mentor ist – alternativ mit dem Titel Waldläuferlehrling oder Waldläuferin Madelyn.

Diese Erklärung ist vom Datum dieser Erklärung an auf unbestimmte Zeit wirksam. Sie wird erst aufgehoben, wenn wir beschließen, Madelyn wieder in ihre vorige Position einzusetzen.

Unterschrieben und gesiegelt

Ihre Königliche Hoheit Cassandra,

Regierende Prinzessin des Königreichs von Araluen und all seiner Gebiete

Sir Horace Altman, Erster Ritter des Königreichs und Prinzgemahl

Neben den Wachssiegeln befanden sich die Unterschriften. Lynnie sah nach dem Datum. Die Erklärung war bereits weit vor ihrer Abreise von Schloss Araluen geschrieben worden. Die ganze Zeit während ihrer Reise, wurde ihr nun klar, war sie bereits enterbt gewesen – ein einfacher bürgerlicher Niemand. Ihre Augen füllten sich mit Tränen.

»Wie konnten sie mir das antun?«, fragte sie mit zitternder Stimme. »Hassen sie mich denn wirklich so sehr?«

Will schüttelte den Kopf. »Sie hassen dich überhaupt nicht, Lynnie. Sie sind einfach mit ihrem Latein am Ende. Sie dachten, ich bräuchte dieses Dokument vielleicht, um dir klarzumachen, wie ernst die ganze Angelegenheit ist. Ich hatte gehofft, ich müsste es dir nicht zeigen. Doch dein Verhalten machte es nötig. Ich habe es dir die ganze Zeit schon gesagt: Du bist keine Prinzessin mehr. Und du kannst dich auch nicht länger benehmen, als wärst du eine. Du bist mein Lehrling. Du bist nicht besser als jeder sonst hier in Redmont – nicht besser als Jenny, nicht besser als der Stalljunge auf der Burg, nicht besser als der Jüngste der Heeresschüler. Andererseits bist du aber auch nicht weniger als jeder von ihnen. Du bist eine Gleiche unter Gleichen.«

Lynnie runzelte die Stirn. »Aber du hast gesagt, Waldläufer sind unter all den hohen Offizieren im Königreich …«, begann sie unsicher.

»Waldläufer, ja. Deren Lehrlinge nicht. Und du bist noch nicht einmal offiziell ein Lehrling. Du darfst dies als Ehrentitel benutzen. Aber erst musst du eine zwölfmonatige Ausbildung durchlaufen, bevor du im Bund bewertet und aufgenommen wirst.«

»Zwölf Monate?« Bei dieser Aussicht war sie völlig bestürzt. »Zwölf Monate? Ich dachte …«

»Du dachtest, das wäre alles in ein paar Wochen vorbei und dann könntest du nach Hause reiten, sagen, dass es dir leid tut, und deine Eltern überzeugen, dass du deine Fehler eingesehen hast. Du hast gedacht, dann wäre alles vergessen und vergeben. Richtig?«

»Na ja … ja. Wahrscheinlich«, gab sie zu. Sie merkte, wie ungut es sich anhörte, wenn er das so formulierte. Ihr wurde auch klar, dass es mindestens ein halbes Dutzend Mal in der Vergangenheit genau so abgelaufen war. Ihre Eltern hatten sie bestraft, sie hatte den Tag oder die eine Woche Arrest als Strafe auf sich genommen, sich dann einigermaßen glaubhaft entschuldigt und alles war wie immer. Und ein paar Wochen später würde sie zu ihren früheren schlechten Angewohnheiten zurückkehren.

»Du hast es übertrieben, Lynnie«, sagte Will ernst zu ihr. »Cassandra und Horace können dein Verhalten nicht mehr akzeptieren. Ob es dir gefällt oder nicht, ich bin jetzt deine einzige Hoffnung.«

Ihre Unterlippe begann zu zittern und sie spürte, wie Tränen in ihre Augen stiegen. Er bemerkte es, ließ es sich aber nicht anmerken. Sie stand unter Schock, das war ihm klar, wahrscheinlich unter dem größten Schock ihres jungen Lebens. Aber jetzt war nicht die Zeit, darüber zu brüten.

Er deutete auf die Kleidung, die im Zimmer verteilt lag.

»Heb das alles auf«, sagte er. »Such dir die Sachen, die jetzt im Augenblick am besten passen. Nur ein Hemd, Beinkleider und Stiefel. Der Umhang ist nicht nötig. Binde deine Schuhe fest und sei in fünf Minuten draußen.«

»Draußen?«, sagte sie, verblüfft über den plötzlichen Themenwechsel. »Was …?«

»Wir gehen laufen. Ich möchte sehen, wie gut du in Form bist. Fünf Minuten!«

Ohne auf eine Antwort zu warten, ging er hinaus und ließ die Tür hinter sich zufallen. Sie hörte seine Schritte auf der Veranda, als er um die Hütte herum zum Stall ging, und das Wiehern, mit dem Reißer seinen Meister begrüßte.

Dann wurde ihr klar, dass sie Zeit verschwendete und

immer noch aussuchen musste, welche Sachen ihrer neuen Kleidung am besten passten. Sie bemühte sich, alles einzusammeln, und beeilte sich, in ihr Zimmer zu kommen.

Einige Minuten später kam sie wieder heraus. Ob sie ihre Zeitvorgabe eingehalten hatte oder nicht, wusste sie nicht. Aber zumindest beanstandete Will nicht, dass sie zu spät wäre. Er saß im Sattel und wartete vor der Hütte auf sie.

»Du läufst nicht?«, fragte sie.

Er hob eine Augenbraue. »Ich weiß, wie gut ich in Form bin«, sagte er. »Ich werde reiten. Du wirst laufen. Wir nehmen die Strecke zur Fuchsschwanzbucht mit einer kleinen Siedlung acht Meilen von hier. Nur ein netter kleiner Spaziergang dorthin und wieder zurück.«

Er deutete auf einen Pfad zwischen den Bäumen. »Also los!«

Sie lief los, den Kopf zurückgelegt, die Arme schwangen gleichmäßig an den Seiten. Sie rannte mit guter Geschwindigkeit los, ihre Schritte waren gleichmäßig und leicht. Will ließ Reißer hinterhergehen. Das kleine Pferd zuckte fragend mit den Ohren.

Wie hat sie es aufgenommen?

»Was aufgenommen?«, fragte er. Lynnie hörte seine leisen Worte und drehte sich neugierig um. Er winkte sie weiter. »Immer weiter.«

Enterbt worden zu sein. Wie kommt sie damit zurecht?

»Woher weißt du davon?« Diesmal sprach Will so leise, dass seine Stimme fast nicht hörbar war.

Habe ich dir doch schon oft genug gesagt. Wenn du es weißt, weiß ich es auch.

Nicht zum ersten Mal fragte Will sich, ob sein Pferd wirklich mit ihm sprach, oder ob er nicht einfach mit sich selbst redete. Doch eigentlich wollte er das gar nicht so genau wissen.

»Tja, sie war nicht begeistert«, antwortete er. Dann hob er die Stimme. »Nun dreihundert Schritte gehen. Dann wieder laufen«, rief er.

Lynnie nickte, ohne sich umzudrehen. Sie bremste ab und ging dann in einem zügigen Schritttempo. Nachdem sie die dreihundert Schritte abgezählt hatte, fing sie wieder an zu laufen. Will sah, wie sie ihre Schultern zurückzog und ihr Kopf sich aufrichtete. Ihre ganze Körperhaltung drückte Entschlossenheit aus. Er nickte beifällig.

»Sie ist gut in Form«, sagte er. »Und sie hat die Zähigkeit und den stählernen Willen ihrer Mutter.«

Reißer schüttelte seine Mähne. *Das wusste ich.*

»Ach wirklich? Und woher?«

Ich bin das Pferd eines Waldläufers. Wir kennen uns mit guter Zucht aus.

Und darauf fiel Will nun wirklich nichts mehr ein.

Vierzehn

Am nächsten Morgen erwachte Will vom Geruch von gebratenem Speck. Er runzelte die Stirn und schnüffelte probeweise, doch sein erster Eindruck wurde bestätigt. Das war definitiv Speck, der gebraten wurde. Sein leerer Magen knurrte erwartungsvoll. Will schwang die Beine aus dem Bett, warf sich rasch etwas über und öffnete die Tür zum Wohnzimmer.

Lynnie stand am Herd, eine Bratpfanne in der Hand. Sie lächelte, als er eintrat, sich den Schlaf aus den Augen rieb und durch sein zerzaustes Haar fuhr.

»Frühstück ist fast fertig«, verkündete sie. »Ich wusste nicht, wie man Rührei macht, also habe ich Spiegeleier gebraten.« Sie wies einladend auf den gedeckten Tisch.

»Na, wenn das nicht eine Überraschung ist«, sagte Will und setzte sich. Lynnie stellte einen beladenen Teller vor ihn hin. Die Überraschung nahm zu, als er sich den Speck ansah, der so stark gebraten war, dass er nur noch aus steinharten Streifen bestand.

Mit den Eiern war es nicht viel besser – sie waren unten angebrannt und das Eigelb war hart und ausgetrocknet. Er betrachtete sie unsicher, dann nahm er Messer und Gabel, entschlossen, sie zu verzehren.

Sie hat es versucht, dachte er. Sie war vielleicht nicht erfolgreich, aber sie hat es versucht – und es ist die Geste, die zählt. Es ist ihre Art, sich zu entschuldigen, und eine bedeutsamere – wenn auch nicht essbare – Weise, als lediglich durch Worte.

Er steckte seine Gabel in einen der harten Speckstreifen, der prompt in eine Masse gezackter kleiner Krümel zerfiel. Lynnie beobachtete ihn genau, also schob er einige davon auf die Gabel und dann in den Mund, kaute darauf, um sie weicher zu machen.

»Ist er in Ordnung?«, fragte sie. »Ich habe noch nie vorher Speck gebraten.«

»Bemerkenswert«, stieß er zwischen den Specksplittern im Mund hervor. »Ein anerkennenswerter erster Versuch.«

Er schluckte den Speck mit einigen Schwierigkeiten hinunter, dann probierte er die harten Eier mit dem äußerst krossen Boden. Der Geschmack von verbranntem Eiweiß füllte seinen Mund. Er kaute und schluckte.

»Ich war nicht ganz sicher, was die schwarzen Stellen unten bedeuten«, sagte sie besorgt.

»Sie sorgen für Geschmack«, sagte Will. Er sah, dass sie bereits den frischen Brotlaib aus der Bäckerei geholt hatte. Eilig riss er sich ein Stück ab, strich Butter darauf und verschlang es. Er tat auch Butter auf die harten Eidotter und hoffte, dass sie so zumindest etwas weicher würden.

Lynnie nahm ihm gegenüber Platz. Will blickte neidisch auf den Obstteller vor ihr – ein Apfel und ein paar Stachelbeeren. Sie hatte auch eine dicke Scheibe Brot mit Butter und Marmelade. Er merkte, dass sein eigener Mund trocken war von dem verbrannten Essen.

Er sah sich nach dem Wasserkrug und einem Glas um, doch als er danach griff, kam sie ihm zuvor.

»Ich habe auch Kaffee gemacht«, verkündete sie.

Das war noch einmal eine Überraschung. Er konnte allerdings keine Spur des reichen Aromas frisch gekochten Kaffees riechen. Obwohl, jetzt, da sie es erwähnte, wurde er sich eines schwachen Geruchs bewusst.

Seine alte Kaffeekanne stand auf der Warmhalteplatte des Herds und Dampf stieg aus ihrem Schnabel. Lynnie nahm sie auf, indem sie ihre Hand mit einem Trockentuch vor dem heißen Griff schützte, stellte ihm eine Tasse hin und goss ein.

Ein dünner Strom leicht gefärbten heißen Wassers strömte aus der Kanne in seine Tasse. Beide starrten sie darauf. Was immer es ist, dachte Will, es ist kein Kaffee. Lynnie runzelte die Stirn, als ihr das ebenfalls klar wurde.

»Der sieht irgendwie nicht richtig aus«, sagte sie zweifelnd. »Ich habe ihn aber doch ausgiebig kochen lassen.«

»Was hast du denn gemacht?«, fragte er, nahm die Tasse und inspizierte die schwach braune Flüssigkeit darin. Er schnüffelte daran. Sie sonderte definitiv ein leichtes Kaffeearoma ab. Es war schwach, aber es war da.

»Ich habe den Topf mit kaltem Wasser gefüllt und ihn zum Kochen auf den Herd gestellt. Als das Wasser kochte, hab ich den Kaffee – drei große Löffel voll, dazugegeben. Ich dachte, das würde reichen.«

»Das stimmt auch«, sagte er geistesabwesend. Drei Löffel voll sollten ein reichhaltiges dunkles Gebräu geben, nicht diesen faden Möchtegernkaffee, den er vor sich hatte. Da kam ihm ein Gedanke.

»Woher hast du den Kaffee denn?«, fragte er und vermutete, dass sie altes Pulver erwischt hatte. Aber sie deutete auf das Gefäß oben im Küchenregal, wo er seine Kaffeebohnen aufbewahrte.

»Von dort. Ich habe gesehen, dass du sie dort herausgeholt hattest.«

Langsam dämmerte es Will. »Und du hast … einfach drei Löffel davon in die Kanne gegeben?«

Sie nickte.

»Du hast nicht daran gedacht, die Bohnen vorher zu mahlen?«, fragte er vorsichtig.

Lynnie runzelte die Stirn und verstand anscheinend nicht, was er da sagte. »Sie zu mahlen?«

»Ja, mahlen. Normalerweise mahle ich die Bohnen zu Pulver. Das setzt den Kaffeegeschmack frei, verstehst du?«

Sie hielt immer noch die Kanne in der Hand. Er nahm sie ihr ab, schlug den Deckel zurück und spähte hinein. Sobald der aufsteigende Dampf sich verzogen hatte, konnte er eine ganze Reihe kleine runde Bohnen oben im Wasser schwimmen sehen.

Er musste lachen. Er konnte nicht anders und wusste auch sofort, dass es ein Fehler war. Er zwang sich aufzuhören, doch es war bereits zu spät. Lynnie betrachtete ihn mit enttäuschtem Gesicht, weil ihr klar wurde, dass sie versagt hatte. Sie hatte ihm ein gutes Frühstück machen und damit einen Neuanfang einleiten wollen. Doch dabei hatte sie seinen Kaffee ruiniert. Allmählich wurde in ihr der Verdacht wach, dass auch der Speck und die Eier nicht wirklich richtig gewesen waren.

Will legte die Hand auf den Mund, um sich endgültig das Lachen zu verkneifen.

»Es tut mir leid«, sagte er zerknirscht, auch wenn er die

Enttäuschung in ihrem Gesicht sehen konnte. Er merkte, wie sie ihr Kinn vorschob und die Lippen zusammenpresste, um nicht zu weinen.

»Ich habe es verdorben, nicht wahr?«, sagte sie. »Nicht nur den Kaffee, sondern das ganze Frühstück.«

»Lass es mich so sagen … es war nicht wirklich optimal. So stark gebraten erinnert der Speck ein wenig an kleine Tonsplitter. Und die Eier hätten auch ein besseres Schicksal verdient.«

Sie senkte niedergeschlagen den Blick. Sie hasste es zu versagen.

»Aber ich hätte nicht lachen sollen«, fuhr er entschuldigend fort. »Du hast dich bemüht und es war ein netter Gedanke. Seit Monaten hat niemand mehr für mich Frühstück gemacht.«

»Ich wette, es hat überhaupt noch niemand ein solches Frühstück gemacht«, sagte sie mit immer noch gesenktem Blick.

»Das könnte man so sagen. Aber ich habe auch nicht von dir erwartet, dass du von Anfang an alles richtig machst. Du hast gewiss noch niemals vorher Eier und Speck gebraten, oder?«

Sie schüttelte den Kopf, traute ihrer Stimme noch nicht. Sie hatte sich vorgestellt, wie Will an den Tisch kam, überrascht und entzückt das Essen verschlang und zufrieden seinen Kaffee trank. Es hätte ihre Entschuldigung sein sollen für das Verhalten gegenüber Jenny – ein Verhalten, das ihr jetzt todpeinlich war, wenn sie daran dachte.

Und nun das … diese völlige Katastrophe. Sie spürte Wills Hand auf ihrer Schulter und blickte hoch. Sein Blick war sanft und liebevoll – wie der von dem Onkel Will, den sie als kleines Mädchen gekannt hatte.

»Lynnie, du hast dich bemüht, und das ist die Hauptsache. Und wenn du mir vielleicht auch nicht das beste Frühstück der Welt gemacht hast, hast du etwas anderes für mich getan – etwas weit Wichtigeres.«

Sie legte neugierig den Kopf zur Seite. »Was denn?«

»Du hast mich zum Lachen gebracht. Und das hat schon sehr lange niemand mehr geschafft.«

Nach dem Frühstück – in Wills Fall ein schnell neu zubereitetes aus Brot, einigen Scheiben Speck aus der Vorratskammer und einer Tasse richtig gebrautem Kaffee – traten sie hinaus in die kleine Lichtung vor der Hütte zu Lynnies erster Lehrstunde mit den Waffen, die sie während der nächsten zwölf Monate benutzen würde.

Gespannt sah sie zu, wie Will das Öltuch wegzog, um sie zu enthüllen. Zuerst nahm er die Doppelscheide, die an einem dicken Ledergürtel festgemacht war.

Natürlich hatte Lynnie die beiden Messer, die von den Waldläufern getragen wurden, vorher schon gesehen. Doch sie hatte nie die Gelegenheit gehabt, sie genau und aus der Nähe zu begutachten.

Zuerst kam das Sachsmesser. Es war das größere von beiden, beinahe von der Länge eines kurzen Schwerts. Sie selbst hatte zwar auch schon seit einigen Jahren ein Sachsmesser, doch ihres war leichter und kürzer als dieses hier. Dieses Sachsmesser war eine Waffe, wie sie alle Waldläufer üblicherweise beim Nahkampf verwendeten – mit einer schweren

Klinge und rasiermesserscharf. Lynnie fuhr ganz leicht mit dem Zeigefinger über die Klinge und prüfte ihre Schärfe.

»Die Klinge ist wirklich scharf«, warnte Will sie und sah beifällig zu, wie sie die Waffe mit Respekt und Sorgfalt behandelte. »Und es ist deine Sache, dafür zu sorgen, dass sie es bleibt. Wenn ich es jemals inspiziere und feststellen muss, dass es Spuren von Rost zeigt oder eine stumpfe Klinge hat, wirst du den Rest der Woche zur Fuchsschwanzbucht hin- und zurücklaufen.«

Sie nickte. Das Sachsmesser war eine schlicht aussehende Waffe. Es war ohne Verzierung und aus einfachem Stahl und Leder gemacht. Nur Knauf und Querstück waren aus Messing. Doch als sie es in die Hand nahm, spürte sie, wie perfekt die Waffe ausbalanciert war, sodass sie trotz der schweren Klinge leicht zu handhaben war. Dieses Messer musste von einem Meisterschmied angefertigt worden sein, und Wills nächste Worte bestätigten ihre Vermutung.

»Unsere Sachsmesser werden speziell für uns angefertigt«, erklärte er. »Der Stahl ist so bearbeitet, dass er unglaublich hart ist. Wenn du ein Schwert mit einem solchen Messer abwehrst, wirst du eine Scharte im Schwert hinterlassen, wohingegen es kaum eine Spur auf dem Sachs geben wird. Außer beim Schwert deines Vaters natürlich«, fügte er hinzu.

Sie sah ihn neugierig an, während sie das Sachs schwang, um ein Gefühl dafür zu bekommen. »Das Schwert meines Vaters? Was ist damit?«

»Es wurde für ihn von einem Meister der Schwertschmiedekunst in Nihon-Ja angefertigt. Die Schmiede der Waldläufer benutzen eine ähnliche Technik. Horaces Schwert ist ein Meisterwerk. Es ist härter und schärfer als jede Klinge in Araluen oder auf dem ganzen Kontinent.«

»Das wusste ich nicht«, sagte sie. Ihr Vater hatte das ihr gegenüber nie erwähnt.

Will erzählte nicht weiter, sondern gab ihr das Zeichen, das Sachsmesser wegzustecken. Sie folgte seiner Anweisung, woraufhin er das kleinere Messer aus der Scheide zog.

Dessen Klinge war etwas mehr als eine halbe Elle lang. Es war schmal am Griff, wurde jedoch schnell breiter, dann verengte sich die Klinge wieder, um eine rasiermesserscharfe Spitze zu bilden. Die besondere Form verstärkte das Gewicht an der Spitze. Diese Spitze, der aus Leder gefertigte Griff und das Heft, ein kleines Querstück aus Messing zwischen Griff und Klinge, sorgten dafür, dass das Messer genau ausbalanciert war.

»Du wirst lernen, das hier zu werfen«, sagte Will zu Lynnie.

Sie schaute skeptisch. »Ich habe noch nie vorher ein Messer geworfen«, gestand sie.

Will zuckte mit den Schultern. »Das Prinzip ist einfach. Du wirfst es so, dass es sich in der Luft dreht, und zwar genau so viel, dass die Spitze kurz vor Erreichen des Ziels auf das Ziel zeigt. Je weiter das Ziel entfernt ist, desto öfter muss das Messer sich drehen. Du musst also ein Gespür dafür entwickeln, bei welcher Distanz du wie viele Drehungen benötigst.«

Er zeigte ihr, wie sie die Anzahl der Drehungen variieren konnte, indem sie die Klinge weiter oben oder näher an der Spitze hielt.

Sie nickte und probierte die verschiedenen Griffmöglichkeiten, indem sie so tat, als wolle sie das Messer werfen. Dabei konnte sie bereits merken, welchen Einfluss die Griffposition hatte.

»Das ist gar nicht so leicht«, sagte sie zweifelnd.

Will nickte. »Stimmt. Ich sagte auch nur, dass das Prinzip einfach ist. Die Übung ist zweifellos etwas anderes. Wie bei allem, was ein Waldläufer tut, braucht es auch hierbei Übung, Übung und…« Er machte eine Pause und hob eine Augenbraue, während er damit darauf wartete, dass sie die Aussage für ihn beendete.

»Und noch mal Übung?«, fragte sie.

»Ganz genau. Das ist das Geheimnis fast aller Fähigkeiten. Im Grunde ist es mit dem Messerwerfen genauso wie mit dem Braten von Eiern. Je öfter du es tust, desto besser wirst du – auch wenn die Technik natürlich ziemlich verschieden ist.«

Sie steckte das Wurfmesser in die Doppelscheide zurück und hob diese einen Moment an, um sie in der Hand zu wiegen. Dabei bewunderte sie, wie exakt die beiden Waffen aufeinander abgestimmt waren. Die einfache, praktische Form und die schlichte Ausführung konnten nicht darüber hinwegtäuschen, dass die Anfertigung dieser Waffen eine hohe Kunstfertigkeit verlangt hatte. Lynnie wusste jetzt, dass die besten Meister der Waffenschmiedekunst lange und intensiv an den Waffen der Waldläufer gearbeitet hatten.

Sie legte die Messer ab und blickte erwartungsvoll auf das, was noch im Öltuch eingewickelt war. Es war lang und schmal. Sie glaubte zu wissen, was es war, fragte aber dennoch.

»Was kommt als Nächstes?« Dabei versuchte sie, ihre Stimme neutral zu halten, doch Will bemerkte den erwartungsvollen Ton. Lynnie genoss diese Lehrstunde und interessierte sich für die Waffen. Das war keine Überraschung, wenn man ihre Vorliebe für die Jagd in Betracht zog. Dieses Interesse war gut und würde ihr in den kommenden Monaten helfen, in denen sie unablässig üben musste. Man brauchte dieses grundlegende Interesse, um immer wieder zu üben und sich zu verbessern.

»Was als Nächstes kommt, ist unsere hauptsächliche Waffe«, antwortete er. »Der Bogen.«

Fünfzehn

Lynnie sah gespannt zu, wie Will den Bogen auspackte. Sie runzelte die Stirn. Er war anders als jeder Bogen, den sie bisher gesehen hatte. Vor allem war er kurz, vielleicht nur zwei Drittel der Länge eines normalen Langbogens. Und die Form war – gelinde gesagt – merkwürdig. Das Mittelstück war ein dickes, gebogenes Stück Holz, in dessen Mitte sich ein Griff aus weichem Leder befand, gepolstert und für eine Hand geformt. Die beiden Enden waren geschwungen und bogen sich in die entgegengesetzte Richtung zurück. Will reichte ihr die Waffe und sie begutachtete sie ausgiebig. »Es ist ein besonderer Bogen, der bei uns so nicht bekannt ist«, sagte Will. »Die Temujai benutzen diese Art von Bogen. In meinen ersten Lehrjahren hatte ich selbst so einen. Diese Konstruktion ermöglicht eine schnellere Pfeilgeschwindigkeit bei einem niedrigeren Zuggewicht. Bei diesem liegt es ungefähr bei fünfzig Pfund. Das solltest du schaffen, sobald du etwas Muskeln aufgebaut hast.«

Er fuhr mit einem Finger über den äußeren Rand. »Er ist mit Hirschsehnen verstärkt, um ihn biegsamer zu machen.«

»Wer hat ihn gemacht?«, fragte sie. Sie drehte den Bogen immer noch in ihren Händen und bewunderte die ausgeklügelte Handwerkskunst.

»Ich selbst«, sagte er. »Walt zeigte mir, wie es geht, als ich sein Lehrling war.«

»Kannst du es mir auch zeigen?«, fragte sie sofort.

Er nickte anerkennend und freute sich über ihr Interesse und ihre Wertschätzung einer guten Waffe.

»Das kommt später. Zuerst bringe ich dir bei, wie man damit schießt. Hast du früher schon einmal mit einem Bogen geschossen?«

Sie nickte zögernd. Die Schießkunst mit dem Bogen wurde auf Schloss Araluen von den Damen als Gesellschaftssport gepflegt und sie hatte gelegentlich an solchen Ereignissen teilgenommen. Doch die dort benutzten Bogen waren nicht zu vergleichen mit diesem hier. Es waren einfache Langbogen – aus federleichten Stäben mit einem Zuggewicht von höchstens zwanzig Pfund, extra geschaffen für das sogenannte schwache Geschlecht. Nach dem, was Will gesagt hatte, würde die Sehne von diesem hier doppelt so schwer zu ziehen sein.

»Aber das war nichts mit dem hier Vergleichbares«, antwortete sie und drehte die Waffe, um herauszufinden, wie sie gespannt wurde. Sie wollte diesen Bogen nicht beschädigen, indem sie ihn einfach auf den Boden stellte und das andere Ende herunterdrückte.

Will streckte die Hand aus und nahm ihr den Bogen ab.

»Es gibt verschiedene Möglichkeiten. Zum Beispiel mit einem Spanner wie diesem«, erklärte er. Er holte eine dicke Schnur aus seiner Westentasche und rollte sie auf. An einem Ende der Schnur befand sich ein Ledersäckchen mit einem Zylinder, am anderen eine Schlaufe. Er zeigte ihr, wie der Bogen damit gespannt wurde, und mahnte: »Du musst immer darauf achten, dass jedes Teil wirklich sitzt, bevor du den

Druck nachlässt, sonst kannst du wieder ganz von vorn anfangen.«

»Das sah ziemlich schwierig aus«, sagte sie unsicher. Sie hatte die Anstrengung bemerkt, die es ihn gekostet hatte, den Bogen zusammenzudrücken, um den Spanner anzubringen.

Er zuckte mit den Schultern. »Es ist auch nicht leicht. Aber du wirst es lernen.«

Es gefiel ihr, wie der Bogen sich jetzt anfühlte, nachdem er gespannt war. Vorsichtig zog sie die Sehne zurück und bemerkte sofort den Widerstand. Sie hatte schon manchmal Bogenschützen über das Zuggewicht reden hören, jedoch nicht viel mit dem Begriff anfangen können. Nun spürte sie selbst, wie schwierig es war, einen Bogen mit fünfzig Pfund Zuggewicht zu ziehen. Sie hatte plötzlich Zweifel. Das würde sie doch nie schaffen.

»Es ist alles eine Frage der Technik«, sagte Will zu ihr, als hätte er ihre Gedanken gelesen. »Du musst die großen Muskeln am Rücken, in den Schultern und Armen benutzen. Ich vermute, bei deinen bisherigen Schießübungen hast du einfach nur die Sehne mit dem Arm zurückgezogen.«

Lynnie nickte.

Will wies seine Schülerin an, Schussposition einzunehmen. Sie hielt den Bogen auf Armeslänge und Will trat zu ihr, um sie zu korrigieren.

»Beginne mit der Bogenhand nahe an deinem Körper, nicht zu weit ausgestreckt. Dann drück mit der Bogenhand und zieh mit der anderen. So benutzt du die Muskeln beider Arme, nicht nur den Sehnenarm.«

Lynnie nickte nachdenklich und zog den Bogen näher heran. Mit einer koordinierten Anstrengung drückte und zog sie, und schaffte es, die Sehne fast bis zu zwei Dritteln ihres maximalen Zugs zu bewegen. Mit einem leisen Stöhnen senkte sie den Bogen.

»Ich schaffe es einfach nicht«, murrte sie.

»O doch, du schaffst das.« Wills Antwort war knapp und ließ keinen Raum für Widerspruch.

Sie blickte ihn an. Wenn sie Mitgefühl erwartet hatte, so hatte sie sich getäuscht. Ihr wurde klar, dass Will ihr helfen würde, wenn sie es mit aller Kraft versuchte und sich wirklich anstrengte. Wenn sie hingegen einfach aufgab, brauchte sie nicht auf Wills Hilfe oder seinen Trost zu rechnen. Sie holte tief Luft und machte sich bereit, die Sehne erneut zurückzuziehen.

»Denk daran, währenddessen deine Schulterblätter zusammenzudrücken. Dadurch setzt du auch deine kräftigeren Rücken- und Schultermuskeln ein«, erinnerte er sie.

Sie folgte seinem Ratschlag und merkte, wie die Sehne diesmal etwas weiter zurückkam, bis ihr rechter Daumen nur noch wenige Fingerbreit von ihrer Nase entfernt war.

»Gut«, sagte er. »Und nun versuch es noch einmal und probiere, ob du deinen Daumen bis zu deiner Nase bringen kannst.«

Sie tat es und mobilisierte alle Kraft, die sie in Arme und Rücken legen konnte. Kurz berührte ihr Daumen ihre Nase. Dann musste sie den Bogen wieder senken.

Sie schüttelte ihre rechte Hand. Die Sehne hatte beim Zurückziehen schmerzhaft in ihre Finger geschnitten. Will bemerkte es und holte etwas aus seiner Tasche, was er ihr reichte.

»Kann ganz schön wehtun, was? Versuch es damit.«

Er reichte ihr ein Stück weiches Leder, das wie ein kleiner Handschuh geschnitten war. Am schmalen Ende befand sich ein Loch, ungefähr einen Fingerbreit. Unterhalb des Loches verbreiterte sich das Leder und bildete zwei Teile – eines schmal, das andere etwas größer. Dazwischen war eine Kerbe. Will zeigte ihr, wie sie ihren Finger durch das Loch schieben musste, damit das Leder auf der Innenseite ihrer Hand anlag. »Der Pfeil gehört hierher«, erklärte Will und deutete auf die Einkerbung. »Das Leder schützt deine Finger vor der Sehne.«

Sie versuchte es erneut und zog die Bogensehne prüfend zurück. Er hatte recht, das Leder schützte tatsächlich ihre Finger und sie sah, wie der Pfeil in die Einkerbung passte.

»Benutzt du dieses Leder selbst auch?«, fragte sie.

Er schüttelte den Kopf. »Das wäre etwas umständlich, wenn man in einen Kampf verwickelt ist. Ich habe die Fingerkuppen meiner Handschuhe verstärken lassen. Das lassen wir für dich auch machen. Aber in der Zwischenzeit wird dieses Leder dir gute Dienste leisten. Versuche es noch einmal. Vergiss nicht, die Schulterblätter zusammenzuziehen.«

Sie hob den Bogen. Die Sehne zurückziehen und gleichzeitig die Schulterblätter zusammenziehen, weiter ziehen … Ihr Daumen berührte kurz ihre Nase und sie senkte den Bogen wieder ab, ließ die Sehne langsam zurückkommen.

»Freut mich zu sehen, dass du jedenfalls schon genug weißt, um die Sehne nicht einfach ohne Pfeil losschnalzen zu lassen«, sagte Will.

Sie lächelte ihn an. »Waffenmeister Parker hat den Damen schlimme Konsequenzen angedroht, wenn das jemand machen würde. Er hat gesagt, es sei schlecht für den Bogen.«

Will nickte. »Wie klug von ihm. Und natürlich kann der Schaden umso größer sein, je mächtiger der Bogen ist. Sehen wir mal, wie du es mit einem Pfeil schaffst.«

Es lagen auch einige Pfeile in dem Öltuch. Er holte einen heraus, reichte ihn Lynnie und nickte beifällig, als sie ihn gekonnt anlegte. Er erinnerte sich nur allzu gut, wie Walt ihm sämtliche Grundlagen über Pfeil und Bogen erst beibringen musste. Sie runzelte die Stirn und sah den Pfeil prüfend an.

»Er ist ein wenig kurz«, stellte sie fest.

Will legte den Kopf zur Seite. »Er hat die richtige Länge, damit du ihn zurück zu deiner Nase ziehen kannst. Es hat keinen Sinn, einen Pfeil zu benutzen, der länger ist, als du ziehen kannst. Das bringt nur zusätzliches Gewicht, ohne den Druck dahinter zu erhöhen.«

Das leuchtete ihr ein. Wieder nahm sie eine Schussposition ein, dann zögerte sie.

»Was ist das Ziel?«

Will deutete auf einen Heuballen, der in gut zwanzig Schritt Entfernung lag.

»Das sollte reichen«, sagte er. Sie musterte das Ziel, nickte und drehte sich zur Seite, um in Stellung zu gehen. Mit dem Schutzleder konnte sie den Bogen viel besser handhaben. Sie hob den Bogen, dann hielt sie inne.

»Hast du auch einen Armschutz?«, fragte sie. Sie meinte eine gewisse Enttäuschung bei Will zu erkennen, dann wühlte er auch schon in der Ausrüstung, holte eine Ledermanschette heraus und reichte sie ihr. Sie schob sie über ihren linken Arm.

»Ein solcher Bogen würde den Schützen ohne Armschutz wie eine Peitsche treffen«, kommentierte sie.

Er murrte etwas und sie musterte ihn genauer.

»Sag mal«, meinte sie dann, »als du das erste Mal mit einem solchen Bogen geschossen hast, hast du keinen Armschutz getragen, stimmt's?«

Er warf ihr einen gereizten Blick zu und sie verspürte eine gewisse Genugtuung aufsteigen.

»Hab ich nicht recht?«, wiederholte sie.

Er deutete auf das Ziel. »Fang endlich an!«

Sie schüttelte in gespieltem Unglauben den Kopf. »Mein lieber Junge, musst du dumm gewesen sein.«

»Wenn du dann vielleicht mal schießen möchtest?«

Sie stellte sich wieder in Schussposition und hob den Bogen. Dabei konnte sie nicht anders, als eine zweite Spitze anzubringen.

»Ich wette, bei deinem zweiten Schuss hattest du einen.«

»Nun mach endlich!«, knurrte Will.

Sie zog die Schultern zusammen, zog die Sehne so weit wie möglich zurück, zielte kurz und schoss. Der Pfeil fiel etwa einen Schritt weit vor dem Heulballen zu Boden.

Lynnie runzelte die Stirn, legte erneut an und schoss wieder. Das gleiche Ergebnis. Sie blickte Will von der Seite an.

»Was mache ich falsch?«

Er legte den Kopf zur Seite. »Oh, denkst du tatsächlich, dass jemand, der so dumm war wie ich, dir das sagen könnte?«, fragte er zuckersüß.

Sie seufzte und verdrehte die Augen. Darauf gab es keine Antwort.

Will schwieg einen Moment und genoss seine kleine Rache. Als er wieder sprach, war sein Ton kurz und geschäftsmäßig.

»Du bist nicht an das Gewicht des Bogens gewöhnt und deshalb hast du es zu eilig, ihn zu senken. Das bedeutet, dass du deine Bogenhand bereits während des Schusses senkst, dadurch fliegt der Pfeil niedrig. Halte den Bogen ein klein wenig länger fest. Nicht zu lang, sonst fängt dein Arm an zu zittern.

Aber halte ihn gerade, bis der Pfeil wirklich abgeschossen ist. Sobald der Pfeil abgeschossen ist, zählst du bis zwei, während du den Bogen noch weiter in Schussposition hältst.«

Sie versuchte es erneut und strengte sich an, den Bogen noch die zwei wichtigen Sekunden gerade zu halten. Als der Pfeil dieses Mal losflog, sah sie ihn geradewegs in den linken Rand des Heuballens treffen. Sie grinste begeistert.

»Nicht schlecht«, sagte Will.

Lynnie reagierte fast empört. »Nicht schlecht? Nicht schlecht? Mein dritter Schuss mit diesem Bogen und ich habe das Ziel getroffen! Das ist besser als nicht schlecht.«

»Wenn das ein Gegner gewesen wäre«, entgegnete Will, »dann hättest du seine linke Schulter verletzt. Wäre es ein Ritter gewesen, hätte er wahrscheinlich einen Schild dort getragen und dein Pfeil wäre abgeprallt, während der Mann weiter auf dich zukäme. *Nicht schlecht* ist nicht gut genug. *Nicht schlecht* kann deinen Tod bedeuten.«

Sie musterten sich einige Sekunden lang. Lynnie sah den Waldläufer mit funkelnden Augen an, der hatte eine Augenbraue spöttisch angehoben. Schließlich zeigte Will mit dem Kopf aufs Ziel.

»Noch zwanzig weitere Schüsse«, ordnete er an. »Sehen wir mal, ob du dich zu *halbwegs vernünftig* verbessern kannst.«

Sie stöhnte leise, während sie einen neuen Pfeil anlegte. Ihre Schultern und ihr Rücken schmerzten jetzt bereits.

Ich hätte mich nicht über ihn lustig machen sollen, dachte sie. Aber diese Erkenntnis kam, wie so oft, zu spät.

Sechzehn

Aus den zwanzig Pfeilen wurden vierzig, bis Will endlich zufrieden war und Lynnie den restlichen Tag pausieren ließ.

In dieser Nacht schmerzten die Muskeln in ihren Schultern, im Rücken und in den Oberarmen. Sie verkrampften sich regelrecht, als Lynnie sich auf ihrem Bett wälzte und vergeblich versuchte zu schlafen. Der Lichtstreifen unter ihrer Zimmertür verriet ihr, dass auch Will noch wach war. Nach etwa einer Stunde stand sie schließlich auf, ging auf Zehenspitzen zur Tür, öffnete sie leise und spähte hinaus. Ihr Lehrmeister saß am Feuer, einen Stoß Papiere auf den Knien – Berichte aus den anderen Lehen, wie sie wusste. Sie sah, wie er ein Papier nahm und es in eine Ledermappe auf dem Beistelltisch legte.

»Könnte er sein«, sagte Will leise vor sich hin. Dann nahm er den nächsten Bericht und las ihn im Kerzenlicht.

Nachdenklich verzog Lynnie die Stirn und ging wieder zu Bett.

Was genau sucht er denn?, fragte sie sich. Irgendwie spürte sie jedoch, dass es nicht gut wäre, ihn danach zu fragen.

Am nächsten Tag, nachdem sie ihre Pflichten im Haushalt erledigt hatte, ließ Will sie wieder mit Pfeil und Bogen üben.

Sie schoss zwanzig Pfeile ab, ruhte sich etwa zehn Minuten aus, dann schoss sie noch einmal zwanzig. Wieder schmerzten Rücken und Schultern heftig. Aber sie biss die Zähne zusammen und ließ nicht locker. Ende der Woche merkte sie, dass es ihr etwas leichter fiel, die Sehne zur vollen Pfeillänge zurückzuziehen. Ihre Technik verbesserte sich und ihre Muskeln wurden kräftiger. Die Übungen schmerzten zwar immer noch, doch es war jetzt ein dumpfer Schmerz, nicht mehr so brennend wie die Krämpfe der ersten Nächte. Und mit jedem Tag tat es weniger weh.

Während Lynnie übte, bemerkte sie Wills fortgesetzte Beschäftigung mit den Berichten der Waldläufer aus anderen Lehen. Sobald sie hereinkamen, setzte er sich mit dem Rücken gegen einen Baum und überflog die neuen Berichte. Sie wusste inzwischen, dass dies die übliche Praxis der Waldläufer war, um immer auf dem Laufenden darüber zu sein, was sich im Königreich tat. Doch sie spürte, dass es bei Will etwas mehr als nur Routine war. Ab und zu fügte er eine oder zwei Seiten zu der wachsenden Sammlung in der Ledermappe hinzu.

Nach zwei Wochen stellte sie fest, dass sie die Sehne mit relativer Leichtigkeit ziehen und den Bogen noch einige Sekunden halten konnte. Von da an besserte sich auch ihre Zielgenauigkeit und sie traf immer öfter in die Mitte des Heuballens.

Als Will das bemerkte, begann er mit ihr an ihrer Genauigkeit zu arbeiten.

»Versuch gar nicht erst, entlang des Pfeilschaftes zu zielen«, riet er ihr. »Du musst regelrecht spüren, wohin der Pfeil fliegen wird. Du musst das ganze Bild – den Heuballen, den

Bogen und den Pfeilkopf erfassen. Präge dir ein, wohin der Pfeil fliegen wird.«

Sie runzelte die Stirn. »Wie soll ich das denn machen?«

»Es gibt nur einen Weg: Übung. Du übst immer und immer wieder, bis du deinen Schuss ganz automatisch auf das Ziel abstimmst. Nach einer Weile, wenn du genügend Pfeile fliegen gesehen hast, wirst du instinktiv wissen, wie du den Bogen in diesem ganzen Bild halten musst. Mit zunehmender Entfernung wirst du auch einberechnen müssen, wie viel Höhe du zugeben musst, also um wie viel höher über dem Ziel du anvisieren musst, um das Ziel zu treffen.«

Natürlich war die Bogenkunst nicht das Einzige, was Lynnie übte. Will ließ sie auch mit dem Wurfmesser und dem Sachs üben. Als Ziel für das Messerwerfen benutzten sie ein Holzbrett, das Will an einem Baum festmachte. Sobald sie das Messer auf kurzer Entfernung öfter ins Ziel setzen konnte, vergrößerte er ihren Wurfabstand, sodass sie lernen musste, das Messer auf dem Weg zum Brett sich zweimal drehen zu lassen.

Zumindest bekomme ich davon keine verkrampften Muskeln, dachte sie. Sie musste zugeben, dass kein Klang auf der Welt befriedigender war als das solide *Tock* eines Messers, dessen Spitze sich ins Holz grub.

Und nichts war frustrierender als das vibrierende Klappern eines ungenauen Wurfs, bei dem das Messer seitlich auf das Brett traf und harmlos in den Wald fiel.

Es gab noch andere Lehrstunden. Will zeigte ihr, wie das gesprenkelte Muster des Umhangs seinem Träger half, mit dem Hintergrund des Waldes zu verschmelzen.

»Das gesprenkelte Muster verwischt den normalen Umriss einer Gestalt. Nichts ist gleich. Alles ist ungleichmäßig und zufällig und die Farbe passt sich dem Grün und Grau der Bäume und des Unterholzes an.

Doch das wirkliche Geheimnis ist, absolut reglos stehen zu bleiben. Die meisten Leute werden erst dann entdeckt, wenn sie glauben, entdeckt worden zu sein, denn dann bewegen sie sich. Es ist die Bewegung, die dich verrät. Wenn du jedoch völlig still verharrst, wärst du überrascht, wie nahe ein Verfolger dir sein kann und dich dennoch nicht entdeckt. Vergiss niemals die wichtigste Regel: *Vertrau auf den Umhang!*«

Als Will diese Worte aussprach, lösten sie bei ihm unwillkürlich viele Erinnerungen aus. Er erinnerte sich, wie oft Walt genau das zu ihm gesagt hatte, und stellte fest, dass etwas überraschend Befriedigendes darin lag, dieses Wissen an einen jüngeren Menschen weiterzugeben. Er empfand das umso stärker, als er bemerkte, wie wissbegierig Lynnie war. Die Fähigkeiten eines Waldläufers faszinierten sie. Sie hatte – wie ihre Mutter – einen Hang zum Abenteuer und es war ihr weitaus lieber, die Technik des Anschleichens und des Schießens zu lernen, als zu nähen und zu sticken.

Es gab dennoch einige Verhaltensweisen, die korrigiert werden mussten. Sie war in ihrem bisherigen Leben sehr verwöhnt worden und man hatte auf jeden ihrer Wünsche reagiert. Entsprechend wollte sie immer ihren Kopf durchsetzen. Wenn die Dinge nicht sofort gut verliefen, konnte sie sehr ungeduldig und frustriert werden.

Und auch wenn sie inzwischen schon disziplinierter als am Anfang war, gab es immer noch einen gewissen Grad an Launenhaftigkeit. Wie bei ihrer Mutter, dachte Will, während er sich daran erinnerte, wie Evanlyn sich an ihren ersten Tagen zusammen auf Eraks Schiff und auf Skorghijl verhalten hatte.

Doch Lynnie war auch zielstrebig. Das ist wahrscheinlich die andere Seite der Launenhaftigkeit, dachte Will, dem dieser Charakterzug sehr gefiel. Er bemerkte, dass sie, selbst wenn sie nicht schoss, bis zu einer halben Stunde damit verbrachte, nur die Sehne zurückzuziehen und langsam wieder freizugeben, um ihre Muskelkraft weiter aufzubauen.

Eines Tages kam er dazu, als sie mit dem Spanner kämpfte, um den Bogen zu spannen.

»Es gibt noch eine andere Möglichkeit, den Bogen zu spannen«, sagte er. »Und dazu musst du nicht ständig einen Spanner herumtragen.«

Er streckte die Hand aus und sie reichte ihm den Bogen. Er löste den Spanner und gab ihn ihr zurück.

»Ich denke, du hast inzwischen genug Kraft, um es auf diese Weise zu probieren«, sagte er.

Sie sah zu, wie er die Sehne an einer Seite befestigte und dann durch die Öffnung hineinstieg, den Bogen über die Hüfte zog und das andere Ende des Bogens so zu sich hinzog, dass er die zweite Hälfte der Sehne festmachen konnte.

»Hier«, sagte er und stieg aus dem Bogen. »Nimm die Sehne jetzt auf die gleiche Weise wieder ab. Versuch es einfach.«

Sie ahmte nach, was sie gerade gesehen hatte. Zuerst hatte sie schwer zu kämpfen, doch schließlich stellte sie fest, dass sie es mit der Kraft ihrer neu gestärkten Schulter- und Armmuskeln schaffte, den Bogen zu beugen.

Triumphierend strahlte sie Will an. Er nickte, ohne ihr Lächeln zu erwidern. Doch das konnte ihre Freude über ihren Erfolg auch nicht dämpfen. »Spannst du deinen Bogen auch auf diese Weise?«, fragte sie. Erst jetzt fiel ihr auf, dass sie ihn nie dabei beobachtet hatte.

Will zuckte mit den Schultern. »Manchmal. Bei dem kurzen Bogen ist es so einfacher. Bei einem normalen Langbogen kann es dir passieren, dass er dir zum peinlichsten Zeitpunkt entschlüpft. Meistens benutze ich das hier.«

Er deutete auf die Ferse seines rechten Stiefels, an der sich eine Lederschlaufe befand.

»Ich hake ein Ende des Bogens in diese Schlaufe, dann benutze ich meinen ganzen Körper, um den Bogen über meinem Rücken zusammenzuziehen, während ich die Sehne anbringe«, sagte er.

Sie nickte nachdenklich.

»Also kommt es hauptsächlich darauf an, sämtliche Muskeln zu benutzen, um den Bogen zu spannen – Rücken, Beine und Arme?«, fragte sie.

»Genau, das ist die beste Weise. Benutze alles, was du hast. Das ist besser, als einen Körperteil zu überanstrengen. Die meisten Waldläufer sind schließlich relativ klein. Deshalb müssen wir alle Muskeln benutzen, die wir haben.«

Sie musterte ihn neugierig. Sie hatte sich nie bewusst gemacht, dass er besonders klein war. Doch jetzt wurde ihr klar, dass er viel kleiner als ihr Vater war – und auch kleiner als die meisten der anderen Ritter und Krieger, die sie über die Jahre kennengelernt hatte. Kleiner vielleicht, aber gewiss nicht schmächtiger um Schultern und Brust. Sie vermutete, dass die ständige Handhabung des Langbogens mit seinem hohen Zuggewicht diese Muskeln aufgebaut hatte.

Wie so oft schien Will zu spüren, was sie dachte.

»Es hat auch etwas Gutes, wenn man kleiner ist«, sagte er. »Schließlich muss man umso mehr verstecken, je größer man ist.«

Er nickte in Richtung des Bogens, den sie immer noch in der Hand hielt.

»Lass dich von mir nicht vom Üben abhalten«, sagte er und entfernte sich. Am Morgen war ein ganzer Stoß Briefe angekommen, die er durchsehen musste.

Lynnie begann, die Sehne zurückzuziehen, und stellte fest, dass sie es inzwischen schon an ihrer Nase vorbei schaffte, bis ihr Zeigefinger beinahe ihren Mundwinkel berührte.

»Vielleicht müssen wir dir bald ein paar längere Pfeile machen«, hörte sie plötzlich Will sagen. Lynnie blickte überrascht auf. Sie hatte gedacht, er sei weggegangen, doch er war an der Ecke stehen geblieben, um sie zu beobachten.

»Mach weiter«, sagte er und verließ sie endgültig.

Normalerweise übte sie Bogenschießen und Messerwerfen am Nachmittag, weil die Vormittage belegt waren mit Konditionstraining, Ausdauerlaufen und Tarnübungen. Doch an diesem Tag änderte Will den Ablauf. Sie aßen zusammen in der Hütte zu Mittag – frisches Brot, würzigen Käse und Äpfel. Lynnie trank kalte Milch dazu, während er seinen Kaffee genoss. Er hatte ihr gezeigt, wie die Kaffeebohnen gemahlen wurden. Jetzt schlürfte er genüsslich die letzten Tropfen.

»Du wirst immer besser im Kaffeekochen«, lobte er. Sie räumten zusammen den Tisch ab und wuschen das Geschirr. Dann griff sie nach ihrem Bogen und dem Köcher – beides hing am Haken neben der Tür. Doch er schüttelte den Kopf.

»Heute nicht«, sagte er. »Heute möchte ich sehen, wie gut du mit deiner Schleuder bist.«

»Ziemlich gut«, sagte sie selbstbewusst, auch wenn ihr

dann einfiel, dass sie die Schleuder seit ihrer Ankunft in Redmont nicht mehr benutzt hatte. Pfeil und Bogen und das Messerwerfen hatten ihre Tage ausgefüllt.

Will hob eine Augenbraue. »Und dabei auch noch so bescheiden«, kommentierte er.

Sie zuckte mit den Schultern und hoffte, dass sie sich nicht blamieren würde. Schnell ging sie in ihr Zimmer und holte die Schleuder und einen Beutel mit Munition aus der Kommode, in der sich ihre Habseligkeiten befanden.

Inzwischen hatte Will auf der Lichtung fünf Pfosten aufgestellt, auf jedem saß einer der zerbeulten Helme, die in der Heeresschule von Redmont ausgemustert worden waren. Die fünf Pfosten befanden sich in gestaffelter Entfernung, wobei der nächste gerade mal zwanzig Schritt entfernt war und es zum weitesten etwa zwanzig Schritte mehr waren. Es gab keinerlei Symmetrie in der Aufstellung. Der nächste Pfosten stand ganz weit rechts, der weiteste in der Mitte der Reihe, während die anderen beliebig verteilt waren. Lynnie musterte die Ziele nachdenklich. Dies hier war ein härterer Test als der, dem sie sich bei Walt und Gilan auf Schloss Araluen unterzogen hatte. Hier musste sie bei jedem Schuss die Entfernung neu einschätzen. Langsam band sie ihren Munitionsbeutel an ihren Gürtel, holte eine der Stahlkugeln heraus und legte sie in die Ledertasche der Schleuder. Sie ließ die Waffe von ihrer rechten Hand baumeln und leicht schwingen. Will beobachtete Lynnie genau, während sie die Schleuder lud, und streckte nun die Hand aus.

»Darf ich mal eine Kugel sehen?«, fragte er. Sie holte noch eine Kugel heraus, reichte sie ihm und beobachtete ihn, während er ihr Gewicht und ihre Form prüfte.

»Blei«, stellte er fest. »Deine Mutter benutzte Steine, wenn ich mich recht erinnere.«

Sie nickte. »Die habe ich anfangs auch benutzt – und würde sie im Notfall nehmen. Doch sie sind unterschiedlich in Gewicht und Form, was die Zielsicherheit beeinträchtigt. Bei den Bleikugeln weiß ich, dass jeder Schuss genau die gleiche Schlagkraft hat. Du würdest ja auch nicht mit Pfeilen schießen, die unterschiedlich in Länge und Gewicht sind, oder?«

Er fand ihre Argumentation schlüssig und nickte anerkennend. »Woher bekommst du die Kugeln denn?«, fragte er.

»Ich mache sie selbst. Ich habe eine Gussform. Ich schmelze das Blei und gieße es in die Form. Dann schleife ich die kleinen Unebenheiten der Form ab.«

»Hm«, sagte er. Er musterte die Kugel und konnte die Schleifspuren erkennen. Will schätzte es, wenn jemand sich seine Waffen und seine Munition selbst anfertigen konnte. Besonders jemand, der eine Prinzessin war und die Aufgabe der Waffenschmiede im Schloss hätte übertragen können.

»Also gut, fünf Schüsse. Einen für jeden Helm. Sehen wir mal, wie gut du wirklich bist«, sagte er. Er betonte das Wort *wirklich* und war gespannt auf ihre Reaktion.

Lynnie sah ihn an und presste entschlossen die Lippen zusammen. Sie hatte die Herausforderung angenommen.

»Welchen zuerst?«, fragte sie. Er schob in gespielter Überlegung die Lippen vor.

»Mal sehen. Diese fünf Helme repräsentieren fünf Krieger der Temujai, die auf dich losstürmen und in zwei Hälften spalten wollen. Welchen würdest du als erstes Ziel wählen?«

Die Antwort war offensichtlich. »Den nächsten«, sagte sie, und er nickte und deutete auf die Reihe der Helme.

»Natürlich hätte er dich inzwischen erreicht und deine kleine Schleuder würde auch nicht mehr viel nützen, oder?«

Sie hatte verstanden und drehte sich sofort zur Seite, schwang die Schleuder und schoss auch schon.

KLING!

Der Helm, den sie als Ziel gewählt hatte, hüpfte unter der Wucht des Aufpralls in die Luft und fiel dann mit einem Scheppern zu Boden. Gleich danach hatte sie die Schleuder erneut geladen und diesmal auf den Helm ganz links in der Reihe gezielt.

KLING!

Der Schuss traf seitlich und noch während der Helm sich heftig auf seinem Pfosten drehte, hatte sie bereits ein drittes Ziel im Visier. Doch sie war ein wenig hastig. Die Bleikugel sauste am Helm vorbei und verfehlte ihn um etwa zwei Handbreit.

Sie zögerte, nicht sicher, ob sie noch einmal auf dieses Ziel schießen sollte.

»Er kommt immer noch auf dich zu«, sagte Will leise. Schnell lud sie erneut und ließ den Helm diesmal vom Pfosten hüpfen und im Staub auf dem Boden herumwirbeln.

Noch ein Schuss war übrig. Sie lud und zielte auf den nächsten der verbliebenen Helme. Ihr Treffer hinterließ eine neue Beule vorne im Helm.

Sie sah Will mit gerötetem Gesicht an.

»Was meinst du, wie du abgeschnitten hast?«, fragte er sie, ohne eine Miene zu verziehen.

Sie zuckte mit den Schultern und versuchte, nicht allzu selbstzufrieden auszusehen. »Na ja, vier aus fünf. Das ist doch ziemlich gut, oder?«

Er musterte sie einige Sekunden schweigend.

»Wir hatten fünf Temujai, die dich angriffen«, sagte er. »Vier von ihnen hast du getroffen. Der fünfte hat dich wahrscheinlich inzwischen erreicht. In dieser Situation sind vier von fünf nicht ziemlich gut, sondern bedeuten ziemlich tot.«

Sie merkte, wie sie vor Ärger und Verlegenheit rot wurde. Doch dann wurde ihr klar, dass er recht hatte. In einem Kampf waren vier von fünf nicht gut genug.

»Üb weiter«, forderte er sie auf.

»Bis ich es richtig kann«, sagte sie. Doch er korrigierte sie.

»Nein. Bis du keinen Fehler mehr machst.«

Siebzehn

Lynnie übte mit ihrer Schleuder. Seit ihrer ersten Übungseinheit war eine Woche vergangen und seither ließ Will sie jeden Tag weiter damit üben. Zuerst verbrachte sie unter seiner Anleitung eine Stunde mit dem Bogen. Danach übte sie mit den Messern. Dann machten sie zu Mittag eine Pause und am Nachmittag ließ Will sie mit der Schleuder üben.

Sie benutzte immer noch fünf alte Helme als Ziele, doch jeden Tag bewegte Will die Pfosten, sodass sie immer unterschiedlich angeordnet waren.

»Es ist nicht gut, sich zu sehr an bestimmte Winkel und Entfernungen zu gewöhnen«, erklärte er, was ihr einleuchtete. Ihre Treffsicherheit nahm zu. Im Augenblick konnte sie bei vier Runden dreimal alle fünf Helme treffen. Doch die perfekte Treffsicherheit, die Will forderte, hatte sie noch nicht.

Sie hatte ein interessantes Phänomen bemerkt. Bei jeder ihrer Fünferreihen, nachdem sie Ziel um Ziel getroffen hatte, nahm ihre Nervosität zu und sie verspannte sich bei dem wichtigen letzten Schuss. Entsprechend neigte sie dazu, den Schuss zu übereilen, um ihn so schnell wie möglich hinter sich zu bringen. Das übliche Resultat war dann ein Fehlschuss.

Sie erwähnte das Will gegenüber und er nickte.

»Das ist eine natürliche Reaktion«, sagte er. »Du siehst das perfekte Ergebnis zum Greifen nahe und wirst nervös. Versuch das unter Kontrolle zu bringen. Entspann dich und werd nicht zu hektisch. An deiner Geschwindigkeit arbeiten wir später noch. Im Augenblick ist es besser, etwas länger zu brauchen und jedes Ziel zu treffen, als zu hektisch zu werden und ein Ziel zu verfehlen.«

Sie war eben bei ihrer zweiten Reihe von fünf Schüssen. Ihre erste Sequenz war perfekt gewesen. Fünf Treffer. Danach hatte sie noch einmal vier Treffer gehabt und war jetzt bei ihrem fünften Schuss. Sie machte eine Pause, um sich zum gleichmäßigen Atmen zu zwingen. Sie konnte die Aufregung spüren, die Versuchung, sich zu beeilen und es hinter sich zu bringen. Doch sie widerstand.

Besser den Feind verspätet zu treffen als gar nicht, dachte sie. Sie warf Will einen schnellen Blick zu. Er saß an der Seite, den Rücken gegen einen Baum gelehnt, die Beine vor sich ausgestreckt. Ausnahmsweise einmal, bemerkte sie, hatte er nicht diese ständigen Stapel an Berichten oder die Ledermappe dabei. Wenn sie so recht darüber nachdachte, fiel ihr auf, dass es schon einige Tage her war, seit sie die Ledermappe gesehen hatte. Seine Kapuze verdeckte sein Gesicht und er schien zu schlafen. Sie hätte allerdings wetten mögen, dass er das nicht tat.

Noch einmal holte sie tief Luft, peilte das Ziel an und zwang sich bewusst zur Entspannung. Dann fasste sie die Schleuder fester und …

ZISCH … KLING!

Der Helm sprang unter dem Einschlag einige Fingerbreit in die Luft, dann setzte er sich wieder auf den Pfosten, immer noch vibrierend.

»Das waren zehn Treffer von zehn Schüssen«, sagte sie.

Will antwortete nicht. Sie sah wieder zu ihm. Er hatte sich nicht bewegt. Sie seufzte und ging vor zu den Pfosten. Zwei der Helme waren von den Pfosten gesprungen und sie setzte sie wieder darauf. Einige Kugeln lagen im Staub. Sie klaubte sie auf und musterte sie. Sie waren von dem Aufprall verformt. So waren sie nicht mehr zu verwenden, aber natürlich konnte man sie einschmelzen und neue daraus formen. Lynnie steckte sie in eine Tasche, dann kehrte sie an ihre Schusslinie zurück.

Von dort lieferte sie mit kontrollierten, flüssigen Bewegungen weitere fünf Schüsse.

Fünf Treffer!

Sie spürte, wie Aufregung in ihrer Brust aufstieg. Drei Runden und kein einziges Mal daneben. Das hatte sie noch nie geschafft.

Wenn ich jetzt auch nur einmal daneben schieße, ruiniere ich alles!

Dieser negative Gedanke stahl sich wie ein Dieb in ihren Geist. Ärgerlich verdrängte sie ihn, ging einige Male auf und ab und atmete tief durch. Sie schüttelte Hände und Arme aus, um die Anspannung zu lösen, rollte ihre Schultern und drehte den Hals, um die Muskeln zu lockern. Im Geiste sah sie sich den nächsten Schuss durchführen. Sie stellte sich einen perfekten, gut koordinierten und kräftigen Schuss vor.

Stell ihn dir vor. Dann führe ihn durch, hatte Will ihr immer wieder gesagt. Sie nickte und legte dann entschlossen eine Kugel in die Schleuder, die sie einen Moment lang wie ein Pendel leicht hin und her schwingen ließ.

Will ließ sie bei jeder Fünferserie in anderer Reihenfolge schießen. Die erste Serie begann sie mit dem nächsten Ziel, danach schoss sie auf die entfernteren Ziele. Bei der zweiten Runde ließ Will sie erst auf das am weitesten entfernte Ziel schießen.

»Nehmen wir einfach mal an, sie laufen davon«, hatte er gesagt.

Und dann alles wieder von vorn.

Sie war jetzt bei ihrer vierten Runde, also befand sich ihr erstes Ziel am weitesten entfernt.

Zuerst das schwierigste, dachte sie, schob den negativen Gedanken jedoch sofort wieder weg. Sie machte ihren Kopf völlig leer, konzentrierte sich nur noch auf das Ziel, schwang die Schleuder und gab den Schuss genau zum richtigen Zeitpunkt frei.

Noch im gleichen Moment wusste sie, dass es ein gelungener Schuss war, verfolgte ihn jedoch trotzdem.

ZISCH ... KLING!

Der Helm drehte sich wie verrückt und sie lächelte. Mit abnehmender Entfernung würden die Schüsse von nun an noch leichter.

ZISCH ... KLING!

Der zweite Schuss traf den Helm frontal und die darin liegende Wucht stieß sogar den Pfosten ein Stück zurück. Sie lud und wandte sich dem nächsten Ziel zu, das äußerst links stand.

ZISCH ... KLING!

Ein weiterer perfekter Schuss. Sie lud erneut. Noch zwei Treffer, um ein perfektes Ergebnis zu erzielen. Nur noch zwei Schüsse. Ihr Atem kam schneller und sie merkte, wie ihr Herz klopfte. Sie zwang sich zur Ruhe, entspannte bewusst alle Muskeln. Erst dann lud sie, zielte und schoss.

ZISCH ... KLING!

Nicht ganz mittig, aber dennoch ein tödlicher Schuss. Diesmal lag keine Pause mehr zwischen dem zischenden Geräusch des Abschusses und dem Einschlag am Helm.

Vier von vier. Neunzehn von zwanzig. Nie zuvor war sie einem perfektem Ergebnis so nahe gewesen. Sie suchte in ihrem Beutel nach der nächsten Kugel und legte sie ein. Beinahe hätte sie die Munition fallen lassen. Sie merkte, dass ihre Hände zitterten. Noch einmal atmete sie tief durch, befahl ihrem Herzen, nicht vor Aufregung schneller zu schlagen, und bemühte sich um die Gelassenheit, die sie so dringend für den letzten Schuss brauchte.

Und unerwarteterweise gelang es ihr tatsächlich, sie zu finden. Ihre Atmung und ihr Puls wurden langsamer und sie sah diesen letzten Schuss vor ihrem geistigen Auge. Perfekt, kraftvoll und genau ins Zentrum. Absolut ruhig nahm sie ihre Schussposition ein und fixierte das Ziel. Ihr Instinkt und die Erfahrung aus Hunderten von vorherigen Schüssen machten sich bemerkbar. Sie konnte das schaffen. Mit perfekt ausbalancierter Haltung schickte sie den letzten Schuss genau im richtigen Moment auf den Weg.

ZISCH… KLING!

Der alte Helm hatte bereits einen Riss und der Schuss traf genau dort. Er verbreiterte den Riss, durchdrang ihn und fiel in den Sand, nachdem er noch gegen die Rückseite des Helms geschlagen hatte. Der Helm wurde dabei zurückgestoßen und gerade noch so auf dem Pfosten gehalten.

Lynnie stieß einen tiefen, glücklichen Seufzer aus. Ein zufriedenes Grinsen breitete sich auf ihrem Gesicht aus und sie ging los, um das Resultat dieses letzten perfekten Schusses zu betrachten.

Vier Runden. Zwanzig Treffer. Ein perfektes Ergebnis. Wills Worte hallten in ihrem Kopf: *Du musst üben, bis du keine Fehler mehr machst.*

Sie hatte es geschafft und sah jetzt zu ihrem Lehrmeister. Er lehnte immer noch am Baum. Doch seine Kapuze hatte er nun zurückgeschoben und sah zu ihr hin.

»Das klang verdächtig nach einem perfekten Ergebnis«, sagte er.

Sie nickte eifrig. »Das war es auch! Zwanzig aus zwanzig! Ich habe es endlich geschafft!«

»Hm«, meinte er und wiegte den Kopf. »Schauen wir mal, ob du es morgen auch wieder schaffst.«

Er stand auf und sie sah ihn leicht verblüfft an. War das alles? Schauen wir mal, ob du es morgen auch wieder schaffst? Das war's? Sie hatte wochenlang geübt, um das zu schaffen … und das war alles?

Will bemerkte ihre Enttäuschung und sein Ton wurde etwas weicher. »Gut gemacht«, lobte er. »Aber du darfst nicht selbstzufrieden werden. Ich brauche dich so gut wie du nur sein kannst. Und ich habe das Gefühl, dass du wirklich sehr, sehr gut sein kannst.«

»Oh«, sagte sie, blickte zum Boden und stieß mit der Zehe in die Erde. Es war schwierig, beleidigt zu bleiben, wenn er so etwas sagte. »Das heißt wohl …«

»Das heißt, dass du die restliche Woche weiter üben sollst. Dann werden wir dir ein Pferd besorgen«, sagte er.

Sie wich vor Überraschung unwillkürlich einen Schritt zurück.

»Ich habe doch ein Pferd«, antwortete sie. »Ich habe ja Sonnentänzer, das weißt du doch.«

Sonnentänzer war der Name des Wallachs, auf dem sie von Schloss Araluen nach Redmont geritten war. Er stand bei Reißer in dem kleinen Stall hinter der Hütte.

»Du brauchst das Pferd eines Waldläufers«, sagte Will.

Lynnie schob trotzig das Kinn vor. »Eines dieser zotteligen kleinen Ponys, wie deines?«, sagte sie abschätzig. »Sonnentänzer könnte diese vierbeinigen Zottel doppelt und dreifach schlagen. Er könnte sie sogar umrunden, während sie versuchen ihn einzuholen.«

»Ach ja?«, erwiderte Will mit schmalen Augen. »Tja, das werden wir sehen. Aber in der Zwischenzeit solltest du das Reißer lieber nicht hören lassen.«

»Wieso nicht? Würde ihn das beleidigen?«, fragte sie sarkastisch.

Will legte den Kopf zur Seite und antwortete nicht sofort.

»Schon möglich«, sagte er. »Aber noch wichtiger ist, dass du ihn verärgern könntest. Und das ist gewiss keine gute Idee.«

Er drehte sich um und ging in Richtung Hütte. Sie folgte ihm zögernd.

»Wohin gehen wir?«, fragte sie.

»Wir satteln die Pferde«, sagte er, »und machen einen kleinen Ausritt. Ich kann es kaum erwarten zu sehen, wie dein Pferd meinen vierbeinigen Zottel doppelt und dreifach schlägt.«

Während Lynnie ihm folgte, hatte sie das unangenehme Gefühl, gerade einen Fehler gemacht zu haben.

»Wir packen auch ein paar Vorräte ein und bleiben über Nacht weg«, rief Will ihr zu.

»Wohin genau reiten wir denn?«, fragte sie.

»Derrylon Furt«, antwortete er. »Das ist nur einen Tagesritt entfernt. Wir übernachten draußen und kehren morgen zurück. Dabei sollte Sonnentänzer genug Gelegenheit haben, noch zusätzlich seine Runden um mich herum zu drehen, wie du es vorhast.«

Erneut hatte Lynnie das Gefühl, einen Fehler gemacht zu haben.

Einen ziemlich großen Fehler.

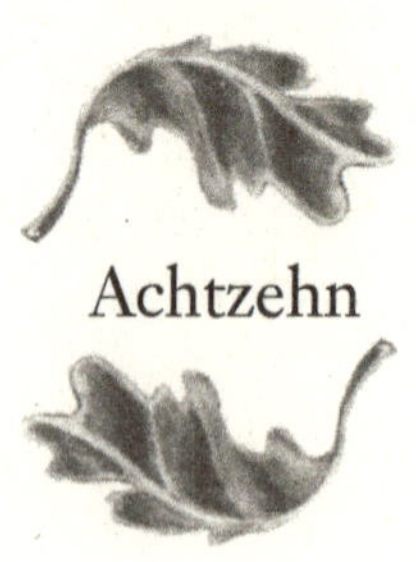

Achtzehn

Sie sattelten die Pferde. Zum Schluss holte Will eine große Segeltuchrolle von einem Haken an der Wand und band sie hinter seinem Sattel fest. Es gab eine weitere, ähnliche Rolle an einem Haken daneben, und Will forderte Lynnie auf, sie sich zu nehmen.

»Befestige sie hinter deinem Sattel«, wies er sie an.

Sie holte sie herunter, spürte ihr Gewicht und betrachtete sie neugierig. »Was ist das?«

»Ausstattung für unser Lager. Die Rolle besteht hauptsächlich aus einem wasserfesten Segeltuch, das ein Ein-Mann-Zelt abgibt, und einer Schlafdecke. Außerdem enthält sie noch ein paar andere nützliche Dinge.«

Lynnie grinste frech. »Ich dachte, wir wickeln uns einfach in unsere Umhänge und schlafen unter einem Busch.«

Will überprüfte Reißers Bauchgurt. Das kleine Pferd holte gern tief Luft, wenn der Gurt festgezurrt wurde. Und wenn es danach wieder ausatmete, saß der Gurt zu locker.

»Du kannst das ja gern machen, wenn du möchtest«, sagte Will. »Ich habe es lieber warm und trocken. Und es sieht nach Regen aus.«

Lynnie zurrte die Segeltuchrolle fest. Währenddessen

führte Will Reißer vor die Hütte, ging hinein und stellte einen Beutel mit Verpflegung zusammen – Kaffee, Brot, Käse, Äpfel, Trockenfleisch und etwas Gemüse. Wenn sie frisches Fleisch wollten, würde er Lynnie mit ihrer Schleuder auf die Jagd schicken. Zumindest nahm er seine übliche Packung an Gewürzen und Kochutensilien mit, dann ging er wieder hinaus zu seinem Lehrling.

Neben der Pumpe hingen zwei Wasserschläuche. Er deutete darauf.

»Du kannst sie füllen«, sagte er. Lynnie ging zum Brunnen, während Will sich in den Sattel schwang. Reißer zuckte mit den Ohren und sah ihn dabei fragend an. Will schüttelte den Kopf.

»Später«, murrte er.

Lynnie blickte hoch und durchnässte sich dabei prompt den Ärmel. »Hast du etwas gesagt?«

Er schüttelte den Kopf. »Habe mich nur geräuspert.«

Sie reichte ihm einen Wasserschlauch und band den anderen an ihren eigenen Sattelknauf. Dann schwang sie sich ebenfalls aufs Pferd. Sonnentänzer tänzelte nach vorn, er hatte offensichtlich Lust loszulaufen. Schon seit ein oder zwei Tagen war er nicht aus dem Stall gekommen und so war er voller Energie und Begeisterung – genau wie seine Reiterin. Reißer dagegen stand ruhig und bewegungslos da.

»Also los«, sagte Will und gab Reißer das Kommando zum Lostraben.

Auch Lynnie bewegte die Zügel und Sonnentänzer lief eifrig los. Doch sie hielt ihn zurück, worauf er mit hoch erhobenem Kopf tänzelte, um sich an Reißers gleichmäßigen Schritt anzupassen.

»Soll das unsere Geschwindigkeit bleiben?«

Will drehte sich im Sattel, um sie anzusehen. Sonnentänzer hatte längere Beine als Reißer, sodass Will nach oben schauen musste, um Lynnies Blick zu erwidern.

»Ich dachte schon«, erwiderte er.

Lynnie schnaubte abfällig. »Kein Wunder, dass wir dann den ganzen Tag brauchen.« Will antwortete darauf nicht, also fügte sie hinzu: »Du weißt, dass Sonnentänzer ein Vollblut aus Arrida ist, oder?«

Er nickte. »Das sind gute Pferde.«

»Sie sind auch richtig schnell. Ich habe gehört, dass sie die schnellsten Pferde der Welt sind.«

Reißer schüttelte seine Mähne und gab ein unhöfliches rülpsendes Geräusch von sich. Lynnie sah das kleine Pferd überrascht an. Es war fast, als hätte es auf ihre Behauptung geantwortet. Doch dann tat sie den Gedanken gleich wieder ab.

»Sie können sicher ziemlich schnell sein«, stimmte Will ruhig zu. Schweigend ritten sie eine Weile weiter. Sonnentänzer zerrte weiter an den Zügeln, doch Lynnie hielt ihn zurück. Reißer lief gleichmäßig weiter.

Er kommt mir vor wie ein Schaukelpferd, dachte Lynnie, während sie Reißer beobachtete. Sie rutschte unruhig im Sattel hin und her, denn sie konnte Sonnentänzers aufgestaute Energie spüren und wünschte sich, ihn frei laufen zu lassen und Will zu zeigen, wie schnell ein richtiges Pferd laufen konnte.

»Also, wo ist diese Furt?«, fragte sie.

»Will deutete nach Südosten. »Wir folgen der Hauptstraße etwa zwanzig Meilen. Dann nehmen wir eine Abzweigung, die nach Pendletown führt. Nachdem wir die Ortschaft durchquert haben, reiten wir weiter, bis wir zum Fluss Derrylon kommen. Die Straße führt geradewegs zur Furt.« Er machte eine Pause, dann fügte er hinzu: »Es ist alles ausgeschildert.«

Sie nickte. Der letzte Satz klang seltsam, fand sie. Es war fast, als hätte Will ihr stillschweigend die Erlaubnis gegeben, allein loszureiten. Sie grinste ihn an.

»Also gut, dann warte ich dort auf dich.«

Sie stieß Sonnentänzer die Fersen in die Flanken und gab die Zügel nach. Sofort machte der Wallach einen Satz nach vorn, lief auf den ersten Längen zunächst ungleichmäßig, gewann dann aber an Geschwindigkeit und galoppierte gleichmäßig dahin. Seine Hufe donnerten über die Straße und warfen kleine Staubwölkchen auf.

Lynnies Umhang und Haar flatterten im Wind hinter ihr und Will hörte ihr begeistertes Lachen.

»Er ist sehr schnell«, urteilte Will.

Reißer drehte den Kopf und beäugte Will mit seinem linken Auge. *Nicht so schnell wie Sandsturm.*

»Nein. Vielleicht nicht. Aber sie geben sich nicht viel.«

Ich habe Sandsturm geschlagen.

»Ich erinnere mich. Aber erst auf den letzten Längen.«

Das kleine Pferd schnaubte geringschätzig. *Ich habe angetäuscht.*

»Natürlich hast du das.«

Er merkte, wie Reißer gegen die Zügel drängte, doch er hielt ihn noch zurück.

Soll ich ihn jetzt nicht einholen?

Will schirmte die Augen ab, um Lynnie hinterherzusehen. Sie und Sonnentänzer waren ein kleiner Umriss in der Entfernung. Eine Staubwolke segelte in der Luft hinter ihnen. Dann umrundeten sie eine Straßenbiegung und wurden von Bäumen verborgen. Der sich allmählich setzende Staub war alles, was von ihnen noch zu sehen war.

»Noch nicht«, antwortete Will. »Später.«

Lynnie genoss jubelnd den Wind in ihrem Haar und die flüssigen, kraftvollen Bewegungen ihres Pferdes. Das ist richtiges Reiten, dachte sie und drängte Sonnentänzer zu noch größerer Geschwindigkeit. Kurz bevor sie die erste Straßenbiegung erreichte, drehte sie sich im Sattel noch einmal um.

Will und Reißer waren jetzt nur noch kleine Figuren in der Ferne, die schwerfällig weitertrotteten.

Tja, dachte sie, was kann man schon von einem so kleinen zottigen Pony groß erwarten. Über die Jahre hatte sie gehört, wie die Leute mit einer gewissen Ehrfurcht von den Pferden der Waldläufer sprachen. Jetzt, da sie eines aus der Nähe gesehen hatte, verstand sie gar nicht, was diese Bewunderung sollte.

»Und dabei muss es noch eines der besseren sein«, sagte sie laut. Schließlich war Will einer der älteren und berühmteren Waldläufer. Dann war es nur wahrscheinlich, dass er eines der besten Pferde im Bund – wenn nicht sogar das beste – hatte.

Sie verspürte genüsslich eine gewisse Rebellion in sich aufsteigen. Will war immer so ausgesprochen fähig, so wissend und ihr in allem so überlegen. Er konnte Wild aufspüren, wenn es praktisch keine Fährte gab. Er konnte mit unheimlicher Geschwindigkeit und Treffsicherheit schießen. Und sein Umgang mit den Messern war fast übermenschlich – schnell und tödlich zielsicher.

Aber hier war etwas, worin sie besser war. In einem Anfall von Einsicht verbesserte sie diesen Gedanken. Es war ihr Pferd, das besser war als Reißer. Doch andererseits, wenn sie so klug war, sich ein überlegenes Pferd auszusuchen, dann hatte sie ja wohl auch ihren Anteil an dieser Überlegenheit.

Sonnentänzer würde Wills kleines graues Pony in Grund und Boden laufen. Und während ihr das durch den Kopf ging, entschied sie, dass ihr Sieg überwältigend sein würde. Es wäre nicht genug, Reißer und Will einfach nur zu schlagen, indem sie vor ihnen an der Furt war. Nein, sie würde sie absolut und durch und durch besiegen. Wenn Will sagte, sie bräuchten einen Tag, um die Furt zu erreichen, dann würde sie selbst das in der Hälfte der Zeit schaffen.

Sie beugte sich vor über den Hals ihres Pferdes.

»Komm schon, Junge! Wir werden es ihnen zeigen.«

Sonnentänzer zuckte mit den Ohren und warf begeistert den Kopf. Er liebte es, schnell zu laufen. Um genau zu sein, lebte er dafür. Es war über Generationen hinweg so gezüchtet worden. Seine Beine holten weiter aus und er wurde noch schneller.

Lynnie jubelte begeistert. Sie hatte ihn noch nie vorher so schnell laufen lassen! Es war berauschend und sie genoss diese Aufregung voll und ganz.

Reißer setzte sein gleichmäßiges Traben fort.

Du-dumm, du-dumm, du-dumm schlugen seine Hufe auf den festgebackenen Boden der Hauptstraße. Von Zeit zu Zeit drehte er den Kopf, um seinen Reiter anzublicken. Doch Will reagierte nicht auf diese Hinweise. Schließlich sprach Reißer die Sache direkt an.

Gib mir Bescheid, wenn du willst, dass ich richtig loslege.

»Glaub mir. Du erfährst es als Erster.«

Du-dumm, du-dumm, du-dumm.

Es muss erwähnt werden, dass Lynnie normalerweise nicht zu der Sorte von Menschen gehörte, die zuließ, dass ihr Pferd sich überanstrengte. Normalerweise achtete sie darauf, ihr Pferd zu beobachten und zu kontrollieren, damit es sich nicht verausgabte.

Doch die Aufregung des schnellen Ritts, die Begeisterung über die Geschwindigkeit und die Versuchung, Will und seinem Pferd zu zeigen, wie überlegen Sonnentänzer war, führte zu einem Fehler.

Sie waren meilenweit in Höchstgeschwindigkeit galoppiert, als sie merkte, wie der Schritt ihres Pferdes ungleichmäßiger wurde und es einmal fast gestrauchelt wäre. Dann schüttelte Sonnentänzer jedoch den Kopf und galoppierte weiter. Doch Lynnie hatte gemerkt, wie sehr sie ihn angetrieben hatte.

Seine Flanken waren schweißüberströmt und seine Seiten hoben sich wie Blasebälge, weil er so schwer atmete. Ihr wurde bewusst, dass er bei jedem Atemzug laut schnaubte, und sofort plagte sie schlechtes Gewissen. Sie zügelte ihn, auch wenn er sich anfänglich dagegen wehrte. Er wollte weitergaloppieren, bis er vor Erschöpfung zusammenbrach.

Sie zog noch einmal energisch an den Zügeln und bekam nun seinen Instinkt, der ihn zum Galopp trieb, unter Kontrolle. Leise sprach sie mit ihrem Pferd und erhöhte nach und nach den Druck gegen das Mundstück, bis es sich zum Halten bringen ließ.

Breitbeinig stand Sonnentänzer da und schnaufte schwer, während sie schnell abstieg, seinen Hals tätschelte und um ihn herumging, um zu überprüfen, ob er unverletzt war.

»Alles in Ordnung«, sagte sie zu ihm. Zum Glück hatte sie ihren Fehler rechtzeitig bemerkt.

Sie schüttete etwas Wasser aus dem Schlauch in ihre Hand und hielt es an seine Schnauze. Er schob seine weiche Nase gegen ihre Hand und trank. Sie ließ weiter das Wasser in ihre offene Hand fließen.

»Nicht zu viel«, sagte sie. »Und nicht zu schnell.«

Er schnaubte dankbar. Sie löste den Sattelgurt, holte ein Stück einer alten Decke heraus und rieb ihn trocken, während sie sanft mit ihm sprach. Dabei wurde ihr klar, wie knapp es gewesen war. Wenn sie weiter so schnell geritten wäre, hätte sie ihr wunderbares Pferd vielleicht sogar ruiniert.

Sobald sie ihn trocken gerieben hatte, führte sie ihn zum Straßenrand und ließ ihn ein paar Minuten dort im Gras weiden. In Gedanken schimpfte sie mit sich selbst. Es war schließlich nicht der Fehler ihres Pferdes gewesen, das wusste sie. Die Schuld lag voll und ganz bei ihr. Sie war die Reiterin. Sie war diejenige, die verantwortlich war und die ihn kontrollieren musste. Sie hätte mit seiner Energie und seiner Kraft besser haushalten sollen.

Sie ließ ihn noch ein paar Minuten ausruhen, dann führte sie ihn zurück zur Straße. Sie würde eine Weile laufen, bis er sich richtig abgekühlt und erholt hatte. Er folgte ihr gehorsam und kleinlaut. Lynnie drehte sich um und musterte ihn noch einmal, um sicher zu sein, dass nichts an seinem Schritt auszusetzen war, dass er sich bei diesem wilden Galopp nicht irgendwelche Muskeln oder Bänder gezerrt hatte.

Zu ihrer Erleichterung schien alles mit ihm in Ordnung zu sein. Sie lächelte liebevoll und schüttelte bewundernd den Kopf, als sie an seine unglaubliche Geschwindigkeit und Bereitschaft dachte, dankbar, dass er keinen dauerhaften Schaden erlitten hatte. Sie fragte sich, wie weit Will und Reißer wohl hinter ihnen lagen.

»Wir sind ihnen wahrscheinlich so weit voraus, dass wir den restlichen Weg laufen und sie immer noch schlagen könnten«, sagte sie zu ihrem Pferd. Es schüttelte müde den Kopf und trottete hinter ihr her.

Da wurde sie eines bestimmten Geräusches hinter sich gewahr. Ein regelmäßiges, rhythmisches Geräusch.

Du-dumm, du-dumm, du-dumm.

Sie wirbelte herum. Will und Reißer hatten die Straßenbiegung hinter ihnen umrundet und galoppierten nun auf sie zu, in einem steten verhaltenen Galopp. Noch einmal kam ihr der Gedanke, Reißer mit einem Schaukelpferd zu vergleichen.

Doch wie dem auch sei, dachte sie, er ist jedenfalls ein sehr ausdauerndes Schaukelpferd.

Will hatte sie nun beinahe erreicht. Er zügelte Reißer nicht, als er auf gleicher Höhe mit ihr war. Sonnentänzer hob den Kopf beim Anblick des kleinen Pferdes und zerrte an den Zügeln, doch sie hielt ihn weiter fest.

»Dein Pferd sieht müde aus«, rief Will ihr im Vorbeireiten freundlich zu.

»Es ist schon in Ordnung«, sagte sie trotzig.

Er drehte sich im Sattel, um sie noch einmal anzusehen, während er auf Reißer davonritt.

»Das freut mich zu hören«, sagte er. Dann blickte er nach

vorn und rief noch einmal über die Schulter zurück: »Wir warten dann in Pendletown auf euch.«

Sie warf ihm einen bösen Blick hinterher, dann drehte sie sich zu ihrem Pferd und zog seinen Sattelgurt wieder fester. Der Wallach, so erschöpft er auch war, bewegte sich nervös und war begierig, Reißer zu verfolgen. Sie stellte einen Fuß in den Steigbügel, dann hielt sie inne.

Das Pferd war noch nicht so weit. Wenn sie ihm jetzt erlaubte loszugaloppieren, konnte es sein, dass er sich verletzte. Zögernd zog sie ihren Fuß wieder aus dem Steigbügel und löste den Gurt. Dann führte sie das Pferd weiter.

Will hatte sich vor der nächsten Straßenbiegung verstohlen umgesehen. Er hatte beobachtet, wie sie aufsteigen wollte und dann ihre Meinung geändert hatte.

»Gutes Mädchen«, sagte er beifällig.

Wie meinst du das?

»Sie wird ihr Pferd nicht schlecht behandeln, auch wenn das bedeutet, dass sie das Rennen verliert. Wir machen schon noch eine Waldläuferin aus ihr.«

Sie galoppierten einige Minuten schweigend weiter, bevor Will wieder etwas anmerkte.

»Wenn sie nur Kaffee trinken würde«, sagte er.

Du-dumm, Du-dumm, du-dumm.

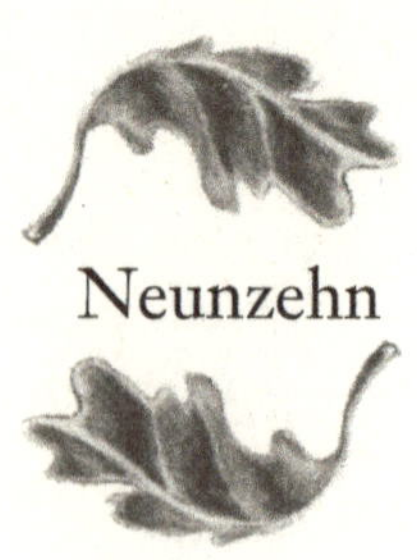

Neunzehn

»Die Sache ist die«, sagte Will, »wir benötigen bestimmte Qualitäten bei einem Pferd.«

Es war nun drei Tage her, seit sie von der Furt zurück waren. Sonnentänzer hatte die Anstrengung gut überstanden. Reißer hatte den Ritt einfach so abgeschüttelt wie seine täglichen Pflichten. Heute ritten sie Seite an Seite, auch wenn Will noch nicht erklärt hatte, wohin sie unterwegs waren.

Lynnie merkte, dass Sonnentänzer einen gewissen Respekt vor Wills zottigem kleinen Grauen hatte.

»Welche Art von Qualitäten?«, fragte sie.

»Geschwindigkeit, natürlich«, antwortete Will. »Und dein Wallach besitzt diese Qualität. Auf kurzer Entfernung könnte es sein, dass er sogar schneller ist als Reißer.«

Reißer schüttelte seine Mähne und schnaubte. Will lächelte und beugte sich vor, um seinen Hals zu tätscheln.

»Das denke ich auch, gewiss ist er da schneller«, sagte Lynnie. »Schließlich hat er euch beide kürzlich ziemlich schnell hinter sich gelassen. Ihr habt es gesehen.«

»Ja, stimmt«, sagte Will gleichmütig. »Aber Reißer hat da noch lange nicht richtig losgelegt, um seine Kraft nicht zu verausgaben.«

»Aber wie schnell kann er denn dann laufen?«, fragte sie herausfordernd und drehte sich im Sattel, um das kleine Pferd zu mustern. Wie bislang dachte sie, dass es ziemlich unscheinbar war.

Zu ihrer Überraschung zuckte Will mit den Schultern. »Das weiß ich nicht.«

Sie sah ihn skeptisch an. »Du bist noch nie richtig schnell auf ihm galoppiert?«, fragte sie, doch er schüttelte den Kopf.

»Natürlich sind wir schon oft galoppiert. Und jedes Mal lief er so schnell, wie er musste. Aber ich habe keine Ahnung, ob das so schnell war, wie er konnte. Um ehrlich zu sein, bezweifle ich das.«

Lynnie runzelte unsicher die Stirn. Sie war nicht ganz sicher, ob sie das verstand.

Erzähl ihr von Sandsturm.

Will dachte über Reißers Vorschlag nach, dann nickte er.

»Vor vielen Jahren waren wir in der Wüste von Arrida«, begann er.

Lynnie nickte eifrig. »Ja. War das, als meine Mutter mitkam, um den Oberjarl von Skandia zu retten?« Sie hatte schon ab und zu gehört, wie diese Reise erwähnt wurde, aber weder ihre Mutter noch ihr Vater hatten Einzelheiten erzählt. Jetzt hoffte sie, mehr über dieses Abenteuer zu erfahren und drehte sich erwartungsvoll zu Will.

»Genau. Jedenfalls musste ich mir bei einer Gelegenheit mit Reißer ein Rennen gegen einen Hengst aus Arrida namens Sandsturm liefern. Er war etwas Besonderes, der Beste aus der Herde der Bedullin.«

»Bedullin?«, wiederholte sie. Das Wort kannte sie nicht.

»Die Bedullin sind ein Nomadenstamm in Arrida. Großartige Reiter und Pferdezüchter. Einer ihrer jungen Männer hatte ein Auge auf Reißer geworfen.«

Natürlich war das eigentlich der Vorgänger des jetzigen Reißer gewesen, der das Rennen gelaufen war, doch Will wollte darauf jetzt nicht weiter eingehen – genauso wenig wie auf seine Überzeugung, dass der Charakter seines Pferdes auch auf den Nachfolger überging. Er war sich nicht sicher, ob er das richtig erklären konnte, selbst wenn er es versuchte.

»Wir wurden getrennt – von einem Sandsturm, ironischerweise. Der junge Bedullin fand Reißer, der allein in der Wüste herumirrte, und beanspruchte ihn für sich.«

Lynnie blickte auf das kleine Pferd hinab. »Warum?«, fragte sie undiplomatisch.

Will sah sie einige Sekunden lang an und schüttelte dann ungläubig den Kopf. Als er weitersprach, lag ein Hauch von Verärgerung in seiner Stimme.

»Weil sie sich gut mit Pferden auskennen«, sagte er kurz. »Sie sehen über das Oberflächliche hinweg.«

Und ich habe eine große innere Schönheit.

Geistesabwesend tätschelte Will wieder Reißers Hals. »Jedenfalls«, fuhr er fort, »war Sandsturm der Beste aus ihrer Herde. Er war das persönliche Eigentum des Anführers. Ich habe vorgeschlagen, dass ich Reißer behalten dürfte, wenn ich ihn auf Reißer in einem Rennen besiegen könnte.«

»Warum haben sie ihn nicht sowieso einfach behalten? Warum mussten sie denn das Rennen mit dir laufen?«

»Der betreffende junge Mann hatte Schwierigkeiten, Reißer zu reiten. Ich stimmte zu, ihm zu helfen, wenn er das Rennen gewänne.«

Sie schnaubte abfällig. »Dann kann er ja kein besonders

guter Reiter gewesen sein«, meinte sie. »Was war so schwer daran, ihn zu reiten?«

Will wollte schon darauf antworten, überlegte es sich jedoch anders. Er hatte auf einmal eine Idee. Lynnie war so selbstsicher, so schnell dabei, Reißer abschätzig zu beurteilen. Es könnte Spaß machen, ihr diesen Zahn auf eindrucksvolle Weise zu ziehen.

»Das erzähle ich dir später. Jedenfalls sauste Sandsturm pfeilschnell los. Reißer war hinter ihm, aber während der ersten fünfzig Längen oder so zog Sandsturm immer wieder davon.«

»Tja, natürlich«, sagte Lynnie herablassend.

»Die Sache war die, dass ich überzeugt war, dass Reißer Sandsturm schlagen konnte. Unsere Pferde sind so gezüchtet, dass sie eine unglaubliche Ausdauer haben, und ich sorgte dafür, dass das Rennen über eine längere Entfernung und nicht nur über eine Kurzstrecke ging. Im zweiten Teil des Rennens holten wir auf. Schließlich zogen wir mit ihm gleich und liefen Nase an Nase, als vielleicht nur noch dreihundert Pferdelängen zu laufen waren.

Will blickte in die Ferne, doch in Gedanken sah er diese Rennstrecke in der Wüste wieder vor sich.

»Reißer galoppierte schneller, als ich es jemals bei ihm erlebt hatte. Doch Sandsturm war ein großartiges Pferd, das mithalten konnte. Wir lagen inzwischen eine Pferdelänge vor ihm. Doch er zog gleich und lag wieder vor uns.«

Er schüttelte in Gedanken den Kopf.

Lynnie sah ihn gespannt an. »Wie ging es weiter?«

»Nun, Reißer entschied irgendwie selbst. Plötzlich beschleunigte er einfach und ließ das andere Pferd zurück. Doch

Sandsturm holte noch einmal auf und als er gleichzog, spürte ich, wie Reißer zu straucheln schien.«

»Du hast ihn zu sehr angetrieben«, sagte sie und erinnerte sich daran, dass sie genau das vor drei Tagen mit Sonnentänzer getan hatte. Dann runzelte sie die Stirn. Reißer war hier bei ihnen. Anscheinend hatten sie das Rennen doch nicht verloren.

»Das dachte ich auch. Doch dieses leichte Straucheln reichte aus, um Sandsturm zu veranlassen, wirklich alles zu geben. Er setzte sich wieder vor uns und rannte wie der Wind. Schneller konnte er nicht mehr, doch Reißer erholte sich urplötzlich ganz erstaunlich und zog an ihm vorbei. Ich hatte keine Ahnung gehabt, dass er so schnell laufen konnte. Aber was noch erstaunlicher war, er hatte durch sein absichtliches, gespieltes Straucheln das andere Pferd dazu gebracht, sich zu stark zu verausgaben.«

Will grinste und beugte sich vor, um sein Pferd liebevoll zwischen den Ohren zu kraulen.

»Wie gesagt, wir brauchen Pferde, die sowohl Ausdauer haben als auch schnell sind. Das Pferd eines Waldläufers kann unglaublich schnell sein, wie du später sehen wirst. Aber es kann auch stundenlang durchhalten, wie du vor ein paar Tagen gesehen hast, ohne sich dazwischen groß ausruhen zu müssen.

Und genau das brauchen wir. Wir reisen viel allein. Wenn wir in eine gefährliche Situation kommen, müssen wir sicher sein, dass unsere Pferde gegen die Pferde unserer Feinde bestehen können – selbst wenn der Gegner Austauschpferde hat. Wir haben nur dieses eine Pferd und müssen uns voll und ganz darauf verlassen können. Darüber hinaus müssen unsere Tiere auch klug und einfallsreich sein. So werden sie gezüchtet. Unsere Pferdezüchter haben dafür schon seit Generationen gesorgt.«

»Also wohin reiten wir jetzt?«, fragte sie, auch wenn sie meinte, es bereits zu wissen. Wills Worte bestätigten ihre Vermutung.

»Wir statten dem Jungen Bob einen Besuch ab. Er ist unser Pferdezüchter. Und er hat ein Pferd für dich.«

Der Junge Bob war eine bemerkenswerte Erscheinung. Krummbeinig und schmächtig gebaut, kam er aus seiner Hütte, um sie zu begrüßen.

Seine Haut war gebräunt von jahrelanger Arbeit bei Sonne und Wind. Er war beinahe vollständig kahl auf dem Kopf, auf jeder Seite seines Kopfes gab es nur noch ein paar Büschel dünnes weißes Haar. Als er lächelte, bemerkte Lynnie, dass er nur noch wenige Zähne hatte, und sein Gesicht war faltig vom Alter. Sie hätte nicht sagen können, wie alt er wohl sein mochte.

Nur seine Augen waren jung. Sie waren strahlend blau, durchdringend und klar. Er nickte Will zu, als sie heran ritten.

»Ich grüße Euch, Waldläufer Will.«

»Und ich grüße Euch, Junger Bob. Ich hoffe, es geht Euch gut«, sagte Will. Bob nickte einige Male, als denke er ernsthaft darüber nach.

»O ja. Kann nicht klagen. Kann nicht klagen. Hab zwar hin und wieder ein Zipperlein da und dort…« Er lachte laut auf. Es war ein eigenartig hohes Gelächter, doch Lynnie fand, es passte zu diesem zwergenhaften Mann.

»Aber da fang ich doch wohl nicht an, mich zu beschweren, was?« Der Junge Bob lachte noch lauter, dann hielt er abrupt inne und warf Lynnie einen scharfsinnigen Blick zu. Sie merkte, dass sie gemustert wurde.

»Es gab noch nie vorher ein Mädchen als Lehrling«, stellte Bob fest.

Sie nickte. »Ich weiß.«

»Und, wie gefällt es dir? Macht es dir Spaß?«

Sie zögerte. Es war einige Zeit her, seit sie über diese Frage nachgedacht hatte. Die Tage waren ausgefüllt gewesen mit dem Lernen neuer Fähigkeiten und dem Üben mit den Waffen, da war keine Zeit geblieben, sich darüber Gedanken zu machen.

»Ja. Es gefällt mir«, antwortete sie nach einer kurzen Pause und stellte zu ihrer eigenen Überraschung fest, dass sie es ernst meinte.

Der Junge Bob legte den Kopf zur Seite, um sie genauer zu mustern, und schien zufrieden mit dem, was er sah.

»Gut für dich«, sagte er. »Es ist eine große Gelegenheit, die du bekommen hast. Mach das Beste daraus.«

»Mach ich«, antwortete sie. Sie war sich dessen bewusst, dass Will sie beifällig betrachtete und ihr wurde auch mit leichtem Erstaunen klar, dass sie wirklich vorhatte, das Beste daraus zu machen.

Und plötzlich grinste der Junge Bob sie noch einmal breit an.

»Natürlich kann sie keine Waldläuferin sein, wenn sie kein Waldläufer-Pferd hat, was, Waldläufer Will?«

»Genau das habe ich auch gesagt«, pflichtete Will ihm bei.

»Dann hole ich am besten eines für sie.« Bob drehte sich

um und eilte zu einem großen Stall. Er bewegte sich schlurfend, aber schnell.

Als Lynnie meinte, er sei außer Hörweite, beugte sie sich im Sattel zu Will und fragte leise: »Warum nennst du ihn denn Junger Bob? Er muss doch auf jeden Fall uralt sein.«

Zu spät hob Will eine Hand, um sie am Weiterreden zu hindern. Da drehte sich der Junge Bob bereits um und kicherte los.

»Weil mein Vater der Alte Bob ist – und er ist natürlich noch älter als ich.«

Er ging weiter, doch nach ein paar Schritten drehte er sich erneut um und warf ihr über die Schulter einen Blick zu.

»Und er ist derjenige, der taub ist, nicht ich!«

Lynnie blickte zu Will und hob entschuldigend die Hände. Will zuckte nur mit den Schultern.

Die schmale Gestalt verschwand im Stall. Kurz darauf hörten sie ein Wiehern. Reißer antwortete sofort. Sonnentänzer stellte die Ohren auf und sah sich um. Er war ein wenig unsicher in dieser Umgebung. Reißer dagegen schien sich völlig heimisch zu fühlen.

Der Junge Bob führte ein Pferd mit sich, als er wieder aus dem Stall kam. Trotz ihrer Bedenken, was die Pferde der Waldläufer betraf, beugte sich Lynnie erwartungsvoll nach vorn. Dies sollte schließlich ihr Pferd werden.

Wie Reißer war es stämmig und zottig, mit relativ kurzen Beinen, langer Mähne und langem Schweif. Doch er war gebürstet worden, bis sein Fell glänzte. Und Lynnie musste schlucken, als sie erkannte, dass er schwarz-weiß gescheckt war. Dafür hatte sie schon immer eine Schwäche gehabt.

Der Junge Bob führte das Pferd zu ihnen. Reißer wieherte wieder und tat einen Schritt nach vorn, um das andere Pferd freundlich zu begrüßen. Sonnentänzer trat nervös einen Schritt zurück.

»Das hier ist Stupser«, sagte der Junge Bob.

»Stupser?«, fragte Lynnie nach.

Der Pferdezüchter kicherte wieder und tätschelte das Pferd liebevoll. »So habe ich ihn getauft, als er noch ein Fohlen war. Er hat immer alles angestupst, um zu sehen, ob es umfällt. Das hat er aber inzwischen überwunden.«

Wie aufs Stichwort stieß der Gescheckte ihn mit der Nase an und brachte ihn dazu, ein paar Schritte zurückzugehen.

»Na ja, jedenfalls meistens«, fügte Bob hinzu.

Lynnie musterte das Pferd und bemerkte die kräftige Muskulatur unter dem glänzend gebürsteten Fell. Stupser sah sie an und sie erkannte Intelligenz und Einfühlungsvermögen in seinen Augen. Unvermittelt verspürte sie Besitzerstolz in sich aufsteigen – nein, dachte sie dann – es ist mehr so etwas wie Freundschaft.

»Und? Was sagst du zu ihm?«, fragte Will und sah seinen Lehrling gespannt an.

Und zum dritten Mal innerhalb weniger Minuten war Lynnie selbst überrascht von ihrer Antwort.

»Er ist wunderschön«, sagte sie leise.

Zwanzig

»Tja, dann steig mal von deinem jetzigen Pferd ab und ich sattle den hier für dich«, sagte Bob zu ihr. »Du willst wahrscheinlich deinen eigenen Sattel benutzen?«

Sie nickte, während sie sich vom Pferd schwang. Ein Sattel war ein sehr persönlicher Gegenstand. Sie war an diesen gewöhnt und saß sehr gut darin.

»Ja, bitte«, sagte sie. Der Junge Bob wollte zu Sonnentänzer gehen, doch Will hob eine Hand.

»Ich denke, wir lassen Lynnie selbst das Satteln übernehmen«, schlug er vor. »Wir haben in unserer Hütte schließlich auch keine Stallburschen zur Hilfe.«

Lynnie machte es nichts aus, ihr Pferd zu satteln und aufzuzäumen. Das tat sie sowieso schon seit einigen Jahren. Bob schlurfte zur Seite und holte einen Halfterstrick, den er über Sonnentänzers Hals zog, sobald Lynnie ihm das Zaumzeug abgenommen hatte.

»Gutes Pferd«, sagte er und musterte Sonnentänzer beifällig. »Haben die Geschwindigkeit im Blut, die aus Arrida, und außerdem ein gutmütiges Wesen. Ein Jammer, dass es ein Wallach ist.«

Lynnie zog das Zaumzeug über Stupsers Kopf. Das kleine

Pferd senkte sogar den Kopf, als wolle es ihr dabei helfen. Lynnie hielt inne und blickte Bob neugierig an.

»Wieso das denn?«, fragte sie.

»Sonst hätte ich ihn gern für ein Jahr oder so ausgeliehen und für unser Zuchtprogramm verwendet.«

»Hat er nicht ein wenig zu zierliche Beine für ein Waldläufer-Pferd?«, fragte Will. Im Verlauf seiner Tätigkeit hatte er viele bewaffnete Reiter einfach dadurch aus dem Sattel gebracht, dass er mit Reißer deren Pferde angerempelt hatte. Die Beine der Pferde aus Arrida waren für diesen Trick zu empfindlich.

Bob kratzte sich nachdenklich an der Nase. »Vielleicht. Aber die Geschwindigkeit wäre nicht zu verachten. Wenn wir ihn mit einem etwas schwereren Pferd gekreuzt hätten, bekäme man beides.«

Lynnie hatte inzwischen das Pferd gezäumt. Stupser öffnete das Maul einige Male und schloss es wieder, bis er die Trense an einer bequemen Stelle sitzen hatte. Lynnie öffnete mit schnellen Griffen den Sattelgurt, hob den Sattel von Sonnentänzers Rücken und drehte sich um, um ihn Stupser aufzulegen.

Der Gescheckte schob den Kopf vor, um den Sattel zu mustern. Lynnie spürte seinen warmen Atem auf ihren Händen, während er an dem Sattel schnüffelte. Seine Nasenlöcher zogen sich dabei zusammen und weiteten sich wieder. Nach einigen Sekunden richtete er sich wieder auf und nickte einige Male mit dem Kopf, als gäbe er sein Einverständnis.

Sie setzte den Sattel ab und holte die Satteldecke von Sonnentänzers Rücken. Wieder gestattete sie Stupser, sie zu begutachten, damit er auch damit einverstanden war. Dann legte sie die Decke über seinen Rücken und zog sie glatt, damit sie keine Falten mehr schlug. Sie bückte sich und hievte mit einem leichten Stöhnen der Anstrengung den Sattel auf seinen Rücken. Stupser drehte den Kopf, um sie neugierig zu betrachten. Sie grinste ihn an.

»Alles in Ordnung?«, fragte sie und er schüttelte die Mähne. Sie griff unter seinem Bauch hindurch, um den Sattelgurt festzuzurren. Danach beobachtete sie ihn, ob er vielleicht zusätzliche Luft ausatmete – sie hatte Reißers kleinen Trick während der letzten Wochen mitbekommen. Doch Stupser schien keine derartige Eigenheit zu besitzen. Zufrieden tätschelte Lynnie seinen Hals und er sah sie wieder an und warf heftig den Kopf. Einen Augenblick lang hätte sie schwören können, er versuche mit ihr zu sprechen. Sie schüttelte über sich selbst den Kopf und rückte den Steigbügel zurecht.

Dabei blickte sie zu den beiden Männern, die sie beobachteten. Sie wirkten irgendwie … erwartungsvoll. Sie schaute von einem zum anderen und hatte das Gefühl, als wüssten sie etwas, was sie nicht wusste.

»Bevor du aufsteigst …«, begann Bob, doch Will unterbrach ihn sofort.

»Gibt es noch irgendetwas, was du fragen möchtest? Irgendetwas, was du wissen möchtest?«

Sie wechselten einen Blick. Lynnie legte den Kopf zur Seite und lächelte. Das Lächeln war nur eine winzige Spur hochmütig.

»Na ja, weißt du, ich habe vorher auch schon auf einem Pferd gesessen«, sagte sie.

Will nickte. »Das hast du.«

»Und er sieht ziemlich brav und gemütlich aus.«

Will strich sich nachdenklich übers Kinn. »Brav ist sicher zutreffend. Ob du mit gemütlich die richtige Wortwahl getroffen hast, weiß ich nicht.«

Sie lächelte nachsichtig und blickte zu Stupser, der felsenfest dastand, ohne das übliche nervöse Tänzeln, das Pferde oft zeigten, wenn sie gerade gesattelt worden waren.

»Oh, ich denke schon, dass es zutreffend ist«, sagte sie selbstbewusst.

Will vollführte eine einladende Geste mit der rechten Hand. »Nun, wenn du dir sicher bist, dann nur zu.«

Sie blickte zu Bob, der mit den Schultern zuckte, nahm die Zügel in ihre linke Hand und drehte den Steigbügel, um den linken Fuß hineinzuschieben. Dabei drehte Stupser wieder den Kopf, um sie anzusehen. Sie hatte das Gefühl, dass auch er sie erwartungsvoll ansah. Dann tat sie das als Hirngespinst ab.

Sie nahm Schwung und stieß sich mit ihrem anderen Fuß ab. Dabei bemerkte sie, dass Stupser für sie vollkommen still stand. Oft genug versuchten die Pferde zur Seite auszuweichen, wenn sich ein Reiter in den Sattel schwang. Sie nickte ihm zu.

»Guter Junge«, lobte sie und schwang sich gekonnt in den Sattel.

Und auf einmal brach die Hölle los.

Stupser schien mit allen Vieren in die Luft zu springen, krümmte den Rücken und brachte sie völlig aus dem Gleichgewicht. Abrupt kam er wieder auf dem Boden auf, so unmittelbar, dass Lynnies Zähne aufeinanderschlugen, und gleich darauf senkte er den Kopf und stieß mit den Hinterbeinen aus.

Lynnie war eine ausgezeichnete Reiterin, aber sie hatte noch nie vorher die Erfahrung gemacht, dass ein Pferd so bocken konnte. Sie hatte auch nicht wirklich sicher im Sattel gesessen und merkte nun, wie sie nach rechts abrutschte.

Stupser sprang nun erneut in die Luft. Doch diesmal neigte er sich unter ihr nach links. Lynnie wurde klar, dass sie sich niemals im Sattel halten könnte und zog ihren linken Fuß aus dem Steigbügel. Es war nur eine Frage der Zeit, bis sie vom Pferd fallen würde. Stupser begann, sich auf die Hinterbeine zu stellen. Lynnie beugte sich nach vorn, um das auszugleichen, und bemerkte zu spät, dass er sie hereingelegt hatte.

Er senkte sofort den Kopf und seine Hinterbeine schossen in die Luft wie ein riesiges Katapult.

Lynnie merkte, wie sie aus dem Sattel geschleudert wurde und vorwärts über den Kopf des Pferdes segelte. Sie drehte sich in der Luft und hoffte irgendwie auf den Füßen aufzukommen. Und sie hätte es auch beinahe geschafft. Aber eben nur beinahe, und so sauste sie in den Staub des Sattelhofes. Unter der Wucht ihres Aufpralls verschlug es ihr den Atem.

Außer Atem und stöhnend lag sie im Staub und versuchte verzweifelt wieder Luft in ihre momentan völlig leeren Lungen zu pumpen. Sie öffnete die Augen und bemerkte, dass Stupser über ihr stand und mit einem fragenden Blick auf sie herunterschaute. Er schnaubte leise und blies warme Luft in ihr Gesicht. Es war fast, als wolle er sich vergewissern, dass mit ihr alles in Ordnung war.

Sie rollte sich auf die Seite, stützte sich auf einem Knie auf und sah sich auf dem Sattelhof um. Bob und Will musterten sie mit wissendem Gesichtsausdruck. Sonnentänzer sah fast alarmiert aus. Reißer schien in sich hineinzugrinsen.

Lynnie stand leicht zittrig auf und sah sie aus zusammengekniffenen Augen an.

»Ihr *wusstet*, dass das passieren wird«, sagte sie vorwurfsvoll.

Will nickte.

»Nun, um ehrlich zu sein, ja«, gab er zu. Er wartete, bis Lynnie sich den Staub von ihrer Kleidung geklopft hatte, dann fuhr er fort. »Es war nur so, dass du ein klein wenig, sagen wir, … herablassend in Bezug auf unsere Pferde warst«, erklärte er. »Ich dachte, es könnte nützlich sein, wenn du gründlich davon überzeugt wirst, dass sie nicht alle schwerfällig und gemütlich sind, sondern auch ein gewisses Feuer in sich haben.«

Sie rieb sich seufzend ihr Hinterteil. »Das kann man wohl sagen.« Sie sah Stupser aufgebracht an, der sich ihr jetzt näherte und sie leicht mit der Stirn anstieß. In seinen Augen stand nichts von der gerade gezeigten Hinterhältigkeit. Sie waren groß und dunkel und freundlich.

»Warum hast du das getan?«, fragte sie ihn.

»Weil er dafür ausgebildet wurde«, erklärte ihr Bob.

Sie sah ihn ungläubig an. »Ihr habt ihn dafür ausgebildet, dass er mich abwirft, wann immer ich aufsteige?« Sie konnte keinen großen Vorteil darin sehen, ein Pferd zu haben, das sich so verhielt.

Doch Bob schüttelte den Kopf. »Er wurde ausgebildet, jeden abzuwerfen, der ihn nicht richtig um Erlaubnis bittet.«

Sie runzelte die Stirn und Will erklärte: »All unsere Pferde haben eine Art Kennwort oder einen Spruch. Wenn du diesen Spruch zu Anfang benutzt, wird das Pferd dir gestatten aufzusitzen. Wenn nicht, wird es bocken wie Gorlog selbst, bis es dich abgeworfen hat. Was in deinem Fall nicht lang gedauert hat.«

»Gorlog?«, fragte sie. »Wer ist denn Gorlog?«

»Ein sehr nützlicher nordländischer Halbgott«, erklärte Will.

Doch Lynnie verarbeitete immer noch das, was er gerade erklärt hatte.

»Also haben die Pferde der Waldläufer so etwas wie ein Geheimwort? So etwas habe ich noch nie gehört.«

»Du hast auch noch nie gehört, dass eines unserer Pferde gestohlen wurde.« Bob kicherte vergnügt.

»Was sich für mich oft schon als besonders nützlich erwiesen hat«, fügte Will hinzu.

Lynnie runzelte die Stirn und konnte es immer noch nicht ganz glauben. Es klang einfach so weit hergeholt. »Also muss ich dieses … dieses Geheimwort sagen, wann immer ich aufs Pferd steige?«

Bob schüttelte den Kopf. »Nur das erste Mal. Danach kennt er dich.«

»Und wie lautet sein Geheimwort?«

»Das ist bei jedem Pferd anders«, antwortete Will. »Du kannst genauso gut auch wissen, dass es bei Reißer *Darf ich wohl?* ist. Es könnte sein, dass eine Gelegenheit kommt, in der du ihn reiten musst, also ist es gut, wenn du das weißt.«

Lynnie blickte jetzt zu Bob. Sie war sich immer noch nicht ganz sicher, ob sie das alles glauben sollte.

»Also?«, sagte sie.

Der Junge Bob überlegte kurz, dann antwortete er: »Bei Stupser sagst du: *Reit mich nicht zu.*«

Ihre Augen weiteten sich ungläubig. »Reit mich nicht zu?«, wiederholte sie.

Will und Bob erwiderten lachend wie aus einem Munde: »Nicht zu uns! Sag es zum Pferd!«

»Du flüsterst es in sein Ohr, kurz bevor du aufsteigst«, fügte Will hinzu. Lynnie erinnerte sich jetzt an den Augenblick, als sie sich vorhin auf Stupser schwingen wollte. Er hatte den Kopf zu ihr gedreht, als erwarte er etwas.

Vielleicht sagen die beiden doch die Wahrheit, dachte sie.

Sie näherte sich wieder dem gescheckten Pony, nahm die Zügel und legte sie über den Sattelknauf. Sie blieb noch einen Moment stehen und tatsächlich drehte Stupser den Kopf zu ihr. Sie stellte sich auf die Zehenspitzen und flüsterte in sein Ohr.

»Reit mich nicht zu.«

Stupser nickte, als sei er jetzt zufrieden. Bevor er es sich womöglich noch anders überlegte, stellte sie ihren linken Fuß in den Steigbügel und schwang sich in den Sattel.

Angespannt wartete sie und machte sich auf das Schlimmste gefasst. Einige Sekunden vergingen, dann weitere. Stupser stand so still und bewegungslos wie ein Holzpferd. Es stimmte tatsächlich.

Eines Tages, schwor sie sich, würde sie ihnen das noch heimzahlen.

»Lass ihn ein Stück gehen«, sagte Bob zu ihr. »Damit du ein Gefühl für ihn bekommst.

Sie berührte Stupser mit den Fersen und sofort erwachte er zum Leben. Sie ließ ihn ein Stück im Schritt gehen, dann im Trab um den Sattelhof und bewunderte die Leichtigkeit und Sprungkraft seines Schritts. Anfangs hatte sie noch gedacht, das kleine Waldläuferpferd sei schwerfällig und phlegmatisch. Doch sobald sie im Sattel saß, wurde ihr klar, wie falsch dieser Eindruck gewesen war.

Stupser reagierte auf jeden noch so leichten Fersendruck und die leiseste Zügelhilfe.

Was sie gesehen – oder gedacht hatte zu sehen – und was

sie nun als Reiterin erfuhr, waren zwei völlig verschiedene Dinge. Bob kam ihr entgegen, als sie gerade ihre Runde im Hof drehte, und löste das Gatter, um ihr den Weg hinaus auf die offenen Felder zu gestatten.

»Lass ihn ruhig mal galoppieren«, schlug er vor.

Sie lenkte das kleine Pferd hinaus und gab ihm Fersendruck, während sie gleichzeitig die Zügel nachgab.

Die Reaktion war unglaublich. Stupser sauste pfeilschnell los, so schnell, dass sie aufpassen musste, nicht das Gleichgewicht zu verlieren. Doch er spürte das und wurde augenblicklich langsamer, bis sie wieder fest im Sattel saß. Dann lief er wieder los, mit nach vorn gestrecktem Hals machte er große, ausholende Schritte.

Seine Geschwindigkeit war unglaublich. Niemals in ihrem Leben war sie so schnell geritten.

Das hast du nicht erwartet, was?

»Nein, ehrlich nicht«, antwortete sie. Im gleichen Moment wurde ihr klar, dass sie mit ihrem Pferd sprach und – noch überraschender – ihr Pferd anscheinend mit ihr.

Aus der Koppel heraus beobachteten Will und Bob, wie Pferd und Reiterin immer weiter in die Ferne verschwanden.

»Du hast gute Arbeit geleistet, Bob«, sagte Will.

Bob schirmte seine Augen gegen das helle Sonnenlicht ab, während er beobachtete, wie Lynnie und Stupser sich anfreundeten.

»Sie ist eine gute Reiterin mit sicherem Sitz und guten weichen Händen. Das konnte man schon am Maul ihres Wallachs erkennen.«

Sie schwiegen einige Minuten, während sie den beiden zusahen und das entfernte Trommeln der Pferdehufe hörten.

Dann, in einem gespielt beiläufigen Ton, der Bob nicht einen Moment lang täuschte, fragte Will:

»Ich nehme an, Bellerophon ist nicht zufällig in der Nähe, oder?«

Bob lachte vergnügt auf.

»Hab schon überlegt, wie lang du wohl brauchst, bis du fragst. Er ist im Stall.«

Einundzwanzig

Lynnie verbrachte weitere zwei Stunden damit, sich an ihr neues Pferd zu gewöhnen. Bob brachte ihr die grundlegenden Befehle bei, die grundsätzlich mit den Pferden der Waldläufer eingeübt wurden. So wechselten sie auch ohne laut ausgesprochenen Befehl auf ein Zeichen des Reiters die Gangart oder stampften gegebenenfalls mit den Hufen stärker auf, damit ein etwaiger Verfolger nicht merkte, dass der Reiter nicht mehr im Sattel saß, sondern sich am Wegrand verborgen hatte. Außerdem gab es besondere Bewegungsabfolgen, die in einem Kampf nützlich waren: Waldläuferpferde waren auf den leisesten Wink ihres Reiters hin bereit, zur Seite auszuweichen, mit beiden Hinterbeinen auszukeilen oder sich auf die Hinterbeine zu erheben, um sich dann auf der Stelle zu drehen und einen Feind mit den Vorderhufen anzugreifen.

Alle Waldläuferpferde wurden in diesen grundlegenden Manövern ausgebildet – und noch in Vielem mehr. Lynnie war begeistert von Stupsers sofortiger Reaktion auf die Hand-, Knie- und Fußzeichen, die Bob ihr beibrachte. Es war beinahe, als müsse sie nur daran denken und Stupser reagierte, noch bevor sie zu Ende gedacht hatte.

Auch wenn sie ihn nun schon eine Weile erlebt hatte, war es

für sie immer wieder eine Überraschung zu sehen, wie schnell er sich bewegte und Richtung und Schrittgeschwindigkeit wechseln konnte. Wenn es sein musste, war er sogar in der Lage, aus dem Stand augenblicklich in einen vollen Galopp zu springen.

Sonnentänzer war ein ausgezeichnetes Pferd, das stand fest. Aber Stupser schien praktisch eine Ergänzung und Erweiterung ihrer selbst zu sein. Er wusste, was sie von ihm wollte, und führte es sofort problemlos aus.

Lynnie und Stupser bewegten sich zusammen über die Felder und durch die Wälder, begleitet von Bob auf einem pensionierten Waldläuferpferd. Schließlich entschied Bob, dass Lynnie für einen Vormittag genug gelernt hatte, und sie ritten zurück. Dann, auf Bobs Zeichen hin, ließ Lynnie die Zügel locker und schon sausten sie davon, ihr Umhang und ihr langes Haar wehten hinter ihr her.

Ich muss was mit meinem Haar machen, dachte sie, doch dann genoss sie auch schon wieder einfach nur das Reiten auf ihrem Pferd.

Sobald sie sich der Hütte näherten, zog sie die Zügel an. Zu ihrer Überraschung sah sie Reißer in der Koppel stehen, während Will ohne Sattel auf einem alten grauen Pferd über ein nahe gelegenes Feld ritt. Er sah sie kommen, winkte und lenkte sein Pferd zu ihr. Als sie näher kamen, konnte sie sehen, dass das Haar um die Schnauze schon weiß war. Doch es war etwas Vertrautes an ihm.

»Wer ist das denn?«, fragte sie, als sie neben Will ankam. Er lächelte sie an und beugte sich vor, um mit den Fingern liebevoll durch die zottige Mähne zu fahren.

»Ein alter Freund namens Bellerophon«, antwortete er.

»Ich besuche ihn, wann immer ich in dieser Gegend bin. Aber das letzte Mal ist nun schon eine Weile her. Hab ihn nicht mehr gesehen, seit …«

Die Worte versiegten und sein Lächeln schwand. Instinktiv wusste Lynnie, was er hatte sagen wollen: … *seit Alyss' Tod.* Rasch überspielte sie die unangenehme Pause. »Er kommt mir irgendwie bekannt vor«, sagte sie.

Will nickte und deutete auf Reißer.

»Er sieht Reißer ähnlich«, sagte er und sie nickte, da sie nun die Ähnlichkeit auch erkannte. Dieses Pferd war älter, aber die ganze Erscheinung war die gleiche, egal ob er stand oder sich bewegte.

»Er war mein erstes Pferd als Waldläufer«, fuhr Will fort. »Um genau zu sein, war er überhaupt mein erstes Pferd. Ich hatte keine reichen Eltern – und auch keinen erstklassigen Wallach aus Arrida zum Reiten.«

Will versuchte den kleinen Seitenhieb als Experiment, um zu sehen, ob die Anspielung auf ihre Eltern und die damit zusammenhängende Tatsache, dass man sie enterbt hatte, eine wütende Reaktion hervorriefen. Zu seiner Freude sah er, dass sie nur lächelte.

Interessant, dachte er. Vielleicht ist es wirklich ihr Ernst und es fängt wirklich an, ihr zu gefallen.

»Und wie lange ist das her?«, fragte Lynnie.

Will schüttelte den Kopf. »Länger als ich mich erinnern möchte. Aber ich erinnere mich, dass ich genauso begeistert über ihn war, wie du über unseren Stupser hier zu sein scheinst.«

Stupser schnaubte und schüttelte die Mähne, als sein Name fiel. Lynnie beugte sich vor und tätschelte seinen Hals.

»Er ist wirklich bemerkenswert«, sagte sie. »Ihr habt ja keine Ahnung.«

»Natürlich nicht«, erwiderte Will vollkommen ernst.

In diesem Moment ritt Bob langsam heran und lächelte, als er Will auf Bellerophons Rücken sah.

»Und, wie fühlt es sich an?«, fragte er.

Will blickte auf den Pferderücken hinab und beugte sich ein wenig vor, um die grausame Narbe an der rechten Schulter zu betrachten.

»Als sei ich nie weg gewesen«, gestand er.

Bob kicherte. Er war im Dienst der Waldläufer und ihrer Pferde groß geworden und freute sich immer, sie wieder zusammen zu sehen. »Er hat immer noch ziemlich viel Feuer, was?«

Will schüttelte den Kopf. »Ich wollte ihn jetzt nicht zu sehr antreiben«, sagte er. »Nicht dass er sich noch einen Muskel oder irgendwas zerrt.«

»Ach, der doch nicht«, sagte der alte Pferdeausbilder. »Der könnte richtig abzischen. Und er würde ein paar von diesen jungen Pferden dabei seine Hinterhufe zeigen.«

Bei dieser Aussage hoben sowohl Stupser als auch Reißer die Köpfe und schnaubten und stampften mit den Füßen. Bellerophon sah von einem zum anderen. Lynnie hätte schwören können, dass er höhnisch gekichert hatte, wenn man so etwas von einem Pferd sagen könnte.

Will und Lynnie striegelten die Pferde und gaben ihnen Wasser. Dann aßen sie mit Bob zu Mittag. Will hatte frisches, knuspriges Brot, würzigen Käse und einige Scheiben Schinken mitgebracht. Bob hatte frischen Salat und knackige Radieschen aus seinem kleinen Gemüsebeet. Bob und Will tranken

Kaffee, süßten ihn mit großen Löffeln Honig. Lynnie trank wie immer Milch.

Bob schüttelte den Kopf, als er ihr zusah.

»Kann mich nicht erinnern, von einem Waldläufer gehört zu haben, der keinen Kaffee trinkt«, meinte er zweifelnd.

Will zuckte mit den Schultern. Er hatte sich inzwischen zwangsläufig an Lynnies Abneigung gegen das traditionelle Getränk der Waldläufer gewöhnt.

»Neue Zeiten, Bob«, sagte er. »Darauf müssen wir uns wohl einstellen.«

»Ich nicht. Tradition ist Tradition, sage ich. Es bedeutet schon genug Veränderung, dass du ein Mädel als Lehrling hast. Dass dein Lehrling zu allem Überfluss keinen Kaffee trinkt, ist mir zu viel Wandel, vor allem zu schnell.«

»Entschuldigung«, warf Lynnie ein, »müsst ihr eigentlich über mich und meine Trinkgewohnheiten reden, während ich daneben sitze?«

Die beiden Männer musterten sie einige Sekunden. Dann sahen sie einander an und antworteten wie aus einem Mund: »O ja.«

Lynnie verdrehte die Augen und griff nach dem Becher mit Milch. Sie nahm einen tiefen Schluck der frischen kühlen Flüssigkeit.

»Du weißt nicht, was du versäumst«, sagte sie zu Will.

»Und ich will es auch gar nicht wissen«, antwortete er.

Als sie gegessen hatten, räumten Will und Lynnie den Tisch ab und erledigten den Abwasch. Währenddessen entschuldigte Bob sich und ging hinaus. Er war gegen Ende des Essens ziemlich still geworden und Lynnie sah fragend zu Will.

»Er verabschiedet sich von Stupser«, erklärte er. »Bob hat

eine enge Beziehung zu seinen Pferden. Manchmal glaube ich fast, für ihn ist es, als leihe er sie uns nur. Und auf gewisse Weise stimmt das ja vielleicht sogar«, fügte er hinzu.

Sie ging zum Fenster und blickte hinaus. Der schmächtige Mann mit den Säbelbeinen stand bei Stupser, sein Gesicht ganz nahe beim Pferd. Sie konnte sehen, dass seine Lippen sich bewegten. Verstehen konnte sie natürlich nichts. Spontan ging sie in Richtung Tür, aber Will hielt sie auf.

»Lass es«, sagte er. »Du bringst nur beide in Verlegenheit, wenn sie sich beobachtet fühlen.«

Ihr wurde klar, dass er recht hatte. Daher ging sie zurück an den Küchentisch, nahm ein Tuch und trocknete die Teller ab. Ein paar Minuten später kam Bob zurück. Jetzt lächelte er wieder.

»Ich hatte nur noch ein paar Anweisungen für den Kleinen«, sagte er. »Wollte sichergehen, dass er dich nicht noch einmal abwirft … außer du verdienst es.«

Sie verabschiedeten sich von Bob. Dann stiegen sie auf die Pferde und ritten davon. Lynnie führte Sonnentänzer an einem leichten Führseil. Der Wallach schien zufrieden zu sein, ihnen zu folgen, und gar nicht besorgt, dass dieses zottige kleine Pferd ihn Lynnies Zuneigung berauben könnte. Doch eigentlich hatte zwischen ihm und Lynnie nie die enge Verbindung bestanden, die sich bereits zwischen ihr und Stupser gebildet hatte. Lynnie schwärmte während des Rittes glücklich von den vielen unglaublichen Fähigkeiten ihres neuen Pferdes.

Meist antwortete Will recht einsilbig, doch sie plauderte einfach weiter.

»Er ist so leichtfüßig«, schwärmte sie. »Man könnte meinen, seine Hufe berühren kaum den Boden, wenn er galoppiert. Und wie schnell er ist! Ich habe noch nie ein Pferd gesehen, das so schnell laufen kann. Er ist wirklich einfach unglaublich! Vorhin kamen wir einmal an einen Graben, bevor ich es merkte, und er hat einfach beschleunigt und schien darüber nur so hinwegzufliegen. Ehrlich, es war wie fliegen. Gerade galoppieren wir noch, dann sausen wir auch schon über diesen Graben.«

Reißer drehte den Kopf, um Will anzusehen. Will zuckte mit den Schultern. Daraufhin ließ Reißer einen lauten Furz los. Doch Lynnie schien es nicht zu bemerken. Und wenn doch, dann verstand sie jedenfalls nicht, dass dieses Geräusch von Reißer als unhöflicher Kommentar gedacht war.

»Und dann zeigte Bob mir, was ich machen muss, damit er fester auftritt, damit ein Verfolger nicht merkt, wenn ich abgestiegen bin. Wusstest du, dass sie das tun können?«

»Ich meine mich zu erinnern, das vor vielen Jahren schon mal gehört zu haben«, antwortete Will trocken. Er spürte, dass Reißer wieder ein unhöfliches Geräusch von sich geben wollte, und bohrte seine Finger in sein Fell, um ihn davon abzuhalten. Reißer schüttelte seine Mähne.

»Ja, also jedenfalls können sie das. Und er zeigte mir auch noch ganz viele andere Tricks und Geheimnisse. Stupser ist wirklich unglaublich.«

Das tollste Pferd auf der ganzen Welt.

Will drückte leicht mit seinen Oberschenkeln, um Reißer zu vermitteln, dass er ihn gehört hatte. Er dachte, dass Lynnie es vielleicht doch etwas seltsam fände, wenn er sich mit seinem Pferd unterhielt. Was die nächste Frage noch bemerkenswerter machte.

»Will«, begann sie, »kann ich dich etwas fragen?«

»Hast du gerade gemacht«, antwortete er und fühlte sich mit einem Mal stark an früher erinnert. Wie oft hatte genau dieses Geplänkel zwischen ihm und Walt stattgefunden? Er musste lächeln, als er merkte, dass Lynnie genauso aus ihrem Gedankengang gerissen wurde, wie er früher auch.

»Was? Oh .. ähm. Ja, wahrscheinlich. Aber jedenfalls, kann ich dich also …« Sie unterbrach, als sie merkte, dass sie ihren Satz wieder genauso anfing. Dann setzte sie ihre Worte wohlüberlegt: »Ich würde dich gern etwas fragen, wenn es recht ist.«

Will nickte. »Nur zu.«

»Na ja, es ist nur … ich meine … es könnte vielleicht merkwürdig klingen …«

»Würde mich gar nicht wundern.«

Sie warf ihm einen aufgebrachten Blick zu. Sie wollte so gern ihre Frage stellen, aber sie hatte Angst, sich vielleicht lächerlich zu machen. Will forderte sie mit einer Handbewegung auf weiterzureden. Sie holte tief Luft.

»Ich meine … hast du auch manchmal das Gefühl, dass dein Pferd mit dir spricht?«

Diese Frage ließ Will nun aufrecht im Sattel sitzen. Er hatte noch nie mit jemandem über seine Kommunikation mit Reißer gesprochen. Er vermutete schon lang, dass Walt und Abelard eine ähnliche Verbindung hatten. Aber anscheinend hatte nun auch Lynnie dieses Band mit Stupser.

Vielleicht war es wirklich eine gute Entscheidung, sie für den Bund auszuwählen, dachte er.

Laut antwortete er: »Ein sprechendes Pferd? Im Ernst?«

Lynnie lief rot an und sah schnell zur Seite.

»Nein, nein. Nur so eine alberne Idee. Vergiss es einfach.«

Er nickte. Aber er vergaß es nicht. Die Bemerkung ging ihm in der Nacht noch durch den Kopf.

Zweiundzwanzig

Lynnies Ausbildung wurde fortgesetzt, doch ab jetzt hatte sie noch eine zusätzliche Aufgabe in ihrem Stundenplan, nämlich tägliche Übungen mit Stupser.

Wie sie zu Anfang schon bemerkt hatte, merkte Stupser stets unmittelbar, was sie von ihm erwartete. Umgekehrt lernte sie, die vielen Signale zu interpretieren, die er ihr schickte – Warnungen vor eventuellen Gefahren, die Gegenwart einer unbekannten Person oder die Annäherung eines möglicherweise gefährlichen Tieres.

Will machte aber auch Übungen zur körperlichen Ertüchtigung mit ihr – ob Dauerlauf oder eine Runde über den Hindernisparcours, den er zu diesem Zweck für sie angelegt hatte. Wechselweise unterrichtete er sie darüber hinaus in verschiedensten Kampftechniken ohne Waffen. Zum Beispiel zeigte er ihr, dass sie beim Nahkampf besser mit dem Handballen zustieß, als mit der Faust, oder demonstrierte, wie sie das Gewicht und den Schwung des Angreifers nutzen und gegen ihn verwenden konnte.

Und natürlich gab es den Unterricht im Spurenlesen und Anschleichen. Oft ritten Will und Lynnie durch das Lehen und suchten nach unterschiedlichen Tierspuren, die Lynnie zu bestimmen lernte. Sie folgten unschuldigen Reisenden, ohne dass es diesen bewusst wurde, und sie standen, jeder in seinen Umhang gehüllt, am Rand der Straße, wo Reisende vorbeikamen – und gar nicht merkten, dass Lynnie und Will nur wenige Schritte entfernt waren.

»Vertrau auf den Umhang«, sagte Will immer wieder. »Vertrau auf den Umhang und beweg dich nicht. Selbst wenn du glaubst, du seist entdeckt worden.«

So waren ihre Tage bis zum Rand ausgefüllt. Abends war Lynnie nur froh, wenn sie sich erschöpft ins Bett legen und bis zum nächsten Morgen schlafen konnte.

Sie holte immer noch jeden Morgen frisches Brot und Milch aus Wensley. Aber jetzt ritt sie, anstatt zu laufen.

Will hatte ihr vorher nicht gestattet, auf Sonnentänzer ins Dorf zu reiten. »Er ist für diese Gegend viel zu exotisch«, hatte er – für sie unverständlicherweise – gesagt. Aber jetzt, da sie Stupser hatte, hob er die Anweisung, zu Fuß zu gehen, auf. »Eine Waldläuferin und ihr Pferd sollten alles zusammen machen«, erklärte er.

Lynnie war sich nicht ganz sicher, ob sie den Unterschied richtig verstanden hatte, aber sie freute sich, Stupser reiten zu dürfen. Sie genoss seine Gesellschaft, redete mit ihm und streichelte ihn bei ihrem morgendlichen Ausritt. Selbst eine so schlichte Aufgabe, wie Brot und Milch zu holen, machte in Stupsers Gesellschaft Spaß. Vielleicht wusste Will das auch.

Also war der Anblick der schmalen Gestalt im gesprenkelten Umhang, die auf dem zottigen schwarzweiß gescheckten Pferd ins Dorf ritt, den Menschen in der Gegend inzwischen vertraut. Lynnie war anfangs amüsiert, dann fühlte sie sich durchaus ein wenig geschmeichelt, als sie merkte, dass sie bei den Jugendlichen im Dorf so etwas wie eine Berühmtheit geworden war. Als Waldläuferin war sie eine geheimnisvolle und faszinierende Gestalt – umso mehr, als sie das erste Mädchen war, das bei einem Waldläufer in die Lehre ging.

Es gab eine Gruppe von etwa einem halben Dutzend Jungen und Mädchen ihres Alters im Dorf. Sie betrachteten sie mit Ehrfurcht und Respekt… und Neid.

Das Leben dieser Jugendlichen war eintönig und begrenzt. Das Leben in einem kleinen Ort hielt für sie wenig an Aufregung bereit, wohingegen die Neue Lehrling bei einem Waldläufer war. Sie führte oft genug einen Bogen mit sich und bei verschiedenen Gelegenheiten, wenn sie die Möglichkeit gehabt hatten, sich in den Wald zu schleichen, um ihr bei ihren Übungen zuzusehen, hatten sie sich davon überzeugen können, dass sie auch damit umzugehen wusste.

Wenn Lynnie durch das Dorf ritt, grüßten die anderen sie. Von Zeit zu Zeit hielt Lynnie dann auch an, um sich mit ihnen zu unterhalten. Sie genoss es, so offenkundig bewundert zu werden – besonders von den jüngeren Mädchen. Es wäre übermenschlich gewesen, wenn es ihr nicht gefallen hätte. Natürlich schmeichelte es, eine kleine Berühmtheit zu sein. Aber inzwischen hatte sie gelernt, sich darauf nicht zu viel einzubilden.

Selbstverständlich hatte sie beim Heranwachsen auf Schloss Araluen einen großen Kreis von Bewunderern und Bekannten gehabt. Doch sie hatte gespürt, dass die meisten von ihrem Titel und ihrer Position beeindruckt waren und weniger von ihrer Persönlichkeit. Auf Araluen war sie die Prinzessin und die Menschen um sie herum suchten ihre Aufmerksamkeit allein deshalb – nicht aus einem echten Wunsch, mit ihr persönlich befreundet zu sein.

Hier war es anders. Abgesehen von dem kleinen Kreis von Menschen, der aus Jenny, Baron Arald und Lady Sandra, Walt und Lady Pauline bestand, kannte niemand Lynnies echte Identität.

Also genoss Lynnie die Bewunderung und Freundschaft der jungen Leute von Wensley. Von Zeit zu Zeit, wenn ihr voller Stundenplan es gestattete, ritt sie ins Dorf und verbrachte etwas Zeit mit ihnen. Sie brachte manchen Jungen Bogenschießen bei, fischte in den stillen Gewässern des Flusses mit ihnen und spielte Verstecken, wobei sie unweigerlich gewann, bis die anderen ihr verboten, dabei ihren Umhang zu tragen.

Will beobachtete diese Aktivitäten genau. »Freunde dich nicht zu eng mit ihnen an«, warnte er sie. »Waldläufer müssen eine gewisse Distanz zu anderen Leuten bewahren. Es hilft uns, wenn sie Respekt vor uns haben und fast ehrfürchtig sind. Das hält die Aura des Geheimnisvollen aufrecht.«

Dennoch glaubte er, dass es gut für sie war, mit normalen Leuten Kontakt zu haben – im Gegensatz zu den selbstgefälligen Abkömmlingen des Adels, die auf Schloss Araluen zu finden waren. Er war erfreut zu sehen, dass sie sich nicht mehr für etwas Besseres hielt. Er konnte verstehen, dass sie es genoss, für ihre Fähigkeiten respektiert zu werden, und sah darin keine Gefahr.

»Es ist besser, für das respektiert zu werden, was du kannst, als dafür, wer deine Eltern sind«, sagte er bei einer Gelegenheit zu Jenny. Seine Freundin sah ihn aufmerksam an, als er Lynnie beobachtete, die mit einer Gruppe Jugendlicher lachte und scherzte.

Die Furchen des tiefen Schmerzes, die sich nach Alyss' Tod in sein Gesicht gegraben hatten, waren immer noch da. Aber sie waren weicher geworden und sein Gesichtsausdruck war nicht mehr ganz so düster wie vorher. Manchmal lächelte Will schon fast. Es lag eine gewisse Zuneigung in seinem Blick, wenn er seine Patentochter betrachtete – eine Zuneigung, die er natürlich sofort verbarg, wenn Lynnie seinen Blick bemerkte.

Sie tut ihm gut, dachte Jenny und lächelte für sich. Sie hatte Lynnie schon längst ihre hochnäsige Bemerkung verziehen. Bereits in der Woche nach dem Vorfall war das Mädchen mit zerknirschtem Blick bei ihr erschienen, einen Blumenstrauß in der Hand, und hatte sich ehrlich entschuldigt. Jenny, die warmherzig und überhaupt nicht nachtragend war, hatte die Entschuldigung sofort angenommen. Seitdem waren sie Freundinnen geworden und Jenny war stets bereit, Lynnie zuzuhören, wenn sie über ihr mangelndes Talent mit dem Bogen jammerte – eine völlig unzutreffende Einschätzung ihrer eigenen Fähigkeiten, wie Jenny wusste.

»Wenn du üben willst«, hatte sie zu Lynnie gesagt, »ich kann immer frisches Wild in meinem Lokal brauchen.«

In den folgenden Wochen gab es daraufhin in ihrer Küche einen unablässigen Strom von Kaninchen, Hasen und Fasanen oder Rebhühnern, die Lynnie entweder mit dem Bogen oder mit der Schleuder erlegt hatte. Es war unübersehbar, dass Lynnie, die ihr ganzes Leben lang nur mit dem Finger hatte schnippen müssen, um etwas zu bekommen, es genoss, für jemand anderen etwas zu tun.

Und Jenny freute sich ganz besonders, dass sie es war, in deren Küche das Wild landete.

Es war ein Freitagmorgen. Lynnie ritt von dem kleinen Milchbauernhof am Ende des Dorfes zurück. Ein Beutel mit noch warmem Brot hing an ihrem Sattelknauf. Der appetitliche Geruch stieg in ihre Nase und erinnerte ihren Magen daran, dass sie noch nicht gefrühstückt hatte. Zwei Jugendliche aus dem Ort winkten sie zu sich und sie hielt ihr Pferd an und grüßte die beiden, als sie zu ihr auf die Straße traten.

»Morgen, Gordon, Morgen, Lucy«, sagte sie. Diese beiden mochte sie am liebsten. Lucy war die Tochter von Mistress Butterby, der Näherin von Wensley. Sie war ein sehr burschikoses Mädchen mit vielen Sommersprossen. Gordon hatte dunkles Haar und übermutig funkelnde blaue Augen. Er hatte etwas Spitzbübisches an sich, doch es lag nichts Böses darin.

Er blickte sich jetzt um, ob auch niemand zuhörte, dann stellte er ihr mit leiser Stimme eine Frage.

»Was machst du denn morgen?«

Sie überlegte mit gerunzelter Stirn. »Nichts weiter«, antwortete sie. Sie hatte zum ersten Mal seit Wochen einen freien Samstag. Will wollte in die Burg, um mit Walt, Pauline, Baron Arald und Lady Sandra zu Abend zu essen. »Wieso?«

Lucy kicherte. »Wir feiern«, sagte sie in konspirativem Ton.

Lynnie legte neugierig den Kopf zur Seite. Eine Feier war kein Grund für gesenkte Stimmen und die fortwährenden Blicke über die Schulter.

»Nur feiern?«, fragte sie.

Lucy kicherte wieder und Gordon grinste. Sein Grinsen war ziemlich attraktiv, fand Lynnie. Es schien, als hätte er irgendwelche Teufeleien im Sinn.

»Es ist eine besondere Art von Feier«, erklärte er. »Hinter dem Stall vom Gasthof. Lucy bringt Wildpastete und Lammspieße. Und wir rösten Kartoffeln im Feuer.«

Lucy arbeitete in Jennys Lokal als Kellnerin. Von Zeit zu

Zeit belohnte Jenny sie mit verschiedenem Essen. Zu anderen Zeiten nahm Lucy sich auch schon mal heimlich etwas. Lynnie vermutete, dass dies eine dieser Gelegenheiten war, was das wissende Grinsen ihrer beiden Freunde erklären würde.

»Und Martin hat ein Fass!«, sprudelte Lucy hervor und bekam einen Lachanfall.

»Ein Fass?«, fragte Lynnie, obwohl sie langsam glaubte zu verstehen, was Lucy meinte. »Was für ein Fass denn?«

»Ein Weinfass!«, erklärte Gordon triumphierend. »Und zwar guten Wein. Hast du Lust, auch zu kommen?«

Lynnie zögerte. Sie wusste, dass sie das wahrscheinlich lieber nicht tun sollte. Aber sie hatte jetzt schon seit Wochen hart gearbeitet und nur wenige Pausen und kaum Zeit für sich gehabt. Sie wusste nicht, ob sie Wein mochte oder nicht. Aber sie wusste, dass sie Abenteuer mochte, und in ihr rührte sich immer noch eine gewisse rebellische Ader. Ich verdiene eine Gelegenheit, mein Haar offen zu tragen, dachte sie. Und niemand würde es erfahren.

»Warum nicht?«, antwortete sie.

Dreiundzwanzig

»Ich werde nicht allzu spät zurück sein«, sagte Will, als er noch einmal an der Tür stehen blieb. »Walt und Pauline sind dieser Tage auch nicht mehr die Nachteulen wie früher.«

Lynnie blickte von ihrem Mahl auf. Will hatte ein schlechtes Gewissen gehabt, dass er ein Abendessen aus Meister Chubbs Küche im Schloss bekäme. Lynnies Kochkünste hatten sich zwar schon gebessert, aber sie waren trotzdem immer noch ziemlich unterentwickelt. Deshalb hatte er ihr etwas zu essen aus Jennys Lokal bestellt.

Sie aß noch einen Löffel von dem würzigen Rindereintopf und nickte beim Kauen und Schlucken.

»Ich werde wahrscheinlich selbst schon schlafen«, sagte sie. »Ich freue mich schon auf mein Bett.«

Sie hatten einen langen, anstrengenden Tag hinter sich, in dessen Verlauf sie zusätzlich zu ihren normalen täglichen Übungsstunden querfeldein geritten waren und Spurenlesen geübt hatten. Lynnie gab ein künstliches Gähnen von sich. Will nahm seinen Umhang vom Haken an der Tür und legte ihn um seine Schultern.

»Blackie ist jedenfalls hier, falls du sie brauchst«, sagte er. »Und verriegle die Tür.«

Lynnie nickte. Es gab einen versteckten Mechanismus, mit dem man von außen die Tür entriegeln konnte, doch ein möglicher Eindringling fand diesen nicht so leicht. Mit einer ungeduldigen Handbewegung zeigte sie Will, der sich anscheinend nicht sicher war, ob er sie allein zu Hause lassen sollte, dass er beruhigt gehen konnte.

»Geh nur«, forderte sie ihn auf. »Ich komme bestens klar.«

»Also gut«, sagte er und ging hinaus.

Lynnie hörte seine weichen Schritte auf der Veranda, während er nach hinten zum Stall ging. Reißer grüßte ihn mit einem leisen Wiehern. Ein paar Minuten später hörte sie die Hufschläge, als Will an der Hütte vorbei zum Pfad ritt, der nach Burg Redmont führte. Sobald die Hufschläge verklungen waren und sie sicher war, dass er fort war, fiel die gespielte Müdigkeit von Lynnie ab und sie bewegte sich sehr zielstrebig. Schnell räumte sie ihren halbleeren Teller mit Gulasch ab und kratzte alles in den Resteeimer. Sie freute sich auf die Wildpastete und die Lammspieße, die Lucy versprochen hatte, und so gut das Gulasch auch geschmeckt hatte, wollte sie sich noch etwas Appetit aufheben.

Sie warf einen Blick auf den Resteeimer und bemerkte, dass das Gulasch etwas zu gut sichtbar war. Mit einem Schöpflöffel rührte sie den Inhalt des Eimers um, bis das Gulasch mit den anderen Resten vermischt und für einen beiläufigen Blick nicht mehr erkennbar war.

Sie trat einen Schritt zurück, begutachtete ihr Werk und nickte zufrieden. In ihrem Zimmer nahm sie die Satteltaschen, in denen sie normalerweise ihre Ausrüstung beförderte, rollte sie zusammen, legte sie in ihr Bett und zog die Decke darüber. Mit zur Seite gelegtem Kopf musterte sie ihr Werk. Es sah viel zu unbeweglich aus, also zog sie die Decke zurück, krümmte die Taschen in der Mitte, dann rollte sie noch eine zusätzliche Jacke zusammen und legte sie unten schräg an, damit man auf dem ersten Blick meinte, dass eine Person mit angezogenen Beinen im Bett läge. Viel realistischer, urteilte sie, zog die Decke wieder hoch und stopfte sie um das Kissen, um zu verbergen, dass kein Kopf darauf lag. Falls Will nach seiner Rückkehr nach ihr sah, wäre es nur ein kurzer Blick. Dafür sollten die Satteltaschen und die Jacke ausreichen.

Sie blies die Laterne in ihrem Zimmer aus und eilte zur Vordertür. Es war bereits ihre zweite Natur, auf dem Weg hinaus ihren Umhang um die Schultern zu legen. Der einfache Riegel schnappte hinter ihr ein. Ohne nachzudenken drehte sie sich zum Stall, dann blieb sie stehen. Will ritt auf Reißer und würde ihn wieder in den Stall bringen, wenn er nach Hause kam. Wenn Stupser nicht da war, wäre es offensichtlich, dass sie fort war. Sie drehte sich wieder um. Stupser, der ihre Schritte gehört hatte, wieherte vorwurfsvoll.

»Tut mir leid, mein Junge«, sagte sie atemlos. »Heute Abend kannst du leider nicht mitkommen.«

Blackie lag mit dem Kopf auf den Vorderpfoten am Rande der Veranda und erhob sich nun erwartungsvoll. Doch Lynnie befahl ihr mit einer Handbewegung zu bleiben.

»Du auch nicht, mein Mädchen«, sagte sie zu ihr. »Platz.« Folgsam legte sich die Hündin wieder mit einem leisen Seufzer.

Lynnie warf noch einen letzten Blick zurück. Die Laterne neben der Tür war auf ganz klein gestellt, so ließ Will sie jede Nacht. Auf diese Weise wurde gerade genug Licht auf Treppe und Tür geworfen, um einen unangekündigten Besucher zu erkennen. Nun drehte sie sich um und eilte den dunklen Pfad durch den Wald entlang nach Wensley.

Sie blieb im Schatten am Rande der Straße, als sie das Dorf erreicht hatte. Jennys Lokal war eines der ersten Gebäude an der Straße. Es war hell erleuchtet und man konnte das laute Stimmengewirr bis nach draußen hören. Das Lokal war in Wensley sehr beliebt und an einem Samstagabend kamen auch Gäste aus den umliegenden kleineren Orten. Lynnie blieb auf der anderen Straßenseite, als sie daran vorbeiging, und zog die Kapuze hoch.

Vertrau auf den Umhang, hatte Will ihr wiederholt gepredigt. Sie war sich nicht sicher, ob das auch bei einem solchen nicht ganz einwandfreien Vorhaben wie ihrem galt.

So weit sie es beurteilen konnte, wurde sie von niemandem bemerkt. Das war kaum überraschend. Die Gäste waren sicher mehr an ihrem Essen und ihrer Unterhaltung interessiert als an dem, was draußen vorging. Zudem befanden sie sich in einem hell erleuchteten Raum. Es war höchst unwahrscheinlich, dass irgendjemand die schmale Gestalt bemerkte, die im Schatten auf der anderen Straßenseite lief.

Als sie sich dem Gasthof des Ortes näherte, war von den Stimmen aus Jennys Lokal weniger zu hören. Dies wurde nach und nach ersetzt von einem anderen Geräusch: Ein reisender Barde war im Gasthof eingekehrt und unterhielt die dortigen Gäste. Jetzt beendete er sein Lied und bekam großen Applaus. Ihre Freunde hatten einen guten Abend für ihre Feier ausgewählt, bemerkte Lynnie. Es war so viel los im Ort, dass der Lärm, den sie vielleicht verursachten, darin völlig untergehen würde.

Wenn sie zu den Ställen hinter dem Gasthof blickte, konnte

sie den matten Schein eines kleinen Feuers wahrnehmen. Sie betrat den Sattelhof. Lucy, Gordon und ein anderer Freund, Martin, saßen um ein kleines Feuer am Ende des Hofes, eine Stelle, die von den Leuten auf der Straße normalerweise nicht bemerkt wurde. Wenn sie selbst nicht davon gewusst hätte, hätte sie den leichten Feuerschein auch nicht wahrgenommen.

Doch nun bemerkte sie den appetitanregenden Geruch nach gegrilltem Lamm. Als sie sich näherte, begrüßten ihre Freunde sie ausgelassen.

»Du kommst spät«, sagte Martin fröhlich.

Sie zuckte entschuldigend mit den Schultern. »Ich musste warten, bis Will weg war. Er brauchte ewig lange.«

»Tja, du hast einiges aufzuholen«, sagte Gordon. Er nahm zwei brutzelnde Lammspieße vom Feuer, legte sie auf ein Holzbrettchen und reichte sie Lucy. Lucy legte noch ein kleines Stück Wildpastete dazu, bevor sie das Brettchen weitergab. Lynnie setzte sich im Schneidersitz ans Feuer und nahm das Holzbrett. Ihr lief bereits das Wasser im Munde zusammen. Vorsichtig, denn das Fleisch war heiß, biss sie hinein.

»Mmmhh! Das schmeckt ja lecker, Lucy!«, sagte sie anerkennend. Ihre Freundin strahlte bei dem Kompliment.

»Sie waren fast acht Stunden eingelegt«, erklärte sie. »Dadurch wird das Fleisch weicher und würziger.«

»Hier«, sagte Martin und reichte ihr einen Holzkrug. »Damit kannst du alles runterspülen.«

Lynnie nahm den Krug. Ihr Herz schlug ein wenig schneller, als sie den Alkohol roch. Sie konnte jetzt ablehnen und alles, was mit ihrem kleinen Ausflug zusammenhing, wäre halb so schlimm. Sich hinauszuschleichen, um Freunde zu treffen, war nur ein kleines Vergehen. Aber Wein zu trinken, war etwas ganz anderes. Das bedeutete, eine Grenze zu überschreiten, und wenn das herauskam, wäre sie zweifelsohne in Schwierigkeiten.

Gordon sah sie zögern und erriet den Grund. »Er wird es doch nie erfahren«, sagte er und grinste sie herausfordernd an.

Sie gab sich einen Ruck und nahm einen tiefen Schluck vom Wein. Er schmeckte schwer und irgendwie säuerlich.

»Mm, das ist gutes Zeug!«, sagte sie, um erfahren und wissend zu klingen. In Wirklichkeit hatte sie keine Ahnung, ob der Wein gut war. Sie hatte früher schon einmal Wein getrunken, bei besonderen Anlässen auf Schloss Araluen, wenn offiziell auf etwas angestoßen wurde. Aber damals war der Wein, den man ihr gegeben hatte, stark mit Wasser verdünnt gewesen und hatte nicht im Entferntesten wie dieser geschmeckt.

»Ich besorge immer nur das Beste«, stimmte Martin fröhlich zu. Er hatte auch keine Ahnung. Um genau zu sein, war der Wein von ziemlich schlechter Qualität. Aber wie Lynnie wollte auch Martin den Eindruck erwecken, als tränke er ständig Wein und wüsste, wovon er sprach. »Hier«, fügte er hinzu, »Gieß noch was hinterher.«

Er schenkte ihr noch etwas nach und zwinkerte ihr verschwörerisch zu. »Hoch die Tassen«, sagte er.

Einen Moment lang war sie verwirrt und fragte sich, welche Tassen er meinte. Dann wurde ihr klar, dass er von dem Krug sprach. Sie nahm einen tiefen Schluck. Dieser zweite Schluck war weniger sauer, auch wenn sie, wenn sie ehrlich war, nicht hätte sagen können, dass er ihr besonders schmeckte.

Lucy und Gordon nahmen ebenfalls einen kräftigen Schluck aus ihren Krügen. Lynnie biss wieder in ihr Lammfleisch, dann nahm sie einen großen Bissen von der Wildpastete. Sie schmeckte ganz vorzüglich und die gewürzte reichhaltige Füllung schien eine Geschmacksexplosion in ihrem Mund zu verursachen. Vielleicht schmeckt das Essen durch den Wein besser, überlegte sie. Vielleicht war das der Grund, warum die Leute diesen säuerlichen Geschmack in Kauf nahmen.

Während der Abend voranschritt, bemerkte sie, dass der Wein auch noch andere Auswirkungen hatte. Er schien die Fähigkeiten zur Konversation zu verbessern, denn sie sagte ständig schlaue Dinge. Sie merkte, wie sie über Gordons Sprüche lachte und genauso witzig erwiderte.

Ich war noch nie so amüsant, dachte sie. Sie hatte gerade eine Bemerkung über den Kneipenwirt von Wensley gemacht und über seine Vorliebe für Gebratenes. Es schien eine unglaublich witzige Beobachtung gewesen zu sein. Ihre drei Freunde lachten schallend und sie schaffte es gerade noch, ein fast schnarchendes Geräusch zu unterdrücken, während sie mit ihnen lachte.

Mit aufgerissenen Augen spähte sie übers Feuer zu Gordon. Sein Gesicht schien zu verschwimmen. Das muss vom Flackern des Feuers kommen, dachte sie.

»Noch Wein übrig?«, fragte sie Martin. Er griff nach dem Krug, verlor dabei das Gleichgewicht und wäre beinahe ins Feuer gefallen. Sie johlten alle vor Lachen. Lynnie legte warnend den Finger über die Lippen.

»Schhhhh!«, sagte sie. »Schemand könnte uns hören.«

Sie machte eine Pause und fragte dann verblüfft: »Habe ich gerade ›schemand‹ geschagt?«

»Genau dasch hascht du«, antwortete Gordon.

»Und du hascht auch ›geschagt‹ geschagt«, fügte Lucy

hinzu und alle bekamen wieder einen Lachanfall. Lynnie wiegte sich vor Lachen vor und zurück und verlor dann ebenfalls das Gleichgewicht. Sie fiel zur Seite und lag auf dem Boden. Es schien viel zu anstrengend, sich wieder aufzusetzen, also zog sie einfach ihren Umhang um sich und schloss die Augen.

»Niemand kann mich schehen«, kicherte sie. »Verschrau auf den Umhang.«

Und diese unglaublich scharfsinnige Bemerkung ließ sie alle erneut in Gelächter ausbrechen.

»Was zum Teufel macht ihr denn hier?«

Wills Stimme durchschnitt ihr Gelächter, kalt und wütend. Lynnie öffnete die Augen. Er stand über ihr, in seinen Umhang gekleidet und mit der Kapuze über dem Kopf war er nur als Umriss gegen den dunklen nächtlichen Himmel zu erkennen. Sie hörte Lucys ängstlichen Seufzer. Das normale Dorfvolk wusste, dass mit Waldläufern nicht zu spaßen war. Gordons und Martins Gelächter war bereits verstummt und sie starrten entsetzt und wie gelähmt auf die dunkle Gestalt, die sie da zur Ordnung rief. Der Schatten der Kapuze verbarg Wills Gesicht, was ihn noch bedrohlicher wirken ließ. Sie hatten ihn natürlich schon oft gesehen, wie er durch den Ort ritt oder in Jennys Lokal saß. Doch hier und jetzt, in der Dunkelheit, eingehüllt in seinen Umhang, war er eine außerordentlich einschüchternde Gestalt – zumal er offensichtlich sehr wütend war.

»Setz dich auf, Lynnie«, befahl er mit schneidender Stimme.

Sie tastete auf dem Boden umher, um sich abzustützen, verhedderte sich in ihrem Umhang und schaffte es schließlich, sich auf den Händen hochzuschieben, bis sie aufrecht saß – auch wenn sie bedenklich schwankte.

Alle vier Jugendlichen spähten ängstlich hinauf zu dem Waldläufer. Will streckte die Hand aus und schnippte mit den Fingern in Gordons Richtung.

»Gib mir dieses Fass«, forderte er. Gordon beeilte sich, ihm Folge zu leisten, und hätte das Fass dabei vor Hast beinahe fallen gelassen. Will machte einen Schritt nach vorn, nahm es und schüttelte es prüfend. Das Fässchen war noch etwa zu einem Viertel voll und sie hörten, wie der Wein darin hin- und herschwappte.

Ohne Vorwarnung hob Will es über seinen Kopf und schleuderte es mit aller Kraft zu Boden. Das Fass zerfiel in einzelne Stücke, kleine Holzplanken sprangen davon und der Wein sprudelte wie ein Springbrunnen empor. Die Bewegung war so unerwartet und heftig gekommen, dass Lucy wieder einen kleinen erschreckten Ausruf ausstieß. Die beiden Jungen zuckten ebenfalls zusammen. Will deutete mit dem Finger nacheinander auf alle drei.

»Eure Eltern werden davon hören«, sagte er.

Lucy schob sich auf die Knie und bettelte tränenüberströmt: »Bitte, Waldläufer Will, bitte sagt es nicht meiner Mutter. Sie wird mich grün und blau schlagen, wenn sie das hört.«

Wenn ihre Bitte bei Will Mitleid auslösen sollte, hatte sie sich getäuscht. Er warf ihr einen kurzen Blick zu und nickte. »Gut«, sagte er. Dann blickte er auf Lynnie hinab, die immer noch leicht von einer Seite zur anderen schwankte.

»Aufstehen, Lynnie«, sagte er. »Wir gehen nach Hause.«

Sie erhob sich umständlich. Wenn sie es schwierig gefunden hatte, gerade zu sitzen, war es noch viel schwieriger aufzustehen. Sie schwankte und versuchte verzweifelt, ihre Balance zu finden. Aber irgendetwas verhinderte das. Irgendetwas ließ die Welt um sie herum sich drehen. Sie merkte, dass sie auf ihrem Umhang kniete, zog ihn frei und erhob sich stolpernd. Will deutete mit dem Daumen in Richtung Straße.

»Los jetzt!«, befahl er. Dann blickte er zurück zu den anderen. »Ihr drei räumt hier zusammen und geht ebenfalls nach Hause. Sofort!«

Sie gehorchten, Lucy schniefte jämmerlich dabei. Sobald sie verschwunden waren, ging Will zu Reißer, der auf ihn wartete. Er schwang sich in den Sattel.

»Na los!«, befahl er kurz.

Lynnie spürte Tränen in ihre Augen steigen, doch sie schüttelte ärgerlich den Kopf, um sie zu verdrängen. Die Welt drehte sich, als sie den Kopf schüttelte, was zu einem leichten Schwanken führte. Entschlossen ging sie zur Straße. Einige Leute verließen gerade Jennys Lokal und starrten auf den ungewöhnlichen Anblick eines Mädchens in einem Waldläuferumhang, das die Hauptstraße entlangwankte, gefolgt von der grimmigen Gestalt eines berittenen Waldläufers, der sie gelegentlich zum Weitergehen drängte. Lynnies Gesicht war vor Verlegenheit gerötet. Sie hatte es genossen, ein gewisses Ansehen im Dorf zu haben. Jetzt spürte sie, wie man sie beobachtete, beurteilte und ihren Fehltritt verurteilte. Auf einmal fühlte sie sich, als sei sie nichts weiter als ein dummes kleines Mädchen.

Sie durchquerten den Ort und kamen zu dem schmalen Pfad durch den Wald, der zur Hütte führte. Dort stolperte sie auf dem unebenen Boden mehrmals. Schließlich stürzte sie und schlug sich an einem scharfen Stein ihr Knie auf. Ihre Beinkleider hatten einen langen Riss. Vor Schmerz schrie sie auf und spürte das Blut ihr Bein hinabfließen. Sie versuchte aufzustehen, schaffte es jedoch nicht. Ihr Kopf drehte sich immer schneller.

Dann hob sich ihr Magen und ihr war ganz furchtbar schlecht. Sie beugte sich vornüber, stützte sich mit den Händen ab und übergab sich, bis ihr Magen leer war.

Will sah von Reißers Rücken aus gleichgültig zu, während sie sich abwechselnd übergab und schluchzte.

»Das war das Beste, was dir passieren konnte«, sagte er mitleidslos. »Jetzt steh wieder auf.«

Sie hasste ihn und hasste sich selbst noch viel mehr. Schließlich schaffte sie es, sich wieder auf die Füße zu stemmen, und schwankte den dunklen Pfad entlang auf die Hütte zu. Blackie kam ihr zur Begrüßung schwanzwedelnd entgegen, als sie die beiden Treppenstufen zur Veranda hochstieg und sich an einem Pfosten festhielt, um nicht wieder das Gleichgewicht zu verlieren.

Will schnippte mit den Fingern und gab einen Befehl, woraufhin der Hund langsam zurückwich und ihr auf der Veranda Platz machte. Lynnie spürte, wie sich ein tiefer Schluchzer in ihrer Kehle formte. Selbst die stets verständnisvolle Blackie schämte sich für sie.

»Geh ins Bett«, befahl Will, während er Reißer in den Stall brachte. »Wir reden morgen früh darüber.«

Vierundzwanzig

Lynnie erwachte mit einem rasenden Durst. Ihr Mund war völlig ausgetrocknet und sie hatte einen furchtbaren Geschmack auf der Zunge – eine Mischung aus dem erbrochenen Essen und dem säuerlichen Wein. Sie stöhnte und setzte sich im Bett auf, was sie sofort bereute.

Die Bewegung verursachte einen pulsierenden Schmerz, der in ihrem Kopf wie ein Hammer gegen die Innenseiten ihres Schädels schlug. Am schlimmsten schien es hinter ihrem linken Auge zu sein, doch der Schmerz breitete sich im ganzen restlichen Kopf aus, wie ein dunkler Fleck auf einem Teppich.

Sie legte den Kopf in ihre Hände und stöhnte leise. Ihre Augen waren trocken und brannten, als hätte jemand eine Handvoll Sand hineingestreut. Ihr Magen war leer und sie hatte ein Gefühl der Übelkeit – einen Moment lang dachte sie, sie müsste sich wieder übergeben. Sie kämpfte gegen den Drang an und blickte ganz vorsichtig und langsam auf ihren Nachttisch, wo sie normalerweise einen Krug mit kaltem Wasser stehen hatte. Der Krug war leer und lag umgekippt auf dem Boden. Vage erinnerte sie sich, in der Nacht aufgewacht zu sein und ihn ausgetrunken zu haben, um sich im Anschluss gleich wieder zurück aufs Kissen fallen zu lassen.

Sie brauchte Wasser, brauchte ganz dringend kaltes Wasser. Sie dachte an das Fass voll Regenwasser außerhalb der Hütte, unter einer der Dachrinnen. Um diese Tageszeit wäre das Wasser kalt und frisch und herrlich. Und sie könnte ihren Kopf sofort hineinstecken und von der kalten, eisigen Berührung ihren pochenden Schädel beruhigen lassen.

Doch zuerst musste sie es erreichen.

Vorsichtig stand sie auf. Ihr Kopf pochte sofort unter der Bewegung, ihr Magen hob sich erneut und sie kämpfte gegen den Drang, sich zu übergeben. Unsicher schwankend machte sie ein paar Schritte zu ihrer Zimmertür. Sie lehnte sich einen Moment gegen den Türrahmen, um ihr Gleichgewicht zu behalten, dann öffnete sie die Tür und trat in das kleine Wohnzimmer. Sie ging sehr vorsichtig und versuchte, möglichst leicht auf dem Boden aufzutreten, denn jeder Schritt vibrierte durch ihren Körper bis zu ihrem Kopf.

Will stand im Küchenbereich, mit dem Rücken zu ihr. Als er sie hörte, drehte er sich um und sah sie mit gerunzelter Stirn an. Jetzt erst wurde ihr bewusst, dass sie immer noch die Kleidung von gestern Abend trug, außer ihrem Umhang. Ihre Beinkleider waren am Knie zerrissen und voll getrocknetem Blut. Auf ihrem linken Ärmel war ein Fleck von Erbrochenem. Was sie nicht sehen konnte, war ihr Haar, das in alle Richtungen abstand, wie ein zerrupftes Vogelnest.

»Das Frühstück ist fast fertig«, sagte Will. Seine Stimme war weder freundlich noch missbilligend. Sein Ton war völlig neutral. Sie schüttelte den Kopf, ließ es jedoch sofort wieder sein, als der Schmerz sie überflutete.

»Glaube nicht, dass ich etwas essen kann«, antwortete sie heiser.

Er hob die Augenbrauen. »Das solltest du aber. Du wirst etwas im Magen brauchen.«

Beim Gedanken an ihren Magen wurde ihr sofort übel und sie schwankte unsicher.

»Muss was trinken«, sagte sie. »Wasser.«

Er nickte langsam. »Das glaube ich gern.« Er wies mit dem Kopf zur Tür und sie drehte sich um und bewegte sich mühsam darauf zu. Aus irgendeinem Grund schien es schwieriger als sonst, sie zu öffnen. Das leichte Schaben der Tür über die Fußbodenbretter ließ sie zusammenzucken, aber sie zog sie ganz auf und ging über die Veranda, tastete sich dabei mit einer Hand an der Wand der Hütte entlang, um das Gleichgewicht zu behalten.

Das Wasserfass war fast voll. Es hatte am gestrigen Nachmittag geregnet und das Wasser würde frisch und sauber sein. Und kalt. Der Boden war ganz leicht gefroren. Offensichtlich war es in den frühen Morgenstunden richtig kalt geworden. Lynnie trat vorsichtig auf die Stufe nach unten. Die Stufe war vielleicht dreißig Finger hoch und normalerweise war dies nicht der Erwähnung wert. Doch heute fühlte es sich an, als müsse sie von einer kleinen Klippe springen. Ihr Kopf pochte wieder, als ihre Füße auf dem nassen Gras aufkamen.

Sie stöhnte und ergriff begierig die Schöpfkelle, die neben der Regentonne hing, um das kalte Wasser an ihre Lippen zu führen, es über ihren übel schmeckenden Mund und ihre Zunge laufen zu lassen, bis in ihre ausgetrocknete Kehle hinab. Sie leerte die Schöpfkelle in einem einzigen Zug und atmete schwer. Ihr Puls raste.

Einen Augenblick lang war der furchtbare Durst gelöscht. Dann schien es, als hätte sie gar nicht getrunken und die entsetzlich schmeckende Trockenheit war zurück. Sie füllte einen weiteren Schöpflöffel und trank. Und dann noch einmal.

Das kalte Wasser war herrlich, doch sein beruhigender Effekt hielt kaum drei Atemzüge an. Sie blickte auf das Wasser, setzte die Hände auf jede Seite des Fasses und tauchte das Gesicht hinein.

Der Kälteschock war heftig. Doch er schien ihren Kopf und ihre Augen klar zu machen. Langsam zog sie den Kopf zurück. Wasser tropfte überall. Lynnie spürte, wie es in ihren Kragen lief. Sie schnappte nach Luft und spuckte, doch sie fühlte sich etwas besser.

Ein paar Augenblicke lang.

Dann waren die entsetzlichen Kopfschmerzen, die Trockenheit und die Übelkeit wieder zurück. Lynnie blickte in das Waldstück, das der Hütte am nächsten war, und überlegte, ob sie sich dorthin schleppen und übergeben sollte. Vielleicht könnte sie sich auch einfach hinlegen und schlafen. Sie war unglaublich müde.

Dann wurde ihr klar, dass es nichts in ihrem Magen gab als Wasser, und der Gedanke daran, lediglich das wieder aus ihrem Magen zu holen, war unerträglich. Mein Kopf würde zerspringen, dachte sie.

»Komm rein und iss etwas.«

Will stand in der offenen Tür. Lynnie blickte aus trüben Augen zu ihm. In seiner Stimme lag noch immer keinerlei Mitgefühl, aber auch keine Verdammung. Langsam schüttelte sie den Kopf.

»Kann nicht«, krächzte sie. Doch er winkte sie ins Haus.

»Du musst aber«, sagte er. »Glaub mir.«

Sie blickte auf die Verandastufe. Normalerweise nahm sie

diese mit einem einzigen leichtfüßigen Schritt. Heute waren ihre Beine wie aus Blei und der bloße Gedanke, irgendwohin zu springen ließ sie fast zusammenbrechen. Mit gesenktem Kopf trottete sie hinüber und schleppte sich schwerfällig hoch auf die Veranda.

Will hatte ein einfaches Frühstück für sie vorbereitet. Zwei Scheiben Fladenbrot waren bereits für sie aufgebacken und mit Butter und Marmelade bestrichen. Daneben stand ein Krug mit Milch.

Sie setzte sich und stützte noch einen Moment lang ihren Kopf mit den Händen ab. Irgendwie merkte sie, dass Will hinter ihrem Stuhl stand. Er beugte sich an ihr vorbei und schob den Teller mit dem Brot näher zu ihr.

»Iss«, sagte er. »Der Zucker in der Marmelade wird helfen. Und die Milch sollte deinen Magen beruhigen.«

Sie nahm einen winzigen Schluck von der Milch, die über Nacht auf dem Fensterbrett gestanden hatte und kühl und wohltuend war. Lynnie betrachtete das Marmeladenbrot und zwei Empfindungen kämpften in ihr. Auf der einen Seite hatte sie richtigen Hunger. Auf der anderen Seite schien ihr das Risiko zu groß, ihrem rebellischen, nervösen Magen irgendetwas zuzuführen. Dann floss die Milch hinein, und Lynnie merkte, wie das ungute Gefühl der Übelkeit gedämpft wurde.

Zögernd nahm sie einen Bissen von dem Brot. Die Marmelade war aus Beeren gemacht. Ihre Süße erfüllte ihren Mund und überlagerte den garstigen sauren Geschmack, den sie nicht hatte loswerden können. Sie nahm noch einen Bissen, dann noch einen Schluck Milch. Will hatte recht. Das Essen und Trinken beruhigte ihren Magen und vertrieb den schlechten Geschmack in ihrem Mund.

Es half natürlich nicht gegen die Kopfschmerzen. Diese pochten weiter. Jetzt waren sie in ihre Schläfen gewandert. Mit einem Mal merkte sie, dass sie auch zu schwitzen angefangen hatte. Sie blickte matt hoch zu Will. Er musterte sie, sein Gesichtsausdruck zeigte jedoch keinerlei Regung.

»Warum machen die Leute so etwas?«, fragte sie. Trotz der beruhigenden Wirkung der Milch war ihre Stimme immer noch lediglich ein heiseres Krächzen.

»Weil sie dumm sind«, erwiderte er kurz. Da er sich überzeugt hatte, dass sie auf dem Wege der Besserung war, ging er an seine Arbeit.

»Beeil dich und iss«, sagte er über seine Schulter. »Dann musst du dich umziehen und waschen. Deine Kleidung stinkt.«

Sie hob einen Ärmel an die Nase und schnüffelte vorsichtig. Es stimmte. Ihre Kleidung stank nach Holzfeuer und geröstetem Fleisch, überlagert vom säuerlichen Geruch von Erbrochenem und verschüttetem Wein.

»Igitt«, murrte sie. Sie aß das restliche Brot auf und trank die Milch aus. Inzwischen fühlte sie sich etwas besser. Sie holte frische Kleidung und ein Handtuch aus ihrem Zimmer und begab sich damit auf den Weg zum Badehaus hinter der Hütte. Hoffnungsvoll blickte sie zu dem kleinen Ofen, mit dem das Wasser erhitzt werden konnte, doch er brannte nicht. Es wird diesen Morgen eine kalte Wäsche werden, dachte sie geknickt.

Essen und Waschen, auch wenn es mit kaltem Wasser war, verbesserte ihren Zustand enorm. Doch sie fühlte sich noch lange nicht wiederhergestellt. Ihr Kopf hämmerte immer noch und sie schwitzte stark. Außerdem schmerzten ihre Arme und Beine aus einem ihr unverständlichen Grund, und ihr Kiefer tat ebenfalls weh.

Das muss vom verkrampften Schlafen kommen, dachte sie, als sie wieder zurück zur Hütte ging, wo Will ungeduldig auf der Veranda wartete.

»Schießübungen mit dem Bogen«, verkündete er knapp und deutete auf den Pfad, der zu ihrem Übungsgelände führte.

Lynnie stöhnte. Der Gedanke, sich auf ein Ziel zu konzentrieren, während sie die schwere Zuglast des Bogens zu bewältigen versuchte, war nicht gerade ermutigend. Doch mit einem Seufzer verdrängte sie diesen Gedanken. Sie hatte nicht wirklich erwartet, dass Will ihr heute freigab, nur weil sie einen Brummschädel hatte.

Sie schoss grauenhaft. Ihre Hände zitterten, als sie versuchte, die Pfeile anzulegen, und sie fand es beinahe unmöglich, das Ziel anzuvisieren.

Die Pfeile prallten am Rand des Ziels ab und flogen quer in die Bäume. Nach fünfzig Schuss hatte sie nicht einen Treffer in die Mitte des Ziels geschafft. Nur drei davon hatten den Kreis außerhalb der Mitte erreicht, andere streiften gerade noch den Rand des Ziels. Will schnaubte abfällig.

»Ich denke, du brauchst eine Aufgabe, die weniger Geschicklichkeit erfordert«, sagte er. »Komm mit.«

Er ging ihr voran zu dem kleinen Vorhof der Hütte. Auf einer Seite befanden sich ein großer Stapel Holz und eine Axt.

»Dieses Holz ist zu breit für unseren Ofen«, sagte er zu ihr. »Spalte es in passende Stücke!«

Sie legte ihren Bogen und den Köcher ab, der nun ein halbes Dutzend Pfeile weniger enthielt, da sie diese nicht mehr hatte finden können. Die nächsten Abende würde sie damit beschäftigt sein, die fehlenden Pfeile zu ersetzen. Will setzte sich in einen Lehnstuhl auf der Veranda und las Berichte, die er von Gilan geschickt bekommen hatte. Lynnie blieb bei ihm stehen. Beiläufig nahm sie zur Kenntnis, dass seine Ledermappe nicht zu sehen war.

»Woher wusstest du gestern Abend, dass ich weg war?«, fragte sie.

Er blickte von dem Bericht auf, den er gerade las.

»Wenn du wieder einmal vorhast, dich wegzuschleichen«, antwortete er kühl, »dann solltest du deinen Umhang nicht mitnehmen.«

Ihr Mund formte ein lautloses »Oh«. Nun erinnerte sie sich daran, wie sie den Umhang beim Hinausgehen vom Haken genommen hatte. Es war eine schon völlig selbstverständliche Geste, wann immer sie die Hütte verließ.

»Sich heimlich wegzuschleichen war närrisch und ungehorsam«, fuhr Will fort. »Den Umhang mitzunehmen war einfach nur dumm. Ich weiß nicht, was ich enttäuschender fand.« Lynnie ließ beschämt den Kopf hängen. Sie hasste es, wenn Will sich so verhielt – abweisend und kalt. In der letzten Zeit hatte sie gespürt, wie er ihr gegenüber offener geworden war, sie mehr und mehr ermutigte, während sie versuchte, sich die Fähigkeiten anzueignen, die Waldläufer brauchten. Jetzt schien es, als stünden sie wieder am Anfang, nur wegen dieses albernen Zwischenfalls.

War es so leicht, Vertrauen zu zerstören?

»Diese Holzscheite spalten sich nicht von selbst«, sagte Will und blickte wieder auf seinen Bericht.

Sie trottete hinüber zum Holzstoß und begann, die Scheite zu spalten. Ihr kam es vor, als spalte sie ihren pochenden Schädel gleich mit. Doch sie biss sich durch, kämpfte gegen die Wellen von Übelkeit und stöhnte leise auf, wenn der Axtschlag durch ihren ganzen Körper vibrierte. Will beobachtete sie unauffällig. Er nickte anerkennend, als er sah, wie sie trotz der Schmerzen und der Übelkeit weitermachte. Sie hatte den Umhang und ihre Weste abgelegt. Ihr Leinenhemd war dunkel vor Schweiß.

Nach einer guten halben Stunde ließ er sie aufhören. Sie senkte die Axt und sank dankbar auf den Baumstumpf, den sie als Hackblock benutzte.

»Also gut«, sagte er knapp. »Ein schneller Lauf durchs Hindernisgelände und dann kannst du eine Pause machen ... natürlich nachdem du vorher noch deine Wäsche in Ordnung gebracht hast.«

Sie sah ihn entsetzt an. Das Hindernisgelände, das Will für sie angelegt hatte, beinhaltete unter anderem hohe Wände aus Baumstämmen, die man erklettern und auf deren anderer Seite man sich zu Boden fallen lassen musste, schmale Baumstämme über Schlammlöchern und schlimmer noch – Seile, um sich über den Fluss zu schwingen, und ein Netz, das eine Elle über dem Boden befestigt war und unter dem sie durchkriechen musste. Und das alles musste in einer bestimmten Zeitspanne zurückgelegt werden, sodass »ein schneller Durchgang« so nicht existierte. Wenn sie es nicht innerhalb der Zeit schaffte, müsste sie alles noch einmal von vorne machen.

Allein bei dem Gedanken wurde ihr schlecht. Die Wirklichkeit, als es dann soweit war, war noch schlimmer. Lynnie stürzte von dem schmalen Baumstamm über dem Schlammloch und musste aus dem übelriechenden, klebrigen Schlamm kriechen, ihre Kleidung war nun schwer davon. Am Seil hatte sie nicht genügend Schwung und fiel in das bauchtiefe Wasser. Der Sand in der Sanduhr war schon durchgelaufen, lange bevor sie fertig war. Will deutete wortlos noch einmal auf den Anfang. Sie stolperte zurück und begann noch einmal. Sie bemerkte nicht, dass er diesmal die Sanduhr auf die Seite gelegt hatte, um die Sandkörner nicht weiter durchlaufen zu lassen.

Sie taumelte durch das Gelände und stolperte die letzten Schritte in seine Richtung, legte die allerletzten Schritte auf Händen und Knien zurück, nachdem sie gestürzt war, und sah voller Erleichterung, dass noch ein paar Sandkörner in der oberen Hälfte des Stundenglases verblieben waren. Erschöpft ließ sie sich in ganzer Länge zu Boden fallen.

»Und hoch!«, befahl Will und stöhnend stemmte sie sich auf die Füße.

»Warum tust du mir das an?«, fragte sie kläglich.

Er musterte sie einen Augenblick, bevor er antwortete. »Ich bin es nicht, der dir das antut, Lynnie. Der viele Wein ist es. Vergiss das nicht.«

Sie stand erschöpft und mit hängendem Kopf vor ihm. »Ich werde niemals wieder Wein anrühren«, sagte sie.

Er musterte sie weiter. »Hoffen wir es.« Dann drehte er sich zur Hütte und bedeutete ihr, ihm zu folgen. Sie trottete hinter ihm her, ihr Kopf hämmerte, ihr Magen begehrte auf. Der furchtbare Geschmack in ihrem Mund war wieder da.

Als sie in die Hütte trat, wurde ihr bewusst, dass ein vertrauter Duft in der Luft lag. Vertraut, aber nun eigenartig attraktiv. Es war das reichhaltige Aroma von frischem Kaffee. Während sie das Hindernisgelände absolviert hatte, war Will in die Hütte zurückgekehrt und hatte Kaffee gekocht. Er befahl ihr jetzt, sich hinzusetzen, und stellte eine Tasse Kaffee vor sie hin.

»Ich trinke keinen Kaffee«, sagte sie automatisch. Doch der Duft stieg ihr verführerisch in die Nase.

Will gab ein wenig Milch und einige Löffel dunklen Honig in den Kaffee, rührte um und reicht ihr die Tasse.

»Trink«, befahl er und sie fragte sich unwillkürlich, ob das nun noch ein Teil der Strafaktion war. Dann schlürfte sie das heiße, süße Getränk und spürte, wie es durch ihre müden Glieder fuhr, ihre pochenden Kopfschmerzen linderte, sie wieder mit Energie versah und mit dem wundervollen stärkenden Aroma und reichhaltigen Geschmack erfrischte. Sie trank noch einen Schluck, diesmal einen größeren, und legte den Kopf mit einem anerkennenden Seufzer zurück.

»Vielleicht könnte ich mich doch daran gewöhnen«, sagte sie.

Will hob die Augenbrauen. »Und vielleicht gibt es doch noch Hoffnung für dich«, sagte er.

Fünfundzwanzig

Irgendwie schaffte Lynnie es durch den Rest dieses grauenhaften Tages.

Sie wusch sich noch einmal im Waschhaus. Diesmal hatte sie genügend Zeit, den kleinen Ofen anzuschüren, sodass das Wasser warm war. Sie stöhnte wohlig, als sie an der Schnur zog, die den Eimer kippte, sodass das Wasser auf sie herunterfloss. Das warme Wasser auf ihrem Nacken half ihr, diese fürchterlichen Kopfschmerzen zu vertreiben.

Als sie sich schließlich abtrocknete und frische Kleidung anzog, verwandelte sie sich auch langsam von einem Wrack in ihr altes Selbst.

Will musterte sie, als sie aus dem Waschhaus zurückkam. Er hatte das Gefühl, dass sie ihre Lektion gelernt hatte. So ein Kater lehrte einen zumeist, dass übermäßiger Alkoholgenuss keine gute Idee war. Nachdem sie nun bereits schwer geschuftet hatte, war er etwas nachsichtiger und gab ihr am Nachmittag leichtere Aufgaben. Sie musste die Wäsche waschen – schließlich hatte sie an diesem Tag bereits zwei Mal die Kleidung gewechselt und die abgelegte Kleidung war verschwitzt und fleckig. Außerdem musste sie den Riss im Knie ihrer Beinkleider ausbessern und das getrocknete Blut dort wegwaschen. Dann zeigte er ihr, wie das Verschlüsselungssystem der Kuriere funktionierte – dazu wurde das Alphabet nach einem bestimmten Schema in Ziffern umgewandelt – und ließ sie einige Beispiele bearbeiten.

Die Buchstaben und Ziffern auf dem Blatt verschwammen zeitweise vor Lynnies Blick und die Kopfschmerzen kehrten zurück. Doch alles in allem zog sie diese Aufgabe den kräftezehrenden Übungen des Vormittags vor.

Lynnie beendete die Entschlüsselung und reichte sie Will. Er ging sie schnell durch, machte ein paar Verbesserungen und brummte dann zustimmend. Sie war ein wenig enttäuscht. Normalerweise, wenn sie eine Aufgabe gut erledigt hatte – und sie hatte das Gefühl, dass sie das bei dieser geschafft hatte – lobte er sie mit ein paar Worten.

Doch heute nicht.

Ich habe sein Vertrauen verloren, dachte sie traurig und fragte sich, ob sie jemals wieder die Nähe erreichen würden, die es vorher zwischen ihnen gegeben hatte. Wahrscheinlich nicht, dachte sie düster.

Es gab noch eine Auseinandersetzung an diesem Tag. Die Sonne war hinter den Bäumen untergegangen und Lynnie zündete die drei Öllampen in der Hütte an. Als sie den Docht der letzten richtete, sprach Will sie an.

»Da wäre noch eines«, sagte er. »Ich möchte die Namen deiner Kameraden von gestern Abend.«

Sie sah ihn bedrückt an. Sein Gesicht war grimmig und entschlossen. Doch sie konnte seinem Befehl nicht Folge leisten.

»Das… das kann ich nicht«, antwortete sie. »Selbst wenn du mich dafür bestrafst, aber ich werde meine Freunde nicht verraten.«

Er musterte sie einige Augenblicke grimmig, dann nickte er langsam.

»Nun, ich gratuliere dir zu deiner Loyalität gegenüber deinen Freunden, wenn auch nicht zu deiner Weisheit«, sagte er. »Aber ich nehme an, du warst es nicht, die dieses Weinfass letzte Nacht beibrachte?«

Sie schüttelte den Kopf. Das zuzugeben war für sie noch kein Verrat an den anderen. Aber sie würde ihm nicht verraten, wer genau das Fass mitgebracht hatte.

»Wer immer das getan hat, sollte bestraft werden«, sagte Will.

Doch Lynnie schüttelte wieder den Kopf. »Ich werde niemanden verpetzen«, sagte sie.

»Hm«, sagte er grimmig. In Wirklichkeit war er gar nicht darauf angewiesen, dass sie ihm die Namen verriet. Das konnte er selbst genauso gut herausfinden. Die Gesichter der drei hatte er sich gut gemerkt. Er würde sie erkennen, sobald er sie sah, und ihren Eltern von dem Zwischenfall berichten. Sie mussten die Konsequenzen ihrer Handlungen tragen, genau wie Lynnie.

Doch er fand es anerkennenswert, dass sie nicht versucht hatte, sich einen Vorteil zu verschaffen, indem sie ihre Namen verriet. Ihre Loyalität mochte missgeleitet sein, doch die Weigerung zeugte von Charakterstärke.

»Weißt du, Lynnie, dir muss klar werden, dass wir als Waldläufer eine gewisse Aura der … Unnahbarkeit pflegen müssen.«

Sie neigte den Kopf fragend zur Seite. »Unnahbarkeit?«, wiederholte sie.

»Die Waldläufer umgibt eine Art geheimnisvoller Nimbus«, erklärte er. »Und den müssen wir bewahren. Deine

Umgebung muss dir Respekt entgegenbringen. Es ist in Ordnung, befreundet zu sein, aber nehmen wir mal an, dass du eines Tages einen dieser Jugendlichen, mit denen du gestern Abend zusammen warst, zur Ordnung rufen musst. Oder du musst ihnen irgendetwas befehlen. Dann müssen sie an dich als Lynnie, die Waldläuferin, denken und dir sofort und ohne Nachdenken gehorchen. Auf keinen Fall dürfen sie in dir das alberne Mädchen sehen, das sich eines Abends mit ihnen betrunken hat und herumgetorkelt ist.«

Sie dachte über seine Worte nach. »Heißt das, ich kann keine Freunde haben?«

Er wollte diese Frage schon verneinen, doch dann überlegte er es sich anders. »Auf gewisse Weise, heißt es das wohl, ja. Du kannst natürlich auf freundschaftliche Weise mit ihnen verkehren, aber du darfst nicht allzu vertraut mit ihnen werden. Das ist eines der Opfer, die wir als Waldläufer bringen. Unsere Freunde sind meist andere Waldläufer.«

»Aber du bist mit meinen Eltern befreundet«, erinnerte sie ihn und er nickte zustimmend.

»Unsere Freundschaft wurde durch viele gefährliche Ereignisse geschmiedet. Wir mussten uns aufeinander verlassen und einander voll und ganz vertrauen. Mein Leben lag oft genug in den Händen deines Vaters. Und in denen deiner Mutter«, fügte er hinzu. »Das ist eine bessere Grundlage für echte Freundschaft, als sich davonzustehlen und irgendwo heimlich gestohlenen Wein zu trinken.«

»Ja, wahrscheinlich«, gab sie zu. Sie verstand, was er meinte. Sie hatte gemerkt, wie die Leute zu ihr aufgesehen hatten. Und sie verstand, wie ein alberner Jugendstreich wie der von gestern Abend diesen Respekt zunichtemachen konnte.

»Es ist Zeit für dich, erwachsen zu werden, Lynnie«, sagte er.

»Da hast du wohl recht«, antwortete sie.

An diesem Abend ging sie früh zu Bett, kurz nachdem sie eine einfache Mahlzeit aus gebratenem Rindfleisch und Pellkartoffeln mit Butter zu sich genommen hatten. Will hatte auch einen Salat aus etwas bitteren grünen Blättern bereitet und ihn mit einer leichten, herben Salatsoße versehen.

Es war alles einfaches, nahrhaftes Essen, das dabei helfen sollte, die letzten Reste ihres furchtbaren Katers zu beseitigen. Als sie fertig war und ihren Teller zur Spüle trug, deutete Will auf die Kaffeekanne.

»Magst du noch eine Tasse?«, fragte er.

Sie zögerte, dann erinnerte sie sich an die wundervolle Erleichterung, die sie verspürt hatte, als sie am Vormittag diesen milchigen, süßen Kaffee getrunken hatte. »Warum nicht?«, sagte sie.

Er drehte sich weg, um ein Lächeln zu verbergen, als er ihr eine Tasse eingoss und dann Milch und Honig hinzufügte.

Sie trank die Tasse ziemlich schnell aus und genoss es, wie die Flüssigkeit die letzten Kopfschmerzen zu vertreiben schien. Dann gähnte sie.

»Ich denke, ich gehe ins Bett.«

Will nickte. Er hatte seinen Stuhl zum offenen Kamin gedreht und in die aufflackernden Flammen gestarrt.

»Gute Nacht«, sagte er.

Sie ging in ihr Zimmer und gähnte dabei ununterbrochen. Ihr Bett hatte sich noch nie so gemütlich angefühlt.

Es war schon weit nach Mitternacht, als sie erwachte. Der Mond war von einer Seite der Hütte auf die andere gewandert, sein Licht fiel jetzt in einem anderen Winkel durchs Fenster als beim Schlafengehen.

Was hatte sie wohl geweckt? Irgendetwas hatte ihren Schlaf gestört, da war sie sich sicher. Sie lag still und hielt kurz den Atem an. Da hörte sie es. Leises Stimmengemurmel.

Sie setzte sich auf und schlug die Decke zur Seite. Beiläufig registrierte sie, dass der dumpfe Kopfschmerz endlich verschwunden war. Sie blickte auf den Spalt unter ihrer Zimmertür, doch dort war kein Licht zu sehen. Die Lampen im Wohnzimmer waren offensichtlich aus, auch wenn sie ein schwaches Flackern wahrnehmen konnte, das vom herunterbrennenden Feuer im Kamin stammen musste.

Sie drehte den Kopf und lauschte aufmerksam. Da war es wieder. Stimmen. Oder, um genau zu sein, eine Stimme, leise, fast unhörbar. Wenn die Umgebung nicht in völliger nächtlicher Stille gelegen hätte, hätte sie es wahrscheinlich gar nicht wahrgenommen.

Sie stand auf, ging zur Tür und zog sie sachte auf. Die Angeln waren gut geölt und machten kein Geräusch – so mochten es die Waldläufer. Sie lächelte bei dem Gedanken, wie lautlos sie sich inzwischen bewegen konnte. Nach den vielen Übungen mit Will hatte sie gelernt, sich leichtfüßig zu bewegen und Hindernisse zu vermeiden. Und hier in der Hütte wusste sie zudem ganz genau, welche Fußbodenbretter unter den Schritten knarrten.

Leise trat sie ins Wohnzimmer und runzelte die Stirn, als sie sah, dass die Haustür offen stand.

Das war ungewöhnlich. Will achtete immer darauf, dass die

Tür von innen verschlossen war, wenn er sich für die Nacht zurückzog. Sie wich in ihr Zimmer zurück und griff nach ihrem Sachsmesser. Damit ausgestattet machte sie sich auf den Weg zur Vordertür, wobei sie die drei losen Bodenbretter mied, die vorsätzlich so geschaffen waren, um durch ihr lautes Knarren vor jedem Eindringling zu warnen.

Die murmelnde Stimme war jetzt deutlicher vernehmbar. Sie kam vom Ende der Veranda, wo Blackie normalerweise lag. Vorsichtig blickte Lynnie um die offene Tür, bereit, sofort zurückzuweichen, wenn jemand in ihre Richtung sah. Sie war darauf bedacht, nicht die Tür selbst zu berühren. Anfangs hatte Lynnie das Schleifen der Tür für nachlässige Arbeit des Tischlers gehalten. Doch Will hatte ihr bald erklärt, dass dies eine weitere Alarmvorrichtung war, falls jemand einzudringen versuchte. Anders als die Innentüren war die Haustür bewusst so gemacht, dass sie Geräusche verursachte. Um die Tür leise zu öffnen, musste man die Angeln leicht anheben.

Was offensichtlich das war, was Will getan hatte. Sie konnte ihn jetzt am Rand der Veranda sitzen sehen, mit dem Rücken zu ihr. Blackie lag neben ihm. Die Hündin lehnte sich gegen ihn und ihr Schwanz schwang langsam hin und her, während Will ihr sein Herz ausschüttete.

»... ich vermisse sie so sehr, Blackie. Morgens wache ich auf und denke, sie muss doch da sein. Oder ich komme in ein Zimmer und erwarte, sie zu sehen. Dann fällt mir ein, dass sie tot ist, und es bricht mir erneut das Herz.«

Er spricht von Alyss, wurde Lynnie klar. Plötzlich kam sie sich wie ein Eindringling vor. Sie wollte sich umdrehen und zurück in ihr Zimmer schleichen, doch sie schaffte es nicht sofort, sich loszureißen.

»Sie war alles für mich, Blackie. Alles!«

Blackies Schwanz schlug mitfühlend auf die Verandabretter. Will legte seinen Arm um sie und drückte sie an sich, vergrub sein Gesicht in ihrem dichten Fell.

»O Gott, wie sehr ich sie vermisse. Es ist, als gäbe es ein riesiges dunkles Loch in meinem Leben. Und dennoch kann ich nicht um sie weinen. Ich habe noch nicht einmal um sie weinen können, und das tut so weh. Warum kann ich nicht weinen, Blackie?«

Blackie stupste ihn tröstend mit der Nase an. Will schwieg einen Moment.

»Pauline sagt, der Schmerz wird allmählich nachlassen. Irgendwann wird er leichter zu verkraften sein. Aber wann soll das sein? Er kommt mir jeden Tag genauso frisch und tief vor.«

Lynnie, der das Lauschen nun doch äußerst peinlich war, drehte sich um. Doch Wills nächste Worte hielten sie wieder auf.

»Dem Himmel sei Dank für Lynnie. Zumindest lenkt sie mich von all dem Schmerz und der Trauer ab. Sie ist der einzige Lichtblick in meinem Leben.«

Ich, dachte sie verblüfft. Ich bin ein Lichtblick in seinem Leben?

»Wenn sie ihre Flausen überwindet und sich besinnt, könnte sie eine ausgezeichnete Waldläuferin werden. Sie ist klug. Sie hat eine rasche Auffassungsgabe und ist bereits eine sehr gute Schützin – besonders mit ihrer Schleuder. Sie könnte für eine ganze Generation von Mädchen den Weg in den Bund ebnen. Es ist ein Jammer, dass ich sie nur ein Jahr lang ausbilden kann.«

Lynnie schüttelte voll Verwunderung den Kopf. Sie hatte keine Ahnung gehabt, dass Will so viel von ihr hielt. Gezeigt hatte er es ihr jedenfalls nicht.

»Tja, es ist spät, mein Mädchen. Ich muss ins Bett. Danke fürs Zuhören.«

Lynnie hörte wieder den Hundeschwanz auf der Veranda aufkommen, dann das Geräusch, wie Will aufstand. Lautlos floh sie durchs Wohnzimmer zu ihrer Tür. Sie hatte sie fast schon geschlossen, als sie hörte, wie Will die Haustür anhob, um hereinzukommen. Dann das weiche Klicken, als der Riegel an seinen Platz fiel. Schwach hörte sie, wie Blackies Pfoten über den Boden fuhren, als sie sich ausstreckte.

Lynnie wartete, bis Will in sein eigenes Zimmer gegangen war. Als er vorsichtig seine Tür schloss, tat sie das auch mit ihrer, sodass jedes von ihr möglicherweise erzeugte Geräusch von seinem übertönt würde.

Ebenso lautlos legte sie sich auf ihr Bett und zog die Decke hoch bis zum Kinn. Es war eine kühle Nacht und ihr war kalt. Unwillkürlich schauderte sie kurz, dann entspannte sie sich. Lange Zeit lag sie mit offenen Augen da und dachte über das nach, was sie gehört hatte.

Schließlich schlief sie ein. Doch dabei hatte sie einen Entschluss gefasst. Sie würde ihr schlechtes Benehmen wiedergutmachen. Sie würde Will nie wieder so enttäuschen wie durch diese Sache mit dem Trinkgelage. Und sie würde sein Vertrauen wiedergewinnen.

Sechsundzwanzig

Viele Jahre später erinnerte sich Lynnie noch oft daran. Und sie war immer wieder verwundert, wie der kleinste Zwischenfall das nachhaltigste Ergebnis haben kann. Vier Tage waren vergangen, seit sie mit diesem entsetzlichen Kater aufgewacht war. Ihr junger, gestählter Körper hatte sich inzwischen selbst entgiftet und sie war wieder ihr altes Selbst und für jeglichen Einsatz bereit.

Auch wenn sie sich körperlich besser fühlte, war ihr die Erinnerung an den Kater noch sehr stark gegenwärtig und sie hatte sich geschworen, nie wieder Alkohol zu trinken.

Sie hatte sich bei Will vielmals für ihr Benehmen entschuldigt und er hatte schweigend genickt und die Entschuldigung angenommen. Aber wie er wusste auch sie, dass es nur Worte waren und die kamen stets leicht über die Lippen. Taten folgen zu lassen, war schwieriger, und sie hatte sich geschworen, ihm zu zeigen, wie ernst es ihr war. Sie widmete sich ihrer Ausbildung und ihren Übungsstunden mit neuem Eifer.

Er bemerkte das, kommentierte es jedoch nicht. Er wollte abwarten, wie lange diese neue Energie und Hingebung anhalten würde. Noch war nicht viel Zeit vergangen.

Eines Tages waren sie gerade mit dem Mittagessen fertig,

als es an der Tür klopfte. Einige Minuten vorher hatten bereits Reißer und Stupser vom Stall aus eine Warnung abgegeben, dass jemand sich der Hütte näherte. Ob es ein Feind war, konnten sie nicht wissen, entsprechend war ihre Warnung völlig neutral. Blackie hingegen lag an ihrem üblichen Platz auf der Veranda und hatte keinen Laut von sich gegeben. Das zeigte Will, dass, wer immer sich näherte, keine offensichtliche Gefahr darstellte.

Nun erhob er sich und ging zur Tür, während er sich dabei noch vergewisserte, dass sein Sachsmesser griffbereit in der Scheide steckte. Er hob den Riegel mit der linken Hand und riss die Tür weit auf. Die Bewegung war absichtlich so unvermittelt, damit er für den Fall, dass jemand auf der Seite lauerte, sofort einen Blick über die gesamte Veranda hatte. Die Tiere mochten keine Bedrohung angezeigt haben, aber es waren schließlich Tiere, und die konnten nicht alles beurteilen.

Diesmal hatten sie sich jedoch nicht getäuscht. Die Person vor der Tür konnte kaum als bedrohlich beschrieben werden. Der Mann machte prompt erschrocken einen Satz zurück, als die Tür so unvermittelt aufgerissen wurde.

Er war schmächtig, kleiner als Will, und entsetzlich dünn. Seine Arme waren wie Stecken, obwohl durchaus einige sehnige Muskeln zu sehen waren. Offensichtlich verdiente er sich seinen Lebensunterhalt durch harte Arbeit. Er stand leicht gebückt. Sein Gesicht war faltig und sein Haaransatz wich schon langsam zurück. Lynnie schätzte ihn auf um die sechzig, sichtlich gealtert durch jahrelange harte Arbeit im Freien, bei Wind und Wetter. Er trug einen Bauernkittel, der an einigen Stellen bereits durchgescheuert und gestopft war. In den Händen hielt er einen zerbeulten Filzhut.

»Was kann ich für Euch tun?«, fragte Will.

Der Mann verbeugte sich nervös. Er hatte noch nie so nahe vor einem Waldläufer gestanden und fand diese Erfahrung ziemlich beunruhigend.

»Ähm … hm .. tut mir leid, Euch zu stören, Waldläufer. Ich wollte Euch wirklich nicht stören …«, sagte er unsicher.

Will antwortete darauf natürlich nicht mit dem, was ihm als Erstes in den Sinn kam: *Wenn du mich nicht stören wolltest, warum hast du dann an meiner Tür geklopft?* – Eine solche Antwort würde den Mann noch mehr verwirren und ihn nervöser machen als er bereits war.

»Braucht Ihr vielleicht Hilfe?«, fragte Will.

Der Bauer drehte seinen Hut mehrere Male in den Händen und schien über seine Antwort nachzudenken.

»Mein Name ist Arnold, Waldläufer. Arnold Clum vom Großeichenhof.« Er deutete mit dem Kopf nach hinten. »Zehn Meilen südlich.«

Ein beeindruckender Name für einen Bauernhof, der gemessen am Zustand von Arnolds Kleidung und seiner offensichtlich mageren Diät eher weniger beeindruckend war. Will wurde klar, dass Arnold, wie die meisten Landbewohner, recht umständlich auf Fragen antwortete.

»Schon mein ganzes Leben hab ich auf dem Bauernhof verbracht«, fuhr Arnold Clum zögernd fort »Es ist kein besonders großer Bauernhof, wisst Ihr. Nur ein kleines Fleckchen. Wir bauen Gemüse an … nicht allzu viel. Der Boden ist ziemlich felsig dort. Und wir halten ein paar Schafe. Am Wichtigsten sind aber die Hühner. Die hält meine Frau.«

Lynnie hatte sich vom Tisch erhoben und war nähergetreten, blieb jedoch hinter Will stehen. Arnold Clum bemerkte sie, verbeugte sich und machte eine grüßende Geste.

»'n Tag, Miss«, sagte er höflich und starrte sie verwirrt an. Sie war wie ein Waldläufer gekleidet, aber dennoch eindeutig ein Mädchen. Die beiden Tatsachen passten irgendwie nicht zusammen.

»Lynnie ist mein Lehrling«, warf Will erklärend ein. »Ihr könnt sie ›Waldläuferin Lynnie‹ nenne.«

»Ah so, ja … 'n Tag, Waldläuferin Lynnie«, sagte Arnold.

Lynnie lächelte ihn an. Es gefiel ihr, Waldläuferin Lynnie genannt zu werden. Das verlieh ihr ein gewisses Prestige – auch wenn sie nicht ganz sicher war, was Prestige genau bedeutete. Es war ein Ausdruck, den sie einmal gehört hatte und der anscheinend auf ein gewisses Ansehen hinwies.

»Wir haben vielleicht zwanzig, dreißig Hennen und einen Hahn«, fuhr Arnold fort, nun wieder an Will gerichtet. »So haben wir jedenfalls immer Eier und von Zeit zu Zeit schlachten wir auch ein Huhn. Hilft, von Zeit zu Zeit ein wenig Fleisch zu haben«, fügte er hinzu. Unbewusst fuhr er sich beim Gedanken an ein gebratenes Huhn über die Lippen. Sein Gesichtsausdruck war so nachdenklich, dass Will hätte wetten mögen, dass »von Zeit zu Zeit« nicht öfter als einmal im Monat war.

»Hühner können recht nützlich sein«, sagte Will und hoffte, so die langatmige Erzählung etwas abzukürzen.

Arnold Clum nickte einige Male. »Genau. Nützlich, jawoll. Man kann sie praktisch überall halten, jawoll.«

»Ich habe es noch nie versucht«, sagte Will.

Arnold zuckte mit den Schultern und sah ihn mit zur Seite geneigtem Kopf an.

»Na, das solltet Ihr aber. Echt einfach ist das mit den Hühnern. Die brauchen nur ein kleines Stück Erde, wo sie scharren können. Sie scharren nämlich gern. Dann könnt Ihr ihnen alle möglichen Reste füttern und ...«

»Ihr habt also Probleme mit Euren Hühnern?«, fragte Will.

Arnold hielt mitten im Satz inne und starrte ihn an, den Mund leicht geöffnet. »Woher wisst Ihr das?«

Will seufzte. Der Mann hatte gesagt, er bräuchte Hilfe, und offensichtlich waren die Hühner seine wichtigsten Tiere. Also war das nur der logische Schluss. Und es war weiter ein logischer Schluss, dass das Problem von irgendeinem Raubtier kam. Schließlich wäre Arnold Clum nicht zu einem Waldläufer gegangen, wenn die Hühner nur krank wären. Dann wäre es viel sinnvoller gewesen, einen Tierheiler zu holen.

»Jemand stiehlt Eure Hühner?«, fragte Will.

Arnold stand der Mund weit offen. »Ihr Waldläufer seid wirklich unheimlich!«, rief er aus. »Es stimmt, was immer erzählt wird. Ich komme hierher, um Euch um Hilfe zu bitten, und Ihr wisst sofort, dass irgendein Viech meine Hühner klaut und meine Eier frisst.«

Nicht sofort, dachte Will. Aber wie auch immer, der Verlust von Hühnern und Eiern war für jemanden wie Arnold eine schlimme Angelegenheit. Nach seiner schmächtigen Gestalt zu urteilen, bekam er auch so bereits wenig genug zu essen.

»Hab das Viech auch schon manchmal gesehen – meistens in der Dämmerung«, sagte Arnold. »Vielleicht so groß wie'n kleiner Hund. Und so schnell wie eine Schlange. Ich kann's einfach nicht aufhalten. Ich hab zwar n'en alten Speer, aber ich bin nicht mehr so geübt damit. Also kommt das Viech wie's ihm gefällt. Hat überhaupt keine Angst vor mir. Meine Frau, Aggie, sie hat dann zu mir gesagt: ›Arnold, geh und hol den Waldläufer. Er wird wissen, was zu tun ist.‹«

»Wahrscheinlich ein Wiesel oder ein Hermelin«, meinte Will nachdenklich. Er konnte sich die Probleme vorstellen, die Arnold hätte, wenn er ein so schnelles Tier mit einem alten Speer in den zittrigen Händen erledigen wollte.

»Kann schon sein«, stimmte Arnold zu. »Aber dann ein großes. Inzwischen auf jeden Fall, bei den vielen Eiern, die es schon gefressen hat!« Letzteres fügte er deutlich aufgebracht hinzu.

Will nickte mitfühlend. »Nun, dann sehen wir mal, was wir tun können. Wir kommen diesen Nachmittag noch zu Euch. Ihr sollt schließlich nicht noch mehr Eier verlieren. Jetzt sagt mir, wie ich zu Eurem Hof komme.«

Arnold beschrieb ihm die Richtung, dann verabschiedete er sich. Er ritt einen knochigen Ackergaul ohne Sattel. Das Pferd sah so verhungert aus wie sein Eigentümer.

»Ich lasse ihn lieber vorausreiten«, sagte Will zu Lynnie. »Die Bauern lieben es, zu erzählen, wenn sie jemand Neues treffen, und das wollte ich uns ersparen.«

»Lohnt sich der Aufwand denn?«, fragte Lynnie. »Ich meine, den ganzen Weg nur wegen ein paar Eiern?«

»Für uns sind es nur ein paar Eier. Für ihn geht es darum, ob er hungern muss. Und wenn ich ihn so ansehe, vermute ich, Letzteres hat er schon oft genug erlebt.«

Lynnie runzelte nachdenklich die Stirn. »Oh. Ich verstehe.«

»Das gehört auch zu unserer Arbeit, Lynnie«, erklärte Will. »Wir helfen den Menschen, die in Schwierigkeiten sind. Ob es darum geht, Räuber an der Hauptstraße aufzuspüren, Mörder festzunehmen … oder auch nur die Hühner der Bauern zu retten. Die Waldläufer sind dazu da, den Menschen zu helfen.«

»So hatte ich das noch gar nicht betrachtet«, sagte sie. »Also reiten wir los?«

Will schüttelte den Kopf. »Noch nicht sofort. Ich möchte ihn nicht einholen. Ich will ihm zwar helfen, aber dabei muss ich ihm nicht unbedingt den ganzen Weg entlang zuhören.«

Siebenundzwanzig

Sie erreichten den Bauernhof etwa eine Stunde vor Einbruch der Dämmerung. Während sie in den Hof ritten, musterten sie das kleine baufällige Bauernhaus. Es war aus Rinde und Weidengeflecht gebaut, mit einem tief nach unten gezogenen Dach, so tief, dass Lynnie es problemlos erreichen konnte. Eine Rauchwolke stieg aus dem Schornstein.

Lynnie wollte sich aus dem Sattel schwingen, doch Will streckte die Hand aus, um sie abzuhalten.

»Warte, bis wir eingeladen werden«, sagte er leise.

Lynnie nickte. Als Prinzessin hatte sie es selbstverständlich nie nötig gehabt, sich einladen zu lassen. Sie hatte immer annehmen können, überall willkommen zu sein. Doch jetzt wartete sie, bis Arnold mit einer Frau aus dem Haus kam.

»Willkommen, Waldläufer, willkommen. Das hier ist meine Frau Aggie. Aggie, das sind der Waldläufer Will und die Waldläuferin Lynnie.«

Aggie machte einen Knicks, der aufgrund jahrelanger harter Arbeit und einem schmerzenden Rücken leicht verunglückt ausfiel. Sie war genauso dünn wie ihr Mann und hatte graues Haar. Wie bei Arnold war ihr Gesicht von jahrelanger Arbeit und Entbehrungen gezeichnet.

»Willkommen, Waldläufer. Steigt ab, bitte. Möchtet Ihr gern Tee? Oder etwas zu essen?«

»Vielen Dank, Mistress Aggie. Aber wir wollen uns lieber gleich Euer Hühnerhaus ansehen«, antwortete Will. Diese Leute hatten wenig genug. Er wollte sie nicht noch ihrer mageren Vorräten berauben.

Er und Lynnie stiegen ab. Wie es der Brauch war, ließen sie die Zügel ihrer Pferde einfach hängen. Die Pferde der Waldläufer brauchten nicht angebunden zu werden. Sie blieben auch so in der Nähe ihrer Reiter.

Arnold und Aggie Clum führten sie zu einer Einfriedung, die etwa fünfzehn Schritt vom Haus entfernt war. Sie war etwas mehr als mannshoch und mit einem Zaun aus Weidengeflecht umgeben. Darin befand sich ein baufälliges Hühnerhaus aus alten Holzbalken und Brettern, mit einer schmalen Hühnerleiter.

Das Gebäude sollte den Hühnern über Nacht Sicherheit bieten. Doch offenbar hatte es seinen Dienst nicht so erfüllt wie gedacht.

Die beiden Waldläufer traten in die Umzäunung und Lynnie bückte sich, um ins Hühnerhaus zu spähen. Es gab einige Reihen mit Kisten zum Brüten und sie hörte das leise Gackern von Hühnern, die sich offensichtlich von ihrem Besuch gestört fühlten.

Arnold deutete auf den Teil des Zaunes, der am weitesten vom Bauernhaus entfernt war.

»Dort kommt das Viech hoch und da rüber, schneller als man es sich vorstellen kann. Ich kann einfach nix dagegen machen.«

Will ging zum Zaun hinüber. Davor stand ein Wassertrog,

der nicht völlig dicht zu sein schien, denn ein kleines Rinnsal kam heraus und feuchtete den Boden dort an. Will studierte die Spuren im Schlamm und winkte dann Lynnie zu sich.

»Sieh dir das mal an. Was meinst du?«

Sie runzelte die Stirn. Er hatte ihr während ihrer Ausbildung Dutzende von Spuren gezeigt. Sie war sich nicht ganz sicher.

»Ein Wiesel vielleicht?«, antwortete sie. Das war zum Teil geraten, denn sie wusste, dass es eine Art Raubtier sein musste und dass ein Fuchs wohl kaum diesen Zaun hätte erklettern können. Will zog sein Sachsmesser und deutete auf die Spuren.

»Siehst du das? Vorne an diesen Pfoten sitzen Klauen.«

Sie blickte ihn fragend an, weil sie nicht wusste, worauf er hinauswollte. Da wurde ihm klar, dass er ihr diese Art von Tierspuren noch nie gezeigt hatte. Also fuhr er geduldig fort.

»Es ist ein Edelmarder«, sagte er. »Ähnlich einem Wiesel oder Nerz, doch mit einem Unterschied. Die Klauen eines Marders ziehen sich nur zur Hälfte in die Pfoten zurück. Also kannst du die Abdrücke der Klauen in seinen Spuren sehen. Sieht tatsächlich nach einem ziemlich großen Tier aus.«

»O ja, der ist wirklich groß, das kann man wohl sagen«, pflichtete ihm Aggie mit deutlich hörbarer Wut bei. »Und schnell ist er auch.«

»Tja, dann wollen wir mal sehen, ob wir ihn nicht ein wenig langsamer machen können.«

Sie suchten sich eine Stelle am Bauernhaus, von wo aus sich der obere Teil der Hühnerhofumzäunung gegen den abendlichen Himmel abheben würde, und stellten sich auf eine längere Beobachtungszeit ein. Sie warteten bei abnehmendem Licht. Arnold hatte ihnen erzählt, dass der Marder während der letzten Woche immer dreister geworden war und nun schon beinahe jeden oder zumindest jeden zweiten Tag im Hühnerhaus räuberte. Seit seinem letzten Auftauchen waren inzwischen zwei Tage vergangen, und die Chancen, ihn heute zu sehen zu bekommen, standen gut.

Will hatte seinen Bogen. Als Lynnie ihren eigenen aus dem Bogenkasten am Sattel holen wollte, schüttelte er den Kopf.

»Zu dieser Jahreszeit wird er einen vollen Pelz haben«, sagte er. »Ein Breitkopfpfeil würde ihn aufreißen und ruinieren. Also benutz du deine Schleuder. Ich halte meinen Bogen nur für den Fall bereit, dass du ihn verfehlst.«

Lynnie erwiderte seinen Blick mit erhobenem Kinn. »Ich habe nicht vor, danebenzuschießen.«

Will zuckte mit den Schultern. »Wer hat das schon?«

Es war kühl nach Sonnenuntergang und Lynnie hätte sich gern in ihren Umhang gehüllt. Aber Will schüttelte den Kopf.

»Er mag keine Angst vor Menschen haben«, sagte er, »aber laut Aggie und Arnold ist er blitzschnell. Wir haben nur Sekunden, in denen du ihn treffen kannst, und da können wir es uns nicht leisten, Zeit zu verlieren, bis wir uns aus unseren Umhängen geschält haben.«

Gehorsam schob Lynnie ihren Umhang so weit zurück, dass sie die Arme frei hatte, und wartete mit einer bereits geladenen Schleuder. Will hatte schon einen Pfeil an die Sehne gelegt. Der breite Umriss des Bauernhauses hinter ihnen bot ihnen zusätzlich Schutz vor Entdeckung.

Die Sonne war inzwischen hinter den Baumspitzen verschwunden, aber es fiel immer noch Licht unter den Wolken hervor. Plötzlich stieß Will seinen Lehrling sanft mit dem Ellbogen an. Ein dunkler Umriss schlüpfte aus dem Gebüsch und überquerte den Hof. Er bewegte sich sehr schnell. Lynnie berührte leicht Wills Hand, um ihm zu zeigen, dass sie das Tier ebenfalls gesehen hatte. Der Marder lief zum Hühnergehege und kletterte den Zaun hinauf. Im Hühnerhaus war das besorgte Gackern der Hühner zu hören, die spüren konnten, dass ihr Feind sich näherte.

Lynnie zog den rechten Arm zurück und ließ ihre Schleuder leicht schwingen. Oben am Zaun verhielt der Marder kurz, um auf dem schwankenden schmalen Weidengeflecht sein Gleichgewicht wiederzufinden, bevor er nach unten kletterte. In diesem Moment schnalzte Will leicht mit der Zunge. Der Kopf des Marders schoss hoch, während er nach der Quelle dieses Geräusches suchte, und Lynnie schwang ihre Schleuder.

Das Licht war schwach und es war ein kleines Ziel. Doch Lynnie hatte während der vergangenen Monate unter allen möglichen Bedingungen Hunderte, wenn nicht Tausende von Schüssen abgegeben. Sie traf, ob es im hellen Sonnenschein, im Halbdunkel oder in strömendem Regen war. Die Bleikugel warf das wildernde kleine Raubtier rückwärts vom Zaun. Mit einem dumpfen Schlag fiel es auf den weichen Boden vor der Umzäunung. Einen Augenblick zuckten seine Hinterbeine noch. Doch das war lediglich eine Muskelreaktion. Der Marder war tot.

»Guter Schuss«, lobte Will leise. Er war beeindruckt. Es war kein einfacher Schuss gewesen, doch Lynnie hatte ihn perfekt durchgeführt. Er wusste, dass es einen großen Unterschied gab zwischen der Übung mit einem leblosen Ziel und der Herausforderung, im Bruchteil einer Sekunde ein lebendes, sich schnell bewegendes Tier zu erlegen. Mit lauter Stimme rief er dem älteren Paar im Bauernhaus zu:

»Sie hat ihn erledigt.«

Die Tür wurde geöffnet und ein Lichtkegel fiel heraus in den Hof, als Aggie und Arnold heraustraten. Lynnie lief bereits zu dem leblosen Tier am Fuß des Zaunes.

»Vorsicht«, rief Will, »überzeuge dich erst, dass er tot ist. Diese Marder können einen sogar durch Handschuhe hindurch beißen.«

Zum Zeichen, dass sie verstanden hatte, hob sie die Hand und näherte sich ihrer Beute vorsichtig. Sie zog ihr Sachs und stieß das Tier vorsichtig an. Doch es kam keine Reaktion.

Es war wirklich ein großes Tier und ähnelte eher einem kleinen Hund als einer großen Katze. Offensichtlich waren ihm die Mahlzeiten aus Hühnern und Eiern gut bekommen. Sein Fell war dick und glänzend. Lynnie kniete sich neben ihn, steckte ihr Sachsmesser weg und holte ein kleines Jagdmesser aus ihrer Gürteltasche. Gekonnt zog sie dem Tier das Fell ab.

Will sah ihr beifällig zu. Häuten war eine Kunst, die sie bereits beherrscht hatte, als sie zu ihm kam.

Sobald sie fertig war, ging sie mit dem Fell in der Hand zurück zu den anderen. Sie hielt es der Bauersfrau entgegen.

»Hier, Mistress Aggie. Daraus könnt Ihr einen feinen Halswärmer oder eine Mütze für den Winter machen.«

»Aber es gehört Euch«, protestierte Arnold. »Ihr habt das Tier getötet. Das Fell gehört Euch.« Das war die Regel bei der Jagd, das wusste er. Der erfolgreiche Jäger durfte das Fell für sich behalten.

»Und ich darf damit tun, was mir gefällt.« Lynnie lächelte

und streckte der Frau weiter das Fell entgegen. Zögernd nahm Aggie es entgegen. »Ihr müsst es ausschaben und salzen«, fuhr Lynnie fort »Ihr wisst doch sicher, wie es geht, oder?«

»O ja, das weiß ich schon«, antwortete Aggie. Bewundernd sah sie auf das Fell. Es war ein feines Stück. Solche Pelze waren für den Adel, für die Reichen. Nicht für arme Bauern wie sie. »Danke vielmals, Waldläuferin Lynnie. Dankeschön. Das ist ein Pelz für eine feine Dame, jawoll.«

Mit ihrer abgearbeiteten Hand strich sie andächtig über das weiche Fell. Sie konnte eine Mütze oder einen Schal daraus machen. Oder sie konnte es beim nächsten Markttag gegen zwei gute Wollmäntel für sich und ihren Ehemann eintauschen. Lynnies Geschenk würde auf diese Weise beide im kommenden Winter warm halten.

»Ihr seid auch eine feine Dame«, antwortete Lynnie. Sie blickte zu Will. »Sollen wir los?«

Schweigend ritten sie zur Hütte zurück. Will betrachtete das junge Mädchen neben sich.

Als anmaßende, selbstsüchtige und eingebildete Prinzessin war sie zu ihm gekommen. Sie hatte nur an sich und ihr eigenes Vergnügen gedacht. Nun konnte er miterleben, wie sie sich nach und nach veränderte. Natürlich war die Sache mit dem Wein ein Rückschritt gewesen. Doch jeder macht Fehler, dachte er. Lächelnd erinnerte er sich an manche Fehler, die er selbst in seiner eigenen Lehrzeit begangen hatte. Lynnies spontane Geste heute Abend, indem sie der armen Bauersfrau das wertvolle Fell schenkte, zeigte eine Reife, bei der ihm warm ums Herz wurde. Schließlich sprach er es aus.

»Das war sehr nett, was du getan hast.«

Sie warf ihm einen Blick zu. »Hast du ihre Kleidung gesehen? Sie war dünn und abgetragen, auch wenn sie geflickt war. Jetzt hat sie wenigstens etwas Warmes für den Winter.«

Er nickte. »Ja, da hast du recht.«

Hätte die alte Lynnie, Prinzessin Lynnie, auch den Zustand von Aggies Kleidung bemerkt? Und wenn ja, hätte sie dann daran gedacht, dass dies bedeutete, im Winter zu frieren?

Sie wird sich gut entwickeln, dachte er.

Reißer schüttelte die Mähne und schnaubte. *Das wusste ich schon von Anfang an.*

Achtundzwanzig

Die kleine Hütte im Wald war immer noch außer Sicht, als Reißer den Kopf hob und ein fröhliches Wiehern hören ließ. Stupser merkte bei diesem Geräusch auf. Beinahe sofort erreichte sie ein antwortendes Wiehern aus Richtung der Hütte.

»Wir haben Besuch«, sagte Will.

Lynnie sah ihn neugierig an, doch mehr sagte er nicht. Er meinte, das Wiehern erkannt zu haben, doch ganz sicher war er sich nicht.

Wie sich herausstellte, hatte er richtig vermutet. Sie ritten in die Lichtung und sahen eine kastanienbraune Stute vor der Veranda stehen. Sie drehte den Kopf, als sie sich näherten, und wieherte erneut. Sowohl Stupser als auch Reißer antworteten.

Lynnie blickte verblüfft auf ihr Pferd. »Wie kann Stupser sie kennen?«, fragte sie.

Will blickte zu ihr. »Die Pferde von Waldläufern erkennen einander. Selbst wenn sie sich noch nie getroffen haben.«

»Das ergibt nicht gerade viel Sinn«, sagte eine fröhliche Stimme vom Ende der Veranda. »Wie kannst du jemanden erkennen, den du noch nie getroffen hast?«

Will zuckte mit den Schultern. »Wieso fragst du mich? Ich bin kein Pferd.«

Du hast auch nicht die Beine dazu, kommentierte Reißer prompt.

Gilan saß auf den Stufen der Veranda und kraulte Blackie zwischen den Ohren. Die Hündin hatte den Kopf zur Seite gelegt und die Augen geschlossen. Man sah ihr an, wie sie das Streicheln genoss.

Will stieg ab und warf ihr einen gespielt vorwurfsvollen Blick zu.

»Du bist mir vielleicht ein Wachhund.«

Blackie klopfte zustimmend mit dem Schwanz auf die Verandadielen. Gilan tätschelte sie ein letztes Mal, dann erhob er sich.

»Hallo, Lynnie. Wie geht es mit deiner Ausbildung voran?«

Sie schenkte ihm ein mattes Lächeln, während sie abstieg. »Na ja, manche Tage denke ich, ich mache Fortschritte. An anderen weiß ich genau, dass es nicht so ist.«

Gilan hob die Augenbrauen und blickte zu Will. Nie zuvor hatte er von Lynnie eine so selbstkritische Aussage gehört. Vielleicht funktionierte diese Idee von Walt tatsächlich. Will sah den Blick und konnte seine Bedeutung erraten. Er nickte kurz.

»Soll ich die Pferde in den Stall bringen?«, fragte Lynnie und Gilans Erstaunen wuchs. Dass Lynnie freiwillig derart niedere Arbeiten erledigen wollte, war noch etwas Ungewöhnliches.

»Ja. Das wäre gut«, sagte Will. »Nimm Blitz auch mit.« Er blickte zu Gilan. »Ich nehme doch an, du wirst bei uns bleiben? Oder möchtest du lieber in der Burg übernachten?«

»Nein. Ich bleibe gern hier, wenn das möglich ist«, antwortete Gilan hastig. »Zu viele Formalitäten und Umstände in der Burg.«

»Und hier bist du natürlich auch näher am *Vollen Teller*«, bemerkte Will.

Gilan gestattete sich ein Grinsen. *Zum vollen Teller* war der Name von Jennys Speiselokal in Wensley.

»Das auch«, antwortete Gilan. »Ich dachte, dass ich vielleicht morgen dort frühstücke.«

»Sie wird sich freuen, dich zu sehen«, sagte Will, wobei ein trauriger Ausdruck über sein Gesicht huschte. Jenny und Gilan waren zwar nicht verheiratet, aber immerhin hatten sie einander.

Er ging voran ins Haus und füllte gleich den Kaffeetopf mit frischem Wasser aus dem großen Krug. Er fragte Gilan nicht, ob er Kaffee wollte. Er war ein Waldläufer. Waldläufer tranken immer Kaffee.

Als Will die Kaffeebohnen mahlte, stieg Gilan das reichhaltige Aroma in die Nase und ihm lief beim Gedanken an frischen Kaffee das Wasser im Munde zusammen. Er setzte sich an den Tisch und schob einen Stapel Papiere zur Seite, die dort lagen. Bei einem kurzen Blick darauf erkannte er einige der wöchentlichen Berichte, die er an die Waldläufer im ganzen Land verschickte. Es waren auch einige Briefe dabei und darunter lag eine Ledermappe mit weiteren Papieren. Er tippte darauf.

»Was ist das denn?«, fragte er. Will blickte zu ihm, sah die Ledermappe und wirkte leicht verlegen.

»Oh … nur so eine Idee, an der ich arbeite. Nicht so wichtig.« Er trat mit ein paar Schritten zu ihm, nahm die Ledermappe und schob sie in ein Bücherregal an einer Wand im Wohnzimmer. Die Geste hatte etwas Abschließendes, wie Gilan bemerkte. Der Oberste der Waldläufer zuckte mit den

Schultern. So genau hatte er es auch gar nicht wissen wollen.

»Also, wie läuft es denn mit Lynnie?«, fragte er, um das Thema zu wechseln. Will, der sich wieder der Kaffeemühle widmete, drehte sich zu ihm.

»Überraschend gut«, berichtete er. »Sie ist schnell, eifrig und wissbegierig. Sie mag das Leben an der frischen Luft und genießt die Freiheit. Ich vermute, dass sie gegen die Vorschriften und das Hofprotokoll auf Schloss Araluen rebelliert hat. Jetzt, da sie keine Prinzessin mehr ist, scheint sie die Leute um sich herum besser wahrzunehmen.«

Gilan nickte beifällig. »Hast du den Brief benutzt?«, fragte er. Er wusste von dem Brief, den Cassandra und Horace an Will geschickt hatten, in dem sie ihre Tochter enterbten.

Will nickte und drehte sich wieder zum Kaffee zurück.

»Es ging leider nicht anders. Sie musste wachgerüttelt werden und merken, dass sie nichts Besonderes mehr ist. Und es hat funktioniert.«

»Wie das?«

Will dachte nach, während er die Kanne auf den Herd stellte. Er öffnete die Brennkammer und legte etwas Holz nach, dann öffnete er den Abzughebel unten am Herd. Dann erzählte er: »Nun, gerade heute haben wir ein gutes Beispiel gehabt. Ein Bauer, nicht weit von hier, hatte Probleme mit einem Marder, der seine Hühner tötete und die Eier stahl.«

»Also habt ihr euch darum gekümmert?«

»Lynnie war es, um genau zu sein. Sie hat ihn mit ihrer Schleuder erledigt. Sie ist übrigens wirklich treffsicher mit diesem Ding. Dann hat sie das Tier auch noch innerhalb von wenigen Minuten gehäutet.«

Gilan sah beeindruckt aus. »Muss um diese Zeit des Jahres ein gutes Fell gewesen sein.«

Will nickte, während er eine Handvoll Kaffee ins kochende Wasser gab. »Stimmt. Es war tatsächlich ein sehr schönes Fell. Und damit kommen wir zum Punkt. Der Bauer und seine Frau waren arm wie Kirchenmäuse, ihre Kleidung war dünn und abgetragen. Lynnie schenkte der Frau das Fell, damit sie etwas Warmes für den Winter hätte.«

Gilan nickte. »Wie du gesagt hast… es klingt, als würden ihr die Bedürfnisse anderer Menschen bewusst. Was eine ausgezeichnete Voraussetzung für eine gute Waldläuferin ist.«

»Sie hatte im Grunde schon immer ein gutes Herz«, sagte Will, der bereits beschlossen hatte, nichts von der Episode mit dem Wein zu erzählen. »Sie musste nur daran erinnert werden.«

Gilan strich sich nachdenklich übers Kinn. Die Neuigkeiten über Lynnie waren interessant – und sehr erfreulich. Ein Mädchen als Lehrling eines Waldläufers zuzulassen, war ein gewisses Risiko gewesen. Doch es schien sich gelohnt zu haben.

Doch fast noch interessanter war Wills eigenes Verhalten. Bei dem Bericht über seine Schülerin und ihre Fähigkeiten schwang eine gewisse Begeisterung mit. Der gejagte Blick, die Anspannung, die morbide Besessenheit von Rache, die ihn während der letzten Monate so sehr gekennzeichnet hatten – all das schien verschwunden zu sein. Er hatte noch nicht wieder zu seinem früheren, fröhlichen Ich zurückgefunden. Aber er hatte definitiv Fortschritte gemacht.

Sieht so aus, als ob Walt recht behält, dachte Gilan. Dann fragte er sich, warum er eigentlich überhaupt davon überrascht war. Schließlich behielt Walt meistens recht.

Gilan wartete, bis Will die Tasse mit dem dampfenden, reichhaltig duftenden Kaffee vor ihn gestellt hatte, dann fragte er: »Denkst du, sie ist so weit, mit dir auf einen größeren Einsatz zu gehen?«

Er stellte die Frage beiläufig, doch es war ein entscheidender Moment. Von Trauer zerfressen und fixiert auf die Idee, Jory Ruhl aufzuspüren, hatte Will die letzten beiden Einsätze abgelehnt. Gilan überkam eine unglaubliche Erleichterung, als er seinen Freund kurz überlegen und dann nicken sah.

»Ja. Ich würde sie sehr gern auf einen Einsatz mitnehmen. Das wäre zu diesem Zeitpunkt ihrer Ausbildung gut für sie.«

Die Tür wurde geöffnet und Lynnie trat ein. Beide Waldläufer drehten sich um und schwiegen, wie man es oft tut, wenn das Thema einer Unterhaltung unvermittelt auftaucht. Lynnie bemerkte das plötzliche Stocken in der Unterhaltung und blickte nervös von Will zu Gilan. Hatte ihr Mentor dem Obersten Waldläufer von ihrem Fehltritt erzählt?

»Ich habe Blitz einen Apfel gegeben«, berichtete sie zögernd. »Die Stute schien das für absolut kleinlich zu halten, also gab ich ihr noch einen.«

»Dafür wird sie dich ihr restliches Leben lieben«, antwortete Gilan locker.

Sein freundlicher Ton beruhigte Lynnie ein wenig. Sie blickte gespannt zu Will, der den Grund für ihre Besorgnis ahnte und leicht mit dem Kopf schüttelte. Er deutete auf den Tisch.

»Der Kaffee ist schon fertig«, sagte er und sie setzte sich dankbar und umfasste die Tasse mit beiden Händen.

»Ich trinke jetzt nämlich auch Kaffee«, erzählte sie Gilan.

Er nickte ernst. »Gut. Das gehört letztlich dazu, wenn man

Waldläuferin wird.« Er hatte ihren erleichterten Blick bemerkt. Wills Gesicht war nichts anzusehen. So wenig, dass Gilan genau wusste, dass er etwas verschwieg. Doch letztlich war es Gilan egal. Wenn Will beschlossen hatte, ihm etwas zu verschweigen, hatte er wahrscheinlich gute Gründe dafür.

»Will meint, du bist so weit, mit ihm zu einem größeren Einsatz zu gehen«, sagte er. »Was meinst du?«

Sie blickte zu ihrem Lehrmeister, dann zurück zu Gilan.

»Ich bin bereit«, sagte sie. »Worum geht es?«

Gilan war von ihrer Antwort sehr erfreut. Sie hatte nicht einmal gezögert. Es gab keinerlei Unsicherheit.

»Ihr müsst ins Lehen Trelleth«, sagte er. »Der dortige Waldläufer wurde getötet.«

Wills Kopf fuhr sofort hoch. »Getötet? Von wem?«

Gilan wiegte unsicher den Kopf. »Es gibt keinen Verdächtigen. Er fiel vom Pferd und brach sich den Hals.«

»Also war es ein Unfall?«, fragte Lynnie nach.

Gilan sah sie skeptisch an. »Möglich. So sieht es jedenfalls aus. Aber ich glaube nicht an Unfälle – nicht, wenn es ein Waldläufer ist, der gestorben ist.«

Will runzelte nachdenklich die Stirn. »Wer ist der Waldläufer in Trelleth?« Er korrigierte sich sofort selbst: »Ich meine, wer *war* es?«

In einer kleinen Gemeinschaft wie dem Bund der Waldläufer kannten sich alle, zumindest dem Namen nach oder vom Sehen. Natürlich gab es auch engere Freundschaften innerhalb des Bunds.

»Es war Liam«, antwortete Gilan. »Erinnerst du dich an ihn?«

Will nickte traurig. Er war bei Liams Aufnahme in den

Bund dabei gewesen, an dem Tag, an dem dieser seinen Abschluss machte und sein silbernes Eichenblatt bekommen hatte. Es war im gleichen Jahr gewesen, als er mit Walt und Horace nach Hibernia gereist war, um Tennyson, den gefährlichen Sektenführer, aufzuspüren.

»Ja. Ich mochte ihn, er war in Ordnung.«

»Das war er wirklich. Und er gehörte unter dem Nachwuchs zu jenen, die sich besonders einsetzten. Er wird uns sehr fehlen.«

»Was also sollen wir tun?«, fragte Will.

»Reitet nach Trelleth und hört euch um, ob die Umstände seines Todes verdächtig sind. Wie ich schon sagte, ich bin immer misstrauisch, wenn ein Waldläufer plötzlich ums Leben kommt.«

Will blickte auf die Karte von Araluen, an der Wand der Hütte. Trelleth war ein mittelgroßes Lehen an der Ostküste des Landes. Gilan folgte seinem Blick.

»Der Baron dort heißt Scully. Er hat eine Brieftaube mit der Nachricht von Liams Tod geschickt. Der Mann, der Liams Leiche fand, ist ein Bauer namens Wendell Gatt«, fuhr er fort. »Er hat einen großen Hof, ungefähr fünf Meilen südwestlich von Burg Trelleth.«

Wills Blick blieb weiter auf die Karte gerichtet. Wie Gilan war auch er Unfällen gegenüber misstrauisch. Besonders in einer Küstengegend wie Trelleth. Küstenorte waren anfällig für Piraten, Schmuggler und so weiter. Eine Küste bot jede Menge Möglichkeiten für Eindringlinge.

»Es gibt nichts, was uns im Augenblick hier festhielte. Wir reisen morgen ab.«

Gilan nickte beifällig. »Je früher desto besser«, sagte er.

Dieser Ausdruck könnte gut und gern das offizielle Motto der Waldläufer sein, dachte Will. »Findet heraus, ob es nur ein Unfall war.«

Will richtete seinen Blick auf seinen alten Freund. »Und wenn nicht?«

Gilan hob fragend die Hände. »Dann findet heraus, warum jemand einen Waldläufer tot sehen wollte. Und wer dieser Jemand ist.«

Neunundzwanzig

Am folgenden Morgen brachen sie gleich nach einem zeitigen Frühstück auf. Gilan trank noch einen Kaffee mit ihnen, aber frühstücken wollte er erst später bei Jenny. Er versprach auch, Jenny zu bitten, nach dem Hund zu sehen.

Sie ritten in der üblichen Reisegeschwindigkeit der Waldläufer nach Nordosten. Das bedeutete zwanzig Minuten im leichten Galopp, dann absteigen und zehn Minuten lang zügig zu Fuß gehen und die Pferde führen. Die Pferde konnten dieses Tempo stundenlang durchhalten und so schafften sie es, eine gute Entfernung zurückzulegen.

Am ersten Abend schlugen sie ihr Lager im Freien auf und am Nachmittag des zweiten Tages erreichten sie das Lehen Trelleth. An der Grenze stand ein Schild, das verkündete, in welchem Lehen sie sich nun befanden, doch noch mehr sagte der Salzgeruch in der Luft aus.

»Ich kann das Meer riechen«, stellte Lynnie fest.

Will nickte und erinnerte sich an das erste Mal, als er selbst diesen frischen, salzigen Geruch wahrgenommen hatte. Damals war er zu seiner ersten Versammlung der Waldläufer geritten. Es schien so lange her zu sein. Dann schüttelte er verblüfft den Kopf. Es war ja tatsächlich auch schon lange her.

»Was machen wir jetzt?«, fragte Lynnie neugierig.

»Zuerst sehen wir uns an, wo das Ganze passiert ist«, sagte Will. »Wir suchen diesen Bauern …« Er zögerte, während er nach dem Namen suchte.

»Wendell Gatt«, ergänzte Lynnie prompt.

Will blickte sie leicht verärgert an. »Ich weiß«, sagte er.

Sie sah ihn unschuldig an. »Ich wollte nur helfen. Hätte ja sein können, dass du ihn vergessen hast.«

»Ich vergesse nichts.«

Ha! Reißer ließ ein spöttisches Schnauben hören. Will beschloss, dass es am besten war, ihn zu ignorieren. Bei Reißer, der schnauben, stampfen und die Mähne schütteln konnte, hatte man sowieso nie das letzte Wort.

»Wir suchen nach einem Weiler oder einem Bauernhof und fragen nach Gatts Hof«, erklärte er.

Einige Minuten später erreichten sie eine Siedlung. Es gab eine Schmiede und eine ziemlich heruntergekommene Schänke, außerdem noch ein paar Häuser. Als sie sich näherten, trat ein Mann in einer Lederschürze und mit Rußflecken auf den bloßen Armen aus der Schmiede, um sie zu begrüßen.

Sie erfuhren, dass Gatts Hof ein paar Meilen weiter an der Straße lag. Will bedankte sich bei dem Schmied und lenkte Reißer zurück zur Straße, als der Mann ihm nachrief:

»Ihr seid Waldläufer, oder?«

Da die Umhänge, Langbögen und die typischen zottigen Pferde für sich sprachen, weigerte Will sich, darauf zu antworten. Er hatte immer noch nicht ganz seine momentane Gedächtnislücke bei Gatts Namen und Lynnies schnellen Einwurf verwunden. Lynnie hätte ihm auch kurz Zeit lassen können, um sich zu erinnern, fand er.

»Nein, wir sind reisende Näherinnen«, gab er zurück und ließ Reißer losgaloppieren, worauf Lynnie ihm hastig folgte.

Der Schmied wischte sich mit dem Saum seiner Lederschürze über die verschwitzte Stirn.

»Man wird ja noch fragen dürfen«, murrte er gereizt, während die beiden Reiter davongaloppierten.

Einige hundert Pferdelängen weiter hatte Lynnie Will eingeholt, als er Reißer zügelte, um nur noch zu traben.

»Sollten wir nicht zuerst den hiesigen Baron besuchen?«, fragte sie und fügte taktvoll hinzu: »Diesen Baron Scully?«

Sie kannte die Regeln des Protokolls halbwegs, denn sie war in der Vergangenheit ab und zu bei entsprechenden Besuchen ihrer Eltern dabei gewesen. Mittlerweile hatte sie jedoch auch gelernt, dass das Protokoll und die üblichen Verhaltensweisen oft genug nichts mit dem Handeln von Waldläufern zu tun hatten.

Will gab ein verächtliches Brummen von sich. »Das machen wir später. Diese Barone haben die Angewohnheit, einem gern im Weg zu stehen, wenn in ihrem Lehen etwas Ungewöhnliches passiert ist. Sie wissen, dass wir direkt an die Krone berichten, und oft genug wollen sie sichergehen, dass sie dabei nicht in einem schlechten Licht dastehen.«

Interessiert hörte Lynnie zu. Sie hatte nie etwas mitbekommen von irgendwelchen Reibereien zwischen Baronen und Waldläufern.

»Aber doch sicher nicht alle?«, fragte sie.

Will wiegte den Kopf. »Nein, nicht alle. Größtenteils handelt es sich um gute Männer. Baron Arald auf Redmont zum Beispiel ist ein ausgezeichneter Baron, mit dem man hervorragend zusammenarbeiten kann. Aber gelegentlich begegnet man auch welchen, die sich selbst etwas zu wichtig nehmen. Ich kenne diesen Scully nicht, also möchte ich es nicht darauf ankommen lassen, dass er einer der Wichtigtuer ist – zumindest nicht, bevor wir nicht die Möglichkeit hatten, uns erst mal unangekündigt umzusehen.«

Wenig später hatten sie den Gattschen Bauernhof erreicht. Der Unterschied zwischen diesem und dem Besitz von Arnold Clum hätte nicht größer sein können. Das Bauernhaus und die Scheune waren große, massive Gebäude, frisch gestrichen und in ausgezeichnetem Zustand.

Die Zäune standen wehrhaft und kerzengerade da. Der Hof selbst war ein Beispiel von Ordnung, gefegt und mit säuberlich aufgereihten Geräten ausgestattet. Vor der Scheune stand ein Wagen, der ebenfalls frisch gestrichen war und dessen Fahrgestell dem Glanz nach zu urteilen vor Kurzem geölt worden war. Die Pferde auf der Koppel versammelten sich neugierig am Zaun, um die Neuankömmlinge zu betrachten. Eine einzelne Milchkuh war in einiger Entfernung angebunden.

Als sie sich dem Haus näherten, wurde eine Tür geöffnet, die anscheinend direkt aus der Küche nach draußen führte. Eine Frau trat ins Freie. Sie war in den Vierzigern, groß und offensichtlich gut genährt. Ihre Kleidung war frisch, sauber und – auch wenn sie offenbar selbst gemacht war – von guter Qualität. Definitiv war sie nicht mit Flicken besetzt wie Aggie Clums fadenscheinige Kleidung.

Die Frau hatte anscheinend gebacken und strich sich eben eine lockere Haarsträhne aus dem Gesicht, wobei sie einen Mehlstreifen im Gesicht hinterließ.

Will und Lynnie hielten ihre Pferde an. Lynnie wusste inzwischen, wie sie sich verhalten sollte, und machte keine Anstalten abzusteigen.

»Guten Tag«, grüßte Will. »Seid Ihr vielleicht Mistress Gatt?«

»Die bin ich!«, antwortete sie, blickte neugierig zu Lynnie und dann wieder zurück zu Will. »Willkommen auf dem Gatt-Hof. Möchtet Ihr vielleicht absteigen?«

»Das tun wir gern«, antwortete Will. Er schwang sich aus dem Sattel und Lynnie tat es ihm nach.

»Mein Name ist Will Hallas«, stellte er sich vor. Es war unnötig, die Tatsache zu erwähnen, dass er ein Waldläufer war, da das anhand seiner Kleidung und Ausstattung ersichtlich war. »Das ist mein Lehrling, Lynnie.«

Lynnie hatte die Frau beobachtet und sah, wie ihre Augen groß wurden, als Will seinen Namen nannte. Sie wusste, dass der legendäre Schüler des legendären Waldläufers Walt in Araluen weithin bekannt und inzwischen ebenso berühmt war wie sein Mentor oder vielleicht mittlerweile sogar noch berühmter. Mistress Gatt knickste eilends.

»Möchtet Ihr etwas essen, Waldläufer?«, fragte sie. Sie blickte neugierig zu Lynnie, als sie »Waldläufer«, sagte. Es war eine Reaktion, an die Lynnie sich langsam gewöhnte. »Ich habe einen Hammeleintopf auf dem Herd für die Männer, und es ist genug da, dass es auch für Gäste reicht.«

Will schüttelte den Kopf. »Vielen Dank. Aber wir wollen Euch keine Umstände machen. Vielleicht einen Schluck Wasser, um den Staub wegzuspülen?« Er deutete mit dem Kopf auf eine Wasserpumpe nahe der Küchentür und sie wies sofort mit den Händen darauf.

»Aber natürlich. Bedient Euch. Was führt Euch zu uns?

Ist es wegen des anderen? Wegen des Waldläufers, der ...« Sie zögerte, nicht sicher, ob sie »starb« oder »getötet wurde« sagen sollte.

Will nickte. Er betätigte die Pumpe, nahm sich eine Kelle Wasser und trank einen großen Schluck. Dann wischte er sich mit dem Handrücken über den Bart und reichte Lynnie die Kelle.

»Ja. Ich habe gehört, Euer Mann hat den Toten gefunden«, sagte er.

Sie nickte energisch. »Stimmt. Wendell hat ihn gefunden. Aber es gab nichts, was er da noch hätte für ihn tun können. Der Waldläufer war schon seit einigen Stunden tot, wie mein Mann mir erzählt hat.« Sie blickte hinaus auf die Felder. »Mein Mann bringt mit den Knechten das letzte Heu ein. Er müsste noch vor Sonnenuntergang zum Essen da sein. Möchtet Ihr vielleicht auf ihn warten?«

Will schüttelte den Kopf. »Nein. Wir werden ihn gleich aufsuchen. Ich muss ihm ein paar Fragen stellen.«

Mistress Gatt scharrte bei seinen Worten unsicher mit den Füßen und sah besorgt aus. Will beeilte sich, sie zu beruhigen.

»Ich bin sicher, dass Euren Mann keinerlei Schuld trifft, Mistress. Er soll uns nur zeigen, wo genau er Liam ... den Waldläufer gefunden hat.«

Daraufhin wirkte sie erleichtert und deutete auf die Äcker.

»Er müsste zwei Felder weiter in dieser Richtung sein.«

»Dann werden wir ihn dort aufsuchen«, sagte Will. Er gab Lynnie das Zeichen zum Aufbruch und sie stiegen wieder auf ihre Pferde.

Will grüßte und sagte: »Vielen Dank für Eure Hilfe, Mistress. Am besten geht Ihr gleich wieder zurück an Euren Herd, bevor Euch etwas anbrennt.«

Er hatte einen verlockenden Duft in der Luft bemerkt. Offensichtlich buk ein Brot oder ein Kuchen im Backofen und war kurz davor anzubrennen. Die Bauersfrau machte ein überraschtes Gesicht. Sie hatte tatsächlich ganz vergessen, dass sie etwas im Ofen hatte. Sofort machte sie auf dem Absatz kehrt und eilte zurück ins Haus, während die beiden Waldläufer davonritten.

»Tja, sie war ja wirklich hilfsbereit«, bemerkte Lynnie, als sie über die Felder ritten.

»Hoffen wir, ihr Mann ist es auch«, antwortete Will.

Wie sich herausstellte, war Wendell Gatt sehr viel weniger hilfsbereit als seine Frau. Der Bauer war ein großer Mann mit rötlichem Gesicht. Er trug Bundhosen und einen blauen Arbeitskittel aus Leinen. Wie die Kleidung seiner Frau war auch die seine von guter Qualität und in ausgezeichnetem Zustand. Gatt hatte drei Knechte bei sich und war gerade dabei, das letzte Heu aufzuladen.

Energisch schüttelte er den Kopf, als Will ihn bat, ihnen die Stelle zu zeigen, wo er Liam gefunden hatte.

»Geht nicht. Hab hier zu viel zu tun. Wir müssen das Heu einfahren, bevor der Regen kommt.«

»Wir benötigen Euch nicht lange. Sicher können Eure Männer auch kurzzeitig ohne Euch weitermachen?«, sagte Will freundlich.

»Nein, nein, nein!«, erwiderte Gatt. »Darauf kann ich mich nicht verlassen. Man muss sie immer im Auge haben.«

Er sagte es laut genug, dass die Männer ihn hören konnten. Zwei warfen ihm verärgerte Blicke zu. Der dritte achtete gar nicht auf ihn.

Will lenkte Reißer hinüber zu den Knechten.

»Wer ist der Oberknecht?«, fragte er. Einer von ihnen hob die Hand. Er war etwa vierzig Jahre alt, untersetzt und sah recht vernünftig aus.

»Das bin ich, Waldläufer«, antwortete der Mann. »Lionel Foxtree, mein Name.«

»Nun denn, Lionel Foxtree, denkt Ihr, Ihr wärt in der Lage, diese Arbeit unbeaufsichtigt weiterzuführen? Euer Herr wird einige Tage fort sein müssen.«

Als Gatt das hörte, explodierte er geradezu vor Wut. »Einige Tage? Ihr habt gesagt eine halbe Stunde!«, schrie er los.

Will drehte sich im Sattel zu ihm. Sein Blick war äußerst kühl.

»Tja, das war, als ich Euch lediglich bat, uns zu zeigen, wo der Waldläufer Liam starb«, sagte er. »Doch da Ihr Euch weigert, uns bei der Untersuchung zu unterstützen, muss ich Euch festnehmen und anklagen. Das könnte ein oder zwei Tage dauern. Vielleicht sogar eine Woche.«

Gatt schnappte nach Luft und suchte nach Worten. Die Knechte drehten sich weg, doch Will hatte ihr Lächeln gesehen. Gatt war offensichtlich ein Mann, bei dem alles stets nach seinem Kopf gehen musste.

»Mich festnehmen?«, sagte er. »Ihr könnt mich nicht festnehmen! Ich bin ein freier Mann!«

»O doch, ich kann Euch festnehmen. Ich bin ein Waldläufer des Königs. Ihr weigert Euch, mir bei einer Untersuchung behilflich zu sein, was ziemlich das Gleiche ist, wie die Untersuchung zu behindern. Mir bleibt keine andere Wahl, auch wenn ich es nicht gern tue. Ich hätte es vorgezogen, wenn Ihr uns einfach zeigtet, wo Ihr den Toten gefunden habt. Aber wenn Ihr mich zwingt, werde ich Euch festnehmen.«

Ihre Blicke begegneten sich. Gatts Blick war aufgebracht und wütend, der von Will kühl und teilnahmslos. Schließlich gab der Bauer nach.

»Ach verdammt, also gut. Meinetwegen! Ich bringe Euch zu der Stelle, wo ich ihn gefunden habe.«

»Das ist die richtige Einstellung«, sagte Will. Er deutete auf ein Sattelpferd, das an den Heuwagen gebunden war. »Und da ist ja auch gleich ein Pferd für Euch.«

Dreißig

Gatt verbarg seinen Ärger, so gut er konnte, und führte sie zu dem Fundort. Es war ein schmaler, aber gut ausgewiesener Weg, der zu beiden Seiten immer wieder von niedrigen Büschen begrenzt war. Der Boden war weich und nachgiebig, aber nicht so sehr, dass ein Pferd deshalb ins Stolpern käme oder den Halt verlieren würde. Will schwang sich vom Pferd und studierte den Boden.

»Hat es in letzter Zeit geregnet?«, wollte er wissen.

Gatt schüttelte den Kopf. »Nicht seit ich den Toten gefunden habe. Aber in unserer Gegend ist der Boden meist sehr weich, außer im Hochsommer. Dann trocknet er schon mal aus.«

»Wir haben jetzt aber nicht Hochsommer«, sagte Will mehr zu sich selbst und ging den Weg entlang, der hier ziemlich gerade verlief. Es schien keinen Grund zu geben, warum Liam hier vom Pferd stürzen sollte.

»Wo genau habt Ihr ihn gefunden?«, fragte er.

Gatt führte sein Pferd ein paar Schritte weiter. »Hier. Neben dem Weg. Kurz nach diesen beiden Bäumen.«

Zwei ansehnliche Bäume standen hier auf jeder Seite des Weges, etwa fünf Schritt auseinander. Will betrachtete sie. Sie waren nicht so groß, dass überhängende Äste einen achtlosen Reiter hätten aus dem Sattel fegen können.

»Ich denke, er ist einfach vom Pferd gefallen und hat sich den Hals gebrochen«, sagte Gatt.

Will schob die Lippen vor. »Unwahrscheinlich«, erwiderte er. Alle Waldläufer waren ausgezeichnete Reiter.

Gatt zuckte bei der kompromisslosen Erwiderung mit den Schultern. »Vielleicht ist sein Pferd gestolpert …«, überlegte er.

Reißer, der ein Stück weiter stand, schüttelte jetzt heftig die Mähne. *Pferde von Waldläufern stolpern nicht.*

»Oder er hatte etwas getrunken«, fügte Gatt hinzu.

Will warf ihm einen kühlen Blick zu. »Liam trank nicht«, entgegnete er, und Gatt zuckte mit den Schultern.

»Wenn Ihr es sagt. War ja nur eine Überlegung.«

Will antwortete nicht. Er lief den Weg ab, wo Liams Körper gefunden worden war und betrachtete die Hufspuren. Da es in den letzten Tagen nicht geregnet hatte und der Boden weich war, waren sie immer noch deutlich zu sehen. Lynnie war ebenfalls abgestiegen, kniete neben einem der beiden Bäume und musterte seinen Stamm.

Abrupt drehte Will sich wieder zu Gatt. »Danke für Eure Zeit, Bauer Gatt. Wir werden Euch nicht länger aufhalten. Ihr könnt zu Eurer Arbeit zurückkehren.«

Gatt sah überrascht drein und seine Laune besserte sich. Er hatte befürchtet, dass der Waldläufer ihn stundenlang hier festhielt und ihm sinnlose Fragen stellte. Jetzt konnte er sofort wieder an die Arbeit zurück. Doch absurderweise war nun seine Neugierde geweckt. Er bemerkte, wie Will die Spuren untersuchte.

»Habt Ihr was gefunden?«, fragte er. »Irgendeinen Hinweis darauf, was passiert ist?«

Will schüttelte den Kopf. »Vielleicht ist es doch so, wie Ihr meintet. Sein Pferd ist gestolpert und er stürzte. Ein Unfall.«

»Oh … na dann …« Gatt zögerte immer noch. Er wollte es sich nicht entgehen lassen, wenn etwas Wesentliches herausgefunden wurde.

Will nickte ihm zu. »Wir benötigen Euch nicht mehr«, sagte er.

»Gut. Dann reite ich mal wieder«, sagte Gatt. Er wendete sein Pferd und es trabte schwerfällig los. Während er davonritt, drehte er sich mehrere Male im Sattel zu ihnen um. Will winkte ihm dann zu. Als er schließlich eine Wegbiegung genommen hatte und nicht mehr zu sehen war, äußerte sich auch Lynnie.

»Also, hast du etwas entdeckt?«

Will nickte und winkte sie zu sich. Sie gingen ein Stück weiter den Weg entlang. An einer Stelle deutete Will auf den Boden. »Sieh dir die Abdrücke an, die Acorn hinterlassen hat.«

»Acorn?«, fragte Lynnie nach.

»Liams Pferd. Sieh mal, als sie sich diesen Bäumen näherten, war sein Schritt gleichmäßig. Den Abstandslängen und der Tiefe seiner Abdrücke nach zu urteilen würde ich sagen, dass er in vollem Galopp ritt. Doch auf Höhe der Bäume sind sehr viele verstreute Abdrücke. Das Pferd muss hier aus dem Takt gekommen und definitiv gestolpert sein.«

Reißer schnaubte und Will blickte schnell zu ihm. »So etwas kann passieren«, sagte er.

Lynnie hatte sich auf ein Knie niedergelassen und studierte die Spuren. Deshalb hatte sie nicht sehen können, dass die letzte Bemerkung Wills an sein Pferd gerichtet war. Jetzt erhob sie sich und drehte sich zu dem nächsten der beiden Bäume.

»Mir ist etwas an einem der Bäume aufgefallen«, sagte sie. »Es mag nichts bedeuten, aber du solltest es dir mal ansehen.«

»Denn es könnte durchaus etwas bedeuten«, sagte Will. Er folgte ihr und sah sich die Stelle an, auf die sie deutete. In der Rinde des Baumes, etwa auf Kniehöhe war eine schwache Einkerbung zu erkennen.

»Etwas hat hier in die Rinde eingeschnitten«, erklärte sie.

Will hob seine Augenbrauen. »Gut beobachtet.«

Sie blickte zu ihm hoch. »Ich hatte dem erst keine große Bedeutung beigemessen, bis du erwähntest, dass das Pferd anscheinend gestolpert ist.« Sie drehte sich schnell um und ging zum gegenüberliegenden Baum. »Sehen wir mal, ob es an diesem Baum die gleiche Einkerbung gibt.«

Es gab sie tatsächlich, wenn auch sehr schwach. Doch ohne danach zu suchen, hätte man sie wahrscheinlich gar nicht entdeckt. Will streckte die Hand aus. Ein winziges Stück dünner, weißer Faden hing an der Baumrinde. Er pflückte ihn ab und sagte: »Das könnte die Faser eines Seiles sein.« Dann blickte er prüfend den Weg entlang und schließlich zum Baum gegenüber. »Also, stellen wir uns mal vor, wie Liam mit hoher Geschwindigkeit diesen Weg entlangreitet…«

»Vielleicht verfolgte er jemanden?«, warf Lynnie ein.

Will nickte. »Das ist durchaus möglich. Sagen wir mal, dass irgendjemand – nicht der Verfolgte – ein Seil über den Weg zwischen diesen beiden Bäumen gespannt hat. Acorn läuft dagegen und stolpert, kann sich gerade noch abfangen.«

»Aber dieses Stolpern reicht aus, um Liam aus dem Sattel zu werfen, und er schlägt dort drüben auf dem Boden auf…« Lynnie lief zu der Stelle, die Gatt als Fundort des Toten bezeichnet hatte. »Und beim Sturz wird er getötet.«

»Das würde die Einschnitte an den Bäumen erklären«, sagte Will nachdenklich. »Als Acorn in vollem Schwung gegen das Seil lief, wurde es so stark gegen die Rinde gedrückt, dass es diese Abdrücke hinterließ.«

Sie sahen einander einen Moment lang schweigend an. Dann sprach Will es aus.

»Jemand wollte Liam tot sehen«, sagte er leise.

Lynnie schob die Lippen vor. »Dieser Jemand konnte aber nicht sicher sein, dass der Sturz ihn umbrächte.«

»Stimmt. Aber er wäre außer Gefecht gesetzt – bewusstlos oder bewegungslos durch den Sturz. Und jemand anderes wäre bereit gestanden, um ihm den Garaus zu machen.«

»Natürlich können wir nicht sicher sein«, sagte Lynnie. »Im Augenblick haben wir nur ein paar verstreute Hufspuren und einen schwachen Abdruck an den Bäumen. Das könnte auch von etwas anderem verursacht worden sein.«

»Wir müssen uns Acorn näher ansehen. Wenn er unter großer Geschwindigkeit gegen das Seil gestoßen ist, dann müsste sich auch an seinen Beinen ein entsprechender Schnitt oder Bluterguss befinden«, überlegte Will.

»Und wo finden wir ihn jetzt?«, fragte Lynnie.

»Wahrscheinlich in den Stallungen von Burg Trelleth«, antwortete Will. »Der dortige Stallmeister hat ihn sicher nach Liams Tod zu sich geholt.« Er lehnte sich zurück und streckte sich, da seine Rückenmuskeln sich von all dem Knien und Bücken verkrampft hatten.

»Zeit, Baron Scully einen Besuch abzustatten«, verkündete er.

Am Abend besuchte er dann die Burg alleine und ließ Lynnie in der kleinen Waldläuferhütte zurück, die sich unterhalb der Burg befand.

»Ich kenne diesen Scully noch nicht«, hatte er gesagt. »Aber es besteht immer die Möglichkeit, dass er auf Schloss Araluen war und dich wiedererkennen könnte. Falls dem so wäre, dann würde er dich auf der Burg bewirten und unterhalten wollen. Überdies würde das ganze Land innerhalb von vierundzwanzig Stunden von deiner Anwesenheit hier erfahren.«

Lynnie nickte und verstand. »Und das würde unsere Nachforschungen erschweren«, sagte sie.

»Absolut. Es ist besser, wenn wir ein wenig im Hintergrund bleiben. Außerdem möchte ich nicht, dass zu viele Leute wissen, wer du in Wirklichkeit bist. Das ist auch eine Frage deiner Sicherheit.«

»Klar bleibe ich hier«, sagte Lynnie. Sie hatte schon genug davon, wie die Leute sie anstarrten, wenn ihnen klar wurde, dass sie ein Mädchen *und* ein Lehrling des Waldläufers war. Wenn dazu noch die Tatsache kam, dass sie eine geborene Prinzessin war, würde die Neugierde der Menschen überhand nehmen. »Ich warte in der Hütte auf dich.«

»Sieh dir mal Liams Unterlagen an, während du hier bist«, sagte Will. »Vielleicht findest du irgendwelche Hinweise, womit er sich beschäftigt hat.«

Die Behausungen der Waldläufer ähnelten sich alle mehr oder weniger. Liams Hütte war fast identisch mit der von Will, sodass Lynnie sich sofort wie zu Hause fühlte. Wie Will ihr aufgetragen hatte, sah sie die Papiere auf Liams kleinem Schreibtisch daraufhin durch, ob es irgendeinen Hinweis auf den Grund für seinen Tod gab. Doch sie konnte nichts finden. Es dämmerte schon fast, als sie schließlich Stupser wiehern hörte. Dann antwortete Reißer und ein paar Minuten später sah sie Will auch schon heranreiten.

»Nun, wir haben unsere Antwort«, berichtete er. »Acorn hinkte, als sie ihn holten. Er hatte einen Schnitt an seinem rechten Vorderbein. Der Stallmeister sagte, er hätte angenommen, dass Acorn sich beim Stolpern verletzt hatte. Doch dieser Schnitt hätte genauso gut durch ein Seil verursacht sein können.«

»Also war Liams Tod kein Unfall«, stellte Lynnie fest.

»Sehr wahrscheinlich nicht. Jetzt müssen wir nur noch herausfinden, warum ihn jemand töten wollte. Liam muss auf irgendetwas gestoßen sein, irgendetwas Verdächtiges bemerkt haben.«

»Sollen wir Gilan benachrichtigen?«, fragte sie und er nickte.

»Ich werde morgen von der Burg aus eine Brieftaube senden. Aber ich kann mir seine Antwort schon denken. Sicher sollen wir uns umhören und herausfinden, was vorgeht. Hat gar keinen Sinn, eine Menge Leute hierher zu schicken, die Fragen stellen. Das würde unsere Nachforschungen nur erschweren und diejenigen warnen, die Liam getötet haben – wer auch immer dahinter steckt. Besser ist es, wenn wir das unauffällig erledigen.«

Er machte eine Pause, dann fiel ihm etwas ein, als sein Blick auf den Schreibtisch und die dort liegenden Schriftstücke fiel.

»Irgendwas in den Papieren?«, wollte er wissen.

Lynnie schüttelte den Kopf. »Mir ist nichts aufgefallen.«

»Eigentlich auch nicht verwunderlich. Wenn er tatsächlich irgendeiner Sache auf der Spur war, hätte er die Unterlagen nicht offen herumliegen lassen, sondern irgendwo versteckt.«

Lynnie blickte sich in dem kleinen Wohnzimmer um und konnte nichts entdecken, was möglicherweise als Versteck hätte dienen können.

»Aber wo?«, fragte sie.

Statt zu antworten, erhob sich Will und ging im Wohnzimmer mehrmals auf und ab. Den Blick prüfend auf die Dielen gerichtet, musterte er den Fußboden. Schließlich blieb er an einer Stelle links von der Mitte stehen, kniete sich nieder und zog sein Sachsmesser.

Mit dem Knauf klopfte er auf die Bretter und arbeitete sich in einer Kreisbewegung vorwärts. Beim vierten Klopfen klangen die Bretter hohl und er stieß ein zufriedenes Brummen aus. Gekonnt schob er die Spitze des Messers in eine schmale Spalte zwischen zwei Brettern und hebelte das Brett hoch.

Ein leichtes Knarren und Schaben war zu hören und eine Art Falltür öffnete sich und gab eine mit Holz ausgekleidete Aushöhlung im Boden frei. Will blickte zu Lynnie empor.

»All unsere Hütten haben so etwas wie einen Tresor«, erklärte er. »Es war nur die Frage, ihn zu finden.«

Er griff hinein und holte einen kleinen Stoß Papiere heraus, die mit einem grünen Band zusammengebunden waren.

»Und was haben wir hier denn nun Schönes?«, sagte er.

Einunddreißig

Sie setzten sich nebeneinander an den Tisch, um die geheimen Papiere durchzusehen.

Da war zum einen eine handgefertigte Übersichtskarte der Gegend um Burg Trelleth. Die grobe Skizze stammte wahrscheinlich von Liam selbst und zeigte nicht besonders viel, was die geografischen Merkmale betraf. Doch es waren drei Dörfer auf der Karte markiert, alle in einiger Entfernung von der Burg. Neben jedem waren Personennamen vermerkt.

Lynnie beugte sich vor, die Ellbogen auf dem Tisch, und las die Namen.

»Boyletown, Peter Williscroft«, las sie vor. »Wer ist Peter Williscroft und was hat er mit Boyletown zu tun?«

Will schüttelte den Kopf. »Und wer ist Carrie Clover und was hat sie in Danvers Crossing gemacht? Und was hat Maurice Spoker mit Esseldon zu tun?«

Sie betrachteten die Karte noch ein paar Sekunden, als könnte sich ihnen noch etwas enthüllen.

»Vielleicht sind es die Dorfvorsteher?«, schlug Lynnie vor.

Will tippte auf den Namen des zweiten Dorfes. »Carrie Clover müsste aber eine Frau sein«, sagte er.

Lynnie seufzte. Sie hatte noch nie gehört, dass ein Dorf eine

Frau zur Vorsteherin bestimmt hatte, selbst wenn es durchaus erlaubt und möglich war.

»Vielleicht war sie seine Frau?«, schlug sie vor.

»Vielleicht.« Will klang nicht sehr überzeugt. Wieder saßen sie schweigend da und dachten über das Rätsel nach. Schließlich sprach Lynnie wieder.

»Was haben wir denn sonst noch?«

Es gab noch zwei andere Blätter. Will faltete das erste auseinander und strich es glatt. Darauf waren die drei Dörfer auf der Karte mit näheren Einzelheiten bezüglich ihrer Größe aufgeführt.

»Alle haben ungefähr die gleiche Größe«, stellte er fest. »Große Dörfer. Allerdings nicht groß genug, um als Stadt bezeichnet zu werden oder um eigene Wachmänner zu haben.«

Wenn Dörfer zu Städten wuchsen, wurden sie organisierter. Ein Schultheiß, auch Schulze genannt, wurde ernannt, der für Recht und Ordnung sorgen sollte. Und normalerweise wurde auch eine Stadtwache aufgestellt, um die Befehle des Schulzen auszuführen. Kleinere Ortschaften kamen meist ohne solche Hierarchien aus.

»Das könnte von Bedeutung sein«, meinte Lynnie. »Und das dritte Blatt?«

Will faltete das verbliebene Papier auseinander und hob die Augenbrauen, als er es durchlas. Er schob die Liste der Dörfer beiseite, um erneut die Karte zu studieren, dann lehnte er sich zurück und dachte nach.

Lynnie beugte sich hinüber, um das letzte Papier anzusehen.

»Das sind die Namen der Leute aus den drei Dörfern«, sagte sie.

»Und es sind keine Dorfvorsteher oder Wachposten«, erwiderte Will. »Sieh dir das an: Peter Williscroft, zwölf, und ein Datum, das drei Wochen zurück liegt. Dann Carrie Clover, vierzehn, und noch ein Datum. Fünf Tage nach dem von Peter Williscroft.«

»Und Maurice Spoker, vier Tage nach Carrie. Er ist elf«, sagte Lynnie.

»Was bedeuten die Daten nur?«, grübelte Will.

»Vielleicht ihre Geburtstage«, schlug Lynnie vor.

Will blickte zweifelnd drein. »Vielleicht. Wenn ja, sind sie alle ungefähr um die gleiche Zeit geboren, allerdings in unterschiedlichen Jahren.«

»Vielleicht ist diesen Kindern irgendwas passiert?«, überlegte Lynnie als nächstes.

Will blickte sie an. »Und was zum Beispiel?«

Sie zuckte mit den Schultern. »Ich weiß auch nicht. Vielleicht sind sie gestorben. Oder sie sind verschwunden. Irgend so was.«

»Das wäre möglich. In diesem Teil des Landes gibt es Wölfe. Und gelegentlich auch Bären.«

»Nehmen wir einmal einen Moment lang an, ich liege mit meiner Vermutung richtig«, sagte Lynnie, »Und sie sind tot oder werden vermisst. Warum hat dann niemand eine Verbindung gesehen zwischen den drei Kindern aus drei Ortschaften im selben Lehen, die im Zeitraum von zwei Wochen vermisst wurden?«

»Wahrscheinlich ist das gar nicht bekannt. Überleg mal, wie weit entfernt die drei Dörfer voneinander liegen. Die Leute in Danvers Crossing zum Beispiel sind sicher sehr beunruhigt wegen Carrie Clover. Aber sie haben keine Ahnung, dass auch in zwei anderen Orten zwei Jugendliche verschwunden sind. Zwischen den Dörfern gibt es oft nicht viel Austausch.«

»Woher wusste Liam es dann?«, fragte Lynnie.

Will zuckte mit den Schultern. »Es gehört zur Aufgabe der Waldläufer zu wissen, was im Lehen vorgeht. Wir reisen durchs Lehen, sammeln Nachrichten und Informationen und achten auf ungewöhnliche Ereignisse. Er war dann wahrscheinlich derjenige, der einen Zusammenhang zwischen den Vorfällen in den drei Orten entdeckt hat.«

»Und jemand hat ihn getötet, bevor er deswegen irgendetwas unternehmen konnte«, sagte Lynnie.

Will hob warnend eine Hand. »Vielleicht werden diese drei tatsächlich vermisst oder sind sogar tot. Es könnte auch noch andere Erklärungen für diese Daten geben.«

»Wie zum Beispiel?«

»Keine Ahnung.«

»Aber überleg doch mal, Will. Es muss einfach so etwas sein. Schließlich machte Liam sich die Mühe, diese Namen und Daten in seinem Tresor zu verstecken. Also müssen sie etwas Wichtiges bedeuten. Und jemand hat ihn getötet. Er muss Fragen im Zusammenhang mit diesen dreien gestellt und damit jemanden aufgeschreckt haben. Wer auch immer es war … er hat einen ›Unfall‹ herbeigeführt.«

»Es ist eine vernünftige Hypothese«, gab Will zu, »aber das ist im Moment auch schon alles.« Lynnie hatte eine lebhafte Fantasie, die er im Zaum halten musste. Allzu oft entstand bei einer Situation wie dieser die Versuchung, die Beweise so zu interpretieren, dass sie zur Theorie passten, und diejenigen beiseitezulassen, die sich nicht so gut einfügten.

»Lass uns einfach noch keine voreiligen Schlüsse ziehen«,

fuhr er fort. »Ich denke, es wird Zeit, dass wir ein paar Nachforschungen anstellen. Aber zuerst brauche ich ein paar Requisiten von der Burg.«

»Ein Handkarren?« Lynnie musterte das schäbige kleine Gefährt, das Will aus der Burg geholt hatte. »Was machen wir denn mit einem Handkarren?«

»Damit befördern wir all unseren weltlichen Besitz«, erklärte Will. »Ich gebe mich als Wanderarbeiter mit Tochter aus. Ich werde nach Arbeit suchen und du bist mit mir unterwegs.« Er griff in den Karren und holte ein geflicktes, schäbiges Kleid heraus. »Wenn ich so darüber nachdenke, kannst du dich schon mal umziehen.«

Lynnie betrachtete das schäbige Kleid voller Abscheu. »Muss ich wirklich diesen Lumpen anziehen?«, fragte sie.

Will nickte. »Wäre doch zu offensichtlich, wenn du den Umhang der Waldläufer und einen Bogen hättest«, sagte er. »Wir wollen nicht, dass die Leute wissen, wer wir sind. Allzu oft machen die Leute vom Land dicht, wenn sie einen Waldläufer sehen. Wir müssen aber in diesen Dörfern herumschnüffeln. Sehr wahrscheinlich hast du mehr Glück bei den Jugendlichen als ich bei ihren Eltern. Kinder reden mit anderen Kindern, sind aber bei Erwachsenen eher verschlossen.«

»Was ist mit unseren Pferden? Was machen wir mit ihnen?«, fragte Lynnie.

»Kurz bevor wir ein Dorf erreichen, verbergen wir sie im Wald. Ein Wanderarbeiter würde wohl kaum ein Pferd besitzen, geschweige denn zwei. Natürlich wird Reißer über all das nicht gerade begeistert sein. Er wird anfänglich noch den

Handkarren für uns ziehen müssen und das könnte unter seiner Würde sein.«

Tatsächlich war Reißer fast beleidigt, als er den Karren sah.

Du erwartest von mir, dass ich dieses Ding ziehe? Ich bin kein Lastgaul, weißt du.

»Und ich bin auch kein Knecht auf Arbeitssuche«, erwiderte Will. Er sah sich kurz um, ob Lynnie außer Hörweite war, bevor er seinem Pferd weiter antwortete. »Aber wir sind in Geheimmission unterwegs und es ist eine ausgezeichnete Verkleidung.«

Ich möchte nicht gesehen werden, wie ich ein solches Ding ziehe.

»Musst du auch nicht. Wir schirren dich ab, sobald wir in die Nähe der Ortschaften kommen. Du kannst im Wald auf uns warten.«

Und wer zieht dann den Karren?, wollte Reißer wissen.

»Ich selbst. Es ist schließlich auch ein Handkarren. Und die Leute werden mich dabei sehen.«

Die Leute werden dich sehen? Viele Leute?

»Dutzende nehme ich an. Ich werde sogar einen großen Strohhut mit einem zerrupften Rand tragen.«

Das ist dann auch nur gerecht.

Wie sich herausstellte, war es für Reißer natürlich überhaupt kein Problem, den Handkarren zu ziehen. Der Karren war leicht und selbst mit Will auf seinem Rücken war das keine Anstrengung. Sein Stolz war selbstverständlich eine ganz andere Angelegenheit. Reißer schnaubte verärgert, wann immer sie jemandem auf der Straße begegneten.

Sie begannen in der nächstgelegenen Ortschaft, Danvers Crossing. Etwa zwei Meilen, bevor sie das Dorf erreicht hatten, hielten sie an. Sie suchten sich eine kleine Waldlichtung aus, vielleicht zwanzig Schritt von der Straße entfernt, wo es genug frisches Gras und Schatten für die Pferde gab. Will schirrte Reißer vom Wagen ab. Am hinteren Teil des Karrens hing ein großer Schlauch mit Wasser, aus dem Will für die beiden Pferde einen Ledereimer füllte.

»Ich komme später noch einmal, um nach euch zu sehen«, sagte Will zu den Pferden. »Bis dahin: Ruhig bleiben.«

Die beiden letzten Worte waren ein Befehl, den alle Pferde von Waldläufern kannten. Er stellte sicher, dass Stupser und Reißer sich verborgen hielten und keinen Laut von sich gaben, wenn Leute vorbeikamen. Beide Pferde nickten einige Male, zum Zeichen, dass sie das Kommando verstanden hatten. Dann übernahm Will die Deichsel des Karrens und zog ihn hinaus auf die Straße nach Danvers Crossing. Lynnie lief neben ihm her.

Als Will sich noch einen alten Strohhut mit einem zerrupfen Rand aufsetzte, meinte er, von Reißer ein höhnisches Wiehern zu hören.

Zweiunddreißig

Danvers Crossing lag, wie im Namen bereits angedeutet, am Ufer eines kleinen Flusses. Lynnie hatte erwartet, dass das »Crossing«, also das »Überqueren«, vielleicht mittels einer seichten Furt erfolgte, doch der Fluss war tief und die Strömung schnell. Ein großes, flaches Floß, das auf jeder Flussseite an dicken Seilen festgemacht war, ermöglichte es, den Fluss zu überqueren.

Es war eine hübsche Ortschaft und am Flussufer wuchsen Weiden, die mit ihren tief hängenden Zweigen kühle, schattige Rückzugsmöglichkeiten boten. Das Gurgeln des Flusses war unablässig im Hintergrund zu hören. Lynnie fand es ein sehr beruhigendes Geräusch.

Abgesehen von dem Floß war Danvers Crossing ein typischer kleiner Ort mit einem Schmied, einer Schänke, einer kleinen Gerberei, einem Tischler und einem Saatguthändler. Wie bei der Lage am Fluss nicht anders zu erwarten, gab es natürlich auch eine Mühle, deren riesiges Rad von der Strömung angetrieben wurde. Aus der ganzen Umgebung brachten die Bauern ihr Korn zu dieser Mühle, um es zu feinem Mehl mahlen zu lassen.

Außer den Handwerkern und dem Laden gab es natürlich auch noch die Häuser der Dorfbewohner. Die meisten waren recht klein und hatten nur ein Geschoss, gebaut in der üblichen Bauweise von Flechtwerk, das mit Lehm verstrichen wurde. Die tief gezogenen Dächer waren mit Reet gedeckt. Alles in allem waren es ungefähr dreißig Wohnhäuser, die rechts und links der Hauptstraße standen. Die dazwischen verlaufenden Seitenstraßen führten zu Scheunen, Ställen und anderen Nebengebäuden.

Die Gerberei stand etwas außerhalb des Ortes. Lynnie rümpfte die Nase, als sie daran vorbeiliefen.

»Igitt. Was ist das denn für ein furchtbarer Gestank?«, fragte sie.

Will, der sich über die Deichsel des Karrens bücken musste, blickte zu ihr hoch. »Das willst du gar nicht wissen.«

Zwischen der Gerberei und dem ersten Wohnhaus herrschte ein beträchtlicher Abstand. Als Nächstes kam die Schmiede, aus der man das dumpfe Hämmern auf Metall und das rhythmische Ächzen des Blasebalgs hören konnte, mit dem der Geselle des Schmieds die Luftzufuhr unter der Glut aufrechterhielt. Die meisten Ortschaften waren so aufgebaut. Betriebe wie die Gerberei mit ihrem unangenehmen Geruch oder die Schmiede mit ihrem Risiko, durch Funkenflug ein Feuer auszulösen, befanden sich in ausreichendem Abstand von den anderen Gebäuden.

Einige Dorfbewohner waren draußen unterwegs und musterten die Neuankömmlinge interessiert und – gelegentlich – auch misstrauisch. Ein oder zwei nickten ihnen zu und Will erwiderte den Gruß, indem er mit der Hand an seinen ramponierten Hut fuhr.

Als sie weiter ins Ortsinnere gingen, entdeckten sie ein

zweistöckiges Gebäude, das sich stolz neben dem Fluss emporreckte.

»Das dürfte die Schänke sein«, sagte Will leise zu Lynnie. »Dort gehen wir gleich mal hin.«

Danvers Crossing war Wills Vermutung nach zu klein, um sowohl ein Gasthaus als auch eine Schänke zu haben. Das Gebäude am Fluss diente gewiss beiden Zwecken. Im langgezogenen Schankraum wurden auch Mahlzeiten serviert und im oberen Stockwerk befanden sich höchstwahrscheinlich die Zimmer für Übernachtungen. Am grasigen Flussufer konnte man sehen, dass der Wirt bei gutem Wetter Tische aufstellte, sodass seine Gäste auch im Freien am Fluss essen konnten.

Will blieb vor dem Gasthof stehen, stellte seinen Karren ab und richtete sich dankbar auf, während er mit der Hand sein schmerzendes Kreuz massierte. Die Deichsel des Karrens saß ziemlich tief, weshalb Will sich ständig leicht bücken musste, um ihn zu ziehen. Er nahm seinen Hut ab und wischte sich über die Stirn.

Lynnie wartete ungeduldig, während er langsam das Dorf und den Fluss musterte. »Was jetzt?«, fragte sie.

Er blickte sie kopfschüttelnd an. »Lass dir Zeit«, sagte er. »Das Landvolk hetzt nicht. Entspann dich einfach und genieß den Rosenduft.«

Sie blickte sich um. »Rosen? Wo sind hier Rosen? Das Einzige, was ich rieche, ist Pferdemist.«

Neben dem Gasthof befand sich ein Innenhof mit einem Stall zur Nutzung durch die Gäste des Gasthofs. Offensichtlich war er in letzter Zeit reichlich von Gästen und deren Pferden genutzt worden.

»Das war im übertragenen Sinne gemeint«, erklärte Will.

»Ich kann ja wohl kaum sagen: Entspann dich und genieß den Pferdemist, oder?«

Lynnie grinste seufzend. »Das passt wirklich nicht unbedingt zusammen.«

Will nickte geistesabwesend. »Also gut, nachdem wir uns nun entspannt haben, lass uns reingehen.« Auf dem Weg zur Tür sagte er: »Lass mich das Reden übernehmen.«

»Das hast du mir schon gesagt … und zwar schon öfter«, antwortete Lynnie.

Er sah sie an. »Ich wollte nur sicher sein, dass du es dir auch merkst.« Er öffnete die Tür.

In der Schänke war es ziemlich dunkel, da nur ein kleines Fenster an der Seite Tageslicht hereinließ. Vier Laternen hingen von dem mittigen Deckenbalken und ein Feuer flackerte im massiven Kamin auf einer Seite des Raumes. Lynnie vermutete, dass dort auch das Fleisch gebraten wurde.

Die Deckenbalken waren niedrig, und selbst Will, der nicht gerade zu den größten Männern gehörte, musste sich beim Eintreten bücken. Der Wirt blickte mit leichtem Interesse auf. Er war damit beschäftigt, eine Reihe von Krügen auszuwischen.

»Was zu trinken?«, fragte er. »Und vielleicht auch was zu essen?«

Will sah ihn mit gerunzelter Stirn an. »Ja, zu trinken. Bier für mich … ein Halbes, mein ich.«

Ein »halbes Bier« war Bier und Wasser zu gleichen Teilen gemischt. Das heißt, wenn der Wirt ehrlich war. Allzu oft bedeutete ein Halbes allerdings mehr Wasser als Bier. Doch es war eben billiger, was der Grund war, warum Will es bestellte.

»Wie ist es mit Essen?«, fragte der Wirt weiter, während er einen Krug vor Will absetzte. »Wir haben heute leckeren Hühnereintopf. Huhn mit Knödel und Gemüse und einem guten Stück frischem Brot für drei Pfennig die Mahlzeit.«

Will schob nachdenklich die Lippen vor. »Wir teilen uns eine Portion«, sagte er. Der Preis war eigentlich mehr als günstig, aber Will spielte die Rolle eines Wanderarbeiters und solche Leute mussten ihr Geld zusammenhalten.

»Das macht dann aber eine Extramünze für einen zweiten Teller und Löffel«, antwortete der Wirt.

Will sah ihn mit gerunzelter Stirn an. »Hm!«, schnaubte er. »Ich habe ja wohl keine Wahl. Also gut.«

Der Wirt deutete auf Lynnie. »Will sie auch etwas zu trinken? Ich habe frischen Apfelmost, wenn sie will.«

»Wasser reicht für sie«, sagte Will in seiner Rolle als Pfennigfuchser. Der Wirt goss Lynnie einen Becher Wasser ein und rief die Essensbestellung zu einer unsichtbaren Köchin in der Küche hinter sich. Er stützte sich mit den Ellbogen auf der Theke ab, als Will und Lynnie sich ihm gegenüber hingesetzt hatten.

»Auf der Durchreise?«, fragte er.

Er war recht freundlich. Wahrscheinlich überlegt er, ob er uns vielleicht auch ein Zimmer vermieten kann, dachte Will.

»Auf der Durchreise, ja«, antwortet Will. »Ob wir weiterreisen, hängt davon ab, ob ich hier Arbeit finde.«

»Das könnte durchaus sein«, sagte der Wirt. »Welche Art von Arbeit sucht Ihr denn?«

Will zuckte mit den Schultern. »Alles Mögliche. Feldarbeit, Zäune bauen, Schreinerarbeiten, Reparaturen, einfach alles.«

»Nicht viel Feldarbeit im Moment«, sagte der Wirt. »Aber ich habe ein paar Reparaturen hier im Gasthof, die gemacht werden müssten. Tischler- und Malerarbeiten.«

Will blickte ihn interessiert an. »Tja, dann bin ich Euer Mann.« Er streckte die Hand aus. »William ist mein Name. William Accord. Das ist meine Tochter Lynnie.«

Sie schüttelten sich die Hände. »Tag, Lynnie«, sagte der Wirt. Dann sprach er wieder Will an. »Ich heiße Rob, Rob Danvers.«

Will hob interessiert die Augenbrauen. »Danvers? Ist dieser Ort dann etwa nach Euch benannt?«

Rob Danvers schüttelte den Kopf. »Nein, aber nach meinem Urgroßvater. Er baute das erste Floß, das als Fähre über den Fluss diente. Ihr müsst wissen, dass es damals alle Arten von Banditen und Räuber in diesem Teil des Landes gab. Überhaupt nicht mit heute vergleichbar.«

»Stimmt schon, das Reisen ist heutzutage zum Glück nicht mehr so gefährlich«, antwortete Will. »Also, für wie viele Tage habt Ihr für mich Arbeit, was meint Ihr?«

Danvers zuckte mit den Schultern. »Zwei oder drei, vielleicht. Aber Ihr hättet bestimmt noch mehr gute Möglichkeiten, wenn Ihr hier im Gasthof bleibt und ich ein gutes Wort für Euch einlege. Ihr könntet hier ein Zimmer für Euch und Eure Tochter mieten, dann wärt Ihr gleich vor Ort.«

Will rümpfte die Nase bei diesem Vorschlag … und den Kosten. »Ich würde lieber in Eurem Stall schlafen, wenn's recht wäre«, sagte er.

Danvers zuckte mit den Schultern. »Wie Ihr wollt. Das ist natürlich billiger. Aber auch um einiges zugiger.«

»Wir sind nicht verwöhnt«, sagte Will. »Aber während

ich arbeite, bräuchte ich jemand, der auf meine Lynnie aufpasst. Ich will schließlich nicht, dass sie einfach so allein in der Gegend rumrennt. Gibt es vielleicht eine Frau im Dorf, die so was machen könnte?«

Ein junges Mädchen kam mit ihrem Essen aus der Küche. Will nahm erst einen Bissen, kaute und schluckte, bevor er weiterredete.

Lynnie machte sich mit großem Appetit über ihre Mahlzeit her. Nach einem langen Vormittag auf der Straße schmeckte der Eintopf ganz vorzüglich. Nur etwas mehr als eine halbe Portion hätte es sein dürfen. Bei Wills nächster Frage hob sie den Kopf.

»Im letzten Ort erzählte jemand von einer Familie, wo die Tochter weggezogen ist. Vielleicht wären die interessiert?« Will schwieg und gab vor, nach dem Namen zu suchen. »Clover, hießen die, glaub ich. Jedenfalls hatten sie ein Mädchen in Lynnies Alter.«

Rob Danvers Gesicht wurde verschlossen und er stand abrupt auf.

»Carrie Clover ist nicht weggezogen«, sagte er kurz.

Will sah ihn überrascht an. »Dann ist sie also noch da?«

Danvers schüttelte den Kopf. »Sie ist verschwunden. Vor ein paar Wochen. Einfach eines Nachts verschwunden.«

»Wahrscheinlich weggelaufen, was?«, fragte Will.

Der Wirt zögerte, dann antwortete er: »Ich wäre nicht allzu überrascht. Ihre Eltern haben sie nicht besonders gut behandelt. Man hat sie oft mit blauen Flecken im Gesicht gesehen. Oder mit roten Augen vom Heulen. Arme Kleine. Sie war ein nettes Ding.«

»Wahrscheinlich hat ein Junge ihr den Kopf verdreht und

sie ist mit ihm weggelaufen. Wäre nicht das erste Mal, dass so was passiert.«

Doch Danvers schüttelte den Kopf. »Sie hatte einen Freund, soviel ich weiß. Er ist immer noch hier. Nein, wenn Ihr mich fragt, hatte sie die vielen Schläge satt und lief davon.« Er beugte sich vor und sagte leise: »Außer natürlich, jemand hat sie mitgenommen.«

»Mitgenommen? Wofür denn?«

Danvers zuckte mit den Schultern. »Weiß auch nicht. Vielleicht gegen Lösegeld?«

»Ist ihre Familie denn so reich?«, fragte Will, aber Danvers schüttelte den Kopf und widersprach damit seiner eigenen Theorie.

»Der Vater ist Pflüger. Schafft es gerade so, über die Runden zu kommen. Ein Lösegeld könnte er bestimmt nicht bezahlen.«

»Aber warum sollte sie dann jemand entführen, wenn es sowieso kein Lösegeld für sie geben kann?«

Danvers wiegte den Kopf, als er darüber nachdachte. Wenn er ehrlich war, musste er eingestehen, dass er seine Theorie vorher noch nicht richtig bedacht hatte. Er hatte sich einfach angewöhnt, im düstersten Ton zu vermuten, dass »jemand sie mitgenommen hat«.

»Keine Ahnung. Aber sie ist fort, so viel weiß ich.« Er machte eine kurze Pause. »An Eurer Stelle würde ich die Familie lieber nicht fragen. Clover ist ein ziemlich cholerischer Typ. Wenn er denkt, Ihr gebt ihm die Schuld für ihr Verschwinden, dann bricht er wahrscheinlich gleich einen Streit oder eine Schlägerei vom Zaun.«

Will hob abwehrend die Hände und nickte zustimmend.

»Danke für die Warnung«, sagte er. »Ich werde nichts sagen, falls ich ihm über den Weg laufe.« Er schüttelte den Kopf, als müsse er diese ganzen Informationen verdauen, beendete seine Mahlzeit und blickte dann zu Lynnie.

»Also los, Mädel. Iss auf, damit wir unsere Sachen in den Stall bringen können. Kann gut sein, dass es noch regnet, bevor es dunkel wird.«

Er schluckte den letzten Rest seines Bieres hinunter, nickte Danvers zu und drehte sich zur Tür. Lynnie folgte ihm.

Dreiunddreißig

Sie verbrachten noch zwei Tage in Danvers Crossing, erfuhren jedoch nur wenig mehr über das Schicksal von Carrie Clover.

Während Will sich den Reparaturen und dem Streichen im Gasthof widmete, schlenderte Lynnie durchs Dorf und versuchte, sich mit den Jugendlichen anzufreunden. Sie verhielten sich ihr gegenüber weder besonders freundlich noch auffallend unfreundlich. Doch sie zeigten ein gewisses Interesse an ihr als Fremde.

Für Lynnie war es leichter, das Thema des vermissten Mädchens anzusprechen. Da Will sich bereits mit Danvers darüber unterhalten hatte, konnte er wohl kaum weiter Interesse daran zeigen. Das hätte nur unnötige Aufmerksamkeit erregt. Er hatte nur noch die Möglichkeit, seine Abende in der Schänke zuzubringen und in der Hoffnung, dass irgendjemand vielleicht das Thema anschnitt, auf die Unterhaltungen um sich herum zu lauschen. Leider erfuhr er dabei nichts.

Jugendliche neigen jedoch eher dazu, geradeheraus zu sagen, was sie denken, und Lynnie konnte einfach nach dem Verschwinden von Carrie fragen, indem sie erklärte, ein Gespräch über sie zwischen ihrem Vater und dem Wirt mit angehört zu haben. Sie wartete, bis sie sich an zwei oder drei Gelegenheiten mit der Dorfjugend getroffen hatte, dann schnitt sie das Thema einfach an.

»Mein Pa hat mir erzählt, dass ein Mädchen aus dem Dorf verschwunden ist«, sagte sie. »Hat mir 'ne lange Predigt gehalten, dass ich bloß vorsichtig sein soll, damit mir nicht das Gleiche passiert.«

Es war Spätnachmittag und sie saß mit einem halben Dutzend der einheimischen Kinder am Fluss. Es waren alle möglichen Altersstufen vertreten, von acht bis fünfzehn. Die anderen tauschten unangenehm berührte Blicke aus und einen Moment lang antwortete niemand. Sie tat so, als bemerke sie das Schweigen nicht, und hakte nach.

»Also, was is' denn jetzt mit ihr passiert? Wo is' sie hin?«

Die Kinder wechselten wieder Blicke. Dann sagte einer der älteren Jungen: »Er meinte wahrscheinlich Carrie Clover.«.

Lynnie zuckte mit den Schultern. »Den Namen hat er mir nicht gesagt. Also is' sie weggelaufen, oder was?«

Alle schüttelten die Köpfe. Dann sagte ein etwa Zehnjähriger mit einem zerzausten blonden Haarschopf: »Nich' weggelaufen. Eher weggenommen.«

Lynnie beugte sich vor und spielte die Überraschte. »Weggenommen? Aber von wem denn?«

»Du hältst die Klappe, Clem«, sagte der ältere Junge schnell und sah Lynnie aufgebracht an. »Wir reden nicht darüber.«

»Warum denn nicht? Wer hat sie denn mitgenommen?«, fragte sie. Es schien ganz normal weiterzufragen.

Der Junge sah sich in der restlichen Gruppe um. Alle blickten besorgt drein, bis auf den jungen Clem, dem es gar nicht passte, vor der Fremden zurechtgewiesen worden zu sein.

Schließlich antwortete der ältere Junge. »Ein Flussbold hat sie mitgenommen.«

Lynnie beobachtete die restlichen Kinder und sah einige überrascht hochblicken, was sie schnell zu verbergen suchten.

»Genau, Simon hat recht. Es war ein Flussbold, der sie mitgenommen hat.« Eines der Mädchen, das ein paar Jahre jünger war als Lynnie, pflichtete ihm bei und nickte nachdrücklich.

»Und was ist ein Flussbold?«, fragte Lynnie. Sie hatte den Ausdruck noch nie gehört und war ehrlich verblüfft.

Der ältere Junge, Simon, zögerte einige Sekunden und sie hatte den Eindruck, dass er sich gerade eben erst eine Erklärung überlegte.

»Das ist ein Flussgeist«, sagte er. »Ein böser Flussgeist, ein Kobold. Sie lauern im tiefen Wasser und springen dann plötzlich raus und schnappen jeden, der zu nahe am Ufer ist.«

»Wir sind jetzt auch nah am Ufer«, meinte Lynnie.

Simon blickte zum Fluss und merkte, dass sie recht hatte.

»Stimmt, sind wir. Wir sollten lieber ein Stück zurückgehen, damit nicht noch einer von uns geholt wird.« Er stand auf und bedeutete den anderen, das Gleiche zu tun. Mit leichter Verspätung standen sie alle auf.

Er lügt, dachte Lynnie. Er erfindet das gerade nur alles. Aber warum?

Clem, der Junge, der vorhin etwas gesagt hatte, schüttelte geringschätzig den Kopf.

»Flussbold! Als ob's so was g…«, fing er an zu murren. Doch das Mädchen, das Simon zugestimmt hatte, packte ihn am Arm und zerrte ihn zur Seite. In dringlichem Flüstern redete sie auf ihn ein.

»Halt du bloß deine Klappe, Clem! Vergiss nicht, was der Geschichtenmann gesagt hat …«

Sie sprach etwas lauter als beabsichtigt und Lynnie hörte mit. Ihre Gedanken überstürzten sich. Der Geschichtenmann? Wer war der Geschichtenmann? Sie tat aber, als hätte sie die Worte des Mädchens nicht gehört.

Simon drehte sich zu dem Mädchen. »Klappe! Alle beide!« Er merkte, dass Lynnie ihn beobachtete und fuhr fort: »Am besten gehen wir jetzt alle nach Hause. Es bringt Unglück, über Flussbolde zu sprechen.«

Die anderen stimmten kleinlaut zu und alle machten sich auf den Weg nach Hause. Ein oder zwei von ihnen drehten sich zu Lynnie um, die noch am Fluss blieb. Sie ging vor zum Ufer und spähte ins glatte, schnell fließende Wasser.

Eine Wolke zog über die Sonne, und das Blau des Flusses, das bisher so freundlich geglitzert hatte, verwandelte sich mit einem Mal in ein schweres, bleiernes Grau. Ein Schaudern durchfuhr sie und sie drehte sich weg und eilte zurück über die Hauptstraße zu dem Stall, in dem sie und Will nächtigten.

»Was ist ein Flussbold?« Die Frage platzte aus ihr heraus, im gleichen Moment, in dem Will den Stall betrat – etwa eine Stunde später. Er war für den heutigen Tag mit der Arbeit fertig. Um genau zu sein, hatte er sämtliche Aufgaben erledigt, die Rob Danvers ihm übertragen hatte, und es hatte sich kein weiterer Auftrag ergeben.

Neugierig blickte er sie an. Sie saß mit dem Rücken gegen ein Rad des Karrens gelehnt. Ihr Gesicht war blass und sie sah beunruhigt aus.

»Ein Fluss… was?«, fragte er nach, und sie schüttelte ungeduldig den Kopf.

»Ein Bold. Ein Flussbold. Das soll so ein Geist sein.«

Er schüttelte den Kopf und schob die Lippen vor. »Nicht, dass ich je davon gehört hätte. Könnte sein, dass Bold lediglich die hiesige Abkürzung für Kobold ist. Manche Leute sprechen von Kobolden im Wald, oder von Waldgeistern. Angeblich gibt es auch Geister, die sich in der Nähe von alten Gräbern aufhalten. Obwohl ich nie einem begegnet bin.«

Er machte eine Pause, als eine unangenehme Erinnerung sich bemerkbar machte. Da war einmal eine Situation vor ein paar Jahren, als er sich auf den Weg gemacht hatte, um Malcolm zu holen, damit er den schwer verwundeten Walt heilte. Beim Passieren der uralten Hügelgräber hatte er etwas Unheimliches und Geisterhaftes gespürt. Damals hatte er gedacht, seine Fantasie hätte ihm einen Streich gespielt.

»Aber sie sprachen von einem Flussbold«, erklärte Lynnie. Dieser Gedanke schien sie zu beunruhigen.

»Wer hat davon gesprochen?«

»Die Kinder aus dem Ort. Sie sagten, Carrie Clover sei von einem Flussbold geholt worden.«

Jetzt hatte sie seine ganze Aufmerksamkeit.

»Sie sagten, er hätte sie in den Fluss gezogen«, fuhr Lynnie fort.

»Das haben sie selbst gesehen?«, fragte Will sofort. Es könnte irgendein großes Tier gewesen sein, das im Wasser gelauert hatte, überlegte er. Ein Bär zum Beispiel. Er wusste, dass Bären auch schwimmen konnten. Zwar hatte er es nie selbst gesehen, aber er hatte entsprechende Erzählungen gehört.

»Nein. Sie haben es nicht gesehen. Um ehrlich zu sein, glaube ich, sie haben gelogen.«

»Weshalb?«, fragte Will nach.

Lynnie überlegte kurz, wie sie es erklären sollte. »Es war einfach so ein Gefühl. Einer der Jüngeren glaubte es nicht. Er mokierte sich über die Behauptung und ein älteres Mädchen fuhr ihm über den Mund. Simon, der älteste Junge, erzählte mir die Geschichte von dem Flussbold. Aber ich hatte einfach das Gefühl, dass er es erfand.«

»Und der Jüngere glaubte es nicht?«, fragte Will, und sie nickte. »Das ist eigenartig. Normalerweise sollte man denken, dass eher die Jüngeren solche Geschichten von Flussgeistern oder Kobolden glauben.«

»Doris, das Mädchen, das ihm über den Mund fuhr, sagte etwas von einem Geschichtenmann.«

»Von einem Geschichtenmann?«, wiederholte Will langsam. »Das könnte der hiesige Geschichtenerzähler sein.«

»Das Mädchen sagte nur: ›Vergiss nicht, was der Geschichtenmann gesagt hat.‹ Dann schrie Simon *sie* an und sagte ihr, sie solle die Klappe halten.«

Will setzte sich und dachte über das eben Gehörte nach. Als er wieder aufblickte, sah er in Lynnies besorgtes Gesicht.

»Aber es gibt doch so einen Flussbold gar nicht, oder? Nicht wirklich?«, sagte sie.

»Nein. Ich habe nie vorher davon gehört und ich war schon oft in der Nähe von Flüssen. Es ist nur eine Geschichte«, beruhigte er sie. Als er das Wort »Geschichte« aussprach, fiel ihm dieser erwähnte Geschichtenmann wieder ein. Er beschloss, später in der Schänke danach zu fragen. Vielleicht gab es einen Geschichtenerzähler im Ort. Dörfer wie dieses hatten häufig auch Barden, die die mündlichen Überlieferungen über die Geschichte des Ortes und seiner Einwohner am Leben erhielten.

»Du bist heute dran, nach den Pferden zu schauen«, sagte er. Sie wechselten sich damit ab, sich nach Einbruch der Dunkelheit aus dem Ort zu schleichen, um sich zu überzeugen, dass mit den Pferden alles in Ordnung war. Lynnie blickte aus den unverglasten Stallfenstern. Die Sonne ging unter und die Schatten im Dorf wurden länger. Um die Lichtung zu erreichen, wo Reißer und Stupser verborgen standen, müsste sie teilweise am Fluss entlanglaufen.

Sie knetete nervös ihre Hände bei dem Gedanken – und dem Gedanken an die dunklen Wesen, die vielleicht unter der Wasseroberfläche lauerten. Simon hatte gelogen, dessen war sie sich sicher. Aber trotzdem *konnte* es schließlich so etwas wie einen Flussbold geben, auch wenn er es nicht gewesen war, der Carrie Clover geholt hatte. Schließlich hatte Will nur gesagt, dass er noch nie von einem solchen Wesen *gehört* hatte. Er hatte nicht gesagt, dass es sie nicht gab.

»Kommst du mit?«, fragte sie kleinlaut.

Will drehte sich überrascht zu ihr. Er kannte Lynnie als selbstsicher und mutig. Offensichtlich hatte ihr dieses Gerede von bösen Flussgeistern zu schaffen gemacht. Er wollte schon lachen, doch dann wurde ihm klar, dass sie einfach noch sehr jung war und es dunkel wurde und einem die Fantasie da böse Streiche spielen konnte, egal, was die Vernunft dir sagte. Er seufzte, denn er hatte einen anstrengenden Tag hinter sich und sich auf ein kurzes Nickerchen im Stroh gefreut, bevor er zum Abendessen in den Gasthof ging.

Müde erhob er sich und bürstete die Strohhalme von seiner Kleidung.

»Aber sicher doch«, sagte er.

Die Pferde freuten sich wie immer, sie zu sehen. Noch mehr freuten sie sich, als sie die Äpfel entdeckten, die ihre Reiter ihnen mitbrachten.

Es gab ausreichend Weidegras für sie, aber Will hatte noch einen kleinen Sack Hafer mitgebracht, denn nur Gras allein war etwas eintönig. Die Pferde schienen seine Meinung zu teilen, denn sie kauten begeistert den Hafer. Will tätschelte Reißers muskulösen Hals, während das kleine Pferd den Kopf in den Hafersack steckte.

»Wir machen uns morgen wieder auf den Weg, also fresst alles auf«, sagte er. Lynnie hatte das gehört.

»Wir brechen auf?«, fragte sie. Sie bürstete gerade Stupsers Fell, denn sie wusste, wie sehr er das mochte.

»Es gibt keine Arbeit mehr, also auch keinen Grund, noch zu bleiben. Ich werde sehen, was ich heute Abend noch über diesen Geschichtenmann herausfinden kann. Aber wenn sich nicht noch etwas Wichtiges ergibt, ziehen wir morgen zum nächsten Dorf weiter.«

Lynnie nickte und neigte leicht den Kopf. In der Ferne konnte sie das Rauschen des Flusses hören. Anfangs, als sie angekommen waren, hatte es so fröhlich und freundlich geklungen. Jetzt empfand sie nicht mehr so.

»Mir tut es nicht leid, wenn wir weiterziehen«, sagte sie.

Später an diesem Abend, als Will vorgab, noch einen letzten Schluck vor dem Schlafengehen zu nehmen, brachte er das Thema bei Danvers auf.

»Habt Ihr eigentlich einen Erzähler im Ort?«, fragte er ganz beiläufig.

Danvers schüttelte den Kopf. »Unser Ort ist nicht groß

genug, als dass es sich lohnte«, sagte er. »Von Zeit zu Zeit kommen aber reisende Erzähler hier durch. Als …« Er wollte noch etwas hinzufügen, doch in diesem Moment riefen ein paar Bauern lautstark nach mehr Bier. Der Wirt zuckte entschuldigend mit den Schultern und ging sie bedienen. Er war einige Zeit beschäftigt und Will trank schließlich aus. Er hatte keinen weiteren Grund, noch in der Schänke zu bleiben, also ging er, um sich endlich schlafen zu legen.

Er überlegte noch kurz, was der Wirt wohl hatte sagen wollen, aber wahrscheinlich war es nichts Wichtiges gewesen. Die wichtigste Frage war beantwortet worden. Es gab keinen Geschichtenerzähler im Ort.

Vierunddreißig

Esseldon war nicht ganz so groß wie Danvers Crossing. Es lag nicht an einem Fluss, also gab es auch keine Mühle und kein damit zusammenhängendes Gewerbe. Natürlich gab es auch keine Fähre.

Doch es war ein hübscher kleiner Ort mit einer Hauptstraße, an der entlang sich verschiedene Häuser und Geschäfte reihten. Am einen Ende des Ortes, am Fuße eines kleinen Hügels, stand der übliche Dorfgasthof. Egal wie klein eine Siedlung sein mochte, es gab immer eine Wirtschaft, wohin die Einheimischen gehen konnten, um sich zu entspannen, um zu essen und zu trinken und sich zu unterhalten. Und natürlich auch, wo Reisende die Nacht verbringen konnten.

Wie beim letzten Mal bat Will um Erlaubnis, im Stall des Gasthofs zu übernachten, und bekam sie auch. Natürlich hätte er sich leicht ein Zimmer im Gasthof leisten können, doch er wollte das Bild eines Wanderarbeiters aufrechterhalten. Ein solcher Mann hätte gewiss kein mühsam verdientes Geld für eine schöne Unterbringung verschwendet. Ein Dach über dem Kopf und sauberes Stroh, um sich hinzulegen, das war für solche Leute ausreichend.

Als es um die Arbeit ging, sah es jedoch nicht so gut aus.

Jerome, der Wirt, schüttelte zweifelnd den Kopf, als Will danach fragte.

»Keine Arbeit auf den Feldern«, sagte er, »die Ernte ist eingefahren. Und wenn es Reparaturarbeiten gibt, dann erledigen es die meisten Bauern selbst. Wie ich auch. Ihr könnt natürlich noch selbst herumfragen, aber erwartet nicht zu viel.«

Will nickte düster. »Das habe ich schon befürchtet«, sagte er. »Na ja, ich bleibe vielleicht ein oder zwei Tage und schaue mich um. Aber jetzt bringen wir erst mal unsere Sachen in den Stall.«

Er griff die Deichsel des Handkarrens und zog ihn in den Hof und weiter in den kleinen Stall. Dort sah er sich um und deutete auf einen Haufen frisches Stroh.

»Breiten wir davon ein wenig als Nachtlager für uns aus«, schlug er vor.

Lynnie griff sich eine hölzerne Gabel und begann so energisch Stroh auf einer trockenen Stelle des harten Erdbodens zu verteilen, dass eine ganze Wolke von feinem Spreustaub in die Luft stieg und in den hereinfallenden Sonnenstrahlen herumwirbelte. Abgesehen von einem älteren Zugpferd war der Stall leer. Nachdem sie ausreichend Stroh verteilt und dabei einige Male heftig geniest hatte, nahm Will ihr die Gabel aus der Hand. Es war Nachmittag. Inzwischen müssten – wenn Esseldon nicht anders war als die meisten Dörfer – die Kinder und Jugendlichen eine Pause von ihren Pflichten haben und sich in den wenigen Stunden, bevor ihre abendlichen Pflichten begannen, treffen und spielen können.

Natürlich gab es in einem Dorf wie diesem keine Schule. Wenn die Kinder irgendeine Art von Ausbildung erhielten, dann durch ihre Eltern. Meist bedeutete das, dass sie kaum Lesen und Schreiben lernten.

»Am besten gehst du jetzt mal los, um die Dorfjugend kennenzulernen«, schlug Will vor.

Lynnie staubte sich ab und unterdrückte den heftigen Niesdrang mit einem unter die Nase gepressten Zeigefinger.

»Soll ich mich nach Maurice Spoker erkundigen?«, fragte sie. Maurice Spoker war der Junge aus Liams Notizen, der dort im Zusammenhang mit Esseldon erwähnt worden war. Will überlegte kurz, dann schüttelte er den Kopf.

»Nicht sofort. Das kannst du auch morgen noch machen. Benutze die gleiche Geschichte … dass ich von seinem Verschwinden in der Schänke gehört habe und dir eingeschärft habe, vorsichtig zu sein. Lass uns mal sehen, ob es hier in Esseldon auch irgendwelche Hinweise auf einen Geschichtenerzähler gibt.«

Er runzelte die Stirn. In Danvers Crossing hätte es eigentlich doch einen Geschichtenerzähler geben müssen. Denn nach dem, was Lynnie erzählt hatte, schien er die Kinder in Angst versetzt zu haben. Es war merkwürdig, dass Danvers nichts von ihm wusste. Dann kam ihm der Gedanke, dass er seine Frage vielleicht nicht richtig gestellt hatte. Vielleicht wohnte kein Geschichtenerzähler in Danvers Crossing, sondern war nur durchgereist. Vielleicht war es das, was Rob Danvers hatte sagen wollen, bevor sie unterbrochen worden waren.

»In der Zwischenzeit klappere ich im Ort alle Häuser ab und frage nach Arbeit.« Er machte eine Pause und blickte auf seine bandagierte linke Hand. Am Vortag hatte er sich die Hand verletzt, als ihm ein Meißel abgerutscht war. »Wenn ich Glück habe, gibt es keine.«

Lynnie nickte und verließ den Stall. Sie vermutete, dass es einen Platz gab, wo die Kinder des Ortes sich trafen – vielleicht der Marktplatz oder der Dorfanger. Sie fand heraus, dass letzterer der Treffpunkt war. Der Dorfanger war eine große Weide mitten im Ort, wo die Einwohner ihre Kühe, Schafe, Hühner oder Enten weiden lassen konnten. In der Mitte befand sich ein Teich, aus dem die Tiere trinken konnten.

Beim Näherkommen konnte sie ein halbes Dutzend Jugendliche im Gras sitzen sehen. Einer von ihnen stand gerade auf, zog den Arm zurück und warf einen Stein in den Teich.

Lynnie sah zu, wie der Kiesel über das Wasser flog. Ein winziges selbst gebasteltes Holzfloß schwamm auf dem Teich. Anscheinend war es das Ziel. Die anderen johlten, als sein Wurf um eine Armeslänge danebenging. Er grinste und setzte sich. Ein anderer Junge stand auf, musterte das schwimmende Ziel genau, während er einen Stein in der Hand wog, dann den Arm zurückzog und warf.

Sein Wurf ging über das Ziel hinaus und wieder war ein Johlen von den anderen zu hören. Als er sich umsah, entdeckte er Lynnie. Er sagte etwas zu den anderen und alle drehten sich zu ihr um. Sie winkte schüchtern und setzte sich ein paar Schritte entfernt von ihnen mit angezogenen Knien ins Gras.

Die Gruppe entschied anscheinend, dass es nichts brachte, Lynnie weiter anzustarren, und setzte ihren Wettstreit fort. Offensichtlich war es ein Wettstreit zwischen den vier Jungen in der Gruppe. Einer von ihnen stand jetzt auf, um zu werfen. Sein Stein verfehlte das Floß nur um wenige Fingerbreit und brachte es zum Schaukeln. Die beiden Mädchen jubelten. Die anderen Jungen starrten ihn aufgebracht an. Der vierte Junge stand auf und warf, doch es war zu überstürzt. Sein Stein traf viel zu kurz, hüpfte einmal und sank dann. Der Jüngere lachte.

Lynnie fummelte unwillkürlich an ihrer Schleuder herum, die sie um ihre Taille gebunden trug. Sie sah sich um und entdeckte einige glatte Kiesel im Gras neben sich. Zwei hob sie auf, stand auf und trat näher heran, als der erste Junge aufstand, um wieder zu werfen. Diesmal traf er besser und wieder schaukelte das Ziel. Er merkte, dass Lynnie nicht weit entfernt stand, und sah sie neugierig an.

»Guter Wurf«, sagte sie und deutete auf das Ziel, das auf und ab schaukelte. »Darf ich auch mal versuchen?«

»Mädchen können nicht werfen«, sagte er. Es klang nicht verächtlich oder abweisend. Für ihn war das einfach nur eine Tatsache.

Lynnie lächelte. »Ich bin ein Mädchen und ich kann das.«

Damit hatte sie die Aufmerksamkeit der ganzen Gruppe. Einer der anderen Jungen schüttelte den Kopf, ein mitleidiges Lächeln im Gesicht. Die beiden Mädchen, merkte sie, waren sehr interessiert. Sie sahen zwar nicht aus, als ob sie ihr glaubten, aber sie wollten, dass sie es versuchte, in der Hoffnung, dass sie es vielleicht tatsächlich schaffte.

»Lass sie probieren, David«, sagte eine von ihnen.

Der Junge sah sie an, dann zurück zu Lynnie. Mit einem Schulterzucken trat er einen Schritt zurück.

»Warum nicht? Aber es kostet dich einen Pfennig, wenn du mitmachen willst. Der Erste, der das Ziel trifft, gewinnt alles.«

Sie lächelte ihn weiter an, während sie in den Beutel an ihrem Gürtel griff und eine Münze herausholte. Sie reichte sie ihm.

»Es wird dir echt leidtun, wenn du sie verloren hast.« Der Junge lächelte.

Lynnie löste ihre Schleuder und legte einen Stein hinein. Sie machte schnell einen Schritt nach vorn, bevor irgendjemand genau sehen konnte, was sie da tat. Der Kiesel wirbelte mit enormer Geschwindigkeit davon.

Das Wasser um das winzige Holzfloß explodierte regelrecht, als der Kiesel das Ziel traf und kleine Holzsplitter in die Luft schickte.

Die Dorfkinder sprangen auf die Füße, verblüfft über die Wucht und Genauigkeit, die Lynnie gerade gezeigt hatte. Der Jüngste, dessen Schuss dem Ziel am nächsten gekommen war, blickte mit weit aufgerissenen Augen auf das zerschmetterte Holzfloß. Dann bemerkte er die Schleuder, die an Lynnies rechter Hand hing.

»Was ist das denn?«, fragte er. Sie hob die Schleuder hoch, damit sie alle sehen konnten.

»Das ist eine Schleuder«, sagte sie und lächelte sie an. »Keine Sorge, ich nehme euch euer Geld nicht ab, denn ich hatte ja einen Vorteil. Ich will nur meinen Einsatz zurück.«

David machte einen Schritt auf sie zu und runzelte die Stirn, während er die Hand nach der Schleuder ausstreckte. Sie reichte sie ihm.

»Es sind nur ein paar Schnüre und ein Lederstück«, stellte er verblüfft fest.

»Ja, aber dadurch bekommst du jede Menge Extraschwung. Willst du es mal versuchen?«

Er nickte und sie zeigte ihm, wie man einen Stein in die Ledertasche legte, sich seitlich stellen und werfen musste.

»Lass sie ein paar Mal vor- und zurückschwingen, um das

Gefühl dafür zu bekommen«, sagte sie. »Dann schwingst du über den Kopf, und wenn du mit der Hand auf das Ziel zeigst, lässt du das Ende los.«

Seine ersten Versuche waren sehr ungenau, da er entweder zu früh oder zu spät losließ. Entsprechend flogen die Steine hoch in die Luft über sie oder knallten nur wenige Schritte vor ihnen in den Teich. Aber nach und nach bekam der Junge den Bogen raus.

»Stell dir vor, dein Zeigefinger zeigt genau auf das Ziel, wenn du loslässt«, riet Lynnie ihm. Er befolgte den Rat und prompt schickte er eine riesige Wasserfontaine unmittelbar links von den Überresten des kleinen Floßes in die Luft. Mit einem begeisterten Grinsen drehte er sich zu ihr um.

»Das ist ja wirklich nicht schlecht!«, sagte er.

»Mit etwas Übung triffst du bald alles was du willst«, sagte sie. Sofort griff der Junge, der am besten geschossen hatte, nach der Schleuder.

»Lass mich mal versuchen!«, bat er. Lynnie zeigte ihm die richtige Technik und sein erster Wurf war besser als die ersten von David. Er versuchte es mit weiteren drei Steinen. Zwei von ihnen schlugen ganz nahe am Ziel ins Wasser. Beim dritten wurde er übereifrig und hatte zu viel Schwung. Infolgedessen ließ er zu spät los und der Stein schlug unweit vom Ufer in den Boden.

Lynnie blickte zu den Mädchen. »Wollt ihr auch mal?«

Sie sahen einander unsicher an. »Können Mädchen das auch?«, fragte die eine.

David deutete mit dem Daumen auf Lynnie. »Na ja, sie ist ein Mädchen und sie kann es ziemlich gut!« Er grinste. Also versuchten sich auch die beiden Mädchen, Eve und Joscelyn, an der Schleuder. Eve hatte die Technik ziemlich schnell heraus und schleuderte bald schon Steine mit beträchtlicher Kraft und Genauigkeit. Joscelyn hatte nicht so rasch ein Händchen dafür, doch sie schaffte ebenfalls einige vernünftige Würfe. Jedes der Kinder war fasziniert von der Einfachheit der Waffe – und von ihrer Schlagkraft.

»Damit könnten wir sogar jagen«, meinte David und bewunderte die Schleuder noch einmal, bevor er sie an Lynnie zurückreichte.

Sie nickte. »Genau. Damit kann man leicht Kaninchen und Hasen jagen.« Sie blickte sich im Kreis um. »Ich sag euch was, treffen wir uns doch morgen wieder, dann zeig ich euch, wie man eine macht. Ihr müsst nur ein paar Lederschnüre und ein kleines weiches Lederstück mitbringen.«

Ein Chor aufgeregter Stimmen stimmte zu. Lynnie steckte ihre Schleuder weg und sie setzten sich zusammen ins Gras.

Geschafft, dachte sie. Sie haben mich akzeptiert. Sie streckte ihre Arme über den Kopf und ließ den Blick über das malerische kleine Dorf wandern.

»Also, was gibt's hier denn noch so zum Zeitvertreib?«, fragte sie.

David schüttelte den Kopf und auch die anderen gaben abwertende Kommentare ab. Offensichtlich war das Leben in Esseldon nicht besonders aufregend.

»Nicht sehr viel«, sagte David. »Hier ist nichts und hier passiert nichts.«

»Ach. Wie schade. Dann habt ihr auch nicht mal einen Geschichtenmann oder so was?«, sagte sie beiläufig. Trotz ihrer gespielten Beiläufigkeit beobachtete sie die anderen genau und sah die erschrockene Reaktion in der Gruppe. Sie sahen einander an, dann wieder zu ihr. Plötzlich lag eine gewisse Furcht in ihren Augen.

»Was meinst du damit… Geschichtenmann?«, fragte Joscelyn.

David warf ihr einen strafenden Blick zu, als hätte er ihre Frage verhindern wollen, doch er kam zu spät.

Lynnie zuckte mit den Schultern. »Na, ihr wisst schon: Einen Barden. Jemand, der singt oder abends am Feuer Geistergeschichten und Legenden erzählt.«

Es folgte eine lange Pause. Die Unbehaglichkeit der anderen Kinder war fast greifbar. Lynnie tat, als bemerke sie gar nichts.

»Wir kommen gerade aus Danvers Crossing. Dort erzählten sie von einem reisenden Geschichtenerzähler, der vor ein paar Wochen im Ort war. Er hat ihnen ein paar richtig gute Gruselgeschichten erzählt, haben sie gesagt.« Sie gab vor, ihren Schuh neu binden zu müssen.

Wieder machte sich ein unangenehmes Schweigen breit. Dann sagte Eve in leicht gestelztem Ton: »So etwas haben wir hier nicht.«

Lynnie zuckte mit den Schultern, als interessiere sie das schon nicht mehr.

»Nicht? Tja, schade, aber was soll's.« Sie blickte hoch und schätzte den Stand der Sonne über den Bäumen im Westen ein. »Es wird schon spät. Ich muss zu meinem Pa. Wir sehen uns dann morgen. Vergesst nicht die Lederschnüre und das Leder mitzubringen, damit wir ein paar gute Schleudern machen können.«

Nachdem sie nun das Thema gewechselt und anscheinend das Interesse an dem Geschichtenerzähler verloren hatte, hob sich die Stimmung, und die Gruppe stimmte begeistert ein, sich am nächsten Tag wieder zu treffen, um zu lernen, wie man eine Schleuder machte.

Lynnie stand auf und klopfte sich die Grashalme von ihrem Kleid. Sie band sich die Schleuder um ihre Taille, dann winkte sie mit den Fingern als Abschiedsgruß.

»Dann bis morgen. Gleiche Zeit?«

Im Chor verabschiedeten sich die anderen von ihr und sie lief durch das dichte Gras in Richtung Gasthof. Dabei murrte sie leise vor sich hin.

»Dieser Geschichtenerzähler war auf jeden Fall hier. Da würde ich mein Leben drauf verwetten.«

Und in diesem Moment ahnte sie nicht, dass sie vielleicht genau das tat.

Fünfunddreißig

»Nein. Wir haben keinen Geschichtenerzähler hier bei uns«, antwortete der Wirt auf Wills beiläufige Frage.

»Was für ein Jammer«, sagte Will und nahm einen Schluck von seinem Kaffee. »Meine Kleine hätte ein wenig Unterhaltung verdient. Es ist nicht leicht für sie, ständig auf Reisen zu sein, noch nicht richtig arbeiten zu können.«

Der Wirt nickte mitfühlend. Offenbar hielt er die zierliche Lynnie für deutlich jünger, als sie tatsächlich war, zumal die weite geflickte Kleidung, die sie trug, verbarg, wie durchtrainiert sie war.

»Und weil wir ständig herumziehen, hat sie auch keine richtigen Freunde«, fuhr Will fort. »Da hätte ich ihr ein bisschen Unterhaltung durch einen Geschichtenerzähler gegönnt.«

»Verstehe ich. Schade, dass Ihr nicht früher gekommen seid. Vor ein paar Wochen hatten wir einen fahrenden Geschichtenerzähler hier bei uns. Die Kinder mochten ihn sehr.«

Will blickte auf und gab vor, nicht mehr als höfliches Interesse zu haben.

»Kürzlich in Danvers Crossing habe ich auch von einem fahrenden Erzähler gehört«, sagte er. Er rieb sich übers Kinn und tat so, als denke er nach. »Wie hieß er gleich noch mal?«

»Der Geschichtenmann, oder?«, meinte Jerome. Will gab sich insgeheim selbst eine Kopfnuss, als ihm klar wurde, dass der Erzähler sich selbst Geschichtenmann nannte.

»Genau«, sagte er. »Der Geschichtenmann. Klar doch.«

»War ein richtiger bunter Hund, der Kerl, mit seinem blauen Mantel und den knallroten Schuhen.« Der Wirt runzelte die Stirn, als er an den Mann zurückdachte. »Schien ein wenig merkwürdig. Aber das gehört wahrscheinlich zu seinem Beruf.«

»Merkwürdig?« Wills Interesse stieg, aber er ließ es sich nicht anmerken. »Wie meint Ihr das?«

Jerome winkte ab. »Ach, nichts Schlimmes. Nur … theatralisch, könnte man sagen. Er trug Glöckchen an seinen Handgelenken und um die Fußknöchel, sodass man ihn hören konnte. Und er erzählte seine Geschichten immer voller Begeisterung, wie man mir gesagt hat.«

»Ihr habt ihn nicht selbst gehört?«

Jerome schüttelte den Kopf. »Er erzählte für Kinder. Ich erinnere mich, dass ich meinem Neffen eine Münze für ihn gegeben habe. Meist setzte er sich zu ihnen an den Teich am Dorfanger und erzählte dort.« Er grinste bei der Erinnerung daran. »Geistergeschichten, nehme ich an. Ich erinnere mich, dass die Kinder oft genug ziemlich blass nach Hause liefen.«

»Tja, Kinder mögen gute Geistergeschichten«, sagte Will. »Wann war er denn hier?«

Jerome legte den Kopf zurück und blickte an die Decke, während er nachdachte. Schließlich antwortete er.

»Muss vor zwei, höchstens drei Wochen gewesen sein. Es war ein paar Tage, bevor der kleine Spoker verschwunden ist.«

Will runzelte die Stirn und sah besorgt drein. »Ein Junge ist verschwunden? Passiert das hier öfter?«

Jerome schüttelte den Kopf und verstand die Frage als natürliche Sorge eines Vaters. »Du liebe Güte, nein! Ist noch nie vorher passiert, soweit ich mich erinnere. Wenn Ihr mich fragt, dann ist der kleine Maurice einfach weggelaufen. Sein Vater hat ihn nach meinem Gefühl zu oft verprügelt.«

Will trank seinen Kaffee aus und nickte dem Wirt zu.

»Tja, ich leg mich schlafen. Hab morgen einen langen Tag vor mir. Muss auf die umliegenden Bauernhöfe hinaus und sehen, ob ich dort vielleicht Arbeit finde.«

»Kein Glück im Dorf?«, fragte Jerome. Und als Will den Kopf schüttelte, nickte er. »Das wundert mich nicht. Die Zeiten sind hart und die Leute haben kein Geld übrig.«

»Tja, ich ganz gewiss nicht, das steht schon mal fest«, sagte Will. Er zögerte, dann fragte er unsicher: »Um ehrlich zu sein, wollte ich Euch um einen Gefallen bitten.«

Jeromes Augen wurden schmal. Gefallen bedeutete nach seiner Erfahrung meistens Geld, und Wills nächste Worte bestätigten seine Vermutung.

»Ich könnte für ein oder zwei Nächte unterwegs sein. Ich habe überlegt, ob ich Lynnie vielleicht in einem Eurer Zimmer unterbringen könnte, während ich fort bin. Da würde ich beruhigter sein. Ich möchte sie nicht so gern im Stall schlafen lassen, wenn Kinder hier verschwinden und so.«

»Es war nur ein Junge, der vermisst wird«, sagte Jerome abwehrend. Dann bemerkte er Wills besorgten Blick und wurde nachgiebiger. Es muss hart sein, als Vater allein mit einem Kind durchs Land zu reisen, dachte er. Und er hatte noch ein paar leere Zimmer.

»Also gut, meinetwegen«, sagte er. »Sie kann die Dachkammer haben. Ich werde nicht mehr verlangen, als ich von Euch beiden für die Übernachtung im Stall berechne.«

Will seufzte erleichtert auf. »Vielen Dank. Jetzt muss ich mir nicht dauernd Sorgen machen, während ich fort bin.«

Insgeheim nahm er sich vor, Jerome ein bisschen Wild für die Küche mitzubringen. Der Gastwirt war ein sympathischer Mann und sein Entgegenkommen war sehr großzügig. Will drehte sich nun endgültig um und ging hinaus.

»Wie lange wirst du denn fort sein?«, fragte Lynnie, als Will ihr von der neuen Vereinbarung erzählte.

»Ein oder zwei Tage. Ich dachte, ich reite rüber nach Boyletown und höre mich mal um, ob dieser Geschichtenmann dort auch aufgetaucht ist.«

Er erklärte ihr, dass der Mann sich direkt »Geschichtenmann« genannt hatte.

»Wir wissen, dass er in Danvers Crossing war und dann hierher kam.« Will runzelte nachdenklich die Stirn. »Ich wünschte, wir hätten daran gedacht, herauszufinden, wann er in Danvers Crossing war. Jerome sagte, er sei hier gewesen, kurz bevor der Junge verschwand.«

»Und Jerome hat dir auch erzählt, dass Maurice Spokers Eltern ihn schlecht behandelt haben«, sagte Lynnie ebenso nachdenklich. »Genau wie bei Carrie Clover.«

Wills Augen wurden schmal. »Stimmt genau. Die Übereinstimmungen häufen sich, was?«

Lynnie nickte zustimmend. »Also, was soll ich unternehmen, während du fort bist?«

»Unterhalte dich weiter mit den Kindern aus dem Dorf. Sieh zu, ob du mehr über diesen Geschichtenmann mit dem blauen Mantel und den roten Schuhen herausfinden kannst. Jerome hatte den Eindruck, die Kinder mochten ihn.«

»Das ist aber nicht der Eindruck, den ich habe«, entgegnete Lynnie.

»Nun, sieh zu, was du herausfinden kannst. Aber sei vorsichtig. Bohre nicht nach, wenn sie nichts sagen wollen.« Ein weiterer Gedanke kam ihm und er fügte hinzu »Oh, und übrigens, während du hier im Zimmer übernachtest, kannst du dich auch ein wenig nützlich machen. Mach dein Bett selbst und biete an, in der Küche auszuhelfen.«

»Ich bin nicht gerade eine gute Köchin«, erinnerte Lynnie ihn.

»Ich dachte auch, dass deine Künste mehr im Bereich des Tellerwaschens liegen«, erwiderte Will.

Lynnie wich in gespieltem Entsetzen zurück. »Ich weiß nicht, ob ich dafür geeignet bin.«

Er hob eine Augenbraue. Diese Geste hatte sie schon öfter bei ihm gesehen, und wünschte sich, das auch zu können. Sie nahm sich vor, diesen Ausdruck zu üben.

»Ich bin sicher, du wirst das Geschirrspülen lernen«, sagte er. »Es ist keine Zauberei.«

Wie sich herausstellte, brauchte Lynnie gar keine weiteren Fragen über den geheimnisvollen blau gekleideten Geschichtenmann zu stellen. Wie verabredet traf sie ihre neuen Bekannten am folgenden Nachmittag. Zusammen setzten sie sich ins Gras und sie zeigte ihnen, wie sie sich Schleudern anfertigen konnten. Sie hatte dafür auch ein kleines Messer mitgebracht, das sie reihum verlieh. Außer ihnen war nur noch ein Mann auf der Weide – ein Knecht, nach dem geflickten Arbeitskittel und dem zerknautschten alten Hut zu schließen. Er lehnte am Zaun und sah ihnen von dort aus zu. Zu seinen Füßen lag ein kleines Bündel, eingewickelt in ein fleckiges Tuch.

Als die Gruppe im Halbkreis dasaß, die Köpfe über ihrer Handwerksarbeit gebeugt, suchte David Lynnies Blick. Und als sie einmal aufsah, gab er ihr mit dem Kopf ein Zeichen, ihm zu folgen.

»Ich muss mal«, sagte er und stand auf.

Lynnie wartete noch eine Weile. Dann erhob sie sich ebenfalls. »Das Sitzen macht mich ganz steif«, sagte sie. »Ich muss mal ein paar Schritte gehen.«

Von den anderen war nur ein Brummen zu hören, so sehr waren sie in ihre Arbeit vertieft.

Hinter ein paar Büschen traf Lynnie auf David, der sie erwartete. Sie sah ihn erwartungsvoll an.

»Was gibt's denn?«, fragte sie.

Er blickte sich um. Sie merkte, dass er nervös war. Nein, korrigierte sie sich selbst. Er war mehr als nervös. Er hatte Angst.

»Der Geschichtenmann«, sagte er schließlich. »Frag nicht mehr nach ihm. Und vor allem, sag nichts zu deinem Pa über ihn.« Er schwieg kurz, dann fügte er besorgt hinzu: »Du hast ihm doch noch nichts erzählt, oder?«

Sie schüttelte den Kopf. »Nein. Aber warum denn nicht?«

»Er hat uns so Sachen erzählt. Und er sagte, wir dürften sie niemals irgendeinem Erwachsenen erzählen, sonst würde uns etwas Schlimmes passieren.«

Lynnies Augen wurden groß. »Was für Sachen hat er euch denn erzählt?«, fragte sie mit zitternder Stimme. Davids Nervosität war ansteckend.

Er scharrte mit den Füßen. »Zuerst waren es nur normale Geschichten. Manche waren lustig und manche gruselig. Wir hatten alle unseren Spaß dabei. Viele kannten wir schon, wie die vom Großen Grünen Troll von Tralee.«

Lynnie nickte. Das war ein allgemein bekanntes Volksmärchen. Diese Märchen waren natürlich immer ein wenig unterschiedlich, je nach Erzähler, aber es waren grundsätzlich immer die gleichen Geschichten, die Kindern ein klein wenig unheimlich waren, aber ihnen nicht zu sehr Angst machten.

»Aber dann erzählte er uns vom Stehler in der Nacht«, sagte er und seine Stimme wurde noch leiser.

»Der Stehler in der Nacht?«, wiederholte Lynnie. Schon der Name schickte ihr ein Schaudern über den Rücken. Er schien so düster und böse.

David nickte und fuhr sich mit der Zunge über die trockenen Lippen.

»Der Stehler ist ein geheimnisvoller Geist, ganz in Schwarz gekleidet. Er trägt eine schwarze Maske und einen Umhang. Er taucht auf einmal in einem Dorf auf und stiehlt Kinder.«

»Wohin bringt er sie denn?«, fragte sie. Ihr Herz schlug schneller und sie lehnte sich näher zu ihm. »Und was macht er dann mit ihnen?«

David zuckte mit den Schultern. »Das weiß keiner. Er nimmt sie mit und niemand sieht sie je wieder.« Er blickte sich noch einmal um und Lynnie tat es ihm nach. Die anderen Kinder waren alle mit ihren Schleudern beschäftigt.

»Die Sache ist die, der Geschichtenmann sagte, wenn wir

ihn jemals sehen würden, dürften wir nichts sagen. Wir müssten einfach so tun, als hätten wir nichts gesehen. Und er sagte, wir dürften niemals einem Erwachsenen von dem Stehler in der Nacht erzählen.«

»Was würde denn passieren, wenn doch?«, fragte Lynnie, deren Stimme jetzt nur noch ein Flüstern war.

»Wenn wir es doch tun, würde der Stehler es wissen. Und er würde sich jeden holen, der etwas erzählt hätte. Er würde nachts kommen, um die Verräter mitzunehmen. Sie würden ihre Familien nie wieder sehen.«

Es herrschte langes Schweigen zwischen ihnen. Beide hatten die Augen weit aufgerissen. Davids Furcht war ansteckend und Lynnie ertappte sich bei dem Wunsch, sie sei zurück in Redmont, in der gemütlichen kleinen Hütte im Wald. Sie hörte ein leises Geräusch und sah sich nervös um. Der Knecht, den sie vorher schon bemerkt hatte, hatte seinen Platz am Zaun verlassen und war näher zu ihnen gekommen. Er saß im Gras und schnitt dicke Scheiben von einem Stück Käse ab, das er aus seinem Bündel geholt hatte. Er bemerkte ihren Blick, nickte und grinste sie an, während er seinen Käse aß. Ob er etwas von dem gehört hatte, was sie besprochen hatten? Wahrscheinlich war er zu weit entfernt, doch sie senkte ihre Stimme trotzdem, als sie wieder sprach.

»Denkst du, das ist es, was mit Maurice Spoker passiert ist?«, fragte sie.

David wich einen halben Schritt zurück. Er hatte den Knecht nicht bemerkt und hob aus Überraschung unwillkürlich die Stimme. »Woher weißt du denn von Maurice?«

Lynnie wurde klar, dass sie einen Fehler gemacht hatte, indem sie Maurice Spoker erwähnte. Sie machte eine warnende Geste, dass David leise sprechen sollte und blickte bedeutungsvoll zu dem Knecht, während sie antwortete. »Mein Paps hat in der Schänke von ihm gehört. Er erzählte mir, dass ein Junge namens Maurice Spoker vermisst wird, und hat mir verboten, allein nach Einbruch der Dunkelheit rauszugehen. Denkst du, der Stehler in der Nacht hat ihn geholt?«

David zögerte. Ihre Erklärung schien ihn zufriedengestellt zu haben. Er dachte einen Moment nach, dann nickte er langsam.

»Wer sonst hätte es sein sollen?«, sagte er.

Sechsunddreißig

Der Stehler in der Nacht riss sich ein Hühnerbein ab und nagte das Fleisch mit den Zähnen ab. Im nächsten Moment verzog er das Gesicht. Das Huhn war nicht richtig durch und das Fleisch am Knochen noch rot und blutig.

Aufgebracht sah er den Kumpan aus der Bande an, der für das Kochen des Hühnchens zuständig war, das sie am Vorabend von einem Bauernhof gestohlen hatten.

»Harold! Der Vogel ist ja noch halb roh!«, zischte der Stehler. »Wo hast du denn kochen gelernt?«

Harold, ein schwarzhaariger, breitschultriger Mann, erwiderte mürrisch: »Hab nie behauptet, ich könnte kochen.« Er hatte das Huhn auf einen dünnen Ast gespießt und es über dem Feuer geröstet. Aber weil er nicht gewartet hatte, bis die Flammen nicht mehr so hoch aufloderten, um dann die Hitze der Kohle zu nutzen, war das Fleisch außen sehr schnell dunkel geworden und drohte anzubrennen. Also hatte er gedacht, dass das innere Fleisch auch schon durch wäre, es vom Feuer genommen und seinem Anführer vorgesetzt.

Wütend warf Stehler das Hühnerbein in die Büsche. Irgendwie machte ihn das aber nur noch wütender und er packte den Rest des Hühnchens und warf es dem Bein hinterher.

»Hol mir Käse und Brot«, befahl er. »Das wirst ja selbst du noch können. Und auch ein Bier dazu.«

Harold murrte wütend vor sich hin, ließ es aber seinen Anführer nicht hören. Bittere Erfahrung hatte ihn gelehrt, dass man sich mit dem Stehler besser nicht anlegte, wenn man sein bösartiges Temperament nicht herausfordern wollte, denn bei ihm wusste man nie, was man zu erwarten hatte.

Der Stehler, der Anführer der Bande, war ganz in Schwarz gekleidet, und ganz in Schwarz stieg er auch in die Häuser ein, um Kinder zu entführen. Er war durchschnittlich groß und muskulös, auch wenn er zum Dickwerden neigte und um den Bauch zugenommen hatte. Sein Haar war einst blond gewesen, jetzt war es von einem schmutzigen Grau. Es reichte ihm bis in den Nacken und war strähnig und verfilzt. Der Stehler hielt nichts von häufigem Waschen.

Seine Gesichtszüge waren gleichmäßig, sein Kinn energisch, auch wenn seine Neigung zum Dickwerden um Hals und Kinn ebenfalls sichtbar war. Er hätte ein relativ ansprechendes Gesicht gehabt, wären da nicht die Augen und der Mund gewesen. Die Augen waren blassblau und das Augenweiß gelb verfärbt. Wolfsaugen, hatte sie einmal jemand genannt – auch wenn dieser Jemand die Worte kurz darauf sehr bereut hatte. Es waren kalte, grausame Augen. Seinen schmallippigen Mund hatte niemand je lächeln sehen.

Harold stellte ihm einen Holzteller mit einem Stück würzigem Käse und einen großen Kanten Brot hin. Der Stehler grunzte, zog sein Messer und schnitt sich etwas von dem Käse ab.

»Wo ist das Bier?«, fragte er.

Der Koch wider Willen holte eiligst einen Krug Bier.

Der Stehler stieß daraufhin wieder ein Grunzen aus. Das Wort Danke schien in seinem Wortschatz nicht vorzukommen.

Insgesamt bestand die Gruppe aus neun Männern, einschließlich des Stehlers und des blau gekleideten Geschichtenmanns. Dazu kamen noch die fünf Kinder im Alter von zehn bis vierzehn, die unter einem großen Baum zusammengekettet waren. Der Stehler blickte jetzt zu ihnen. Sie kauerten sich unter dem Baum zusammen, wo ein Stück Segeltuch über die Äste gespannt war, damit sie bei Regen nicht völlig durchnässt wurden. Die Entführer selbst teilten sich kleine Zweimannzelte – bis auf den Stehler. Als Anführer beanspruchte er ein Zelt für sich allein. Es war größer als die niedrigen Zelte der restlichen Bande, und während sie sich mit Decken auf der Erde begnügen mussten, hatte er eine Strohmatte.

Die Bande entführte nun schon seit einigen Monaten Kinder aus kleinen Ortschaften im ganzen Lehen Trelleth. Sie suchte sich kleine Dörfer aus, die abseits lagen. Auf diese Weise waren sie längst über alle Berge, wenn sich doch einmal Leute aus den einzelnen Dörfern trafen und von den vermissten Kindern erzählten, wobei womöglich ein Zusammenhang hergestellt werden konnte.

Dieses Schema funktionierte ausnehmend gut. Der Geschichtenmann kam in ein Dorf, gewann das Vertrauen der Kinder und suchte ein geeignetes Kind aus. Die Jungen oder Mädchen, die er auswählte, wurden stets von ihren Eltern schlecht behandelt oder geschlagen. Dadurch wurde im Dorf meist erst einmal angenommen, die Entführten seien weggelaufen. Ihre Eltern suchten vielleicht nach ihnen, aber wahrscheinlich meldeten sie das Verschwinden ihrer Kinder nicht.

Sobald der Geschichtenmann die Kinder eines Ortes kennengelernt und ein Ziel ausgewählt hatte, änderte er die Taktik. Seine Geschichten, die anfangs noch unterhaltsam und lustig gewesen waren, wurden unheimlicher und düsterer. Er beschrieb die Furcht einflößende Gestalt des Stehlers in der Nacht als ein Wesen aus dem Schattenreich, das durchs Land streifte, um sich Kinder auszusuchen, die er dann stahl und in sein Reich in der Dunkelwelt brachte. Der Geschichtenerzähler warnte die Kinder davor, den Stehler irgendwie zu erwähnen, wenn er in ihrem Ort auftauchte. Sie durften keinesfalls mit ihren Eltern oder irgendeinem anderen Erwachsenen über ihn reden. Wenn sie es doch taten, würde der Stehler es erfahren und sich ganz fürchterlich rächen.

Der Geschichtenmann war ein gekonnter Erzähler. Wenn er schließlich einen Ort verließ, waren die Kinder normalerweise zu Tode geängstigt.

Deshalb sagte keines der Kinder auch nur ein Wort, wenn eines von ihnen kurz danach verschwand. Das Ganze war eine raffinierte Strategie. In vielen Fällen handelte es sich um arme Ortschaften, wo mehrere Kinder im gleichen Raum schliefen. Wenn ein Kind zufällig aufwachte und die schwarz gekleidete Gestalt sah, würde die Angst, die der Geschichtenmann ihm eingeimpft hatte, dafür sorgen, dass es keinen Mucks von sich gab. Voller Furcht wären alle völlig stumm. Jedes Kind wusste, wenn es ihn verriet oder Alarm schlug, würde es zusammen mit seinem Geschwisterkind verschwinden.

Die Bande des Stehlers verfuhr nun schon die letzten zwölf Monate nach diesem Konzept und wechselte dabei von einem Lehen ins andere, sodass nie irgendwelche Obrigkeiten auf sie aufmerksam wurden.

Sobald sie dann schließlich ausreichend Gefangene hatten –

normalerweise zehn oder zwölf –, gingen sie zur nächsten Phase ihres Plans über.

Der Stehler hörte nun Hufschläge und blickte auf. Einer der Kundschafter kam ins Lager geritten. Der Mann trug den Arbeitskittel eines Knechts und einen zerdrückten Hut. Dadurch fiel er in den kleinen Ortschaften, in denen die Bande unterwegs war, nicht weiter auf. Jetzt sah er sich um, entdeckte den Stehler und ging zu ihm.

»Könnte Probleme geben«, verkündete er kurz. Er setzte sich dem Anführer gegenüber und drehte sich zu dem Mann um, der gerade den Stehler bedient hatte. »Harold! Bring mir einen Krug Bier!«

Harold murrte vor sich hin. Doch er ging zum Bierfass und füllte einen Krug. Es gab eine gewisse Hackordnung in der Bande und er stand ganz am unteren Ende.

Der Stehler runzelte die Stirn.

»Wo?«, fragte er. Der Kundschafter, dem Harold gerade einen Bierkrug reichte, dessen Schaum über den Rand schwappte, hob die Hand, um die Antwort hinauszuschieben. Er setzte den Krug an und trank durstig, dann setzte er den Krug mit einem zufriedenen Grunzen ab.

»Esseldon«, sagte er und rülpste. Der Stehler runzelte die Stirn, blickte zu den Gefangenen unter dem Baum und überlegte, welches Kind sie aus diesem Dorf entführt hatten. Nachdem sie nun schon seit längerer Zeit unterwegs waren, verschwammen Gesichter und Orte und er konnte sie nicht mehr zuordnen.

Die Furcht, die der Geschichtenmann bei den Dorfkindern hervorrief, reichte normalerweise völlig aus, um jegliche Erwähnung des Stehlers zu verhindern.

Normalerweise.

Natürlich gab es immer die Möglichkeit, dass ein Kind – tapferer oder dümmer als die anderen – redete. Wenn das geschah, würden die Dorfbewohner auf den Stehler aufmerksam und konnten sogar eine Suche nach dem vermissten Kind einleiten. Und in diesem Fall müsste die Bande sich aus dem Staub machen und in ein anderes Lehen ziehen, wenn sie nicht entdeckt werden wollte. Um frühzeitig vor einer solchen Möglichkeit gewarnt zu werden, hatte der Stehler seine Kundschafter. Diese kehrten immer wieder in die Orte zurück, wo die Bande zugeschlagen hatte, um sich zu vergewissern, dass ihr Geheimnis noch sicher war.

In Esseldon hatte anscheinend jemand geplaudert.

»Vielleicht ist es nichts weiter«, fuhr der Kundschafter fort. »Aber da ist ein Mädchen, das Fragen gestellt hat.«

»Eines aus dem Ort?«, fragte der Stehler.

Der andere Mann schüttelte den Kopf. »Nein. Sie gehört zu einem Wanderarbeiter. Ihr Vater hat mit ihr im Gasthof übernachtet. Aber ich hörte, wie sie nach dem Jungen fragte, den wir von dort mitgenommen haben. Ich glaube, sie hat bis jetzt noch nichts erfahren, aber ich dachte, du solltest es wissen.«

Der Stehler massierte nachdenklich sein Kinn. Es gab immer die Möglichkeit, dass ein Kind redete. Und nun schien es, als zahle sich seine Vorsichtsmaßnahme mit den Kundschaftern aus.

»Ich denke, dieses Mädchen sollte merken, was Leuten passiert, die blöde Fragen stellen«, sagte er. Dann drehte er sich um und rief einen seiner Männer, die im Gras ums Lagerfeuer saßen, zu sich.

»Benito! Komm her. Ich hab einen Auftrag für dich!«

Ja, dachte er. Benito ist der richtige. Er war vor ein paar Jahren bei einem Kampf verletzt worden. Ein Schlag auf den Hals hatte seine Stimmbänder beschädigt, sodass er nur mehr flüstern konnte. Diese Verletzung hatte Benito nie verwunden, und so voller Wut, wie er war, jagte er nur allzu gern den Kindern Angst ein.

Benito trat näher und grüßte den Anführer respektvoll. »Was gibt's, Jefe?«, fragte er und benutzte den iberischen Ausdruck für »Meister«. Benitos iberischer Akzent war auch beim rauen Flüstern noch erkennbar und diese Kombination reichte normalerweise völlig aus, jedes Kind zu Tode zu erschrecken.

»Da gibt's eine Kleine in Esseldon, die Fragen stellt. Robert sagt dir, wie sie aussieht und wo du sie findest.« Der Stehler deutete auf den Kundschafter. »Geh heute Nacht hin und jag ihr Todesangst ein. Notfalls bringst du sie gleich um«, fügte er mit einem Schulterzucken hinzu.

Ein grausames Lächeln machte sich auf Benitos Gesicht breit.

»Mit Vergnügen, Jefe.«

Siebenunddreißig

Am frühen Nachmittag, noch bevor die Schatten länger wurden, schlüpfte Lynnie aus dem Dorf und ging zu der Stelle, wo Stupser wartete. Will hatte natürlich Reißer mitgenommen, also befand sich ihr schwarz-weiß gescheccktes Pferd allein in der kleinen Lichtung abseits des Wegs. Sie hatte sich deshalb schon ein wenig Sorgen gemacht, doch Stupser schien damit kein Problem zu haben.

Sie bürstete ihn, fütterte ihn mit zwei Äpfeln und füllte seinen Wassereimer an dem kleinen Fluss, der in der Nähe der Lichtung verlief. Natürlich könnte Stupser auch direkt aus dem Fluss trinken, aber der war recht dicht an der Straße und es gab immer die Möglichkeit, dass er dann von jemand gesehen wurde, der zufällig vorbeikam.

Oder auch von einem, der nicht so zufällig vorbeikam, dachte Lynnie in Anbetracht der Geschichten, die sie in den letzten vierundzwanzig Stunden gehört hatte. Sie war froh, dass sie sich um Stupser kümmern konnte, solange es noch hell war. Nach Einbruch der Dunkelheit wäre sie nur ungern zur Lichtung gelaufen. Deshalb beeilte sie sich nun auch, noch bei Tageslicht zurück in den Ort zu kommen.

Nach der Geschichte über den geheimnisvollen, bösen

Stehler, war Lynnie froh, die Nacht im Gasthof verbringen zu dürfen. Die Dachkammer, die man ihr gegeben hatte, hatte eine stabile Tür mit einem guten Schloss. Das gab ihr ein Gefühl der Sicherheit. Dennoch war sie nervös und zuckte bei jedem unerwarteten Geräusch zusammen. Schritte auf der Treppe ließen sie erstarren. Den Kopf zur Seite gelegt, lauschte sie dann aufmerksam. Auch wenn die Vernunft ihr sagte, dass es wahrscheinlich Jerome, seine Frau oder irgendeine Magd war, hielt sie die Hand immer in der Nähe ihres Messergriffs, bis die Schritte sich wieder entfernten.

Wie Will vorgeschlagen hatte, hatte sie angeboten, in der Küche auszuhelfen, und ihr Angebot wurde freudig angenommen. Abgesehen von allem anderen, konnte sie so ein paar Stunden in der Gesellschaft von anderen Leuten verbringen und der Lärm und das geschäftige Treiben in der Küche waren eine willkommene Abwechslung von der Abgeschiedenheit in der kleinen Dachkammer.

Jerome sah beifällig zu, als sie ihr Haar unter einem Kopftuch verbarg, eine Schürze umlegte und damit begann, die fettigen Teller sauberzukratzen. Anschließend steckte sie das Geschirr in eine große Eisenschüssel mit heißem Seifenwasser. Sie schrubbte alles gründlich mit einer langstieligen Holzbürste. Nach ein paar Minuten war ihr Gesicht gerötet und feucht vom Dampf und ihre Arme waren bis zu den Ellbogen mit Seifenschaum bedeckt. Als der Abwasch erledigt war, fegte sie die Küche und, sobald die letzten Gäste gingen, auch den Schankraum aus. Ein paar Gäste riefen auch ihr einen Gruß zu, als sie sich vom Wirt verabschiedeten. Sie hatten gesehen, wie hart sie gearbeitet hatte, das verdiente ihre Anerkennung.

Es war immer noch relativ früh, als die Schänke sich leerte. Schließlich war es ein Abend unter der Woche und das Landvolk ging früh zu Bett, denn es musste auch früh wieder raus.

Jerome kam wieder in den Schankraum, als Lynnie mit Fegen fertig war und den Besen in die Kammer stellte. Er ging zur Eingangstür und schob die zwei schweren Eisenriegel vor, einen oben und einen unten an der Tür. Er blickte zu Lynnie und lächelte sie beruhigend an.

»Ich verriegle auch noch die Küchentür, wenn Emma und Ted fort sind«, sagte er. Er nahm an, dass sie vielleicht nervös war, weil ihr Vater fort war, und wollte sie beruhigen. Er mochte das Mädchen. Lynnie hatte den ganzen Abend hart gearbeitet. Auch wenn er Will lediglich die Unterkunft im Stall berechnete – schließlich waren ihr Handkarren und ihre Habseligkeiten immer noch dort – beschloss er, ihr ein paar Münzen für ihre Arbeit zu geben.

Lynnie erwiderte sein Lächeln. Die Türen waren aus solider Eiche, auf der Innenseite noch durch eine zweite Lage Bretter verstärkt, die diagonal zur äußeren Lage angeordnet waren. Schließlich befand sich in der Schänke einiges an Wert: Wein, Bier und Essen – und nicht zu vergessen, die Einnahmen des Abends. Es war wahrscheinlich das sicherste Gebäude in der ganzen Ortschaft.

Der Koch Ted und die Küchenhilfe Emma verabschiedeten sich und gingen nach Hause. Jerome verschloss die Küchentür, die in den Stallhof führte. Er ging in dem großen, niedrigen Raum umher, löschte die Kerzen und blies die große Laterne aus, die an dem mittleren Deckenbalken hing. Nun erleuchtete nur noch das Kaminfeuer den Raum. Es war bereits eingedämmt worden und warf flackernde Schatten in die Ecken.

Abgesehen von Jerome, seiner Frau Tildy und Lynnie hielt sich jetzt niemand mehr im Haus auf.

Die Wohnung des Wirts und seiner Frau erstreckte sich über die Hälfte des ersten Stocks. So waren noch drei Zimmer für mögliche Herbergsgäste übrig. Lynnies Zimmer befand sich im Stockwerk darüber, unterm Dach.

»Zeit, ins Bett zu gehen, Lynnie«, sagte Jerome. »Pass auf deine Kerze auf und vergiss nicht, sie auszublasen, bevor du einschläfst.«

Nach dem fröhlichen Betrieb am Abend schien das Gasthaus eigenartig still, als Lynnie die Stufen zu ihrem Zimmer hochstieg. Sie trug eine Kerze in einem Kerzenhalter aus Zinn und schirmte mit der freien Hand die offene Flamme ab. Auf der Treppe war es zugig und die Nacht war kalt.

In der Dachkammer war es geradezu eisig kalt. Nichts von der Wärme des Erdgeschosses schien bis hierher zu reichen, und sie schauderte, als sie sich ihr Kleid über den Kopf zog. Nach einem kurzen Zögern kramte sie in ihrem Bündel und holte ihre Beinkleider und ihre Weste heraus, die sie über ihr Hemd zog. Ein Paar dicke Socken, die sie noch dabeihatte, zog sie ebenfalls an. Als sie sich jetzt schlafen legte und die beiden dünnen Decken zum Kinn zog, fühlte sie sich einigermaßen gewärmt, wenn auch nicht direkt warm. Der Wind war inzwischen stärker geworden und pfiff um das Obergeschoss, suchte nach allen Spalten, durch die er eindringen konnte, und rüttelte an den winzigen Dachfenstern.

»Gut, in einer solchen Nacht drinnen zu sein«, sagte sie sich. Natürlich löste der Wind auch eine Vielzahl von Geräuschen aus, wie das Knarren und Ächzen der Holzbalken. Und immer, wenn sie meinte, sich an die Geräuschkulisse gewöhnt zu haben, tauchte ein neues Geräusch auf und versetzte sie erneut in Anspannung. Dann lauschte sie erst wieder ein paar Minuten, bis sie sicher war, dass dieses Geräusch nichts Böses zu bedeuten hatte.

Mit weit offenen Augen lag sie da, während der Wind am Gebäude zerrte. Sie griff nach oben, wo der Gürtel mit ihrem Sachsmesser über ihrem Bett hing, zog das Messer heraus und legte es unter ihr Kissen, die Hand ließ sie um den Griff.

Durch das Gefühl der schweren Waffe in unmittelbarer Reichweite beruhigt, nickte sie schließlich ein.

Plötzlich erwachte Lynnie. Sie riss die Augen auf, zeigte sonst aber keinerlei Bewegung. Im ersten Augenblick hatte sie die Luft angehalten, zwang sich aber sofort wieder, tief und gleichmäßig zu atmen. Will hatte ihr beigebracht, beim kleinsten Eindruck von Gefahr aufzuwachen – und zwar möglichst so, dass niemand merken konnte, dass sie wach war. Eilends senkte sie ihre Augenlider und spähte nur noch durch schmale Schlitze.

Sie spürte, dass jemand in ihrem Zimmer war. Irgendjemand oder irgendetwas stand an ihrem Bett. Sie lag auf ihrer rechten Seite, das Gesicht von der Tür abgewandt, ihre rechte Hand unter dem Kopfkissen am Griff ihres Sachsmessers.

Was oder wer auch immer im Zimmer war, befand sich hinter ihr, außerhalb ihres Sichtfeldes. Sie wusste nicht, woher sie es wusste. Sie konnte kein Atemgeräusch hören, auch nicht die geringste Bewegung. Draußen rüttelte der Wind weiterhin an Fenstern und Wänden.

Aber sie konnte *spüren*, dass da etwas war. Ganz nahe. Etwas Böses.

»Ich weiß, dass du bist wach, Kleine. Rühr dich nicht und dreh dich nicht um. Und was du da hast unter dein Kissen, lass es dort.«

Die Stimme war ein heiseres, krächzendes Flüstern. Der Sprecher war kein Einheimischer, wie Lynnie an seinem Akzent und seinem seltsamen Satzbau merkte. Stocksteif lag sie da und wagte nicht, sich zu bewegen. Sie wollte abrupt herumwirbeln und dabei mit dem Sachsmesser ausholen. Doch sie konnte einfach nicht den Willen dazu aufbringen. Jetzt hörte sie ein leises Rascheln von Kleidung – der Sprecher bewegte sich anscheinend. Wie war er nur hereingekommen? Die Vordertür und die Küchentür waren verriegelt gewesen. Und auch ihr eigenes Zimmer hatte sie verriegelt.

Doch was nützte es jetzt, eine Antwort darauf zu suchen? Er war da, und das war im Moment alles, was zählte.

»Du hast Fragen gestellt, Kleine«, krächzte die Stimme. »Das sehr ungesund. Ungesund für dich. Auch ungesund für den Jungen, mit dem du hast gesprochen.«

Ihr Herz klopfte vor Schreck schneller – vor Angst nicht nur um sich selbst, sondern auch um David. David war verletzlich und praktisch ungeschützt. Seine Eltern waren einfache Dorfbewohner. Wahrscheinlich recht tapfer, aber sie konnten gewiss nicht kämpfen.

»Du weißt, was passiert, wenn du über den Stehler redest. Du willst bestimmt nicht, dass das passiert deinem Freund. Oder dir. Also halt deine vorlaute Klappe. Kapiert?«

Sie sagte nichts, wusste nicht, ob sie zugeben sollte, wach zu sein, oder nicht. Die Stille wurde fast unerträglich.

»Ich sagte *kapiert*?«, wiederholte der Eindringling.

»Kapiert.«

Wieder hörte sie Geräusche. Zu ihrer Erleichterung schien der Mann sich von ihr fortzubewegen.

»Das ich hoffe für dich«, zischte die furchtbare Stimme. Lynnie hörte das weiche Klicken des Türriegels, als der Fremde ihn vorsichtig anhob. Er geht, dachte sie und Erleichterung durchströmte sie. Doch er sagte noch etwas.

»Schau mir nicht nach und wage nicht, mir zu folgen. Ich merke. Und dann wird kommen der Stehler in einer dunklen Nacht.«

Sie schauderte. Der Stehler! Schon der schreckliche Name allein ließ ihr praktisch das Blut gerinnen. Die Tür wurde leise geschlossen und der Eindringling, wer auch immer es gewesen war, war fort.

Einige Herzschläge lang lag Lynnie bewegungslos da, wie gelähmt vor Angst. Dann wurde die Angst langsam durch Wut ersetzt. Sie war schließlich kein hilfloses Kind, das von einer Stimme in der Nacht eingeschüchtert werden konnte. Sie war Lehrling eines Waldläufers! Sie war dazu ausgebildet, ihr Sachs, ihr Wurfmesser, ihren Bogen und ihre Schleuder zu benutzen. Sie hatte gelernt, notfalls auch ohne Waffen zu kämpfen. Sie war Mitglied eines stolzen und gefährlichen Bundes. Und zwar sein erstes weibliches Mitglied! Wenn sie nun wegen eines krächzenden Fremden, der es nicht wagte, sein Gesicht zu zeigen, und ihr mit irgend einer blöden Gespenstergeschichte drohte, zitternd hier unter der Decke liegen blieb, dann ließ sie den Bund im Stich. Und sie wäre der lebende Beweis für all die Zweifler, die meinten, ein Mädchen hätte nicht den Mumm, um es als Waldläufer zu schaffen! Und von denen gab es einige, wie sie wusste.

Es war dieser Gedanke, der ihr den nötigen Antrieb gab.

Sie schwang die Beine aus dem Bett und holte das Sachs unter dem Kissen hervor. Angekleidet war sie ja bereits, dafür hatte die nächtliche Kälte gesorgt. Sie schlüpfte in ihre Stiefel und wollte zur Tür gehen, dann zögerte sie. Ihre Schleuder und der Waffengürtel hingen noch über dem Bettgestell. Zusammen mit der Messerscheide befand sich am Gürtel noch ihre Schleudertasche mit zwanzig Bleikugeln. Sie nahm beides, legte sich den Gürtel über die Schulter und schob das Messer dabei in die Scheide. Die Schleuder behielt sie in der rechten Hand, um sofort handeln zu können. Während sie die Tür öffnete, suchte ihre linke Hand bereits in der Tasche nach einer der schweren Bleikugeln.

Sie legte eine davon in die Schleuder und schlich sich leise die Treppe hinab. Dabei blieb sie immer an der Seite, nahe der Wand, um ein eventuelles Knarren zu unterdrücken. Das Fenster der Gaststube stand offen, sein einfaches Schloss war verbogen. So war der Eindringling also hereingekommen. Die Vordertür stand ebenfalls leicht offen. Lynnie eilte jetzt darauf zu, dann zögerte sie.

Ihr Herz klopfte. Ihr wurde plötzlich klar, dass es unklug wäre, sofort hinauszustürmen. Womöglich beobachtete der Fremde die Tür noch, um zu sehen, ob sie ihn verfolgte. Vorsichtshalber stieß sie die Tür nur ein klein wenig weiter auf und schlüpfte durch die Öffnung, presste sich im Schatten der niedrigen Dachtraufe gegen die Wand.

Sie sah sich auf der Straße nach irgendeiner Bewegung um. Nichts. Innerlich fluchte sie. War der Fremde in der Zeit, in der sie stocksteif vor Schreck dagelegen hatte, bereits entkommen? Aber das war doch nicht möglich, oder? So lange hatte sie auch nicht gebraucht, bis sie die Verfolgung aufgenommen hatte. Suchend spähte sie in die Schatten und meinte, etwa vierzig Schritt weiter in einer schmalen Gasse eine Bewegung wahrzunehmen.

Instinktiv duckte sie sich, um nicht so leicht gesehen zu werden. Diese Bewegung rettete ihr das Leben.

Etwas Schweres schwirrte über ihren Kopf und schlug in den hölzernen Türrahmen hinter ihr ein. Jetzt konnte sie ihren Angreifer deutlicher wahrnehmen, auch wenn er nur ein dunkler Schatten zwischen zwei Häusern war. Während sie ihn beobachtete, holte er erneut mit dem Arm aus.

Nun machte sich ihre gute Ausbildung bezahlt. Lynnie reagierte auf die Bedrohung, ohne lange nachzudenken. Noch während sie sich aufrichtete, zog sie ihren Arm zurück. Gleichzeitig machte sie einen Schritt nach vorn und wirbelte die Schleuder. Die Bleikugel zischte davon und den Bruchteil einer Sekunde später sah sie, wie der Mann mit dem rechten Arm seinen Wurf ausführte. Instinktiv ließ Lynnie sich flach auf den Boden fallen.

Die Bleikugel der Schleuder traf ihr Ziel zuerst. Lynnie hörte ein hässliches, schmatzendes Geräusch und einen unterdrückten Schmerzensschrei von ihrem Angreifer. Dann stolperte die dunkle Gestalt, streckte die Arme aus und fiel rücklings zu Boden. Nur einen Wimpernschlag später schlug das gegnerische Wurfgeschoss in die Tür hinter Lynnie ein, nur wenige Ellen über der Stelle, wo sie reglos lag.

Vorsichtig richtete sie sich wieder auf, den Blick weiter auf den dunklen Schatten vor sich gerichtet. Automatisch lud sie noch eine Bleikugel in die Schleuder und näherte sich ihm vorsichtig und leise. Sie fühlte sich entsetzlich angreifbar, als sie auf die offene Straße trat, wo das Mondlicht ihr plötzlich taghell vorkam. Sie näherte sich dem Gegner nicht auf geradem Weg, sondern schlug einen weiten Bogen. Auf diese Weise würde sie nicht dort sein, wo er sie erwartete, falls er seine Verletzung nur gespielt hatte und sich plötzlich aufrichtete.

Insgeheim war sie selbst über die Schnelligkeit und Präzision verblüfft, mit der sie gehandelt hatte. Die Reaktion auf den Angriff, das Fallenlassen, die Annäherung im Halbkreis, während sie die Schleuder schussbereit hielt – all das hatte sich durch die unablässigen Übungen mit Will bei ihr so fest eingeprägt, dass es wie von selbst geschah.

Der Mann bewegte sich auch nicht, als sie näher kam. Ein paar Schritte von ihm entfernt blieb sie stehen. Sie konnte keinerlei Regung bei ihm wahrnehmen, nicht einmal eine Atmung. Sollte es zum Nahkampf kommen, wäre die Schleuder nutzlos. Sie schob sie schnell in eine Tasche und zog das Sachsmesser. Das weiche Zischen des Stahls, als sie es aus der Scheide zog, war eigenartig tröstend.

Sie umkreiste ihren Gegner, während sie außer Reichweite seiner Arme und Beine blieb und kam mit größter Vorsicht näher. Schließlich konnte sie die Wunde an seiner Stirn erkennen und kniete sich neben ihn. Seine Augen waren weit aufgerissen. Ihr wurde klar, dass er tot war.

Einen Augenblick war sie wie betäubt vor Entsetzen. Ihr Magen revoltierte, als ihr bewusst wurde, dass sie einen Mann getötet hatte. Sie meinte, sich übergeben zu müssen, doch dann nahm sie sich mit aller Kraft zusammen und setzte sich zurück auf ihre Fersen, um ihn zu mustern. Sie hatte instinktiv reagiert, als sie auf ihn geschossen hatte. Es war reine Notwehr gewesen, und sie hatte keine Zeit gehabt, über das mögliche

Ergebnis nachzudenken. Der Mann hatte bereits mit seinem ersten Wurfgeschoss versucht, sie zu töten, und er hatte es ein zweites Mal versucht. Wenn sie nicht reagiert hätte, wäre sie jetzt diejenige, die tot daläge. Sie erinnerte sich, wie sein zweites Wurfgeschoss über sie weggezischt war, erinnerte sich an den heftigen Einschlag, als auch dieses Geschoss den Türrahmen getroffen hatte.

Es war um Leben oder Tod gegangen. Als sie sich bewusst machte, dass er sie nicht nur bedroht hatte, sondern auch versucht hatte, sie zu ermorden, konnte sie ihr Handeln nicht länger bedauern. Sie hatte getan, was sie hatte tun müssen.

Der Mann war ganz in Schwarz gekleidet. Eine schwarze Wollmütze. Schwarze Beinkleider, die in schwarzen Filzstiefeln steckten, und ein schwarzes Wollhemd unter einem kurzen, bis zur Taille reichenden Umhang mit einem hohen Kragen. In der Scheide seines Ledergürtels steckte ein langer gekrümmter Dolch. Der Mann hatte dunkles Haar und einen schwarzen, herabhängenden Schnurrbart – unüblich unter den Männern in Araluen – und seine Haut war dunkel.

Unter dem Umhang konnte sie einen Lederstreifen sehen, der quer über seine Brust verlief. Sie schlug den Umhang mit der Spitze ihres Sachsmessers zur Seite und enthüllte eine flache Ledertasche. Es war unmöglich, sie einfach herauszuziehen.

Also fuhr sie mit dem Sachs unter den Riemen, schnitt ihn durch und zog den Beutel heraus.

Darin befanden sich ein paar Münzen, ein kleines Messer, das wahrscheinlich zum Essen benutzt wurde, ein Löffel aus Eisen, ein Feuerstein und Stahl. Ihr Interesse wurde besonders von zwei Waffen geweckt, die kreuzartig geformt waren. Sie zog eine davon vorsichtig heraus und musterte sie. Sie bestand aus einer schweren Kupferscheibe, an der vier Klingen im rechten Winkel zueinander angebracht waren. Die Klingen waren etwa fingerlang und hatten rasiermesserscharfen Spitzen.

»Ein Quattro«, murmelte sie. Sie hatte eine solche Waffe schon einmal im Waffenarsenal auf Schloss Araluen gesehen. Es war eine iberische Wurfwaffe – gern von Meuchelmördern benutzt. Bei vier durch die Luft wirbelnden Klingen war es fast sicher, dass eine davon das Ziel traf. Ihr wurde klar, dass es genau eine solche Waffe gewesen war, die über ihrem Kopf in den Türrahmen eingeschlagen war. Sie schluckte.

Als sie den Quattro zurücksteckte, hörte sie das Rascheln von Papier und entdeckte ein zweites Fach in der Tasche. Darin steckte ein einziges gefaltetes Blatt Papier.

»Das schauen wir uns später an«, sagte sie leise. Dann erhob sie sich und überlegte, was sie mit dem Toten tun sollte.

Am Ende entschloss sie sich dafür, ihn an Ort und Stelle liegen zu lassen.

Wenn sie jetzt im Dorf Alarm schlug, würde man ihr Fragen stellen. Wie hatte sie es geschafft, einen ausgewachsenen Mann zu besiegen – einen, der mit einem langen Dolch und einigen Quattros ausgestattet war? Was wollte sie wirklich hier? Was stand auf dem Papier, das sie bei ihm gefunden hatte?

Unweigerlich würde ihre und Wills wahre Identität ans Licht kommen. Es würde bekannt, dass Will nicht ein harmloser Wanderarbeiter, sondern ein Waldläufer des Königs war. Und dadurch würden der Stehler und seine Bande gewarnt werden.

Wenn das der Fall war, flohen sie vielleicht in ein anderes Lehen und Will und Lynnie verloren ihre Spur.

Wenn sie ihn liegen ließ, würden sich seine Freunde zwar wundern, was aus ihm geworden war. Sie würden vielleicht auch hören, dass er tot auf der Hauptstraße gefunden worden war. Doch sie hätten keine Ahnung, wie es dazu gekommen war. Sie könnten Vermutungen anstellen. Aber wissen konnten sie nichts.

Nachdem sie ihren Entschluss getroffen hatte, überflog sie den Boden um den Toten herum und entdeckte schließlich ein metallenes Schimmern im Mondlicht. Da war die Bleikugel, die sie auf ihn abgefeuert hatte. Lynnie holte sie sich, dann drehte sie um und ging rasch zurück in den Gasthof. Nachdem sie am Eingang kurz stehen geblieben war, um die zwei Quattros aus dem Türrahmen zu holen, schlüpfte sie ins Haus und verriegelte die Haustür und das Fenster. Dann erst huschte sie die Treppe hinauf in ihr Zimmer.

Am folgenden Morgen wurde sie zeitig von dem Tumult auf der Straße geweckt. Sie spähte aus ihrem winzigen Fenster und sah eine kleine Menschenansammlung um die schwarz gekleidete Gestalt auf dem Boden stehen. Der Tote war von einem Milchbauern entdeckt worden, der seine Kühe vom Dorfanger zum Melken nach Hause holen wollte. Er hatte Alarm geschlagen und jetzt scharten sich jede Menge Dorfbewohner um den geheimnisvollen Toten. Sie diskutierten laut, woher er wohl kam und was geschehen war. Seine schwarze Kleidung und die Waffen ließen vermuten, dass er Böses im Schilde geführt hatte.

Schließlich legte man ihn auf eine Trage und brachte ihn in die Werkstatt des Tischlers, um ihn später zu beerdigen.

Seine Anwesenheit, sein Vorhaben und sein Tod waren ein Geheimnis. Und in einem kleinen Ort, wo außergewöhnliche Ereignisse eher selten waren, würde dieses Geheimnis nun für die kommenden Monate, vielleicht sogar Jahre, der Hauptgesprächsstoff sein.

Doch bei all den Theorien, die erörtert wurden, brachte ihn niemals jemand mit dem jungen Mädchen in der Dachkammer des Gasthofs in Verbindung.

Achtunddreißig

Als Will schließlich Reißer wieder in die kleine Lichtung außerhalb von Esseldon brachte und erneut die Kleidung eines Wanderarbeiters anlegte, war es schon lange dunkel.

Er eilte die Hauptstraße entlang in den Ort. Im Gegensatz zu Lynnie machten ihn die dunklen Schatten unter den Bäumen nicht nervös. Doch selbstverständlich war er sich dessen bewusst, dass Schattengestalten in diesem Teil des Königreichs am Werke waren. Deshalb befand sich seine Hand auf seinem Heimweg stets in der Nähe seines Sachsmessers. Vom Bogen hatte er die Sehne abgenommen und alles mitsamt dem Köcher in einer Segeltuchhülle verborgen.

Aus den Fenstern des Gasthofs fiel Licht und aus dem gut besetzten Schankraum drang laute Unterhaltung. Es war Wochenende und die Dorfbewohner entspannten sich nach sechs harten Arbeitstagen.

Will verstaute Bogen und Köcher unten im Handkarren. Der Stall war dunkel, keine Laterne brannte. Lynnie hatte natürlich am Vorabend bereits im Gasthof geschlafen. Er nahm an, dass sie jetzt auch dort war.

Nun ging er zum Gasthof und stieß die Tür zum Schankraum auf. Lebhaftes Stimmengewirr schallte ihm entgegen und der Geruch von gutem Essen, Holzfeuer und Bier umhüllte ihn. Ein paar Leute blickten auf, erkannten den Wanderarbeiter, der seit ein paar Tagen im Ort war, und verloren das Interesse. Inzwischen kannten alle seinen Hintergrund, so schlicht er auch war. Jerome stand hinter der Theke und reichte zwei volle Krüge an einen Gast. Er entdeckte Will, lächelte und winkte ihn zu sich, während er noch ein schaumgekröntes Bier zapfte. Will schlängelte sich zwischen Tischen, Stühlen und lärmenden Gästen hindurch.

Jerome stellte den Bierkrug auf die Theke vor Will.

»Hier nehmt!«, sagte er fröhlich. »Erfolg gehabt?«

Will schnitt eine Grimasse. »Kein bisschen. Gibt keine Arbeit auf den Höfen für einen ehrlichen Mann.«

»Nur für einen unehrlichen?« Jerome grinste.

Will schüttelte den Kopf und schaffte ein schwaches Lächeln als Antwort. Er nahm einen tiefen Schluck Bier, bevor er antwortete. Wie er Lynnie schon erzählt hatte, trank er eigentlich nicht viel Bier, doch es passte nicht zu einem Wanderarbeiter, eine Einladung auf ein Bier abzulehnen.

»Weder für einen ehrlichen noch für einen unehrlichen Mann«, antwortete er dem Wirt. »Schwierige Zeiten.«

»Hab's Euch ja schon prophezeit. Es gibt es zurzeit einfach keine Arbeit auf den Feldern mehr«, sagte Jerome. »Und dafür habt Ihr nun die ganze Aufregung hier verpasst.«

Will neigte neugierig den Kopf. »Aufregung? Was war denn los?«

»Ein Mann wurde tot auf der Straße aufgefunden … nur ein kleines Stück weiter unten.«

»Wer war es denn?«, fragte Will.

Doch Jerome zuckte mit den Schultern. »Das ist es ja. Keiner weiß es. Niemand hat ihn je vorher gesehen, bis Neville Malton ihn gestern Morgen gefunden hat. Praktisch mitten auf der Straße lag er, mit einer merkwürdigen Wunde an der Stirn.«

Die Beschreibung, die der Wirt ihm nun gab, erregte Wills Aufmerksamkeit. Was ihm dabei als Erstes einfiel, war eine Schleuder. Er blickte sich im Schankraum nach Lynnie um. Dann drehte er sich wieder zu Jerome.

»Wie sah er denn aus?«, fragte er.

»Ein richtiger Schrank. Dunkel. Ich würde sagen, er kam aus dem Ausland. Hatte einen dieser langen Schnauzbärte, die man von den Ausländern kennt. Und er war ganz schwarz gekleidet. Bestimmt hatte er nichts Gutes im Sinn und jemand hat beschlossen, ihm einen Strich durch die Rechnung zu machen.«

In diesem Augenblick wurde die Tür zur Küche geöffnet und Lynnie tauchte auf, beladen mit vier Tellern voll dampfender Mahlzeiten – Braten und Gemüse. Sie schlängelte sich durch die Menge zu dem Tisch, an dem das Essen bestellt worden war. Die vier Männer, die dort saßen, freuten sich hörbar, als sie die Teller abstellte. Sie scherzten mit ihr und dankten ihr dafür, dass sie sie vor dem Hungertode gerettet hätte.

Sie waren fröhlich und freundlich und meinten es gut mit ihr. Lynnie lächelte sie matt an. Auf Will machte sie einen beunruhigten Eindruck. Jetzt blickte sie auf und bemerkte ihn an der Theke. Will sah die Erleichterung auf ihrem Gesicht.

»Das ist ein braves Mädel, das Ihr da habt«, sagte Jerome, nachdem er den Blickwechsel zwischen ihnen bemerkt hatte. »Sie arbeitet hart und kann gut mit den Gästen umgehen. Ich werde Euch nichts berechnen für das Zimmer, in dem sie geschlafen hat. Und ich werde ihr auch noch ein paar Münzen in ihre Börse stecken. Und wenn ich es recht überlege«, fügte er hinzu, »könnt Ihr das Zimmer heute Nacht auch noch benutzen, wenn Ihr wollt.«

»Vielen Dank. Das nehmen wir gerne an«, sagte Will.

Lynnie blickte ihn bedeutungsvoll an und deutete mit dem Kopf zur Tür, die auf den Hof hinausführte. Die Botschaft war unmissverständlich.

Er trank sein Bier aus. »Ich gehe mal zu ihr«, sagte er und drehte sich um, um Lynnie nach draußen zu folgen.

»Sagt ihr, sie soll ruhig eine lange Pause machen«, rief Jerome ihm hinterher. »Sie hat schon den ganzen Abend hart gearbeitet. Das beste Schankmädchen, das ich je hatte«, fügte er hinzu und dachte, dass es ein Jammer war, dass Lynnie und ihr Vater nicht mehr lange blieben.

Während Will seiner angeblichen Tochter nach draußen folgte, musste er lächeln. Lynnie, die königliche Prinzessin, die vormals überhebliche junge Lady von Schloss Araluen, hatte ihr Talent als Küchenhilfe und Schankmädchen entdeckt.

Vielleicht ist das eine neue Karriere für sie, wenn Evanlyn und Horace sie nicht wieder zur Prinzessin machen, dachte er und musste kurz auflachen. Davon war er selbst überrascht. Es war das zweite Mal in letzter Zeit, dass er laut gelacht hatte. Er schüttelte den Kopf und ging schnell zu seinem Lehrling.

Einen Schritt vor ihr blieb er stehen. Ihr Gesicht war blass und ihre Lippen zitterten. Als sie ihn ansah, stiegen Tränen in ihre Augen.

»Onkel Will, ich habe jemanden umgebracht«, sprudelte es aus ihr heraus.

Ihre Schultern zuckten und sie begann zu schluchzen. Sofort nahm er sie in die Arme und flüsterte beruhigend auf sie ein. Die Tatsache, dass sie ihn »Onkel Will« genannt hatte, sprach Bände, was ihre Verfassung betraf. Sie ist immer noch ein Kind, wurde ihm klar, trotz all ihres Selbstbewusstseins und ihrer Tapferkeit. Und sie war gezwungen gewesen, das Schlimmste zu tun, was ein Mensch tun konnte: Einem anderen das Leben zu nehmen. Er hatte keine Zweifel, dass die Umstände sie dazu gezwungen hatten. Er hatte auch keine Zweifel, dass sie von dem geheimnisvollen schwarz gekleideten Fremden sprach, den man auf der Straße gefunden hatte.

»Scht, mein Mädchen«, beruhigte er sie leise. »Scht. Ich bin ja jetzt da und alles wird gut. Kannst du mir erzählen, was passiert ist?«

Nach und nach, zwischen heftigen Schluchzern, die sie immer noch schüttelten, beschrieb sie, wie sie nachts entsetzt aufgewacht war und die Anwesenheit des Fremden im Zimmer gespürt hatte. Wie er sie bedroht hatte und wie die Angst dann von Wut und Empörung verdrängt worden war.

»Du bist ihm gefolgt?«, fragte Will, als sie beschrieb, wie sie sich mit der Schleuder in der Hand die Treppe hinabgeschlichen hatte. Sie schniefte und nickte.

»Ja. Ich dachte, das sollte ich vielleicht tun.«

Er hatte sie losgelassen, als er die Frage gestellt hatte, doch jetzt zog er sie wieder in seine Arme.

»Du liebe Güte, du bist wirklich ein tapferes Mädchen«, lobte er voller Anerkennung.

Sie fuhr mit ihrer Erzählung fort, beschrieb, wie sie sich mehr oder weniger zufällig gerade in dem Moment geduckt hatte, als der Quattro über ihrem Kopf hinwegzischte. Sie berichtete, wie der Mann zu einem zweiten Wurf ausgeholt und sie ihn umgekehrt den Bruchteil einer Sekunde früher mit ihrer Schleuder getroffen hatte.

»Hab ich das jetzt richtig verstanden?«, fragte Will. »Er hat einen Quattro nach dir geworfen. Er wollte schon einen zweiten werfen und du hast gerade noch rechtzeitig zurückgeschossen?«

Sie nickte unter Tränen. »Ich habe nicht darüber nachgedacht, was passieren würde. Ich habe einfach geschossen und mich zu Boden fallen lassen«, sagte sie.

Will nickte mitfühlend. »Natürlich hast du nicht lange überlegt. Du hast genau das getan, wozu ich dich ausgebildet habe. Du hast auf eine Bedrohung reagiert. Du brauchst dir keinerlei Vorwürfe zu machen, mein Liebes.«

»Aber er …«

»Er arbeitete offensichtlich mit diesem Mistkerl von Stehler zusammen. Schon als du aus der Tür kamst, hat er zum ersten Mal versucht, dich zu töten. Und er hat es noch ein zweites Mal versucht, als du ihm zuvorgekommen bist. Und du sagst, er hatte noch zwei dieser Waffen in seiner Tasche?«

Sie nickte.

Will machte eine beruhigende Geste. »Dann hast du in Notwehr gehandelt und dafür kann dir kein Vorwurf gemacht werden. Überhaupt keiner. Wenn du ihn nicht außer Gefecht gesetzt hättest, hätte er weiter versucht, dich zu töten, da habe ich keinerlei Zweifel.«

»Wahrscheinlich.« Sie hatte sich das selbst seither immer und immer wieder gesagt. Dass es jemand anders und gerade Will sagte, war enorm tröstend.

»Trockne jetzt deine Tränen. Ich weiß, es ist eine furchtbare Sache, doch es war etwas, was du tun musstest. Du musstest es einfach tun, um nicht selbst getötet zu werden. Ist das jetzt klar?«

Sie nickte und fuhr sich mit dem Handrücken übers Gesicht, um ihre Tränen wegzuwischen.

»Ich wollte so gern mit dir darüber reden. Ich konnte es ja niemandem sagen und ich fühlte mich so … so furchtbar«, sagte sie mit dünner, kläglicher Stimme.

Will nickte ihr tröstend zu. »Ich hätte dich nicht allein lassen sollen. Wenn irgendjemandem ein Vorwurf zu machen ist, dann mir. Aber ich möchte, dass du die ganze Sache jetzt aus deinem Kopf verbannst und nicht weiter darüber nachdenkst, verstanden?«

»In Ordnung. Aber ich habe …«

»Nein. Nicht weiter. Schieb die Gedanken beiseite.«

»Aber er hatte ein Papier bei sich. Ich denke, es könnte wichtig sein.«

Wills Kopf fuhr bei diesen Worten hoch. »Ein Papier? Worum handelt es sich?«

»Ich bin mir nicht sicher. Es könnte eine Art Karte sein. Ich hab es in meinem Zimmer.«

Er fasste ihre Hand und führte sie zum Haus. »Dann lass uns einen Blick darauf werfen.«

»Aber … aber ich muss doch weiterarbeiten …«, wandte sie ein.

Will schüttelte den Kopf. »Das können Jerome und seine Frau jetzt auch selbst erledigen. Er sagte, du sollst eine lange Pause machen. Also mach sie auch.«

»Was hast du denn in Boyletown herausgefunden?«, fragte sie, als sie zu ihrem Zimmer gingen.

»Der Geschichtenmann war auch dort, ein paar Tage bevor

Peter Williscroft verschwand.« Will machte eine Pause und fügte dann hinzu: »Und der Junge wurde ebenfalls misshandelt, genau wie die anderen.«

»Von seinem Vater?«

Er schüttelte den Kopf. »Von einem älteren Bruder, der ihn ständig drangsalierte. Keiner wunderte sich, als Peter plötzlich verschwunden war.«

Sie hatten den obersten Treppenabsatz erreicht. Will stieß die Tür auf, machte einen Schritt zur Seite, um sie eintreten zu lassen.

»Dann lass uns mal sehen, was auf diesem Papier steht, das du gefunden hast.«

Neununddreißig

Auf dem Papier stand nur ein Wort: *Pueblos*. Darüber befanden sich sechs Kreuze, jedes war nummeriert. Will kratzte sich am Kopf. Irgendetwas an der Anordnung von dreien der Kreuze kam ihm bekannt vor. »Was heißt *Pueblos* denn?«, fragte er, mehr sich selbst, als an Lynnie gerichtet.

Doch sie antwortete. »Ich glaube, das ist Iberisch. Mir fällt nur gerade die Bedeutung nicht ein. Heißt es Reiter?« Sie runzelte die Stirn. Ihr Unterricht auf Schloss Araluen hatte auch die Grundlagen verschiedener Fremdsprachen beinhaltet, einschließlich Iberisch. Doch sie hatte in diesen Stunden nicht gerade gut aufgepasst. Wenn sie ehrlich war, musste sie zugeben, dass sie in keiner Unterrichtsstunde gut aufgepasst hatte.

»Die Früchte klassischer Bildung«, murrte Will.

Lynnie überlegte immer noch fieberhaft und rieb sich wütend die Stirn, als sie nach der Bedeutung dieses Wortes suchte. Es bedeutete nicht Reiter. Es lag ihr auf der Zungenspitze …

»Dörfer!«, rief sie triumphierend. »*Pueblo* bedeutet auf Iberisch Dorf!«

Und plötzlich wusste Will, warum ihm die Anordnung von dreien dieser Kreuze bekannt vorkam. Er kramte in seiner Innentasche nach Liams Karte und breitete sie neben dem Papier des Toten aus.

Er holte ein Stück Kohle aus seiner Gürteltasche und verband schnell die drei Dörfer Danvers Crossing, Boyletown und Esseldon auf Liams Karte miteinander. Die Linien bildeten ein kleines schiefes Dreieck. Dann nahm er das Papier, das Lynnie gefunden hatte, und verband die ersten drei Dörfer, die dort markiert waren. Er blickte auf das gleiche Dreieck.

»Dies sind die Dörfer, wo Kinder verschwanden«, sagte er und lehnte sich zurück.

Lynnie deutete auf das Papier, das sie dem Fremden abgenommen hatte. »Und dort sind noch drei andere«, sagte sie.

Will runzelte die Stirn und zog eine Linie von Dorf Nummer drei, nämlich Boyletown, bis zum am weitesten entfernt gelegenen Ort, der auf der Karte des Fremden markiert war. Die Linie verlief nach Nordosten. Er maß die Entfernung mit den Fingern ab, dann verglich er es mit der Entfernung zwischen Esseldon und Boyletown und rechnete blitzschnell.

Als Will Burg Trelleth besucht hatte, hatte er eine detaillierte Karte des Lehens erhalten. Die zog er jetzt heraus und fuhr mit dem Finger in nordöstlicher Richtung, bis er zu einem Ort kam, der im Großen und Ganzen zu dem auf dem Papier des Toten passte.

»Willow Vale«, sagte er.

Lynnie reckte den Kopf, um einen Blick auf die Karte zu werfen. »Warum dieses? Warum nicht Nummer vier oder fünf?«, fragte sie.

»Weil Nummer sechs der letzte vorgesehene Ort ist. Vielleicht waren sie noch nicht dort. Es ist einen Tagesritt von hier entfernt«, sagte er nachdenklich.

»Oder einen Nachtritt«, warf sie ein. »Schließlich wissen wir nicht, wie viel Zeit wir noch haben.«

»Was bedeutet, dass wir keine Zeit mehr verlieren sollten.«

Sie bezahlten ihre Übernachtung und verabschiedeten sich vom Wirt, der wegen der vielen Gäste keine Zeit hatte, weiter nachzufragen. Dann holten sie ihre Ausrüstung aus dem Versteck im Handkarren. Lynnie ging in einen der leeren Ställe und vertauschte das geflickte alte Kleid gegen ihre Beinkleider, das Hemd und die Weste. Sie warf die Sandalen mit den dünnen Sohlen, die sie getragen hatte, weg und schlüpfte in ihre weichen Lederstiefel.

Als sie schließlich ihren Umhang wieder umlegte, stieß sie einen zufriedenen Seufzer aus. Es war gut, sich wieder wie eine Waldläuferin zu fühlen.

Unauffällig verließen sie das Dorf und beeilten sich, zu ihren Pferden zu kommen.

»Wird Reißer das denn schaffen?«, fragte Lynnie, »schließlich warst du ja schon den ganzen Tag mit ihm unterwegs.«

»Er ist das Pferd eines Waldläufers«, erwiderte Will. »Er könnte noch zwei Tage weiterlaufen, wenn ich ihn darum bäte.«

Es dauerte nicht lang und sie hatten die Lichtung erreicht. Reißer und Stupser wieherten zur Begrüßung. Schnell waren die Pferde gesattelt und sie brachen auf.

Will ritt in leichtem Galopp voran, Lynnie folgte ihm auf Stupser unmittelbar hinterher und ritt dort, wo es möglich war, an seiner Seite. Der einzige Klang, der zu hören war, war das rhythmische Trommeln der Pferdehufe auf der harten Erde.

Hinter ihnen stieg eine kleine Staubwolke auf, die im Mondschein, der zwischen den Bäumen hindurch auf die Straße fiel, gut sichtbar war. Doch kaum waren die Hufschläge verklungen, hatte auch der Staub sich gesetzt, bis es nirgendwo mehr ein Anzeichen gab, dass sie hier entlanggekommen waren.

Nach etwa einer halben Stunde hielten sie ihre Pferde an und stiegen ab. Sie füllten Wasser aus den Schläuchen in die faltbaren Ledereimer und ließen die Tiere trinken. Dann führten sie die Pferde ein Stück, damit sie sich erholen konnten. Diesen Rhythmus behielten sie die ganze restliche Nacht bei.

Beim Gehen konnten sie sich auch unterhalten, was im Galopp schlecht möglich war.

»Was ich nicht verstehe«, sagte Lynnie, »ist, warum diese Leute überhaupt die Kinder entführen. Es gab keine Lösegeldforderungen. Und die Eltern sind so arm, dass sie kaum viel bezahlen könnten. Also warum?«

Diese Überlegung war ihr schon eine ganze Weile durch den Kopf gegangen. Will hatte ihr beigebracht, immer nach dem Grund hinter einem Verbrechen zu suchen. Die Frage war stets: »Wem nützt es?« In diesem Fall konnte sie keinen Nutzen für irgendjemanden erkennen. Handelten der Stehler und seine Bande dann allein aus Spaß an der Grausamkeit?

»Ich glaube nicht, dass es darum geht, Lösegeld zu erpressen«, antwortete Will. Er hatte natürlich auch darüber nachgedacht, und es gab inzwischen einige deutliche Hinweise.

»Ich denke, wir haben es mit einem Sklavenring zu tun.«

»Einem Sklavenring?« Lynnie blieb überrascht stehen. Für Stupser kam das so unvermittelt, dass er seinem Namen gerecht wurde und Lynnie versehentlich anstupste.

»Überleg doch mal«, sagte Will. »Du hast gesagt, der

Mann, der in dein Zimmer einbrach, kam aus dem Ausland. Er hatte eine Karte mit einem iberischen Wort darauf und diese Quattros sind iberische Waffen.«

»Ist das wichtig?«, fragte Lynnie.

»Das ist es, wenn du in Betracht ziehst, dass es einen lebhaften Sklavenhandel in Iberion gibt«, erklärte Will. »Und für ältere Kinder oder Jugendliche gibt es besonders große Nachfrage.«

»Ich wusste nicht, dass dort Sklaven gehalten werden«, sagte Lynnie. Doch sie musste zugeben, dass sie nicht gerade viel über Iberion und seine Menschen wusste. Sie hatte immer angenommen, dass die Sklaverei auf dem Kontinent der Vergangenheit angehörte.

»So ist es auch nicht. Der iberische König hat es verboten. Anscheinend verbietet seine Religion es, Sklaven zu halten. Doch sie sagt nichts gegen den Sklavenhandel, also ist es erlaubt, Sklaven zu nehmen und zu verkaufen. Eine kleine, aber sehr aktive Flotte von Sklavenschiffen agiert draußen vor dem Hafen von Malaga in Südiberion.«

»Und wer kauft die Sklaven?«, fragte Lynnie.

»Meist werden sie auf dem Markt von Socorro verkauft.« Lynnie sah ihn verständnislos an. »Hattest du keinen Geografieunterricht?«, fragte er sie. »Was bringen sie denn den Kindern heutzutage bloß bei?«

Unwillkürlich erinnerte dieser Satz ihn an Walt. Hatte der damals nicht etwas Ähnliches zu ihm gesagt, als er bei ihm in die Lehre ging? Will schüttelte den Kopf, als wolle er die Gedanken abschütteln. Je älter er wurde, desto mehr kam es ihm vor, als ob Worte und Ereignisse sich wiederholten.

»Ich habe Sticken gelernt«, erwiderte Lynnie eisig. Es war

immer ihr wunder Punkt gewesen, sticken zu müssen, während sie doch viel lieber im Wald auf die Jagd gegangen wäre.

»Hm. Erinnere mich bitte daran, dich zu rufen, wenn ich mal einen Riss im Hemd hab«, sagte Will trocken. Doch gleich wurde er wieder ernst und fuhr mit seinen Informationen über den Sklavenhandel fort. »Socorro ist ein Stadt-Königreich an der Westküste von Arrida. Es gibt dort einen großen Sklavenmarkt – einen der größten dieses Kontinents. Sklaven werden dort gekauft, verkauft und in alle Ecken des Hinterlandes gebracht.«

»Und du glaubst, das ist es, worum es hier geht?«, fragte Lynnie.

Will zuckte mit den Schultern. »Es würde jedenfalls einen Sinn ergeben. Der Stehler, der Geschichtenmann und ihre Bande treiben ihr Unwesen in abgelegenen Dörfern, wo es unwahrscheinlich ist, dass man woanders davon erfährt. Wer weiß, wie viele Kinder sie schon entführt haben. Sie suchen Kinder aus, die schlecht behandelt werden und von denen man annimmt, dass sie irgendwann von zu Hause weglaufen. Das lenkt noch einmal den Verdacht von ihnen ab. Die Leute nehmen an, das Kind hätte schließlich gegen die ständigen Misshandlungen rebelliert und sei weggelaufen.«

»Aber woher wissen sie, welche Kinder dafür infrage kommen?«

Will tippte in einer wissenden Geste mit dem Finger gegen seine Nase.

»Da kommt der Geschichtenmann ins Spiel. Er kommt in den Ort, gewinnt das Vertrauen der Kinder und entdeckt einen geeigneten Kandidaten. Traurigerweise ist es leider so, dass man in den meisten Orten ein Kind finden kann, das schlecht behandelt wird. Dann jagt er den Kindern so viel Angst ein, dass sie niemandem von den Fragen erzählen, die er ihnen gestellt hat. Er verlässt den Ort und nicht lange danach kommt der Stehler und entführt das Kind, das der Geschichtenmann für ihn ausgesucht hat. Die anderen Kinder verraten nichts, weil man ihnen damit gedroht hat, dass sie sonst das nächste Ziel des Stehlers sind. Das entführte Kind ist vor Angst und Schrecken so starr, dass es ohne Widerstand mitgeht. Wenn man es genauer betrachtet, ist es ein ziemlich ausgeklügelter und fast genialer Plan.«

»Er ist furchtbar«, erwiderte Lynnie.

»Das machte ihn nicht weniger genial«, entgegnete Will.

Sie sah ihn an. »Was hast du vor, wenn wir Willow Vale erreicht haben?«

»Ich finde heraus, ob der Geschichtenmann kürzlich da war und ob es ein Kind im Ort gibt, das von seinen Eltern schlecht behandelt wird.«

»Und wie willst du das anstellen?«, fragte sie.

Wills Gesichtsausdruck wirkte auf einmal freudlos. »Ich habe meine Methoden«, sagte er. »Jetzt komm. Es wird Zeit, dass wir wieder in den Sattel kommen.«

Vierzig

Fernald Creasy, der Eigentümer der *Dicken Ente*, der Schänke in Willow Vale, rieb sich die Augen und gähnte. Unvernünftigerweise hatte er am vergangenen Abend zu viel Zeit damit verbracht, seinen Gästen Gesellschaft zu leisten.

Mit anderen Worten, er hatte viel zu viel Bier getrunken. Infolgedessen war er ins Bett gefallen, ohne sich noch die Mühe zu machen, das schmutzige Geschirr und die halb leeren Krüge wegzuräumen. Deshalb stand das alles noch im Schankraum. Genauso wenig hatte er die Kochtöpfe in der Küche abgewaschen.

Natürlich hätte seine Küchenhilfe das tun sollen. Doch das war ein schlauer Bursche, und sobald er gesehen hatte, wie Fernald gut gelaunt am Stammtisch seinen fünften Krug hob, hatte er die Gelegenheit genutzt, um zu verschwinden. Jetzt war es früher Morgen, kurz nach Sonnenaufgang, und Fernald sah sich vor der unangenehmen Aufgabe, das Chaos des gestrigen Abends zu beseitigen.

Er sammelte schmutzige Teller, Löffel und Krüge ein, stellte sie gähnend auf ein Tablett und ging zurück in die Küche, während er unentwegt weiter gähnte. Sein Kopf hämmerte schmerzhaft, und er schwor sich, nie mehr einen Schluck Alkohol zu trinken. Angeekelt sah er sich in der Küche um. Die Anrichte war übersät mit Essensresten und noch mehr schmutzigem Geschirr. Es gab jede Menge zu tun, bevor er sich wieder ins Bett legen konnte. Und der Schankraum war noch nicht mal zur Hälfte gesäubert.

Verärgert murrte er vor sich hin und fand keinen freien Platz neben dem Waschzuber für das Tablett in seiner Hand.

Er drehte sich um, um das Tablett auf den langen Küchentisch zu stellen und …

Weniger als einen Schritt von ihm entfernt stand eine Gestalt in einem Umhang, schweigend und unheimlich im schwachen Licht des frühen Morgens.

Fernald ließ vor Schreck das Tablett fallen und alles knallte auf den Boden. Er wusste genau, dass niemand in der Küche gewesen war, als er aus dem Schankraum gekommen war. Und er hatte auch niemanden kommen hören.

»Beim Schwarzen Troll von Balath!«, rief er aus und legte die Hand auf sein Herz, das voller Schreck schneller schlug. »Wo seid Ihr denn hergekommen?«

»Interessanter Fluch!«, sagte Will. »Vom Schwarzen Troll habe ich schon lange nichts mehr gehört. Ihr müsst einer alten Religion anhängen.«

Fernald rieb sich mit einer Hand übers Gesicht, als sein Herzschlag sich allmählich verlangsamte. Er senkte den Blick und entdeckte einen halbvollen Bierkrug auf dem Tisch. Er brauchte etwas gegen den Schock, also hob er ihn hoch und trank ihn aus, auch wenn er wegen des abgestandenen Geschmacks das Gesicht verzog.

»Ich hab es nicht so mit diesen neuen Göttern«, murmelte er. Dann schüttelte er nachdrücklich den Kopf, als wolle er ihn endlich freibekommen, und fragte: »Wer seid Ihr? Und wie seid Ihr hereingekommen?«

»Ich bin ein Waldläufer des Königs, wie Ihr vielleicht schon erraten habt. Und dieses Schloss an der Hintertür würde nicht mal einen Dreijährigen abhalten. Jetzt setzt Euch. Wir haben zu reden.«

Will schob Fernald auf eine Bank und der Wirt setzte sich – wobei er bemerkte, dass seine Knie von dem Schreck immer noch zitterten.

Warum ich?, dachte er. Was hab ich getan?

Natürlich wusste er insgeheim, dass es da einiges gab. Fernald neigte dazu, seinen Gästen nicht immer den ausreichenden Gegenwert für ihr Geld zu geben – weder beim Essen noch beim Trinken. Er hatte kein Problem, von Zeit zu Zeit heimlich Wasser ins Bier zu gießen. Und gelegentlich mischte er unaufmerksamen Gästen auch schon einmal ein paar wertlose Bleischeiben unter ihr Wechselgeld. Aber wie konnte der Waldläufer davon erfahren haben?

»Ich brauche Informationen«, sagte Will. »Erstens: Sind in letzter Zeit irgendwelche Kinder aus dem Ort verschwunden?«

Fernald runzelte die Stirn und verstand die Frage nicht. »Verschwunden? Was meint Ihr damit?«

»Eben verschwunden. Weggelaufen. Dass sie nicht mehr gesehen wurden.«

»Oh …« Fernald überlegte kurz, dann schüttelte er den Kopf. »Nein. Nicht dass ich wüsste«, sagte er schließlich. Will war erleichtert. Sie waren noch rechtzeitig gekommen. Außer … Er zögerte, bevor er die nächste Frage stellte. Sie war entscheidend.

»Fällt Euch irgendein Kind ein, das vielleicht davonlaufen könnte – wenn es die Gelegenheit hätte? Weil es vielleicht Eltern hat, die es nicht gut behandeln?«

Noch bevor er zu Ende geredet hatte, nickte Fernald bereits nachdrücklich.

»Oh ja, die kleine Violet Carter. Nettes kleines Ding. Erst dreizehn. Aber ihre Eltern streiten sich dauernd und lassen es an Violet aus. Manchmal scheint das arme Ding gar nichts richtig machen zu können. Ich hab sie sogar schon manchmal hier übernachten lassen, wenn es ganz schlimm wurde.«

Gut, dachte Will. Alles passte zusammen.

»Wo wohnt sie?«, fragte er.

Fernald wedelte mit der Hand in Richtung Hauptstraße. »Drittletztes Haus mit einer blauen Tür… obwohl die gut etwas Farbe brauchen könnte. Im Hof dahinter stapeln sich alte Wagenteile – Räder, Deichseln und Geschirr. Nicht zu verfehlen.«

»Ihr macht Eure Sache nicht schlecht, Fernald«, sagte Will zu ihm.

Woher kennt er meinen Namen, fragte der Wirt sich und vergaß völlig, dass dieser schließlich auf dem Schild an seiner Schänke stand.

»Jetzt habe ich nur noch eine Frage. Ist in letzter Zeit ein reisender Erzähler durch Willow Vale gekommen?«

»Ihr meint den Geschichtenmann?«, sagte Fernald. »Komisch angezogen mit einem blauen Mantel und roten Schuhen? Ja, der war da. Ist vor zwei Tagen weitergezogen. Warum? Was hat er angestellt?«

Will ignorierte die Frage. Er war äußerst zufrieden, dass seine Vermutung sich bewahrheitet hatte. Willow Vale stand auf der Liste. Der Geschichtenmann war hier gewesen, doch der Stehler noch nicht. Und es gab eine wahrscheinliche Entführungskandidatin in Gestalt von Violet Carter.

Er war ein Risiko eingegangen, indem er seine wahre Identität enthüllte und all diese Fragen so direkt stellte. Doch das war nötig gewesen, da ihm die Zeit davonlief. Jetzt musste er dafür sorgen, dass Fernald zumindest während der nächsten Tage den Mund hielt. Auf viel mehr konnte er nicht hoffen. Doch in dieser Zeit müsste der Stehler eigentlich gekommen und wieder verschwunden sein.

»Fernald«, sagte er, »Ihr habt mir gesagt, was ich wissen wollte. Aber niemand sonst darf erfahren, dass ich hier war. Und niemand sonst darf erfahren, worüber wir gesprochen haben. Ist das klar?«

Fernald nickte eifrig und merkte, dass dieser unheimliche Mann im Begriff war, ihn wieder zu verlassen.

Was das für eine Geschichte in der Schänke abgäbe!, ging es ihm durch den Kopf.

Doch die nächsten Worte des Waldläufers machten solche Überlegungen zunichte.

»Das ist mein Ernst. Ihr werdet niemandem erzählen, dass ich hier war. Ihr werdet niemandem erzählen, worüber wir gesprochen haben. Verstanden?«

»Ähm? Oh … ja. Klar doch! Versteht sich!«

Will trat noch einen Schritt näher und sah Fernald in die Augen. Der senkte sofort den Blick.

»Lasst das!«, fuhr Will ihn an und Fernald zuckte zusammen wie unter einem Schlag. »Schaut mich an! Schaut mir in die Augen!«

Fernald folgte seiner Aufforderung. Es gefiel ihm nicht,

was er dort sah. Die braunen Augen wirkten fast schwarz. Der Waldläufer schien ihn mit dem Blick fast zu durchbohren.

»Sollte ich herausfinden, dass Ihr auch nur ein Wort von alldem zu irgendjemandem gesagt habt – auch nur den allerkleinsten Hinweis – dann werde ich Euch festnehmen und in den tiefsten, feuchtesten, stinkendsten Kerker von Burg Trelleth werfen. Verstanden?«

Fernald formte ein »Ja« mit den Lippen, doch es kam kein Laut heraus.

Waldläufer, dachte er. Man sollte sich nie mit Waldläufern anlegen.

»Und damit wäre es nicht getan«, fuhr Will fort. »Ich würde Euch für die nächsten fünf Jahre dort behalten und in der Zwischenzeit lasse ich Eure Schanklizenz für ungültig deklarieren.« Er sah eine gewisse Unsicherheit in Fernalds Augen. Der Wirt wusste nicht, was das Wort »deklarieren« bedeutete. »Für ungültig erklären«, schob Will nach. »Ich nehme sie Euch weg.«

Jetzt verstand Fernald. Angst stand in seinem Blick, als er sich eine Zukunft vorstellte, in der er verarmt aus dem Kerker käme und sich nicht einmal mehr seinen Lebensunterhalt verdienen könnte. Eine Schänke zu führen, war alles, was er konnte. Was sollte er ohne die *Dicke Ente* anfangen?

Wills nächste Worte ließen eine solche Zukunft noch düsterer erscheinen.

»Dann werde ich hierher zurückkommen und dieses Gebäude abreißen lassen, Stein um Stein und Brett um Brett. Wenn Ihr also irgendwann aus dem Kerker kommt, wird nichts mehr hier auf Euch warten. Bezweifelt Ihr, dass ich die Autorität besitze, das alles zu tun?«

Fernald schüttelte den Kopf. Waldläufer konnten alles tun, was sie wollten, das wusste er. Es wäre eine Kleinigkeit für einen Waldläufer, ihn in den Kerker werfen und seine Schänke, seine wunderbare Schänke, abreißen zu lassen.

»Nein, Sir«, schaffte er es mit jämmerlicher Stimme hervorzustoßen.

»Dann vergesst nicht, was ich gesagt habe.«

Fernald traute seiner Stimme nicht mehr. Er merkte, wie Tränen in ihm aufstiegen, bei dem Gedanken, dass seine wunderbare Schänke vielleicht zerstört werden könnte, allein auf ein Wort dieser unerbittlichen Gestalt hier.

Will sah ihn weiter ein paar Sekunden durchdringend an. Eigentlich hasste er es, dem Mann solche Angst einzujagen. Doch es war unglaublich wichtig, dass niemand von Wills Anwesenheit, geschweige denn von seinen Fragen erfuhr. Selbst jetzt konnte der Stehler Männer nach Willow Vale abkommandiert haben, die nach dem leisesten Hinweis auf Gefahr Ausschau hielten. Schließlich hatten sie auch irgendwie erfahren, dass Lynnie Fragen gestellt hatte. Wenn er sein Geheimnis noch ein paar Tage aufrechterhalten konnte, indem er Fernald Angst einjagte, dann war er dazu bereit.

Einen Augenblick lang fragte er sich, ob er seine Drohung ausführen würde, wenn der Wirt über seinen Besuch redete. Doch die Antwort auf diese Frage verschob er erst einmal.

Es war kurz nach Mitternacht und Will saß bequem im hohen Gras hinter dem Haus der Carters. Wie Fernald gesagt hatte, war der Hinterhof übersät mit kaputten Karren und ihrem

Zubehör. Das Gerümpel warf eigenartige Schatten im Licht einer schmalen Mondsichel.

Lynnie befand sich gegenüber an der Hauptstraße und beobachtete den vorderen Teil des Hauses. Will erwartete, dass der Stehler sich aus den Feldern hinter dem Ort anschlich, wo er von den umgebenden Bäumen ausreichend Deckung bekam und auch leicht wieder entkommen konnte. Es war unwahrscheinlich, dass er über die Hauptstraße kam. Doch war es besser, sicherzugehen, und so stand Lynnie an einer Stelle, wo sie den Teil der Straße sehen konnte, der vor Wills Blick verborgen war.

Er lehnte sich mit dem Rücken gegen einen Baumstumpf. Seine Kapuze hatte er hochgezogen, sodass sein Gesicht im Schatten lag. Er bewegte sich nicht, denn er wusste, dass nur das in Verbindung mit seinem Umhang garantierte, dass er nicht entdeckt wurde. Für jeden, der mehr als drei Schritte entfernt war, war er völlig unsichtbar. Selbst aus der Nähe verschmolz er mit dem Baumstamm und wirkte wie ein zusätzlicher Baumstumpf oder ein großer Busch.

Dies war die zweite Nacht, in der sie das Haus der Carters beobachteten. Bei Tage hatten sie sich außer Sichtweite des Dorfes im Wald verborgen. Nach der ersten Nacht war Lynnie ungeduldig und besorgt gewesen.

»Er kommt nicht«, sagte sie. »Wir haben ihn wahrscheinlich verpasst.«

Will schüttelte den Kopf. »Das gehört zu dem, was wir tun«, erklärte er ihr. »Beobachten und warten. Geduld haben. Es war erst eine Nacht. Es könnte sogar noch bis morgen oder übermorgen dauern. Aber er wird kommen.«

»Wie kannst du so sicher sein?«, fragte Lynnie.

Er dachte kurz nach. »Keine Ahnung. Ich weiß es einfach. Vielleicht ist es mein Jagdinstinkt«.

Jetzt, als er wartend dasaß, sagte dieser Instinkt ihm, dass es heute Nacht passieren würde.

Einundvierzig

Noch bevor er sie sah, hörte er sie.

Aus den niedrigen Büschen und dem hohen Gras hinter ihm kam ein schwaches Rascheln. Sofort erstarrte Will und atmete nur noch verhalten, sodass kein Laut wahrzunehmen war.

Natürlich widerstand er auch der fast überwältigenden Versuchung, sich umzudrehen. Stattdessen lauschte er auf das schwache Rascheln von Gras und Kleidung. Sie sind zu zweit, erkannte er. Er hätte nicht sagen können, woran genau er das erkannte. Es war einfach das Ergebnis von jahrelanger Erfahrung im Anschleichen und Warten.

Die Männer, angenommen, es waren Männer, waren jetzt nur wenige Schritte seitlich hinter ihm. Wahrscheinlich hatten sie ihre ganze Aufmerksamkeit auf das Haus der Carters gerichtet. Es war sehr unwahrscheinlich, dass sie ihn entdeckten. Der Wind schickte Wolken über den Himmel, die immer wieder den Mond verhüllten.

Die Männer hielten kurz an – wahrscheinlich, um das Haus und dessen Umgebung zu studieren.

»Niemand zu sehen«, sagte eine Stimme überraschend nahe bei Will. Nur seine langjährige Erfahrung und Selbstbeherrschung verhinderten, dass er erschrocken zusammenzuckte. Der Mann konnte nicht mehr als zwei Schritt entfernt sein.

Die Eindringlinge bewegten sich jetzt wieder und huschten an ihm vorbei, nahe genug, dass er die Hand hätte ausstrecken und sie berühren können. Genau wie er vermutet hatte, waren sie zu zweit. Einer trug eine dunkle Pelerine, einen kurzen Schulterumhang. Der andere war ganz in Schwarz gekleidet. Als er sich bewegte, sah Will, dass lange Fetzen eines durchsichtigen schwarzen Stoffes von den Armen und Schultern des Unbekannten hingen. Sie wehten im Wind und verliehen ihm den Anschein eines zerfledderten Wesens, das nicht von dieser Welt war. Eines Wesens aus dem Grab.

Während der Mann in der Pelerine sich auf den Boden kauerte, holte der Mann mit den Stofffetzen eine eng sitzende Haube heraus und zog sie über den Kopf. Als er zu seinem Kumpan blickte, konnte Will sehen, dass die Maske sein Gesicht bedeckte und mit weißer Farbe so bemalt war, dass sie einen Totenschädel darstellte. Zum Schluss zog er noch einen schwarzen Schlapphut heraus, sodass er wie eine zerlumpte, geisterhafte Vogelscheuche aussah. Gebückt ging er langsam durch das lange Gras auf das Haus zu – ein furchtbarer Anblick für jedes Kind, das ihn beim Erwachen vor sich sah.

Will stellte sich die Todesangst der kleinen Violet vor und war versucht, diese Entführung zu unterbrechen, um ihr dieses Entsetzen zu ersparen. Doch er wusste, wenn er diese zwei jetzt festnahm, würde der Rest der Bande untertauchen – mit den Kindern, die sie bereits entführt hatten. So sehr ihm der Gedanke auch missfiel, er musste zulassen, dass die arme Violet die nächsten Stunden durchlitt. Die Sklavenfänger mussten irgendwo in der Nähe ihr Versteck haben. Wenn es ihm gelang, die Männer dorthin zu verfolgen, konnte er mit Lynnie zusammen die Gefangenen befreien und die Bande ein für alle Mal vernichten.

Die schwarze Gestalt war jetzt am Haus angelangt und verschmolz dort mit dem Schatten. Will fragte sich, ob Lynnie die beiden Männer ebenfalls gesehen hatte, und hoffte, dass sie nicht versuchen würde, ihm Zeichen zu geben. Sie hatten eine schlichte Signalmethode vereinbart, die aber nur verwendet werden durfte, wenn die Entführer Will oder Lynnie nicht sehen konnten. Der unheimlich aussehende Eindringling stand am Seitenfenster des Hauses. Will hatte mit seiner Einschätzung richtig gelegen, als er sich am Vorabend das Haus genau angesehen und nach Einstiegsmöglichkeiten gesucht hatte. Das Seitenfenster war dafür am besten geeignet. Das Schloss war schwach und schlecht und das Fenster selbst dem Blick jedes zufällig auf der Hauptstraße vorbeigehenden Passanten entzogen.

Der Mann in der Pelerine, der nur etwa fünf Schritt entfernt von Will kauerte, bewegte sich nervös. Offensichtlich sollte er Wache halten, falls etwas schiefging.

Die schwarze Vogelscheuche stemmte das Fenster auf, schwang ein Bein über das Fensterbrett und schlüpfte ins Haus. Wieder verlagerte sein Kumpan nervös sein Gewicht und wartete auf einen Angstschrei oder einen Alarm. Doch es kam nichts.

Minuten vergingen. Will konzentrierte sich auf das offene Fenster, das jetzt ein dunkles, viereckiges Loch in der Mauer war. Dann nahm er etwas wahr. Eine kleine Gestalt in einem weißen Nachthemd kletterte über das Fensterbrett, gefolgt von der schwarzen Vogelscheuche, die das Mädchen sofort wieder am Arm packte. Als sie auf den wartenden Kumpan des Stehlers zugingen, sah Will die Kleine stolpern. Ihr Entführer stellte sie wieder auf die Füße und Will konnte sehen, dass sie einen Sack über dem Kopf hatte.

Der Mann in der Pelerine erhob sich. Er stieß ein leises Lachen aus, als er das verängstigte Mädchen im Griff der schwarzen Geistergestalt herumstolpern sah.

»Zieh ihr den Sack vom Kopf«, befahl ihm der Stehler. »Wir kommen schneller voran, wenn sie sieht, wo sie hingeht.«

»Wie lief es denn?«, fragte sein Freund.

Die schwarze Gestalt zuckte mit den Schultern. »Sie hat einen Bruder, der aufwachte, als ich ins Zimmer kam. Doch sobald er mich ansah, war er ganz still und tat so, als schlafe er. Ich sagte ihm, dass er sich unterstehen solle, Alarm zu schlagen oder irgendjemandem zu erzählen, was er heute Nacht gesehen hat. Sonst würde ich zurückkommen und ihm die Augen ausstechen. Das hat ihm einen Mordsschrecken eingejagt.«

Der Mann mit der Pelerine löste den Sack von Violets Kopf. Sie war ein kleines Mädchen mit schmalem Gesicht und schlecht geschnittenem braunen Haar. Sie hatte einen Knebel im Mund und Will sah Tränen über ihr Gesicht laufen. Doch sie gab keinen Laut von sich, während ihre großen, angsterfüllten Augen von einem Mann zum anderen blickten.

Der Stehler zog jetzt seine Totenschädelmaske vom Gesicht und stieß einen erleichterten Seufzer aus, als er den Kopf schüttelte und sich durchs Haar fuhr, das unter der engen Maske zusammengedrückt worden war.

»Das ist schon besser«, sagte er. »Ich muss sagen, Victor

leistet gute Arbeit. Er jagt den Kindern eine Höllenangst vor dem Stehler ein. Das ist das dritte Mal, das einer aufgewacht ist und sich fast in die Hosen gepinkelt hätte.« Er lachte leise.

Dreckskerl, dachte Will. Victor war wahrscheinlich der Name des Geschichtenmanns, der mit seinen Erzählungen solche Angst unter den Dorfkindern verbreitete.

»Aber eigentlich gebührt dir das Lob. Die Idee mit dem Geschichtenmann war schließlich deine. Er tut ja nur das, was du ihm befohlen hast, Jory.«

Trotz all seiner Erfahrung und Disziplin fuhr Wills Kopf bei diesem Namen herum. Glücklicherweise blickten die beiden Männer in eine andere Richtung, sodass die Bewegung nicht bemerkt wurde. Will beobachtete, wie der Stehler sich mit den Fingern durchs Haar fuhr und sich am Kopf kratzte. Zur gleichen Zeit wurde die Wolke, die den Mond teilweise verdeckt hatte, vertrieben und das blasse Mondlicht fiel auf das Gesicht des Mannes in Schwarz.

Es war ein Gesicht, das Will nie vergessen hatte, auch wenn er es nur einmal vorher gesehen hatte. Diesen Mann hatte er damals auf einem Fluss mit dem Floß davonfahren sehen, ohne ihn aufhalten zu können. Dieser Anblick war tief in seine Erinnerung eingebrannt.

Der Stehler in der Nacht war Jory Ruhl.

Unter den Falten seines weiten Umhangs griff Will nach seinem Sachsmesser. Eine wilde Wut erfüllte sein Herz und er wollte aufspringen, seinen Umhang abwerfen und den Mann zur Strecke bringen, der für Alyss' Tod verantwortlich war, doch er hielt sich mit größter Anstrengung zurück. Ganz bewusst atmete er tief durch und bekam die blinde Wut, die ihn zu überwältigen drohte, wieder unter Kontrolle. Endlich hatte er Ruhl gefunden – ironischerweise ausgerechnet zu einer Zeit, als er aufgehört hatte, nach ihm zu suchen. Und Ruhl hatte keine Ahnung, dass er entdeckt worden war.

Doch wenn Will ihn hier und jetzt tötete, würde er niemals die vermissten Kinder aus Danvers Crossing, Boyletown, Esseldon und wer weiß wie vielen anderen Orten finden. Wenn er ihn aber nicht tötete, konnte er die Entführer zu ihrem Hauptquartier verfolgen, das sich wahrscheinlich irgendwo an der Küste befand. Sicher wartete dort ein iberisches Schiff, das die entführten Kinder an Bord nehmen und sie zum Sklavenmarkt von Socorro bringen sollte.

Ich werde Ruhl zur Küste folgen, die Kinder freilassen und wenn möglich das Schiff zerstören, beschloss Will.

Und *dann* werde ich Ruhl töten.

Nur langsam gelang es Will, seinen Grimm so weit zurückzudrängen, dass er sich auf das konzentrieren konnte, was Ruhl und sein Helfer gerade sagten.

»Tja, das war die Letzte«, sagte Ruhl und zeigte mit dem Daumen auf das weinende kleine Mädchen. »Damit haben wir zehn zusammen – und genau zehn Stück haben wir Eligio versprochen. Jetzt holen wir die anderen und machen uns zur Falkenkopfbucht auf. Wenn alles nach Plan läuft, kommt das Schiff in drei Tagen dort an.«

Sein Kumpan nickte zustimmend. »War ein erfolgreicher Monat«, sagte er. »Nur in zwei Dörfern waren's Nieten.«

»Der Monat wäre noch erfolgreicher gewesen, wenn dieser verdammte Waldläufer nicht angefangen hätte rumzuschnüffeln. Das hat uns vier Tage gekostet.« Der Stehler holte einen kurzen Strick aus seiner Tasche, zog die Hände des Mädchens auf ihren Rücken und band ihre Handgelenke zusammen.

Liam, dachte Will. Wenn er noch irgendeinen Zweifel gehabt hätte, dass die Sklavenhändler für Liams Tod verantwortlich waren, hätten ihn Ruhls Worte eines Besseren belehrt. Das ist noch etwas, wofür du bezahlen wirst, schwor er sich.

»Ich möchte aber doch wissen, was mit Benito passiert ist. Er sollte dieses Mädchen einschüchtern. Und jetzt ist er einfach verschwunden«, fuhr Ruhl fort.

Der andere Mann zuckte mit den Schultern. »Er war schon immer ziemlich unzuverlässig. Wahrscheinlich hat er sich wieder mal irgendwo betrunken. Oder er sitzt im Gefängnis. Er gerät doch ständig in Schwierigkeiten.«

»Tja, dann haben wir eben einen weniger, mit dem wir den Gewinn teilen müssen«, sagte Ruhl und zog den Knoten an Violets Fesseln noch einmal fester.

Das Mädchen stieß einen leisen Schmerzensschrei aus. »Klappe!«, fuhr er sie an. Dann forderte er seinen Kumpan auf: »Gehen wir. Wir haben lange genug hier herumgetrödelt.«

Er packte Violet am Arm und zerrte sie mit sich über die Wiese in Richtung Wald. Der andere Mann folgte.

Will wartete, bis sie im Wald verschwunden waren. Er konnte leicht ihre Spur verfolgen, außerdem wusste er nun ja, dass sie zu einem Ort namens Falkenkopfbucht wollten.

Als er sicher war, dass der Stehler und sein Komplize mit ihrer Gefangenen fort waren, stand er auf. Seine Knie, die seit einigen Stunden in der gleichen Haltung angezogen waren, protestierten schmerzhaft.

»Ich werde zu alt für den Mist«, murrte er. Er hatte keine Ahnung, wie oft Walt die gleichen Worte benutzt hatte.

Rasch holte er Feuerstein und Stahl aus seiner Gürteltasche. Er drehte seinen Rücken in die Richtung, in die Ruhl verschwunden war, und breitete seinen Umhang aus, damit er ihn nach hinten abschirmte. Dann schlug er zweimal schnell hintereinander Funken.

Das war das Zeichen, das er vorher mit Lynnie vereinbart hatte. Auch wenn die Funken winzig waren, konnten sie in der Dunkelheit gut erkannt werden. Der ausgebreitete Umhang schützte vor einer eventuellen Entdeckung durch Ruhl.

Kurz darauf sah er eine dunkle Gestalt aus der Allee kommen, wo Lynnie sich versteckt hatte. Sie nutzte die Schatten der Gebäude und kam unauffällig zu ihm.

»Ich habe sie gesehen«, sagte sie. »Haben sie das Mädchen entführt?«

Will nickte. »Ja. Und jetzt kehren sie zu ihrem Versteck zurück, das sich anscheinend an einem Ort namens Falkenkopfbucht befindet.«

»Weißt du, wo das ist?«

Er schüttelte den Kopf. »Noch nicht. Wir sehen uns die Karte an, ob die Bucht darauf eingezeichnet ist. Wenn nicht, folgen wir einfach Ruhls Spuren.«

Sie blickte ihn leicht verblüfft von der Seite an. »Ruhl? Wer ist denn Ruhl?«

»Der Stehler«, erklärte Will. Doch ihr fiel ein gewisser Unterton in seiner Stimme auf.

»Du kennst ihn?«

Will nickte grimmig. »Er ist der Mann, der meine Frau auf dem Gewissen hat.«

Zweiundvierzig

Es dauerte noch etwa vier Stunden, bis die Sonne aufging, und Will meinte, vor der Verfolgung von Ruhl und seiner Bande täten ihnen ein paar Stunden Schlaf sicher gut.

»Im Dunkeln können wir ihre Spur nicht verfolgen und außerdem waren wir jetzt schon die vergangenen zwei Nächte stundenlang wach. Also schlafen wir lieber, solange wir es noch können«, sagte er. »Sie werden nicht allzu schnell vorankommen. Ruhl sagte, sie würden die anderen entführten Kinder holen. Das wird sie Zeit kosten.«

Lynnie gähnte und stimmte ihm zu.

Sie kehrten zur Lichtung zurück, wo sie die Pferde versteckt hatten, und rollten ihre Decken auf dem weichen Gras aus. Lynnie hatte kaum die Augen geschlossen, da schlief sie schon. Die Anspannung der durchwachten Nächte und die Ereignisse der vergangenen Tage hatten sie sowohl körperlich als auch geistig erschöpft.

Lynnie erwachte von einem Duft, den sie inzwischen wunderbar fand: Es war der Geruch von frisch aufgebrühtem Kaffee. Sie richtete sich auf und sah Will neben einem kleinen Feuer sitzen, die Karte des Lehen Trelleth auf dem Boden neben sich ausgebreitet. Er hörte, dass sie sich bewegte, blickte auf und deutete auf die Kaffeekanne in der glühenden Holzkohle am Rande des Feuers.

»Nimm dir Kaffee«, sagte er. »Und da liegt auch Brot, das du rösten kannst. Hat keinen Sinn, mit leerem Magen loszuziehen.«

Sie steckte ein Stück Brot auf einen Stecken nahe der Glut, dann goss sie sich eine Tasse Kaffee ein. Sie hatten natürlich keine Milch dabei, aber inzwischen konnte sie das Gebräu auch schwarz trinken, solange es mit ausreichend Honig gesüßt war. Genüsslich trank sie davon und wendete das Brot, bevor es verbrannte, dann setzte sie sich Will gegenüber.

»Hast du die Falkenkopfbucht gefunden?«, fragte sie.

Er nickte und deutete mit einem Finger auf die Karte.

»Südlich von hier«, sagte er. »Man sieht, warum sie so genannt wird.«

Lynnie spähte stirnrunzelnd auf die Karte »Das sieht für mich nicht nach einem Falkenkopf aus«, sagte sie und rieb sich die Augen.

Will zog eine Augenbraue hoch. »Das könnte daran liegen, dass du von der anderen Seite darauf blickst«, meinte er. »Übrigens brennt dein Brot gerade an.«

Sie griff schnell danach und verbrannte sich prompt die Finger, sodass sie das leicht angeschwärzte Stück Brot ins Gras fallen ließ. Dabei stieß sie einen sehr undamenhaften Fluch aus. Daraufhin hob Will beide Augenbrauen.

»Das ist aber nicht die Art von Sprache, die man von einer Prinzessin erwartet«, sagte er. »Woher hast du denn diesen ausgefallenen Ausdruck?«

»Von meiner Mutter«, antwortete sie knapp.

Will nickte. »Das erklärt alles.«

»Außerdem bin ich ja auch gar keine Prinzessin mehr, wie du mir selbst erklärt hast.«

Er warf ihr einen schnellen Blick zu und es freute ihn, dass überhaupt keine Bitterkeit in ihrem Ton lag.

Ich glaube fast, sie zieht dieses Leben ihrem bisherigen vor, dachte er überrascht. Aber warum auch nicht? Zumindest hat sie zurzeit eine Aufgabe und das Gefühl, etwas zu leisten. Das hat ihr auf Schluss Araluen völlig gefehlt.

Lynnie holte sich ihr Brot, schmierte Butter darauf und biss voll Appetit hinein. Es klebten noch ein paar Grashalme daran, die sie aus ihrem Mund zupfte, während sie den Hals verdrehte, um die Karte von Wills Blickwinkel aus zu betrachten.

»Hm«, gab sie widerwillig zu. »Vielleicht sieht es wirklich nach einem Falkenkopf aus, wenn man es von dieser Seite betrachtet. Wie weit liegt die Bucht entfernt?«

»Ungefähr einen Tagesritt auf der Hauptstraße«, sagte Will. »Die Entführer brauchen wahrscheinlich eineinhalb Tage, vielleicht sogar zwei. Sie sind zu Fuß und müssen anderen Leuten möglichst aus dem Weg gehen. Es wäre nicht so leicht zu erklären, warum man mit einer Gruppe junger Gefangener unterwegs ist. Zudem verläuft die Hauptstraße durch ein halbes Dutzend Ortschaften, also müssen sie die immer wieder umgehen.«

Er deutete auf einen südlich verlaufenden Weg auf der Karte. »Das hier ist ein kleiner Umweg, aber er mündet in eine andere Straße, die weiter östlich verläuft – und diese Straße führt direkt zur Bucht, während die Hauptstraße sich windet und dreht und in Schlangenlinien durch diese anderen Ortschaften führt.«

»Sollten wir dann nicht annehmen, dass die Entführer diesen Pfad nehmen?«, fragte Lynnie.

Doch Will schüttelte den Kopf. »Sie gingen von hier aus nach Osten. Das deutet darauf hin, dass sie die Hauptstraße nehmen. Der Weg auf unserer Karte ist auf ihrer Karte möglicherweise gar nicht verzeichnet. Der Kartenzeichner von Burg Trelleth ist ziemlich genau und sorgfältig. Er zeichnet viele Kleinigkeiten ein, die seine Kollegen weglassen.«

»Wenn wir also diesen Weg nehmen, könnten wir vor ihnen an der Küste sein?«, fragte Lynnie.

»Genau. Auf die Weise können wir die Gegend auskundschaften. Es muss eine Art von Lager dort geben, wo andere Mitglieder der Bande warten. Außerdem habe ich Ruhl sagen hören, dass er in drei Tagen ein Sklavenschiff erwartet. Es ist immer ratsam, sich den Schauplatz einer Schlacht vorher anzusehen.«

Sie blickte ihn an. »Wird es denn eine Schlacht geben?«

Wills Gesicht war grimmig, als er antwortete. »Oh, ich denke schon.«

Sie beendeten ihr Frühstück, rollten ihre Decken ein und banden sie hinter ihre Sättel. Reißer und Stupser waren beide ruhelos und nach den Tagen erneuten Wartens ganz begierig, wieder unterwegs zu sein.

Auch für Lynnie fühlte es sich gut an, wieder im Sattel zu sitzen. Sie genoss Stupsers eifrigen und begeisterten Galopp. Reißer beäugte das jüngere Pferd mit einer gutmütigen Überheblichkeit.

»Du bist genauso begeistert wie er«, sagte Will leise. Reißer warf den Kopf. In Wahrheit war es so, dass beide Pferde für die Stimmungen ihrer Reiter empfänglich waren und erkannt hatten, dass Will und Lynnie jetzt anscheinend gefunden hatten, was sie während der vergangenen Wochen gesucht hatten. Entsprechend reagierten sie auf die Zielgerichtetheit ihrer Reiter. Sie merkten, dass ihnen entscheidende Tage bevorstanden.

Sie ritten nach Süden und leicht westlich, bis sie etwa eine Stunde vor der Mittagszeit die Straße erreichten, die nach Osten zum Meer führte. Will stieg aus dem Sattel, um sich den Boden anzusehen. Er vermutete zwar, dass Ruhl und seine Männer diesen Pfad nicht nahmen. Doch auf Vermutungen wollte er sich nicht verlassen, sondern hielt es für ratsam, sich auch davon zu überzeugen.

»Eine Kuh und ein Hirte sind vor vielleicht zwei Tagen hier durchgekommen«, stellte er fest. »Seither anscheinend niemand mehr.«

»Du bist ja auch davon ausgegangen, dass Ruhl und seine Leute hier nicht entlangkommen«, erinnerte ihn Lynnie.

»Und jetzt *weiß* ich es auch«, erwiderte er. Er schwang sich in den Sattel und sie trabten den Pfad entlang, mussten sich dabei immer wieder tief über die Pferdehälse ducken, um den herabhängenden Zweigen auszuweichen.

»Sieht so aus, als würden nicht besonders viele Leute diesen Pfad benutzen«, bemerkte Lynnie.

Darauf antwortete Will nicht mehr.

Schließlich hatten sie den Wald verlassen und ritten über offenes Feld, an Gehöften und vereinzelten Holzstößen vorbei. Es dauerte nicht lange, da roch Lynnie den salzigen Geruch, der ihr verriet, dass sie sich dem Meer näherten.

Am Nachmittag erreichten sie die Küstenstraße, die gegenüber dem sie umgebenden Gelände leicht erhöht war. Zu beiden Seiten der Straße verliefen Sickergräben, vor denen sie die Pferde anhalten ließen.

Will bedeutete Lynnie, neben der Straße und damit außer Sicht zu bleiben. Er selbst stieg ab und kletterte auf die Straße, wo er sich in beide Richtungen umsah.

»Die Luft ist rein«, rief er und deutete mit dem Daumen nach Süden. »Die Falkenkopfbucht liegt etwa drei Meilen in dieser Richtung. Also los.«

Die Landschaft änderte sich noch einmal. Die grünen Weiden und sorgsam gepflügten Felder verwandelten sich nach und nach in raues Heideland, wo struppige Büsche kaum hüfthoch wuchsen und es nur wenige Bäume gab. Will schnitt eine Grimasse, als er sich umsah.

»Nicht viel Deckung.«

Lynnie warf ihm einen Blick zu. »Dann sehen wir sie wenigstens kommen«, meinte sie.

»Ich mache mir mehr Sorgen, dass sie uns fliehen sehen«, entgegnete er. »Vergiss nicht, wir werden nicht allein sein, sondern zehn Kinder bei uns haben. Die sind ziemlich schwer zu verstecken.«

Sie runzelte nachdenklich die Stirn. Daran hatte sie nicht gedacht. Von nun an sah sie sich aufmerksam zu beiden Seiten um und merkte sich alle Stellen, die eine nützliche Deckung darstellen könnten. Etwa eine halbe Meile von der Straße entfernt im Landesinneren erhoben sich einige Felsen. Dort lagen auch umgestürzte Felsbrocken, und Lynnie konnte einige dunkle Löcher ausmachen, die wahrscheinlich Höhlenöffnungen waren. Also konnte man dort vielleicht ein nützliches Versteck finden.

Falls sie eines brauchten. Und ihr wurde mehr und mehr klar, dass dies durchaus der Fall sein konnte.

Die Hauptstraße schwenkte nach Süden und verlief dort nahe der Küste. Die Klippen fielen hier schroff zum Meer ab. Das Wasser, das nur etwa fußhoch über den Sandstrand schwappte, war klar und grün.

»Hübsch«, sagte sie. Will wiegte den Kopf.

»Nicht, wenn du ein Seemann bist«, sagte er. »Das Wasser ist fast eine Meile weit sehr flach. Das heißt, man muss auf die Flut warten, um anlegen zu können.«

Er hatte sich beim Studieren der Karte ein paar Orientierungspunkte eingeprägt, um zu erkennen, wann sie sich der Falkenkopfbucht näherten. Jetzt, als sie den letzten passierten – einen kleinen Teich an einem ebenso kleinen Hain niedriger Bäume –, ließ er anhalten.

»Wir werden die Pferde hier lassen«, sagte er. »Dann sondieren wir die Lage zu Fuß.«

Sie versteckten die Pferde in dem Hain und bahnten sich ihren Weg durch hüfthohen Ginster zur nächsten Landzunge. Dort ließen sie sich auf Hände und Knie fallen und krochen weiter.

Wenn sich in der Bucht Leute aufhielten, wäre es viel zu gefährlich, einfach gut sichtbar zu den Klippen zu laufen.

Will, der ein gutes Stück vor ihr war, winkte Lynnie zu sich, und sie kroch so vorsichtig wie möglich zu ihm. Die Falkenkopfbucht lag unter ihnen.

Die Klippen waren hier nicht ganz so hoch und fielen auch nicht so schroff ab wie zuvor. Es wuchsen Seegrasbüschel und Gestrüpp dazwischen. Am Fuß der Klippen breitete sich ein halbkreisförmiger Strand aus grobem Sand aus.

An den geriffelten Wellen, die sich im flachen, sandigen Untergrund formten, konnte man erkennen, dass die Flut einsetzte.

In der Mitte des Strandes, aber ein gutes Stück über der Wasserlinie, die von Treibholz und Algen markiert war, standen vier große Zelte. Das Segeltuch war verwittert und grau und lag über Holzrahmen. Das bedeutet wohl, dass sie schon eine Weile hier sind, dachte Lynnie. Was sie hier sahen, war ein festes Lager.

Etwa zehn Schritt von den Zelten entfernt – weit genug, dass der Rauch nicht störte – befand sich eine große Feuerstelle. Daneben stand unter einem Segeltuch ein grober Holztisch mit Bänken.

Lynnie konnte zwei Männer in dem Lager entdecken, obwohl sich in den Zelten natürlich möglicherweise noch weitere aufhalten konnten. Vier Zelte wiesen auf mindestens sechzehn Männer hin, überlegte sie. Wenn die Gefangenen sich woanders befanden, hieß das.

Während sie noch nachdachte, stieß Will sie an und deutete auf die Klippen auf der linken Seite der Bucht. Sie spähte hinüber und konnte eine dunkle Öffnung im Fels erkennen. Als sie genauer hinsah, erkannte sie eine vergitterte Holztür vor der Öffnung. Sehr wahrscheinlich befanden sich dort die Gefangenen.

Will hatte ihr erzählt, was er erfahren hatte, als er Ruhl belauscht hatte: Offenbar hatte die Bande zehn Kinder entführt. Wie viele waren wohl bereits in der Höhle? Und wie viele waren mit dem Stehler und seinen Komplizen auf dem Weg hierher?

Will beugte sich näher zu ihr. »Dort drüben führt ein Pfad nach unten, siehst du?«

Auch wenn der nächste Sklavenhändler über hundert Schritt entfernt und damit beschäftigt war, die Glut des Feuers neu zu entfachen, waren Wills Worte kaum mehr als ein Flüstern.

Lynnie ließ ihren Blick über die Klippen schweifen und entdeckte den Pfad. Er verlief in Schlangenlinien zwischen den Felsen hindurch nach unten und endete etwa zwanzig Schritt von der dunklen Höhlenöffnung entfernt. Sie hob einen Daumen um zu zeigen, dass sie ihn gesehen hatte.

»Wenn wir die Kinder befreien, führst du sie dort hinauf. Hoch auf die Klippen«, sagte er zu ihr.

Sie sah ihn an. »Ich führe sie dort hinauf? Und was machst du?«

Er strich über das glatte Holz seines Bogens, der vor ihm im Gras lag.

»Ich sorge dafür, dass niemand eure Flucht bemerkt.«

Dreiundvierzig

Am späten Nachmittag kamen die Gefangenen schließlich an.

Wie Will vorhergesagt hatte, trotteten sie mit gebundenen Händen müde die Straße entlang. Die Entführer hatten die Kinder mit einem schweren Seil, das sie an ihren Hälsen befestigt hatten, aneinandergefesselt. Es waren insgesamt sechs Gefangene, die alle mutlos und niedergeschlagen aussahen. Ruhl und seine Männer trieben die Kinder immer wieder an, schneller zu gehen. Will erkannte Ruhl und den Mann mit der Pelerine, der bei ihm gewesen war, als sie Violet entführt hatten. Der Geschichtenmann in seinem blauen Mantel und den roten Schuhen, als dritter Mann, war ebenfalls nicht zu übersehen. Zusätzlich zu diesen dreien begleiteten noch sechs andere Männer die Gefangenen.

Will und Lynnie konnten die Glocken an den Schuhen des Geschichtenmanns klingeln hören, als die Karawane unweit der Stelle vorbeikam, an der sie im hohen Gras verborgen lagen.

Violet und die anderen Gefangenen sahen durch und durch eingeschüchtert aus. Will bemerkte, dass sie jedes Mal zurückzuckten, wenn der Geschichtenmann sich ihnen näherte.

Einmal hörte er die blau gekleidete Gestalt laut auflachen, als eines der Mädchen – Will nahm an, dass es sich um Carrie Clover aus Danvers Crossing handelte – mit einem erschreckten Ruf vor ihm zurückwich. Will presste die Lippen zusammen.

Die Sklavenhändler waren schwer bewaffnet mit Speeren, Keulen und Äxten. Zwei von ihnen hatten auch Schwerter. Sie waren eine hartgesottene Truppe, bärtig und ungekämmt, gekleidet in grobes Leder und Wolle. Jeder hatte ein kurzes Seil mit einem Knoten am Ende, um die Gefangenen damit zu größerer Geschwindigkeit anzutreiben.

»Neun Gegner«, flüsterte Will.

»Und mindestens noch zwei im Lager«, flüsterte Lynnie zurück.

»Und dann noch vielleicht ein halbes Dutzend vom Schiff, wenn es angelegt hat.«

Lynnie kaute nachdenklich auf ihrer Unterlippe. Die Chancen veränderten sich immer mehr zugunsten ihrer Gegner.

Umso überraschter war sie, als Will grimmig sagte: »Die gute Nachricht ist, dass wir mehr als genug Pfeile haben.«

Die Entführer hatten mit ihren Gefangenen nun den Pfad erreicht, der über die Klippen zum Strand hinabführte. Es war offensichtlich schwierig, mit gefesselten Händen und dem schweren Seil, das sie miteinander verband, hinabzusteigen. Wenn einer ausrutschte, würden die anderen unwillkürlich mitgerissen werden. Mühsam kämpften sie sich den Pfad hinunter. Die anderen Männer bildeten die Nachhut. Der Pfad war zu schmal, als dass sie neben ihnen hätten laufen können. Zumindest konnten sie jetzt die Kinder nicht noch mit ihren geknoteten Seilen schlagen.

Rutschend und stolpernd kam die Reihe der gefangenen Kinder schließlich unten an. Ruhl, der mit zweien seiner Leute an der Spitze gegangen war, erwartete sie unten bereits und schickte sie Richtung Höhle.

Die beiden Männer, die bereits im Lager gewesen waren, hatten aufgeblickt, als die Kinder den Weg heruntergekommen waren. Lynnie sah voller Interesse, dass niemand sonst aus den Zelten kam. Das bedeutete, dass die Bande aus elf Männern bestand. Der Mann, der sich eben noch um das Feuer gekümmert hatte, holte einen großen Schlüsselring von einem der Pfosten des offenen Unterstands, unter dem der Tisch und die Bänke standen. Gemächlich marschierte er damit hinüber zum Höhleneingang. Unterwegs griff er nach einer Keule, die an einem Pfosten lehnte.

»Beweg dich, Donald!«, schrie Ruhl ihn grob an. »Wir haben nicht den ganzen Tag Zeit!«

»Wie schön, dass du wieder zurück bist, Meister Ruhl«, antwortete der Mann schlecht gelaunt. Lynnie bemerkte jedoch, dass er trotzdem seinen Schritt beschleunigte.

Die Gefangenen reihten sich unsicher vor der Gittertür auf. Will konnte jetzt sehen, dass das Seil, das sie verband, durch metallene Ringe an schweren, gehärteten Lederkragen verlief, die jeweils mit einem eigenen Schloss gesichert waren. Der Mann mit dem Schlüsselring schloss jetzt die Tür auf. Anscheinend wollte jemand aus der Höhle herauskommen, denn er stieß einen Fluch aus und fuchtelte mit seiner Keule herum.

Dann drehte er sich zum ersten Gefangenen in der Reihe, nahm ihm den Kragen ab und trieb den Jungen mit seiner Keule in die Höhle.

Ruhl sah zu, wie der Mann namens Donald die Prozedur

bei den nächsten zwei Gefangenen wiederholte. Ruhl schien zufrieden, dass alles nach seinen Vorstellungen verlief. Er ging zum Unterstand und ließ sich auf eine der Bänke dort fallen.

»Bring uns was zu trinken, verdammt noch mal, Thomas!«, schnauzte er. »Wir waren schließlich den ganzen Tag unterwegs.«

»Nicht gerade große Liebe zwischen ihnen«, murmelte Will, während der Mann loseilte und einen großen Krug und einige Humpen brachte. Ruhl goss sich großzügig ein und trank gierig. Mit einem zufriedenen Seufzer stellte er den Humpen schließlich ab. Der Geschichtenmann und der mit der Pelerine gesellten sich zu ihm. In der Hierarchie der Bande standen die drei offensichtlich an der Spitze. Ruhl war der unangefochtene Anführer und die anderen beiden offensichtlich seine engsten Vertrauten. Der Rest war lediglich Fußvolk.

Die drei entspannten sich, tranken und lachten, während Donald und die anderen Männer die Kinder unter bösen Flüchen in die Höhle zwangen.

»Muss langsam ziemlich eng da drin werden«, meinte Lynnie.

Will warf ihr einen Blick von der Seite zu.

»Zehn Gefangene insgesamt, hast du gesagt«, fuhr sie fort. »Man braucht eine ziemlich große Höhle, wenn sie alle genug Platz haben sollen. Und die meisten Höhlen sind eher klein.«

Der letzte Gefangene wurde grob in die Höhle gestoßen, dann wurde die Tür hinter ihm zugeschlagen und verschlossen. Von ihrem Aussichtspunkt oben an den Klippen konnten die beiden Waldläufer das Geräusch des schweren Schlüssels hören. Einer der Männer hob das schwere Seil und die Lederkragen auf. Der Mann mit den Schlüsseln, Donald, kehrte zum Lager zurück und hängte den großen Schlüsselring an den Pfosten, von dem er ihn genommen hatte.

»Bring was zu essen«, befahl Ruhl.

Offensichtlich waren Donald und Thomas für die niederen Arbeiten im Lager zuständig, registrierte Will. Wenn es zu einem Kampf kam, würde er sich um sie als Letztes kümmern müssen. Sie waren wahrscheinlich nicht sehr kampfstark und auch nicht besonders schnell von Begriff. Solche Männer taten, was man ihnen befahl. Selten dachten sie selbst. Und nach dem, was Will bisher von Ruhl gesehen hatte, schien er ein Mann zu sein, der selbstständiges Denken bei seinen Untergebenen nicht gerade förderte.

Will und Lynnie beobachteten das Lager weiter. Gegen Abend brachte Thomas Essen und Wasser in die Höhle. Donald begleitete ihn, schloss die Gittertür auf und passte auf, dass kein Gefangener zu fliehen versuchte. Die Flut hatte eingesetzt. Langsam kroch sie den Strand hoch und bedeckte mehr und mehr davon.

Nach einer ganzen Weile berührte Will Lynnies Schulter und zeigte mit dem Daumen zurück zu dem kleinen Hain, wo sie die Pferde gelassen hatten.

»Sieht so aus, als machten sie für heute Feierabend. Da können wir uns auch etwas ausruhen. Wir kommen vor Anbruch der Morgendämmerung zurück und überlegen uns, wie wir die Kinder befreien können.«

»Nur wir, gegen elf Männer?«, fragte Lynnie.

Will sah sie ernst an und nickte. »Nur wir, gegen elf Männer.«

Sie schlichen zurück zum Hain, auch wenn es eigentlich

nicht mehr nötig war, besonders vorsichtig zu sein. Die Bande schlief in ihren Zelten und der Strand lag sehr viel tiefer als das Gelände, auf dem sie sich bewegten. Sie gaben den Pferden Wasser. Dann nahmen sie ein kaltes Essen aus Trockenfleisch, Fladenbrot und Obst ein. Lynnie hob den zerbeulten alten Kaffeetopf und sah Will fragend an. Doch er schüttelte den Kopf.

»Kein Feuer«, wehrte er ab. »Sie könnten den Rauch riechen.«

Sie tranken Wasser aus ihren Schläuchen. Es gab weder eine Quelle noch einen Fluss in der Nähe, und der kleine Teich, an dem sie vorbeigekommen waren, war nur ein mit Algen bedecktes stehendes Gewässer. Als sie ihre Decken herausholten, blickte Lynnie Will an.

»Sollen wir Wache halten?«, fragte sie und er nickte.

»Wir sollten tatsächlich den Strand im Auge behalten, falls etwas passiert«, sagte er. »Ich übernehme die erste Wache.«

Sie zuckte mit den Schultern und hatte nichts dagegen.

Müde wickelte sie sich in ihre Decke und sah Wills dunklen Umriss in der Nacht verschwinden. Ein paar Minuten später schlief sie bereits. Sie hatte keine Angst, dass irgendjemand sie unvorbereitet überraschte. Stupser und Reißer würden sie immer warnen, wenn sich jemand näherte.

Sicherheitshalber schlief sie jedoch mit ihrer Schleuder unter der rechten Hand und mit dem Munitionsbeutel neben ihrem Kopf.

Vierundvierzig

Lynnie erwachte kurz vor der Morgendämmerung. Sie blickte unwillkürlich zu Wills Bettrolle, doch die war leer. Offenbar hatte er, statt sie zu wecken, ihre Wache mit übernommen. Sie streifte ihre eigene Decke zurück, spritzte sich etwas kaltes Wasser aus dem Schlauch über ihr Gesicht und zog ihre Stiefel an.

Stupser sah ihre Bewegung und ließ ein leises Brummen hören. Sie blickte zu ihm und er stellte seine Ohren auf. Er spürte, dass sie weg wollte, und wollte mit. Sie schüttelte den Kopf und legte den Finger auf ihre Lippen.

»Jetzt nicht, mein Junge. Und bleib still.«

Er schüttelte die Mähne und senkte wieder den Kopf, um weiter in dem kurzen Gras zu weiden.

Täuschte sie sich oder wirkte er etwas enttäuscht?

Lynnie vertrieb den Gedanken und schalt sich selbst: Das ist doch Unsinn! Oder bilde ich mir tatsächlich ein, ein Pferd könnte enttäuscht aussehen?

Sie befestigte die Sehne an ihrem Bogen, dann legte sie die Doppelscheide für ihr Sachs und das Wurfmesser um. Das Gewicht der Messer wurde ausgeglichen durch den Beutel mit Bleimunition auf ihrer anderen Seite. Schließlich legte sie ihren Köcher um und richtete ihn so aus, dass die Pfeile gut erreichbar unmittelbar über ihrer rechten Schulter zu greifen waren. Zum Schluss legte sie ihren Umhang um und öffnete die kleine Schulterklappe an der rechten Seite, die sofortigen Zugriff auf die Pfeile ermöglichte.

Mit raschen Schritten ging sie zum Rand des Hains, wo sie sich auf ein Knie sinken ließ, während sie die Umgebung um sich herum musterte. Sie tat, was Will ihr beigebracht hatte: Sich zuerst einen Überblick zu verschaffen, dann alles nacheinander noch einmal langsam zu überprüfen, bis sie sich überzeugt hatte, dass niemand in Sicht war.

Gebückt suchte sie ihren Weg dort, wo das Unterholz am höchsten war, und huschte zu den Klippen, wo Will noch Wache hielt.

Sie bewegte sich langsam und doch flüssig. Mit den Zehenspitzen tastete sie den Boden ab, bevor sie ihr volles Gewicht darauf legte. Wenn sie einen Zweig oder Ast spürte, setzte sie ihren Fuß daneben.

»Geschwindigkeit ist der Feind der Heimlichkeit«, hatte Will ihr erklärt. »Lieber bewegst du dich langsam und unhörbar, als dich zu beeilen und Lärm zu machen.«

Sie sah eine Bewegung im hohen Gras zu ihrer Linken. Die Luft war jedoch still, es gab nicht die leiseste Brise. Sofort blieb sie wie angewurzelt stehen.

Vertrau auf den Umhang, dachte sie. Das und völlige Bewegungslosigkeit waren die beiden wichtigsten Mantras beim unbemerkten Annähern im Bund der Waldläufer.

Sie drehte nicht einmal den Kopf, sondern bewegte nur die Augen, um zu der Stelle zu sehen, wo sie eine Bewegung wahrgenommen hatte. Nach zwei Atemzügen schlüpfte ein großer

Fuchs aus dem langen Gras und schlich sich davon. Er hatte sie gar nicht bemerkt.

»Ich muss schon besser geworden sein«, sagte sie sich. Sie wünschte, Will hätte gesehen, dass der Fuchs sie nicht wahrgenommen hatte. Sie konnte es ihm natürlich erzählen, aber das war nicht das Gleiche, sondern sähe nur nach Angeberei aus.

Es wäre auch Angeberei, wurde ihr dann klar.

Als sie etwa vierzig Schritt vom Rand der Klippen entfernt war, ließ sie sich vorsichtig auf Hände und Knie sinken und nutzte das hohe Gras als Deckung. Obwohl sie wusste, wo Will Wache hielt, konnte sie ihn nicht sehen. Sie hob den Kopf und ließ den Blick über das Gelände vor sich wandern. Dabei legte sie unvorsichtigerweise ihre Hand auf ein Büschel steifes, vertrocknetes Gras und löste ein leises Rascheln aus.

Sie hielt einen Moment inne. Das Geräusch war so winzig gewesen, dass es niemand bemerkt haben konnte. Dann, etwa zehn Schritte vor sich, an der Stelle, an der sie Will vermutete, sah sie jetzt, wie er seine Hand kurz über das Gras hob.

Er hatte sie gehört und gab ihr ein Zeichen.

Sie kroch weiter, vorsichtig, um nicht noch ein unnötiges Geräusch zu verursachen. Als sie etwa zwei Schritt von Will entfernt war, konnte sie seinen gesprenkelten Umhang ausmachen. Will drehte den Kopf und sie erkannte schwach sein bärtiges Gesicht im Schatten seiner Kapuze. Es ist unheimlich, wie bewegungslos er bleiben kann, dachte sie. Wenn sie nicht gezielt nach ihm Ausschau gehalten hätte, hätte sie ihn wahrscheinlich auch aus dieser Nähe nicht entdeckt.

»Irgendwas passiert?«, flüsterte sie.

»Abgesehen davon, dass du wie ein verrückt gewordenes

Wildschwein durchs Gebüsch stürmst?«, fragte er genauso leise.

Sie nickte und akzeptierte den Rüffel. »Abgesehen davon.«

Er deutete mit dem Kinn zum Rand der Klippen, etwa einen Schritt entfernt. »Sieh selbst«, sagte er und fügte dann, ihrer Meinung nach unnötigerweise, hinzu: »Vorsichtig.«

Sie überprüfte den Sonnenstand und zog ihre Kapuze nach vorn, um sicherzugehen, dass ihr Gesicht auch wirklich verschattet war, dann kroch sie nach vorn. Mit dem Gesicht unterhalb des sie umgebenden Grases schob sie vorsichtig einige Halme beiseite und spähte zwischen ihnen hindurch.

Ein Schiff hatte angelegt.

Es war etwa zwanzig Schritt lang und schmal gebaut.

Es ist ein schnelles Schiff, dachte Lynnie.

Der Rumpf war in einem stumpfen Schwarz gestrichen. Anscheinend sollte das Schiff auf diese Weise möglichst unauffällig sein. Es verfügte über insgesamt sechs Ruder, drei auf jeder Seite. Das lose zusammengerollte Großsegel war offenbar aus schwarzem Segeltuch gemacht.

Hinter dem Mast, in der Mitte des Decks, stand ein Holzkäfig, der etwa ein Drittel der Schiffslänge einnahm und nur ein paar Schritt vor der Steuerplattform endete.

Will war neben sie getreten, so leise, dass sie ihn erst aus den Augenwinkeln bemerkte, als er bereits an ihrer Seite stand.

»Siehst du den Käfig?«, fragte er leise. »Der ist für die Gefangenen. Er ist sicher mit Eisenringen und Fesseln ausgestattet.«

»Wann ist das Schiff gekommen?«, fragte Lynnie.

»Vor etwa zwei Stunden, mit der Flut. Jetzt beginnt die Ebbe.«

Sie bemerkte, dass das Schiff sich aufgrund des niedrigen Wasserstands bereits leicht nach einer Seite neigte. Der Bug lag bereits auf dem Trockenen.

»Wir müssen uns beeilen, wenn wir sie aufhalten wollen«, sagte sie, doch Will schüttelte den Kopf.

»Sie brauchen die Flut, um wieder abzulegen, und das wird erst etwa sechs oder sieben Stunden nach der Mittagsstunde der Fall sein. Außerdem werden sie wohl warten, bis es dunkel ist, um nicht erwischt zu werden.«

Lynnie bemerkte, dass sich das Wasser noch während ihrer Unterhaltung weiter zurückzog.

»Wie groß ist die Mannschaft?«, fragte sie.

»Sieben Mann. Sechs Ruderer und ein Steuermann. Sie sitzen jetzt dort hinten am Tisch.«

Sie schaute zu dem Unterstand. Bis jetzt war ihre Aufmerksamkeit völlig von dem Schiff beansprucht gewesen.

»Das hättest du inzwischen eigentlich schon selbst sehen müssen«, rügte Will sie leicht.

Sie biss sich auf die Lippen. Er hatte ihr beigebracht, erst das große Ganze zu sehen und sich nicht sofort auf irgendein einzelnes Ziel zu konzentrieren. Und nun, das erste Mal, da es darauf ankam, hatte sie sich nicht daran gehalten, sondern sich nur auf das schwarze Schiff konzentriert.

Jetzt betrachtete sie die Männer, die an dem groben Tisch unter dem als Dach aufgespannten Segeltuch saßen. Sie hörte das leise Stimmengewirr und gelegentliches Gelächter. Ein Kochfeuer brannte und eine Rauchwolke stieg in die Luft.

Lynnie runzelte die Stirn. Ich muss besser werden, ging es ihr durch den Kopf. Ihr wurde bewusst, dass ein guter Waldläufer mehr können musste, als gut zu schießen oder sich unbemerkt anzunähern. Genauso wichtig war es, alles genau zu beobachten und dann zuverlässig davon zu berichten.

Will spürte ihre Unzufriedenheit und berührte sie leicht am Arm.

»Mach dir jetzt keine Gedanken«, sagte er, »sondern lerne einfach daraus. Sieh dir lieber das Lager gut an. Präge dir ein, wo die Höhle und der Pfad sind. Betrachte es so lange, bis du sicher bist, dir alles im Geiste vorstellen zu können. Dann gehen wir zurück zu unserem Lager.«

Sie nickte und studierte den Strand unter sich mit allen Einzelheiten, Entfernungen und möglicher Deckung. Zum Schluss merkte sie sich die Lage des Schiffes. Als sie überzeugt war, alles fest in ihrer Erinnerung verankert zu haben, kroch sie zurück und nickte Will zu.

»Hab es«, sagte sie. Er musterte sie kurz, den Kopf zur Seite gelegt.

»Wie weit ist es von der Höhle zum Unterstand mit dem Tisch?«, fragte er.

Sie sah das Bild vom Strand im Geiste vor sich. »Vierzig, vielleicht fünfundvierzig Schritt.

Er nickte. »Zu den Schlafzelten?«

»Noch einmal zehn bis fünfzehn.«

»Wie weit zum Schiff?«

»Etwa hundertzwanzig Schritt. Und es liegt leicht rechts vom Lager.«

»Kannst du das Schiff vom Höhleneingang aus sehen?«

Sie überlegte mit gerunzelter Stirn. Diese Frage hatte sie nicht erwartet. Dann antwortete sie langsam.

»Ich glaube nicht. Der Unterstand und die Schlafzelte liegen dazwischen.«

»Gut gemacht.« Er berührte ihren Arm und deutete hinter sich. »Gehen wir. Dort hinten können wir besser reden. Wir müssen den Plan für heute Abend durchgehen.«

»Haben wir denn schon einen Plan?«, fragte sie.

»Aber sicher.«

»Ist es ein guter Plan? Wird er mir gefallen?«, fragte sie und grinste schelmisch.

Will betrachtete sie einige Sekunden ernst.

»Es ist ein großartiger Plan. Du wirst ihn lieben.«

Sie überdachte die Situation. Sie waren zu zweit und jetzt, da durch die Schiffsmannschaft weitere sieben Gegner hinzugekommen waren, hieß es zwei gegen achtzehn. Das war kein gutes Kräfteverhältnis, egal wie viele Pfeile sie haben mochten.

Was auch immer der Plan war – Lynnie bezweifelte, dass sie ihn lieben würde.

Fünfundvierzig

Will legte ein Stück Erde frei und deutete mit der Spitze seines Sachsmessers darauf.

»Hier ist der Pfad über die Klippen, mit der Höhle darunter …«, begann er.

»Die Höhle liegt mindestens zehn Schritt vom Pfad entfernt«, korrigierte sie ihn und er sah sie rügend an. Sie zuckte mit den Schultern. »Du hast gesagt, ich soll mir jede Einzelheit merken.«

»Also gut.« Er verbesserte seine Skizze. »Jetzt zufrieden?« Sie nickte. »Hier ist der Pfad, hier die Höhle. Die Zelte sind hier.« Er deutete darauf. »Das Schiff befindet sich hier, am Strand.«

Er blickte zu ihr hoch. »Irgendwelche Korrekturen?«, fragte er mit leichter Schärfe.

»Nein. Sieht gut aus.«

»Also, die Flut wird etwa vier Stunden nach Mittag hereinkommen. Bis sieben Uhr wird sie ihren Höhepunkt erreichen und dann wieder abebben. Ich vermute, der Kapitän wird auslaufen wollen, wenn es gänzlich dunkel ist. Da haben sie immer noch genug Wasser unter dem Kiel und die auslaufende Flut trägt sie hinaus.«

»Warum sollen sie warten, bis es dunkel ist?«, fragte Lynnie.

»Es gibt Patrouillen. Die Nordländer halten ein Schiff an der Ostküste für den König bereit. Sie fahren in diesen Gewässern Patrouille und halten Ausschau nach Schmugglern, Piraten… und eben Sklavenhändlern. Die Iberer werden ihnen aus dem Weg gehen wollen, also warten sie, bis es dunkel ist. Du hast sicher bemerkt, dass ihr Schiff vollkommen schwarz gestrichen ist?«

Sie nickte.

»Der Grund dafür ist, dass sie so bei Nacht weniger auffallen. Also: Die Höhle ist auf der linken Seite der Bucht, wenn du mit dem Gesicht zum Meer stehst. Das Schiff liegt leicht rechts von der Strandmitte. Ich habe vor, mich auf der rechten Seite des Strandes nach unten zu begeben und auf etwa hundert Schritt an das Schiff heranzukommen…«

»Was ist, wenn es keinen Weg hinunter gibt?«, unterbrach sie ihn.

Er sah sie einen Augenblick lang an, holte tief Luft und antwortete dann. »Es gibt einen. Ich habe die Gegend ausgekundschaftet, während du lieblich geschlummert hast. Und jetzt unterbrich mich nicht mehr.«

»Du hast immer gesagt, ich solle einen forschenden Geist haben«, entgegnete sie.

»Stimmt. Aber keinen unterbrechenden. Wenn du nachforschen willst, dann warte, bis ich fertig bin. Also, sobald ich unten bin, werde ich fünf Pfeile auf das Schiff abfeuern.«

»Fünf Pfeile?«

Er sah sie aus funkelnden Augen an.

»Das war keine Nachforschung, sondern eher eine Feststellung«, sagte sie entschuldigend.

»Das lasse ich gelten. Ja, ich werde fünf Feuerpfeile abschießen. Wenn es eines gibt, was ein Seemann fürchtet, dann ist es Feuer an Bord seines Schiffs. Schiffe sind voll geteerter Seile, ausgetrocknetem Segeltuch und Holz. Sie brennen schon beim kleinsten Funken.«

»Also werden sie den Strand hinunter zu ihrem Schiff rennen, um das Feuer zu löschen?«, fragte Lynnie.

Will nickte. »Und ich vermute, dass Ruhl und seine Männer ihnen helfen. Wenn sie dieses Schiff verlieren, ist ihre ganze Arbeit zum Teufel. Sobald sich alle ums Schiff kümmern, schieße ich noch ein paar von Ruhls Männern ab. Das verbessert unsere Chancen.«

»Sie werden dich jagen, sobald du das machst«, sagte sie. Aus ihrer Stimme war die Sorge herauszuhören, die sie empfand, wenn sie sich vorstellte, dass er es allein mit achtzehn Männern aufnehmen wollte.

Er schüttelte geringschätzig den Kopf. »Das ist ja auch der Sinn der Sache. Ich locke sie weg, die Klippen hinauf nach Südwesten. Und sie werden nicht zu schnell an mich herankommen. Nichts verlangsamt einen Mann mehr, als der Gedanke, dass er jede Minute in einen Pfeil rennen könnte«, fügte er grimmig hinzu.

»Was mache ich, während all das passiert?«, fragte sie.

Er tippte mit der Spitze des Sachsmessers auf die Skizze, die er auf die Erde gezeichnet hatte, dorthin, wo der Pfad angedeutet war.

»Ich möchte, dass du schon am Fuße des Pfades bereitstehst, noch bevor ich anfange. Sobald alle zum Schiff laufen, musst du die Kinder befreien.« Er machte eine Pause und sah sie herausfordernd an. »Weißt du, wo der Schlüssel ist?«

Sie nickte. »An einem Haken an einem Stützpfosten des Unterstands.«

»Braves Mädchen. Du lässt sie aus der Höhle und führst sie den Pfad hinauf. Dann lauft ihr, so schnell ihr könnt, nach Norden. Bei all dem Durcheinander auf dem Schiff ist es unwahrscheinlich, dass euch jemand bemerkt.«

»Und wenn doch?«

»Tja, dann wird dir all die Übung mit Bogen und Schleuder zupasskommen. Lass niemanden heran. Wir haben es mit Mördern zu tun und sie werden dir keine zweite Chance lassen. Wenn sie euch verfolgen, zögere nicht, auf sie zu schießen.«

Sie überlegte kurz. Sein Plan schien gut durchdacht. Er war sehr einfach, doch Will hatte ihr oft gesagt, dass einfache Pläne meist die besten waren, weil dabei weniger schiefgehen konnte.

»Also gut. Und wann und wo treffen wir uns wieder?«, fragte sie schließlich.

Er wiegte unbestimmt den Kopf. »Ihr lauft so schnell ihr könnt nach Norden. Ich führe Ruhl und seine Männer Richtung Südwesten. Dann schüttele ich sie ab und stoße nach einer weiten Schleife zu euch.«

Er klang zuversichtlich. Doch sie wusste, dass es nicht so einfach wäre, wie er es darstellte. Er spürte ihre Besorgnis.

»Wenn irgendetwas schiefgeht, bringst du die Kinder nach Ambleton. Das ist eine große Stadt an der Hauptstraße, ungefähr fünfzehn Meilen weiter an der Küste. Dort werden Wachposten stehen und ihr solltet in Sicherheit sein. Ich komme irgendwann nach.«

Sie blickte ihn zweifelnd an. »Komm aber auch wirklich!«

»Vertrau mir«, sagte er. Dann fügte er hinzu: »Da ist noch

etwas. Sobald ich auf dem Schiff Feuer entfacht habe, stehen die Chancen gut, dass die Iberer nicht lange abwarten. Ich könnte mir vorstellen, dass sie an Bord gehen und dann gleich in See stechen, um sich vor dem unsichtbaren Gegner in Sicherheit zu bringen. Schließlich stehen sie vor dem völligen Nichts, wenn sie ihr Schiff verlieren.«

»Und es werden zehn oder elf Stunden vergangen sein, bevor die Flut sie wieder an Land bringt«, ergänzte Lynnie.

»Genau. Und das würde auch die Anzahl der Gegner einschränken. Noch Fragen?«

Sie sah ihn an. Er setzte sich einer großen Gefahr aus. Die Aufgabe, die Will ihr zugedacht hatte, war gefährlich, doch er selbst war derjenige, der alle Gegner auf sich zog. Aber sie wusste nicht, wie sie ihre Sorge um ihn ausdrücken sollte, also antwortete sie schließlich nur: »Nein. Scheint alles klar zu sein.«

»Gut. Tja, wir haben noch etwa fünf Stunden, bevor wir handeln müssen. Da können wir uns genauso gut ein wenig ausruhen.«

Er legte sich zurück, den Kopf auf dem Sattel, die Arme über der Brust verschränkt und zog seine Kapuze über sein Gesicht. Lynnie hatte Bauchschmerzen vor Aufregung.

»Wie kannst du jetzt schlafen?«, fragte sie, doch die einzige Antwort war ein leises Schnarchen. Sie musterte ihn misstrauisch. In der ganzen Zeit, seit sie ihn kannte, hatte sie ihn nie zuvor schnarchen gehört.

»Du tust nur so«, sagte sie.

»Nein. Ich schlafe wirklich tief und fest«, kam seine Stimme unter der Kapuze hervor.

Will ruhte sich einige Stunden aus. Als die Schatten länger wurden, stand er auf und streckte sich. Dann holte er seine Ausrüstung und nahm ein halbes Dutzend Pfeile aus einem besonderen Behältnis. Lynnie kam näher zu ihm. Die Pfeile waren alle unmittelbar hinter dem Breitkopf mit einem schmalen Stück Tuch umwickelt.

»Was sind das denn für welche?«, fragte sie neugierig, denn solche Pfeile hatte sie noch nie vorher gesehen. Er blickte zu ihr.

»Feuerpfeile«, erklärte er. »Es ist immer gut, ein paar vorbereitet zu haben. Das Tuch hinter der Spitze verändert das Gewicht. Wenn ich diese Pfeile herstelle, muss ich sie anders ausbalancieren, damit sie genauso wie normale Pfeile fliegen. Ich habe sie auch etwas länger gemacht, damit ich voll ausziehen kann. Sobald die Spitze brennt, kann ich sie ja nicht mehr so gut bis ganz zurück zum Bogen ziehen.«

»Hast du immer welche dabei?«, fragte sie.

Er nickte. »Wenn ich jetzt erst damit anfinge, sie anzufertigen, müsste ich zu lange ausprobieren, bis ich die richtige Balance hergestellt habe.«

»Es lohnt sich, vorbereitet zu sein«, sagte sie nachdenklich.

»Genau. Du weißt nie, wann du einen solchen Pfeil brauchen könntest.« Er holte einen kleinen Holzzylinder aus seiner Ausrüstungstasche und schraubte den Deckel auf. In dem Zylinder befand sich Öl, in das Will nun drei der Pfeile tunkte. Dann setzte er den Zylinder vorsichtig ab und wartete, bis das Öl die mit Tuch umwickelten Spitzen der Pfeile durchtränkt hatte. Nach einer Weile zog er die Pfeile heraus, inspizierte sie und prüfte, ob sie alle vollständig durchtränkt waren. Offenbar war alles zu seiner Zufriedenheit, denn er wickelte die Pfeilspitzen in ein Stück Segeltuch. Auf diese Weise verhindert er, dass das entflammbare Öl wegtropfte. Nun steckte er die anderen Pfeile in die Öldose und wiederholte das Ganze.

Lynnie sah ihm fasziniert zu. Wieder einmal kam ihr der Gedanke, dass viel mehr dazu gehörte, ein guter Waldläufer zu sein, als nur gut schießen und sich unbemerkt anschleichen zu können.

»Wie willst du sie anzünden?«, fragte sie. »Wenn du mit einem Feuerstein hantierst, wird man die Funken entdecken, noch bevor du einen Schuss auf den Weg bringen kannst.«

»Ich nehme eine Dunkellaterne«, sagte Will. Er zeigte ihr eine kleine Laterne, die vollständig aus Metall war. In der Laterne stand eine Kerze und vorne befand sich eine Klappe, die geöffnet und verschlossen werden konnte. Je nachdem war das Licht der Flamme dann verborgen oder frei.

Lynnie schüttelte bewundernd den Kopf. »Du hast aber auch an alles gedacht«, sagte sie. Doch Will blickte sie an und schüttelte ernst den Kopf.

»Das bezweifle ich«, sagte er. »Egal, wie gründlich du planst, egal, wie viel du zu wissen glaubst, man hat dennoch nie an alles gedacht.«

Sechsundvierzig

Lynnie kauerte oben an dem Pfad, der zum Strand hinunterführte. Die Entführer saßen zusammen mit der Schiffsmannschaft um den Tisch und aßen und tranken. Der Tisch war von einem halben Dutzend Laternen hell erleuchtet.

Das macht es einfacher, ungesehen zu bleiben, dachte Lynnie. Das Licht der Laternen wird die Nachtsicht der Männer erschweren.

Donald und Thomas, die beiden Männer, die bei Wills und Lynnies Ankunft bereits im Lager gewesen waren, bedienten die Männer am Tisch mit Essen und Trinken und setzten sich dann ein paar Schritte vom Feuer entfernt mit ihrem eigenen Essen auf den Boden.

Die Entführer und die Matrosen schienen gut gelaunt zu sein. Sie unterhielten sich lautstark. Ab und zu brandete Gelächter auf. Lynnie vermutete, dass sie guten Grund hatten, zufrieden zu sein. Sie hatten zehn Gefangene gemacht, die sie auf dem Sklavenmarkt verkaufen konnten.

Der Mond stieg über dem Meer auf und tauchte die Wellen in silbernes Licht. Der Umriss des Schiffes hob sich in dunklem Kontrast ab. Wasser schlug gegen den Rumpf und das Schiff hatte keine Seitenlage mehr.

Es gab kein Anzeichen dafür, dass die Gefangenen in der Höhle auch etwas zu essen bekommen hatten. Wahrscheinlich erhielten sie nur eine Mahlzeit am Tag. Ruhl war nicht der Typ, der Geld ausgab, um seine Gefangenen mit mehr zu versorgen, als nötig war, um sie am Leben zu erhalten.

Lynnie wartete und prüfte mit der ausgestreckten Hand gegen den Mond, ob er schon vier Fingerbreit über dem Horizont stand. Das war die Zeit, die sie mit Will verabredet hatte, um nach unten zu klettern. Ihr Lehrmeister war inzwischen bereits auf dem Weg, die Klippen auf der anderen Seite der Bucht hinabzuklettern. Sie selbst ging jetzt gebückt nach vorne zum Pfad. Sie blieb stehen und beobachtete noch einmal die Männer im Mannschaftszelt. Doch die waren voll und ganz mit ihrem Mahl beschäftigt. Und nach dem rauen Gelächter zu urteilen, das immer öfter ertönte, tranken sie auch ziemlich viel.

Lynnie legte ihren Bogen beiseite. Er wäre auf dem Pfad nur ein Hindernis. Sie wickelte die Schleuder um ihre rechte Hand und stieg langsam den Pfad hinab.

Der Pfad war ausgesprochen uneben und sie ging langsam, tastete mit ihrem Fuß vor jedem Schritt. Wenn sie erst unterhalb der Klippenspitze war, würde sie gegen die dunkle Anhöhe so gut wie unsichtbar sein. Doch wenn sie rutschen und fallen sollte, war es sehr wahrscheinlich, dass das gehört wurde und jemand kam, um nachzusehen.

Ihr Fuß rutschte weg, als sie auf einer losen Lage Steinchen aufkam. Einige sprangen über den Pfad und prallten an den Felsen unter ihr ab. Sie erstarrte, das Herz schlug ihr bis zum Halse. Für sie hatten sich die wegrollenden Kiesel so laut angehört wie eine Lawine. Ihre linke Hand fuhr unwillkürlich zu ihrem Munitionsbeutel, um ihre Schleuder zu laden.

Sie wartete eine ganze Minute, doch es gab keine Anzeichen, dass irgendjemand sie gehört hatte. Mit noch größerer Vorsicht ging sie weiter, ein dunkler Schatten, der langsam nach unten glitt, kaum sichtbar gegen die Anhöhe.

Die Sklavenhändler waren immer noch mit Essen und Trinken beschäftigt. Das Gelächter wurde lauter.

Lacht nur weiter, dachte sie. So hört ihr mich nicht.

Der zweite Teil des Pfades war nicht mehr ganz so uneben. Nach der ersten Wegbiegung konnte sie sich aufrichten und kam schneller voran. Nach der zweiten hatte sie nur noch etwa fünfundzwanzig Schritte bis ganz nach unten. Sie zwang sich zur Konzentration. Mit dem Ende des Pfades in Sichtweite, neigte man dazu, unachtsam zu werden und sich zu beeilen. Bewusst vorsichtig setzte sie ihren Abstieg fort, ganz langsam und umsichtig nahm sie die nächsten Biegungen, bis sie schließlich unten am Strand stand.

Jetzt musste sie wieder warten. Wie Will ihr bereits bei mehreren Gelegenheiten gesagt hatte, schien die Arbeit eines Waldläufers oft genug aus endlos langem Warten zu bestehen, gefolgt von einer kurzen Zeit unglaublicher Hektik.

Sie wartete jetzt auf diese hektische Phase und hatte einen Knoten im Magen. Die Spannung war fast unerträglich. Sie hatte keine Ahnung, ob Will seine Position am Fuß der Felsen erreicht hatte. Er hätte genauso gut abgestürzt und verletzt irgendwo liegen können.

Je länger sie warten musste, desto schlimmer wurden ihre Ängste. Was sollte sie tun, wenn Will seinen Teil des Plans nicht einhalten konnte, wenn er irgendwie außer Gefecht gesetzt war? Wie sollte sie dann die Kinder fortbringen?

Es war zu spät, um noch Hilfe zu holen. Ambleton war viel

zu weit weg. Bis sie von dort Hilfe geholt hätte, wären die Sklavenhändler längst mit den Kindern fort – dorthin, wo die Kinder eine entsetzliche Zukunft erwartete.

Ob sie im Notfall selbst irgendwie das Schiff in Brand setzen und dann zurückkommen konnte, um die Kinder zu befreien? Sie tat den Gedanken gleich wieder ab. Ihre Chancen, sich unentdeckt über den offenen Strand zu schleichen, waren gleich null. Und sie brauchte Will auch, um die Bande abzulenken, wenn sie die Kinder sicher wegbringen wollte.

Sie überlegte eine andere Möglichkeit. Sie hatte zwei Dutzend Pfeile in ihrem Köcher, und es waren achtzehn Männer, die um den Tisch saßen. Sie könnte nacheinander auf sie schießen. Vielleicht würden sie so überrascht sein, dass sie in Panik flohen.

Dann dachte sie noch einmal realistisch darüber nach. Sie mochte vielleicht zwei von ihnen erwischen, selbst drei, wenn sie schnell genug war. Doch hier handelte es sich nicht um einfache Straßenräuber, die vor einem Überraschungsangriff aus der Dunkelheit Reißaus nahmen. Dies waren rücksichtlose Männer, die ihre lukrative Beute verteidigen würden. Sie waren bewaffnet und sicher auch kampferprobt. Sie würden sich auf den Boden werfen und hinter den Tischen oder Felsen Schutz suchen. Dann würden sie ausschwärmen, um sie über die Flanken anzugreifen, und früher oder später würde sie überwältigt werden.

Außerdem, dachte Lynnie seufzend, habe ich meinen Bogen sowieso oben an den Klippen zurückgelassen.

Sie konnte gar nichts tun, wenn Will nicht für die nötige Ablenkung sorgte, sondern müsste hilflos mitansehen, wie die

Kinder an Bord des Schiffes in eine ungewisse Zukunft gebracht würden.

Dann sah sie es. Das Aufzucken von Licht zwischen den dunklen Felsen in der Ferne. Will musste kurz die Klappe seiner Dunkellaterne geöffnet haben, um einen der Feuerpfeile zu entzünden.

Jetzt meinte sie auch ein anderes Licht zwischen den Felsen zu erkennen. Das musste die glühende Spitze eines Feuerpfeils sein. Besorgt blickte sie zu den Sklavenhändlern. Doch die saßen in einem hellen Lichtkreis und hatten den kurzen Lichtblitz nicht bemerkt.

Im nächsten Moment stieg das kleine gelbliche Licht hoch in den nächtlichen Himmel und senkte sich dann über dem schwarzen Schiff. Der Pfeil schien nahe dem Mast zu landen, doch er entzündete nichts. Anscheinend war er auf einem Teil des Decks aufgekommen, wo nichts Entflammbares lag. Der Pfeil würde ausbrennen, ohne weiteren Schaden anzurichten.

Lynnie fluchte innerlich.

Ein weiterer Lichtblitz stieg auf. Dieser vollführte einen höheren Bogen und schien in der Mitte des locker zusammengerollten Segels zu landen.

Doch diesmal wurde er von einem der Sklavenhändler entdeckt.

»Was war das denn?« Der blau gekleidete Geschichtenmann, der mit dem Gesicht zum Meer saß, setzte sich plötzlich aufrecht und deutete auf das Schiff.

Ruhl sah ihn mit gelangweilter Neugierde an. »Was?«

Er war voll mit gutem Essen und Wein und nicht in der Stimmung für irgendwelche Störungen.

Der Geschichtenmann deutete weiter und die anderen drehten sich schwerfällig um.

»Es war ein Licht«, sagte er. »Sah aus wie eine Sternschnuppe. Und es landete auf dem Schiff. Da ist noch eins!«

Die beiden letzten Worte stieß er lauter aus, als ein dritter Feuerpfeil über die Bucht segelte. Während er in der Nähe des Mastes einschlug, flackerte plötzlich Feuer in den Segeln auf, als Wills vorheriger Schuss endlich das geteerte Segeltuch entzündet hatte.

»Feuerpfeile!«, schrie der iberische Kapitän. »Jemand versucht unsere *La Bruja* abzufackeln.«

Die Bänke kippten um, als die Männer aufsprangen. Die iberische Mannschaft reagierte am schnellsten und rannte über den Strand, um ihr Schiff zu retten. Ein weiterer Flammenherd war jetzt am Fuß des Mastes sichtbar, da segelte ein vierter Lichtblitz über den Himmel und schlug seitlich im Rumpf ein.

Das Feuer im Segel und am Fuß des Mastes brannte jetzt stetig. Doch die Flammen hatten noch nicht die unkontrollierbare Kraft, die das Ende des Schiffes bedeutete. Unwillkürlich machte sich bei Lynnie der Sprachunterricht bemerkbar.

»*La Bruja*. Die Hexe«, murmelte sie. Das war der Name des Schiffes.

»Helft uns!«, schrie der iberische Kapitän die Entführer an, die unsicher um den Tisch standen. Er wedelte wütend mit den Armen, sie sollten ihm folgen. Seine eigene Mannschaft hatte das Schiff bereits erreicht und schüttete Meerwasser aus Eimern an den Mast. Das Segel, das allmählich schon stärker brannte, war außerhalb ihrer Reichweite.

»Wenn wir das Schiff verlieren, verlieren wir alles!«, schrie er. Das schien die Starre zu lösen, die Ruhl und seine Männer erfasst hatte.

»Kommt schon!«, schrie der Stehler und lief ihnen voran zum Schiff. Der Kapitän schrie seine Männer an und befahl ihnen, die Rah mit ihrem brennenden Segel abzulassen und dann die Flammen mit Wasser aus den Eimern zu löschen.

Noch während sie damit beschäftigt waren, zischte ein weiterer Feuerpfeil heran und landete im Bug des Schiffes, wo geteertes Seil gebrauchsbereit lag. Die Flamme schoss hoch, sobald sie am Teer leckte.

»Erstickt die Flammen im Bug!«, schrie der Kapitän Ruhl und seine Männer an. Seine eigene Mannschaft hatte das brennende Segel jetzt fast unter Kontrolle. Während Lynnie zusah, hievten sie einen immer noch brennenden Überrest über die Seite ins Meer. Eine riesige Dampfwolke stieg mit einem Zischen auf.

Lynnie überzeugte sich, dass niemand mehr auf das Lager achtete, dann rannte sie aus ihrer Deckung zum Mannschaftszelt mit seinem verlassenen Tisch und den umgeworfenen Bänken. In ihrer Eile ging sie zuerst zum falschen Pfosten und bekam für einen Moment Panik, als sie keine Schlüssel dort hängen sah. Sobald sie ihren Fehler bemerkte, entdeckte sie auch die Schlüssel am nächsten Pfosten. Sie packte sie und rannte zur Höhle.

Im Bug des Schiffes loderten inzwischen die Flammen um die Taue auf und breiteten sich bis zum Ersatzsegel aus, das entlang der Verschanzung verstaut war. Ruhl und seine Männer schlugen die Flammen mit ihren Jacken und Mänteln aus. Da sie mit den Gegebenheiten auf dem Schiff nicht vertraut waren, wussten sie nicht, wo sie anpacken sollten und Eimer finden konnten. Der Kapitän merkte das und schickte zwei seiner Männer mit Eimern zu ihnen. Die Männer begannen eine Kette zu bilden und Meerwasser in die Flammen zu kippen und brachten das Feuer so allmählich unter Kontrolle.

Ruhl suchte panisch nach dem Schützen.

»Wer schießt denn auf uns?«, schrie er wütend. Noch während er das fragte, zischte ein anderer Pfeil heran. Doch dies war kein Feuerpfeil. Es war ein ganz normaler, aber tödlicher Pfeil, und er grub sich in die Brust des Mannes neben ihm.

Der Mann stolperte unter der Wucht des Einschlags, fiel dann auf das brennende Segel und löschte mit seinem Körper einen Teil der Flammen. Ruhl blickte sich um, gerade noch rechtzeitig, um einen weiteren Feuerpfeil aus dem felsigen Gelände kommen zu sehen. Es war Wills letzter Feuerpfeil, doch das konnten die in Panik versetzten Männer auf dem Schiff natürlich nicht wissen.

»Dort in den Felsen am Fuß der Klippen!«, schrie Ruhl und deutete auf die Stelle, wo er den Lichtpunkt zuerst gesehen hatte. Er spürte, wie das Deck des Schiffes unter ihm schwankte, und als er sich umschaute, sah er den Kapitän das Ankerseil mit einer kleinen Axt kappen. *La Bruja* begann sich zu bewegen. Ruhl rannte das Deck entlang und packte den Kapitän am Arm.

»Was macht Ihr? Seid Ihr verrückt geworden?«

Der Kapitän sah ihn böse an. Sein Gesicht war mit Asche vom brennenden Segel verschmiert und sein Arm war rot und voller Blasen von den Flammen, die ihn verbrannt hatten, als er mit seinen Männern das brennende Segel über Bord geworfen hatte. Er war absolut nicht in der Stimmung, mit Ruhl zu diskutieren. Er wusste, wie schnell das Feuer sein Schiff vernichten konnte.

»Ich bringe *La Bruja* in Sicherheit. Wir sitzen hier in der Falle und ich werde sie nicht aufs Spiel setzen!«

Die auslaufende Flut erfasste das Schiff. Ruhl sah sich panisch um.

»Sie sind dort in den Klippen!«, schrie er. »Die Bogenschützen sind in den Klippen! Wir können sie fassen!«

»Dann tut das! Ich gebe Euch zwei meiner Männer mit.« Der Kapitän blickte übers Deck und schätzte seine Mannschaft ab. »Enrico! Anselmo! Geht mit Señor Ruhl!« Er schaute zurück zu Jory Ruhl. »Ihr solltet jetzt von Bord gehen, wenn Ihr das wollt. Wir kommen morgen wieder.«

Ruhl zögerte einen Moment, dann entschied er sich und sprang über die Verschanzung. Er kam im hüfthohen Wasser auf und schrie seine Männer an, ihm zu folgen. Während er an Land watete, hörte er das Wasser hinter sich aufspritzen. Beim Umdrehen sah er seine Männer und die zwei iberischen Seeleute hinter sich.

Er wankte auf den trockenen Sand, dann stolperte er und rettete so sein Leben. Ein Pfeil durchschnitt die Luft unmittelbar über seinem Kopf. Er blickte zu den Felsen und hatte keine Ahnung, wie viele Schützen sich dort versteckten, doch ihm wurde klar, dass er und seine Männer nur mit Messern bewaffnet waren.

»Holt eure Waffen!«, schrie er, da traf ein Pfeil den Oberarm des Mannes neben ihm. Der Verwundete schrie auf, doch es war nur ein Streifschuss. Einer seiner Kumpane verband die Fleischwunde rasch mit seinem Halstuch.

»Es ist nicht so schlimm!«, rief er Ruhl zu.

Der Stehler nickte, dann ging er in die Hocke, um weiteren Pfeilen zu entgehen, und lief gebückt den Strand zum Lager hinauf.

Siebenundvierzig

Lynnie hatte das Gittertor vor der Höhle erreicht. Sie fummelte mit den Schlüsseln herum und musste erst einige ausprobieren, bis sie den richtigen hatte. In der Höhle hörte sie jemanden aufschreien. Natürlich glaubten die Gefangenen, dass sie jetzt weggebracht würden. Sie konnten nur eine dunkle Gestalt mit einer Kapuze vor dem Eingang sehen. Eines der Kinder begann zu weinen.

»Still!«, zischte sie. »Alles in Ordnung! Ich bin hier, um euch zu helfen. Ich …«

Sie hörte Schritte hinter sich und wirbelte herum. Ruhl und seine Männer rannten den Strand hoch. Im ersten Augenblick dachte sie, man hätte sie entdeckt, und griff in ihren Munitionsbeutel, um ihre Schleuder zu laden.

Da hörte sie Ruhl Befehle erteilen.

»Holt eure Waffen! Brad, du nimmst deinen Bogen! Sie sind in den Felsen am Fuße der Klippen. Schwärmt weit aus, aber bleibt so weit wie möglich in Deckung.«

Lynnie schloss das Gitter wieder und presste sich gegen den dunklen Fels. Im Inneren der Höhle weinte eines der Kinder immer noch. Sie konnte hören, wie ein anderes versuchte, es zu beruhigen. Sie wünschte wirklich, beide wären still. Es fehlte ihr gerade noch, dass Ruhl oder einer seiner Männer aufmerksam wurden und nachsehen kamen.

Während der Stehler weiter seine Befehle schrie, drehte Lynnie sich zurück zu dem Gitter. Sie hoffte, dass die Sklavenhändler sie über Ruhls Geschrei hinweg nicht hören könnten.

»Still!«, zischte sie noch einmal. »Still oder es setzt Prügel.«

Es gefiel ihr gar nicht, die offensichtlich völlig verängstigten Kinder so einzuschüchtern, doch es schien den gewünschten Effekt zu haben. Das Weinen verstummte, bis auf ein paar verzweifelte unterdrückte Schluchzer. Lynnie zuckte mit den Schultern. Sie würde es später wiedergutmachen.

Zwischen den Felsen am Fuße der Klippen hatte Will mit grimmiger Genugtuung das Resultat seiner bisherige Arbeit studiert. Das schwarze Schiff war jetzt auf halbem Weg aus der Bucht und seine reduzierte Mannschaft bemühte sich, ein paar Ruder ins Wasser zu bringen.

Einen Moment lang verspürte Will Panik, als Ruhl seine Männer zurück an den Strand führte, denn er fürchtete, jemand hätte Lynnie entdeckt. Dann hörte er den Mann Befehle erteilen und ihm wurde klar, dass sie lediglich ihre Waffen holten, ihn zu verfolgen.

»Daran, dass sie erst ins Lager müssen, um ihre Waffen zu holen, hätte ich denken sollen«, murrte er. Das war eines dieser Dinge, die einen Plan verderben konnten. Nun sah er die Bande zurückkommen, doch diesmal bemühten sie sich, in Deckung zu bleiben.

Er dachte daran, ihre Anzahl noch etwas zu reduzieren, doch dann verwarf er den Gedanken auch gleich wieder. Wenn er es für sie jetzt zu riskant machte, blieben sie vielleicht lieber in Deckung im Lager, und das würde es für Lynnie deutlich schwieriger machen, die Kinder wegzubringen.

Ich muss die Männer dazu bringen, mir zu folgen, dachte er. Ich muss es schaffen, sie von ihrem Lager fortzulocken.

»Wird immer noch genug Zeit sein, ihre Zahl zu reduzieren«, murmelte er leise und machte sich daran, die Klippen hinaufzuklettern.

Ohne darüber nachzudenken, bewegte er sich leise und unauffällig, wie er es so viele Jahre geübt hatte. Dann wurde ihm klar, dass dies nicht der richtige Moment dafür war. Er wollte ja, dass man ihn sah und verfolgte. Da war ein kleines Felsstück am Rand des Pfades und er stieß es mit seinem Stiefel an, sodass es laut polternd über die Klippen nach unten fiel.

Ruhl hörte das Geräusch, blickte hoch und sah die dunkle Gestalt auf halbem Weg die Klippen hinauf.

»Dort sind sie!«, schrie er, immer noch in der Annahme, es mit mehreren Bogenschützen zu tun zu haben. Er deutete in Wills Richtung und stürmte auch schon los. Einer seiner Männer, der mit einer Armbrust bewaffnet war, blieb stehen und kniete sich auf den Boden, um zu zielen.

Will hörte das ihm allzu bekannte schnappende Geräusch eines Bolzens, der von einer Armbrust abgeschossen wird und ließ sich flach auf den Boden fallen. Nur einen Moment später zischte auch schon der schwere Bolzen über seinen Kopf und schlug gegen die Felsen, wo seine Eisenspitze Funken schlug, als sie dort aufprallte.

Der Schütze erhob sich. Er hatte gesehen, wie sein Ziel bei seinem Schuss zu Boden gegangen war.

»Ich hab ihn erwischt!«, schrie er triumphierend.

Ruhl zischte ihn an. »Du hast ihn verfehlt, du Idiot! Da ist er schon wieder!«

Die schattenhafte Gestalt war bereits wieder aufgestanden und kletterte schnell weiter nach oben. Während Ruhl seine Männer vorantrieb, blieb der Armbrustschütze stehen, um neu zu spannen. Er stellte den Fuß in den Bügel und zog die schwere Sehne mit beiden Armen zurück. Will war inzwischen oben angekommen. Ruhig drehte er sich um, legte einen Pfeil an, zog und schoss.

Der Armbrustschütze, der sich immer noch bemühte, die Armbrust neu zu spannen, wurde voll in der Brust getroffen. Er stieß einen Schrei aus, stolperte zurück und fiel zu Boden. Ruhl blieb kurz stehen, um ihm die Waffe aus den leblosen Händen zu nehmen, und legte einen Bolzen an. Doch als er zurück zu den Klippen blickte, war der Mann verschwunden.

»Kommt schon!«, schrie er und stürmte wieder los. »Es ist anscheinend nur ein einziger Mann!«

Während er hektisch die Klippen hinaufkletterte, kam ihm jedoch der Gedanke, dass die Leichtigkeit, mit der ihr Gegner den Armbrustschützen ausgeschaltet hatte, ein Problem darstellen konnte, selbst wenn es sich möglicherweise nur um einen einzigen Mann handelte.

Endlich gelang es Lynnie, das rostige Schloss am Tor zu öffnen. Sie zog es auf und wurde von einem Chor verängstigter Stimmen begrüßt. In der Dunkelheit spürte sie eher, wie die Kinder zurückwichen, als dass sie es sah.

»Alles in Ordnung. Ich bin eine Freundin. Ich bin hier, um euch zu helfen.«

Sie versuchte, beruhigend zu klingen. Doch aufgrund der Anspannung und Aufregung klang ihre Stimme sogar in ihren eigenen Ohren eher wie ein nervöses Quieken. Dann wurde ihr klar, dass die Kinder sie gegen den hellen Hintergrund am Strand nur als einen dunklen Umriss mit Kapuze wahrnehmen konnten. Sie schlug ihren Umhang zurück und streckte die Arme aus.

»Seht her! Ich bin ein Mädchen. Ich bin eine Waldläuferin und bin gekommen, um euch zu retten. Kommt mit!«

Ihre Augen gewöhnten sich allmählich an die Dunkelheit in der Höhle und sie konnte jetzt einzelne Gestalten ausmachen, die sich zusammendrängten. Einer, ein Junge, der größer als die anderen war, trat nach vorn und musterte sie misstrauisch.

»Du bist keine Waldläuferin. Mädchen sind keine Waldläufer«, sagte er.

Sie holte tief Luft. Am liebsten hätte sie ihn bei den Ohren gepackt und aus der Höhle gezerrt. Aber sie wusste, dann würde sie die anderen nie überreden können mitzukommen. Sie zwang sich, ruhig zu bleiben, und sprach bewusst langsam und mit möglichst tiefer Stimme.

»Nun, ich bin es doch. Mein Name ist Lynnie und ich bin Lehrling von Will Hallas.«

Ein Murmeln ertönte. Jeder hatte von Will Hallas gehört. Lynnie erkannte die Macht, die in dem Namen lag, und setzte ihn weiter ein.

»Will möchte, dass ihr mit mir die Klippen hinaufsteigt. Er trifft sich mit uns sobald er sich um den Stehler und seine Freunde gekümmert hat. Jetzt kommt.«

Sie zögerten immer noch und sie fasste den Arm des größeren Jungen. »Wie heißt du?«, fragte sie.

»Tim. Tim Stoker.«

»Hör mir zu, Tim. Ich brauche deine Hilfe. Kümmere dich bitte um die Kleinen und bring sie den Pfad hoch. Ich bilde die Nachhut und passe auf, dass uns niemand folgt. In Ordnung?«

Sie sprach so ruhig und überzeugend wie möglich und blickte ihm in die Augen. Er richtete sich auf und nahm die ihm zugeteilte Aufgabe an.

»In Ordnung«, sagte er, drehte sich zu den anderen und sagte: »Mir nach, alle zusammen. Tut, was die Waldläuferin sagt. Sie will uns helfen.«

Nervös und zögernd verließen die Kinder die Höhle. Der Junge führte sie an. Lynnie stand auf einer Seite, trieb sie an, deutete auf den Pfad und schob sie sanft in die richtige Richtung. Mit einer Langsamkeit, die Lynnie fast wahnsinnig machte, begannen die Kinder, hinter Tim Stoker den Pfad hinaufzusteigen.

Der Geschichtenmann war ein Feigling. Nur allzu gern erschreckte er kleine Kinder mit den Geschichten des Stehlers in der Nacht und den fürchterlichen Dingen, die passieren würden, wenn sie ihren Eltern auch nur ein Wort davon verrieten. Wenn es allerdings darum ging, einen treffsicheren Bogenschützen zu verfolgen, ließ er lieber anderen den Vortritt.

Auch er hatte die Leichtigkeit bemerkt, mit der Will den Armbrustschützen zur Strecke gebracht hatte. Er hatte gesehen, wie ein anderes Mitglied ihrer Bande auf dem Schiffsdeck tödlich getroffen und ein Dritter am Arm verwundet worden war. Es war eine Sache, hilflosen Kindern Angst einzujagen. Einem erfahrenen und gefährlichen Krieger gegenüberzustehen war eine ganz andere Angelegenheit.

Entsprechend zögerlich war er, Ruhl zu folgen. Unsicher blickte er zum Lager zurück. Dann wurden seine Augen plötzlich schmal. Etwas bewegte sich auf dem Pfad bei der Höhle, wo die Gefangenen sich befanden. Er stieß einen leisen Fluch aus. Da bewegte sich eine ganze Reihe von Gestalten den Pfad hinauf.

Schnell drehte er sich um, um die anderen zu alarmieren. Doch der nächste von seinen Kumpanen war schon ein ganzes Stück die Klippen hinaufgeklettert und Jory Ruhl selbst war bereits oben angekommen. Der Geschichtenmann traf eine Entscheidung, von der er sich den größten Vorteil versprach. Sollten Ruhl und die anderen sich um den Schützen kümmern. Er selbst würde die Gefangenen wieder einfangen, die anscheinend irgendwie entkommen waren. Er drehte sich um und lief zurück zum Lager.

Will sah den ersten Verfolger über die Anhöhe kommen. Er lief gebückt, um den Pfeilen des Verfolgers ein möglichst kleines Ziel zu bieten. Will schnaubte verächtlich. Wenn er es wollte, konnte er den Mann mit Leichtigkeit treffen, ob er nun gebückt lief oder nicht. Doch im Augenblick hatte er gar nicht die Absicht, jemanden zu treffen. Er musste die Verfolger möglichst weit weglocken, damit Lynnie die Kinder in Sicherheit bringen konnte.

Er rannte durch das hüfthohe Unterholz. Dann blieb er stehen, packte den nächsten Busch neben sich, schüttelte ihn heftig und stieß mit den Füßen nach den unteren Zweigen, damit sie brachen.

Ruhl hörte das, blickte in die Richtung, aus der das Geräusch gekommen war, und sah, wie sich eine Gestalt entfernte.

»Hier entlang!«, schrie der Stehler und fügte dann hinzu: »Schwärmt aus! Gebt kein leichtes Ziel ab!«

Will nickte zufrieden. Er würde weiter lärmen und sich gelegentlich sehen lassen, bis er seine Verfolger weit genug nach Süden geführt hätte. Dann würde er unbemerkt umkehren und Lynnie treffen.

Lynnie hörte die Schritte im Sand, als der Geschichtenmann näher kam. Sie war bereits einige Schritte von der Höhle entfernt, aber immer noch im Hintergrund, um notfalls eingreifen zu können. Sie ging in Deckung, zog den Umhang um sich, holte eine Bleikugel aus ihrem Beutel und legte sie in die Schlinge.

Der Geschichtenmann kam in Sicht und rannte an ihr vorbei, ohne sie zu sehen. Er war auf einmal da und so schnell, dass sie zögerte, auf ihn zu schießen – aus Sorge, ihn zu verfehlen.

Mit großen Schritten stürmte der Geschichtenmann weiter den Pfad hinauf und näherte sich den Kindern. die vor Schreck zu weinen anfingen, als sie die blau gekleidete Gestalt hinter sich entdeckten. Das letzte Kind in der Reihe, ein Mädchen, versuchte sich zu beeilen und rutschte aus. Da hatte der Geschichtenmann die Kleine auch schon eingeholt. Sein Mantel wehte um ihn wie die Flügel eines bösen Nachtwesens. Er zerrte das Kind hoch und schrie es wütend an. Das Mädchen weinte noch stärker.

Lynnie zögerte. Wenn sie jetzt die Schleuder zum Einsatz brachte, bestand die Gefahr, dass sie das Mädchen traf.

»Hab ich euch nicht gesagt, was passiert, wenn ihr nicht gehorcht? Hab ich euch das nicht gesagt?« Der Geschichtenmann schüttelte die Kleine heftig, sodass sie immer lauter weinte.

»Lass sie in Ruhe! Lass sie los, du Feigling!«

Die junge Stimme unterbrach das Geschimpfe des Geschichtenmanns und die Schluchzer des Mädchens. Es war Tim Stoker, der Junge, den Lynnie gebeten hatte, voranzugehen. Er kam an den anderen Kindern vorbei zurück und glitt jedoch auf den losen Kieseln aus, sodass er gegen den Geschichtenmann prallte. Der ließ das Mädchen los und packte Tim am Kragen. Mit seiner freien Hand zog er ein langes Messer aus einer Scheide im Stiefel.

»Du willst dich mir widersetzen? Dann sehen wir mal, wie tapfer du bist, wenn ich dir die Kehle aufschlitze, du kleine Pest.«

Er holte mit dem Arm aus. Lynnie wusste, dass sie jetzt einen Schuss riskieren musste. Wenn sie zögerte, würde Tim sterben.

Sie schwang die Schleuder. Die Bleikugel blitzte einmal im Mondlicht auf, als sie auf ihr Ziel zuflog. Dann schlug sie unterhalb des erhobenen rechten Arms des Geschichtenmanns ein.

Unter dem plötzlichen, heftigen Schmerz, als die Bleikugel eine Rippe zerschlug, schnappte der Mann nach Luft. Das Messer fiel ihm aus der Hand und er löste den Griff um Tims

Kragen. Er holte tief Luft, um zu schreien, doch das bereitete ihm nur noch mehr Schmerzen, da nun die Enden der gebrochenen Rippe aneinander stießen. Er stöhnte und griff mit beiden Händen an seinen Brustkorb. Während der unkontrollierten Bewegung stolperte er und merkte zu spät, dass nur Luft unter seinem rechten Fuß war.

Einen Augenblick lang schien er zu schwanken und neigte sich immer mehr zur Seite. Dann fiel er mit einem dumpfen Schlag auf die unter ihnen liegenden Felsen.

Lynnie rannte bereits den Pfad hoch. Sie half dem am Boden kauernden Mädchen hoch.

»Komm her, Liebes. Du bist jetzt in Sicherheit«, sagte sie.

Die Kleine sah Lynnie mit großen Augen an. Dann breitete sich langsam ein Lächeln auf ihrem Gesicht aus, als ihr klar wurde, dass der furchtbare Geschichtenmann verschwunden war.

»Ja. Ich bin jetzt in Sicherheit«, wiederholte sie wie betäubt.

Lynnie tätschelte ihre Schulter und schob sie sanft weiter den Weg hoch. Die anderen Kinder, die vor Schreck erstarrt stehen geblieben waren, gingen ebenfalls langsam weiter.

»Schneller!«, drängte Lynnie unruhig. »Ihr müsst schneller gehen.«

Sie dreht sich zu Tim, um ihm aufzuhelfen. Er war auf die Knie gefallen, als der Geschichtenmann ihn losgelassen hatte. Sein Gesicht war kreidebleich, da ihm klar war, wie nah er dem Tod gewesen war.

»Du bist ein tapferer Junge«, sagte sie zu ihm. Ihr war gar nicht bewusst, dass er nur ein paar Jahre jünger war als sie selbst. »Alles in Ordnung mit dir?«

Er nickte, unfähig, einen Ton herauszubringen. Sie fasste ihn am Arm und drängte ihn, den anderen zu folgen.

»Geh weiter, Tim. Wir müssen zusehen, dass wir hier wegkommen.« Ihr kam der Gedanke, dass es ihm vielleicht helfen würde, wenn sie ihm wieder eine Aufgabe gab. »Kannst du mir wieder helfen, damit alle schneller gehen? Kannst du das für mich tun?«

Seine Augen waren weit aufgerissen, das Entsetzen stand immer noch darin. Er schluckte und nickte langsam.

»Wo … wo ist der Geschichtenmann?«, fragte er. Er war immer noch nicht ganz sicher, was gerade passiert war. In einem Moment hatte er auf dieses lange Messer des Geschichtenmanns gestarrt, im nächsten Moment lag er auf den Knien und der Mann war verschwunden. Lynnie drückte beruhigend seine Schulter.

»Wegen ihm brauchst du dir keine Sorgen mehr zu machen«, sagte sie. »Er ist tot.«

»Tot?«, wiederholte er und wollte ganz sicher sein. Sie nickte nachdrücklich.

»Mausetot«, versicherte sie.

Tim sah ihr einen Moment lang forschend ins Gesicht, dann drehte er sich um und ging zielstrebig weiter den Pfad hoch.

»Ich sorge dafür, dass sie schneller gehen«, sagte er.

Lynnie sah ihm nach und stieß einen erleichterten Seufzer aus. Nur um sicherzugehen, ging sie noch schnell an den Rand der Klippen und spähte hinunter. Der Geschichtenmann war ein dunkler Umriss auf den unter ihnen liegenden Felsen. Er war mit dem Rücken auf einem zackig vorstehenden Felsen gelandet und sein Körper war in einem unnatürlichen Winkel verdreht. Er rührte sich nicht mehr. Nur sein Mantel flatterte in der Brise.

»Erzähl das in einer deiner Geschichten«, sagte Lynnie grimmig. Dann folgte sie den Kindern den Pfad hinauf.

Achtundvierzig

Als Lynnie oben ankam, standen dort die zehn befreiten Kinder, die eng zusammengedrängt auf sie warteten. Rasch holte Lynnie ihren Bogen aus dem hohen Gras, wo sie ihn vorher zurückgelassen hatte. Bei dem Gedanken musste sie unwillkürlich mit dem Kopf schütteln. Es kam ihr vor, als seien Tage vergangen, seit sie sich auf den Weg den Pfad hinunter gemacht hatte.

»Wir müssen sofort weg von den Klippen«, sagte sie, denn ihr war bewusst, dass Ruhl jeden Augenblick Wills Verfolgung aufgeben konnte und bei seiner Rückkehr ins Lager feststellen würde, dass seine Gefangenen verschwunden waren. An dieser Stelle hier wurden sie auf jeden Fall sofort vom Strand aus gesehen.

Die Kinder rückten brav von dort weg, stellten sich dann im Halbkreis auf und sahen Lynnie erwartungsvoll an. Es waren sechs Jungen und vier Mädchen. Lynnie schätzte, dass sie zwischen etwa zehn und vierzehn Jahre alt waren. Sie blickte in die Gesichter und sah eine Mischung aus Furcht, Verwirrung und Erleichterung.

Durch Lynnies Adern wurde immer noch eine riesige Menge Adrenalin gepumpt, was angesichts ihrer Begegnung mit dem

Geschichtenmann nicht verwunderlich war. Doch Lynnie wusste, dass ihre Stimme dazu neigte, schrill zu werden, wenn sie aufgeregt war, und das wäre für die Kinder hier sicher nicht ermutigend. Deshalb atmete sie erst ein paar Mal tief durch.

»Also gut«, sagte sie, sobald sie sich ausreichend beruhigt hatte. »Ich erzähle euch erst mal, was überhaupt vor sich geht. Ihr wurdet von Sklavenhändlern entführt.«

»Der Stehler in der Nacht hat uns geholt. Er ist ein Geist«, widersprach eines der jüngeren Mädchen. Bei der Erwähnung des Namens sahen sich die anderen nervös um. Unbewusst rückten sie näher zusammen.

Lynnie schüttelte den Kopf und fuhr in ruhigem Ton fort. »Er ist kein Geist und ihr müsst auch keine Angst mehr vor ihm haben. Er ist einfach nur ein Mann … aber er ist ein sehr böser Mann und ein Sklavenhändler. Er wollte euch als Sklaven verkaufen.«

»Er sagte, er würde uns in einen ganz dunklen Kerker sperren und Ratten würden unsere Zehen anfressen und Wiedergänger würden nachts unser Blut trinken und er würde uns die Augen ausstechen, wenn wir ihm nicht gehorchen.« Das war einer der kleineren Jungen. Die anderen murmelten alle bestätigend.

Lynnie machte eine beruhigende Handbewegung. »Er sagte das nur, um euch Angst zu machen«, erklärte sie.

Und es hat funktioniert, dachte sie. Sie holte noch einmal tief Luft und erinnerte sich an die beruhigende Macht von Wills Namen, als sie ihn vorhin benutzt hatte. Bekämpfe ein Gespenst mit einer Legende, dachte sie.

»Jetzt sagt mir, wie viele von euch haben schon von Will Hallas gehört?«

Zehn Hände wurden in die Luft gehoben und trotz der ernsten Lage musste Lynnie lächeln. *Alle* hatten von Will Hallas gehört.

»Tja, Will Hallas ist mein Lehrmeister und er wird uns helfen.«

Natürlich blickten sich nun alle nach ihm um und sie fügte etwas schärfer hinzu: »Er kann jetzt nicht hier bei uns sein, denn er muss den Stehler und seine Helfershelfer verjagen.«

Das war schließlich die Wahrheit und sie beschloss, dass die Wahrheit noch etwas ausgeschmückt werden konnte.

»Und wenn er den Stehler erwischt, wird er ihn töten«, sagte sie. Das schien ihnen Mut zu machen. Der Gedanke, dass der berühmte Will Hallas den Stehler, der ihnen so viel Angst und Schmerz zugefügt hatte, töten wollte, gefiel ihnen.

»Wie wird er ihn denn töten?«, fragte der Junge, der sich vorhin bereits zu Wort gemeldet hatte.

Lynnie hatte den Eindruck, dass Jungen wohl gern die blutrünstigen Einzelheiten hörten. Doch dafür war jetzt nicht die richtige Zeit.

»Das kümmert uns gerade nicht. Er wird schon einen Weg finden.«

»Ich hoffe, er tut ihm weh!«, sagte der Junge heftig. »Ich hoffe, er tut ihm wirklich richtig, richtig weh.«

»Das tut er bestimmt, und wir werden ihn ganz genau ausfragen, wenn wir ihn sehen«, sagte Lynnie. Dann klatschte sie in die Hände, um ihre Aufmerksamkeit vom Stehler und seinem bösen Schicksal auf etwas anderes zu lenken. »Also«, sagte sie munter. »Wir müssen weg von hier, und zwar so schnell wie möglich. Wir machen uns auf den Weg nach Ambleton und die Großen können zu Fuß gehen, aber die Kleinen dürfen reiten.«

Sie steckte die Finger in den Mund und stieß einen kurzen, vogelartigen Pfiff aus.

Ein kurzes Wiehern war zu hören und Reißer und Stupser trotteten heran. Will und Lynnie hatten die Pferde früher am Abend in die Nähe gebracht, da sie bereits vermutet hatten, dass manche der kleineren Kinder recht langsam wären und es vielleicht besser war, wenn sie reiten konnten.

Will hatte es abgelehnt, Reißer bei sich zu behalten.

»Ich möchte, dass Ruhl mich immer wieder entdecken kann, wenn ich ihn von euch ablenke. Wenn ich zu Pferd bin, wird er aufgeben. Oder er merkt, dass ich ihm etwas vorspiele, wenn ich nicht sofort davongaloppiere. Es ist besser, beide Pferde bei dir zu lassen. Sie können dir mit den Kindern helfen.«

Lynnie musterte die Gruppe jetzt und wählte die jüngsten Kinder aus.

»Ihr drei«, sagte sie und deutete auf einen Jungen und zwei Mädchen, »möchtet ihr auf Wills berühmten Pferd Reißer reiten?«

Reißer warf den Kopf und sah Lynnie erfreut an. *Ich wusste ja immer, dass ich dich mag.*

Aber natürlich hörte Lynnie ihn nicht. Die drei Kinder starrten mit großen Augen auf das graue Pony und nickten.

»Dann los.« Sie hob das erste Mädchen hoch, um es in den Sattel zu setzen. Dann fiel ihr etwas ein. Sie setzte das Mädchen noch einmal ab und ging nach vorne zu Reißers Kopf, während sie nach dem Geheimspruch suchte, den Will ihr damals, als sie Stupser bekam, so beiläufig mitgeteilt hatte. Zum Glück fiel er ihr ein.

»Darf ich wohl?«, sagte sie leise in sein Ohr. Sie hoffte, das Geheimwort galt auch, wenn sie Kinder an ihrer Stelle reiten ließ. Reißer schaute sie aus klugen Augen an und nickte entschieden.

Lynnie hatte sich zwar nicht vorstellen können, dass er ein kleines Kind abwarf, aber sicher war sicher.

Sie hob das Mädchen wieder hoch und setzte es in den Sattel. Einen Moment ließ sie ihre Hand auf dem Arm ruhen, während sie wachsam auf Reißer blickte.

»Stell nichts an, ja?«, sagte sie. Reißer drehte den Kopf und sah sie direkt an. Hätte er eine Augenbraue heben können, sie hätte fast geschworen, er hätte es getan.

Doch er bockte nicht, sondern stand ganz still. Ermutigt hob sie das zweite Kind, diesmal einen Jungen, hoch und setzte ihn ebenfalls aufs Pferd. Wieder stand Reißer ruhig da und sie war sich nun endgültig sicher, dass alles in Ordnung war. Sie hob das dritte Kind hoch. Selbst ihr gemeinsames Gewicht war für das zähe kleine Pferd kein Problem, das wusste sie. Dennoch bedankte sie sich bei Reißer mit einem Tätscheln seines Halses und ging weiter zu Stupser.

»Möchtest du auf diesem Pferd reiten?«, fragte sie das nächste Kind.

Es nickte und fragte dann: »Von wem ist das denn das berühmte Pferd?«

Stupser schnaubte, was sich erstaunlicherweise nach einem Kichern anhörte. Lynnie überlegte blitzschnell.

»Habt ihr auch von Wills berühmtem Freund, Sir Horace, dem Ritter vom Eichenblatt, gehört?«

Das Mädchen nickte.

»Das ist sein Pferd.«

Das bin ich ganz sicher nicht. Ich möchte nicht so einen großen Brocken wie ihn als Reiter haben.

Lynnie flüsterte Stupser ins Ohr: »Mach einfach mit, ja? Und woher weißt du, dass mein Paps ein großer Brocken ist?«

Er ist ein Ritter. Die sind alle große Brocken. Aber meinetwegen, lass sie aufsitzen.

»Reit mich nicht zu, ja?« Sie war nicht sicher, ob Stupser das Geheimwort hören wollte, wenn sie jemand anders auf ihn setzte, aber sie sagte es sicherheitshalber.

Ach wirklich?

Sie hob das kleine Mädchen in den Sattel und sah sich nach einem zweiten kleinen Kind um. Tim Stoker hob seine Hand, um etwas zu sagen.

»Miss Lynnie?«

Sie verdrehte die Augen und fühlte sich uralt. »Lynnie reicht, Tim. Was ist?«

»Rob hat ein böses Bein. Der Geschichtenmann hat ihn mit einem heißen Eisen verbrannt.«

Er deutete auf einen anderen Jungen, der etwa sein eigenes Alter hatte. Rob war kleiner als Tim, doch etwas breiter. Wenn er auf Stupser ritt, könnte sie kein drittes Kind mehr auf ihm reiten lassen. Sie zuckte mit den Schultern. Die übrigen Kinder waren alle etwas älter und größer. Sie winkte Rob zu sich.

»Dann hoch mit dir, Rob. Pass auf dein Bein auf.«

Sie half ihm, den Fuß in den Steigbügel zu stellen. Sein rechtes Bein, sah sie jetzt, war mit einer Bandage umwickelt. Er schwang sich vorsichtig hinter dem Mädchen in den Sattel.

Lynnie drehte sich zu den verbleibenden fünf Kindern.

»Also gut, wir müssen jetzt los. Und wir müssen uns beeilen. Ich weiß, manchen von euch geht es nicht besonders gut und ihr habt schon seit Tagen oder vielleicht sogar schon seit Wochen nicht mehr genügend zu essen bekommen. Aber ich bitte euch, dass ihr euch jetzt noch einmal anstrengt. Wenn ihr zu müde werdet, sagt mir Bescheid, dann könnt ihr auch einmal eine Weile auf einem der Pferde reiten. Wir wechseln ab, in Ordnung?«

Sie nickten stumm.

»Dann los. Wir werden die ersten etwa zehn Minuten im Dauerlauf rennen, dann gehen wir ein Stück, immer abwechselnd. Wir müssen möglichst weit von hier weg, und zwar so schnell wie möglich. Alle bereit? Und los.«

Sie führte an, lief im Dauerlauf, mit Stupser zu ihrer rechten und Reißer neben ihm. Die Kinder zögerten, doch dann folgten sie ihr in einer losen Gruppe. Ihre Füße schlurften durchs Gras. Schließlich erreichten sie die Hauptstraße und kamen leichter voran. Lynnie wusste, dass man sie sehr schlecht behandelt und verpflegt hatte. Aber es waren Kinder und normalerweise waren Kinder in guter körperlicher Verfassung. Sie würden es schaffen. Sie mussten es schaffen.

Plötzlich merkte sie, dass jemand auf ihrer linken Seite neben ihr lief. Es war Tim, der sie mit gerunzelter Stirn ansah.

»Lynnie?«, sagte er und seine Stimme klang abgehackt vom Laufen.

»Was ist, Tim?«

»Wenn Will Hallas den Stehler jagt und tötet, warum müssen wir dann so schnell von hier verschwinden?«

Sie öffnete den Mund, um ihm zu antworten, dann zögerte sie und blickte sich um. Keiner der anderen schien seine Frage gehört zu haben.

»Behalte diesen Gedanken erst mal für dich, ja?«, sagte sie.

Sie sah in seinen Augen, dass er verstanden hatte. Er nickte und ließ sich dann wieder etwas zurückfallen.

Die Nacht schritt voran und Will setzte das Katz-und-Maus-Spiel mit seinen Verfolgern fort. Immer wieder ließ er sie nahe herankommen, zeigte sich ihnen dann kurz und verschwand sofort wieder außer Sicht. So hielt er Ruhl bei der Stange, ohne dass dieser merkte, dass es Absicht war.

Will versuchte, sich alles in Erinnerung zu rufen, was er über Ruhl wusste. In den Tagen nach Alyss' Tod hatte er so viele seiner früheren Opfer befragt, wie er nur konnte. Und er hatte die Mitglieder seiner Bande, die er gefangen genommen hatte, verhört.

Ruhl vermittelte das Bild eines grausamen, rücksichtslosen und mitleidslosen Mannes. Er war intelligent, aber er hatte eine große Schwäche. Er ertrug es nicht, wenn ihm jemand in die Quere kam. Wenn das geschah, wurde Ruhl von einer blinden, unvernünftigen Wut und von Rachegelüsten gepackt.

»Erinnert mich daran, wie ich auch mal war«, murrte Will vor sich hin.

Diese Wut konnte Ruhls Urteilsvermögen trüben und zu überhasteten, nicht durchdachten Entscheidungen führen.

Deshalb glaubte Will auch, dass der Sklavenhändler ihn unnachgiebig verfolgten würde, um seine Rache zu befriedigen, da er seinen Plan durchkreuzt hatte, die Kinder heute Nacht auf dem Schiff wegzubringen.

Während die Zeit verging, führte Will die Verfolger weiter und weiter nach Süden, im Wissen, dass Lynnie die Kinder in die Gegenrichtung brachte, so schnell ihre Beine und die beiden Pferde sie tragen konnten.

Er blickte in den Himmel nach Osten. Die ersten schwachen Lichtstreifen waren am Horizont sichtbar. Hier und da zwitscherte bereits ein Vogel und zeigte den bevorstehenden Sonnenaufgang an.

»Zeit, mich zu verabschieden«, sagte er. Bei Tageslicht und ohne gute Deckung wäre das sonst zu schwierig. Er ließ sich noch einmal sehen und hörte die Rufe seiner Verfolger. Dann machte er unmittelbar kehrt und ging die nächsten etwa zweihundert Schritte tief gebückt. An einer geeigneten Stelle ließ er sich auf den Boden fallen und zog den Umhang um sich. Er zog sein Sachsmesser aus der Scheide und hielt es bereit, als er die schwerfälligen Schritte der Sklavenhändler zu seiner linken hörte. Er hatte dieses Spiel schon oft getrieben und war sich fast sicher, dass sie ihn nicht bemerken würden, auch wenn sie nur wenige Schritte von ihm entfernt vorbeikamen. Die einzige Möglichkeit, ihn zu entdecken, war, dass einer der Verfolger zufällig auf ihn trat. Bei diesem Gedanken packte Will das Messer noch fester.

Wenn das geschah, hätte der Mann Pech.

Er lauschte auf die lauten Schritte, doch der Nächste war immer noch etwa zwanzig Schritt entfernt. Sobald die Schritte sich weit genug entfernt hatten, erhob sich Will, blieb gebückt und verschwand in Richtung Norden.

Neunundvierzig

Seit dem Morgengrauen war einige Zeit vergangen und die Kinder kämpften sich müde die Straße entlang. Sie marschierten mit gesenkten Köpfen, den Blick nur auf das nächste Stück der staubigen Straße gerichtet.

Lynnie hatte den Dauerlauf inzwischen völlig aufgegeben. Sie konnten das einfach nicht durchhalten und die Schwächeren unter ihnen fielen dann immer weiter zurück. Es dauerte nicht lange, da wurde ihr klar, dass die Kinder sich ohne jemanden, der sie antrieb, bald an die Straßenseite setzen würden, um auszuruhen.

Da sie nach wie vor mit der Möglichkeit rechnen musste, dass sie verfolgt würden, sah sie sich immer wieder besorgt um und suchte am Horizont nach den ersten Anzeichen von Verfolgern. Obwohl sie unglaubliche Zuversicht in Wills Fähigkeiten hatte, hatte sie nicht vergessen, was er ihr während ihrer Ausbildung immer wieder eingeschärft hatte: *Jeder Plan kann schiefgehen, und früher oder später passiert das auch. Stell dich immer darauf ein. Dann wirst du, wenn es passiert, darauf vorbereitet sein. Und wenn es nicht passiert, ist es eine angenehme Überraschung.*

Aufgrund dieser Sorge vor Verfolgung wollte Lynnie, dass

die Kinder eng zusammenblieben, wo sie alle sehen und notfalls beschützen konnte.

Und so umrundete sie die kleine Gruppe immer wieder und trieb die Langsameren zu größeren Anstrengungen an, bat sie, redete ihnen gut zu, drängte sie und drohte ihnen sogar – alles nur, damit sie einen Fuß vor den anderen setzten. Sie war selbst todmüde, doch sie stand zu stark unter Anspannung, um es zu bemerken.

»Komm schon, Julia«, sagte sie vielleicht zum hundertsten Male zu einem der älteren Mädchen. »Wenn die Kleinen weitergehen können, kannst du das doch auch.«

Wie vorauszusehen war, brach Julia in Tränen aus, blieb mit gesenktem Kopf stehen und rieb sich mit den Fingerknöcheln in den Augen.

»Das ist nicht gerecht«, jammerte sie. »Ich will reiten. Ich bin jetzt dran.«

Lynnie hatte die Reiter abwechseln lassen, sodass jedes Kind immer für etwa eine Viertelstunde auf dem Pferd sitzen durfte. Julia, das wusste Lynnie genau, war in der letzten Gruppe gewesen und erst vor etwa fünf Minuten unter Protest vom Pferd gestiegen. Sie war noch lange nicht wieder an der Reihe.

Lynnie sah sie aufgebracht an. »Lauf weiter«, befahl sie.

Julia schmollte. »Warum kann Rob nicht laufen? Er reitet die ganze Zeit. Das ist nicht gerecht.«

Wenn sie noch einmal »Das ist nicht gerecht« sagt, dann knall ich ihr eine, ging es Lynnie durch den Kopf. Rob war der Junge mit dem verletzten Bein. Er hatte angeboten, auch zu laufen, doch er humpelte so sehr und war so langsam, dass er die ganze Gruppe aufhielt. Darum hatte Lynnie entschieden, dass er weiterhin reiten sollte, während die anderen neun immer wieder Plätze tauschten.

»Rob hat ein schlimmes Bein«, erinnerte sie also nun das Mädchen.

Julia sah sie trotzig an. »Tja, meine *beiden* Beine tun weh, deshalb will ich auch reiten.«

Rob hatte den Wortwechsel mit angehört. Genau wie alle anderen. Er beugte sich jetzt zu Lynnie herunter.

»Ich kann schon eine Weile laufen«, bot er an. »Sie kann meinen Platz haben.«

»Nein, das kann sie nicht«, entgegnete Lynnie entschieden. »Ihren Beinen fehlt gar nichts. Sie ist einfach nur egoistisch.«

Julia schniefte. Gleich geht das Geheule wieder los, dachte Lynnie. Sie ging näher zu dem Mädchen und sprach ganz leise mit ihr.

»Siehst du diesen Hügel dort drüben, hinter dem Busch mit den dunkelroten Blättern?«, fragte sie. Julia drehte den Kopf zu der Stelle, auf die Lynnie deutete. Der Hügel war nichts Besonderes und das Mädchen verstand nicht, was damit sein sollte.

»Nun, das ist ein altes Hügelgrab. Es gibt viele von ihnen in dieser Gegend.«

Julias Augen wurden bei dem Wort »Hügelgrab« groß. Sie blickte zu dem Grab, dann zurück zu Lynnie.

»Es sind …« Lynnie suchte nach einem Wort, das einem Angst machen konnte, und erinnerte sich an ihre Unterhaltung am Fluss in Danvers Crossing »… Grabbolde darin. Du weißt doch, was ein Grabbold ist, oder?«

Julia schüttelte den Kopf. Sie wusste es nicht, aber sie mochte den Klang dieses Wortes nicht.

»Ein Grabbold ist ein böser Geist, der in einem Grab lebt. Diese Geister haben lange Zähne und furchtbare Klauen. Sie greifen vorbeikommende Wanderer an und ziehen sie in ihre Gräber, damit sie auch solche Geister werden.«

Jetzt ging die Fantasie mit Lynnie durch. Genau wie mit Julia, deren Gesicht blass war.

»Aber Grabbolde fürchten sich nur vor einem...«, sie machte eine Pause und nickte dann in Richtung Stupser und Reißer. »Vor Pferden. Sie ertragen die Nähe von Pferden nicht. Also sind wir sicher, solange die Pferde bei uns sind.«

»Bist du sicher?«, Julia hatte ihre Stimme schließlich wiedergefunden. Sie klang sehr dünn.

Lynnie nickte zuversichtlich. »Ganz sicher«, sagte sie. »Aber hör mal: Wenn du nicht endlich aufhörst, andauernd zu jammern und zu heulen und eine Sonderbehandlung zu verlangen, dann lasse ich dich einfach hier allein zurück. Und sobald die Pferde außer Sicht sind, können die Grabbolde machen, was sie wollen.«

Julia stieß ein ängstliches Quieken aus. Tränen flossen wieder über ihre Wangen. Doch diesmal waren es echte Tränen der Angst und nicht des Selbstmitleids. Lynnie seufzte mit einem furchtbar schlechten Gewissen. Sie hatte unglaubliche Schuldgefühle, weil sie Julia einschüchterte, um sie zum Weitergehen zu bewegen, und verabscheute sich selbst dafür.

Ich bin nicht besser als der Geschichtenmann, dachte sie. Doch sie war selbst ja nur ein paar Jahre älter und der Erschöpfung nahe. Darüber hinaus wusste sie einfach nicht mehr, was sie noch tun konnte, um Julia zum Weitergehen zu bewegen. Während der letzten Stunden hatte sie ihr ständig gut zugeredet. Doch Julia versank immer mehr in Selbstmitleid und nichts, was Lynnie auch versuchte, konnte sie motivieren. Anscheinend wirkten zumindest die Drohungen, und Lynnie beruhigte ihr schlechtes Gewissen damit, dass sie letztlich dazu dienten, das Leben des Mädchens zu retten.

»Also weiter«, sagte sie jetzt, »und hör auf, dich dauernd zu beschweren, sonst muss ich dich zurücklassen, verstanden?«

Julia blickte in Lynnies Augen. Sie konnte darin kein Anzeichen von Mitleid entdecken, nur absolute Entschlossenheit. Julia wischte sich noch einmal mit dem Handrücken über die Augen und nickte.

»Dann LAUF ENDLICH WEITER!«, schrie Lynnie sie an.

Angetrieben durch die Lautstärke und die Furcht vor Grabbolden, lief Julia auf einmal mit großen Schritten los und befand sich bald an der Spitze des kleinen Zuges. Immer wieder blickte sie über ihre Schulter zu den Hügeln, als erwarte sie, dort jeden Augenblick Gespenster zu entdecken. Doch zumindest lief sie mit neuer Entschlossenheit weiter.

Tim hatte den Wortwechsel zwischen Lynnie und Julia interessiert verfolgt. Er trat jetzt näher zu Lynnie. Seine Augen waren gerötet vor Müdigkeit und sein Gesicht mit einer Staubschicht überzogen, die durch den Schweiß schon festklebte. Dennoch grinste er.

»Grabbolde und Hügelgräber?«, sagte er leise. »Sieht für mich eher nach irgendeinem ganz normalen Hügel aus.«

Lynnie zuckte müde mit den Schultern. »Sie hat es nicht anders gewollt.«

Tim nickte. »Und sie hat es bekommen.«

Kurz nach der Morgendämmerung wurde Jory Ruhl klar, dass er getäuscht worden war.

Sie hatten schon eine ganze Weile nichts mehr von dieser dunklen Gestalt gesehen und das Gelände weiter durchkämmt. Dabei hatten sie ihn während der Nacht öfter gesehen.

Doch jetzt war er verschwunden. Vor ihnen lag weites, offenes Land, bewachsen mit diesem allgegenwärtigen, hohen Gras. Man konnte meilenweit sehen, und doch es gab keine Anzeichen des Mannes, den sie verfolgten.

Voller Wut fluchte Ruhl vor sich hin. Der Kerl war ihnen offensichtlich entkommen, indem er sie erst noch nach Süden gelockt hatte und dann in eine andere Richtung geflohen war.

Einer seiner Kumpane eilte zu ihm.

»Was ist los?«, fragte er.

Wütend drehte Ruhl sich zu ihm. »Dieser verdammte Bogenschütze hat uns ausgeschmiert! Er hat anscheinend einen Haken geschlagen und ist umgekehrt, verflucht sei er!«

Sein Kumpan sah ihn zweifelnd an. »Bist du sicher?«, fragte er und bereute es sofort, denn der Stehler verpasste ihm einen Schlag ins Gesicht, der ihn taumeln ließ.

»Natürlich bin ich nicht sicher, du Dummkopf! Wenn ich sicher wäre, dann wüsste ich auch, wo ich ihn finden kann!«, schrie Ruhl, und Speichelfetzen flogen von seinen Lippen. Unwillkürlich wich sein Kumpan zurück. Er hatte bereits gesehen, wozu Ruhl in einer solchen Wut fähig war.

»Hab verstanden, schon in Ordnung«, sagte er und hob beruhigend die Hände. Doch Ruhl beruhigte sich nicht so leicht.

»Warum bin ich nur von lauter Dummköpfen umgeben?«, schrie er. »Hat denn keiner von euch bemerkt, dass wir ihn schon seit mindestens einer Stunde nicht mehr gesehen haben? Ist denn keiner von euch auf die Idee gekommen, dass er vielleicht längst woanders sein könnte?«

Ist dir die Idee denn gekommen?, dachte der Kumpan, doch er war klug genug, das nicht auszusprechen.

Ruhl blickte sich unter seinen Männern um und bemerkte nun erst, dass einer fehlte. Vom Geschichtenmann war nichts zu sehen.

»Und wo zum Teufel ist Victor? Ah, ich kann's mir schon denken. Bestimmt ist er zum Lager abgehauen, faulenzt dort herum und säuft Bier. Das ist genau das, was zu ihm passt, dem faulen Schwein! Typisch für ihn! Typisch für euch alle, ihr nutzlose Bande von Dummköpfen!«

Niemand wusste, was aus dem Geschichtenmann geworden war. Ruhl stürmte auf und ab und schrie seine Männer an, beleidigte und verfluchte sie, weil sie nichts bemerkt hatten. Alle wussten, wie unberechenbar Ruhl war, wenn er sich in solche Rage redete. Sie wichen vor ihm zurück und vermieden es, ihm in die Augen zu schauen.

Alle, außer einem. Einer der iberischen Seeleute, die der Kapitän dem Stehler überlassen hatte, als er mit der *La Bruja* aufs Meer hinaus gesegelt war, trat vor und begegnete gelassen Jory Ruhls Blick.

»Jefe, ich denke, du könntest recht haben«, sagte er.

Ruhl drehte sich mit höhnischem Zorn zu ihm. »Ach, denkst du das, ja? Wie unglaublich scharfsinnig von dir. Und gedenkst du auch, etwas zu tun?«

Der Mann zuckte mit den Schultern, ohne auf den Sarkasmus und die Wut von Ruhl zu achten. »Daheim war ich Jäger, bevor ich Seemann wurde.«

»Tja, wie schön für dich, du dummer iberischer Tölpel!«,

erwiderte Ruhl. Er wollte sich schon ärgerlich wegdrehen, da hob der Mann die Stimme und fuhr fort.

»Ich war ein Perseguidor, ein …«, er suchte nach dem araluanischen Wort, »… ein Spurenleser. Ich konnte den Spuren von Tieren folgen.« Er deutete auf seine Füße und auf den Boden um sie herum. »Und von Menschen«, fügte er hinzu.

Ruhls Wut verrauchte so schnell, wie sie aufgeflammt war. Er drehte sich um und musterte den Mann aus zusammengekniffenen Augen.

»Bist du ein guter … Perseguidor?«, fragte er langsam.

Der Mann zuckte mit den Schultern. »Ich war der beste in meiner Gegend«, sagte er einfach. »Ich denke, ich kann herausfinden, wohin dieser Mann gegangen ist.«

Langsam, ganz langsam begann sich ein Lächeln auf Ruhls Gesicht auszubreiten.

Der Kumpan mit der dunklen Pelerine schüttelte den Kopf. Das Lächeln war vielleicht sogar noch unheimlicher als das Geschrei von vorher mit gerötetem Gesicht. Nicht zum ersten Mal wunderte er sich über die plötzlichen Stimmungswechsel seines Anführers und darüber, wie er bei all der lautstarken Wut innerhalb eines Augenblicks völlig ruhig werden konnte – und sich genauso schnell wieder in Rage reden konnte.

In seinem Kopf stimmt irgendetwas nicht, dachte er.

Fünfzig

»Ich muss sie wirklich bald mal länger ausruhen lassen«, murmelte Lynnie vor sich hin.

Sie hatte gerade eine kurze Pause verkündet, und die Kinder waren matt und dankbar am Straßenrand auf den Boden gesunken. Lynnie half Rob aus dem Sattel. Er bedankte sich bei ihr und humpelte zur Straßenseite, wo er sich vorsichtig hinsetzte und vermied, sein schmerzendes Bein zu belasten.

Sogar er war erschöpft, dabei war er die ganze Zeit geritten. Die anderen schwiegen, waren fast wie versteinert. Seit Stunden konzentrierten sie sich darauf, immer nur einen Fuß vor den anderen zu setzen, bis es ihnen vorkam, als gäbe es nichts anderes in ihrem Leben. Lynnie löste den Wasserschlauch von Stupsers Sattel. Plötzlich schien selbst diese kleine Anstrengung zu viel für sie und sie legte ihren Kopf für ein paar wertvolle Momente gegen das schwarzweiße Fell. Ihre Beine schmerzten. Ihre Füße waren wund. An ihrer rechten Ferse formte sich eine Blase und im Augenblick konnte auch sie einfach nicht mehr.

Warum reitest du nicht eine Weile?

Sie blickte auf. Stupser hatte den Kopf gedreht und sah sie

an. Seine großen braunen Augen war voller Mitgefühl und Besorgnis. Lynnie schüttelte den Kopf.

»Kann nicht«, flüsterte sie. »Ich muss sie antreiben, oder sie werden denken, sie können stehenbleiben.«

Stupsers Haut zuckte kurz auf, wie Pferde es manchmal tun. Für Lynnie sah es verdächtig nach einem Schulterzucken aus. Konnten Pferde denn mit den Schultern zucken? Wieder griff sie nach dem Wasserschlauch. Er war inzwischen weniger als halb voll, obwohl sie so sparsam wie möglich damit gewesen war. Es hing noch ein Wasserschlauch an Reißers Sattel, doch der war bereits völlig leer.

Sie nahm einen Schluck des lauwarmen, nach Leder schmeckenden Wassers und schlang ihn dann über ihre Schulter, um damit an der Reihe der erschöpften Kindern entlangzugehen und alle trinken zu lassen, wobei sie aufpasste, dass niemand mehr als seinen oder ihren Anteil beanspruchte.

Gerade hatte sie den Schlauch wieder zurückgenommen, als Tim Stoker, der in der Mitte der Straße, an ihrem höchsten Punkt stand, ihr leise zurief: »Lynnie. Es kommt jemand.«

Ihr Herz setzte einen Schlag aus und sie beeilte sich, zu Tim zu gelangen. Er schirmte seine Augen mit der rechten Hand ab und spähte nach Süden, und sie suchte in der gleichen Richtung.

Hinten am Horizont tauchte eine Gestalt auf. Das war die Richtung, aus der sie auch Ruhl und seine Bande erwartete – wenn sie die Jagd auf Will aufgaben.

Das wäre aber auch die Richtung, aus der sie Will erwartete. Doch sie dachte an das, was er ihr beigebracht hatte: *Erwarte immer das Schlimmste, dann bist du nie enttäuscht.*

Ein Blick zu den Kindern zeigte ihr, dass keines von ihnen,

abgesehen von Tim, irgendein Interesse an der weit entfernten Gestalt zeigte. Sie saßen am Straßenrand, die Köpfe gesenkt, die Ellbogen auf den Knien.

Es war offensichtlich, dass sie am Ende ihrer Kräfte waren. Wenn diese Gestalt am Horizont ein Kundschafter aus Ruhls Bande war, dann konnte sie die Kinder niemals schnell genug fortbringen, dass sie der Gefangennahme entgingen.

Sie schaute wieder zum Horizont. Es gab kein Anzeichen, dass noch irgendjemand dem ersten Mann nachfolgte, und Hoffnung stieg in ihr auf. Dennoch spannte sie ihren Bogen und zog einmal durch, um ihre Muskeln vorzubereiten. Außerdem schob sie die Klappe in ihrem Umhang zurück, die ihre Pfeile vor schlechtem Wetter schützte.

»Wer ist es?«, fragte Tim.

Sie kniff die Augen zusammen und versuchte, mehr zu erkennen. Im Moment konnte sie nur sagen, dass die Person keine Kopfbedeckung trug, und das war kein gutes Zeichen. Will würde wahrscheinlich seine Kapuze hochgezogen haben. Ihre Hand griff automatisch nach einem Pfeil aus dem Köcher und legte ihn an die Sehne.

»Ich weiß es nicht«, antwortete sie. Doch als die Gestalt näher kam, konnte sie ein weiteres Detail erkennen. Der Mann hatte einen Langbogen bei sich. Der Knoten, der sich in Lynnies Bauch gebildet hatte, löste sich auf, und als die Gestalt stehen blieb und mit dem Langbogen hoch über dem Kopf winkte, lachte Lynnie laut auf.

»Es ist Will«, sagte sie mit unglaublicher Erleichterung. Sie rief den Kindern zu: »Es ist Will Hallas. Er ist hier, um euch nach Hause zu bringen.«

Die meisten waren zu erschöpft, um irgendeine Reaktion zu

zeigen. Ein oder zwei blickten bei dem Wort »nach Hause« auf. Doch Tim grinste sie erleichtert an. Er war der Einzige, der ihre Befürchtung, vielleicht von den Entführern verfolgt zu werden, gekannt hatte, und war nun genauso erleichtert wie sie.

Lynnie legte den Arm um Tims schmale Schultern. Sie schüttelte den Kopf und lachte wieder. Will war hier! Jetzt würde alles gut werden.

»Gut gemacht, Lynnie! Du hast sie schon weit gebracht«, sagte Will beifällig zu ihr.

Sie zuckte mit den Schultern. »Ich finde das eigentlich nicht. Wir haben immer noch einen ziemlichen Weg vor uns.«

Sie hatten beschlossen, den Kindern eine lange Rast zu gönnen, damit sie wieder Kraft schöpften. Es gab eine schlichte Mahlzeit aus Fladenbrot, Rauchfleisch und Trockenobst, das sie mit den hungrigen Kindern teilten, wobei sie all ihre Vorräte aufbrauchten.

»Wir können uns in Ambleton neuen Proviant besorgen«, sagte Will.

Lynnie seufzte glücklich. Sie war unglaublich froh, nicht mehr die Verantwortung für die Sicherheit der Kinder zu haben. Will war so erfahren. Alles war gut, jetzt, nachdem er hier war.

»Bist du sicher, dass Ruhl und seine Bande dir nicht gefolgt sind?«, fragte sie.

Er nickte. »Sie sind meilenweit weg. Ich habe kurz vor der Morgendämmerung einen Haken geschlagen und bin quer durchs Land gelaufen, um euch einzuholen. Als ich sie das letzte Mal sah, rannten sie immer noch Richtung Süden.«

Er biss in ein Stück Rauchfleisch und kaute ausgiebig, um es weicher zu machen.

»Außer natürlich, einer von ihnen könnte Spuren lesen«, fügte er hinzu. »Aber das kann ich mir nicht vorstellen, so wie sie letzte Nacht umhergetappt sind. Ich musste mich immer wieder absichtlich sehen lassen.«

Lynnie lehnte sich zurück und war endlich beruhigt.

»Also können wir es jetzt langsam angehen lassen«, stellte sie fest.

Will wiegte skeptisch den Kopf. »Wir können es *ein wenig* langsamer angehen«, korrigierte er. »Es ist nie gut, etwas als garantiert zu betrachten. Wir lassen die Kinder noch eine Stunde schlafen, dann machen wir uns wieder auf den Weg.«

»*Jefe!* Hier! Hier ist er umgekehrt!«

Der Iberer kniete auf einem Bein und studierte den Boden. Er deutete auf eine kaum wahrnehmbare Linie, in der das lange Gras weiter nach unten gedrückt war. Die Halme richteten sich bereits wieder auf. Ruhl konnte den Unterschied, den das erfahrene Auge des Spurenlesers erkannt hatte, kaum wahrnehmen. Der Iberer streckte die Hand nach einem stacheligen Busch aus, wo ein grauer Stofffaden an einem Zweig hing. In der Dunkelheit, und zuversichtlich, dass seine Umkehr nicht bemerkt würde, war Will etwas unvorsichtig gewesen.

Ruhl lächelte. Es war kein angenehmer Anblick.

»Gut gemacht, Enrico«, sagte er. »Finde ihn für uns, und du bekommst Gold, wenn wir ihn gefangen haben.«

Enrico grinste, die Zähne hoben sich weiß gegen seine olivfarbene Haut ab. »*Si, Jefe*«, sagte er. »Enrico findet ihn. Folgt mir nur.«

Ruhl winkte die anderen zu sich. Gehorsam reihten die Männer sich hinter ihm auf. Enrico ging immer wieder vor ihnen auf alle viere. Wie ein Jagdhund folgte er den fast unsichtbaren Spuren, die der Mann hinterlassen hatte. Er hat nicht versucht, seine Spuren zu verwischen, dachte der Perseguidor. Allerdings hätte er in diesem langen Gras auch nicht viel tun können. Und nur ein erfahrener Spurenleser konnte diese winzigen Zeichen finden.

Einmal hatte er die Spur fast verloren, doch dann entdeckte er sie wieder. Der Mann war nach links abgebogen. Enrico winkte Ruhl zu sich.

»Hier entlang, *Jefe*. Ich habe ihn!«

»Zeit, wieder aufzubrechen«, sagte Will. Sie hatten sich über eine Stunde am Straßenrand ausgeruht, gegessen und getrunken. Lynnie und Tim hatten die Wasserschläuche in einem kleinen Bach aufgefüllt, der unter der Straße durch einen Graben floss. Nun war es nicht mehr nötig, das Wasser weiter zu rationieren.

Wenn sie noch länger blieben, würde es mit der zunehmenden Hitze des Tages immer schwieriger werden, die Kinder zum Weitergehen zu bewegen. Auch jetzt schon gab es Murren und Beschwerden, als Will und Lynnie sie aufscheuchten. Wie vorher ritten die kleinsten Kinder und Rob auf Reißer und Stupser.

Auf der Straße fragte ein Junge, der auf Reißer saß: »Will Hallas, hast du den Stehler getötet?«

Will blickte fragend zu Lynnie.

Sie zuckte mit den Schultern. »Ich habe ihnen erzählt, dass du es tun würdest. Er ist ein blutrünstiger kleiner Kerl und will alle Einzelheiten hören.«

Will drehte sich zu dem Jungen, der vor Rob saß und ihn fragend ansah.

»Noch nicht«, sagte er, und als er die enttäuschte Miene des Jungen sah, fügte er hinzu: »Aber ich habe es vor. Wird bald so weit sein.«

»Kann ich zusehen?«

Wieder warf Will Lynnie einen Blick zu.

»Ich sag's dir doch. Total blutrünstig«, sagte sie leise.

Will schüttelte den Kopf und sah den Jungen an. »Ich glaube nicht, dass das angebracht wäre. Aber ich kann es dir später erzählen.«

»Oh … na gut.« Der Junge sah etwas enttäuscht drein.

Will schüttelte ungläubig den Kopf, dann rief er: »Kommt schon, bewegt euch! Wir müssen weiter!«

Noch leicht benommen von dem Nickerchen in der warmen Sonne, rappelten sich die Kinder auf und begannen, weiter in Richtung Norden zu trotten. Will marschierte an die Spitze des Zuges und stupste den ersten in der Reihe mit seiner Bogenspitze an.

»Komm schon! Ein bisschen schneller könnt ihr doch bestimmt laufen! Wacht auf und bewegt euch! Aber flott!«

Lynnie lächelte. Mit den gleichen Worten hatte er auch sie beim Hindernislauf im Lehen Redmont angefeuert. Und er hatte sie mehr als einmal auch mit der Bogenspitze angestupst. Es war befriedigend zu sehen, wie andere die gleiche Behandlung erfuhren.

Und es wirkte. Die Kinder schienen aus ihrer Erstarrung aufzuwachen und ihre Schritte wurden länger. Will marschierte die ganze Reihe entlang und forderte jedes einzelne Kind auf. Es gab immer noch welche, die murrten oder sich beschwerten. Wie vorauszusehen, war Julia darunter die lauteste.

»Das ist nicht gerecht«, jammerte sie. »Meine Füße tun weh. Ich bin den ganzen Tag gelaufen und ich habe eine Blase.«

Sie schniefte laut und wischte kunstvoll eine Träne beiseite. Doch wenn sie gedacht hatte, dass Will sie mehr bedauern würde, weil er ein Mann war, täuschte sie sich.

»Trockne deine Augen, Prinzessin!«, fuhr er sie an. »Wir haben keine Zeit für Tränen. Oder willst du vielleicht, dass ich dich zurücklasse?«

Zufälligerweise befanden sie sich gerade in einer Gegend, wo es einige Hügel gab, ähnlich jenen, auf die Lynnie gezeigt hatte, als sie von den Grabbolden erzählt hatte. Julia sah sich um, entdeckte die Hügel und wurde kreidebleich. Sofort marschierte sie entschieden an die Spitze der Reihe. Von dieser sofortigen Reaktion war Will nun doch etwas überrascht. Lynnie sagte nichts. Sie hatte immer noch ein schlechtes Gewissen, weil sie Julia Angst eingejagt hatte, und fürchtete, Will könnte ihre Vorgehensweise missbilligen.

Je weiter der Nachmittag voranschritt, desto mehr ließen die Geschwindigkeit und der Eifer der Kinder nach.

»Wie lange können wir sie denn noch so antreiben?«, fragte Lynnie, als sie und Will die Kinder vor ihnen musterten. Wieder waren ihre Köpfe gesenkt und ihre Schultern hingen nach unten. »Sie sehen ziemlich kaputt aus.«

Will schüttelte den Kopf. »Sie haben immer noch einige Reserven«, meinte er. »Es sind alles Bauernkinder, die an harte Arbeit gewöhnt sind. Das Problem ist, dass sie keinerlei Dringlichkeit mehr verspüren, also versuchen sie, es sich leichter zu machen.«

»Kinder!«, sagte sie kopfschüttelnd.

Will sah sie amüsiert an. Sie war nur ein Jahr älter als der Älteste von ihnen und auch noch ein halbes Kind. Und doch war sie beeindruckend in ihrer Ausdauer, ihrer Entschlossenheit und ihrem Verantwortungsgefühl.

Der Gedanke, dass Lynnies Verhalten auch ein Resultat der Ausbildung, die sie bei ihm genossen hatte, und ihres Respekts für ihn war, kam ihm gar nicht.

»Kommt schon!«, dröhnte er. »Legt einen Schritt zu, ihr lahmer Haufen!«

Zwei Kinder sahen trotzig hoch, doch die Reihe marschierte etwas schneller, angeführt von Tim Stoker. Will nickte anerkennend in seine Richtung.

»Er ist ein guter Junge«, sagte er und Lynnie pflichtete ihm bei.

»Er war mir eine große Hilfe, bevor du zurückgekommen bist«, sagte sie. »Er war derjenige, der sich dem Geschichtenmann entgegenstellte, als er uns einholte.«

Sie hatte Will die knappen Tatsachen der Begegnung mit dem Geschichtenmann erzählt, aber nicht die Einzelheiten. Sie wollte sich nicht weiter mit der Tatsache beschäftigen, dass sie ihn getötet hatte. Auch nicht mit der Befriedigung, die sie in dem Augenblick verspürt hatte. Bei solchen Gefühlen fühlte sie sich irgendwie unwohl.

»Lynnie! Will Hallas!«

Das war Rob, der auf Stupser saß. Er hatte sich umgedreht, als Will sie angetrieben hatte. Jetzt starrte er hinter die beiden Waldläufer, an den Horizont im Süden.

»Was ist denn, Rob?«, fragte Lynnie. Doch in seiner Stimme hatte ein schriller Ton gelegen, der sie das Schlimmste fürchten ließ.

»Da kommt jemand«, sagte er.

Einundfünfzig

Rob hatte die Verfolger zuerst gesehen, weil er auf Stupsers Rücken leicht erhöht war. Doch innerhalb weniger Sekunden waren sie auch für Lynnie, Will und die Kinder zu sehen.

Im Augenblick waren es nur dunkle Gestalten am Horizont. Lynnie versuchte, sie zu zählen, doch da sie sich bewegten, gelang es ihr nicht. Es schien jedenfalls fast ein Dutzend zu sein.

Einer führte sie an und winkte die anderen weiter. Selbst aus der Entfernung meinte Lynnie, dass er auf die kleine Gruppe vor sich zeigte.

Die Kinder stießen erschreckte Ausrufe aus. Sie hatten gedacht, sie seien in Sicherheit. Schlimmer noch, man hatte es ihnen versichert. Jetzt waren sie wieder in Gefahr und sie blickten voller Misstrauen zu Will und Lynnie. Sie hatten keine Zweifel, wer sie da verfolgte.

»Es ist der Stehler!«, sagte eines von ihnen und die anderen jammerten voller Angst.

»Ihr habt uns gesagt, er wäre fort!« Das war einer der älteren Jungen, der Will anschrie.

Der Waldläufer begegnete seinem vorwurfsvollen Blick ganz ruhig.

»Und ich hatte auch guten Grund, dies anzunehmen«, sagte er betont gelassen. »Anscheinend habe ich mich getäuscht.« Er drehte sich um und beobachtete einen Moment lang die Verfolger mit dem Mann an der Spitze.

»Es scheint, meine Vermutung, dass sie keinen Spurenleser hätten, war falsch«, sagte er zu Lynnie. »Es sieht ganz danach aus, als folgte der Kerl an der Spitze unseren Spuren.«

Lynnie blickte ihn an und Panik stieg in ihr auf. »Was machen wir denn jetzt?«, fragte sie. Ihre Stimme drohte sie zu verraten und zu einem hohen Quieken zu werden. Sie kämpfte dagegen an und zwang sich, ruhig zu bleiben.

Will streckte die Hand aus und fasste ihr Handgelenk, drückte es fest. Der Kontakt beruhigte sie. Sie holte tief Luft und sah ihrem Lehrmeister in die Augen.

»Ich bin wieder ruhig«, versicherte sie.

Will nickte. »Gut. Ich sage dir jetzt, was du tun sollst. Du läufst davon. Sorg dafür, dass die Kinder so schnell rennen, wie sie können. Ich bleibe hier und halte Ruhl und seine Strolche auf.«

Sie blickte sich besorgt in dem offenen Gelände um.

»Hier?«, fragte sie. »Du kannst sie hier nicht aufhalten! Du hast offenes Gelände zu beiden Seiten und keinen Schutz deiner Flanken. Sie können von der Seite kommen und dich umbringen.«

Er nickte beifällig bei ihrer Einschätzung der Situation. »Scheint, dass du schon eine Menge gelernt hast, was die Beurteilung von Gelände betrifft«, lobte er sie. »Aber ich habe nicht vor, sie über die Flanken kommen zu lassen. Ich will einfach nur, dass sie langsamer werden – und dabei kann ich vielleicht ein paar von ihnen ausschalten. Dann ziehe ich mich zurück und tu das Gleiche wieder. Und zwar so lange, bis ihr entkommen seid.«

Während er redete, ging er zu Reißer und löste den Pfeilkasten an seinem Sattel. Er holte etwa ein Dutzend zusätzliche Pfeile heraus und steckte sie in seinen Köcher.

Reißer schnaubte nervös. *Das gefällt mir gar nicht.*

»Ich komme schon zurecht«, sagte Will leise. Lynnie nahm an, dass er mit ihr sprach, um sie zu beruhigen.

»Lass mich bei dir bleiben«, sagte sie aus einem Impuls heraus. »Zusammen können wir sie vielleicht aufhalten.«

Er schüttelte den Kopf. »Auch zusammen sind unsere Flanken offen. Und es wäre doppelt so schwierig für uns, ungesehen davonzuschleichen. Außerdem musst du die Kinder in Sicherheit bringen. Wenn wir sie alleinlassen, geben sie nach ein paar Meilen auf. Du musst sie antreiben und wegbringen, Lynnie. Halte sie in Bewegung. Zwinge sie oder drohe ihnen. Schrei sie an. Aber sorge dafür, dass sie weglaufen.«

Er blickte zum Himmel. »Nur noch ein paar Stunden bis es dunkel wird. Bei Sonnenuntergang suchst du nach einem guten Versteck abseits der Straße. Lass sie dort über Nacht ausruhen. Und vor Tagesanbruch setzt du sie wieder in Bewegung – aber vielleicht bin ich bis dahin längst wieder bei dir.«

»Aber … was ist mit ihrem Spurenleser? Er wird uns finden können«, sagte sie.

Will hob eine Augenbraue. »Wenn sie näher kommen, wird er der Erste sein, auf den ich ziele«, sagte er.

Sie blickte voller Angst auf die dunklen Gestalten hinter ihnen, die zusehends näher kamen.

»Sie werden dich umbringen«, sagte sie kläglich und Tränen stiegen in ihre Augen. Will schüttelte den Kopf.

»Das hat bislang noch niemand geschafft«, sagte er. »Und viele haben es probiert. Und jetzt ab mit euch!«

Die letzten drei Worte zischte er in ihre Richtung, sodass sie aus ihrer Schockstarre aufgeschreckt wurde. Sie drehte sich um und schrie den Kindern zu: »Los jetzt! Lauft! Lauft um euer Leben!«

Die Kinder drehten sich um und begannen zu laufen. Unweigerlich rannten die ältesten voraus. Nur eines drehte sich um. Es war der kleine Junge auf Stupsers Rücken vor Rob. Er griff in die Zügel und hielt Stupser an.

»Kann ich bleiben und zuschauen, wenn Will Hallas den Stehler tötet?«, fragte er.

»Nein! Jetzt los!«, schrie Lynnie ihn an. »Lauf, Stupser! Lauf!«

Zögernd ließ der Junge die Zügel los und Stupser drehte sich um, trabte die Straße entlang und überholte die Kinder, die bereits losgerannt waren.

»Wenigstens einer hat Vertrauen in mich«, sagte Will mit einem schiefen Lächeln. Er blickte sich um und sah in der Ferne, wie Ruhls Männer zu beiden Seiten der Straße ausschwärmten. Will nickte bei sich. Lynnie hatte recht gehabt. Bei dem beidseitig offenen Gelände würden sie versuchen, ihn über die Flanken zu bekommen, und dagegen konnte er nicht viel tun.

Er zählte seine Gegner. Es waren elf Männer in der Reihe, die meisten davon jetzt bis zum Bauch im langen Gras. Zwei waren auf der Straße geblieben. Das waren wahrscheinlich Jory Ruhl und der Spurenleser. Wo war dieser Spurenleser bloß hergekommen? Diese beiden waren immer noch weithin sichtbar auf der Straße und einen Augenblick lang war er versucht, einen langen Schuss auf Ruhl abzugeben. Schließlich hatte der Mann keine Ahnung, mit wem er es zu tun hatte, und würde nicht mit der tödlichen Treffsicherheit eines Waldläufers rechnen.

Widerstrebend gab er diesen Gedanken aber auf. In erster Linie musste er Lynnie und den Kindern eine Möglichkeit zum Entkommen verschaffen, und das bedeutete, er musste den Spurenleser loswerden. Seine eigene persönliche Rache musste warten – wenn auch nicht allzu lange.

Ruhig und ohne jede Eile zog er einen Pfeil aus dem Köcher, inspizierte ihn, obwohl er wusste, er wäre in Ordnung und legte ihn an die Sehne.

Den massiven Langbogen bereit, stellte er sich seitlich, während er zusah, wie sich die winzigen Gestalten in der Ferne über die Straße näherten. Sie waren den Männern, die sich durch das Gras von der Seite näherten, ein gutes Stück voraus. Inzwischen waren sie in Reichweite eines Weitschusses. Doch Will wartete noch ein wenig. Er verfehlte sein Ziel selten, doch bei diesem Schuss wollte er völlig sicher sein. Im Geiste vollzog er seinen Schuss bereits. Ziehen, zielen, loslassen. Sobald er wusste, dass der Schuss gelungen war – und das konnte er meist innerhalb der ersten Sekunden sagen – würde er einen zweiten Pfeil auf Ruhl abschießen.

»Kommt schon«, murmelte er. »Nur noch ein paar Schritte.«

Und dann war es soweit. Er hob den Bogen in Schussposition, zog die Sehne zurück, spürte seinen Zeigefinger am Mundwinkel und sah die Gestalt auf der Straße stehen bleiben, als spüre sie die unmittelbare Gefahr. Doch es war bereits zu spät.

Wills Pfeil zischte davon. Im gleichen Moment wusste Will auch schon, dass es ein guter Schuss war. Automatisch griff er nach dem nächsten Pfeil, legte ihn an, zielte auf Jory Ruhl und schoss.

Ruhl wurde unvermittelt bewusst, dass er sich ganz vorne in der Reihe der Verfolger befand. Er zögerte und befahl Enrico anzuhalten. Im gleichen Augenblick hörte er ein Zischen und einen dumpfen Einschlag.

Enrico schrie überrascht und voller Schmerzen auf, warf beide Arme hoch und taumelte unter der Wucht des Einschlags. Dann fiel er rücklings auf den Boden und seine erloschenen Augen starrten hoch in den Himmel.

Im Bruchteil einer Sekunde begriff Ruhl, dass nur eine Art von Schütze einen solchen Schuss zustande brachte. Er erkannte die Bedeutung des dunklen Umhangs, den der Schütze trug.

»Ein Waldläufer!«, schrie er. Gleichzeitig wurde ihm auch klar, dass er selbst das nächste Ziel sein würde. Sofort warf er sich flach auf die Straße. Da hörte er auch schon das Zischen eines Pfeiles unmittelbar über sich, der ein Stück weiter hinten in die harte Straßenoberfläche einschlug.

Er drückte die Armbrust schützend an sich und rollte sich von der Straße ins lange Gras.

Will sah, wie Ruhl sich fallen ließ, nur den Bruchteil einer Sekunde, bevor der Pfeil durch die Luft sauste, wo er eben noch gestanden hatte, und fluchte voller Bitterkeit. Jetzt hatte Ruhl sich von der Straße ins Gras gerollt und war nicht mehr zu sehen. Doch Will wusste, dass der Schuss sein Ziel verfehlt hatte.

Er blickte nach rechts. Die Männer am Ende der Reihe schlugen einen großen Bogen, um hinter ihn zu kommen. Sie bewegten sich in einem sehr weiten Bogen, um außer Schussweite zu bleiben. Auf der linken Seite passierte das Gleiche.

Nachdenklich runzelte Will die Stirn. Wenn er einen von ihnen treffen konnte, würde das seine Chancen erhöhen. Und selbst wenn er danebenschoss, würde es die Männer aufhalten.

Er zog, zielte und schoss. Der Pfeil zischte davon und einige Sekunden später fiel einer der Männer ins hohe Gras und war außer Sicht. Will wusste nicht, ob er ihn getroffen hatte. Doch selbst wenn nicht, würde der Mann sich auf Händen und Knien weitertasten. Dadurch wurde er langsamer.

Will schwenkte nach links und legte dabei einen Pfeil an.

Der Mann dort rannte und hoffte, dass er dadurch ein zu unsicheres Ziel bot, um getroffen zu werden. Will verzog höhnisch den Mund, zog und schoss. Beides geschah fast beiläufig, als hätte er kaum gezielt. Doch er wusste, der Pfeil würde treffen.

Kurz darauf hörte er einen Aufschrei und sah den Mann mit beiden Händen an seinen Hals greifen und fallen.

»Damit wären es schon einmal zwei weniger«, sagte er sich. Im nächsten Moment sah er eine Bewegung rechts aus dem Augenwinkel. Auch dort versuchte jemand, auf ihn zuzurennen. Doch bis Will einen weiteren Pfeil angelegt hatte, hatte er sich wieder ins Gras fallen lassen und war damit außer Sicht.

Will runzelte die Stirn. Das lange Gras erschwerte das Schießen. Wenn sich der Gegner lediglich hinter einem Baumstamm oder einem Felsen versteckt hätte, hätte er einen Schuss anbringen können, der von oben auf das Ziel traf.

Doch das einförmige Gras machte es schwierig, die Entfernung richtig einzuschätzen.

Eine Art sechster Sinn warnte ihn und er drehte sich zur Mitte der gegnerischen Reihe, wo drei Mann es mit einem schnellen Sprint versuchten.

Er schoss einen Pfeil ab, der jedoch den anvisierten Mann verfehlte, da dieser unerwartet zur Seite gewichen war. Praktisch sofort war ein weiterer Pfeil unterwegs. Diesmal ertönte ein Schrei und der Mann stolperte zurück, als der schwere Pfeil ihn traf. Doch dann stand er wieder auf und lief weiter. Der Schuss hatte ihn verwundet, nicht mehr.

Es blieb keine Zeit mehr, es noch einmal zu versuchen. Der Mann ganz rechts war aufgestanden und rannte. Er hatte bereits Wills Stellung umrundet. Will zögerte, blickte nach rechts und sah, dass ein anderer den Platz an der linken Flanke eingenommen hatte. Auch er rannte ein Stück, ließ sich dann wieder ins Gras fallen und war damit außer Sicht.

»Zeit für mich zu verschwinden«, murmelte Will. Er schaute nach Norden. Lynnie und die Kinder waren schon nicht mehr am Horizont zu sehen, was ihm einige Bewegungsfreiheit verschaffte.

Er drehte sich um und rannte mit Höchstgeschwindigkeit los, bis er nach etwa zweihundert Schritt stehen blieb, um das Spiel erneut zu spielen. Er hatte das ungute Gefühl, dass er der Verlierer in diesem Spiel sein könnte, doch er würde es am Laufen halten, solange er konnte. Und wenn er Ruhl ausreichend wütend machte, dann würde der über seinem Zorn die Kinder vielleicht erst einmal vergessen. Seine Gier, sich an Will zu rächen, konnte dazu führen, dass die Kinder entkamen.

Will blieb stehen und stellte sich dem Feind. Drei Schüsse. Einer links, einer rechts, einer leicht links von der Mitte.

Die ersten beiden erschreckten die Männer an den Außenflanken nur, sodass sie wieder einmal zur Deckung ins Gras tauchten. Der dritte Schuss traf Ruhls Gefolgsmann mit der dunklen Pelerine geradewegs im Hals. Er starrte mit weit aufgerissenen Augen auf den gefiederten Schaft, der unter seinem Kinn herausragte, sah zu Ruhl, der im langen Gras kauerte, und versuchte, noch ein Wort herauszubringen.

Das einzige Geräusch, das er machen konnte, war ein würgendes Gurgeln. Dann brachen seine Beine unter ihm zusammen und er fiel zu Boden.

Will sah ihn fallen.

Ich verbessere meine Chancen, dachte er. Aber leider nicht schnell genug.

Die Gegner rannten jetzt links und rechts von ihm, doch bevor er reagieren konnte, hatten sie sich bereits wieder ins hohe Gras fallen gelassen. Er tastete nach seinen Pfeilen und fuhr über die gefiederten Enden in seinem Köcher, während er schätzte, wie viele er noch hatte. Es waren etwa ein Dutzend, vielleicht ein oder zwei mehr.

Er beschloss, weniger genau zu zielen und dafür schneller zu schießen. Er schoss erst in schneller Folge drei Pfeile nach links, dann nach rechts. Zufällig wollte einer der Verfolger gerade wieder aufstehen und loslaufen, als der erste Pfeil nur kurz vor ihm in den Boden schlug. Prompt ließ er sich wieder in die Deckung zurückfallen und schrie seinen Kumpanen eine Warnung zu. Der plötzliche Pfeilregen hatte den gewünschten Effekt. Die Männer hatten es auf einmal nicht mehr so eilig.

Zufrieden nickte Will. »Zeit zum Stellungswechsel«, sagte er und rannte wieder davon.

Jory Ruhl kauerte im hohen Gras am Straßenrand und blickte auf den reglosen Körper seines Gefolgsmanns. Sie hatten jetzt zwei Jahre zusammen gearbeitet und wenn Ruhl je einen Freund gehabt hatte, dann zählte wohl dieser Mann als solcher. Ruhl blickte auf den Pfeil in seiner Kehle und versuchte sich zu erinnern, wie viele Pfeile der Waldläufer bis jetzt abgeschossen hatte. Es waren unglaublich viele. Früher oder später mussten sie ihm ausgehen.

Er blieb weiter in Deckung und schrie seinen Männern zu: »Ich will diesen Mann lebend! Tötet ihn nicht. Ich will ihn lebend!«

Zweiundfünfzig

Die Sonne war hinter dem Horizont im Westen untergegangen und die Abenddämmerung brach herein.

Lynnie trottete weiter und scheuchte die Kinder vor sich her. Sie hatte schon lange den Versuch aufgegeben, sie zum Rennen zu bewegen. Sie schafften es einfach nicht mehr. Bei diesem Gedanken lachte sie freudlos. *Sie selbst* schaffte es nicht mehr, geschweige denn diese Kinder.

Sie blickte hoch und zählte sie, denn sie hatte eine grauenhafte Furcht entwickelt, dass eines von ihnen ins Gras neben der Straße fallen könnte, ohne dass sie es merkte. Sie sind alle hier, dachte sie. Dann zögerte sie. Hatte sie nun bis zehn oder bis neun gezählt?

Ihre Fantasie spielte ihr Streiche, wurde ihr klar. Offensichtlich war sie zu erschöpft, um noch einen klaren Gedanken fassen zu können. Und wenn selbst sie schon in einem so schlimmen Zustand war, wie konnten die Kinder es dann schaffen? Sie erinnerte sich an Wills Worte: *Bei Sonnenuntergang suchst du nach einem guten Versteck abseits der Straße.*

Leichter gesagt als getan, dachte sie. Wo in diesem weiten, offenen Land sollten sie sich denn verstecken? Sie drehte sich um und blickte die Straße hinter sich entlang. Keine Anzeichen von Verfolgern. Genauso wenig aber war etwas von Will zu sehen. Tränen stiegen in ihre Augen, als sie sich erinnerte, dass sie ihn verlassen hatte und er Ruhl und seinen Männern ganz allein entgegentreten musste.

»Ich hätte bei dir bleiben sollen«, sagte sie leise, auch wenn sie wusste, dass er ihr das niemals erlaubt hätte. Sie konnte es im Geiste regelrecht vor sich sehen, wie die Sklavenhändler in einer langen Reihe ausschwärmten, um Will zu umkreisen. Wahrscheinlich warteten sie, bis sein Vorrat an Pfeilen aufgebraucht war, dann stürzten sie sich auf ihn und brachten ihn um.

Aber ginge es wirklich so einfach? Nach dem, was die Kinder ihr erzählt hatten, war Jory Ruhl jemand, der sich brutal an jenen rächte, die sich ihm entgegenstellten. Und das hatte Will natürlich getan.

Wahrscheinlich folterte er ihn, bevor er ihn tötete. Vielleicht tat er es gerade – jetzt, in diesem Augenblick.

Sie sah sich um und entdeckte ein paar niedrige, felsige Hügel, die ihr bereits auf dem Herweg aufgefallen waren. Lynnie blieb stehen und versuchte, einen klaren Kopf zu bekommen. Sie hatte auf dem Herweg auch solche Felsformationen bemerkt, aber was war noch gewesen? Es war wichtig gewesen. Sie merkte, dass sie vor Erschöpfung schwankte. Die Kinder waren ebenfalls stehen geblieben. Jene, die zu Fuß gingen, ließen sich auf die Straße fallen und schliefen auf dem harten Boden aus Erde und feinem Kies sofort ein. Reißer und Stupser hielten ebenfalls an und sahen Lynnie neugierig an. Sie warteten auf Anweisungen.

Die Felsen! Was war es gewesen? Endlich fiel es ihr ein. Dort könnte es etwas wie Höhlen geben. Höhlen und umgestürzte Felsbrocken, wo sie sich verstecken und Unterschlupf finden konnten, um sich auszuruhen. Dort wären sie praktisch unsichtbar, wenn Ruhl und seine Männer vorbeikämen.

Plötzlich hatte sie neue Energie und schüttelte die Kinder wach, die auf die Straße gesunken waren.

»Aufstehen! Aufwachen! Wir müssen von der Straße runter!«, rief sie ihnen zu. Wie vorauszusehen, war Julia eines der Kinder, die sich sofort hingelegt hatten. Sie jammerte jetzt, als Lynnie sie mit der Bogenspitze anstieß.

»Hör auf! Das tut weh! Lass mich in Ruhe!«

»Ein Pfeil wird noch mehr wehtun«, erwiderte Lynnie grimmig. »Jetzt steh auf!« Julia heulte protestierend auf, doch sie stand auf, genau wie die anderen.

Lynnie deutete auf die Felsen. »Dort gibt es Höhlen und wir können die Nacht darin verbringen«, sagte sie. »Ihr könnt alle schlafen, sobald wir dort sind. Aber jetzt müsst ihr euch noch ein letztes Mal anstrengen. Also los!«

Sie verließ die Straße und die Kinder wollten einfach hinter ihr hertrotten. Plötzlich fiel ihr ein, dass Ruhls Spurenleser immer noch am Leben sein konnte, und sie hielt sie auf. Wenn alle zehn nacheinander in einer Reihe liefen, würden sie eine unübersehbare Spur im Gras hinterlassen, die selbst im Dunkeln auszumachen wäre. Sie mussten einzeln gehen. Wenn jeweils nur ein Kind das Gras an einer bestimmten Stelle niedergetreten hatte, würden die vielen schmalen Einzelspuren bei Nacht kaum zu entdecken sein. Und bis zum nächsten Morgen würde sich das Gras längst wieder aufgerichtet haben.

»Verteilt euch«, befahl sie ihnen. »Lauft nicht alle hinter mir. Verteilt euch seitlich.«

Sie gehorchten wie betäubt. Das Versprechen, dass sie sich bald ausruhen konnten, mobilisierte noch einmal alle Kräfte, und sie kämpften sich durchs Gras zu den Felsen. Gelegentlich fiel eines hin, doch irgendwie schafften sie es.

Endlich hatten sie die Felsen erreicht. Lynnie hatte eine große Öffnung ausgesucht, die vielversprechend aussah. Doch aus der Nähe stellte sie sich als ungeeignet heraus, da sie nicht mehr als zwei Schritt tief war. Einen Moment lang befiel sie Panik. Was, wenn all die Höhleneingänge sich als solche Fehlschläge herausstellten? Sie versuchte es bei einem anderen und wurde gleichermaßen enttäuscht. Diese Höhle war zwar etwas größer, aber darin war keinesfalls genug Platz für zehn Kinder, zwei Pferde und eine erschöpfte Waldläuferin.

Sie inspizierte noch drei Höhlen mit ähnlichem Ergebnis. Seltsamerweise war es einer der kleineren Höhleneingänge, der sich als richtige Wahl erwies. Zu Anfang war es kaum mehr als ein schmaler Spalt, doch im Inneren öffnete sich diese Höhle zu einem großen Raum. Der Boden war mit weichem Sand bedeckt und bot genug Platz für alle. Stupser und Reißer hatten es nicht leicht, sich durch den Eingang zu quetschen, doch sie schafften es. Lynnie sah sich zufrieden um. Es war anzunehmen, dass eventuelle Verfolger diese unbedeutende Öffnung völlig ignorierten, nachdem sie die größeren Höhleneingänge kontrolliert hatten.

»Es tut mir leid, dass wir nichts mehr zu essen haben«, sagte sie. Dann merkte sie, dass sie mit sich selbst sprach. Die Kinder waren nicht an Essen interessiert. Jedes hatte sich einen Platz gesucht, alle lagen da und schliefen den Schlaf der völlig Erschöpften.

»Ich sollte wahrscheinlich eine Wache aufstellen«, sagte

Lynnie und wusste, dass niemand anders als sie selbst diese Wache sein konnte. Stupser schnaubte leise.

Schlaf! Wir warnen dich, wenn jemand kommt.

»Das ist gut, danke«, sagte sie. Sie nahm ihren Umhang ab, faltete ihn und benutzte ihn als Kissen. Sie legte sich zurück in den Sand und seufzte zufrieden. Bevor der Seufzer noch verstummt war, war sie bereits eingeschlafen.

Es waren keine Pfeile mehr übrig. Will musste hilflos zusehen, wie die Männer, die ihn umkreisten, näher kamen und immer dreister wurden, da sie merkten, dass er nicht mehr schoss, dass er keine Pfeile mehr hatte.

Er schüttelte hoffnungslos den Kopf. Er hatte das Spiel so lange hingezogen wie er konnte, in der Hoffnung, Lynnie genug Zeit zur Flucht zu geben. Jetzt war es vorbei, endete auf die Weise, die er letztlich vorhergesehen hatte. Sie kamen aus allen Richtungen auf ihn zu. Er hatte sie so lange wie möglich in Schach gehalten und auf sie geschossen, wann immer er eine Gelegenheit sah. Und jetzt umringten ihn acht Männer. Zwei von ihnen waren durch seine Pfeile verwundet worden, doch sie konnten sich noch bewegen und kämpfen. Alles was er noch hatte, waren sein Sachs und sein Wurfmesser.

Er beugte sich vor, um die Sehne von seinem Bogen zu nehmen. Diesen Bogen hatte er selbst angefertigt und es war einer der besten, die er je gemacht hatte. Irgendwie wollte er nicht, dass eine solch feine Waffe in die Hände dieser Sklavenhändler fiel. Er warf sie zur Seite, ins lange Gras.

Ruhl stand ihm gegenüber, kaum fünfzehn Schritt entfernt. Er konnte die Gesichtszüge des Mannes in der zunehmenden

Dunkelheit wahrnehmen, konnte die Wut und den Hass dort erkennen.

Komm noch ein wenig näher, Jory Ruhl, dachte er. Seine Hand schwebte über dem Wurfmesser in seiner Scheide. Die Männer um ihn herum trugen Speere. Einer von ihnen hatte eine Armbrust auf ihn gerichtet. Ruhl, der sich seiner eigenen Grenzen als Schütze bewusst war, hatte sie weitergereicht. Seine eigene bevorzugte Waffe auf Entfernung war der Wurfspieß, und er hatte drei der leichten Speere in einer Lederhülle auf dem Rücken. Mit einem Schwert in der Hand kam er näher.

Nur noch einen Schritt, dachte Will. Seine Muskeln spannten sich an, als er sich darauf vorbereitete, das Wurfmesser zu ziehen und in Ruhls Herz zu schicken.

Da nahm er ein leichtes Geräusch hinter sich wahr. Etwas sauste vor seinen Augen vorbei und plötzlich zog sich eine Schlinge um seine Arme und presste sie an seinen Körper. Er drehte sich um, wütend, dass er zu lange gewartet hatte, und die Gelegenheit, Ruhl zu töten, dahin war.

Der Stehler lachte und erriet, was Will durch den Kopf ging.

»Gute Arbeit, Anselmo«, sagte er.

Der Iberer zog die Schlinge fest zu und legte Will einige weitere Seilschlingen um die Arme, die er ebenfalls festzog. »Du hast meinen Freund getötet«, zischte er, als er sich vor Will stellte und sein bärtiges Gesicht ganz nah vor Wills schob.

Will hob spöttisch eine Augenbraue. »Freut mich zu hören«, sagte er. »Nur schade, dass ich dich verfehlt habe.«

Ohne Vorwarnung machte Anselmo eine Kopfbewegung

und verpasste Will mit der Stirn heftig einen Kopfstoß. Will stolperte, konnte mit den festgebundenen Armen sein Gleichgewicht nicht halten und fiel zu Boden. Ruhl machte einen Schritt auf ihn zu und stieß mit dem Fuß nach ihm, als er hilflos am Boden lag. Dann griff er nach unten, packte Will an seiner Weste und zog ihn grob auf die Füße. Sie standen sich ein paar Sekunden wortlos gegenüber.

»Und es tut mir doppelt leid, dass ich dich verfehlt habe«, sagte Will.

Ruhl verzog voller Wut das Gesicht und holte mit der Faust aus. Der Waldläufer sah ihn gelassen an und wartete auf den Schlag. Doch Ruhl zögerte und runzelte die Stirn, während er das bärtige Gesicht vor sich anstarrte.

»Ich kenne dich«, sagte er. Er versuchte, sich zu erinnern, wo er dieses Gesicht schon gesehen hatte. Ein Boot fiel ihm ein, vielmehr ein Floß, das ihn von einem Flussufer wegtrug. Dieser Mann hatte ihn verfolgt, war bis auf fünfzig Schritt auf ihn herangekommen.

»Du bist Will Hallas«, sagte er leise. Mit zunehmender Wut fuhr er fort. »Du bist es, der meine Männer getötet oder gefangen genommen hat. Du hast uns durchs ganze Land gejagt und meine letzte Bande zerstört. Und jetzt versuchst du es wieder. Was hab ich dir denn getan, zum Teufel noch mal, dass du dich so an mir festbeißt?«

»Du hast meine Frau umgebracht«, sagte Will. Seine Stimme war ausdruckslos, seine Augen eiskalt.

Ruhl nickte, erinnerte sich und begriff jetzt.

»Ah so. Der Kurier, das war sie, ja? Tja, wenn ich mich recht erinnere, hat sie das selbst besorgt. Sie musste ja zurück ins brennende Gasthaus rennen, das dumme Ding. Also wurde sie darin begraben. Ich hab das nicht gemacht, das war sie selbst.«

»Du warst verantwortlich«, sagte Will.

Ruhl neigte den Kopf zur Seite und tat, als denke er über diese Anschuldigung nach. »Tja, ich nehme an, manche Leute könnten es so sehen. Aber das ist jetzt alles Schnee von gestern, stimmt's? Oder sollte ich sagen, es hat sich in Rauch über dem Gasthof aufgelöst?«

Er lachte und musterte Will genau, suchte nach Anzeichen von Wut. Stattdessen sah er nur Abscheu und Hass in diesen braunen Augen.

»Ich werde dich töten, Ruhl. Das solltest du wissen.«

Ruhl grinste den Waldläufer an und schüttelte den Kopf. »Es ist nett von dir, mich zu warnen, aber ich glaube nicht, dass du das schaffst.« Er deutete auf das Seil, mit dem Wills Arme an den Körper gefesselt waren. »Schließlich bist du gerade ein wenig hilflos, nicht wahr?«

»Ich werde es tun, glaub mir«, sagte Will. Doch wieder schüttelte Ruhl spöttisch den Kopf.

»Ich glaube dir ja, dass du es möchtest. Ich glaube dir auch, dass du es tun würdest, wenn ich dir die Gelegenheit gäbe. Aber das wird nicht passieren. Etwas ganz anderes wird passieren.«

Er gab dem Iberer ein Zeichen. »Fessle ihn richtig, Anselmo. Sorg dafür, dass er sich nicht befreien kann. Dann bringt ihn zurück zum Lager.«

Er wartete, bis der Seemann Wills Arme und Handgelenke gekonnt gefesselt hatte. Will hatte versucht, seine Muskeln anzuspannen, doch der Seemann verstand sein Handwerk. Will konnte nach der Fesselung seine Hände keinen Fingerbreit bewegen.

Ruhl sah dabei mit einem zufriedenen Grinsen zu. Zum Schluss trat er ganz nah an Will heran.

»Willst du wissen, was ich mit dir vorhabe?«, fragte er.

Will zuckte mit den Schultern. »Nicht wirklich.«

»Tja, ich erzähle es dir trotzdem. Zum Andenken an dein geliebtes Weib werde ich dich bei lebendigem Leibe verbrennen.«

Dreiundfünfzig

Stupsers tiefes Brummen weckte Lynnie.

Sie hatte zwei Stunden lang geschlafen – einen tiefen, erholsamen Schlaf – und fühlte sich erfrischt und von neuer Energie erfüllt. Stupsers Warnung versetzte sie jedoch sofort in Alarmbereitschaft.

Reißer und Stupser standen mit den Köpfen zum schmalen Höhleneingang. Ihre Ohren waren aufgestellt und Stupsers Schultermuskulatur bewegte sich ebenfalls als warnendes Zeichen.

Lynnie stand auf, tätschelte sie beide und beruhigte sie flüsternd. Dann ging sie zum Höhleneingang und spähte vorsichtig hinaus. Es war noch dunkel, aber das Mondlicht warf seinen Schein übers Land. Niemand war in der Nähe zu sehen oder zu hören. Ermutigt schlüpfte sie hinaus und huschte zu einem großen Felsen. Von ihrem Versteck aus suchte sie die Umgebung ab.

Auf der Straße liefen zwei Männer. Sie waren bereits ein kleines Stück an der Stelle vorbei, wo Lynnie und die Kinder die Straße verlassen hatten, also hatten sie offensichtlich nichts davon bemerkt. Sie war dankbar für ihre Entscheidung, die Kinder weit verteilt gehen zu lassen.

Sie hatte keine Zweifel, wer diese Männer waren, und ihre Zuversicht sank. Wenn sie so weit gekommen waren, bedeutete das, dass sie Will überwältigt hatten. Andernfalls hätte er sie niemals passieren lassen. Wahrscheinlich lag er irgendwo tot neben der Straße. Ihre Augen füllten sich mit Tränen, doch sie kämpfte sie wütend zurück. Wenn das der Fall war, musste sie es mit Sicherheit wissen. Und falls er tatsächlich tot war, würde sie sich an Ruhl und seiner Bande rächen – angefangen mit den beiden auf der Straße.

Die Männer waren unsicher stehen geblieben und hielten offensichtlich Ausschau nach den Flüchtlingen. Sie konnte gerade noch schwach ihre Stimmen hören. Lynnie zwang sich, bewegungslos stehen zu bleiben. Jede Bewegung konnte sie jetzt verraten. Unbeweglich war sie jedoch nur ein weiterer Felsen zwischen Felsen.

Die Stimmen der Männer wurden lauter. Anscheinend stritten sie darüber, wie sie weiter vorgehen sollten. Einmal verstand Lynnie das Wort »Kinder«, was für sie der Beweis war, dass sie es tatsächlich mit zwei Abgesandten der Sklavenhändler zu tun hatte. Der eine zeigte wild gestikulierend weiter nach Norden. Offensichtlich war er der Meinung, sie sollten weitergehen. Der andere warf wütend die Arme in die Luft und drehte sich nach Süden, wollte anscheinend umkehren.

Sein Kumpan schrie ihn wütend an, folgte ihm dann aber resigniert. Während des Wegs stritten sie immer weiter.

Lynnie wartete, bis sie außer Sicht waren, dann beeilte sie sich, in die Höhle zu kommen. Sie überlegte, welche Möglichkeiten sie hatte. All ihre Instinkte drängten sie, sich zu überzeugen, was mit Will passiert war, ob er am Leben war und

Hilfe brauchte. Doch wenn sie das tat, würde sie die Kinder im Stich lassen.

Sie ging einige Minuten auf dem sandigen Boden auf und ab, hin- und hergerissen. Sie wusste, Will würde ihr sagen, dass sie sich um die Kinder kümmern sollte. Doch sie konnte ihm hier einfach nicht Folge leisten. Es ging schließlich um Will, ihren Patenonkel und ihren Lehrmeister. Sie dachte an all die Stunden, die sie zusammen in den Wäldern von Redmont verbracht hatten, die Stunden, in denen er ihr ruhig und geduldig Unterricht erteilt hatte, und seine stille Freude, wenn sie eine Aufgabe bewältigte, die er ihr gegeben hatte. Sie konnte ihn nicht im Stich lassen. Selbst wenn er tot wäre, würde sie wissen wollen, was aus ihm geworden war – und wenn sie ihn jetzt im Stich ließ, würde sie das womöglich nie erfahren.

Ihre Entscheidung war gefallen und sie sah sich nach Tim Stoker um. Er schlief tief und fest neben der Höhlenwand. Sie ging zu ihm, ließ sich auf ein Knie fallen und berührte sanft seine Schulter. Er riss die Augen auf und sie konnte sofort den Schreck sehen, den er bekam.

»Alles in Ordnung«, sagte sie. »Ich bin's nur, Lynnie.«

Seine Panik legte sich und er rieb sich schläfrig die Augen.

»Wie spät ist es denn?«, fragte er.

Lynnie zuckte die Schultern. Sie hatte keine Ahnung.

»Es ist jedenfalls immer noch dunkel«, sagte sie. »Ich möchte, dass du hier für mich übernimmst. Ich gehe zurück, um Will zu suchen.«

»Was ist denn mit ihm?«, fragte er. Die Anspannung war wieder zurück, das hörte man an seiner Stimme.

Lynnie schüttelte den Kopf. »Ich weiß es nicht. Womöglich

hat der Stehler ihn erwischt.« Sie sagte nicht: »Womöglich hat man ihn umgebracht.« So etwas wollte sie gar nicht erst aussprechen. Das würde es nur wirklicher erscheinen lassen.

Tim sah sich zwischen den schlafenden Kindern um. Die Höhle war still und dunkel. Nur gelegentlich murmelte eines der Kinder im Schlaf.

»Soll ich sie wecken?«, fragte er, doch Lynnie schüttelte wieder den Kopf.

»Lass sie nur schlafen. Schlaf du selbst auch. Ihr seid hier sicher. Ich komme morgen wieder hierher zurück, wenn ich Will gefunden habe.«

Er nickte beunruhigt. Solange sie in der Nähe war, fühlte er sich sicher und beschützt. Ohne sie, das wusste er, waren sie alle viel angreifbarer.

Sie tätschelte aufmunternd seine Schulter. »Entspann dich einfach. Es passiert euch nichts.«

»Wenn du das sagst«, antwortete er. Doch seine Stimme verriet ihr, dass er ihr nicht wirklich glaubte.

Sie legte ihren Umhang um und überprüfte ihre Waffen, dann führte sie beide Pferde ohne Sattel durch die schmale Öffnung hinaus. So kamen sie besser hindurch. Sobald sie draußen waren, sattelte sie beide.

Sie verknotete Reißers Zügel um seinen Hals, damit sie nicht herunterhingen und ihn zu Fall brachten, dann schwang sie sich in Stupsers Sattel.

»Reißer, folge uns«, befahl sie und der kleine Graue warf gehorsam den Kopf. Lynnie gab Stupser leichten Fersendruck und trabte langsam über die Wiese zur Straße. Sie ritt hinauf zur Straße und blickte nach Süden. Die beiden Männer waren nicht zu sehen, doch sie wollte ihnen auch nicht unerwartet begegnen, also ließ sie Stupser im Schritt gehen, um ihren Spuren folgen zu können.

Sie waren noch nicht allzu lange unterwegs, als sie im Mondlicht etwas im langen Gras neben der Straße schimmern sah. Sie stieg ab und ging die Böschung hinab, um nachzusehen. Es war Wills Bogen. Der Mondschein hatte sich im gewachsten Holz gespiegelt, sonst hätte sie ihn gar nicht entdeckt. Ihre Zuversicht sank. Ruhl und seine Männer hatten Will offensichtlich hier überwältigt. Wahrscheinlich waren ihm die Pfeile ausgegangen und er hatte den Bogen zur Seite geworfen, damit sie ihn nicht bekamen. Sie hob ihn auf, drehte ihn in ihren Händen und fuhr traurig mit dem Finger über die glatte Oberfläche des Holzes. Sie sah sich um, doch nirgends war etwas von Will selbst zu sehen. Hoffnung machte sich wieder in ihr breit.

Vielleicht hatten sie ihn gefangen genommen. Vielleicht war er immer noch am Leben.

Sie rannte zurück zu den Pferden, steckte Wills Bogen in den Bogenkasten hinter Reißers Sattel und schwang sich auf Stupser. Dann sorgte sie dafür, dass ihr eigener Bogen griffbereit und die Klappe in ihrem Umhang über ihrem Köcher offen war. Jetzt war es ihr egal, ob sie die beiden Ganoven vor sich einholte. Wahrscheinlich war es sogar gut, wenn sie die beiden erreichte, bevor sie im Lager ankamen.

Sie drängte Stupser zu größerer Geschwindigkeit. Er reagierte sofort, sodass sie in vollem Galopp dahinjagten, seine Hufe schienen kaum mehr auf dem Boden aufzukommen. Reißer konnte natürlich problemlos Schritt halten.

Über ihnen schien der Mond, sodass die Straße wie ein blasses Band war, das sich durch das hohe Gras erstreckte. Die beiden Pferde liefen in völligem Gleichklang, sodass es sich anhörte, als galoppierte da nur ein Pferd, und nicht zwei.

Es dauerte nicht lange, da ritt Lynnie über eine kleine Anhöhe und sah die beiden aus Ruhls Bande vor sich.

Die Anhöhe hatte die trommelnden Hufschläge abgeschirmt, aber jetzt hörten die Männer sie und drehten sich voller Schreck um. Sie waren noch etwa zweihundert Schritt entfernt und Lynnie drängte Stupser zu größerer Geschwindigkeit, ließ die Zügel auf seinem Hals liegen und lenkte ihn nur noch mit den Knien, während sie nach einem Pfeil griff.

Der rechte Mann hatte eine Armbrust, die er jetzt hob, um auf sie zu zielen. Sie wartete einen Moment, bis er sie anvisierte, dann drängte sie Stupser nach links, gleich darauf wieder nach rechts.

Der schnelle Richtungswechsel funktionierte. Der Mann wurde nervös und zog den Abzug zu schnell, als er versuchte, sie nicht aus dem Visier zu verlieren. Sie hörte den Bolzen links an sich vorbeizischen wie ein bösartiges Insekt. Lynnie erhob sich in den Steigbügeln und zog die Bogensehne mit dem angelegten Pfeil zurück. Sie berührte Stupser leicht mit ihrem rechten Knie, woraufhin er ganz leicht nach rechts drehte, wie man es ihm beigebracht hatte, und ihr so klares Schussfeld gab.

Die Bogensehne sirrte und der Pfeil zischte davon. Der Mann mit der Armbrust bemühte sich gerade, seine Waffe neu zu laden, als der Pfeil ihn traf. Er ließ die Waffe fallen, taumelte ein paar Schritte und fiel auf die Straße.

Sein Kumpan blickte entsetzt auf ihn hinab, fing sich jedoch schnell und holte mit seinem Speer aus, während er auf Lynnie zulief.

Lynnie blieb ruhig, legte den nächsten Pfeil an und schoss

erneut. Ihr Bogen war leichter als der von Will und hatte nicht die gleiche Durchschlagskraft. Doch der Mann ließ den Speer fallen, blieb stehen und starrte schockiert auf den Pfeil in seiner Seite. Er fasste sich an die Wunde, fiel erst auf die Knie und dann ganz zu Boden. Er schluchzte vor Schmerzen, als Lynnie in vollem Galopp an ihm vorbeisauste und ihn im aufgewirbelten Staub zurückließ.

Sie verminderte ihre Geschwindigkeit nicht mehr, bis sie etwa dreihundertfünfzig Schritt von den Klippen an der Falkenkopfbucht entfernt war. Ab hier ließ sie die Pferde traben und lenkte sie von der Straße herunter, damit ihre Hufschläge durch das dichte Gras gedämpft wurden. Als sie nur noch etwa hundert Schritt entfernt war, schwang sie sich aus dem Sattel, während Stupser noch im Schritt ging. Sie gab den beiden Pferden das Zeichen, ruhig stehen zu bleiben, dann rannte sie gebückt zum Rand der Klippen, ließ sich auf den letzten Schritten auf alle viere fallen, und kroch vorsichtig weiter, voller Angst, was sie wohl zu sehen bekäme.

Vierundfünfzig

Will war an einen dicken Holzpflock gebunden, der fest in den Sand gerammt war.

Der Pfosten hatte vorher als Stützpfeiler für das Mannschaftszelt gedient, doch Ruhl hatte ihn wegnehmen und in den Sand treiben lassen, ein ganzes Stück von den Zelten entfernt. Wills Hände waren hinter den Pfosten gezogen und dort festgebunden worden. Seine Füße waren an den Knöcheln gefesselt und dann unten am Pfosten festgezurrt worden. Ein drittes Seil war um seinen Hals geschlungen und zwang ihn so, aufrecht zu stehen.

Um seine Füße hatten die Sklavenhändler einen riesigen Scheiterhaufen aufgetürmt. Das Holz war strohtrocken, doch Ruhl hatte es noch mit Öl getränkt, damit es auch wirklich sofort und lichterloh brannte. Der aufdringliche Geruch des Öls stieg Will in die Nase und löste einen Hustenreiz aus. Doch er unterdrückte ihn, um Ruhl keinerlei Befriedigung zu gönnen.

Er war nun schon seit einer ganzen Weile hier festgebunden. Seine Hände und Füße waren völlig taub. Wieder und wieder hatte Will versucht, die Seile zu dehnen oder die Knoten selbst zu lösen. Es schien jedoch vergebliche Mühe zu sein. Er versuchte es weiter, aber er konnte seine Hände bereits nicht mehr spüren. Wenn die Seile nicht bald gelockert würden und das Blut wieder durch seine Hände und Füße fließen könnte, würde er Finger und Zehen oder vielleicht sogar die Hände selbst verlieren.

Dann schüttelte er innerlich über sich selbst den Kopf. Finger zu verlieren war im Augenblick seine kleinste Sorge.

Weiter unten am Strand, etwa zwanzig Schritt entfernt, saßen Ruhl und seine verbliebenen Männer um das Lagerfeuer und ließen einen Krug iberischen Branntwein herumgehen. Will beobachtete, wie Ruhl einen langen Schluck nahm und den Krug dann zur Seite stellte.

Er erhob sich etwas wackelig, dann bückte er sich und nahm ein brennendes Holzscheit aus dem Feuer.

Leicht taumelnd lief er den Strand hinauf zu Will, der ihm völlig ausgeliefert war. Will merkte, wie seine Kehle trocken wurde. Dies war das dritte Mal, dass Ruhl so tat, als wolle er den Scheiterhaufen entzünden.

Bei den letzten beiden Gelegenheiten hatte er Will ausgiebig verhöhnt und die brennende Fackel ganz nah an das Holz gehalten. Erst im letzten Moment hatte er sie wieder zurückgezogen.

Ob Ruhl jetzt endlich beschlossen hatte, seine Drohung wahr zu machen?

Der Sklavenhändler stand schwankend vor seinem Gefangenen, sein Gesicht vom Alkohol gerötet. Er beugte sich vor und spähte in das bärtige Gesicht vor sich, suchte nach einem Zeichen von Furcht, einer Bitte um Gnade.

»Tja, Waldläufer Hallas, sind wir diesmal so weit? Bist du bereit, deine hübsche Frau wiederzusehen? Was sagst du?«

Er wedelte mit der Fackel herum und kam immer wieder

gefährlich nahe an den ölgetränkten Holzstoß. Will starrte geradeaus und widerstand der fast überwältigenden Versuchung, nachzusehen, ob das Reisig, mit dem der Scheiterhaufen unterfüttert war, bereits Feuer fing.

»Wie ist es, Hallas? Willst du mich vielleicht um Gnade anflehen? Wenn du es tust, gönne ich dir vielleicht ein schnelles Ende. Nur einen schnellen Schwertstoß und du musst dir keine Sorgen mehr um das Feuer machen.«

Er wedelte jetzt mit dem brennenden Holzscheit vor Wills Gesicht, so nahe, dass dieser die Hitze an seinen Augen spüren konnte und merkte, wie sein Bart und seine Augenbrauen versengt wurden.

»Nichts zu sagen? Na, du wirst gleich noch jede Menge zu schreien haben, wenn ich diese Fackel hier ins Reisig... Hoppla!«

Er ließ das Holz fallen, doch es fiel vor das Reisig. Will merkte, wie sein Magen sich vor Schreck hob. Doch er ließ sich nichts anmerken.

»Das war knapp, was Waldläufer?«, höhnte Ruhl. Er verdrehte die Augen, hob die Fackel auf, wedelte wieder vor dem Holzstoß damit herum und sang dabei höhnisch ein paar Takte.

»Jetzt mach endlich, Jory. Bring ihn um und die Sache ist erledigt. Hör auf, den Mann zu verhöhnen.«

Einer aus der Bande hatte vom Lagerfeuer aus bei Ruhls Vorstellung zugesehen. Er hatte bereits die beiden Male zuvor zugesehen, wie der Stehler den Waldläufer verspottet und gequält hatte, und er hatte auch gesehen, dass der Bärtige kein Zeichen der Furcht zeigte. Widerwillig musste er dem Gefangenen dafür Respekt zollen und gleichzeitig sank Ruhl in seiner Achtung. Ruhl genießt das zu sehr, dachte er. Einen Feind zu töten war eine Sache. Doch ihn ständig zu verhöhnen und sich einen Spaß daraus zu machen, ihm das Ende vorzuführen und im letzten Moment einen Rückzieher zu machen, das zeigte einen Grad an Bösartigkeit, der selbst für einen hartgesottenen Verbrecher zu viel war.

Ruhl drehte sich voller Wut um und marschierte auf den Mann zu, der es gewagt hatte, ihn zu kritisieren.

»Du sagst mir nicht, was ich tun soll, Anders!«, schrie er ihn an und seine Stimme überschlug sich fast vor Wut. Er warf die Fackel dabei zornig in den Sand und baute sich herausfordernd vor dem anderen auf. Will stieß einen erleichterten Seufzer aus und sackte leicht gegen die grausamen Fesseln, die ihn hielten.

»Das ist mein Gefangener!«, schrie Ruhl. »Ich will ihn betteln hören! Um Gnade soll er flehen! Und das werde ich auch noch von ihm zu hören bekommen. Und wenn du nicht deine Klappe hältst, wirst du ihm noch Gesellschaft leisten! Hast … du … das … endlich … kapiert?«

Der Mann wich zurück. Er war im Nachteil, da er saß, während Ruhl über ihm stand. Er wusste, dass es Ruhl zuzutrauen war, seine Drohung wahr zu machen. Andererseits arbeitete er nun schon seit einigen Monaten für den Stehler und wusste auch, dass es tödlich war, Schwäche zu zeigen. Ruhl nutzte jede Schwäche aus. Außerdem bezweifelte er, dass seine Mannschaftskameraden Ruhl dabei helfen würden, einen ihrer Kumpane neben den Waldläufer zu binden.

»Er wird nicht um Gnade betteln, Jory. Das ist alles, was ich sagen wollte. Bring ihn einfach um, dann ist die Sache erledigt.«

»Ich bringe ihn um, wenn ich soweit bin und es will«, sagte Ruhl und sprach mit übertriebener Präzision und Deutlichkeit. »Und nicht, wenn irgendein drittklassiger Taschendieb wie du es mir sagt. Verstanden?«

Anders nickte. Er hatte genug Rückgrat gezeigt. »Mach wie du meinst, Jory«, murrte er. Ruhl griff an ihm vorbei nach dem Krug und ließ sich schwer auf die Bank fallen, den Rücken zu dem Gefangenen. Er sah nicht, wie Will vor Erleichterung zusammensackte, als sein Tod noch einmal aufgeschoben war.

Und er bemerkte auch nicht, dass einer der formlosen Felsblöcke, die im Strand hinter Will verteilt lagen, sich einige Schritt näher an den Waldläufer herangeschoben hatte, während Ruhl seinem Gefolgsmann die Meinung sagte.

Lynnies Herz klopfte so laut, dass sie sich wunderte, dass es niemand sonst hörte.

Sobald sie die Situation im Lager eingeschätzt hatte, stieg sie lautlos den Pfad in der Nähe des Höhleneingangs zum Strand hinab. Von hier aus bewegte sie sich verstohlen von einem Felsblock zum nächsten. Was für ein Glück, dass an diesem Strand so viele Felsen lagen und Ruhl sich dafür entschieden hatte, Wills Pfosten und das Feuer so weit oben am Strand anbringen zu lassen. Sie beobachtete den Stehler, während er Will verhöhnte, und ihr wurde klar, dass dieser Mann völlig verrückt war – gefährlich verrückt.

Früher oder später würde er seine Drohung wahr machen und den Scheiterhaufen in Brand setzen. Und sie hatte das Gefühl, dass es eher früher wäre. Wenn er das nächste Mal zu Will hinüberging, würde er vermutlich Ernst machen. Will würde niemals nachgeben und um Gnade bitten, das wusste sie. Und sie glaubte, dass auch Ruhl das inzwischen wusste. Sie kauerte jetzt unten am Strand, eine formlose Masse unter dem Umhang und nur wenige Schritt hinter Will. Vorsichtig hob sie eine Ecke ihrer Kapuze. Die Bande – was von ihnen übrig geblieben war – saß wieder ums Feuer und trank Branntwein. Sie starrten in die Flammen, weswegen sie in der Dunkelheit nicht viel erkennen konnten. Durch diese Erkenntnis ermutigt, kroch Lynnie weiter vor, ganz langsam, um ja kein Geräusch zu verursachen, bis sie unmittelbar hinter Will war. Tief gebückt und durch den Holzstoß vor dem Blick der Sklavenhändler verborgen, zog sie ihr Sachsmesser und schnitt schnell das Seil um Wills Beine durch.

Sie merkte, wie er sich verspannte, als er ihre Hand spürte und das Seil abfiel.

»Ich bin's, Lynnie«, flüsterte sie, während sie sich leicht aufrichtete. »Gleich habe ich dich losgemacht.«

Will stöhnte unwillkürlich leise, unterdrückte es jedoch sofort. Seine Arme und Beine waren schon so lange durch die engen Fesseln eingeschnürt gewesen. Als nun das Blut wieder durch seine tauben Beine und Füße floss, verursachte das Höllenqualen. Als Nächstes durchtrennte das Sachsmesser das Seil um seine Hände und dann auch noch das um seine Kehle.

Wills Hände und Arme litten nun auch unter dem unglaublichen Schmerz bei der erneuten Blutzirkulation und Will sackte gegen den Pfosten, unfähig, sich auf den Beinen zu halten. Unwillkürlich entwich ihm ein weiteres Stöhnen. Diesmal hörten ihn die Männer am Feuer. Einer von ihnen stand auf und fragte: »Was war das?«

Er sah, wie Will am Pfosten schwankte und sich dann daran

festhielt, als er verzweifelt versuchte, sein Gleichgewicht wiederzufinden.

»Der Waldläufer! Er ist frei!«

Chaos brach aus, als alle aufstanden und nach ihren Waffen griffen. Lynnie ließ das Sachsmesser fallen, löste rasch die Schleuder von ihrer Taille und lud sie mit einer Bleikugel.

Ursprünglich hatte aufgrund des hellen Feuers keiner von Ruhls Männern den dunklen Umriss hinter Will bemerkt. Doch als Lynnie zur Seite trat und die geladene Schleuder schwang, war sie zu sehen, und die Männer zögerten.

»Wer ist das denn?«

»Da ist jemand bei ihm!«

Nur Ruhl reagierte sofort. Er deutete auf die beiden Gestalten neben dem Holzstoß.

»Schnappt sie euch! Tötet sie!« Noch während er das rief, traf Lynnies erster Schuss einen seiner Männer.

Von den Klippen aus hatte Lynnie bemerkt, dass zwei der Entführer Brustplatten aus gehärtetem Leder trugen. Da sie bezweifelte, dass ihr Bogen genug Durchschlagkraft dafür hätte, hatte sie die Schleuder als Waffe gewählt und den Bogen vor dem schwierigen Abstieg lieber oben gelassen. Das war genau die richtige Entscheidung gewesen, erkannte sie jetzt.

Die Bleikugel schlug mit voller Wucht durch die Brustplatte, unmittelbar unterhalb des Herzens. Der Mann stieß, während er zu Boden ging, noch einen kraftlosen Schrei aus.

Der Mann neben ihm hatte kaum Zeit, seinen Kumpan entsetzt zu mustern, als Lynnies zweiter Schuss ihn auch schon in der rechten Schulter traf und die großen Knochen dort ein für alle Mal zertrümmerte. Der unerträgliche Schmerz ließ ihn fast ohnmächtig zusammensacken.

Die anderen drei Bandenmitglieder blickten entsetzt zu ihren Kumpanen, sahen sie von einer furchtbaren, ungesehenen Macht aus der Dunkelheit niedergestreckt. Sie tauschten einen Blick aus, dann ließen sie ihre Waffen fallen, drehten sich um und rannten davon. Auch der Entführer, den Lynnie an der Schulter getroffen hatte, rappelte sich auf und suchte trotz seiner Schmerzen das Weite.

Lynnie ließ sie ziehen und suchte nach Jory Ruhl. Da Ruhl nicht bewaffnet war, hatte sie sich die anderen Gegner zuerst vorgenommen. Bis jetzt hatte Ruhl nichts weiter getan, als irgendwelche Befehle zu geben. Nun sah sie, wie er sich bückte, um etwas in der Nähe des Feuers aufzuheben. Er richtete sich auf und sie erkannte, dass er einen Wurfspieß in der Hand hatte. Doch er blickte nicht auf sie, sondern auf Will, der sich gegen den Pfosten lehnte und versuchte, seine von Krämpfen heimgesuchten Beine und Arme unter Kontrolle zu bekommen.

Ruhl holte mit dem Arm nach hinten aus. Lynnie sprang zu Will und stieß ihn aus der Schusslinie. Mit einem verblüfften Schrei fiel er quer über das Feuerholz. Lynnie griff in ihren Munitionsbeutel und steckte eine Kugel in die Schleuder, als sie einen furchtbaren Schlag an ihrer rechten Hüfte spürte – einen Einschlag, der sie einige Schritte zurücktaumeln ließ und dann spürte sie einen unglaublichen Schmerz in ihrem Oberschenkel.

Sie blickte nach unten und sah, dass Ruhls kurzer Wurfspieß sie am Oberschenkel, gleich unter der Hüfte, durchbohrt hatte.

»Ich bin getroffen worden«, sagte sie ungläubig. Dass so etwas passieren würde, damit hätte sie nie gerechnet. Doch es war geschehen.

Der grausame, mit einem Widerhaken versehene Kopf hatte sich tief in ihren Schenkel gegraben, und sie merkte, wie das Bein unter ihr nachgab. Blut floss ihr Bein hinab und sie stürzte, was ihr noch mehr unsägliche Schmerzen bereitete, da der Stiel des Wurfspießes gegen den Boden stieß. Sie biss die Zähne zusammen und kämpfte gegen die Wellen von Übelkeit an, die sie zu überwältigen drohten. Tränen rannen aus ihren Augen vor Schmerz und Schock und sie merkte, wie sie langsam das Bewusstsein verlor. Sie konnte nicht mehr atmen. Die grauenhafte Verletzung schien ihre Lungen gelähmt zu haben.

Ihre Umgebung verschwamm vor ihren Augen. Es war, als sähe sie alles durch einen langen, schmalen Tunnel, während Dunkelheit von beiden Seiten auf sie eindrang. Sie sah noch, wie Ruhl sich bückte, um ein brennendes Holzscheit aufzuheben, und damit auf Will zuging. Sie versuchte, ihren Lehrmeister zu rufen, doch kein Laut kam aus ihrer Kehle. Sie wollte die Hand nach ihm ausstrecken, obwohl er einige Schritte entfernt und außer ihrer Reichweite war.

Auf einmal wurde die Welt ganz rot und schließlich schwarz.

Und danach gab es gar nichts mehr.

Fünfundfünfzig

Will lag unbeholfen auf dem Holzstoß. Er versuchte aufzustehen, aber die Äste und Zweige rutschten unter seiner Hand weg und er zappelte hilflos herum.

Er konnte sehen, wie Ruhl sich näherte. Das brennende Holzscheit in seiner Hand erleuchtete sein vor Hass und Rachegelüsten verzerrtes Gesicht. In jedem Augenblick würde Ruhl dieses brennende Scheit ins Feuer werfen und Will stünde in lodernden Flammen.

Will verfluchte die grausamen, lähmenden Krämpfe in seinen Armen und Beinen, die ihn so furchtbar in seiner Bewegung behinderten. Er versuchte erneut aufzustehen und schaffte es wieder nicht. Doch immerhin gelang es ihm, ein Stück wegzukriechen, sodass er nur noch am Rande des Holzstoßes lag. Seine rechte Hand krallte sich in den Sand, während er darum kämpfte, sich von dem gefährlichen Holzstoß wegzuziehen, da umfasste sie mit einem Mal einen vertrauten Gegenstand.

Es war der Griff von Lynnies Sachsmesser, das da im Sand lag, wo sie es gerade erst fallen gelassen hatte. Unbeholfen drehte er es, so dass er das Messer an der Klinge hielt. Ruhl war nur wenige Schritte entfernt, die Flammen des Holzscheits leckten gierig, bereit, Will zu verbrennen.

Will biss die Zähne zusammen und ignorierte die Krämpfe. Dann warf er das Sachsmesser.

Als es seine Hand verließ, wusste er, dass es der schlechteste Wurf war, den er je gemacht hatte. Infolge der Schmerzen in seinen steifen Muskeln hatte er so ungelenk geworfen wie nie zuvor. Es traf Ruhl, denn dieser war zu nahe, als dass der Wurf ihn gänzlich hätte verfehlen können – doch es traf ihn mit dem Griff zuerst, schlug an seine Stirn über dem rechten Auge.

Der Schlag, der Ruhl getroffen hatte, war schmerzhaft, aber keinesfalls tödlich. Der schwere Messingknauf ließ die Haut unter der Augenbraue aufplatzen und Blut tropfte in das Auge des Stehlers. Instinktiv zuckte dieser zurück und trat auf einen Ast, der durch Wills Fall aus dem Holzstoß gerollt war.

Es war ein krummer Ast, der unter seinem Tritt nach oben schnappte und dann wegrollte. Ruhl stolperte, machte unwillkürlich einen Schritt zurück und versuchte, sein Gleichgewicht wiederzufinden, indem er sich nach vorne warf.

Abgelenkt vom Blut in seinem Auge, machte er jedoch eine zu heftige Gegenbewegung, sodass er sich nicht mehr abfangen konnte. Er taumelte nach vorne, auf den Stoß mit ölgetränktem Feuerholz zu, das um den Pfosten herum aufgestapelt war. Die lose aufeinander gelegten Äste gaben unter ihm nach. Im selben Augenblick wurde ihm klar, dass er immer noch das brennende Holzscheit in der Hand hatte, mit der er sich hatte abfangen wollen. Genau diese Hand befand sich jetzt unter seinem Körper.

Einen Moment lang passierte gar nichts, während Ruhl in den wegrutschenden Ästen panisch nach Halt suchte. Dann entzündete sich das ölgetränkte Holz mit einer donnernden Explosion.

Ruhl kreischte auf, als die Flammen hochschossen und ihn sofort umhüllten, seine Kleidung und sein Haar erfassten. Er versuchte, sich hochzustemmen, doch das aufgestapelte Brennholz, das nun hell aufloderte, stürzte weiter in sich zusammen und begrub ihn unter sich. Er wollte schreien, doch die brennende Luft und die Flammen versengten seine Kehle und seine Lungen, sodass ihm nur noch ein furchtbares, unmenschliches Grunzen entwich.

Will, der am anderen Ende des Feuers lag, spürte wie die Flammen nach ihm lecken wollten. Instinktiv rollte er sich zur Seite, außer Reichweite der Flammen. Noch als er bereits den Sand unter sich spürte, rollte er weiter und immer weiter. Sein Gesicht war voller Ruß, Augenbrauen und Bart waren böse versengt. Aber er war außer Gefahr. Allmählich kehrte auch das Gefühl wieder in seine Arme und Beine zurück. Unter Schmerzen zog er sich weiter vom Feuer zurück, sein entsetzter Blick wurde unwillkürlich angezogen von dieser zappelnden, geschwärzten Gestalt inmitten der Flammen. Will versuchte, die grauenhaften grunzenden, würgenden Geräusche, die sie ausstieß, auszublenden. Endlich erstarben die Laute.

Will schob sich in eine sitzende Position und streckte seine Beine vor sich aus. Nach und nach ließen die Krämpfe nach, sodass er sich, wenn auch unbeholfen, bewegen konnte. Jetzt, da er keiner unmittelbaren Bedrohung mehr ausgesetzt war, fragte er sich, wo Lynnie geblieben war. Er erinnerte sich, dass sie ihn vor dem Wurfspeer zur Seite gestoßen hatte. Doch er hatte nicht gesehen, was sie danach getan hatte. Eigenartig, dachte er, dass sie nicht versucht hatte, ihn aus der Reichweite des Feuers zu ziehen und gegen Ruhl zu verteidigen. Suchend drehte er den Kopf.

»Lynnie?«, sagte er, seine Stimme nicht mehr als ein Krächzen. Dann sah er ihre reglose Gestalt ein paar Schritte weiter im Sand liegen.

Er kämpfte sich auf die Beine und humpelte auf sie zu, während ein unartikulierter Schrei aus seiner Kehle kam, der von Schmerzen, Wut und Sorge herrührte und von den Klippen hallte.

Er ließ sich auf die Knie fallen und hatte das Gefühl, sein Herz bleibe stehen, als er den grausamen Wurfspieß in ihrem Schenkel stecken sah. Ihre blutdurchtränkte Kleidung sah im Mondlicht fast schwarz aus. Ihr Gesicht war kreidebleich und sie hatte übermäßig viel Blut verloren. Er wusste, dass eine Hauptschlagader durch den Oberschenkel lief, doch seines Wissens befand sie sich auf der Innenseite, und das Blut sickerte jetzt aus Lynnies Wunde, statt zu pumpen, wie es bei einer Hauptschlagader der Fall wäre. Will kroch auf Knien weiter und legte die Finger an ihre Kehle, suchte nach dem Puls.

Und fand keinen.

Wieder stieß er diesen fürchterlichen, herzzerreißenden Schrei aus.

Da spürte er ein leichtes Flattern unter seinen tastenden Fingern und ihr Puls begann zu schlagen. Schwach, aber er war da. Lynnie war am Leben, und ihm fiel ein Stein vom Herzen.

Dann machte sein Herz jedoch wieder einen Satz, diesmal aus Angst. Sie lebte, aber sie war schwer verletzt und hatte viel Blut verloren. Sie verlor immer noch Blut, und er hatte nichts hier, um Erste Hilfe zu leisten, nichts, um den Blutfluss zu stoppen. Er musste den Wurfspieß aus der Wunde entfernen.

Doch er wusste, sobald er das tat, würde sie doppelt so schnell Blut verlieren wie jetzt.

Er dachte an den Medizinbeutel, den er in seiner Satteltasche mit sich führte, und blickte hoch zu den Klippen.

»Ich hoffe, du hast die Pferde mitgebracht, Mädel«, sagte er und stieß einen Pfiff aus.

Einige Sekunden vergingen, dann hörte er ein unruhiges Wiehern. Als er wieder nach oben schaute, sah er Stupser und Reißer über die Klippen spähen. Er rappelte sich auf die Füße und hob die Hand, damit sie nicht weitergingen.

»Bleibt!«, befahl er, denn sie würden niemals heil diesen steilen, felsigen Pfad herunterkommen. Er musste Lynnie zu ihnen hinauftragen. Sein Verstand begann wieder wie gewohnt zu arbeiten und folgerichtig zu planen. Ruhl hatte ihm sein Sachs und sein Wurfmesser abgenommen. Will erinnerte sich außerdem, gesehen zu haben, wie er beides neben dem Lagerfeuer auf den Boden geworfen hatte. Er hoffte, die Waffen lagen noch dort, denn er brauchte sie. Er drehte sich um und verzog das Gesicht, als ein neuer Krampf ihn durchfuhr. Es schien, dass die Krämpfe kamen, sobald er auch nur eine unvorsichtige Bewegung machte. Doch sie kamen immer seltener und wurden immer schwächer. Je mehr er sich bewegte, desto besser kam die Durchblutung wieder in Gang. Er humpelte über den Strand zur Mitte des Lagers und versuchte dabei, den furchtbaren Geruch nach verbranntem Fleisch zu ignorieren. Das Feuer erlosch jetzt langsam. Will konnte die geschwärzte, deformierte Gestalt in der Holzkohle sehen. Er schüttelte den Kopf und drehte sich weg, suchte nach seinen Messern. Sobald er sie gefunden und seinen Waffengürtel umgelegt hatte, humpelte er zurück zu Lynnie.

Mit dem Sachs schnitt er einen mehrere Ellen langen Streifen vom Saum ihres Umhangs. Diesen wickelte er mehrmals um ihren Oberschenkel, oberhalb und unterhalb des Wurfspießes, zog den Stoff so fest, wie er nur konnte, dann band er die Wunde fest ab, um den Blutfluss zu unterbrechen.

Er lehnte sich zurück und sah mit gerunzelter Stirn auf den etwa vier Ellen langen Schaft des Wurfspießes. Er konnte sie nicht bewegen, solange der Spieß noch im Bein steckte. Doch er wollte ihn auch nicht aus der Wunde ziehen, solange er seinen Medizinbeutel nicht zur Hand hatte. Er musste ihn abschneiden, wurde ihm klar, auch wenn das Lynnie zweifellos unglaubliche Schmerzen bereiten würde. Er holte einige Male tief Luft, dann schnitt er vorsichtig eine Kerbe in den Schaft, nahm ihn dann in eine Hand, und während er das kurze Ende so ruhig hielt, wie er nur konnte, hackte er mit dem Messer den Schaft durch.

Der Schaft brach mit einem lauten Knacken. Lynnie schrie einmal auf, dann kam kein Ton mehr von ihr. Er musterte ihr Gesicht. Sie war bleich wie ein Gespenst, aber ihre Augenlider flatterten. Sie lebte.

Er kniete sich auf ein Bein und zog sie in eine sitzende Stellung. Dann beugte er sich vor, fasste ihren Gürtel und schob sie so über seine rechte Schulter, ihr Kopf hing über seinem Rücken, ihre Füße baumelten vor ihm. Er holte noch einmal tief Luft, denn er wusste, was jetzt kam. Dann stemmte er sich auf die Füße.

Brennende Krämpfe durchfuhren ihn auf der Stelle und er schrie seinen Schmerz heraus. Wie ein Echo auf seinen Schrei stieß auch Lynnie einen lauten Schmerzensschrei aus, als er sie bewegte. Er stand mit ihr über seiner Schulter da und schwankte unsicher. Dann machte er einen Schritt auf die Klippen zu, wartete ab, ob der Schmerz wieder durch seine gequälten Muskeln fahren und ein Weitergehen unmöglich machen würde. Dem war nicht so, also machte er noch einen Schritt und noch einen und noch einen.

Es half ihm, wenn er dem Schmerz freien Lauf ließ, also stöhnte er immer wieder, während er über den Strand taumelte und den steilen, unwegsamen Pfad hinaufstieg. Er stolperte, doch irgendwie schaffte er es, auf den Beinen zu bleiben.

Die Augen hielt er auf den Boden gerichtet, denn er wusste, wenn er aufsah und erkannte, wie weit er noch gehen musste, würde er es niemals schaffen. Also hielt er den Blick fest auf den Weg vor sich gerichtet, um ja nicht irgendwo auszugleiten. Einen Fuß vor den anderen, befahl er sich. Geh weiter! Jetzt schrie er die beiden Worte, statt nur seinen Schmerz herauszuschreien. Er hörte Reißers ermutigendes Wiehern und es klang schon viel näher, als er erwartet hatte.

Schließlich sah er das Gras, das ihm verriet, dass er oben angekommen war. Sofort war Reißer neben ihm und wieherte leise. Will fasste den Sattel, um sich abzustützen, und lenkte das kleine Pferd zu einer Stelle, wo er Lynnie ablegen konnte. Er zog ihr den Umhang aus, rollte ihn zusammen und legte ihn unter ihren Kopf. Dann suchte er in der näheren Umgebung nach trockenen Zweigen und machte ein kleines Feuer.

Seine Bewegungen waren inzwischen schon viel flüssiger. Er öffnete den Medizinbeutel und holte eine lange Bandage und den kleinen Tiegel mit der besonderen Wundsalbe heraus, die alle Waldläufer bei sich hatten. Er fädelte einen Seidenfaden in eine Nadel und legte alles zusammen auf ein ausgebreitetes Segeltuch.

Sobald er einmal angefangen hatte, musste er schnell sein und alles griffbereit haben. Wenn er den Speerkopf entfernt hatte, musste er die Wunde mit der Heilsalbe desinfizieren und dann die Wundränder zusammennähen. Zum Schluss würde er Lynnie den Verband anlegen, den er fest genug wickeln musste, damit das Blut aus der Wunde aufgehalten wurde, aber nicht so fest, dass es die Durchblutung verhinderte. Eigene bittere Erfahrung hatte ihn gerade daran erinnert, welche Konsequenzen es hatte, wenn die Durchblutung völlig abgeschnürt wurde.

Sobald er bereit war, bewegte er sich schnell und entschieden. Er schnitt die blutdurchtränkten Beinkleider mit dem Sachsmesser auf, sodass er an die Haut um die Wunde herankam.

Sein Wurfmesser hielt er mit der Spitze ins Feuer. Vor Jahren hatte der Heiler Malcolm ihm erklärt, dass dies die winzigen heimtückischen Organismen zerstören würde, die sich in der Wunde bildeten und Infektionen verursachten. Er wartete, bis die Spitze rotglühend war, dann holte er sie heraus und wedelte damit in der Luft, um sie leicht abkühlen zu lassen. Mit seiner linken Hand löste er den notdürftigen Verband um Lynnies Oberschenkel, wickelte ihn vorsichtig auf und sah, wie das Blut wieder herausfloss. Er fasste den gekürzten Stumpf des Wurfspießes und zog ganz leicht daran, in der Hoffnung, dass er sich vielleicht doch leicht herauslösen ließ. Doch der Widerhaken griff und Lynnie bewegte sich und schrie auf. Will biss die Zähne zusammen und schob das Wurfmesser in die Wunde, ganz nah am Speer entlang, bis er an die Spitze kam und spürte, wo der Widerhaken saß. Dort arbeitete er vorsichtig, um den Haken zu lösen.

Er konnte den Spieß ein Stück herausziehen und Lynnie stöhnte erneut auf. Will hielt inne und wischte sich mit dem linken Armrücken den Schweiß von der Stirn, dann machte er sich wieder an die Arbeit, benutzte die Klinge des Messers, um den Widerhaken vom Fleisch zu trennen und zu verhindern, dass er sich erneut verhakte. Langsam glitt der Speerkopf aus der Wunde, obwohl er unvermeidlich noch auf dem Weg heraus Schaden anrichtete. Als er endlich entfernt war, folgte ein Strom roten Bluts. Will vergewisserte sich, dass nichts von der Spitze abgebrochen war und noch in der Wunde steckte. Dann warf er die Speerspitze zur Seite und reinigte die Wunde mit einem sauberen Tuch. Er schmierte die Salbe auf ein Baumwollstück und versorgte damit die Wunde, sodass die Wund- und Heilsalbe überall hinreichte. Dann drückte er die Wundränder zusammen und begann, sie mit der Nadel und dem Seidenfaden zusammenzunähen. Lynnie zuckte zusammen und stöhnte in ihrer Ohnmacht. Will schüttelte hilflos den Kopf.

»Tut mir leid, mein Mädel. Aber es muss sein«, murmelte er.

Nach dem letzten Stich verband er schnell noch das Bein mit dem bereitgelegten Material. Das Blut floss immer noch langsam aus der Wunde und färbte die ersten Lagen des Verbands rot, dann rosa. Doch der Blutfluss hatte beträchtlich abgenommen. Die Naht und der Verband, zusammen mit der Salbe, sorgten für die Heilung – zumindest wenn Lynnie den Schock der Verwundung und die nachfolgende Behandlung überlebte.

Ihr Atem war schwach und ihr Puls nur leicht, so leicht wie der Herzschlag eines kleinen Vogels. Will kniete neben ihr und hielt mit gesenktem Kopf ihre Hand. Die Pferde standen neben ihnen und beobachteten sie besorgt. Reißer konnte Wills Sorge spüren. Stupser konnte Lynnies Schmerzen spüren.

»Bitte stirb nicht, Lynnie. Bitte, du darfst nicht sterben. Ich kann dich nicht auch noch verlieren. Bitte, du darfst nicht sterben.«

Will wiederholte diese Worte immer und immer wieder wie eine Litanei, während er über dem verletzten Mädchen Wache hielt.

Sie hat mir das Leben gerettet, dachte er. Wie kann ich Horace und Evanlyn je wieder gegenübertreten, wenn ich sie sterben lasse? Dann kehrte er wieder zu seinen Bitten zurück.

»Bitte stirb nicht, Lynnie. Bitte, du darfst nicht sterben. Du darfst nicht sterben!«

Aber er wusste, dass es nichts mehr gab, was er noch für sie tun konnte. Er konnte nur warten und bitten, immer und immer wieder. Er blickte in das blasse Gesicht – viel zu blass, dachte er. In seiner Erschöpfung war es Will für einen Moment so, als verwandele sich das Gesicht Lynnies in das Antlitz seiner geliebten Alyss, wie sie still und leblos dalag. Dann wurde sein Blick wieder klar und er wusste, es war Lynnie, und fühlte, dass sie nahe daran war, ihm zu entgleiten. Sein Herz war nur noch ein riesiger Kloß aus Kummer und Leid. Er konnte den Gedanken, Lynnie zu verlieren, nicht ertragen, nicht auch sie noch, nachdem sie gerade erst den dunklen Schmerz des Verlustes der Liebe seines Lebens geheilt hatte.

»Stirb nicht, Lynnie. Bitte, du darfst nicht sterben. Du darfst nicht sterben.«

Die Worte, die er hervorstieß, wurden undeutlich. Doch

Lynnie lag immer noch kreidebleich und reglos da. Will hatte den Tod schon viele Male gesehen, auf Dutzenden von Schlachtfeldern. Er wusste, wie es aussah, wenn der Tod nach einem Menschenleben griff.

Die Morgendämmerung zeichnete sich im Osten am Himmel über dem Meer ab. Er konnte Vögel zwitschern hören, die auf der Suche nach Insekten durch die Büsche und das hohe Gras flatterten. Es war ein normaler Tag, ganz wie die anderen auch. Aber für ihn würde es immer anders sein, denn er müsste sich an diesem Tag als den Tag erinnern, an dem er Lynnie verloren hatte.

»Ich hab Hunger. Was gibt's zum Frühstück?«, sagte Lynnie.

Sein Kopf fuhr hoch und er sah sie an. Ihre Augen waren geöffnet und sie lächelte ihn an. Es war ein schwaches Lächeln, aber dennoch ein Lächeln. Er spürte, wie das Herz in seiner Brust einen wilden Satz machte, voller Hoffnung, Erleichterung und unbändiger Freude.

»Was gibt's zum Frühstück?«, wiederholte er wie betäubt. »Nach allem, was du mich hast durchmachen lassen, ist das alles, was du sagen kannst?«

Sie zuckte mit den Schultern und verzog dann das Gesicht, als die Bewegung ihr Schmerzen bereitete.

»Was soll ich sagen? Ich bin die Tochter meines Vaters.«

Er begann zu lachen. Und irgendwann verwandelte sich das Gelächter in Tränen und er schluchzte unkontrolliert – unglaubliche Schluchzer, die seinen ganzen Körper schüttelten. Die Tränen liefen in Strömen über seine Wangen. Und er wusste, dass dies die Tränen waren, die er bis jetzt nicht um Alyss hatte weinen können. Jetzt weinte er um sie. Und er weinte um Lynnie. Und er weinte um sich selbst.

Am meisten um sich selbst.

Als die Sonne hinter ihm aufging, blieb er über Lynnie gebeugt und schluchzte noch immer. Die Tränen fielen auf Lynnies Wangen herab und sie tätschelte unbeholfen seine Hand und tröstete ihn.

»Alles ist jetzt gut, Will. Alles ist gut.«

Es war heller Tag, als Tim Stoker sie fand. Er hatte die Höhle verlassen, um nach ihnen zu suchen. Er hatte die Leichen der beiden Männer gefunden, die Lynnie in der Nacht erschossen und überholt hatte, und dabei hatte er sich mit dem Speer ausgestattet, den einer der Männer hatte fallen lassen.

Jetzt stand er vor ihnen, bewaffnet mit einem Speer, der viel zu lang für ihn war.

»Will Hallas«, sagte er, »geht es Waldläuferin Lynnie gut?« Er zweifelte daran, denn wenn ja, verstand er nicht, weshalb der Waldläufer sich weinend über sie beugte.

Will blickte in das besorgte junge Gesicht und lächelte. Ihm kam der Gedanke, dass er lange nicht mehr wirklich gelächelt hatte, sehr lange.

»Es geht ihr gut. Wer bist du?«

»Ich bin Tim. Also kannst du uns jetzt nach Hause bringen?«

Epilog

Sechs Monate später

Gilan faltete das Pergament und legte es zurück in eine Ledermappe. Er blickte hoch und sah in die Gesichter der hier Versammelten. Es war ein Meer aus grau-grünen Umhängen, das ihn umgab. Sie alle sahen ihn in froher Erwartung an. Die Zusammenkunft war für dieses Jahr fast vorbei. Dann war die Zeit zum Feiern gekommen, zum Geschichtenerzählen und zum Singen, wie immer am Ende der Zusammenkunft. »Das waren so ziemlich alle Ernennungen und Beförderungen für dieses Jahr«, sagte er und ein freudiges Murmeln ging durch die Reihen der Waldläufer.

»Doch bevor wir zum Feiern kommen …«, er deutete auf den langen Tisch, der unter den Bäumen aufgebaut war, beladen mit Essen und Getränken, »… gibt es noch eine Angelegenheit.«

Wieder ging ein Murmeln durch die Reihen, diesmal nicht ganz so erwartungsvoll, sondern mehr im Sinne von *Was ist denn jetzt noch?*

Er hob entschuldigend die Hände.

»Es wird nur ein paar Minuten dauern«, sagte er, »dann

könnt ihr euch alle dem reichlich bereitstehenden Essen widmen.«

Ein leises Lachen ging durch die Versammlung und die Waldläufer lehnten sich wieder zurück. Sie wussten, dass Gilan zu der Art von Sprechern gehörte, die immer sagten »Ich mach es kurz!« und dann mindestens noch eine Stunde weiterredeten.

»Es hat auch damit zu tun, weshalb unsere beiden verehrten Gäste heute bei uns sind«, fügte er hinzu und nickte in Richtung von Cassandra und Horace, die ganz vorne saßen.

Das löste nun wieder ein gewisses Interesse aus. Die versammelten Waldläufer hatten sich bereits gefragt, weshalb die Kronprinzessin und ihr Gemahl an diesem Morgen zum letzten Tag der Zusammenkunft angereist waren. Es war höchst ungewöhnlich, dass Außenstehende anwesend sein durften – selbst königliche Außenseiter. Viele Blicke richteten sich auf das Paar. Cassandra lächelte anmutig, während Horace verlegen den Kopf senkte. Er hatte sich immer noch nicht so recht an öffentliche Auftritte gewöhnt.

»Wie ihr wisst«, fuhr Gilan fort, »wird der Titel eines Lehrlings diesem im Voraus befristet zugebilligt, wenn der Bund ihn zur Ausbildung annimmt, bis zum zufriedenstellenden Abschluss der ersten zwölf Monate Lehrzeit. Dann erhält der Lehrling das bronzene Eichenblatt und der Titel Lehrling eines Waldläufers ist offiziell.«

Sie nickten. Das war natürlich allen bekannt.

»Aber heute haben wir hier einen Lehrling des ersten Lehrjahres, der sich bereits nach nur neun Monaten Ausbildung als würdig für den offiziellen Titel und das bronzene Eichenblatt erwiesen hat. Es handelt sich zufälligerweise auch um unseren ersten weiblichen Lehrling. Sie hat bewiesen, dass auch ein Mädchen mehr als fähig sein kann, in unserem Bund zu dienen und all die Pflichten zu übernehmen, die von einem Waldläufer erwartet werden.«

Das sorgte nun wirklich für Unruhe in der Versammlung. Die meisten von ihnen hatten Gerüchte gehört, dass ein Mädchen als Lehrling aufgenommen worden sei, auch wenn man nicht wusste, wer ihr Lehrmeister war. Gilan und Walt hatten entschieden, dass es das Beste war, keine Informationen über Lynnie herauszugeben, für den Fall, dass das Experiment nicht funktionierte.

Einige der Waldläufer, die ganz hinten saßen, standen auf und spähten umher, in der Hoffnung, den ersten weiblichen Waldläufer entdecken zu können. Doch Lynnie saß natürlich mit hochgezogener Kapuze da und war von all den anderen Waldläufern um sie herum nicht zu unterscheiden.

»Im Verlauf der letzten neun Monate hat sie jede Aufgabe und jede Prüfung bewältigt, die ihr Lehrmeister – ein äußerst kritischer Prüfer – ihr gestellt hat. Darüber hinaus hat sie auch noch eine neue Waffe im Bund eingeführt. Ich schlage vor, ihr bittet sie, euch diese vorzuführen, sobald der offizielle Teil unseres Treffens vorbei ist.«

»Was wann genau sein wird?«, rief jemand aus der Mitte der Versammlung und alle lachten.

Gilan nickte gutmütig in die Richtung des Rufers. »Es wird nicht mehr lange dauern. Aber nun lasst mich fortfahren. Diese junge Frau hat nicht nur ihre Fähigkeiten im Unterricht gezeigt, sondern ihren Wert und ihren Mut auch in der Praxis bewiesen. Vor sechs Monaten übernahm sie mit Will Hallas, dessen Name wohl allen vertraut ist, einen Auftrag, bei dem ein Sklavenring an der Ostküste aufgedeckt und gesprengt wurde. Will und sie kamen mit zehn entführten Kindern zurück.«

Jetzt wurden mehr und mehr Hälse gereckt, um diesen neuen Lehrling zu entdecken.

»Und im Verlauf dieses Auftrags«, fuhr Gilan fort, »hat sie Wills Leben gerettet. Etwas, was bislang nur sehr wenige Menschen von sich behaupten können.« Er nickte zu einem Mann mit silbernem Haar in der dritten Reihe. »Walt ist natürlich einer davon. Und die anderen sind die Eltern dieses Mädchens …«

Er machte eine dramatische Pause. »Und das sind … Prinzessin Cassandra und Sir Horace, der Ritter vom Eichenblatt.«

Jetzt erhoben sich alle Waldläufer. Sie verstanden, weshalb Cassandra und Horace anwesend waren, und wollten das Mädchen sehen, das in so kurzer Zeit schon so viel geschafft hatte. Jemand in den hinteren Reihen applaudierte, dann klatschten alle und riefen Gilan zu:

»Wo ist sie?«

»Wir wollen sie sehen!«

Gilan lächelte und winkte Lynnie zu sich. Sie stand auf, warf ihre Kapuze zurück und ging zu ihm zum Podium. Sie hinkte immer noch ein klein wenig, bemerkte er. Womöglich bliebe ihr das auch weiterhin.

Als sie sich umdrehte, um die Mitglieder des Bunds anzusehen, verwandelte sich das Klatschen in ein beifälliges Johlen und begeisterte Pfiffe. Sie blickte in das Meer von Gesichtern und konzentriere sich auf die, die sie kannte. Will hatte natürlich beide Finger im Mund und stieß gerade einen schrillen Pfiff aus. Dann grinste er breit. Walt hatte sich ebenfalls erhoben, nickte leicht und lächelte. Für Walts Verhältnisse war das so viel wie ein donnerndes Hurra. Lady Pauline war ebenfalls anwesend – ein Zugeständnis an Walts Renommee und seine Stellung im Bund. Auch sie stieß einen Pfiff aus, bemerkte Lynnie verblüfft.

Was ihre Eltern betraf, die strahlten voller Stolz. Lynnie winkte ihnen verlegen zu und war schockiert, als ihre Mutter plötzlich aufsprang, die Faust in die Luft stieß und einen Schrei losließ, der sich verdächtig nach »Hipp, hipp, hurra!« anhörte.

Horace sah seine Frau verblüfft an. Sie grinste ihn an und wiederholte das Ganze noch einmal.

»Gratuliere, Lynnie. Wie fühlt es sich an, eine Vorreiterin zu sein?«, sagte Gilan ihr leise ins Ohr.

Sie merkte, wie er ihr die Kette umlegte, und griff nach dem bronzenen Anhänger des Eichenblatts, zog ihn nach vorn, um ihn sich anzusehen. Tränen des Stolzes traten in ihre Augen.

»Und jetzt lasst uns feiern!«, rief Gilan, und der Jubel wurde noch lauter.

Sie hatten gegessen, getrunken und gelacht. Sie hatten die gefallenen Mitglieder des Bundes geehrt – unter anderem auch Liam. Sie hatten gesungen und die Zusammenkunft beschlossen mit dem traditionellen Lied der Waldläufer, mit dem jede Zusammenkunft endete. »Hütte im Wald« hieß es und Lynnie, die fröhlich mit einstimmte, fand, dass es nichts gab, was besser zum Leben der Waldläufer passte. Sie dachte an die gemütliche Hütte, die sie in den letzten Monaten mit Will geteilt hatte.

Jetzt stand sie im kleinen Kreis jener, die ihr am nächsten waren: Cassandra und Horace, Walt und Pauline, Gilan und – natürlich – Will. Sie griff immer wieder nach dem bronzenen Eichenblatt an ihrem Hals. Gilan und Will verstanden, wie sie empfand. Sie waren von dem gleichen Gefühl des Unglaubens und der Freude erfüllt gewesen, als sie ihre bronzenen und silbernen Eichenblätter bekommen hatten.

Horace umarmte seine Tochter in einer bärenartigen Umarmung. »Ich bin so stolz auf dich«, sagte er. »So stolz.«

Er musste sich räuspern und als er sie losließ, drehte er sich weg, damit die anderen nicht sahen, wie er sich eine Träne aus dem Auge wischte. Lynnie tätschelte seine Schulter.

Dann umarmte auch ihre Mutter sie. Als Cassandra sie wieder freigegeben hatte, holte sie ein zusammengerolltes Pergament aus ihrem Ärmel. »Das ist für dich«, sagte sie und reichte es ihrer Tochter.

Lynnie betrachtete es neugierig. Es sieht sehr offiziell aus, dachte sie.

Cassandra lächelte sie an. »Es ist deine Wiedereinsetzung. Offiziell bist du nun wieder die Königliche Prinzessin von Araluen. Und du hast es dir wahrlich verdient«, fügte sie hinzu.

Lynnie zögerte und sah schnell zu Will. Er blickte zur Seite. Dies war ihre Entscheidung und er wollte sie nicht beeinflussen.

»Ja, das ist wunderbar und ich bin sehr dankbar. Sehr dankbar, wirklich … aber … könnten wir damit noch ein bisschen warten?«, sagte sie.

Ihre Mutter sah sie verblüfft an. »Ein bisschen warten? Worauf denn? Du hast bewiesen, dass du des Titels würdig bist. Du musst nicht mehr machen. Es ist Zeit für dich, nach Hause zu kommen.«

»Aber … ich möchte lieber noch meine Ausbildung als Waldläuferin beenden«, stieß Lynnie hervor.

Walt und Gilan drehten sich zur Seite, um ihr Grinsen zu verbergen. Cassandra sah Will empört an.

»Das ist deine Schuld!«, rief sie aus. »Ich hätte es wissen müssen!« Sie drehte sich zurück zu Lynnie. »Aber das wird noch ganze vier Jahre dauern!« In ihrer Stimme schwang Ungläubigkeit und Sorge mit.

Lynnie nickte und kaute nervös auf ihrer Unterlippe. »Sie werden vergangen sein, bevor wir uns recht versehen«, sagte sie. »Und ich besuche euch oft.«

Dies war eine der seltenen Gelegenheiten, in denen Cassandra sprachlos war. Sie sah sich zwischen ihren Freunden um. Plötzlich hatte sie das Gefühl, das Ganze schon einmal erlebt zu haben. Sie erinnerte sich an einen Tag vor vielen Jahren. Sie war ein junges Mädchen und stand auf einem Balkon von Schloss Araluen, Horace neben sich, während sie zusahen, wie Will mit Walt wegritt. Er hatte das Leben als Waldläufer einem Leben am Königlichen Hofe vorgezogen. Jetzt passierte das Gleiche wieder.

»Das habe ich schon einmal erlebt«, presste sie schließlich hervor.

Horace nickte und wusste genau, woran sie dachte. »Und ich habe dir gesagt, dass die Waldläufer anders sind als der Rest von uns. Ich hatte damals recht und heute ist es nicht anders.«

Cassandra öffnete den Mund und schloss ihn wieder. Schließlich wandte sie sich an Horace, dessen Stärke und gesunder Menschenverstand ihr bei so vielen Gelegenheiten in ihrem Leben eine Hilfe war.

»Was soll ich denn sagen?«, fragte sie.

Er lächelte erst sie, dann Lynnie an.

»Sag ja«, antwortete er.

978-3-570-22381-9

Abenteuer, Freundschaft und die Kunst des Kämpfens – neue Helden aus der Welt der »Chroniken von Araluen«.

Als der 16-jährige Hal seine Ausbildung als Kämpfer in einer der Bruderschaften von Skandia beginnt, wird er von allen Seiten kritisch beobachtet. Als Sohn eines der berühmtesten Krieger des Landes wird einerseits viel von ihm erwartet, andererseits ist er ein Außenseiter, denn seine Mutter stammt aus Araluen. Und so wünscht Hal nichts sehnlicher, als im Wettkampf der Bruderschaften zu beweisen, dass er ein wahrer Kämpfer aus Skandia und seines Erbes würdig ist.

Als sie die Bucht verließen, nahm der *Seevogel* die erste Welle ohne Schwierigkeiten. Hal hatte sich breitbeinig hingestellt, um das Gleichgewicht zu halten. Zu seiner Rechten konnte er Hallasholm sehen – eine große Ansammlung von Holzhäusern. Rauch stieg aus den Schornsteinen und Hal nahm den Geruch in der salzigen Meeresluft wahr.

Die Mole, ein Schutzwall aus Felsen, der um den Hafen verlief und die Schiffe vor schwerem Wetter und Winterstürmen schützte, blockierte die Sicht auf die zwei oder drei Dutzend Wolfsschiffe und kleineren Boote, die dort vor Anker lagen, sodass man lediglich einen Wald aus Mastspitzen sah.

Hal bewegte leicht das Steuerrad und schwenkte auf einen Kurs weg von der Küste ein, links von der Stadt. Der *Seevogel* hob und senkte sich geschmeidig unter seinen Füßen, das Schiff ritt förmlich auf den Wellen. Die Ruderer hatten einen gleichmäßigen Rhythmus angenommen – einen, den sie notfalls stundenlang beibehalten konnten –, und Hal genoss das Gefühl, am Steuer seines eigenen Schiffs zu stehen.

Stig blickte von seiner Ruderbank auf.

»Wie macht es sich?«, fragte er.

Hal grinste ihn an. »Es gleitet wie ein echter Seevogel.«

Sie ließen Hallasholm hinter sich zurück, bis die Stadt ein verschwommener Fleck am Horizont war und nur auftauchte, wenn das Schiff sich auf dem Kamm einer Welle befand. Das müsste weit genug sein, dachte Hal. Er konnte es kaum erwarten auszuprobieren, wie sich das Schiff mit gesetzten Segeln machte.

»Stig, Ingvar«, sagte er. »Macht euch bereit, das Backbordsegel zu setzen.«

Die Jungen hatten schon seit Minuten auf diesen Befehl gewartet. Sie zogen ihre Ruder ein, verstauten sie und gingen zu

Brotherband – Die Bruderschaft von Skandia

dem kurzen, schweren Mast. Hal warf noch einen Blick auf den Stander, die kleine Fahne am Masttop, die ihm die Windrichtung verriet. Der Wind kam von der Steuerbordseite mit einem Winkel von etwa sechzig Grad.

Hal zögerte. Dies war der Moment, in dem er herausfinden würde, ob sein Plan aufging. Kurz erfasste ihn Unsicherheit. Was, wenn das Segel lediglich im Wind flatterte und das Boot keine Schubkraft bekäme?

Entschlossen presste er die Lippen zusammen. Es muss einfach klappen, sprach er sich Mut zu.

»Segel hissen«, befahl er.

Stig und Ingvar zogen an den Leinen, die den schlanken Baum langsam am Mast hochsteigen ließen und mit ihm das Segel. Sofort bauchte das Segel aus und flatterte im Wind.

»Ulf und Wulf, Segel trimmen.«

Das Segel wurde straffer. Als der Wind in das gestraffte Segel drückte, begann der Bug des *Seevogels* unter dem Druck nach links auszuweichen. Jetzt ist es soweit, dachte Hal. Er bewegte das Steuerruder und zwang den Bug wieder nach rechts in den Wind hinein.

Das Schiff gehorchte und schwang zurück, bis sie hart am Wind segelten. Hal verspürte eine unglaubliche Erleichterung. Er hörte, wie die anderen jubelten.

Sie hatten noch nie vorher ein Schiff auf diese Weise segeln gesehen. Hal schätzte, dass sie ungefähr in einem Winkel von fünfundvierzig Grad zum Wind segelten. Ein gut gebautes Wolfsschiff konnte so etwa um die fünfzehn Grad schaffen. Er verstärkte den Druck auf das Steuerruder. Der *Seevogel* gehorchte und ging noch näher an den Wind. Als der Winkel zu steil wurde, begann das große dreieckige Segel zu flattern. Hal nahm etwas Druck vom Ruder und der Wind stabilisierte das Segel wieder und trieb das Boot erneut an.

»Der Vogel fliegt!«

Hal hatte gar nicht gemerkt, dass Stig sich zu ihm gesellt hatte. Er blickte in das begeisterte Gesicht seines Freundes. Und auch er selbst konnte sich ein Grinsen nicht verkneifen.

»Keine Kleinigkeiten übersehen, was?«, sagte er.

Stig schlug ihm auf die Schulter. »Nein, wirklich nicht! Der Kahn ist fantastisch! Es kann das beste Wolfsschiff überholen!«

Hal sah zu den anderen Jungen. Sie starrten verblüfft auf das Segel, und ihnen dämmerte so langsam, dass sie etwas Neues miterlebten. Etwas Aufregendes. Etwas Einzigartiges.

Sie hatten gewusst, dass Hal ein Segel entworfen hatte, aber sie hatten nie nach den Einzelheiten gefragt und auch nicht geahnt, wie wirksam es sein würde.

Mit etwa vierzig Grad zum Wind war es tatsächlich so, als flöge der *Seevogel.* Das Deck vibrierte unter Hals Füßen. Es war einer der aufregendsten Momente in seinem Leben. Das Holz fühlte sich an, als lebte es. Er gab beim Steuerruder etwas nach, sodass der Wind wieder mehr seitlich kam.

»Segel trimmen«, sagte er.

Stig und Ulf gingen an die Taue. Als sie das Segel strafften, wurde das Boot schneller, begann sich unter dem Druck allerdings auch mehr zu neigen.

»Locker lassen«, befahl Hal.

Sie gaben etwas Seil nach und das Boot richtete sich wieder stärker auf.

Hal stieß einen langen Freudenjauchzer aus und die anderen stimmten mit ein. Hal konnte es kaum erwarten, Thorn davon zu erzählen. Er konnte es nicht erwarten, ihm das Boot vorzuführen.

Brotherband – Die Bruderschaft von Skandia